다
문
화

시
대
의

인
간
상

다문화 시대의 인간상

2021년 12월 24일 1판 1쇄 인쇄 / 2021년 12월 31일 1판 1쇄 발행

지은이 송희복 / 펴낸이 민성혜
펴낸곳 글과마음 / 출판등록 2018년 1월 29일 제2018-000039호
주소 (06367) 서울특별시 강남구 광평로 280, 1106호(수서동)
전화 02) 567-9731 / 팩스 02) 567-9733
전자우편 writingnmind@naver.com
편집 및 제작 청동거울

ISBN 979-11-964772-7-1 (03800)

이 도서는 한국출판문화산업진흥원의 '2021년 출판콘텐츠 창작 지원 사업'의 일환으로 국민체육진흥
기금을 지원받아 제작되었습니다.

다문화 시대의 인간상

송희복 문학평론집

글과마음

다문화의 꽃은 흙과 물이 뒤섞인 데서

피어난 아름다운 연꽃이다.

—26쪽에서

역병 시대의 사람 사이와 무인도

—서문을 대신하여

1

철학의 근본 문제는 있음과 없음에 대한 성찰이 아닌가? 물질의 소유니, 명예니, 존재감이니 하는 무언가를 '없애는 것'이야말로, 인생의 이치, 우주의 궁극에 이르는 길이 아닐까? 노자(老子)의 『도덕경』에 보면, '약기지(弱其志), 강기골(强其骨)'이란 표현이 나온다. 뜻을 약하게 하면, 뼈가 강해진다는 것. 여기에서 말하는 뜻이란, 다름 아니라 욕심이다. 욕심이 앞서면, 억지를 부리게 마련이고, 억지를 부리게 되면, 몸에 이상이 생긴다. 하늘의 이치랄까, 자연의 섭리를 따르면, 즉 자연에 순응하면, 욕심이 있을 리도 없고, 억지를 부릴 수도 없다. 여기에서의 강기골인 '뼈의 강화'는, 문맥상 살펴볼 때, 건강한 몸을 가리키는 표현이다. 요컨대, '약기지, 강기골'이란, 다름이 아니라 욕심을 버리면서 몸을 다스린다는 말이 된다.

한편 노자의 다른 어록에는 또 다른 비슷한 표현이 나오기도 한다. 위무위즉무불치(爲無爲則無不治). 직역하면 '무위로써 하면 다스려지지 않는 게 없다.'이며, 의역하면 '무위를 실천하면 모든 것을 다스릴 수 있다.'

이다.

그러면, 노장(老莊) 사상의 키 워드라고 할 수 있는 '무위'는 도대체 무엇일까? 사전적인 정의에 따르면, 그것은 자연에 따라 행하고 인위를 가하지 않는 것, 혹은 인간의 지식이나 욕심이 오히려 세상을 혼란시킨다고 여기고 자연 그대로의 경지를 최고의 경지로 보는 것을 말한다. 무위는 함(행위)을 짓지 않는 것, 욕심(역지)을 부리지 않는 것. 노자의 가르침을 강의록의 형식으로 남긴 장일순의 『무위당 장일순의 노자 이야기』에도 이상과 같이 소개한 노자의 두 어록에 대한 어록이 나온다. 일종의 메타-어록이라고나 할까?

여보게. 요즘 많은 질병의 원인이 지나친 욕심에서 나온다고 하지 않은가? 너무 많이 먹거나 과로해서 몸(骨)이 약해진단 말이야.

우리가 일반적으로 얘기할 때도 몸이 건강한 사람을 가리켜 '강골'이라고, 몸이 건강하지 않는 사람을 두고 '약골'이라고 하지 않는가? 어쨌든, 동일한 조건이라면, 욕심이 많은 사람일수록, 병을 얻기 쉽다는 것이다. 현대인의 욕망이나 스트레스가 '뼈의 약화'를 가져오는 것은 분명하다. 무언가를 없앤다는 것, 비운다는 것은 건강을 유지하는 지름길인 게 틀림없다. 자신이 무아(無我)의 상태를 완성해가는 게 붓다의 진리라면, 자신이 무위를 실천함으로써 자신의 몸을 다스리는 게 노자 사상의 진리다. 사대(四大 : 지수화풍)와 오온(五蘊 : 색수상행식)의 인체 시스템이 잘 작동하면, 큰 병에 걸리지 않는다. 또한 몸을 '다스릴 수 없는(不治)' 병을 가리켜 불치병이라고 하지 아니한가?

마음은 매우 광범위한 내면세계이다. 부정적인 것으로는 탐욕심도 마음이요, 이기심도 마음이다. 그 반대의 것도 마음이다. 마음 중에서도 좋은 마음이 있다. 호선지심이니, 오악지심이니 하는 것. 선을 좋아하고 악을 미워하는 마음은 우리를 늘 미덥게 한다. 하지만 약기지, 강기골이라. 마음(욕심)을 약하게 해야 몸이 강해진다.

라틴어 격언(경구)에도 이런 게 있다.

이르되, '멘스 사나 인 코르포레 사노(mens sana in corpore sano.)'이다. 지식인 사이에, 비교적 알려진 격언이다. 건강한 마음은 건강해진 몸에 깃든다. 말하자면, 몸(corpus)이 건강해야 마음(mens)도 건강하다는 것. 인간의 심신(心身)은 늘 조화를 이루어야 하겠지만, 꽃보다 ○○라는 말이 있듯이, 마음보다 몸이 우선이다. 인간에게 마음이 꽃이라면, 몸은 인간 활동의 결실(열매)인 것이다. 국제적인 명상가로 잘 알려져 있는 틱낫한 스님마저, 마음을 돌보기 위해서는 몸을 먼저 돌봐야 한다고 하지 않았던가?

앞선 것보다 더 유명한 라틴어 격언이 있다.

또 이르되 '시 비스 비탐, 파라 모르테(si vis vitam, para morte.)'이다. 삶을 원하거든, 죽음에 대비하라. 몸과 마음이 떼려야 뗄 수 없는 관계이듯이, 삶과 죽음도 친구처럼 여겨야 한다. 삶과 죽음의 교차로에 늘 찾아오는 것이 질병이 아닌가? 인류는 오래 전부터 질병에 대한 깊은 관심을 가져왔다. 삶의 문제요, 동시에 죽음의 문제이기 때문이었다.

2

지금은 2021년, 전지구로 확산된 역병(疫病 : 돌림병)의 시대다. 세계적 대유행을 뜻하는 '팬데믹'이라는 용어가 곧잘 쓰이고 있는 시대다. 시대정신도, 정치적인 담론도, 작가의 창작적인 영감의 향방도, 저 귀치 아니한 역병의 담론 속에서 벗어나지 않는 것처럼 여겨지고 있다.

코로나-19의 전지구적인 파급 이후에 개개인마다 질병과 건강에 관한 관심이 무척 높아졌다. 역설적이지만, 이것은 제 몸에 대한 건강을 성찰할 수 있는 기회를 던져주고 있기도 하다. 그런데 지금이야 세상에 돌고 도는 돌림병(전염병)의 실체를 알 수 있지만, 과거에는 사람들이 눈에 보이지 않은 역병의 실체를 전혀 알 길이 없는 괴질(怪疾)로만 인식하곤 했다. 코로나-19는 금세기를 대표하는 괴질인 게 틀림없다. 이 괴질을 우리는 알고도 당하고 있다. 이를 온전히 다스릴 방도가 아직 나오지 않고 있기 때문이다.

주지하듯이, 역사적 기억의 역병이 되고 말았지만, 2천 년 이상, 인류를 가장 괴롭혀온 괴질은 흑사병과 천연두였다. 흑사병은 사람의 몸이 새카맣게 변해 죽는다고 해서 생긴 용어이다. 아시아에 비해 더욱 피해가 큰 유럽에서는 페스트라고 칭하였다. 라틴어로 지독한 병, 흉한 죽음에서 유래된 병명이다. 천연두는 20세기에 일본인들이 조어화한 말이지만, 19세기까지만 해도 한자문화권에서 주로 '두창(痘瘡)'이라고 했다.

천연두로 인해 가장 처참했던 시기는 서기 165년에서 서기 180년까지다. 위대한 산문 『명상록』으로 유명한 마르쿠스 아우렐리우스 황제도 이 서로마 제국의 역병에 걸려 죽었다. 그의 또 다른 이름을 가져와 천연두를 가리켜 '안토니우스 역병'이라고 한다.

서기 542년에는 흑사병이 동로마 제국에서 발병했다. 1년간 돌고 돌다가 이듬해 사라졌다. 동로마 제국의 황제가 이 역병에 걸렸지만 천신만고 끝에 구사일생으로 살아남았다. 이유는 평소의 식습관인 소식(小食)에 있었다고 한다. 흑사병을 두고 그 황제의 이름을 따서 '유스티니아누스 역병'이라고 한다.

이 6세기 중반의 흑사병은 강도가 상대적으로 약했던 모양이다. 중세 때 발병한 흑사병은 유럽을 초토화시켰다. 그 참상은 차마 눈 뜨고 볼수가 없었다고 한다. 1346년에 시작한 흑사병은 결국 유럽 인구의 4분의 1을 죽음의 구렁텅이로 몰아넣은 대재앙이었다. 과거에는 발원지를 인도로 지목했으나, 지금은 중국 발원설이 유력하다. 전쟁으로 인해 먹을 것이 없는 사람들이 쥐벼룩에 붙어사는 세균인 페스트균을 가진 야생 들쥐를 잡아먹음으로써 시작된 이 괴질은, 몽골군과 상인을 따라 실크로드를 통해 서쪽으로 빠르게 전파되었다. 성직자 출신의 작가인 헨리 나이튼의 사료는 1348년 영국의 상황을 잘 증언해주고 있다.

무서운 역병은 해안을 뚫고 깊은 내륙에까지 침투했다. 침투된 지역 주민들을 몰살했다. 마치 앉아서 급살을 당한 꼴이었다. 병에 걸려 몸져누우면 두어 달을 버텨내지 못했다. 심지어 한나절을 견디지 못해 급사한 사람도 있었다. 풍년이 들었다. 일손이 부족해 곡식을 수확하지 못했다. 많은 곡식이 들판에 그대로 방치되어 있었다. 역병이 쓸고 간 많은 도시와 촌락에서 크고 작은 건물이 폐허로 쓰러져 갔다. 주민이 몰살해 거주할 사람이 없었다.

내가 작년 늦봄에 진주에 있는 집의 물건들을 새로 마련한 부산의 사무실로 옮겼다. 이 과정에서 책 수백 권을 버렸는데, 내용의 중요한 부분은 찢거나 메모해 두었다. 위의 인용문은 허접한 노트 같은 것에 메모를 해둔 것인데, 꼭 기억해야 할 문헌도 아니고 해서 인용한 책의 출처를 굳이 적어두지 않았다.

이 흑사병은 비교적 집중된 시간과 공간 속에서 인간들에게 강력하게 고통을 주었다면, 천연두는 동서양을 가리지 않고, 또 역사적인 시간대를 가리지 않고 지속적으로 은근히 인류를 괴롭혀 왔다.

콜레라(cholera)는 인도의 풍토병이었다. 갠지스 강에서 비롯했다. 1817년에 처음 발병해 인도에 상주하던 영국군인 5천 명을 몰살시켰다. 2년 후인 1819년에는 유럽으로 전파했고, 또 2년 후인 1821년에는 세도 정치로 국력이 쇠약해진 조선에 상륙했다. 이때 조선에 와 있던 중국 사신의 목숨도 앗아갔다. 그 당시에 우리나라에선 콜레라를 '호열랄(虎列剌)'로 표기했다. 중국어 발음으로는 '훌리에라'라고 하고, 일본어 발음으로는 '코레라'가 된다. 우리나라는 한자를 '호열자(虎列刺)'로 잘못 받아들였다. 발랄할 '랄(剌)'자를 찌를 '자(刺)'자로 잘못 읽었기 때문이다. 랄 자는 자 자에 비해 획수 한 획이 많다.

나는 지난해에 칼럼「반세기 전, 그해 일들」(경남일보, 2020. 3. 11)을 발표한 바 있었다. 반세기 전의 일을 회상하면서 쓴 글인 여기에서 다음의 글을 따오려고 한다. 여기에서 말한 그해란, 작년으로부터 꼭 50년 전인 1970년을 말한다. 그해, 콜레라가 전국적으로 자못 심각했다.

날이 더워지면서 돌발의 사태가 발생했다. 경남 창녕의 한 상갓집에서 내 놓은 돼지고기에서 비롯된 콜레라가 전국적으로 확산해 적잖은 사람들이 죽어갔다. 사람들은 여름 내내 콜레라의 공포에 휩싸였다. 나는 두렵지 않았다. 이 역병은 어른들의 일이지 내 일이 아니라고 굳게 믿었다. 어리니까 철이 없고, 철이 없으니까 어리석었던 거다. (……) 바로 추석이 있었다. 우리 집에는 명절 때 찾아오는 손님이 많았다. 아버지가 항렬이 높았기 때문이다. 추석을 위해 여름에 포도주를 담고, 구정을 위해 동동주를 만드는 누룩을 발효시켰다. 9월 15일 추석날, 고등학교에 다니던 사촌 형이 다락방에 있던 포도주를 몰래 마시고는 수채에 구토를 했다. 내 부모가 콜레라인줄 알고 대경실색을 했다. 사촌 형이 이실직고하지 않았다면, 강제로 병원에 갈 뻔했다. 그때 우리 집에 순둥이 마당개가 있었는데 포도주의 포도 껍질을 맛있게 먹더니 술에 취해 세칭 '뗑깡(생떼)' 내지 난동을 부렸다. 개가 술에 취한 모습을 본 것은 내 인생에 처음이자 마지막이었다.

내가 경험한 심각한 돌림병이 1970년의 콜레라라면, 이번에는 50년

만에 다시 심각한 괴질이 코로나-19인 것이다. 나는 평생토록 살아오면서 1970년 이래 이 만큼 심각한 돌림병은 없었다고 본다. 돌림병을 한자어로 역병이라고 칭한다. 역병은 나에게 소설이나 드라마에서 간접적으로 체험해온 병이 아니었던가? 올해는 더 심해졌다. 메르스 때도 보통 심각한 것은 아니었지만, 지금에 비할 바가 못 된다. 내게도 작년부터 많은 변화가 있었다. 일반 대중을 상대로 한 유튜브 강의를 부지런히 올리고 있으며, 사람 만나기가 거의 없어져 예년에 비해 술 마시는 일이 급감했다. 괴질 때문에 건강에 대한 자기 성찰도 깊어졌다.

19세기 초반의 콜레라, 20세기 초반의 스페인독감, 21세기 초반의 코로나-19는 거의 백 년마다 일어난 대재앙이었다. 사실상 스페인 독감은 스페인과 무관하다. 당시에 제1차 세계대전 중이었기 때문에, 자국의 역병에 대해 비밀에 부쳤다. 전시에는 모든 게 보안 유지였다. 최초로 공개한 나라가 스페인이어서 억울하게 스페인독감이 된 것이다. 이 역병은 1918년 3월 4일에 미국 시카고에서 발병되었다. 제1차 세계대전의 끝자락에 발병한 이 괴질은 병사들의 유사 감기 증상에서 비롯해 귀향을 통해 온 세계로 전파했다. 당시 16억이었던 세계 인구 중에서 5억이 감염되었다. 사망자는 최대한 1억 정도로 추산된다. (제1차 세계대전으로 사망한 이는 2천8백만이었다.) 일본은 전 인구의 45%가 감염되어 48만 명가량 죽었고, 식민지였던 조선은 전 인구의 44%가 감염되어 13만 명가량 죽었다. 이 스페인독감을 가리켜 당시 우리나라에선 '무오년(1918) 역병'이라고 불렀다. 무오년 독감으로 흉흉해진 민심은 이듬해인 기미년 3·1운동 발생에도 적잖은 영향을 미쳤던 것으로 보인다.

스페인독감은 14세기 흑사병에 버금가는 재앙이었다.

이것의 원인은 병영에서 기르던 식용 조류에서 기인한 일종의 조류독감인 것으로 추정된다. 이 괴질로 백범 김구도 중국에서 20일간 앓았다. 유럽의 명사들이 많이 죽었다. 대표적인 사례는, 클림트, 에곤 실레, 아폴리네르, 막스 베버 등이었다. 특히 연인 마리 로랑생과의 이별을 노래한 시 「미라보다리」로 유명한 아폴리네르는 제1차 세계대전에서는 머리에 총상을 입고도 살아남았지만, 스페인독감은 피해가지 못했다. 1918년 11월 11일, 그가 죽은 후 3일 만에 제1차 세계대전이 종전되었다. 그의 장례 행렬과 종전 축하 행렬이 우연찮게 서로 만났다. 슬픔과 기쁨이 조우한 이것을 두고, 우리는 세계사적인 '블랙 코미디'라고 할 만하다.

코로나-19로 인해, 세계는 지금 제3차 세계 대전을 겪고 있다고나 할까? 역사적으로 볼 때 가장 의료 기술이 발달한 방역 체계를 무너뜨리고 있지 않은가? 그 옛날에는 괴질에 의해 모든 것이 무너졌다. 사람이 모이는 곳마다 '무방비 도시'였는데 지금도 뾰족한 대책이 없으니 뭐가 뭔지 잘 모르겠다. 역사가 경험하지 못한 첨단 의료 기술을 가지고서도 이렇게 쩔쩔 매고 있으니 말이다. 나는 지금까지 괴질의 역사를 거칠게나마 더듬어 보았다.

3

문학에도 인간들의 질병이 하나의 소재로 곧잘 이용되어 왔다. 문학이란, 때로 이미지의 숲속에서 배회하는 언어의 형태로 나서기도 하고, 때로는 은유와 상징의 동굴 속으로 깊숙이 들어서기도 한다. 특히 질병은 직설적인 언어이기보다는 이미지나, 은유·상징과 관련되는 경우가 적지 않다. 문학에서의 질병은 심판과 관련되어 나타나는 게 일반적이다. 대체로 보아서, 문학에서의 질병은 사악함을 벌주는 일종의 심판으로 나타난다. 그러면, 질병의 사악함을 벌주는 심판은 없느냐, 하는 것이다.

문학 속의 치병자로 떠오른 동서양 대표적인 사례를 떠올려 볼 때, 옛 그리스의 오이디푸스가 전자의 경우라면, 신라 때의 처용은 후자의 경우이다.

　고대 그리스의 역사가인 투키디데스는 중국의 사마천에 해당하는 사람이었다. 그는 기원전 430년 아테네를 휩쓴 괴질에 대해 제 나름대로 겪은 경험을 기록으로 남겨 놓았다. 그가 말한 아테네 괴질은 지금도 알수 없는 미지의 괴질이었다.

　괴질의 시작은 에티오피아라고 했다. 하지만 정확히 알 수 없다. 어느날 갑자기 멀쩡한 사람이 고열이 나면서 눈이 새빨개지더란 것이다. 몸의 열에 부대낀 환자들이 알몸으로 버티다가 찬물 속으로 뛰어들기도했다. 저수지에 뛰어들어 익사한 사람들도 있었다. 일주일 남짓 버티다가 환자들은 결국 죽음에 이르렀다. 천지에 장례를 치르지 못한 사체들이 즐비했다. 주인 몰래 장작더미에 가족의 시신을 던지고서는 불을 놓고 달아난 사람들도 있었다. 투키디데스의 사료가 아니면, 역사의 공간에서 영원히 사라졌을 아테네 괴질의 실체다.

　이 아테네 역병이 갓 지나간 시대 상황 속에서, 소포클레스의 「오이디푸스 왕」이 디오니소스 극장에서 상연되었다. 작가 소포클레스가 해군제독으로서 참전까지 한 군인 출신의 정치가이듯이, 역병의 원인을 정치적으로 해결하려고 했던 사람이었다. (만약 히포크라테스가 이 작품을 썼더라면, 그 원인을 의학적으로 해결하려고 했을 것이다.) 역병의원인이 도덕의 타락에 있다고 보는 것은 그 시대의 움직일 수 없는 고유한 관점이었다. 물론 오늘의 기준으로 재단할 수 없는 관점이다. 비록 오이디푸스가 결과적으로 죗값을 치르고 테베에서 물러난 것이 테베의 역병을 물리쳤다는 얘기가 없다고 해도 말이다. 이 비극의 무대 첫머리에 오이디푸스 왕과 제우스신의 사제가 등장해 대화한다. 사제의 대화 가운데 이런 얘기가 있다.

대왕께옵서도 스스로 보시다시피 도시(도시국가 테베―인용자)가 이미 흔들리고 있고, 죽음의 물결 밑에서 아직도 머리를 들지 못하고 있습니다. 여기에는 물론, 대지의 열매를 맺은 꽃받침에도, 목장에서 풀을 뜯는 소떼에게도, 부인들의 불모(不毛)의 산고(産苦)에도, 죽음이 만연하고 있습니다. 게다가 불을 가져다주는 신이, 가장 사악한 역병이 아래로 덮쳐 도시를 뒤쫓고 있으니…….

이 작품이 아테네 역병과 무관하달 수 없는 부분이다. 역병은 공동체를 오염시킨다. 역병의 원인을 알아야 이를 치료할 수 있다고, 그때는 다들 믿었다. 누군가 정치적인 희생양도 필요했으리라. 그 시대라면, 사회적 약자(층)와 소외된 세력도 대상이 될 수도 있었겠다. 공동체를 오염시킨 자를 뒤쫓는 과정에서, 오이디푸스는 그 자신이 이전의 왕을, 또 아버지를 살해한 범인임을 알게 된다. 그는 테베의 지배자로서 눈이 멀었지만 지혜의 현자인 테이레시아스를 수사의 참고인으로 소환해 의견을 듣는다. 대왕이여, 당신이야말로 당신이 찾고 있는 범인이외다. 물론 범인이란, 역병의 원인을 말한다.

오이디푸스는 스스로 눈을 찌른 채 방랑의 길에 오른다. 통치자의 이례적인 자기 형벌은 스스로 책임을 진다는 진정성의 표현이다. 재난(역병)의 원인인 자신이, 권력으로부터, 공동체로부터 스스로 물러나는 것은, 통치자의 덕목에 해당한다. 이것은 또 진실을 밝히는 것에 대한 용기이기도 하다. 오이디푸스의 이야기는 여기에서 끝난 게 아니다. 이런저런 후일담도 있다. 테베의 '오염덩어리'였던 그가 끝내 '아테네의 신성한 보물'이 되었다는 건, 치병자로서 성공적으로 마감했다는 은유 내지 상징으로 읽힌다.

아테네의 디오니소스 극장은 개방적이요, 다문화적이었다. 극장에는 무대와 마주한 앞쪽의 가운데는 디오니소스 사제를 위한 자리였고, 앞쪽의 좌우측과 가운데는 공무원과 시민, 그리고 열 개의 아티카 부족들이 자리를 차지했다. 뒤쪽은 이방인들이 앉아서 연극을 볼 수 있었다. 극장에서조차 아테네는 민주적이었다. 아테네에 상주하는 외국인들도 연극을 향유할 수 있었다는 점이 예사롭지 않다. 아테네를 덮친 미지의 역병 이후에, 역병조차 내외국인을 가리지 않고 무차별적이라는 걸 알았기 때문일까?

오이디푸스 왕 이야기는 가공되지 않은 원목의 자연 상태로 존재했을 것이다. 이것이 무대 위에 올리게 되면서 일부 수정되고 일부 각색되었을 게다. 이처럼 플롯으로 꾸며 담론화(discursus)해 이야기의 옷에 이야기를 덧입히는 것을 두고 우리는 스토리텔링이라고 한다. 쉽게 말하자면, 본래의 이야기를 과대포장한 것이다. 2천5백년 후에는 무대를 넘어 스크린을 통해서도 과대포장되었다. 피에르 파올로 파졸리니의 영화 「오이디푸스 왕」(1966)이 바로 그것이다. 또 여기에서 끝나지 않는다. 박찬욱의 영화 「올드보이」(2004)에서는 오이디푸스를 '오대수'(오늘을 대충 수습하면서 사는 인간을 가리킨다.)로 슬쩍, 혹은 절묘하게 바꾸어 놓는다. 이처럼 문화콘텐츠란, 본래의 콘텐츠를 과대포장하는 것을 말한다. 마치 프로이트가 오이디푸스 왕의 이야기에서, 오이디푸스 콤플렉스라는 독창적인 세기의 가설을 이끌어냈듯이 말이다. 오대수는 누나와 '상피 붙은' 친구에 관한 소문을 퍼뜨리다가 먼 훗날에 집요하고도 계획적인 보복을 당한다. 이 보복은 오이디푸스 왕의 이야기에서 역병의 천벌에 해당한다. 소문은 역병처럼 빠르게 확산되었을 것이다. 친구의 누나는 자살하게 되고, 참을 수 없는 존재의 가벼움인 그의 혀는 먼 훗날 딸과 '상피 붙은' 지경에까지 나아가면서, 결국 이 혀를 스스로 자를 수밖에 없는 응보를 받기에 이른다. 앞으로도 이 오이디푸스 왕의 이야기는 스토리텔링을 거듭하면서 문화콘텐츠라고 하는 개방적인 담론 구성에 기여할 것이다.

오이디푸스의 이야기에서 질병(역병)이 사악함을 벌주는 일종의 심판으로 나타났지만, 처용의 경우에 있어서는 질병의 사악함을 벌주는 심판의 형태로 나타나고 있음에 주목된다. 이른바 처용설화가 『삼국유사』에 한정된, 불륜 현장의 목격담이라면, 고개를 갸웃거리게 한다. 자기 아내가 누군가 불륜을 저지르고 있는 현장에 낫이나 식칼을 들고 들이닥치지 않고, 마당에서 가무를 연행했다는 것. 이는 막장 스토리에 지나지 않는다. 하지만 그의 아내가 천연두에 걸려 신열을 내면서 사투를 벌이고 있음을 은유화하고 있다면, 다소 고개를 주억거리게 한다.

가랑이가 넷이다!

가랑이는 본체에서 갈라진 것일 뿐이다. 갈라진 건 현상이요, 색상(色相)이다. 처용설화의 진정한 의미는 너그러운 마음과 드높은 풍류에 있다. 옛 사람들은 사람의 몸에 병이 들었다는 것은 귀신이 붙었다고 보았다. 특히 개인적인 병보다는 역병, 즉 돌림병일 경우에 더 그렇게 생각했다. 학질(말라리아)의 경우에 처녀귀신이 붙었다고 했고, 천연두가 걸렸으면 역신이 들다, 두역(痘疫)을 치르다, 라고 했다. 프랑스의 괴이한 영화 「포제션」(1981)에서 조증(躁症)과 들림의 병적 상태에 빠진 아내(이자벨 아자니)가 괴물의 섹스파트너가 되어 고통 속에서 황홀경에 빠지고 있는 모습을 그 남편이 놀란 표정으로 지켜보는 장면이 있는데, 이 장면과 엇비슷한 게 처용설화의 내용이 아닌가, 한다. 이 역시 하나의 은유로 봐야한다. 요컨대, 처용의 아내가 역신과 한 몸이 되어 뒤엉켰다는 건 귀신의 범접으로 인한 역병의 감염을 가리키는 듯하다. 처용의 가무는 치병 의례로 봐야 한다. 또 다른 역사서 『삼국사절요』에 의하면, 처용은 소위 무의(巫醫)였다. 곳곳을 돌아다니면서 치료를 했다고 한다. 무의라면, 궁중의 어의가 아니라, 백성의 현장에서 나타난 항간의 치병주가 아닌가? 치병주란, 요즘 말로 소위 '방역의 영웅'이라고 할 수 있다.

처용설화는 망조를 예언한 이야기다. 신라는 그 시대에 태평성대 담론에 달떠 있었다. 서울 경주로부터 울산 바닷가에 이르기까지, 집과 담이 이어져 있었고, 초가는 없었으며, 숯으로 밥을 짓고, 풍악이 길에 끊어지질 않고……. 이걸 보고 한 목재학자는 그랬다. 산림의 훼손이 신라를 망쳤다고. 이 설화를 최초로 전한 스토리텔러는 나라에 역병이 돌면서 신라가 망할 것이라고 했을 터. 여기에서 역병이 반드시 역병만이 아닐 터. 내부의 붕괴, 혹은 호족의 발호로 은유화되기도 한다.

처용의 아버지는 『삼국유사』처럼 동해의 용왕일까? 이로부터 좀 멀찍이 벗어나서 바라보면, 그는 동해변을 지배하는 유력한 정치 세력의 수장일 수 있다. 아니면, 처용은 동해 용왕을 섬기는 세습무 일곱 아들 중의 한 명인지도 모른다. 처용설화에서 역신과 처용의 관계가 중요하다. 오늘의 개념에서 볼 때, 이 둘의 관계는 다음과 같이 정리될 수 있다.

역신 : 처용

소유 : 무소유

코로나 : 방역

증오범죄 : 관용(톨레랑스)

단문화 : 다문화

처용을 그린 이미지는 민간에 오랫동안 활용되었다. 남의 몸을 소유하려는 이미지를 지닌 역신이 역병을 옮기는 악(惡)의 잡신이라면, 그는 벽사진경의 문신(門神)이라고 할 수 있다. 절의 입구에 놓여 있는 사천왕상과 같이, 처용상도 민간의 친숙한 이른바 '지킴이'다. 무속의 표현에 의하면, 땅서낭(城隍地神)이란 게 있다. 민간에 처용상이 전해졌지만, 궁중에는 처용무로 전해졌다. 이 춤 역시 벽사진경의 초자연적인 힘을 지닌 것. 이제 주력(呪力)은 사라지고, 춤의 예술적인 형태만으로, 지금까지도 문화재로 계승되고 있다. 이 춤은 한국 전통춤의 특징인, 살풀이춤처럼 맺고 푸는 맛이 없다. 뻣뻣하고 엉거주춤한 탈춤과 같다. 싸이의 말춤과도 엇비슷하다.

처용무만 아니라, 이를 추는 그림도 전해오고 있다. 세세한 기록화다. 숙종 45년(1719)에 그려진 것이라고 한다. 왜 하필 숙종 때인가? 이때 우리나라에 천연두가 가장 극성을 부렸기 때문이다. 또 조선 시대에 천연두 치료술이 가장 발달한 때이기도 했다. 어의인 유상(柳瑺)은 그 시대의 치병주라고 할 수 있었다. 처용이 설화적인 인물이라면, 그는 역사의 인물이었다. 그는 첫 왕비(인경왕후)는 살리지 못하고 죽음에 이르게 했지만, 두역을 치른 왕과 두 번째 왕비(인현왕후)는 말할 것도 없고, 훗날 왕이 된 두 왕자도 살려냈다. 즉, 그는 숙종·경종·영조 3부자(父子)왕을 천연두의 감염으로부터 구해낸 것이다. 유상은 숙종 때의 처용인 셈이었다.

우리나라에서는 임진왜란 이후 조선 후기에 천연두가 간헐적으로 우리를 공격해 왔다. 한국사에서 왜(倭)나 만주족 못지않은 외적(外賊)이라고 해야 한다. 어의였던 허준은 천연두에 걸린 광해군을 치료해 중인으로서 당상관의 지위에 올랐다. 그의 명성은 우리나라 국민이면, 거의 다 알고 있다. 그에 못지않은 사람이 바로 유상이라고 하는 이름의 천연두 전문의, 즉 두의(痘醫)였다. 그는 허준에 비해 역사적으로 그다지 이름이 없었다. 신분은 의관이니, 역시 중인이었다. 그의 아버지가 관찰사라고 하는 얘기도 있다. 그렇다면, 서출인지도 모르겠다. 앞에서 말한 바 있듯이, 그는 당시에 유행하던 천연두(두창)에 걸린 왕실 사람들을 치료했다.

천연두에 걸린 세 부자(父子) 왕, 숙종과 세자(→경종)와 연잉군(→영조)의 목숨을 살려냈다. 숙종의 세 번째 왕비인 젊은 인원왕후도 천연두에 걸렸는데, 그의 치료로 회복하자, 숙종이 그에게 고마움을 표시하고는 선물을 내렸다. 내가 최근에 국립중앙도서관에서 『국역 열성어제』를 우연히 열람하다가 숙종의 다음 어록을 발견하였다.

> 유상의 공로를 잊을 수 없다. 금년 구월 이후에 연달아 근심스런 질병이 있었으나 마침내 모두 좋아졌고, 내전의 환후가 쾌차하여 회복하였으니 마음의 기쁨이 어찌 끝이 있겠는가?

아홉 자녀 중에서 한 자녀는 학질로, 다섯 자녀는 천연두로 떠나보낸 정약용도 천연두의 최대 피해자였다. 그는 천연두에 관해 연구를 거듭해 『마과회통』을 저술했지만, 임상적인 효과는 얻지 못했다. 이론 중심 때문이었을까? 구한말에 이르러서야 지석영의 종두법이 효과를 발휘했다. 민간에서는 그 동안 천연두를 두고 '마마 손님'이라는 미화법을 사용하면서 강신(降神)의 일종으로 보았으니, 이 얼마나 한심한 일인가. 노인이 길을 가다가 어린 아이 얼굴의 얽은 자국을 보고, 검(神)이여, 하면서 절을 올렸다고 하니, 더 말해 뭣하나. 두려움 속의 경배! 우리 민간에서 천연두를 보는 관점이었다.

흑사병은 지금도 가뭄에 콩 나듯이 잔존하고 있지만, 천연두는 역사 속으로 사라졌다. 영국 의사 에드워드 제너의 백신 개발 덕분이다. 그는 암소로부터 면역 물질을 추출하는 데 성공했다. 그가 암소로부터 젖을 짜는 여인들이 천연두에 걸리지 않는다는 사실에서 착안해 인류 사회의 오랜 괴질을 정복하는 데 공헌했던 거다. 백신(vaccine)이란 말은, 라틴어로 암소를 가리키는 바카(vacca)에서 유래되었다고 하지 않나?

문학 속의 질병관에 관해 논할 때마다, 우리는 수잔 손택의 「은유로서의 질병(Illness as Metaphor : 1978)」을 떠올리지 않을 수 없다. 이것을 우리말로 옮긴 이재원은 '사색의 목적을 지닌 전통적 문학 형식의 에세이'라고 했다. 일종의 교술 문학이라고 하겠는데, 이 전통은 그리스 시대의 헤시오도스와 로마 시대의 마르쿠스 아우렐리우스로부터 시작한다. 20세기를 대표하는 여성 에세이스트인 그녀는 두 차례에 걸쳐 암에 걸리고 또 극복하는 등 질병으로부터 자유롭지 못한 생애를 살았다. 그녀는 질병을 은유적으로 생각하는 사고방식에 물들어선 안 되며, 이 사고방식에 저항해야 한다고 역설한다. 그녀가 이 장문의 에세이를 쓴 동기도 '저 소름끼치는 은유들'로부터 자유로워지는 데 있다고 했다.

그녀는 먼저 결핵과 암을 둘러싼 편견을 질타했다. 결핵이 식욕 증진과 성욕의 격렬함을 불러일으킨다고 여겨졌지만, 암은 정력을 감퇴시키고, 먹는 행위를 고통스럽게 하고, 욕망을 없애버린다고 여겨졌다는 것이다. 결핵 환자가 이성을 유혹하는 비범한 재능을 지닌다는 건 하나의 상상에 지나지 않고, 또 갑작스런 정력의 증진 역시 죽음이 다가온다는 신호에 불과하다는 것. 결핵이 영적 정화의 폐 기관과 관련된 영혼의 질병으로 은유된다면, 암은 신체의 부끄러운 어느 곳이라도 침범할 수 있다는 점에서 육체의 질병으로 기호화된다. 그녀는 예를 들어 토마스 울프의 자전적 소설 「때와 흐름에 관하여」에서 결핵 환자 아버지가 기품이 있고 평온하게 죽어가지만, 잉마르 베리만의 영화 「외침과 속삭임」에 등장하는 암 환자 여성은 수치스럽고 고통스럽게 죽어간다고 지적했다.

내가 어릴 때 본 비극적인 영화 「스잔나」와 「러브스토리」에 등장한 여주인공들은 모두 백혈병으로 요절했다. 왜 암이 아니라, 백혈병일까? 어두운 절망의 이미지에 순백의 은유로 착색하려고 했기 때문이다. 백혈병도 사실은 암의 일종이다. 그런데 대부분의 사람들은 그것을 혈액 암따위로 보지 않는다. 영혼이 맑은 이가 몸에 걸리는, 덜 오염된 질병으로 착각한다. 비극적인 히로인의 순결한 죽음에 고통과 수치의 은유인 암을 극화하기란 쉽지 않았을 것이다. 훗날에 내가 듣기로는, 추억 속의 영화 「스잔나」의 경우, 우리나라에서 수입할 때 대본의 뇌종양(뇌암)을 자막에서 백혈병으로 슬쩍 바꾸어버렸다고 한다.

결핵이나 백혈병이 감수성이 예민하고 재능이 많고 열정적인 사람이, 암이나 에이즈가 정신적으로 결함이 있거나 감정을 잘 다스리지 못하는 사람들이 걸리기 쉬운 질병이라고 생각하는 것은, 착시이면서 편견이다. 수잔 손택 역시 일찍이 결핵이 감수성, 슬픔, 무력함을 나타내는 것의 은유라는 착시와, 암이 냉혹, 무자비, 타인의 희생을 가져오는 것의 은유라는 편견을 극복해야 한다고 역설했던 것이다.

우리는 괴질이라고 하면, 한때 에이즈를 생각하지 않을 수 없었다. 198, 90년대에 세기말의 괴질이라고 했다. 최근 20여 년 간에 이에 대한 두려움은 적잖이 좋아들었다. 과문한 탓에 잘은 모르겠으나, 에이즈 치료 기술이 꽤 진보했는지도 모를 일이다.

모든 괴질은 연결고리의 상실에서 기인하는 게 아닌가, 한다.

우리가 사회 환경, 자연환경 등을 말할 때 환(環)은 고리를 뜻한다. 인간과 인간 사이의 고리, 인간과 자연 사이의 고리가 없어지면, 심각한 문제가 야기된다. 인체나 사회나 자연에 있어서 순환이 되지 않는다. 순환이라고 할 때의 환도 물론 고리이다. 특히 인체가 조율의 메커니즘을 상실할 때 치명적인 질병을 얻게 된다.

사람들이 지나치게 육식을 탐하면 사육하는 목축의 성장호르몬제나 항생제 투여로 인해 인간과 자연의 밸런스마저 무너뜨린다고 한다. 고도의 산업화 문명이 자연의 순환 질서를 파괴시킨다. 에이즈는 왜 발생했나? 물론 내 전공은 아니지만 여러 가지 읽을거리를 참조하자면, 내 생각으로는 적어도 다음과 같다. 사람들의 지나친 성적 욕망과 관련한 메커니즘 조율의 상실에 기인한 적지 않은 문제점, 즉 욕망이 인체의 면역 체계에 교란을 일으키는데, 이것의 결과가 바로 에이즈로 나타난 게 아닌가?

4

전쟁이나 역병 등 인간에게 큰 일이 있으면, 빅 체인지 즉 큰 변화도 뒤따른다. 역사가 보여준 전례였다. 아시아 외환위기 때도 작은 변화가 있었듯이, 세계적 대유행이나 기후위기 같은 큰 일이 일어난 다음에는 걷잡을 수 없는, 다문화적인 빅 체인지가 반드시 수반될 것이라고 본다.

로마 황제이자 위대한 철인이요 문필가인 마르쿠스 아우렐리우스는 정확하게 알 수 없는 역병에 걸려 사망하였다. 천연두와 홍역과 관련이 있는 것으로 추정하고 있다. 이른바 '안토니우스 역병'(165~180)은 그의 또 다른 이름을 따서 명명되었다. 이것으로 인해 저 '팍스 로마나'의 시대도 서서히 저물어갔다. 불멸의 제국인줄 알았던 서로마가 몰락하면서 유럽의 고대도 끝장이 났다.

주지하듯이, 이 이후부터는 중세가 시작되었다. 1인 황제 체제에서 지방 영주 체제로 바뀌어가면서, 이 영주들은 일종의 '제후왕'으로 군림했다. 지방마다 소국의 군주로 군림했던 중세 봉건 체제는 마침내 다문화체제로 재편되었던 것. 10세기에서부터는 서서히 지구의 평균 기온이 상승했다. 이와 더불어, 유럽은 14세기가 되자 인구가 네 배로 급증하면서 문제의 소지를 드러낸다.

1346년은 역사의 큰 분기점이었다. 쥐벼룩을 태운 아시아 상선이 유럽을 침투한 이때부터 '페스트 박테리아의 시기'(1346~1353)가 이어진다. 유럽이 초토화된 건 말할 필요조차 없다. 페스트가 라틴어로 지독한 병,

흉한 죽음이라고 하듯이, 수많은 유럽인들은 지독한 병에 걸려 흉하게 죽어갔다. 사람들이 너무 많이 죽었기에 노동력이 급감하면서 중세 봉건제가 붕괴되었다. 대신에, 르네상스, 또는 초기 자본주의의 형태가 싹이 튼다. 라틴어 식자층이 감소되는 대신에, 다양한 민족어 사용자가 증가하였다. 모든 것이 단일성에서 다양성으로 바뀌게 된다. 산업은 농업에서 농업과 상공업이 결합된 사회 구조로, 문화는 기독교 독점주의에서 다문화적인 인간주의로 변화되어 갔다.

그런데 역병은 신대륙에서도 빅 체인지를 불러왔다. 천연두 바이러스에 의한 '아즈텍 몰락'(1529)이 대표적인 사례. 유럽은 유럽 역병의 전파를 통해 점차 중남미를 잠식해 가면서, 중남미와 동남아시아로 이어지는 대농장(플랜테이션)을 형성했다. 역사적으로 유례가 없을 만큼 참혹한 인권 침해의 사례인 흑인 노예제가 시작된 것은 물론이다. 대륙과 인종이 다양해진 새로운 지배-피지배 질서는 장차 서세동점의 세계사적인 양상으로 향해 치닫는다.

중국사에서도 '명과 청의 교체기'(1641~1644)라는 게 있었다. 한족인 명나라가 만주족인 청나라에 의해 멸망한 것의 이유는 여러 가지였다. 한반도 파병, 관리의 부정부패, 기온 급강하, 흉년과 아사자의 대량 발생 등등이 있지만, 1641년에 출현한 흑사병에 대한 치병을 제대로 하지 못했다는 데 가장 큰 원인으로 꼽을 수 있었다. 중국 대륙의 주인공이 된 청나라의 융성으로 인해, 과거에도 전례가 없었던 것은 아니었지만 질적인 차이가 있는 중국사의 새로운 호한(胡漢) 체제를 형성하였다. 이 호한 체제는 지배-피지배의 구조로 된, 중국적인 색깔의 다문화 체제였다. 이 체제는 마침내 지배자의 문화가 피지배자의 문화를 동화한 게 아니라, 거꾸로 동화되었다는 사실도 매우 이례적인 경우라고 하겠다.

앞으로, 코로나-19가 언제 종식될지 아무도 알 수 없다. 새로운 변이

형의 오미크론은 매우 강력하다고 한다. 2021년 말에, 또 다른 대유행이 예상되고 있다. 언제일지 모르지만, 코로나-19가 제 스스로 무력해지면서 퇴각하면, 새로운 다문화 체제가 지금까지의 전례들처럼 드러날 것이라고 보인다. 다음 시대는 기후 변화와 기후 위기의 시대로 전환될 것이 분명하다. 사회문화적으로는 초융합, 초연결의 시대가 저절로 찾아올 것이다.

포스트 코로나 시대에는 사람들의 마음도 크게 변화시킬 것으로 보인다. 세계가 더 가깝게 여겨지면서 공감 능력이 한층 강화될 수 있다. 신인류의 연대의식 같은 것이 소위 강화된 공감 능력이라고 하겠다. 반면에 딴 생각 같은 것도 있을 것이라고도 본다. 다름 아닌 혐오감과 증오 범죄이다. 이 경우는 아시아인에 대한, 일부 백인들과 일부 흑인들의 '묻지 마' 공격에서 전조 현상을 보여주고 있다. 코로나 이후에는 다문화뿐 아니라 단문화의 역습도 충분히 예상된다. 물론 이 시대가 되면, 디지털 전환이 가속화되고, 산업이 스마트하게 되고, 글로벌 네트워크가 다변화될 것이라고 본다.

올해(2021)의 국제 문학은 아프리카의 힘이 유독 강했다. 노벨문학상은 탄자니아 난민 출신의 작가가, 부커상은 남아프리카공화국의 작가가, 공쿠르상은 세네갈 출신의 재불 작가가 받았다. 세계문학의 판도가 포스트코로나 시대를 예고하는 것인지도 모르겠다. 우리나라의 성공적인 문화산업을 일컫는 'K-콘텐츠'도 큰 힘을 발휘하고 있다. 상반기에는 영화 「미나리」와 윤여정이 인구에 널리 회자되더니, 하반기에는 넷플릭스 드라마 「오징어 게임」이 화제를 몰고 왔다. 저 BTS 역시 연말에 큰일을 해냈다. 나는 이민진의 소설 「파친코」(한국어판)를 요즈음 흥미롭게 읽고 있는 중이다. 앞으로 영어로 쓰인 「토지」라는 평가를 받을 수 있을까? 어쨌든 지금의 K-콘텐츠는 힘이 있다. 스토리의 옷에다 덧옷을 입히면 스토리텔링이 되듯이, 콘텐츠에 문화적인 큰 힘을 발휘하면 문화콘텐츠가 된다. K-콘텐츠가 다문화 시대의 문화콘텐츠로 자리하면, 또 기여하면 좋겠다.

내가 올해의 다문화의 사례 중에서 가장 감동적으로 경험한 것은 신문에서 읽은 '검은 경비원(garde noir) 아내'의 이야기였다. 검은 경비원이라고 하는 닉네임을 가진 프랑스 흑인 축구선수가 있었다. 이름은 아담스다. 1970년대에 주로 활동한 그는 국가대표 중앙 수비수로서 A매치 22경기를 뛰었다. 아프리카에서 프랑스로 온 이주민이거나 난민의 아들이었을 그. 그의 아내는 백인 여성이었다. 이 두 사람은 흑백 커플이 흔치 않았던 1969년에 결혼했다. 백인 아내는 젊었을 때 흑인 남자와 결혼했다는 이유로 따가운 시선을 받았다고 한다. 아담스는 1982년에 의료 사고로 인해 식물인간이 되었다. 아내는 그 후 39년간 옆에서 매일 새로운 옷을 갈아입히면서 정성껏 수발을 했다.

무려 39년 동안 삶과 죽음의 경계에 놓여 있었던 그가 올해 세상을 떠났다. 의학적인 죽음과 온전히 죽지 않음의 틈새에서, 이승도 아니고 저승도 아닌 미지의 곳에서, 그의 영혼은 오랫동안 떠돌았던 것이다. 간혹 외출한 후에 집으로 되돌아오면, 그녀는 그의 미세한 움직임을 감지할 수 있었다고 한다. 아담스가 비로소 저 세상으로 떠나가자, 그의 아내의 이야기가 세간에 알려져 우리에게 감동을 안겨주었던 것이다. 우리나라 언론에선 순애보라고 했지만, 나는 비유컨대 다문화의 꽃이라고 말하고 싶다. 이질적인 요소인 흙과 물이 뒤섞인 데서 피어난 아름다운 연꽃이라고 말이다.

다문화의 꽃은 도처에 피어 있다. 내가 한때 열렬히 좋아했던 여배우 이자벨 아자니는 알제리인 아버지와 독일인 어머니 사이에 태어났다. 그녀는 프랑스인 피 한 방울을 받지 않았어도, 마침내 프랑스의 국민 여배우가 되었다. 미국의 전직 대통령인 오바마 역시 흑백 혼혈인으로서 대통령이 되어 선정을 베풀었지 않나? 혈통주의와 인종주의는 다문화의 그늘 속으로 점차 들어가고 있다.

나는 다문화를 얘기할 때마다 언어의 문제도 간과할 수 없다고 본다. 지금도 우리나라 지식인 중에는 표준어 절대주의자가 적지 않다. 글자 그대로 보면, 절대(絶對)란 상대가 끊겼다는 뜻이다. 표준어의 상대 개념은 방언이 아닌가? 방언은 우리말과 우리 문학의 보물창고가 아닌가? 표준어는 근대 사회에서 의사소통의 필요성에 따라 만들어진 언어이지, 가치의 우위 위에 놓인 언어는 전혀 아니다. 우리의 표준어는 인접 지역이어도 말이 안 통하는 중국이 정해놓은 '보통화(普通話)'의 개념과 다르다. 우리는 남북한 언어도 서로 통한다. 세상에서 가장 힘이 센 언어인 영어에 표준어가 있다는 말을 들어 보았는가? 표준어와 방언이 공존한다는 생각이야말로 국어의 다문화인 것이다.

5

정현종의 2행시 「섬」이 있다. 사람들에게 잘 알려져 있을 만큼 아주 유명한 시다. 이 명시의 전문인 '사람들 사이에 섬이 있다. 그 섬에 가고 싶다.'를 패러디하여, 나는 작년에 「괴질」이라는 제목의 2행시를 만지작거린 적이 있었다. 2행시라고 해서, 그냥 장난삼아 써본 시가 아니다. 내 나름으로는 진지하거나 심각한 것이었다. 언어의 구조는 인유적(引喩的)인 아이러니의 구조이며, 또 이 같은 구조는 저간의 사정과 관련된 세계의 구조이기도 했다.

사람 사이에 괴질이 있다.

잠시 무인도에 살고 싶다.

사람들에게는 틈새, 즉 사이가 있다. 이래서 사람들은 간적(間的) 존재인 게다. 사람들을 두고 한자어로 '인간'이라고 하는 까닭도 여기에 있다. 그런데 금세기의 돌림병인 코로나-19가 지금 인간 세상 속에서 기세 있게 돌아다니고 있다. 이 괴질은 누구나 피하고 싶은 역병이리라. 때로는 무인도로 향해 잠시 떠나고 싶다는 생각이 간혹 들기도 한다. 이 시대를 바라다보는 내 개인적인 소회, 감회 한 가지를 밝히려고 했던 거다.

나는 이 책에 관해 더 이상 바랄 것이 없다. 표제의 필두(筆頭)로 삼은 말인 '다문화'가 타(他)문화라고 보는 군은 생각을, 다문화문학이 이방인이 등장하는 낯선 문학이란 좁은 생각을 가진 독자가 있다면, 이 책이 그 같은 생각들로부터 벗어나는 데 조금 도움을 주는 책으로 기억되기만을 바란다. 두말할 나위도 없이, 지금 우리에게 있어서 다문화는 엄연한 현실이지 아니한가? 이 현실을 무시하고 결코 우리 홀로 설 수가 없다. 우리는 고유문화가 다문화에 의해 잠식된다는 찜찜함도, 두려움도 가질 필요가 없다. 해방되기까지 누구나 즐긴 고유한 민족 오락이었던 투전이 사라진 데는, 포르투갈의 카르타에서 비롯해 일본의 화찰을 거쳐 우리의 다문화적인 화투로 정착되었다는 사실에 있다. 이 사실을 두고 한국인 누구도 찜찜해하거나 두려워하거나 하지 않는다. 순댓국이나 자장면이나 떡볶이처럼 외래의 것과 접촉이 없는 한국적인 것이란 있을 수가 없다.

한 해가 서서히 저물어가고 있다. 그 동안, 또 앞으로도 결코 모습을 나타내지 아니할 사악한 역병이 이름조차 같은 무슨 왕관을 쓰고 폭군처럼 군림하면서 위세를 떨쳤다. 이제 새해에는 이 폭군 같은 녀석이 선량한 인간들로부터 멀어지기를 바랄 뿐이다.

2021년 12월, 저자 쓰다.

부록 _ 2021년 10월의 발표문

다문화 소설의 인간상, 그늘진 곳의 이방인들
—세 가지 유형의 작중인물

1. 실마리 : 다문화주의와 다문화문학의 등장

이른바 '다문화(multi-culture)'의 개념은 1950년의 인도 헌법에서 국가의 정책으로 공인되면서 처음으로 채택된 바 있었다고 한다. 그 후 캐나다와 호주가 이민 정책을 추진하는 과정에서 그것은 더욱 구체화되기에 이르렀다. 또 미국은 한때 '용광로(melting pot)'라는 수사를 동원하면서 세계 각처로부터 모인 온갖 인종과 민족이 자유와 평등의 이념 아래 미국인이라는 하나의 새로운 세계를 만들어낸다는 긍정적인 자기 진단을 가졌었다. 그러나 그것은 환상에 지나지 않았다. 미국 사회를 여전히 지배하는 것은 소수의 주류집단이었다. 결국 미국 사회는 관용에 바탕을 둔 다문화 사회에서 그 해답을 찾으려 했다.[1]

우리 사회도 십여 년 전부터 다문화적인 개념에 상응하는 사회문화적인 단계로 접어들었다. 2008년 9월을 기준으로 하여 한국에 체류하고 있는 외국인의 수는 118만 명 정도이며, 불법체류자의 수는 21만 명으로 조

---

1 김광억, 「다문화주의의 시각」, 한상진 편, 『현대사회와 인권』, 나남출판, 2002, 79쪽, 참고.

사되었었다. 2019년 12월 말의 시점에 이르면, 이 외국인의 수가 250만 을 넘겼으며, 불법 체류자의 수 역시 39만 명에 이르게 되어 전체 외국인 숫자의 15. 5%를 차지하고 있다. 이밖에도 결혼이민자와 다문화 가정 자 녀의 수가 해를 거듭할수록 급증하고 있다. 다방면에서 사회적으로 주의 를 기울여야 할 존재와 군상이 많아졌음은 두말할 나위가 없다.

지금은 어느 정도 개선되었지만, 이 글을 처음 발표할 2010년의 당시 만 해도, 우리 사회에 나타나고 있는 다문화가정을 둘러싼 문제가 다문 화의 정체성을 인정하지 않은 채 폭력성을 띠고 있다는 사실로부터 벗 어나지 못하고 있었다. 이유는 간단했다. 소위 '상상의 공동체'라고 할 수 있는 민족에 대한 환상과, '단일민족'으로 말해지는 혈통중심주의에 있다고 할 수 있었다. 여기에서부터 주류 문화에 소수 문화가 일방적으 로 동일화되어 소수문화의 정체성을 상실한다는 문제점이 심각하게 발 생한다. 주류 문화 중심의 '문화 동화주의(cultural assimilation)'는 타문화, 상대 문화에 대한 우월성만을 강조한다. 이에 대해 소수민족이나 이민 자의 문화의 정체성을 주류사회의 문화와 마찬가지로 동등하게 인정하 자는 것이 바로 다름 아닌 이른바 다문화주의(multiculturalism)가 존재하는 근거가 된다는 것이다.

그러나 현재 한국 사회에서 주목할 만한 현상은 오랜 역사적 연원을 지니고 있는 단일문화주의가 다문화주의로 옮겨가고 있다는 사실이다. 한국 사회는 그 동안 일제강점기와 분단 시대라는 현실적인 특수성으로 인해 민족주의의 결속력이 매우 강렬했던 것이 엄연한 사실이었다. 이 런 데서 하루아침에 다문화의 사회가 되기란 쉽지 않다. 다문화주의의 색채는 서서히 색깔이 짙어가고 있다. 이 과도기적인 상황은 당분간 점 진적으로 지속될 것 같다.

이른바 다문화주의는 미국과 캐나다와 호주 등에서 1970년대에 제창 되어 1980년대의 논쟁 시기를 거쳐 정책으로 뿌리를 내렸다. 다문화주의의 개념적 스펙트럼은 다양하다. 우리나라에서도 일부 지식인들이 1990년대부터 다문화주의의 문제를 제기해 왔다. 다문화주의는 보수주의적 다문화주의, 자유주의적 다문화주의, 좌파적 다문화주의 등으로 나누어지는데, 이 모든 것의 한계를 극복하고 가능성을 더욱 발전시킬 수 있는 것은 비판적 다문화주의라는 의견도 있었다. 이것은 균형과 조화를 꾀하기보다는 상호작용의 폭을 넓히는 데 훨씬 많은 노력을 기울일 수 있기 때문이라고 한다.[2]

한국에서의 다문화 문제는 문학, 문화 부분에서 오래 전부터 논의되어 왔다. 그 사상적인 영향으로 큰 힘을 갖고 있었던 것은 소위 탈식민주의라고 할 수 있다. 이 이론은 식민지를 경험한 우리나라로선 상당한 관심의 대상이었다. 이것은 20세기 후반 영미 비평계에서 제국주의적인 문학 텍스트 이론에서 비롯하여 민족과 국가의 경계를 넘어서 전지구적으로 확산되는 시장 제국의 주체 세력에 대항하기 위한 소수자의 담론으로 자리를 잡았었다.

다문화주의는 세계화의 진전이나 '이주의 시대'가 도래함으로부터 나타나게 된 현상이라고 여겨진다. 최근까지만 해도 다양성보다 동일성이 강조되던 시대를 살아온 것이 엄연한 사실이었다면, 우리의 문학도 근대 국민국가의 형성과 함께 민족주의, 즉 단(單)문화주의에 근거한 문학관으로부터 크게 벗어날 수 없던 것도 엄연한 사실이 아닐 수 없다.

이에 따라 다문화주의의 개념에서 파생된 또 하나의 개념이 바로, 이 글의 기둥말이 되는 '다문화문학(multicultural literature)'인 것이다. 이것은 배타적이고 불평등한 위계의 표상으로서의 문화적 차별성에 맞서면서 인간들의 다원적인 삶의 모습과 문화의 상대적 가치의 공존을 위해 일정한 문학성을 추구하자는 데 그 의의를 두고 있다고 할 것이다. 요컨대,

---

2 김욱동, 『전환기의 비평 논리』, 현암사, 1998, 186쪽, 참고.

다문화문학은 삶의 경험적인 다층성과 다원성, 그리고 전통, 언어, 역사에 의해 조명되는 구체적인 문화의 상황들을 그려내려고 하는 문학인 셈이다. 즉, 그것은 작품을 읽는 독자로 하여금 각각의 문화의 특징들을 이해하고 소통할 수 있게 한다. 그러면 독자들은 다문화문학 작품을 통해 문화를 이해하고 서로 소통할 수 있다.

이와 같은 맥락에서 볼 때, 나는 오늘날 다문화문학의 한 전망으로서 '간(間)문화'의 여지와 성격을 생각하지 않을 수 없다. 이른바 간문화성(interculturality)이란, 경계와 접촉의 서로 겹치는 부분, 상호의존, 상호침투에 관심을 기울인다. 10년 전의 상황에서 볼 때, 사회학자 허영식의 『다문화사회와 간문화성』(강현출판사, 2010)은 간문화성에 관한 국내의 유일한 도서라고 할 수 있었다. 이 책에서 간문화성에 관한 개념 틀이 다양하게 제시되어 있거니와[3], 요컨대는 다문화 사회에 있어서의 간문화성의 개념은 다문화문학, 혹은 이와 관련된 비평이 지향하는 경험, 상황, 맥락과도 밀접한 관련성을 맺는다. 그 개념이 '사이에 놓인 상태 또는 성질'의 간성(間性)을 중요하게 여기는 것이라면, 다문화문학이 지향하는 구경적인 이상과도 별반 다를 바가 없다. 문화라고 하는 말의 접두사가 되는 '간'

---

3 허영식의 『다문화사회와 간문화성』의 골자를 정리하면 다음과 같다. 첫째, 간문화성은 차이나 공통점뿐만 아니라, 특별히 경계와 접촉의 서로 겹치는 부분, 상호의존, 상호침투에 주의와 관심을 기울인다.(35쪽) 둘째, 다문화 사회에서 간문화성의 중요성과 의미에 초점을 맞추어 간문화적 관계와 특징에 주의를 기울이고 있기 때문에, 맥락과 상황을 도외시하고 일방적으로 다문화만을 부각시키면 안 된다.(45쪽) 셋째, 근대 이전의 다문화사회와 간문화성을 식민지와 문명화, 박해와 동화의 측면에서 논의되었으나, 근현대의 그것들은 인종차별주의와 문화변용, 전체주의, 그리고 세계공동체의 측면에서 논의의 초점화를 시도하려는 경향이 있다.(155쪽) 넷째, 간문화성은 서로 가로지르거나 어긋나는 질문, 그리고 서로 다른 여러 분야에 놓여있는 질문과 관련된다.(157쪽) 다섯째, 간문화적 경험에 대한 기술(記述)은 사실상 '계기'에 대한 기술을 통하여 이루어진다. 이 차원은 그것 자체의 고유한 계기, 즉 주체의 사회적 결부를 특징짓는 다른 계기들과 구분된다는 것을 암시하고 있다. 물론 간문화적 계기를 다른 계기들과의 연관성 속에서 바라보아야 한다는 점을 인정하더라도 그 자체의 고유한 계기를 시야에서 놓치지 말아야 한다.(221~222쪽) 여섯째, 간문화성의 기술은 내면의 시각에서 나의 정체성과 타자의 정체성에 관하여 기술하는 것뿐만이 아니라, 서로 다른 문화들 사이에서 발생하는 공동의 생활에 관해서도 기술한다.(225쪽)

은 통합을 의미한다. 인간의 보편적 가치란, 늘 통합을 전제한다. 이 '간'
이라고 하는 개념 속에서, 탐색 및 운동, 또는 시험하는 과정의 뜻을 강조
하는 것은 문맥상 극히 자연적인 것이라고 말할 수 있겠다.

새로운 세기에 우리 문단에는 새로운 문제적인 상황이 발생하고 있었
다. 우리가 실질적으로 다문화 사회로 서서히 진입해 들어가면서 이주
노동자, 이주결혼여성, 불법체류자, 탈북자, 다문화가정의 형성 등의 사
회적인 변동 상황이 문학을 창작하고 있는 작가들의 작품 세계에도 영
향을 끼치게 된 것이다. 그 총량이 해가 거듭할수록 누적되어가면서 우
리나라의 경우에도 '다문화문학'의 용어가 사용되기 시작한 지도 20년
정도 이른 것 같다. 이 글은 대체로 2000년대 중반에서 2010년대 초반
에까지 점진적으로 이룩해온 한국의 다문화문학의 전개 및 현황을 살펴
보면서 그것이 앞으로 한국문학과 한국 사회, 그리고 간문화적 상황과
맥락에 어떠한 영향을 끼칠 것인지에 관해 전망해 보려고 하는 데 의의
를 두고 있다. 특히 이 글에서는 다문화 소설에 등장한 인물(인간상)에 초
점을 두고 논의를 개진할 생각이다. 내가 인물을 중시한 이유는 다음과
같은 인용문에서 대신할 수 있을 것이다.

……등장인물의 행동은 새로운 상징질서를 상상하는 주체의 실천적 행위로
볼 수 있다. 이들은 차이(difference)가 인정되는 새로운 상징계를 꿈꾸고 있다.
등장인물의 이러한 성격의 변화는 모순을 쉽게 해결하게 된다. 문화적인 차이
를 긍정하고 인정하게 되면 소수자는 자유롭게 되고 역동성을 얻게 된다.[4]

이 글에서, 나는 다문화 소설의 인물 유형에 관해 크게 세 가지로 분

---

4 김종헌, 「한국 다문화동화에 나타난 등장인물의 갈등 양상」, 어린이책이야기, 2009, 봄, 64쪽.

류하였다. 물론 잠정적이요 자의적인 분류법이다. 가설인 셈이다. 심리적 내면 상황 속의 인간상과, 사회적 의미로 확장된 인간상과, 텍스트적 기능으로서의 인간상이 그것이다. 나는 이것의 설정 기준을, 작품과 세계를 바라보는 문학비평적인 관점에서 착안하였음을 미리 밝혀둔다. M. H. 에이브럼즈의 모형에 비추어 본다면 심리적 내면 상황 속의 인간상은 작가와 작품의 관계를 중시한다는 점에서 표현론이요, 사회적 의미로 확장된 인간상은 작품과 세계의 관계를 중시한다는 점에서 모방론이요, 텍스트적 기능으로서의 인간상은 객관적으로 존재하는 작품 그 자체라는 점에서 존재론이다.

이 글은 논문의 형식으로 이미 발표되었었다. 논문의 제목으로는 「한국 다문화 소설의 세 가지 인물 유형 연구」(『배달말』, 47집, 2010)였다. 세월이 흘러 이 논문을 발표한 지도 10년이 지났다. 이것을 내 비평집 단행본에 재수록하려고 하는 과정에서, 논문의 문체를 비평문의 필치로 전환하고, 불필요한 부분은 삭제하고, 또 그 이후의 작품인 구경미의 「라오라오가 좋아」(2010)와 박찬순의 「루소와의 산책」(2013)을 비평적 대상의 텍스트로 추가하였다. 이 글을 읽는 독자의 시점도 2010년에서 2021년까지로 재조정하는 데 염두를 두기도 했다.

2. 심리적 내면 상황 속의 인물들—신우 · 병섭 · 루소

한국 사회의 다문화적인 상황은 소설의 문제로 우선적으로 반영되었다고 할 수 있었다. 소설이 현실의 동향과 전망을 탐색해 나아가는 데 다른 것보다 더 기능적인 장르이기 때문이다. 이와 관련하여 현실의 변화와 문제들을 민감하게 감지하고 있는 소설가들은, 최근 20년 가까운 기간 동안 다문화적인 변화, 특히 외국인 노동자 인권 문제, 결혼 이주

여성의 문제, 국제결혼 가정의 자녀 문제 등을 소재로 창작 작업을 진행하는 추이 과정을 보여 왔다.

한국 사회의 다문화 양상을 소설로 형상화한 시도 가운데 가장 주목할 만한 것의 하나는 박범신의 「나마스테」(2004)이다. 우리나라에 살고 있는 외국인 노동자의 삶의 문제를 다루면서 한국 문화와 다른 문화의 맞닥뜨림을 통하여 다문화사회로 진입하고 있는 한국 문화의 문제를 여실하게 형상화한 작품이다.

이 소설의 제목은 네팔인들의 인사말을 제목으로 삼고 있다. 소설의 본문에 드러나 있지만 '나마스테'는 안녕하세요, 안녕히 가세요, 어서 오세요, 건강하세요, 행복하세요, 다시 만나요 등의 여러 가지의 뜻을 가진 네팔어라고 한다. 이 인사말은 인도인들도 쓴다. 자신에 대한 겸양의 뜻은 물론이고, 저는 당신을 인정합니다, 저는 당신의 신을 존경합니다 등의 뜻이 함축한 말이었다. 이 말 한마디의 힘엔 세상을 바꿀 수 있다는 희망이 담겨 있지 않을까?

작중 인물 신우가 만나서 사랑하고, 의식이 깨이고, 마침내는 죽음을 같이하는 카밀이라는 인물이 네팔 사람으로 되어 있다. 그동안 흔하게 볼 수 없었던 애깃거리인 것이 사실이다. 주인공으로 설정된 신우와 카밀이란 중심인물을 통해 문화적 공간의 대립[5]에서부터, 인물의 관계망, 현실 인식과 종교적 포용 양상, 다문화 언어의 소설 담론, 소설의 결말과 미래 전망의 측면 등등을 다각도로 분석하자면 한국에서 다문화사회가 지니는 의미에 대해 검토해볼 수 있다는 전망이 이미 나온 바 있을 정도로, 소설 「나마스테」는 소설사적인 의미의 측면에서 학계에 이미 주목되

---

5 한국과 네팔이라는 두 공간은 서로 대립적으로 구성되어 있다. 지리적으로 볼 때 네팔은 성산 히말라야로 둘러싸여 있고 신화와 전설과 함께 청정무구한 자연이 있는 곳이다. 이에 비할 때 한국은 근대화된 공업 사회, 자본주의가 급격히 발전하는 곳이란 점에서 서로 다른 공간으로 설정된다.

고 있는 작품이다.

소설 「나마스테」는 무엇보다도 다문화 소설의 주인공 중에서 이와 같이 작중인물의 심리적인 내면 상황이 잘 그려진 것의 한 전범의 사례로 얘기될 수 있다. 이것이 다문화 소설의 한 성취작으로 평가되고 있는 데는 이 소설의 여주인공인 신우가 우리 소설사에서 이전에 경험할 수 없었던 참신한 인간상이라는 사실에 있다. 그녀는 어린 시절에 '아메리칸 드림'을 잃고 조국으로 다시 정착한다. 미국에서의 뿌리를 내리는 것에 좌절하고, 또 겉으로는 멀쩡하지만 술만 마시면 인격 장애를 일으키는 남편을 잘못 만나 결혼에 실패한 후에, 다섯 살 아래의 네팔인 노동자 카밀과 운명적으로 만남으로써 얘기되기 시작하는 「나마스테」는 비극적인 낭만의 사랑을 보여준다. 카밀이라는 신비의 인물, 설산(雪山)의 '언덕 저쪽'인 이상향 샹그리라로 기호화된 몰역사적인 공간, 먼 곳에의 그리움, 카르마·안트라·환생·바르도 등과 같은 초절(超絶)의 세계관 등에서 볼 때 낭만주의의 요소가 고스란히 갖추어져 있다.

그러나 외국인 노동자를 억압하는 배타적인 한국의 현실 못지않게 신우를 짓누르는 것은 카밀과 사비나와의 삼각관계이다. 신우는 트라우마가 많은 삶을 살아왔다. 가족사의 비극, 미국에서의 뿌리 뽑힌 삶, 흑인 남자와의 찜찜한 첫 경험, 결딴난 결혼 생활 등으로 인해서 말이다. 그녀는 카밀과의 관계를 통해 새로운 행복을 꿈꾸어 왔으나 완강한 현실주의의 벽에 의해 좌절된다. 그 좌절된 삶을 딛고 그들의 딸인 애린이 성장하여 환한 세상을 느끼게 되어간다. 작가 박범신은 2021년, 가상의 미래를 그림으로써 신우와 카밀이 이루지 못한 '자아의 발견'이란 대물림을 성취하기에 이른다.

나는 잠든 카밀을 들여다보았다.

잠들기 전까지 그가 경험했던 고통스런 사랑의 분열은 온데간데없이, 카밀의 얼굴은 놀라울 만큼 편안해 보였고, 그래서 아름다웠다. 눈썹은 짙고 속눈썹은 어린아이의 그것처럼 가지런했으며 도톰한 입술엔 지금 막 생피가 배어오는 듯 발그레했다. 너무도 편안해 아름답기까지 한 그의 잠든 얼굴이 신기하고 낯설었다.

(……)

나는 춤꾼 같은 카르마의 실체를 그 순간 느꼈다.[6]

이 인용문은 소설 「나마스테」의 발단부에 해당한다. 신우와 카밀이 만나 서로 사랑하기 전의 감정 상태를 잘 그려내고 있다고나 할까. 앞으로 전개될 사건의 암시를 보인 것이라고 하겠다.[7]

소설의 인간상 가운데 심리적인 내면 상황에 방점을 두는 경우가 있는데 「나마스테」의 여주인공인 신우가 여기에 해당한다고 할 수 있다. 인간의 깊은 내면에서 일어나는 소통, 혹은 '연민의 흐름'을 표현하는 것이 소설의 중요한 의미 한 부분이라면, 소설의 형태란, 다름이 아니라 이와 같은 유의 소설에서 보듯이 인간과 인간 사이에 소통하는 연민의 흐름에 형태를 부여하는 것이 될 터이다.[8]

소설에 구현된 신우의 인간상은 자비로운 보살의 모습과 합치되어간다. 이 소설은 불교의 이미지들로 가득 차 있다. (이때 말하는 불교의 이미지는 우리의 불교와 사뭇 다른 낯설고도 이질적인 이미지들이다.) 카밀에 대한 신우의 시혜적인 사랑은 카밀의 동료인 다른 이주노동자들을 보살피는 데까지 확대된다. 요컨대, 그녀는 심리학 내지 정신분석학적

---

6 박범신, 『나마스테』, 한겨레신문사, 2005, 67쪽.
7 카밀의 잠든 모습을 묘사한 인용 부분은 스튜어트 홀이 얘기한바 '선량한 흑인의 재현 논리'와 상통한다고도 볼 수 있다. (문재원, 「이주와 서사의 로컬리티」, 『한국문학논총』, 제54집, 2010, 4, 318쪽, 참고.)
8 박혜숙, 『소설의 등장인물』, 연세대 출판부, 2004, 28쪽, 참고.

비평 방법에서 작중인물의 성격을 분석하는 데 논의되는 개념 범주에 놓이는 소위 대리자(surrogate)와 무관하지 않은 것으로 여겨지고 있다.[9] 인간의 내면적 고통을 수용하는 인격의 화신이다.

알려진 바에 의하면 작가 전성태가 다문화 소설에 관심을 기울이게 된 것은 작가의 자전적 체험 및 성장기의 마음의 상처와 무관하지 않다.[10] 최근에 양산된 다문화 소설 가운데 소설의 등장인물이 작가의 심리적 내면 풍경이나 주관적인 경험을 잘 투영하고 있는 것으로는 전성태의 단편소설 「국경을 넘는 일」과 「남방식물」을 꼽을 수 있다. 이 작품 속에는 한국인들의 무의식 속에 공유하고 있는 집단병리성 같은 것이 자리하고 있다. 국경을 사이에 두고 동족끼리, 심지어는 국경 안에서도 서로 적으로 규정짓고 냉전적인 심성의 강력한 힘을 발휘하는 소위 '레드콤플렉스'의 문제인 것이다.

「국경을 넘는 일」은 주인공 박이 배낭을 메고 캄보디아를 여행을 하던 중에 육로를 이용해 태국으로 넘어가기 위해 그와 함께 어울린 외국인들과 국경의 다리를 건널 때 한 어린 아이가 장난으로 불어댄 호루라기 소리에 화들짝 놀라면서 뛰어가다가 검문소 요원들로부터 검문검색을 심하게 당한다. 국경에 설치된 다리 위를 저도 모르게 뛰게 됨으로써 태국 공안원의 검문을 받고 풀려나는 이 소동이야말로 다름 아니라 분단국가의 국민이 갖고 있는 무의식에 잠재한 공포가 그대로 드러난 경우이다. 국경을 넘는 일 그 자체가 분단국가 사람들의 무의식에 잠재된 공

---

9 심리학 내지 정신분석학적 비평 방법에서 작중인물을 분석하는 데 그밖에 각종의 콤플렉스, 이를테면 사디즘(가학음란증), 마조히즘(피학음란증), 과대망상, 자아도취, 공포증, 편집광, 우울증, 외상(트라우마)설 등의 용어를 이용하기도 한다.

10 다문화의 소설에 관해서라면 전성태에 관한 화제를 빼놓을 수 없다. 그는 곱슬머리와 하얀 피부, 옅은 갈색 눈동자라는 이색적인 외모를 가졌는데, 어릴 때부터 혼혈아라는 오해를 많이 받았다. 그는 스스로 자신을 '짝퉁 혼혈아'라고 말한 바 있다. 성장기의 내적인 외상이 다문화 소설 작가가 되는데 기여한 것이라고 여겨지고 있다.

포를 유발한다는 것은, 한국인이 국경 너머에서 어떤 태도로 타자를 만날 수 있을까에 관해 조심스레 질문하고 있다고 평가됨직한 문제이다. 이 작품은 그의 두 번째 소설집『국경을 넘는 일』(2005)의 표제작으로 실려 있다.

전성태는 이 이후에도 다문화적인 상황을 반영하고 있는 소설을 잇달아 발표하였다. 그의 세 번째 소설집『늑대』[11]에 실려 있는「남방식물」의 주인공 병섭의 경우도 이상으로 말한 것과 거의 비슷하다. 병섭은 졸업한 제자와의 스캔들로 여고 미술교사를 그만두었을 때 그의 나이 마흔둘이었다. 그의 인생유전은 이때부터 시작되었다. 그의 돌아가신 어머니의 말마따나 '새파란 년 뒤쓰레질(뒷정리—인용자)을 하느라 프랑스로 이딸리아로 칠년을 떠돌았'[12]던 것이다.

사업의 수단이 좋은 아내가 10년 전 벌여놓은 몽골의 한국 호텔 관리인으로 정착한 지도 꽤 오랜 시간이 지났다. 그가 몽골에 정착한 것은 아내에 의한 유배의 형벌과 같았다. 이 소설에서 다문화적인 인간 교섭에 관한 병섭의 이런저런 얘깃거리는 몽골인 돈얼의 끊임없는 도움 요청에 대한 심리적인 반응, 이를테면 짜증과 경멸 등을 나타내는 과정과, 북한 정부에서 운영하는 목란식당의 종업원들에 대한 경계심과 이를 대처하는 과정으로 요약된다고 하겠다. 특히 후자의 에피소드는「국경을 넘는 일」의 모티프를 반복하는 것처럼 보인다.

이윽고 명화 처녀가 무슨 편지 같은 것을 내밀었다. 그는 본능적으로 긴장했

11 그의 세 번째 작품집『늑대』(2009)에는 남북한 관계, 이주노동자, 신자유주의, 탈북자, 자본주의, 혼혈인 등의 다양한 얘깃거리와 중요한 주제의식이 담겨 있는 소설집이다. 민족문학연구소는 소설집『늑대』가 변화된 환경 속에서 새로운 남북관계의 모색을 보여주었다는 점에서 2009년 '올해의 작가'로 전성태를 선정한 바 있다.
12 전성태,『늑대』, 창비, 2009, 81~82쪽.

다. 동시에 불길한 예감과 불안감이 온몸에 쫙 끼쳤다. 그는 편지를 받아서는 안 될 것 같았다. 그러나 그는 이미 그 편지를 받아들고 서 있었다. 여전히 처녀는 간절한 표정으로 뭔가를 다짐받듯 고개를 까딱해 보였다. 그는 편지를 외투 주머니에 쑤셔 넣고 서둘러 식당을 나섰다.[13]

병섭이 머잖아 북한으로 되돌아가야 할 리명화로부터 그 쪽지를 받으면서 느끼게 된 뜻밖의 심리적인 반응은 본능적인 긴장감이었다. 분단 국가의 국민으로서 자유로울 수 없는 각별한 의미의 '관념복합체' 같은 것이 있다. 이 본능적인 긴장감은 시간이 흐르면서 '자신에게 무언가의 숙제를 남긴 처녀에 대한 치밀어 오르는 화'였다.

그 무언가란 무엇일까? 병섭에게는 탈북의 요청 정도로 이해되었을 것이다. 병섭은 몽골식 성황당 돌무지 제단인 '어워' 한 귀퉁이에 쪽지를 놓고 돌멩이 서너 개를 올려놓았다. 물론 그는 그 쪽지의 내용을 읽지 않았다. 이 일련의 행위를 그는 '속죄의 고행'이라고 합리화한다.

그러나 결국 알게 된 일이거니와, 쪽지의 내용은 통상적인 이별 인사에 지나지 않는 내용이었으며, 몽골의 한 여성이 한국으로 진출하고자 하니 도와달라는 정도의 범박한 내용에 지나지 않았다.

박찬순의 「루소와의 산책」(2013)은 심리적 내면 상황 속에서 가장 전형적인 인간을 창조하고 있다. 이 소설의 화자 '나'는 실패한 파리 유학생이다. 아버지는 열처리 공장을 소유하고 있는 중소기업인이다. '나'는 한때 파리에서 콩코르드 광장에서 루브르 박물관 사이를 돌아다니면서 논문이 없을까 탐색을 하기도 했다. 그러다가 박사논문 감으로 철학자 루소를 발견했다. 우리에게 '인간 불평등의 발견'을 안겨다준 철학자 루

---

13 같은 책, 78쪽.

소 말이다. 우리는 이 '발견'을 '기원'으로 알고 있지 않나? '나'는 루소의 이 발견을 21세기 한국 사회에서 재발견하기 위하여 '현대사회와 불평등의 심화'라는 논문을 쓰기로 했으나, 결국에는 실패하고 말았다. 프랑스에서의 박사 학위는 녹록치가 않다. 수많은 한국인 유학생들이 특히 파리에서 고배를 마시고 귀국한다고 하지 않나? '나' 역시 시계 수리공 아들로 불우하게 성장한 루소처럼 소르본대학교 앞을 서성거리거나 뤽상부르 공원 등을 헤매면서 돌아다녔다. 당장 귀국하라는 아버지의 엄명과 함께 돈이 끊겼다. '나'는 거리의 노숙자로 있다가 급식을 받기도 하였다. 이제부터는 외국인 노동자들을 데리고 있는 아버지의 공장 일을 돌보는 게 그 동안 아버지의 후원에 대한 보답이었다.

화자 '나'는 파리에서 루소를 찾아 헤매다가 한국에 와서 또 다른 루소를 만나게 되었다. 화자 '나'가 이야기의 흐름을 주도하고 있기 때문에, 이 작품의 주인공인 것처럼 보이지만, 주인공은 사실상 작품 주제의 키를 쥐고 있는 루소라고 볼 수 있다. 루소는 '나'가 붙인 별칭이다. 본명은 다라마. 스리랑카 영웅의 이름에서 따온 이름이라고 한다. 그는 아직 미성년자로서 홍차 즉 실론티로 국제적으로 유명한 차밭이 있는 고향 마을에서 고향의 배꼽친구인 꾸마라와 함께 한국에 왔다. 같은 처지의 이주노동자로 한국에 왔지만, 한국에서의 행보는 전혀 달랐다.

이 소설은 '나'가 교도소에 있는 다라마를 면회하고, 교도소 운동장을 산책하는 과정을 서술한 내용의 이야기다. '나'가 법전을 뒤져가며 어렵게 따낸 특별 면회다. 다라마는 친구 꾸마라에게 칼을 휘둘렀다. 휘두른 게 아니라, 찌른 지도 모른다. 이 사건은 살인인지, 살인 미수인지도 알 수 없다. 칼부림의 이유도 알 수 없다. 충격을 넘어 견딜 수 없는 모욕감에 몸을 떨면서, 둘도 없는 고향친구에게 칼부림하지 않으면 안 되었던 루소. 피 묻은 칼을 든 채 벌벌 떠는 그의 내면적인 심리 상황을 파악하는 것은 다소 고급적인 독자의 몫이 되고 만다. 화자 '나'도 뭔가에 관해 가르쳐주지 아니하는 인간의 내밀한 심연의 세계다. 작가는 이 사건의 실체를 철저히 감춘다. 여백으로 남긴다. '나'와 그의 면회 및 산책은 이 칼부림 사건의 원인에 대한 탐색담의 성격을 가지고 있다. 딱 부러지게 해결하지 않고 이 소설의 이야기가 끝을 맺는 것은 물론이다.

파리에서의 실패한 삶을 맛보고 6년 만에 귀국한 '나'가 놀란 것은 오디션 열풍이 부는 사회 분위기였다. '나'의 어머니는 자신에게 다문화적인 취향과 안목이 있다고 스스로 말하지만, 최근의 유행과 겉멋을 좇는 속물적인 인물이다. 회사 내에 연예기획팀을 운영할 계획을 세운다. '열처리 회사와 연예기획팀. 정말 잘도 어울리는 조합이다.'[14] '나'의 이 반어(反語)가 결국 불행을 자초했던 것.

꾸마라는 탁월한 노래꾼이다. 영국 식민주의에 의해 값싼 노동력으로 차밭에서 일해 온 조상들은 노래로써 삶의 신산과 고난을 달래 왔다. 한국어를 잘해 한국에 온 이 두 소년의 운명적인 갈림길은 노래 실력이었다. '나'의 어머니의 막무가내식 환상이 꾸마라를 유창한 한국어에 탁월한 한국 노래를 부르는 가수로 만들었고, 또 스타로 발돋움시켰다. 열처리 정식 기사도 아닌 시다바리인 주제에. 이주노동자도, 다문화도 이제 상품화되는 시대다.

꾸마라의 독선생으로 우리 집을 드나들던 유명 가수며 그의 전담 코치와 스피치 강사가 생각난다. 어머니와 함께 그가 출입하던 연예인 전문 미용실과 피부과도. 어머니의 자산관리가 시작되었다. 잘 먹은 놈은 시체도 때깔이 다르단다, 꾸마라를 위해 풍성한 식탁을 차리면서 어머니가 즐겨 하던 말도 잊히지 않는다. '아무리 먹어도 살이 찌지 않으니 얼마나 좋은 체질을 타고 태어났니?' 하며 루소 앞에서 꾸마라의 뺨을 슬쩍 꼬집던 어머니의 참을 수 없이 가볍고 무

---

14 박찬순 소설집, 『무당벌레는 꼭대기에서 난다』, (주)문학과지성사, 2014, 51쪽.

책임한 손. 선택 받은 쪽은 허영심과 타인의 경멸이, 그렇지 못한 쪽은 수치심과 질투가 생겨나기 마련이라는 것을 미처 생각지 못한 손이었다.[15]

두 소년의 처지 및 운명은 달라졌다. 꾸마라는 백화점 행사에 초청을 받는 등 한국의 로맨틱 발라드 가수로서 스타의 삶을 영위해가고 있었다. 경제적인 지위도 급상승했을 터. 반면에 루소는 여전히 박봉에 시달리는 열처리 기사였다. 이 소설이 포함된 박찬순의 소설집 해설을 쓴 평론가 양윤의는 두 소년 사이의 '불평등의 기원에는 소비주의의 화신으로 보이는 ('나'의) 어머니가 있었다.'[16]고 했다. 양극화의 벼랑으로 몰고 가는 어머니는 지금의 한국 사회 그 자체이다.

'혹시 개가 이러지 않았어?' 대답 없는 루소에게 나는 마음속에서 다시 질문을 던진다. '이젠 너 같은 아이랑은 같이 놀 수 없지. 내 노래 공짜로 들을 생각 마라. 듣고 싶으면 먼저 돈을 내봐. 자 어서.' 목구멍에서 나도 모르게 튀어나오려는 말을 나는 꿀꺽 삼킨다. 내가 지나치게 넘겨짚은 것인지도 모른다.[17]

이 소설의 전문을 지배하는 '왜?'에 관한 유일한 해답의 실마리다. 작자는 복선을 까는 형식을 취하고 있지만, 사실은 이 허구적인 이야기의 진실이다. 모든 독자들은 화자의 넘겨짚은 말에 동감하지 않을 수 없다. 같은 조건과 처지에 놓인 한 사람이 너무 잘 되어버리면, 다른 한 사람은 시기와 질투에 몸서리를 친다. 이게 바로 인간이다. 타인을 경멸하거나 질시하거나 하는 인간은 모두 이처럼 원색적이다. 심리적 내면 상황속의 다문화적인 인간상으로서의 루소가 지닌 내면 풍경은 이처럼 행간

---

15 같은 책, 61쪽.
16 같은 책, 283쪽.
17 같은 책, 67쪽.

에 투영되고 있을 뿐이다. 작가 박찬순의 탁월한 역량이 돋보인다. 끝까지 여백을, 혹은 여운을 남긴다.

나는 사랑의 두 갈래에 편애(偏愛)와 겸애(兼愛)가 있다고 본다. 루소의 비극은 편애에 그 원인이 있다고 하겠다. 전자가 단문화적이라면, 후자는 물론 다문화적이다. 내가 읽은 다문화 소설 중에서 가장 인상적인 작품이 바로 박찬순의「루소와의 산책」이다. 단편소설의 부문에서 가장 성취적인 작품이라고 손꼽지 않을 수 없다. 이 소설은 다문화적인 겸애의 사상을 지향하는 주제 의식이 잠재해 있다고 할 것이다.

마지막으로 한마디 남기자면, 교도소 내의 민원실 및 접견실의 정경, 복잡하고도 번거로운 접견 절차, 열처리 현장의 세세한 일들, 실론티에 관한 해박한 지식, 대중가요(계)에 관한 정보 등도 이 소설의 품격이랄까, 작품성을 높이고 있다.

3. 사회적 의미로 확장된 이방인—카밀 · 장명화 · 충심

나는 앞 장(章)에서 박범신의 장편소설「나마스테」의 작중인물인 신우에 관해 얘기한 바가 있었다. 주지하듯이, 이 소설은 다문화 커플에 관한 얘기다. 남녀 간의 사랑을 소재로 했기에, 카밀을 바라보는 신우의 시선이 낭만적일 수밖에 없다. 하지만 작가는 마침내 카밀을 사회적 의미로 확장된 현실적 인간상으로 그려내고 있다. 작가 박범신이 창조한 카밀의 상은 2003년 11월에 발생한 외국인 노동자의 성남 지하철 투신자살 사건에서 영향을 받은 것이다. 작가는 소설의 소재를 현실의 원천(源泉)에서 언어의 두레박으로 길어 올렸던 것이다. 그 당시에 일반 시민들은 심각한 것으로 받아들이지 않았으나, 작가에게는 큰 충격으로 다가왔다고 한다. 이 큰 충격이 소설「나마스테」의 직접적인 창작 동기가 되었다.

이 사건이 있기까지 몇 가지 정책 입안의 과정이 있었다. 외국인 근로자 고용법이 2003년 7월에 국회를 통과했다. 고용허가제는 인권 침해와 비리의 온상으로 알려진 산업연수생 제도가 완전히 폐지된 것은 아니지만, 고용허가제를 병행 실시하기로 한 것만 해도 진일보한 정책이라고 할 수 있었다. 문제는 기존의 불법체류자들이었다. 4년 이상이 된 불법체류 노동자는 강제로 본국으로 추방한다는 것. 정부의 합동단속반이 대대적으로 싹쓸이 단속을 시작했다. 실제로 이 무렵에 외국인 노동자들이 동요했다. 외국인 노동자 자살 사건은 잇따라 발생했다.

이러한 사회적인 상황 속에서 소설의 인물 카밀이 그려졌다. 정치적 현실주의의 자장(磁場) 속에서 허구적인 인간상으로 구현된 것이다. 그는 만취된 상태에서 귀가한다. 그의 연상의 아내인 신우의 마음속에는 불길한 예감이 그늘지고 있었다. 소설 본문 속의 그의 언행을 살펴보자.

그와 나 사이에 건너 뛸 수 없는 견고한 성이 가로놓여 있다고 그 순간 나는 생각했다.

"싫……싫어요……."

그가 혼잣말하듯 말하고 있었다.

"한국……싫고……누……나도 싫고……."

카밀의 말이 거기에서 끊어졌다. 나는 엉거주춤 주저 않아서 요람 속에 잠든 애린을 건너다 보았다. 가슴이 철렁하고 내려않는 것 같았다. 한국도 싫고, 누나도 싫고……그 다음에 혹시 애린이가 카밀의 머릿속에 떠올랐던 것은 아닐까.

청천벽력이 아닐 수 없었다.

정성들여 쌓아올린 탑 하나가 내 마음속에서 허물어지는 것을 나는 그 순간 또렷이 느끼고 보았다.[18]

결국 카밀은 죽음을 선택하기에 이른다. 카밀의 분신과 추락은 신우의 중상으로 이어지고 그 후 몇 년간 식물인간으로 연명하던 신우도 죽음의 길로 따라 나선다. 그 후일담은 미래의 가상 세상을 인상적으로 처리하는 데서 갈무리된다. 이 특이한 결말은 소설 「나마스테」의 낭만성을 유지하는 것에 기여하고 있다.

다문화 소설의 인간상 가운데 사회적인 의미가 강하게 내포된 것 중의 하나는 공선옥의 「가리봉 연가」로 꼽힌다. 이 소설은 작가의 연작소설집 『유랑가족』(2005) 속의 한 작품으로 포함된 것이다. 「가리봉 연가」에는 비록 단편소설이지만 다양한 인물군이 등장한다. 물론 이 소설의 중심인물은 조선족 여인 장명화이다. 그녀는 조선족 전(前)남편 용철을 뿌리치고 한국으로 와서 공사판을 전전하는 기석과 결혼해 가정을 이룬다. 물론 국적 취득을 위한 동기에서였다. 그리고 이번에는 기석을 버리고 가출한다. 명화를 찾으려고 한국에 온 용철과, 명화의 한국 남편 기석의 우연한 만남이 재미나는 설정이다.

집 나간 명화 때문에라도 중국에서 온 사람들이 무조건 싫어지는 기석의 마음을 아는지 모르는지 용철은 기석에게 제 고민까지 스스럼없이 말하는 것이 아무래도 용철은 이곳에서 기석이 제일 마음에 드는 모양이었다. 왜 안 그렇겠는가. 한국사람 모두 조선족 부려먹는 땅에서 조선족한테 버림을 받은 사람이 있으리라 누가 상상이나 할 수 있겠는가 말이다.[19]

명화로부터 버림받은 두 남자의 조우는 월경(越境)의 현실이 가져다 준

---

18 박범신, 앞의 책, 242쪽.
19 공선옥, 『유랑가족』, 실천문학, 2005, 80쪽.

기막힌 우연의 소산이다. 이 우연 속에는 사회적인 의미의 필연성이 내포된다. 그것은 명화의 참극이다. 명화는 가리봉동의 노래방을 전전하는 노래방 도우미 허승희로 살아가고 있었다. 그녀는 배사장이라는 사기꾼에 걸려 모든 돈을 잃고 만다. 그리고 그런 그녀의 돈을 노린 자의 칼에 그녀는 찔려 죽는다.

탈북자·조선족·이주노동자의 삶을 그린 최근의 소설을 보면 대체로 두 수레바퀴의 의미 축을 형성하곤 한다. 하나는 가난의 극복이며, 다른 하나는 인격의 실현이다. 조선족 여성 장명화는 이 두 가지 중에서 아무 것도 이루지 못하고 이방의 낯선 땅에서 살해된다.

사회적 의미로 확장된 인간상은 두 부류로 나누어지는바, 하나는 사회로부터 단절된 인간상이며, 다른 하나는 사회의 영향력으로부터 자유롭지 못한 인간상이다. 전자의 한 예가 이상의 「날개」에 등장한 '나'라면, 후자의 그것은 김동인의 「감자」에 등장한 복녀이다. 장명화는 21세기 초반의 또 다른 캐릭터인 복녀라고 할 수 있겠다. 『사회의 로망스(Romance of Society)』를 저술한 문학이론가 미셸 제라파(M. Zeraffa)가, 소설의 인물이 개인과 사회의 관계, 혹은 자아와 세계의 대립 양식을 통해 다루어져야 한다고 주장한 바 있었듯이[20], 소설 「가리봉 연가」의 경우도 이러한 견해의 연속선상에 놓이는 작품이라고 할 수 있겠다.

탈북 여성의 인생유전을 묘파한 정도상 연작소설 「찔레꽃」(2008)에 등장하는 충심 역시 장명화와 비슷한 삶을 살아가는 캐릭터다. 정도상의 「찔레꽃」(2008) 연작은 탈북자 소설의 정점에 놓인다. 그는 7편의 연작소설을 완성하기 위해 열 번 이상의 중국행 비행기에 몸을 실었고, 남한이 아닌 중국 현지에서 탈북자들을 인터뷰하기 위해 심양·청도·하얼

---

20 박혜숙, 앞의 책, 33쪽, 참고.

빈·목단강 유역 등을 짚어나갔다고 한다. 이른바 새터민으로 불리는 탈북이주민의 간고한 삶과, 인생유전—예컨대 탈북, 중국의 인신매매단, 선교사들의 도움, 몽골의 국경 넘기, 남한 사회에서의 정착—이 밀도 있게 그려진 연작소설 「찔레꽃」은 우리 안의 이방인이자 21세기의 유민으로 일컬어지고 있는 탈북자를 바라보는 시선의 성찰을 강하게 요구하고 있는 작품이다. 특히 정치와 종교와, 이데올로기의 편견을 최대한 절제한 작가의 중립적이고도 냉정한 리얼리즘 정신이 돋보인다.

누군가가 충심을 가리켜 '오늘날의 북한의 실상, 탈북자들의 비법(非法) 월경자로서 겪게 되는 중국에서의 삶, 남한 사회에서 겪게 되는 소수자로서의 고통 등을 온몸으로 관통하는 문제적 개인'[21]이라는 평가를 이미 내리기도 했다. 북조선에 있을 때는 충심이었고, 중국에서는 '메이나'였다가, 별명으로 '소소'를 얻었고, 한국에 와서는 '이은미'로 개명한 이 젊은 여인은 '증'없는(without paper)' 난민의 삶을 극복하기 위해 갖은 노력을 다 해왔다. 그러나 한국의 현실 속에서 살아가는 여타의 탈북자들이 현실부적응자가 되게 마련인 것처럼, 소설 속의 그녀 역시 현실부적응자로 살아가야만 했다. 그녀는 루카치나 골드만이 지적한 것처럼 우리 시대에 현저히 문제적인 인물이다.[22]

······탈북자는 이방인에 불과하다는 사실이었다. 같은 민족이었지만 외국인 노동자보다도 차별이 더 심했다. 조금이라도 번듯해 보이는 회사에 가서 면접을 보면, 탈북자라는 사실에 모두 고개를 저었다. 심지어 식당에서도 탈북자라면 고개를 외로 꼬았다. 공장에 가서 재봉틀을 돌리거나 다른 일을 하고 싶었지

21 홍용희, 「통일시대와 탈북자 문제의 소설적 인식 연구」, 한국문예창작학회 제17회 정기 학술 세미나 자료집, 『2000년대 문화환경과 문학』, 2009, 11, 14, 25쪽.
22 루카치는 『소설의 이론』(1915)에서 소설을 두고 문제적 개인이 자신을 찾아가는 여행으로 비유한 바 있었고, 골드만은 『소설사회학』(1964)에서 소설을 타락한 세계 안에서 문제적 주인공이 정당한 가치를 찾아가는 타락한 방식의 이야기라고 했다.

만 먼저 지나간 탈북자들의 행세가 나쁘다는 소문 때문에 그것도 여의치 않았다. 집밖으로 나가면 나도 모르게 주눅 먼저 들었다.[23]

충심이 결국 갈 데라고는 앞서 말한 장명화처럼 노래방뿐이었다. 노래방 도우미로 연명해간다는 것은 시쳇말 막장 인생임을 뜻한다. 소위 이차로 불리는 은밀한 매매춘이 그녀의 삶을 지배하고 있기 때문인 것이다. 이와 같이 다문화 소설의 인간상이 사회적인 의미를 성찰하게 하는 인물로 유형화되고 있는 것은 현실적으로 보아서 어쩔 수 없는 귀결점으로 확인되고 있다.

작가는 이상과 같이 그럴 듯한 인물을 창조 한 후에 그 인물들을 사회와의 상호작용을 맺게 한다. 리오 로웬달(L. Rosendahl)이 주장한 견해에 따르면 문학적 인물은 본질적으로 사회적인 의미를 띤다는 것이다. 그의 저서 일부에서 다음과 같은 말을 따올 수 있다.

어느 사회에서나 인간은 태어나서 투쟁하고 사랑하고 고통받고 또 죽는다. 그러나 문제가 되는 것은 이러한 범상한 인간적인 체험에 인간이 어떻게 반응하는가 하는 것을 그려내는 일이다. 왜냐하면 그런 체험은 거의 언제나 사회적인 연관 관계를 포함하는 것이기 때문이다.[24]

다문화 소설 중에서 대부분은 인물의 사회적 성격을 창조하고 있는 것이 사실이다. 더욱이 그것이 우리 시대의 특정한 문학 현상으로 드러나고 있기 때문에 관계의 다양성을 확보하고 있는 것도 어김없는 사실이기도 하다. 다문화사회에 진입한 한국 사회의 현실적 고민과, 또 이를

---

23 정도상, 『찔레꽃』, 창비, 2008, 202~203쪽.
24 리오 로웬달, 유종호 역, 『문학과 인간상』, 이화여대 출판부, 1984, 11~12쪽.

외면할 수 없는 문학의 고민[25]이 우리 시대의 화두로 제시되고 있기 때문이다.

4. 텍스트 존재론의 양상―그·완득이·일본인 엄마

구경미의 장편소설 「라오라오가 좋아」(2010)는 한 마디로 말해 재미있게 읽히는 소설이다. 블랙유머가 깃든 막장 스토리요, 불륜의 뒷감당 서사랄까? 결국에 '그'는 삼각관계 속의 '루저'가 되어 돌이킬 수 없는 초라한 몰골이 되어 라오스로 떠난다. 자기 소외는 자기 추방을 불러일으킨다. '그'는 라오스 출신의 젊은 여자인 '처남의 아내'와 불륜의 돌풍을 일으킴으로써, 사랑의 도피 행각이 벌어지고, 이 두 사람의 동선을 추적하는 일들이 이어져간다.

소설의 작중인물은 다섯 명이다. 그와, 그의 아내인 언니와, 그의 처남인 오빠와, 그의 처남의 아내인 아메이와, 그의 처제인 나. 나는 이 소설의 화자이다. 가장 객관적인 위치에 놓인 관찰자이다. 이 가족들 간의 관계 속에서 얽혀 있는 바람난 가족의 서사는 대부분의 모범 가족인 독자들로 하여금 쓰디쓴 웃음을 짓게 한다. 블랙유머란 딴 게 아니다. 이게 바로 블랙유머. 소설 본문에 적혀 있는 이들의 짤막한 어록은 소설 전문을 지배하고 있다. 그만큼 울림의 폭이 크다.

그 : 난 너 때문에 모든 걸 다 잃었다. (250쪽)

아메이 : 내 의견은 하나도 안 중요해요. (249쪽)

언니 : 이놈이고 저년이고 다들 꼴도 보기 싫다. (237쪽)

---

25 조구호, 「다문화사회를 위한 상생의 길 찾기」, 작가들, 2010, 여름, 34쪽. 참고.

처남 : 처남이라고 부르지 마세요. 역겨워요. (226쪽)

처제(나) : 얼굴 찌푸려서 죄송해요. (254쪽)

이 어록 중에서 아메이의 말에서 보듯이, 작가는 외국인이 쓰는 한국어 말투를 세심하게 살려내고 있다. 이 소설의 미덕은 맛깔스러운 언어 감각에 있고, 이 중에서도 아메이의 한국어 말투가 아닐까? 인용한 아메이의 단문은 대표적인 사례다. 물론 '그'의 아내인 언니의 어록은 인용한 것 중에서도 가장 '블랙유머러스'하다. 웃음을 유발하는 가운데서도 적의가 담겨있다.

40대 중반의 그와, 20대 중반인 아메이는 라오스에서 처음 만났다. 그는 라오스 건설 현장의 소장으로서 오래 근무했었다. 현지인 노동자 한 명이 월급날에 강도에 의해 살해되는 일이 발생했다. 그의 가족을 찾는 과정에서 만난 딸이 바로 아메이였다. 두 사람 사이에 있던 변화의 시작은 술 때문이었다. 그 아버지의 유골이 든 상자를 가지고 아메이의 집에 찾았을 때, 아메이가 내준 술을 마시는 순간부터 앞으로 벌어질 파란곡절의 낌새가 되었다. 그 술은 더운 나라인 라오스에서 이열치열로 마시는 독주인 '라오라오'였다. 술은 이성에 대한 잠재적 호감이나 호기심을 자극한다. 하지만 라오스에 있을 때까지는 그 호감이나 호기심은 딱히 현재(顯在)화되지 않았다. 한국에 와서 아메이를 처남에게 소개해준다. 두 사람은 서둘러 결혼했지만, 아메이는 술꾼에다 경제적으로 변변찮은 한국인 남편에게 만족을 하지 못한다.

두 사람이 선을 넘고 만 것 역시 술 때문이었다. 취하자고 시작한 술판이 아니었으나, 그들은 취해버렸다. 그는 자신의 불륜을 이렇게 항변하고 있다, 그 참. "사람 마음이란, 아이스크림에 대한 욕망이 더 커지게 마련이었다. 한 번 더 기회를 갖고 싶고 되도록이면 길게 그 맛을 느끼고 싶고 아이스크림을 못 먹을 때를 대비해 오랫동안 맛을 기억하고 싶게 마련이었다."[26] 아메이는 그에게 '어디든 데려다 주세요.'라고 주문했고, 그는 운명에 맞서지 않기로 작심했다. 1960년대의 「무진기행」에서 '나'와 인숙의 달콤하지만 쓰디쓴 불륜을 보는 것 같다. 「무진기행」에서의 '나'는 인숙을 떼어놓고 서울로 도망을 가지만, 이 소설의 '그'와 아메이는 둘이 함께 전국으로 도망을 다닌다.

이 대목에서 의문이 생긴다.

속된 말로 표현하자면, 그는 왜 아메이를 '몰래 데리고 놀' 상대자로 삼지 않고 굳이 처남과 결혼을 하게 주선함으로써 두 겹으로 된 불륜의 너울을 스스로 뒤집어썼나, 하는 점이다. 술로 기인한 충동으로 보기에는 설득력이 부족하다. 라오스를 돌아가기를 싫어하는 아메이가 한국에 합법적 체류자로 정착하려면 내국인과의 결혼을 이용할 수밖에 없다. 다문화가족지원법에 의하면, 다문화가족의 범주가 내국인과 혼인한 합법적 체류자로 한정하고 있기 때문이다.[27]

그와 아메이, 이 불륜의 두 사람은 전국으로 도망을 다니고, 가족들은 탐정까지 동원해서 추적한다. 이 과정에서 두 사람은 피로감이 쌓인다. 두 사람의 본질적인 관계는 사랑의 도피 행각 속에서 비로소 확인되기에 이른다. 이 소설의 해설문 중에서 다음을 적절히 인용해 볼 수 있다.

'그'는 언제나 호의를 베푸는 자이고 그녀는 그 호의를 받는 자이다. 그리하여 그는 라오스에서는 아메이의 한국어 학원비와 방세를 지불해 주었으며 한국에서는 아메이의 결혼을 주선해주었다. 아무런 대가도 없이 말이다. 물론 두 사람이 사랑의 도피라는 미명 하에 도망 다닐 때조차 모든 비용을 지불한 사람은 당연히 그다. 그럼에도 불구하고 그녀는 당당했고 그는 당당하지 못했다. 그녀

26 구경미, 『라오라오가 좋아』, 현대문학, 2010, 28~29쪽.
27 오경석 외, 『한국에서의 다문화주의 : 현실과 쟁점』, 도서출판 한울, 2007, 189쪽, 참고.

가 받으면서 투덜대는 사람이라면, 그는 주면서도 욕을 먹는 사람이다.[28]

이 기울어진 관계가 파국을 예고하는 것은 불 보듯이 뻔하다. 이 소설은 뜻밖으로 마무리된다. 아메이의 욕망이 '그'의 욕망처럼 성욕에 있는 게 아니라 속물적인 삶, 즉 '그것은 바로 서울, 집, 자동차 등으로 상징되는 세련된 자본주의적 삶'[29]임에도 불구하고, 서울의 변두리인 안산에서 차도 없이 사는 알콜중독자 남편을 다시 선택한다는 점이다. 그도 그럴 것이 그의 경제적 가치가 처남보다 떨어진 지경에 이르렀기 때문이다. 도피 행각 중에 '그'의 카드가 한 순간에 정지되고, 승용차는 점차 폐품화되어갔다. 사랑이 결딴나자, 아메이는 그에게 미안하다고 했다.

문학의 원형론 관점에서 볼 때, '그'의 사랑은 약탈자의 욕망의 원형, '약탈적 정령이 산 자에게 품은 사랑'[30]이었지만, 삼각관계의 쟁투에서 패자가 되었다. 반면에, 그의 처남은 만신창이가 된 채 승리의 월계관을 쓴다.

소설의 주인공인 '그'는 처제인 '나'에게 라오스로 가 메콩강의 어부가 되겠다고 한다. 가족 중에서도, 모든 것을 잃어버린 '그'가 가장 우스꽝스런 존재가 되고 만다. 그의 추락된 삶은 어디에 있었을까? 회사에 함께 입사했던 동기들은 험난한 외국 현장 한번 나가지 않고도 벌써 임원이 되어 있었고, 외국에서 뼈 빠지게 일해 번 돈을 쓰는 사람은 아내였고, 아이들조차 자신을 아버지로 생각하기보다는 후진국 노동자처럼 대했다. 그의 아내가 말하는 걸 들어보자.

누가 혼자 겉돌래? 우리가 일부러 소외시켜? 아빠하고 오래 떨어져 있으니까

28 심민경, 「어쩔 수 없이, 사랑의 불가능성」, 구경미, 앞의 책, 270쪽.
29 같은 책, 272쪽.
30 V. Y. 프로프, 최애리 역, 『민담의 역사적 기원』, 문학과지성사, 1999, 326쪽.

애들이 낯설어서 그런 거잖아. 그럼 자기가 노력을 해야지. 아빠가 먼저 서먹하게 구는데 애들이 어떻게 다가가? 라오스에 꿀을 발라놨는지 들어오라고 해도 말을 안 듣고. (……) 지금도 봐. 애들이나 내 생각은 눈곱만큼도 안 하고 자식 뺄인 여우하고 바람나서 도망이나 다니고.[31]

텍스트를 통해 제시되고, 읽히고, 흥미롭게 소비되는 이 소설의 다양한 인물들 가운데, 불륜과 도피 행각을 벌이는 '그'와 아메이가 다문화적인 인간상의 양상을 띤다. 그가 현장 소장으로 라오스에 갔다고 해서, 그녀가 한국으로 왔다고 해서 그런 게 아니다. 우스꽝스런 욕망과 좌절의 존재로서 한없이 추락해간 그가 왜 메콩강의 어부가 되겠다고 하는지를 잘 살펴보아야 한다. 물론, 작가도 독자의 몫으로 돌렸다. 라오스나 제3국으로 가자는 '그'의 제안을 거부하면서 한국에 남겠다고 한 아메이는 자본주의 사회에 점차 적응해 가려고 한다. 라이프 스킬, 즉 삶의 기술에 있어선 '그'보다 한 수 위였다.

이를테면 '그'는 불안의 존재였고, 미완의 존재였고, 궁극적으로는 미지의 존재였다. '그'는 '운명에 맞서지 않기로 했다. 주어진 것을 받아들이기로 했다.'[32]고 하지 않았나? 나는 소설 「라오라오가 좋아」를 두고 문득 '부조리 문학'[33]을 떠올리지 않을 수 없었다. '그'는 운명을 받아들이면서 이에 반항하는 시시포스와 엇비슷하다. 엇비슷하다는 것은 어긋나면서 비슷하다는 뜻이다. 반항의 정도가, 적극적이냐, 소극적이냐 하는 문제가 어긋남을 말한다. 운명에 맞서지 않기로, 주어진 것을 받아들이

---

31 구경미, 앞의 책, 163~164쪽.
32 같은 책, 29쪽.
33 부조리 문학은 인간 존재의 무의미성, 인간이 세상에 묻지만 세상은 답을 거부한다는 것, 인간 사이에 의사소통이 불가능하다는 것을 의미한다. 부조리 문학은 프랑스적인 문학의 특성을 고스란히 가지고 있다. 부조리 문학은 애초에 사르트르와 카뮈의 소설에서 비롯했으나, 이것의 주도권은 부조리극으로 점차 넘어갔다. 미국 작가인 존 바스의 소설 역시 부조리 문학의 일종으로 볼 수 있다. (이상섭, 『문학비평용어사전』, 민음사, 95~96쪽, 참고.)

기로 했다는 진술은 자기 존재의 가치와 목적에 대해 의심을 일으킨다는 사실을 전제로 한다. 이게 바로 부조리의 예고편이다.[34]

문학에 있어서의 부조리성은 이를테면 관계성의 일종이다. 인간과 인간의 관계, 자아와 세계의 관계가 낯설어지면 논리적인 연결고리를 찾기가 힘들다. 주인공인 '그'는 인간과 인간의 관계, 자아와 세계의 낯선 관계 속에서 탄생한 21세기의 이방인이었다. 이방인에게 상황은 점차 불리해지고, 무의미해진다. 이때 어쩔 수 없음, 가망 없음의 감정과 함께, 우울·불길·냉소·음울 등을 수반한 어두운 웃음이 유발된다. 구경미의「라오라오가 좋아」가 의표를 찌르고, 우스꽝스럽기 때문에, 또 블랙유머라는 양념이 뒤섞여 있어서 잘 읽히고 잘 소비되는 소설이라고, 나는 생각한다.

아동·청소년문학에서의 다문화문학의 자취도 뚜렷이 나타나고 있다. 그도 그럴 것이 다문화 가정의 자녀들이 점차 성장하게 되면서 저연령층으로부터 다문화에 관한 의식이 먼저 일깨워지고 있기 때문이다. 국제결혼 가정, 이주민 가정, 외국인노동자 가정 등의 어린이와 청소년이 주로 겪고 있는 인종적, 문화적 차이를 다루는 내용의 소설이 사회적인 현상과 맞물리면서 다문화문학의 필요성과 존재 양식을 제기하기에 이른 단계에 도달한 것이다. 이에 파생되는 새로운 문학적 인간상으로는, 이주노동자의 표상, 불법체류자의 표상, 다문화가정 외국인 엄마의 표상, 다문화가정 자녀의 표상 등으로 열거되며, 또한 이러한 인간상이 인격의 실현과 인권의 옹호, 삶의 정체성 확인 및 실존의식, 주체와 타자의 재현 문제, 연대에 대한 모색 등을 다루는 일반의 다문화 소설의 문학적인 인간상과 궤를 함께하는 것은 필지의 사실이라고 할 수 있다.

---

34 Arnold P. Hinchliffe 저, 황동규 역,『부조리 문학』, 서울대학교 출판부, 1986, 44쪽, 참고.

그런데 여기에 문제점도 간과될 수 없다.

대부분의 작품들이 불법 체류자 단속이나 고용허가제, 이주민 자녀의 교육 문제를 고발하고 사회적 약자로서 그들을 옹호하려는 계몽성을 노출하고 있다. 이 경우 문제 해결에 앞장 서는 식의 이야기가 되어 바른 생활 교과서의 예문처럼 문학성과 현실감을 상실시켜버린다. 또한 현재의 다문화 동화가 다문화가정의 자녀들이 겪고 있는 사회적 차별과 혼돈만으로 집중되고 있는 소재의 빈곤 현상도 간과될 수 없다. 이럴 경우에 인물의 표상에 있어서도 전형화에 매달려 개성 있는 캐릭터를 창출하지 못한다.

청소년 다문화 소설에서 돋보이는 작품은 아무래도 김려령의 「완득이」(2008)라고 말할 수 있다. 이를 통해본 다문화적인 문제 상황은 매우 적절하고 구체적이다. 이것은 상업적으로나 비평적으로 성공을 거둔 작품으로 잘 알려져 있다.

소설 속의 화자 '나' 완득이는 베트남 여성의 아들이다. 그는 어머니가 누군지 모르고 홀아버지 밑에서 자랐다. 아버지는 난쟁이이며 춤꾼으로, 카바레에서 분위기를 띄우는 역할을 한다. 완득이는 아버지에게 춤을 배우러 찾아온 약간 모자라는 남자를 삼촌이라고 부르며 함께 살아간다. 집도 가난하고 공부도 못하지만 싸움만큼은 누구에게도 지지 않는 열일곱 소년 완득이는 애초엔 철천지원수였다가 차츰 '사랑스러운 적'으로 변모해가는 선생 '똥주'를 만나면서 완득이의 인생은 급격히 바뀌게 된다. 킥복싱을 배우면서 세상에 대한 분노를 표출하는 법을 익히고, 어머니를 만나면서 애정을 표현하는 법을 알게 되면서 완득이는 조금씩 성장해나간다. 성장해가는 과정을 속도감 있는 문체와 빠른 스토리 전개로 흥미진진하게 그려내고 있어서 독자들의 사랑을 받았다.

요컨대, 소설 「완득이」는 청소년 다문화 소설로서 가장 대표적인 위치에 오르게 되었다. 여기에 나타난 다문화적인 상황은 근본적으로 다차원적인 삶의 가능성과 차이의 문제를 전제로 하는 것이다. 여기에서 인간이 서로 달라도 타자와의 만남에서 상호 신뢰를 바탕으로 구현하는 인간적인 통합의 지평을 드러내 보이는 것이 다문화문학이 추구하고자 하는 지향점임을 잘 시사한다.

소설의 인물을 연구 대상으로 삼을 때 앞에서 보는 바와 같이 대체로 심리적, 사회적인 양면성에서 다루어지는 것이 상례이다. 또 하나의 갈래가 있다면 소설 인물의 텍스트적 기능에 대한 탐색이라고 하겠다. 즉, 이것은 등장인물이 텍스트 안에서 어떤 형태로 묘사되는가, 텍스트의 의미론적인 그물망 속에서 어떠한 기능을 갖는가, 하는 문제를 살피는 것이다. 즉, 문학 작품 안에서 인간 재현이 어떻게 언어적으로 형상화되는가를 살펴보고 성찰하는 것이 텍스트적 기능으로서의 인간상을 탐색하는 비평적 작업이 될 것이다.[35]

이와 관련해 한 마디 첨언하자면, V. 프로프의 민담형태론에 의거한 일곱 가지 인물유형론, A. J. 그레이마스의 구조주의적인 인물유형론, C. 브레몽의 능동자-피동자 분류론 등의 인물유형론에 관련된 현대의 첨단 이론들은 모두 텍스트적 기능으로서의 인간상 범주에 해당한다.

완득의 인간상은 심리적이지 않다. 그렇다고 사회적이지도 않다. 특별한 성장통도 없이 성장하고 있는 평면적인 인물이다.[36] 그의 학교 선생님인 '똥주'의 말을 엿들어 보면 완득이는 가난한 가정의 자녀이지만 가난에 대한 심각한 고뇌나 이로 인한 자아 발견은 그다지 뚜렷해 보이

---

35 박혜숙, 앞의 책, 34~35쪽, 참고.
36 소설 「완득이」는 캐릭터 소설로 볼 수 있을 듯하다. 이것은 시각적인 이미지로 성격을 전달하는 것이다. 일본에서는 만화용 캐릭터로 승화시킨다든지, 애니메이션풍의 캐릭터 디자인을 만든 후에 소설을 쓰는 사례도 있다고 한다.(오쓰카 에이지, 김성민 옮김, 『캐릭터소설 쓰는 법』, 한국출판마케팅연구소, 2005, 22쪽, 참고.)

지 않는다.

> 너처럼 멋도 없는 새끼가 멋있는 척해도 재수 없어. 솔직히 너도 진짜 가난이
> 뭔지 모르잖아. 아버님이 너한테 금침은 못 해줘도, 먹고 자는 데 문제없게 해
> 주셨잖아. 너, 나 욕할 자격 없어 새끼야. 쪽팔린 줄 아는 가난이 가난이야? 햇
> 반 하나라도 더 챙겨 가는 걸 기뻐해야 하는 게 진짜 가난이야. 햇반 하나 푹 끓
> 여서 서너 명이 저녁으로 먹는 집도 있어! 문병 오면서 복숭아 하나 안 사 오는
> 싸가지 없는 새끼. 아이고, 나 죽네.[37]

완득의 인간상이 그다지 비범한 유형에 속하지 않는다. 주먹질을 잘해
킥복서의 꿈을 꾸고 있지만 같은 또래의 고수 앞에는 그의 능력이 속수
무책에 지나지 않는다. 완득은 의미가 있지만 재미있는 인물이 아니다.
반면에, 그의 완득의 주변 인물이 매우 희화적으로 그려져 있어서 이 소
설의 흥미를 부가하는 요인으로 작용한다.

완득의 교사인 '똥주'는 말은 험해도 정이 있는 인물이다. 똥주는 자
기를 실제 이상의 존재로 가장하거나, 혹은 과장한다는 점에서 알라존
(alazone)의 유형에 해당된다면, 그의 아버지 난장이 도정복, 가짜 삼촌 남
민구, 앞집 아저씨는 보몰로초이(bomolochoi)의 유형에 해당한다. 그의 친
구 혁주는 물론 에이론(eiron)의 역할을 담당하고 있다.[38] 이들 모두가 웃
음 유발형 인물들이다. 이 중에서 가장 의미 있는 인물은 똥주이다. 그는
완득의 사생활에 끊임없이 관여하면서 마음의 문을 닫고 있는 폐쇄적인
완득을 세상과 소통할 수 있게 도움을 주고, 또한 완득이 비루한 세상 속

---

37 김려령, 『완득이』, 창비, 2008, 119쪽.
38 흔히 알라존이 자기기만자, 에이론이 자기비하자, 보몰로초이는 익살꾼으로 번역되고 있지만,
이 문맥에서는 알라존이 과도한 간섭자, 에이론이 (정윤하와의 관계를 맺게 하는) 매개자, 보
몰로초이는 웃음을 유발하게 하는 주변 인물로 이해하는 것이 좋을 것이다.

의 공주의 모습과도 같은 정윤하와 거리를 유지할 수 있도록 배려한다.

어쨌든 「완득이」의 인물들이 노스럽 프라이(N. Frye)의 이론에 대입될 여지가 있는지에 관해선 좀 더 판단의 여지가 있지만, 완득이의 성격 유형이 텍스트적 기능에 의한 인간상에 가깝게 해당된다는 것은 그다지 정곡으로부터 벗어난 견해가 아닐 성싶다.

임정진의 아동소설 「엄마와 오까상」(2007)에 등장하는 결혼 이주민 여성 쿄코는 한국 농촌으로 시집온 일본인이다. 동훈과 세훈과 미진을 낳고 기르는 세 남매의 엄마이다. 소설의 주인공이면서도 이 일본인 엄마에 관한 별 다른 성격이 제시되어 있지 않다(아들 동훈은 관찰자에 지나지 않는다). 엄마가 늘 억척스럽게 집안일과 농사일을 해 왔고, 마을 이장 일까지 도맡아 하다가 병이 들어 병원에 입원했다. 이 일이 있은 후 동훈이가 학교에서 독립기념관 견학을 할 때 급우들과 갈등을 빚게 된다. 아이들 사이에 한일관계의 부정적인 면은 이렇게 들춰진다.

동훈이는 그 방에서 빨리 나가고 싶었다. 그러나 친구들이 앞질러 가다가 눈에 띌까 불안했다.

"일본 경찰들이 고문도 얼마나 끔찍하게 했는지 알아? 손톱을 뽑기도 했다니까. 사람으로 생체 실험도 했잖아. 한국 사람을 실험용으로 쓴 거야. 사람 탈을 쓰고 못할 짓을 하는 게 일본 놈들이라니까."

한참 열을 올리고 있는 정연이의 말 중간에 대철이가 갑자기 끼어들며 말했다.

"야. 우리 반에도 소심한 반쪽짜리 일본 애 있잖냐."

"혼자 놔두면 소심해 보이지만 그 속은 모르는 거라니까. 우리 할아버지가 그랬어. 일본 놈들 친절해 보이는 겉모습에 속으면 절대 안 된다고. 겉 다르고 속 다른 게 바로 일본들의 특징이랬어."[39]

다문화 가정 중에서도 복잡한 감정의 한일관계로 인해 일본인 엄마를 둔 아이들이 더 편견의 시선을 받을 수 있다. 앞에서 인용한 아이들의 대화 속에 갈등의 요인이 담겨 있지만, 이 작품은 화해로 치닫는다. 일본 여자가 동네에 들어 와서 재수가 없다고 한 어른들도 엄마의 입원을 계기로 태도가 달라진다. 엄마가 퇴원하던 날. 마을회관 앞 전봇대에 커다란 현수막이 걸려 있었다. '쿄코 이장님의 퇴원을 축하합니다. 건강을 기원합니다.'라고.

이 작품을 쓴 동화작가 임정진은 '작가의 말'을 통해 창작의 동기를 스스로 밝힌 바 있었다. 그는 말하자면 '복합 민족 가정의 아이들은 앞으로 두 나라를 위해 일할 수 있는 훌륭한 인재로 자라나 우리나라가 국제적 힘을 기르는 데 보탬을 줄 것'[40]이라고 강조한 바 있었다. 주지하듯이, 아동소설에는 교훈적이고 계몽적인 게 많다. 이런저런 텍스트 기능에 의존한 인물 유형을 제시한 것이 바로 이 작품 「엄마와 오까상」인 것이다.

그런데 이 소설이 발표된 이후에 대일(對日) 관계가 더 나빠졌다. 정치인들이 반일감정을 정치적으로 곧잘 이용하기 때문이다. 일부 사람들은 반일에 소극적인 사람을 두고 '토착 왜구'라고 매도한다. 토착 왜구? 이 말의 언저리에 음습한 인종주의의 유령이 감돌고 있다. 지금 우리는 일본에 관해서라면 확실히 단문화적인, 아니 단세포적인 사회에 살고 있다. 일제강점기의 친일과 반일이 우리에게 개운치 않은 유산으로 오랫동안 남아, 지금은 마치 두부 자르듯이 잘라지는 단순한 문제가 결코 아닌 것 같다. 그 시대의 복합적인 감정을 정치하게 되살펴보는 것도 지금의 다문화라고 본다.

---

39 고정욱 외, 『편견—세상을 바르게 보는 6가지 따뜻한 시선』, 뜨인돌어린이, 2007, 12~13쪽.
40 같은 책, 29쪽.

5. 마무리 : 다문화문학의 간문화성 및 전망

지금으로부터 20년이 좀 지난 일이다. 2000년 대산문화재단이 기획하고 개최한 '2000년 서울 국제문학포럼'이 있었다. 이 해 9월20일부터 4일간 세종문화회관에서 14개 분과 국내의 작가 75명이 참여한 대규모 문화 행사였다. 대회의 주제는 '경계를 넘어 글쓰기'이며 부제로는 '다문화세계 속에서의 문학'이었다. 21세기가 시작하는 첫 해부터 문학 쪽에서 '다문화'라는 화두가 던져졌던 것이다. 이 행사가 끝나고 발표자와 토론자의 원고를 모은 자료집이 서책의 형태로 민음사에서 간행되었는데 페이지수가 791면에 달했다. 부록이나 색인이 있었다면 800면이 넘었을 것이다. 이 방대한 자료집이 오늘날 우리의 문학에 영향을 끼칠 수 있을 것인가 하는 점이 자못 관심의 대상이 될 수도 있다.

비평적 이론의 서책의 형태로 간행된 자료집 『경계를 넘어 글쓰기』에서는 다문화문학이라고 하는 용어는 직접적으로 사용하지 않았지만, 개념과 전략의 가능성은 충분히 예견했다고 보인다. 그러나 그때로부터 정확히 10년이 지난 (이 원고의 원본으로서 처음 발표한 때인) 2010년의 시점에서 다문화적 상황과 맥락 속에서의 다문화문학의 실상을 제대로 예측했느냐, 라고 묻는다면, 그렇다, 라고 쉽사리 대답하지 못할 것 같다. 물론 올해인 2021년은 더 말할 나위가 없다고 본다.

다문화주의는 주지하듯이 다양하고 복합적인 문화가 섞이면서 이루어내는 문화이다. 앞으로 다문화 소설의 일차적인 성패는 인물의 창조에 있을 것이다. 작가의 위대성이 인간 조건에 대한 비범하고도 깊이 있는 통찰력에 의해 결정되는 것이라면[41] 다문화 소설의 경우도 예외일 수는 없다. 그러나 이제까지의 다문화 소설의 서사 패턴이 지나치게 이분

---

41 리오 로젠탈, 앞의 책, 13쪽, 참고.

법적이었다. 이러한 상투적인 반복이 현실의 삶에서 비롯된 핍진성 때문인지, 현실 자체에 대한 인식이 상투적으로 전형화 된 것인지 잘 알 수 없다.[42]

뿐만 아니라, 다문화적인 소재를 다루기 위해 공간적 경계를 확대하는 경향이 생겨나게 되고 다양한 이질의 언어로 문체화되는 새로운 양식의 소설 언어가 형성되는 데까지 확대될 수 있다. 또한, 세계의 변화를 민감하게 감지하고 반응하는 가운데 삶의 다양한 층위를 제시할 수 있을 것이다. 마지막으로, 다문화문학의 새로운 비전이 정립될 수 있는지에 대해서도 비평적인 탐색의 대상이 될 것이다. 이와 같이 다문화문학이 다른 문화를 수용하는 자율 능력과 또 다른 문화의 힘을 키워 나가는 데 기여할 뿐만 아니라 인간과 세계에 대한 새로운 전망을 키워 나가는 데 기여할 수 있으리란 기대도 갖게 한다.

다문화문학에는 인권이 중요한 문제로 남아 있는 게 사실이다. 하지만 이것이 인권의 문제만을 다루는 것으로 오인되어서는 곤란하다. 흔히 이것의 개념 속에 인권의 문학이라는 편견이 맴돌고 있기도 하다. 따라서 다문화문학은 인간 실존의 문제로 접근하는 것이 온당하다고 생각된다. 일반적으로 다문화문학이 인권을 유달리 강조하고 있지만 인권보다는 인간 실존의 문제, 인간의 보편적 가치의 형상화 문제가 더 본질적이라고, 나는 생각한다.

이와 같은 맥락에서 볼 때, 나는 오늘날 다문화문학의 한 전망으로서 소위 '간(間)문화성(interculturality)'의 개념을 생각하지 않을 수 없다. 이른바 간문화성이란, 경계와 접촉의 서로 겹치는 부분, 상호의존, 상호침투에 관심을 기울인다. 간문화성에 관한 얘기는 모두에 사회학자 허영식

---

42 서연주, 「2000년대 다문화 소재 한국 소설에 나타난 스토리텔링 전략」, 한국문예창작학회 제 17회 정기 학술세미나, 앞의 책, 45쪽, 참고.

의 저서 『다문화사회와 간문화성』를 소개하면서 이 책 내용의 골자를 각주의 형태로 정리한 바 있어서 더 이상의 언급은 회피하겠거니와, 이상으로 보는 바와 같이 다문화사회에 있어서의 간문화성의 개념은 다문화문학, 혹은 이와 관련된 비평이 지향하는 경험, 상황, 맥락과도 밀접한 관련성을 맺는다. 그 개념이 '사이에 놓인 상태 또는 성질'의 간성(間性)을 중요하게 여기는 것이라면 다문화문학이 지향하는 구경적인 이상과도 별반 다를 바 없다. 문화라고 하는 말의 접두사가 되는 '간(間)-'은 통합을 의미한다. 인간의 보편적 가치란 늘 통합을 전제로 한다. 이 말 속에, 탐색의 과정 및 시험의 운동성이 늘 강조되고 있다.

무슬림 타운의 입국자에서,
베트남 처갓집 방문까지
—다문화 시의 이모저모

1. 이질적 문화 배경 속의 다양한 시적 소재

우리 사회는 2000년대에 이르면, 다문화 사회화를 알게 모르게, 그리고 서서히 추진해온 게 사실이다. 이주 노동자와 유학생의 유입은 말할 것도 없고, 또 한편으로 이주민 다문화 가정이 부쩍 늘어나기 시작했다. 이처럼 사회의 변화에 가장 민감하게 반응하는 것이 문학이라면, 최근 20년 가까이 이른바 '다문화문학'으로 이를 수 있는 문학적 경향이 결코 간과될 수 없는 문화 현상의 하나로 자리를 잡아가고 있는 것은 당연한 귀결이라고 하겠다.

인터넷 국어사전을 찾아보니 다문화문학을 이렇게 정의하고 있었다. 이질적인 여러 문화적 배경 속에서 나타나는 다양한 현상들을 소재로 하는 문학. 물론 무난한 뜻풀이라고 할 수 있다. 그렇다면 다문화 시란, 무엇인가? 상위 개념인 다문화문학을 비추어볼 때, 이질적인 여러 문화적 배경 속에서 나타나는 다양한 현상들을 소재로 하는 시라고 할 수 있다.

그 동안 소설 분야에서 다문화 현상의 추구는 괄목할만한 성과를 거두었다. 다양한 형태의 인정세태를 담은 내용들이 소설가들의 창작 의욕을 자극해 왔던 것이다. 그런데 시에 있어서의 다문화 소재주의는 소설에 비해 다분히 후발적이라고 하겠다. 최근 몇 년 사이에 이르러서야 다문화 시라고 일컬어질 수 있는 시들이 나타나고 있다. 우리 문학에서 다문화 소설이 일정한 성과를 이룩해내면서 뿌리를 내리고 입지를 다져가고 있다면, 다문화 시는 이제 시작을 알리는 단계에 놓여 있는 것 같다.

21세기가 되면서, 시인들의 기행 체험을 담은 시집들이 자주 눈에 띄고 있는데 신경림의 『낙타』(2008) 등이 대표적인 경우의 하나이다. 이 시집의 제4부와 제5부는 여행시들로 이루어져 있다. 터키, 평양, 네팔, 콜롬비아, 미국, 프랑스, 몽골로 이어지는 시인의 문학적 여정은 생생한 삶의 현장과 거기서 오는 심오한 사유방식을 완성도 높게 담아낸다. 기행 체험의 시들도 일종의 넓은 의미의 다문화 체험의 시라고 할 수 있다. 다음에 인용된 시는 다문화 시가 앞으로 나아가야 할 바를 잘 가리켜주고 있지 않은가 짐작되는 것이다.

하얀 설산이 바로 동네 뒷산이다, / 해발 이천오백 미터 능선 위의 시노아 마을. / 종일 산길을 걸어 도착하니 소낙비가 멎었다. / 서슬에 세운 건너편 산비탈을 감은 구름이 걷히고 거기 / 곡예하듯 붙은 집들에 별 같은 등불이 커진다. / 둥둥 두두둥, 막 저녁을 먹고 났는데 뜬금없는 북소리다. / 로지 안마당에서 춤판이 벌어져 / 성장한 젊은 여자들이   떼 지어 서 있다. / 크고 새빨간 랄리그라스 같다. / 레삼 피리리 레삼 피리리, 마당을 메운 사람들이 목청을 높이고, / 날렵하기가 산양 같은 젊은 여자가 나를 춤판으로 끌어냈다. / (……) / 수니타, 한국 이름으로 자기는 순이라고, / 나를 일으켜 세운 수줍음을 모르는 그 여자는 집에 가면 / 슬리퍼를 끌고 어두운 산길을 한 시간은 걸어야 한다. / 국왕을 내몰기 위한 싸움에 앞장을 섰는지도 모를 / 예쁘고 활기찬 히말라야의 순이는 정말 행복할까. / 장군님 품안에서 더없이 행복하다는 / 묘향산 순이의 말을 나는 믿을 수 있었던가.

—신경림의 「히말라야의 순이」 부분

레삼 피리리, 레삼 피리리……. 네팔 사람들이 즐겨 부르는 민요적 사랑노래에 삽입된 의성어인 듯하다. 민속예술의 카니발적인 성격은 자유와 평등, 변화와 다양성을 지향한다. 민족과 국경과 문화의 벽을 넘을 때 신명과 공동체의 제의 상태에 도달하기에 이른다. 히말라야의 순이인 수니타는 세계 합일의 무무(巫舞) 상태에 들어선 황홀경의 존재이다. 그녀를 통해 세계 연대의 모색을 확인할 수 있다. 이제 다문화 시도 지나치게 인격의 실현과 인권의 옹호에 기대지 말고, 삶의 정체성 확인 및 실존의식, 주체와 타자의 재현 문제 등에 관심을 기울여야 할 것이다. 다문화 시의 문학성 확보 역시 자아와 세계의 인간적인 미덕, 혹은 그 동화 상태 속에서 찾을 수밖에 없다.

여행이야말로 다문화 체험임에도 불구하고, 기행시를 다문화 시라고 보지 않는다. 다문화 시라고 하면, 우리나라에서 이주노동자, 결혼이주여성, 탈북자, 유학생 등으로 입국한 외국인이 한국 사회에서 현실적으로 적응하거나 부적응하는 삶의 이야기와 관련된 것이 많다. 일반적으로는 시에서 그려진 바, 이주노동자들의 뿌리 뽑힌 삶의 여러 양태를 두고 다문화 시라고 일쑤 말해지고 있다.

이와 관련해 먼저 살펴볼 만한 텍스트가 있다. 시인 허혜정의 「무슬림 타운」이다. 이 시는 『미네르바』 지(誌) 2007년 겨울호에 발표된 것이라고 한다. 시의 형태는 5연 59행으로 이루어져 있다. 비교적 장시에 해당하는 시다. 1930년대에 김광균이 「외인촌」을 쓴 이래 새로운 모습의, 새로운 다문화 시대의 외인촌 모습을 묘사한 시를 쓴 셈이 된다. 시인 허혜정이 외국이 아닌 우리나라에서의 낯선 풍물을 객관적으로 묘사하는 데 그치지 않고 한국에 들어와 살고 있는 외인(外人)에 대한 주관적인 감정의 상태를 잘 풀어내고 있다. 그가 본 무슬림들은 '마마자국처럼 헐려 있던 손등으로 코리안 드림의 아픔을 익혀' 온 사람들이다. 그는 그들을 두고 이렇게 말한다.

> 서울의 무슬림은 온순한 화공약품 공원이다 / 아무도 거들떠보지 않는 작업대와 / 허름한 컨테이너박스에서 막일을 도맡아하는 종족 / 낯선 땅의 노동법을 공부하고 / 성원에서 취업정보를 나누고 / 가족의 안부에 불안해하는 이들
>
> ─허혜정의 「무슬림 타운」 부분

시인 허혜정은 「무슬림 타운」이란 제목의 시를 통해 한국에 이주해온 무슬림 노동자들의 삶이 얼마나 긴장되고 안타까운 사연을 가지고 있는가 하는 것을 서술적으로 내비추어주고 있다. 서술적이기 때문에 시로서 정제되지 못한 측면도 있다. 이 시가 일종의 시적 리포트로 읽히는 까닭은 여기에 있다. 그러나 이 시의 마무리 부분을 보자.

> 세상이 지워버린 행처럼 그들은 열지어 간다 / PC방 노래방 열지은 대형매장 / 홍해보다 드넓은 불빛의 홍수를 건너 / 사막을 건너가는 기적이 놀라울 뿐이다 / 박히지 못할 뿌리를 내리고, 타향의 쪽방촌에서도 / 위대한 영혼으로 아이를 가르치고 싶어하는 이들 / 커다란 눈망울이 던지는 인사는, 앗쌀라 무 알레이쿰 / 오로지 살아남기 위한 자그만 평화다
>
> ─허혜정의 「무슬림 타운」 부분

시인이 뒷감당하는 소위 선경후정의 마음 씀씀이가 이 시에 결국 나타나지 않았다고 하면, 이 시는 그야말로 시적인 리포트로 남아있을 법한 시에 지나지 않을 것이다. 이 시가 단순한 시적 리포트가 아닌, 다문화 감성을 풍부하게 고취시키는 다문화 시로 승격하는 순간을 경험하게

되는 것이 시편 「무슬림타운」이 끝을 맺는 부분인 것 같다.

2009년 5월의 시점에서 보자. 한국에 거주하는 외국인 숫자가 백만 명을 넘어섰다. 서울의 여기저기에 외국인 마을, 즉 외인촌이 형성되고 있다. 용산구 이태원은 본디 미국인들이 득실거리던 곳인데 이제는 백인과 흑인, 기독교 문화와 이슬람 문화가 공존하는 다문화 지대로 바뀐지 오래되었다. 종로구 혜화동의 필리핀인촌, 중구 광희동의 러시아·중앙아시아·몽골인촌, 서초구 서래마을의 프랑스인촌, 용산구 이촌동의 일본인촌도 확장세를 타고 있다. 중국인들과 중국동포(조선족)들의 집단 거주 지역은 구로구와 영등포구로 집중되어 있는 것으로 나타났다. 외국인 3만 7천 명이 영등포구에 살고 있는데, 대림동에서만 1만 4천 명이 거주하고 있다. 대림동에 사는 외국인의 90%가 중국동포로 알려져 있다. 불법체류자를 감안한다면 대림동에만 2만 명 넘는 중국동포가 살고 있다. 중앙시장과 대림역을 잇는 상권은 중국동포들이 쥐고 있다고 한다. 중국동포는 대림동과 가리봉동을 중심으로 노동자, 상인, 식당고용인 등의 일을 하면서 어렵사리 살아가고 있는데 모국으로부터 받는 냉대와 무시를 생활 속에서 참 많이 겪었으리라고 짐작된다. 중국동포 시인 김윤배의 시편 「조선족의 노래」에 이러한 현실을 고발하는 내용이 다음과 같이 구체적으로 드러나 있다.

우리를 동포라고 부르지 마라 / 우리는 흑룡강성 길림성 요녕성에서 온 / 조선족일 뿐 중국동포라고 부르지 마라 / 살아생전 가리봉동시장 메케한 중국 거리 / 건두부와 컵술로 분노를 달래었지만 / 조국이 우리를 배신했다고 말하지 않으마 / 내 조국 땅에 숨어들어와 일하는 / 조선족, 노임 깍고 체불하고 구타했다고 / 말하지 않으마 밥이 치욕인줄 알아버린 탓이다

—김윤배의 「조선족의 노래」 부분

이 시를 보면 알 수 있듯이 한국에 거주하는 중국동포의 상대적 박탈감에 기인한 불안은 적지 않으리라고 여겨진다. 세칭 탈북자로 부르고 있는 새터민의 경우는 더 심하리라고 본다. 이들이 한국 사회에 정상적으로 정착하지 못하면 한국어를 사용하는 또 다른 사회부적응층을 형성시킬 수도 있다. 인용시의 화자는 짐작컨대 시인 자신일 것 같다. 자전적인 체험이 반영되지 않고서는 이렇게 직정(直情)의 파고가 높을 수는 없다. 1970년대의 산업화 바람이 거세게 불 때 농민들의 집단적 울분을 잘 대변한 신경림의 「농무」보다도 더 격렬하게 울분의 감정을 싣고 있는 것이 인용시라고 할 수 있을 것이다.

내국인이 다문화 시의 주인공이거나 화자가 되는 경우도 있다. 2008년 문화일보 신춘문예 시 부문 당선작인 문정의 「하모니카 부는 오빠」가 대표적인 경우이다. 이주민 노동자를 서술의 중심부에 내세우고 있다. 차이점이 있다면 「하모니카 부는 오빠」는 이주민을 알고 지내는 한 젊은 여성의 탈(퍼소나)을 쓴 극화된 화자가 등장하고 있다는 사실이다. 캄보디아에서 한국 땅에 자신의 노동력을 팔러온 노동자 청년을 알고 있는 여성 화자의 독백은 매우 애처롭게 읽혀지고, 울림하고 있다.

오빠의 자취방 앞에는 내 앞가슴처럼 / 부풀어 오른 사철나무가 한그루 있고 / 그 아래에는 평상이 있고 평상 위에서는 오빠가 / 가끔 혼자 하모니카를 불죠 / 나는 비행기의 창문들을 생각하죠, 하모니카의 구멍들마다에는 / 설레는 숨결들이 담겨 있기 때문이죠 / 이륙하듯 검붉은 입술로 오빠가 하모니카를 불면 / 내 심장은 빠개질 듯 붉어지죠 / 그때마다 나는 캄보디아를 생각하죠 / 양은 밥그릇처럼 쪼그라들었다 죽 펴지는 듯한 / 캄보디아 지도를 생각하죠, 멀어서 작고 / 붉은 사람들이 사는 나라, 오빠는 하모니카를 불다가 / 난기류에 발목잡힌 비행기처럼 덜컹거리는 발음으로 / 말해주었지요, 태어난 고향에 대해, /

그곳 야자수 잎사귀에 쌓이는 기다란 달빛에 대해, / 스퉁트랭, 캄퐁참, 콩퐁솜 등 울퉁불퉁 돋아나는 지명에 대해, / 오빠의 등에 삐뚤빼뚤 눈초리와 입술들을 / 붙여놓은 담장 안 쪽 사람들은 모르죠 / 오빠의 하모니카 소리가 바람처럼 / 나를 훅 뚫고 지나간다는 것도 모르죠 / 검은 줄무늬 교복치마가 펄렁, 하고 젖혀지는 것도 / 영원히 나 혼자만 알죠 / 하모니카 소리가 새어나오는 / 그 구멍들 속으로 시집가고 싶은 별들이 / 밤이면 우리 집 평상 위에 뜨죠 / 오빠가 공장에서 철야작업 하는 동안 / 별들도 나처럼 자지 않고 그냥 철야를 하죠

—문정의 「하모니카 부는 오빠」 전문

이주민 청년 노동자와, 이를 오빠라고 지칭하는 젊은 여성 사이의 관계는 연인인지도 모른다. 아무런 감정이 없다면 굳이 오빠라고 부를 이유가 없다. 우리 사회가 다문화 시대에 접어들면서부터 외국인 노동자와 내국인 여성과의 결혼도 차츰 늘어가고 있는 중이다. 이들이 결혼을 하게 되면 한국 남성과 이주민 여성의 국제결혼처럼 다문화 가정을 이루고 또 다문화 자녀를 양육하게 된다. 외국인 노동자 청년이 한국에서 온갖 설움을 겪으며 살아가면서 철야 작업을 할 때, 별과 나도 자지 않고 철야를 한다는 시상의 마무르기도 애틋함의 여운을 길게 남겨놓고 있다. 잔잔한 감동이 수수하게 밀려오는 듯한 느낌의 시라고 하겠다.

2. 다문화 시인의, 결코 간과할 수 없는 성과

다문화 시에 대한 관심의 증폭을 극대화한 시인이 있다면, 단연 하종오가 독보적이라고 할 수 있겠다. 이것에 관한 그의 관심은 『반대쪽 천국』(2004)에서 비롯하여 『국경 없는 농장』(2015)에까지 이어진다. 외국인 이주노동자에 대한 부당한 대우와 인권침해, 결혼이주여성들이 겪는 사

회문화적 여러 문제들, 예컨대 부적응, 의사소통, 가족관계 등의 어려운 삶의 조건을 시의 현상과 소재로 다루고 있다. 그의 두 번째 다문화 시집이라고 할 수 있는『국경 없는 공장』(2007)은 우리나라 다문화 시집 중에서도 가장 대표적인 시집이라고 할 수 있다. 여기에는 그의 잘 알려진 다문화 시들이 실려 있다. 고등학교 국어과의 가르칠 거리로 곧잘 활용되고 있는「동승(同乘)」과, 이 시와 함께 이방인들을 바라보는 한국인의 시선을 대변하고 있는「골목길」이 가장 대표적이라고 할 수 있다. 후자의 한 부분을 인용해본다.

> 골목길에 목련꽃이 피어 있어서 / 무직 남자가 대문 앞에 나와 구경하는데 / 희디흰 목련꽃 아래 지나서 / 가무잡잡한 아시안 둘 / 모퉁이 돌아갔다 / 무직 남자는 무심결에 눈으로 뒤좇았다 / 아시안 둘 뒷덜미에서 / 꽃그늘이 자우룩이 내렸다
>
> ─하종오의「골목길」부분

시인 화자가 이방인(들)을 바라보는 시선은 낮추어보는, 낮잡아보는, 얕보는 시선이다. 한국인 전체의 시선을 대변한다고 해도 지나친 말이 아니다. 20세기 초만해도 그랬다. 지금은 많이 개선된 것도 사실이다. 시인 하종오의 다문화 시는『입국자들』에서 절정에 이른 감이 있는데, (이 시집은 부산의 한 출판사에서 이례적으로 간행되었다.) 이방인들을 바라보는 시선이 이질적이라기보다 동정적으로 전환된다. 여기에 실려 있는 시들은 모두 한국 다문화 사회에 현존하는 문젯거리들로 점철되어 있다. 시의 숫자가 110편인만큼 다문화 현상에 관한 한 시인의 할 말도 많았던 것 같다. 시집『입국자들』은 시집 두 권 분량에 해당하는 양의 소위 다문화 시집을 선보이게 된 것이다.

　요컨대 이주민의 문제를 화두로 삼고 그 문제에 지속적으로 천착하고

있는 시인 하종오의 시집 『입국자들』은 우리 시대를 가장 대표하는 다문화 시집이라고 평가될 수 있다.

시인 하종오는 『반대편 천국』과 『국경 없는 공장』 이후에도 이주민의 문제를 지속적으로 형상화해 왔다. 시집 『입국자들』도 그 연장선상에서 한국과 관계를 맺고 살아가는 이주민과 현지 가족의 삶을 여러 각도에서 살펴보면서 우리에게 새로운 삶의 성찰을 요구한다. 한국 사회에서도 이주민의 심리적 박탈감은 원주민들을 향해 표출되고 있지만, 원주민인 우리는 잘 모르거나 실감을 느끼지 못하고 살아가고 있다.

하종오는 시집 『입국자』 서문에서 '긍정과 부정의, 연민과 분노의, 애정과 증오의, 희비와 애락의 감정을 배제하면서 자본주의를 향해 질주하는 아시아 각 국가와 한국 사이에서 생존하려는 평범한 인간 개개인의 모습을 그리고 싶었다.'고 시집을 상재하는 소회의 변을 스스로 밝힌 바 있다. 이 시집의 내용은 한국 사회에 이주해온 아시아인들이 정치경제적으로 각각 다른 체제 속에서 생존을 도모하고 생계를 이어가는 다양한, 그러나 어둡고도 그늘진 삶의 세목(細目)을 묘파하고 있는 데 주안점을 두고 있다. 한국에 이주해온 아시아인들의 백 가지 이상의 사연들을 집대성한 이 시집에는 극히 단편적인 서사 구조를 반영하고 있는 낱낱의 시편들로 처음부터 끝까지 이어져 간다. 기막힌 사연의 「부부」라는 시를 보자.

북조선을 탈출한 여자와 / 조선족자치주에 거주하는 남자는 / 서로 의식주를 해결하려고 / 동거하였다 // 한마디로 남들보다 / 돈 없이 사는 게 지긋지긋했던 / 북조선 여자와 조선족 남자는 / 돈 많이 벌 목적으로 / 한국으로 가고 싶었다 // 북조선 여자가 먼저 / 탈북자 신분으로 들어와서 / 정착한 뒤 / 조선족 남자가 나중에 / 노동자 신분으로 들어와서 / 결혼하였다 // 합법적으로 한국 국민이 된 / 조선족 남자와 북조선 여자는 / 직장에서 견디지 못하고 /

직업을 구하지 못해 / 여전히 가난하자 / 각자 한국 남녀를 구하려고 이혼했다

—하종오의 「부부」 전문

　세칭 조선족과 탈북자로 불리는 두 남녀가 한국에 들어와서 부부가 되었다. 그러나 이들은 이주민으로서 정주민과 화해롭게 지내야 하고 정착의 현실에 적응해야만 했다. 그러나 부부생활을 영위하는 데 한계에 부딪쳐 더 이상 자신들의 조건을 개선시키지 못하자 각자의 한국 남녀 배우자를 구하기 위해 이혼을 하게 되었다. 한때의 사랑도 물질적 행복을 보장시켜주지 못한다면 부부의 관계도 속수무책이다. 동포 이주민의 삶의 애환이 짙게 배여 있는 시이다. 시인은 시 창작의 자료를 구하기 위해 이주민의 삶을 적잖이 취재하였으리라고 보인다. 그들에게 직, 간접적으로 들은 얘기는 대부분이 실패담이었을 것이다. 반면에 성공담의 사례는 가물에 콩나듯이 이례적이다. 그런데 이주민의 성공담 역시 다음과 같이 한국 다문화사회의 일그러진 모습을 역설적으로 얘기한 것에 지나지 않는다.

　한국에서 돌아온 쩐주이호안 씨는 / 베트남에서 오토바이 수리점을 차렸다 // 합법체류 이년 불법체류 팔 년 / 청년 때 가서 일해 돈을 모아/중년이 되어 돌아온 쩐주이호안 씨는 / 수리공들 일찍 출근시키고 늦게 퇴근시키고 / 봉급 적게 주며 미루었다가 / 제풀에 지쳐 떠나가게 만들었어도 / 오토바이는 제때 고치도록 했다 // 한국인들이 하던 그대로 / 베트남인들에게 똑같이 하니 / 저절로 손님들이 꼬여서 / 장사 잘 된다는 쩐주이호안 씨는 / 신형 오토바이 타고 다니며 거드름 피웠다 // 그러나 한국으로 취업하러 가려는 / 젊은이들이 찾아와 도움말 한마디 구하면 / 쩐주이호안 씨는 입 꽉 다물어버린다

—하종오의 「소자본가」전문

이 지구상에 성공적인 다문화사회로 손꼽히고 있는 나라로는 영국·호주·스웨덴 정도에 불과하다. 미국·중국·인도·남아프리카공화국 등도 비교적 긍정적인 평가를 받고 있다. 중국의 경우는 소수민족 정책에서 후한 점수를 받을 것 같다. 미국 사회에 있어서도 특히 뉴욕은 다인종, 다문화의 조화적인 융합을 두고 '용광로(melting pot)'로 비유되기도 한다. 용광로는 동화주의를 대신하는 비유적인 언어이다.

그런데 동화주의는 획일적인 것을 추구하는 데 때로 한계가 노출되기도 하는 이주민 정책이 되기도 한다. 다양성을 인정하지 않는, 인정하더라도 구호에 지나지 않는 획일적인 것의 추구는 결과적으로 문화적인 억압과 패권을 낳을 수도 있다. 한국 사회의 다문화 정책도 아직 동화주의의 수준에 머물고 있지 않을까 생각되는 측면이 있다. 외국인 노동자 현장의 비인간화된 조건 등이 이를 반증하는 게 아닐까 한다.

하종오의 시 「소자본가」에 등장하는 베트남인 쩐주이호안은 이례적으로 한국 사회에 적응한 성공적인 인물이기도 하겠지만 사회적인 약자, 소수자를 배려하지 않는 한국 자본주의의 약육강식형 음습한 면을 배우고 돌아간 문제적인 인간형이기도 하다. 이런 점에서 매우 흥미로운 시적 캐릭터이다.

시인 하종오는 시집 『입국자들』의 서문에서 시인의 주관적 감정을 배제하면서 객관적인 실정과 상황을 추구하겠다는 말을 넌지시 밝혔지만 행간에 숨어있는 시인의 정서적인 지향성은 이주민 타자에 대한 인간애적인 따뜻한 동정의 시선이 깔려 있다. 이마저 증발해버린다면 시가 아니라 건조한 보고서에 지나지 않을 것이다. 나는 이 시집이 간행될 무렵에, 이런 글을 남긴 적이 있었다. "나의 개인적인 판단으로는 하종오의 다문화 시는 더 젖어지기를 바란다. 일정량의 습도와 인간적인 느낌의 온기가 다문화주의의 시적 지평을 더 개방할 것이다." 물론 다문화가정의 외국인 및 자녀, 새터민, 장애우 등을 사회적 약자로 전형화하면서 온정주의적인 시선으로 그들을 바라봄으로써 여전히 상대를 타자화하는 경우도 있다. 문제는 진정한 의미의 다문화문학이란 소통과 공감과 연대의 진정성에 있다는 것이다.

그런 내 바람이 『국경 없는 농장』으로 이어진 감이 없지 않았다. 이 시집에 이르러 시적 자아와 타자인 이방인들 간에 감정적인 거리 좁힘의 관계가 형성되고 있다. 이 관계는 조건이 없는 '측은지심'이라기보다 우리 모두의 성찰을 전제로 한 '수오지심(부끄러움)'의 결과라고 본다. 배추농장에서 일하는 네팔인 쌈코 씨와 원예농장에서 일하는 캄보디아 여인 썸포아 씨의 경우를 보자. 두 가지 다 4연시인데, 마지막 연을 인용해본다.

> 네팔인 쌈코 씨의 두 눈 속에 들어 있던 / 안나푸르나 흰 눈 쌓인 산정이 / 밖으로 나와 휘청거리면서 / 멀리 산봉우리로 올라갔다
>
> —하종오의 「국경 없는 농장과 산봉우리」 부분

> 썸포아 씨는 이전에 다니던 원예농장에서 / 술 취해 함부로 껴안는 농장 사장을 밀쳤다가 / 여러 달 봉급을 받지 못해 제 발로 도망친 뒤로 / 지금까지 불법체류자로 숨어 일하는 중이었다
>
> —하종오의 「국경 없는 농장과 스마트폰」 부분

하종오의 「국경 없는 농장과 산봉우리」는 농장에서 폭행을 당한 이야기에서 소재로 삼은 시다. 실제로 일어난 일인지, 아니면 허구적으로 극화한 얘기인지 정확히 알 수 없다. 막연하지만, 시인의 취재가 있었던 것이 아닌가, 하고 짐작해볼 수 있다. 배추농장의 노동자인 네팔인 쌈코 씨는 배추통 하나를 잘못 잘랐다는 이유로, 농장 사장에게 따귀를, 작업반

장에게 뒤통수를 맞아야 했다. 이럴 때면, 그는 손을 부르르 떨면서 작업 도구인 식칼을 들고 서 있었다. 그는 고향의 모습인 '안나푸르나 흰 눈 쌓인 산정'을 떠올리면서 분노감을 억눌렀다. 비유하건대, 한국의 야산이 소인이라면, 안나푸르나는 대인이 아닌가?

같은 시인의 시편인 「국경 없는 농장과 스마트폰」에는 캄보디아 여인의 억울한 사연이 잘 담겨 있다. 그녀는 불법체류자라는 치명적인 결함 때문에, 악덕 농장주의 성추행에 항의는커녕 고발조차 못한다. 시에서 말하는 국경 없는 농장은 노동자 인권의, 미투 현장의 사각 지대다. 그런 결함 때문에, 농장주나 공장주에게 성추행을 당하는, 외국에서 온 여성 노동자들이 얼마나 많았겠는가? 앞으로는, 특히 여성 노동자의 인권 문제에 관해, 사회 전체가 관심을 가져야 할 것이다.

시인 하종오는 올해(2021) 초에 매우 특이하게도 『세계적 대유행』이라는 제목의 시집을 상재했다. 코로나-19를 단일 소재로 삼은 시집이다. 그는 여기에 54편의 시를 묶었다. 이 시집 역시 다문화와 결코 무관하지가 않다. 다문화적인 연대 및 공조가 없이는 바이러스의 세계적 대유행을 막을 수 없기 때문이다. 코로나-19는 국경을 넘어선 문제, 민족이니 애국심이니 하는 관념을 넘어선 문제다. 인간의 세계에 대한 바이러스의 침투 및 공격은 인간의 인종적 계급적 차이마저 가리지 않는다. 바이러스에겐 이런 건 아무런 의미가 없다. 이 시집이 다문화적인 이유다. 누구인가가 앞으로 이 성격을 비평적으로 심화할 것으로 보인다.

3. 한국과 베트남의 관계를 다룬 시집 두 권

한국 사회에 진입한 다문화인 중에서 베트남인들은 각별한 의미를 지닌다. 월남전 참전이라는 고유한 역사 경험과 관련이 있기 때문이다. 다문화문학의 소재 역시 베트남이 차지하는 부분이 결코 작지 않다. 다문화 시에 있어서도, 베트남을 소재로 한 시집이 9년 간격으로 두 차례 상재된 바 있었다. 이동순의 『미스 사이공』(2005)과 김명국의 『베트남 처갓집 방문』(2014)이 바로 그것이다. 전자는 62편 시 모두가 베트남과 관련된 시이고, 후자는 54편 중에서 절반 이상이 베트남과 관련된 소재의 시란 점에서, 표제도 표제려니와 내용에 있어서도 다문화 시집으로 전혀 손색이 없다.

시집 표제의 시이기도 한 「미스 사이공」은 수십 년이 지나도 베트남전쟁에 참전한 한국 군인을 잊지 못하는 한 노파의 고백의 진술을 빌린 내용의 시다. 미스 사이공과 그 군인 사이에는 '라이따이한'이라는 혼혈 2세가 남아있다. 시에서는 이제 청년이라고 했지만, 이 진술의 시점을 시집이 간행된 연도인 2005년으로 본다면, 장성해 40대 중반이 되었을 2세이다. 한때 우리나라의 유명한 가수 중에서 주한 미군을 아버지로 둔 혼혈 2세가 많지 않았나? 시인 이동순은 이 시집을 통해, 전쟁과 분단으로 신음하는 우리의 상처를 확인하고 있는 셈이다. 한국과 베트남의 양국 관계에 내재된 상처를 소환해내고 있는 셈이다.

저는 죄가 많아요 / 왜 그리도 쉽게 정을 주었던지 / 거듭 말씀드리지만 / 그분은 저를 사랑했습니다 / 이름조차 모르고 / 한국의 사는 곳도 알지 못합니다 / 김씨라는 성만 기억합니다 / 그때 태어난 그분 아들은 이제 청년입니다 / 서러운 라이따이한으로 / 손가락질 받으며 살아온 지난 수십 년 / 흥건한 눈물의 세월이었지만 / 언제나 저를 / 미스 사이공이라고 불러주던 / 그분을 기다립니다 / 언제까지나 돌아오기만 기다립니다 / 저 멀리 있는 세상 / 삶이 더 이상 가혹하지 않은 곳 / 거기서도 저는 / 그분을 기다릴 것입니다

—이동순의 「미스 사이공」 전문

시적 진술이 매우 평이하다. 한 편의 시라기보다는 또 시적 진술이라기보다는 자기 신상의 구두(口頭)적인 진술인 것처럼 보인다. 이 평이한 진술 속에 감추어져 있는 역사의 난해한 얽힘이란! 이 진술이 넋두리라면 시에 더 가깝지 않을까? 그녀는 스스로 생각한다. 이름도 모르는 한국 군인을 사랑한 역사적인 죄인이라고. 노파가 된 여인은 자신을 아직도 '미스 사이공'이라고 생각한다. 아무리 사회주의 국가라고 하지만, 베트남이 동아시아적 유교의 가치가 아직 남아있을 것으로 보인다. 이 중의 하나가 전통 사회의 여성적 덕목에서 유래된 열(烈)이니 절(節)이니 하는 개념이 아닐까?

이동순의 시집인 『미스 사이공』의 해설을 쓴 이는 안미영이다. 해설문은 시집의 말미에 덧붙여진 「사유공간으로서 '베트남'과 동아시아 담론에 대한 제언」이란 제목의 글이다. 이 해설을 통해, 이 시집에 담긴 시인의 의미 요체, 세계관, 생각 틀의 지향점 등을 잘 유추해볼 수 있다. 안미영은 이동순의 이 시집을 다음과 같은 시각에서 살펴보고 있다.

> 시인은 역사의 뒤안길에서 '베트남 전쟁'의 피해자를 폭넓게 조명하고 있다. 피해자는 비단 베트남 민중에 국한되지 않으며 베트남 인근의 동아시아에서 베트남과 유사한 역사적 무게를 짊어져야 했던 한국의 민중이기도 했다. 시집 『미스 사이공』에서 시인은 다성적인 '목소리'를 통해 제국주의의 횡포 아래 짓눌려 있는 동아시아의 역사적 상흔을 이 땅의 현실에 생생하게 재현해 내고 있다. (시집 『미스 사이공』 해설에서)

이 시집에는 무수한 피해자들의 성찰 코드가 드러난다. 미스 사이공뿐만이 아니라 라이따이한과 고엽제와 관련 연작시도 있다. 역사 문제랄지, 피해자에다 단일한 포커스를 맞추면, 가해자가 드러나게 마련이다. 가해자는 프랑스와 일본과 미국으로 이어지는 제국주의이다. 이런 점에서, 이 시집은 반제, 반미의 파토스로 옮아갈 논리의 속성을 지닌 시집이 기도 하다. 해설자 안미영도 '우리는 이 시점에서 동일한 광대의 체험을 겪어야 했던 베트남과 더불어 동아시아 담론을 새롭게 구상해 볼 필요가 있다.'(같은 시집, 154쪽.)라고 하지 않았던가? 작자와 해설자의 생각이 같은지, 엇비슷한지 알 수 없지만, 여기에서 말하는 '광대'란, 북한이 말하는 제국주의의 괴뢰 논리와 궤를 함께한다.

이 대목에서 우리는 하나의 교훈을 얻을 수 있다. 다문화란, 과거의 삶을 추궁하거나 기억을 소환하는 것이라기보다, 현실과 미래의 삶을 꿰뚫어보는 데 의의가 있다는 사실 말이다.

시인 김명국은 직업이 농민인 시인이다. 대학을 졸업한 후 교사가 되려는 뜻을 이루지 못하고, 농촌 현장에 삶의 뿌리를 내렸다. 1998년에 문화일보 신춘문예로 등단했으나, 오랫동안 시를 쓰지 않았다고 한다. 늦은 나이에 베트남 여성과 결혼해 가정을 이루었다. 42세의 나이에 비로소 첫 시집을 상재했는데, 이것이 바로 『베트남 처갓집 방문』이다.

이 시집 속에 베트남과 관련된 시적 소재 및 현상이 적잖이 반영되어 있다. 이질적인 두 나라 간의 문화와 습속이 여실하게 재현되어 있다. 시집의 여기저기에 소소한 흥밋거리가 반영된 시가 많은데, 어떤 경우에는 포복절도, 즉 배를 그러안고 넘어질 정도로 몹시 웃기는 소재도 있다. 예컨대, 처갓집의 물웅덩이 화장실이 대표적이다. 시인 화자가 재래식 화장실에서 변을 보는데, 변이 물웅덩이로 떨어지면 이것을 경쟁적으로 서로 먹으려고 통통하게 살이 오른 잉어와 가물치가 지느러미를 흔들며 온몸으로 물을 튀기면서 난리법석을 떤다. 이놈들이 저녁 찬거리로 밥상 위에 오르기도 한다는 것. 우리나라에서도 과거에 제주도 및 전남의 일부 해안 지역에 소위 x돼지를 키우지 않았나?

김명국의 시는 긴축적이지 않고, 백석의 시처럼 서술적이다. 시 하나 하나의 길이가 길다. 환상이니 영혼이니 내밀성이니 하는 시적인 초월성은 거의 없고, 오로지 생활 체험이 중시되어 있을 뿐이다. 뿐만 아니라, 이동순이 보여준 바, 제국주의니, 역사의 상처니, 광대니, 전쟁 체험이니 하는 관념도 전혀 없다. 시집의 표제 시 한 부분을 인용해본다.

이모 딸 어린 동생 린은 코코넛나무 잎으로 피리를 만들어 불고, / 파마를 한지 꽤 오래되어 보이는 장모가 손수 / 재봉틀 앞에 앉아 한국으로 가져갈 아오자이를 짓고 / 호치민에서 옷 만드는 공장에 다닌다는 이모와 / 껀터 시에서 대학을 졸업했다는 이모 딸 / 기계공인 남동생, 생선 공장에 다닌다는 언니와 여동생 / 개구쟁이 어린 조카들 비보, 니 그리고 우리 식구 셋 / 이렇게 열세 식구 대식구가 한데 모여 / 최대 명절 설을 기다렸던 곳 / 인천국제공항에서 호치민 시까지는 비행기로 네 시간이 넘고 / 호치민 떤션녓 국제공항에서도 자동차로 네 시간은 족히 달려야만 겨우 닿을 수 있는, / 무슨 돈 이야기만 나오면 서로 시무룩해져서 / 어떤 때는 일 년 치 생활비를 미리 갖다 주러 온 기분밖에 들지 않는 곳이다

—김명국의 「베트남 처갓집 방문」 부분

시편 「베트남 처갓집 방문」은 시집의 세 쪽을 꽉 채운 일종의 장시이다. 인용한 부분은 시의 마지막 부분을 따왔다. 베트남 처갓집은 베트남 중에서도 남부 지역의 시골에 속한다. 한 해 내내 여름인 곳. 장인어른은 항상 웃통을 벗고 산다. 가족은 대가족이다. 시인 화자는 가족을 이끌고 처갓집을 방문한 때가 구정인 듯하다. 일 년 치 생활비를 미리 갖다 주러 온 기분이라고 했으니 말이다.

이 시를 읽으면 알 수 있듯이, 제국주의의 역사 기억을 자꾸 반추해내는 이동순의 경우와 확연히 다르다는 것을 알 수 있다. 이동순의 베트남 소재 시는 관념적이다. 이에 비하면, 김명국의 경우는 사뭇 즉물(卽物)

적이다. 즉물적인 것의 사전적 의미는 관념이나 추상적인 사고가 아니라 실제의 사물에 비추어 생각하고 행동하는 것을 가리킨다.

이런 점에서 볼 때, 김명국의 시집 『베트남 처갓집 방문』은 우리 시대의 가장 다문화적인 성격의 시집이라고 말할 수 있다. 관념과 추상이 아닌 체험 중심적인 핍진(逼眞)을 드러낸 다문화적인 시적 현상들로 가득차 있기 때문이다. 이 시집은 순수하고도 정직하다. 아직도, 이탈리아 국수를 두고 '스파게티'라고 하면서도 베트남 국수에게 '퍼(phở)'라고 하는 정식 이름이 있는데도 불구하고 굳이 '쌀국수'라고 가리키면서 무언가 낮추어 보는 것 같은 시선이나 태도가 아직 남아있는 우리 사회에서 말이다.

4. 보충 : 다문화 소재를 반영한 동시, 시조

아동문학 부문에 있어서의 다문화문학은 그 동안 괄목할 성장을 거듭해 온 게 사실이다. 다문화 아동문학이란, 국제결혼 가정, 이주민 가정, 외국인노동자 가정 등의 어린이가 주로 겪고 있는 인종적, 문화적 차이를 다루는 아동문학 작품을 가리킨다. 그 동안 다문화 아동문학의 실체가 활발하게 드러나고 있었다. 다문화 가정의 자녀들이 점차 성장하게 되면서 다문화에 관한 의식이 먼저 일깨워지고 있기 때문이라고 본다.

최근에 한류가 문화 현상으로 자리를 잡아가고 있고, 한국의 경제적 위상이 제고됨으로써 외국인의 한국어 관심은 증폭되어가고, 한국에 결혼, 이주 등으로 인해 다문화 가정이 늘어나면서 나타나는 필연적인 결과라고 있다. 다문화문학 중에서도 아동문학이 활발한 모습을 드러내주고 있는 데는 국제결혼 2세로 표현되는 소위 코시안들이 아동문학 향유자로 성장해가고 있는 것도 하나의 이유가 된다.

그동안 다문화 동시는 아직까지 이렇다 할 성취적인 분위기를 이끌어 내지 못하고 있다. 동시로 된 다문화 아동문학을 눈을 씻고 찾아보아도 찾아지지 않았다. 동시의 장르적 특징이 동화와 아동소설에 비해 시대의 변화에 민감하게 반응하지 못하는 탓도 그 까닭의 한 몫을 차지하리라고 본다.

2010년 조선일보 신춘문예 동시 부문에 「호주머니 속 알사탕」이라는 제목의 다문화 동시가 당선작으로 선정되었다. 신춘문예 당선작이 신인 등용문에 지나지 않는 것이지만 대중의 관심, 전통, 파급 효과를 감안해 볼 때 다문화 동시가 스스로 존재감을 알리는 계기를 마련하였을 것이라고 본다. 이를 계기로 다문화 동시가 활성화의 시작 단계에 접어들었다고 생각해볼 수 있다.

당선자 이송현은 이미 동화작가로 활동을 해오던 문인이다. 이 작품을 통해 그는 또 다시 동시인으로 등단한 셈이 된다.

> 호주머니 속, 신호등 빛깔 알사탕 / 제각각 다른 색깔이라 달콤하다면서 / 왜 얼굴색은 다르면 안 된다는 걸까? // 급식 당번 온 우리 엄마 / 검은 얼굴 보더니 / 친구들 모두 식판 뒤로 숨기고 // 멀찍이 뒷걸음질 친다, 뒤로 물러난다. / "너희 엄마 필리핀이야?" / 친구들의 질문에 조가비처럼 / 입이 꼭 다물어지고 / 학교 온 우리 엄마가 밉기만 한데 // 엄마는 내 마음 아는지, 모르는지 / 내 호주머니 속에 알사탕을 넣어주고 / 싱글벙글 웃는다. // 나 혼자 집으로 돌아오는 길 / 주머니 속 알사탕을 하나 까서 / 입에 무는데 / "너, 어디서 왔어?" 친구들 놀림에 / 나는 왜 바보처럼 울기만 했을까? // "나, 한국에서 왔다!" // 입 속에 굴러다니는 동글동글 알사탕 / 왜 자꾸만 짠맛이 날까? / 눈물 맛이 날까?
>
> —이송현의 「호주머니 속 알사탕」 전문

이송현의 「호주머니 속 알사탕」은 다문화 가정의 한 자녀가 자라나면서 학교에서 겪는 일종의 성장통을 소재로 한 것이다. 이 시는 산문적으로 읽히는 것이 흠이라면 흠이다. 그러나 이것은 우리 사회에 지금 겪고 있는 과도기적인 갈등의 한 양상을 포착하면서 포용하는 서정적 합일의 전망을 제시하고 있는 작품이다. 그런데 이것을 당선작으로 선(選)한 심사위원의 평가는 문학사적인 의미보다는 문학성 자체에 두고 있다.

다문화 가정의 아이의 아픔을 알사탕과 절묘하게 결합하여 감동적으로 그려 냈다. 동시로서는 보기 드물게 현실성 있는 소재와 사실적인 이야기를 담고 있다는 점에서 눈길을 끌었다. 아이의 아픔을 잔잔한 감동의 울림으로 호소력 있게 풀어낸 역량이 만만치 않았다. (이준관)

이와 같은 평가에도 불구하고, 나는 이 시의 문학사적인 의미와 성격에 주목하는 입장에 있다. 2010년대에 다문화 동시가 뿌리를 내리고 입지를 넓혀갈 것이라고 생각한다. 이송현은 『현대시학』 2010년 5월호에 다문화 동시라고 여겨지는 작품 세 편을 선보이기도 했다. 즉, 「엄마의 알림장」, 「김장하는 날」, 「우리 꼬추」가 바로 그것이다. 특히 이 가운데에서 「엄마의 알림장」은 앞에서 거론한 「호주머니 속 알사탕」의 후일담 내지 후속편으로 읽히고 있다. 앞에서 보이는 긴장과 갈등의 양상은 해소되어 어린 화자는 행복한 생활의 지경으로 향해 한껏 다가서고 있다.

밤마다 / 내 알림장을 공부하는 / 우리 엄마 // 내, 이럴 줄 알았지! / 우리 엄마 / 알림장에 적힌 한글 / 한 자, 한 자 / 손가락으로 꼭꼭 짚어가며 / 읽던 밤 / 우천(雨天)이 뭔지 몰라 / 나 혼자 비 흠뻑 맞고 / 소풍가고 말았어요. // 빗속에 마중 온 우리 엄마 / 고놈의 알림장 때문이라며 / 미안, 미안 // 한국 말 못해 미안, 미안 / 한국 엄마 아니라서 미안, 미안 / 까만 얼굴 우리 엄마 / 미안해요, 제일 잘 하는 말 // 우산 속에 엄마와 나 / 다른 색깔 얼굴로 / 같은 말로

노래해요 / 가, 나, 다, 라, 마, 바, 사 // 사랑해, 필리핀 우리 엄마

—이송현의 「엄마의 알림장」 전문

작가 이송현은 이 작품을 쓰기 위해 필리핀 이주결혼 여성을 실제로 만났다. 인터뷰를 통해 그 동한 겪어온 부적응 경험담을 듣고 부끄러움을 크게 느꼈다고 했다. 그리고 그는 우리가 사는 세상이 어찌 변할지라도 이 땅에 사는 어린 친구들이 피부색이나 가정환경과 상관없이 밝고 따뜻하길 바란다고 했다.

다문화 시에서 삼가야할 것이 있다면, 인권과 계몽의 색깔로 덧칠하는 것. 현재의 다문화 동화가 인물의 표상에 있어서 다문화 가정의 자녀들이 겪고 있는 사회적 차별과 정체성 혼돈으로 집중되고 있는 감이 있다. 때문에 전형화에 매달려 개성 있는 캐릭터를 창출하지 못하고 있다. 또 대부분의 동화 작품들이 불법체류자 단속이나 고용허가제, 이주민 자녀의 교육 문제를 고발하고 사회적 약자로서 그들을 옹호하려는 내용들을 노출하고 있다. 이 경우 문제 해결에 앞장 서는 식의 이야기가 되어 바른생활 교과서의 예문처럼 문학성과 현실감을 상실시켜버리고 만다.

이런 점에서 볼 때 이송현의 다문화 동시는 사람의 마음을 움직이게 하면서 뜻을 함께 나누고자 하는 데 있기 때문에 성공적이라고 할 수 있다.

다문화문학에 관한 한, 시조 부문의 성과에 대해선 나는 잘 모른다. 얼핏 떠오르는 것은 권갑하의 시조집 『아름다운 공존』(2011)이 아닐까, 한다. 이 시조집은 꼭 10년 전에 간행되었는데, 내가 과문한 탓에 파악하지 못했지만 그 동안 10년 동안 이 분야에서도 성과가 있었으리라고 보인다. 권갑하 시조집의 표제 시 「아름다운 공존」을 구별(句別) 배행의 방식에 따라 인용해 보겠다.

다양성을 인정하며
지배하지 않는다

각기 다른 색깔이지만
아름다운 무지개

눈높이 상대에 맞추면
내가 더욱 빛난다

　이 단형시조는 무지개를 소재로 한 시조다. 주제는 다문화에 관한 통합, 조화, 비전이다. 초장의 내용을 먼저 보자. 다양성을 인정하며, 지배하지 않는다? 시적인 느낌이 아니다. 뭔 말인가? 시인의 노트에 의하면, 다름이 아니라 논어에서 나오는 유명한 성어인 '화이부동(和而不同)'을 우리말로 푼 것이다.

　나는 이 화이부동만큼 다문화의 정신을 잘 나타내주는 표현은 없다고 본다. 주류 문화를 중심으로 보는 '동화주의(assimilation)'는 타문화, 상대 문화에 대한 우월성만을 강조한다. 여기에서 '동'은 동화주의요, '부동'은 이를 거부하는 걸 말한다. 공자는 『논어』에서 말했다. 군자는 화이부동하고, 소인은 동이불화한다. 같은 국민을 두고 친일 세력이니 반일 세력이니 하면서 편 가르기를 하고, 같은 국민을 가리켜 토착왜구니 어쩌구 하는 것은 동이불화다. 절대 평등이라는 이념 아래에서, 사회 내부의 불화와 혼란을 부추기는 것도 소인의 세계. 신영복 선생은 '화'를 공존의 원리, '동'을 흡수해 자기 것으로 만드는 원리로 보았다. 그렇다면, 서양 근대사는 동의 역사요, 동양의 지혜는 부동의 역사이다.

　마지막으로, 나도 한마디 거들고 싶다. 나는 '화'를 두고 '여럿이 좋은 사이를 만든다.'는 것이며, '부동'을 가리켜 '낱낱의 값어치를 인정한다.'는 것이다, 라고 해두고 싶다. 즉, 낱낱이 화목하게 공존한다고 해도, (같지 아니한) 저마다의 생각들은 존중한다. 이것이 바로 다문화의 궁극적인 정신이 아니겠는가?

마당을 나온 암탉이 화면 위에서 움직이다

1. 영상문화는 독서의 미래인가

말과 글이 지배하던 인문학의 시대가 저물고 있다는 말들이 적지 않게 나오고 있다. 그동안 우리가 전통적인 사유방식인 언어와 문화에 의존해오던 것이 감각적 경험의 재현에 의한 상상 모드로 전환되어가고 있다는 점에서, 문명사적 기로에 서 있다고 말할 수 있다. 우리의 의식을 지배하고 있는 거대한 영상문화가 기존의 책읽기와 글쓰기 관습을 점차 잠식해 가고 있는 것은 아닌지 하는 우려와 함께 말이다.

지금 현재 교육을 받고 있는 성장세대는 기성세대와 달리 영상문화에 길들여진 세대이기 때문에, 기성세대와는 문화를 습득하는 패러다임이 질량의 면에서 차이가 있다. 성장세대가 인문학을 기피하고 있는 것은 어찌 보면 필연적일지 모른다. 특히 문학의 정전(正典)을 보는 관점도 글쓰기의 작가적 권위에 의존하기보다는 감각적 즐김의 원칙에 근거를 두게 된다. 그래서 이 글이 던지는 애초의 화두는 '영상문화는 독서의 미래인가' 하는 문제의식과 관련된 것이다.

영화 전문 기자로서 오랫동안 활동하다가 이제 영화학과 교수로서 강단에서 현장으로 왕래하고 있는 오동진은 3년 전에 이런 말을 했다. 국내에는 언제부터인지 영화 제작의 샘물과 같았던 소설이 죽어버렸다, 라고. 그는 강변한다. 「올드보이」나 「권순분 여사 납치 사건」도 따지고 보면 일본 원천의 스토리텔링이 아니냐, 라고. 그는 「영화는 독서의 미래다」(MOVIEWEEK, 2008. 3. 10)라는 짤막한 칼럼에서 사뭇 의미 있는 말을 남겼다……소설가가 힘을 얻을 때 영화가 비로소 다양한 이야깃거리를 안정적으로 얻게 되는 것이며, 영화의 미래는 아이들의 책읽기에 달려 있다, 라고.

오동진의 지적처럼, 문학과 영화는 상보적으로 관계를 맺고 있다. 문학이 죽으면서 영화가 사는 게 아니다. 문학이 죽으면 영화도 결국에는 죽는다. 양자는 어쩌면 공동운명체를 구성하고 있는 것인지도 모른다. 소설과 영화의 관계, 동화와 애니메이션의 관계는 매우 밀접한 텍스트 상호관련성을 맺고 있는 관계라고 말할 수 있겠다.

최근에 애니메이션 「마당을 나온 암탉」이 크게 상업적으로나 문화콘텐츠로 활성화되고 성공을 거둔 데는 원작 동화의 밑바탕이 굳건히 자리를 차지하고 있기 때문이었다. 문학과 영화 부문에 걸쳐 평론가로 활발하게 움직임을 보이고 있는 강유정은 그 원인을 가리켜, '베스트셀러인 원작 동화를 읽고 감동을 받았던 부모들이 아이들과 함께 극장에 간 것이 흥행의 큰 요소'(문화일보, 2011. 8. 9.)라고 지적한 바 있다. 부모들이 원작을 알고 있기 때문에 부모와 아이들이 함께 볼 수 있고 공감할 수 있는 애니메이션을 만들어낼 수 있었던 것이다.

말이야 쉽지, 어른과 아이들이 모두 만족할 수 있는 애니메이션을 만든다는 게 가능하기나 할 건가? 원작 동화의 작품성이 애니메이션의 성공을 이끌어낸다. 원작 동화 「마당을 나온 암탉」이 2000년에 초판이 나온 이래 110만여 권이 팔렸다. 1년에 평균 10만 부에 해당한다. 11년에 걸친 저 문학의 분투가 애니메이션 성공의 초석이 된 것은 두말할 나위조차 없다고 할 것이다. 원작 동화는 외국어로도 번역이 되어 여러 나라에 수출되었다. 그리고 이 동화 내용의 일부가 최근에 개정된 초등학교 5학년 읽기 교과서에도 수록되기에 이르렀다.

2. 텍스트 이동 : 동화에서 애니메이션으로

동화가 애니메이션으로의 매체 이동이 가능한 것은 그 동안 자리를 잡아온 관행의 덕인 것이 분명하다. 이 두 가지 것이 어린이들이 소비하고 있는 향유물이란 점에서 공통된 기반이 매우 튼튼하다고도 하겠다.

작년 2월, 한 용감한 소녀가 풍성하고 긴 금발로 관객들의 마음을 사로잡았던 소녀의 이야기로 된 「라푼젤」(원제 : Tangled)이 국내에 들어오면서 좋은 반응을 불러일으켰다. 이것은 다름 아니라 극장 애니메이션 세계 시장의 1위를 고수하고 있는 미국 월트디즈니 픽쳐스의 50번째 장편 애니메이션이다. 상업성과 작품성을 동시에 인정받은 세계적인 명품의 애니메이션인 셈이다. 이 발랄한 애니메이션에도 원작이 있다는 사실은 그다지 알려져 있지 않는 것 같다. 애니메이션 「라푼젤」은 독일 민담을 이야기로 만든 그림 형제의 원작이다.

그러나 원작은 우리가 스크린에서 본 스토리와는 상당히 다르다. 탑 속에 갇힌 긴 금발의 주인공만 가져왔을 뿐, 아마 애니메이션을 본 후, 원작을 읽는다면 전혀 다른 분위기와 스토리에 깜짝 놀랄 것이다. 사랑스러운 공주 '라푼젤'이 아닌 비극적이고 다소 잔인하기까지 한 라푼젤의 이야기를 맛보고 싶다면 그림 형제의 원작 동화를 펼쳐보는 것이 바람직할 것이다.

우리나라에서는 동화가 애니메이션으로 크게 성공하지는 못했다. 그 동안 「오세암」(2002), 「마리 이야기」(2002), 「원더풀 데이즈」(2003) 등의 애니메이션들이 주목을 받았음에도 불구하고, 연속된 흥행 실패로 한국 애니메이션 시장은 계속된 침체기를 겪고 있었다.

그런데 2011년 7월 19일, 영등포 롯데시네마에서 애니메이션 「마당을 나온 암탉」 시사회가 열린 이래 영화관에서 종영될 때까지 비상한 화제를 몰고 다녔다. 아이들 못지않게 어른들에게도 반향을 불러일으켰다. 애니메이션이 아이들의 정서에 맞춘 것이라는 일반적인 편견에도 불구하고, 그것은 아이들뿐만 아니라 어른들에게도 공감을 부여한 데에는 동화로서는 이례적으로 밀리언셀러를 기록한 원작의 힘이 컸다. 애니메이션 「마당을 나온 암탉」이 '탄탄한 이야기의 저력'이라는 평가를 받으며 국산 애니메이션의 자존심을 지켜주었던 것이다.

우리나라 애니메이션이 작화술에서는 세계적으로 뒤지지 않는 힘을 지니고 있었지만, 스토리텔링에서는 문제가 적지 않았다. 그런데 애니메이션 「마당을 나온 암탉」의 '탄탄한 이야기의 저력'은 새로운 전기를 마련한 힘의 바탕이 될 것으로 전망되고 있다. 따라서 애니메이션 「마당을 나온 암탉」를 계기로 해서 이미 인정받은 동화의 스토리를 영상화시키면서 원작의 독자층을 관객층으로 수렴할 수 있는 기반을 조성해야 할 것이다. 책과 영상의 조화로움과 상보적인 관계를 느껴보고 성찰해보는 것도 동화와 애니메이션의 매체를 향유하는 데 색다른 맛이 될 것이라고 믿어 의심치 않는다.

애니메이션의 교육적인 기능과 역기능을 함께 생각해 보는 것이 좋겠다.

애니메이션의 교육성을 우선 생각해보자.

첫째, 애니메이션이 함유하는바 시각적 표현 방식의 원초성은 잠재력을 중시하는 교육적 방향으로 인도하는 유인성(誘因性)을 갖고 있다. 그것을 어떻게 활용해야 하는가 하는 일이 무엇보다 중요할 것이다. 저학년일수록 아동화가 전형적인 만화적 삽화로 연상되듯이, 어린이들의 사유 체계는 매우 만화적이다. 이들의 자유로운 상상력과 표현력은 물활론적인 이미지가 강한 애니메이션을 통한 경험의 축적에 의해 길러지는 바가 크다. 만화와 애니메이션은 문학적 상상력, 모든 예술의 영감을 이루는 원천이며, 예술적 감성을 풍성하게 하는 기초적인 자료이다.

둘째, 학령별 수준에 알맞은 구체적인 작품을 선택적으로 감상하게 하는 것이 교사와 부모의 과제라고 할 수 있다. 애니메이션을 통해 심미적인 안목과 절제된 정서의 품성을 길러주면 어린이들이 청소년이 되어 결코 성과 폭력으로 얼룩진 저질 문화를 가까이하지 않을 것이다. 어릴 때부터 시시한 문화에 대한 적응력을 예술적인 애니메이션을 통해 키워줄 필요가 있다.

셋째, 애니메이션을 교육적인 실습의 대상으로 삼는 것도 그것이 지닌 바 교육적인 성격이라고 할 수 있다. 이 문제는 현상에서 교사들이 애니메이션을 얼마만큼 이해하고 인식하고 있는가, 어느 정도 기능을 습득하고 있는가 하는 수준이 문제시된다고 하겠다. 교사가 직접 지도할 수 없다면 전문가를 초청하여 특강의 형식이나 교육용 영상물을 이용하는 것이 좋을 것이다. 케이블 TV 재능교육방송에서 한 전문가가 어린이들을 어떻게 애니메이션 제작을 실습하게 하고 있는지를 자료 화면을 통해 살펴보자.

넷째, 캐릭터를 이용한 어린이 교육용 소프트웨어 개발도 교육적인 부가 가치라고 할 수 있다. 초등학생용 교육 및 문서작성 소프트웨어의 개발과, 명령어 전달체계, 화면 디자인 등에 관한 세심한 관심과 연구가 시급한 시점에서, 삼성전자 '어린이 훈민정음' GUI가 개발되었다고 한다. 이 사실은 국어과, 도덕과, 미술과, 컴퓨터 교육을 넘어, 교실 밖에서의 능력 계발을 위한 자가(自家) 교육의 측면에서도 유효할 수 있다는 사실을 말해주고 있다.

이상의 열거된 사실에 못지않게 애니메이션의 비교육성에 관한 논의도 있어 왔고, 또한 적잖이 예상되고 있다. 기존에 논의된 것을 한 번 정리해보는 것이 허용된다면, 연세대 아동학과 이영 교수의 논문 「TV 만화영화의 문제점과 개선방향」(1998)을 살펴보는 것이 좋을 것이다. 그는 이 논문에서 일본이 제작한 만화영화를 수입한 것에서 내용이 문제시되는 것을 지적하고 있는 바, 그 골자를 따오면 다음과 같다.

① 폭력성
② 성인의 왜곡된 가치관을 반영함
③ 민족적, 문화적 정체감을 모호하게 함
④ 도식화된 선악 이분법적 사고의 조장
⑤ 상식에 위배되는 줄거리 전개
⑥ 과학이 주로 파괴와 폭력적인 문제해결의 수단으로 인용됨

이 뿐만 아니라, 디즈니 애니메이션에 나타난 성과 사랑이 가부장제 이데올로기와 백인 우월적 인종주의가 담겨 있다고 분석한 논문도 있다. 그밖에도 정서적인 면에서나 인격 형성의 측면에서 어린이 교육에 좋지 못한 영향력을 남기는 것에 관한 얘깃거리가 적지 않으리라고 보인다.

문화비평가이며 교육학자인 헨리 지루 펜실베이니아 주립대 교수는 최근에 『디즈니 순수함과 거짓말』이라는 책을 간행하였다. 이 책의 주요 내용은 월트 디즈니사가 아이들을 소비자로 어떻게 철저히 세뇌시키는지를 꼼꼼히 분석해 보이는 것이다.

그는 디즈니 애니메이션이 갖는 오락적인 즐거움마저 온전히 부정하지 않았다. 그가 가장 우려하고 있는 점은, 공교육의 정체성을 위협하는 디즈니의 횡포이다. 그에게 있어서의 디즈니란, 순수함으로부터 출발했

던 월트디즈니의 생각을 벗어나, 오늘날에 이르러 순수함을 가장한 상업주의와 오락적 기술만을 능사로 아는 월트디즈니사의 비순수성으로 쌓아올린 제국의 성채와 같은 것이리라. 그래서 그는 공교육에 디즈니 등의 대중문화에 대한 비판적인 시각을 키울 수 있는 프로그램을 도입해야 한다고 주장한다.

교실에서 사용되는 미디어의 종류가 크게 늘어났지만 아직까지 미디어 텍스트가 수업시간에 잘 활용되지 못하고 있는 것 같다. 어린이들에게 있어서 애니메이션은 실로 흥미진진한 볼거리이다. 그러나 아직까지도 그것이 아이들에게 수업 시간에 활용되기보다는 대부분 여가로 활용되고 있는 것이 저간의 실정이다.

영상 시대의 아이들은 시지각적인 미디어에 매우 민감하다. TV 방송국에서 제작한 프로그램이나 영상물에 의해 구현된 화상보다는 오히려 애니메이션에 더 민감하다는 사실은 이미 잘 알려져 있다.

애니메이션은 공간적인 조형예술이 아니지만 심미적 경험을 향수하게 하는 시지각적인 예술일 수 있다. 그것은 여기에 시간적 형식의 문학성이 부과됨으로써 종합적인 양식화를 지향하고 있다. 애니메이션이 예술이냐 아니냐 하는 문제는 미적 가치 판단의 결과에 따라 얘기가 현저히 달라질 수밖에 없다. 그럼에도 불구하고, 애니메이션이 단순한 기예적(artistic)인 수준을 넘어 심미적(aesthetic)인 반응을 불러일으킬 때, 독자적인 예술의 영역으로 인정하기를, 사람들은 결코 주저하지 않는다. 애니메이션은 경우에 따라서 혼돈스런 저질의 오락물일 수도 있고 품격 높은 고급의 예술품일 수도 있다.

좋은 애니메이션이 우리에게 각별한 감동과 심원한 교훈을 준다면, 그것은 명백하게도 예술이다. 좋은 애니메이션을 교육 현장에 도입한다면 일종의 예술교육일 수도 있을 터이다. 가장 널리 받아들여지고 있는 교육의 목적이 있다면 심성 내지 감수성의 계발일 것이다.

우리 사회는 그동안 지나치게 지적인 사고에 의존한 인간형을 선호해 왔다. 1990년대 이래 심미적인 경험이 인간 정신에 그 자체로 독립되어 있는 것이 아니라 인간 삶의 모든 측면에서 작용하고 있는 총체적 경험의 한 양상이라는 관점이 교육학자들에 의해 제기되어 왔다. 문제를 발견하고 해결하는 반성적 경험의 단계가 인지적 사고로 이루어져 있다기보다, 심미적 경험의 양상을 비롯한 여러 경험의 양상으로 통합된 것이다, 혹은 인지적인 것보다 심미적인 것이 더 본질적이며, 따라서 심미적 경험의 차원을 배제하고서 우리 삶의 과정 그 자체가 성립될 수 없다.

동화가 개인 창작물인데 비해 애니메이션은 공동 작업의 소산이다. 동화가 문학성의 확보라는 전제 조건에서 출발하지만, 애니메이션의 문학성은 오락성과 더불어 여러 조건 중의 하나로 존재 할 수밖에 없는 것이다. 애니메이션이 대중화되어야 하는 가운데서도 문학성의 가치를 끌어안는 노력을 하지 않을 수는 없다.

동화와 애니메이션의 큰 차이는, 개인의 창작물인 동화와는 달리 애니메이션은 분명한 상업적 목적 하에 공동 작업으로 탄생되는 장르라는 것이다. 개인의 섬세한 감수성과 독창적인 상상력과 뛰어난 인식 능력 등을 최대한 고양시켜 드러낼 수 있는 문학의 가능성을 소중히 추구해야 할 것이지만, 애니메이션의 보편화와 대중화 노력을 오늘의 문학이 수용할 필요가 있는 것이다.

애니메이션의 서사 구조는 시간에 따라 정확히 계산된 프레임 속에 기승전결의 효율적인 구조에 따라 정리 배열되고, 그 과정에서 중심 스토리는 강화, 확장되고, 부분적인 곁가지는 제거된다. 느슨하게 된 원작의 대화는 상황의 집약성을 '보여' 줌으로써 중심된 주제 의식을 강화하는 효과를 얻어내고 있다. 문자 텍스트로서의 동화와 영상 매체인 애니메이션은 상보적인 텍스트성이 그물망처럼 형성된다. 이런 점에서, 영상 매체는

문학의 적이 아니라 오히려 문학의 풍요로운 젖줄일 수 있다.[1]

덧붙이자면, 영상 문화의 시대에 동화가 애니메이션으로 매체 변용의 과정을 밟는 경우가 있으리라고 전망된다. 동화 역시 영상의 언어 양상과 문법, 서사 구조의 틀 등에 영향을 적잖이 받을 것이라고 본다.

3. 움직이는 캐릭터 '잎싹' 의 재발견

황선미의 원작 동화 「마당을 나온 암탉」은 생명의 외경과 신비를 담고 있다. 인간과 자연의 관계 속에서 생명 있음을 존중한다는 '긍정적인 모성성의 기본 발로' 를 느끼게 하는 작품이다. 이 작품 속에는 대모신(大母神 : 그레이트 마더)의 사상 같은 것이 흐르고 있다. 곡신의 변형이라고 할 수 있는 이 대모신은 땅이 곧 어머니라는 생각에서 비롯된 것. 농경사회를 형성해온 과정에서 인간 사회에 뿌리를 내린 기본적인 사상이다. 가부장제의 수직 질서가 아닌 모계적인 수평 관계를 말해주는 신화시대의 사상을 연상케 하는 그런 사상이다. 땅은 만물을 생성하는 근원이다.

잎싹은 자신이 품은 알이 닭알(달걀)이 아니라 비록 오리알이라고 하더라도 자신의 소망인 알을 품는 것과 그 소망이 이루어져서 알에서 새끼가 나오는 것을 기뻐한다. 동물의 종류와 관계없이 생명이 있다는 것에서 기쁨을 느낀다는 잎싹의 포용적인 모성성을 엿볼 수 있다. 같은 동종에게 주는 한정된 사랑이 아니라 확대된 사랑의 모습은 대지가 생명을 기르는 기본적인 모습이라 할 수 있다. 대지는 무엇이든 모든 것을 길고 키운다는 점에서 불교의 다문화적인 관점인 동체대비(同體大悲)를 떠올리게 한다.

---

1 선안나, 『천의 얼굴을 가진 아동문학』, 청동거울, 2007, 82~93쪽, 참고.

동화 「마당을 나온 암탉」은 시원적(始原的)인 의미의 생태 사상에 맥이 닿아 있다. 근대적인 문명의 손길이 가해지기 이전의 사람들에게는 세상의 모든 것이 연결되고 순환된다고 믿었다. 지금 다문화 시대에 많은 사람들로부터 공감을 받는 이유다.

원작의 심원한 정신세계가 근대 물질문명에 의해 분열된 세계상을 극복하면서 생명의 일원성의 회복에 기여할 관념으로 자리할 것으로 기대되는 바 없지 않다. 이러한 공감대가 확산되는 분위기 속에서 애니메이션이 만들어졌다. 원작의 토대가 11년 지속되었고, 6년간의 기획 및 제작 과정을 거쳐 애니메이션 비주얼 버전 「마당을 나온 암탉」이 완성되어 선보이게 된 것이다.

원작자 황선미는 1963년 충청남도 홍성에서 출생하여 서울예술대학 문예창작과를 졸업했다. 작품으로 「마당으로 나온 암탉」외에 「내 푸른 자전거」와 「나쁜 어린이 표」외 다수가 있다. 수상 경력으로는 탐라문학상과 세종아동문학상을 수상했다. 그는 자신의 원작 「마당을 나온 암탉」이 애니메이션으로 매체 변형이 이루어지는 과정에서, 이런 발언을 남긴 바 있다. 애니메이션 작업에 얼마나 개입하신지, 하는 물음에 대한 답변이었다.

작업 초반부터 몇 번 가봤어요. 제가 원작자이긴 하지만 그분들이 크게 신경 안 쓰셔도 되는 일이라고 생각해요. 작품이 어떻게 해석되느냐는 건 누가 언제 어떻게 오느냐에 따라 달라지는 거니까요. 그렇다고 원작이 없어지는 건 아니잖아요. 어떻게 변해가나를 즐겁게 지켜보는 편이에요."[2]

동화가 애니메이션으로 재구성되고 재조직화되는 과정에서 스토리와

---

2 중앙일보, 2011. 4. 28, E. 18.

주제, 그리고 캐릭터가 변형을 가져오는 것은 필연적이라고 할 수 있다. 먼저 스토리의 변형은 다음과 같다.

원작은 양계장 안에 갇혀 알만 낳는 난형성 닭 '잎싹'이 양계장을 탈출하면서 겪는 자유에의 의지, 그리고 모성애에서 출발해 자연의 섭리를 이해하기까지의 과정을 내포하며 소설을 이끌어간다. 애니메이션은 원작이 가진 세계관을 고스란히 빌려오지만 원작 이외의 요소들이 여럿 첨가되어 다채로움을 순다. 가장 크게 강화된 건 잎싹이 품은 알이자 청둥 오리 초록의 성장이다. 초록이 엄마와 같은 닭이 아닌 청둥오리로서 갈등하고 정체성을 찾아가고 성장하기까지의 과정은 잎싹 캐릭터와 동등한 비중으로 영화의 한 축을 차지한다. 각각의 세대를 대표하는 잎싹과 초록의 캐릭터 배치는 「마당을 나온 암탉」이 폭넓은 고객층에 어필할 수 있는 역할을 한다. (……) 탄탄한 스토리는 「마당을 나온 암탉」이 풀어낸 가장 기초적이고 튼실한 해법이다. 그러나 94분의 러닝 타임을 지루하지 않게 이끈 동력은 따로 있다. 거세게 몰아치듯 배치한 다양한 액션신의 활용은 「마당을 나온 암탉」을 원작의 틀에 가두지 않고 애니메이션이라는 장르로 온전히 편입하게 만드는 막강한 장치다.[3]

이상에서 보는 바와 같이, 애니메이션에서의 스토리는 잎싹의 이야기 못지않게 초록의 정체성 갈등과 성장 과정도 중요시되고 있다. 또 관객들을 위해 '거세게 몰아치듯 배치한 액션 신'을 활용한 것은 오락성의 원리에 기반을 둔 것이라고 여겨진다.

주제 역시 변형 과정을 겪는다.

원작에 농경사회적인 생명 윤리관이 스며 있다면, 애니메이션은 더 시원적이고 생태적인 주제를 드러낸다. 즉, 원작보다 애니메이션이 다문화

---

3 『시네21』, 제814호, 2011. 8. 2., 61쪽.

적인 생태론 관계의 강화가 뚜렷해 보인다. 이를테면 나는 이를 두고 '우포늪의 사상'이라고 할 수 있다. 애니메이션 제작팀이 우포늪을 여러 차례 답사해 원작에 없는 배경을 시각적으로 활용하려 했다. 원작의 배경이 대지로 표상된 마당으로 한정되어 있다면, 애니메이션은 모태 공간의 상징인 '늪'으로 확장되기에 이른 것이다.

모든 캐릭터는 원칙적으로 보편적인 전통을 담고 있다. 캐릭터는 등장 인물로서 이야기를 전개하면서 성격의 변화를 보여주기도 한다. 동화에서 애니메이션으로의 매체 이동이 이루어질 경우에 그 변화의 폭은 크다. 동화에서 애니메이션으로 변화의 큰 폭을 보여줄 잎싹임에도 불구하고 공통적인 전형을 유지한다. 잎싹은 데메테르 여성상, 즉 자식을 기르고 키우는 어머니 유형이다. 물론 이야기에 이 여성상이 엄마여야 할 필요는 없다. 다른 사람을 헌신적으로 도와주는 캐릭터일 경우에도 양육자 유형의 캐릭터로 인정될 수도 있다. 이 캐릭터에게 동기가 부여되는 것은 사랑과 소속감이다. 잎싹에게 양육자 전형을 볼 수 있는 것은 명백해진다.

애니메이션에서 거듭 난 잎싹이 다문화 사회의 인간상으로 관객들에게 각인시켜주고 있는 것도 흥미롭다. 애니메이션의 우의적인 인간상인 잎싹이 동화에서 좀 벗어난 캐릭터로서 활용되고 있다는 점에서 주성철의 가상 인터뷰 「모두가 행복한 조류 공동체 꿈꿔요」가 적절한 데이터로 다음과 같이 활용될 수 있다.

안녕하세요. 여기가 바로 얼마 전 양계장을 탈출해 구사일생으로 살아남은 잎싹 씨가 운영하신다는 잎싹네 치킨 맞나요?

네 그렇습니다만. 제가 잎싹입니다. 그런데 가게 앞에는 24시간 CCTV가 돌아가니 주차는 가까운 유료주차장을 이용해주세요.

아 네, 어쨌든 너무 반갑습니다. 일단 양념 반, 후라이드 반, 그리고 500 한잔 주세요. 여름에는 더우나 비가 오나 무조건 '치맥'이죠.

무는 셀프니까 마음껏 가져다 드세요. 그리고 저희 가게는 부위를 절대 속여 팔지 않습니다. 다리 개수를 확인해 주세요. 그런데 어쩐 일로……

요즘 사회적 싱글치킨맘들의 수가 늘어나고 있는데 다들 잎싹 씨를 부러운 눈길로 바라보고 있어요. 이렇게 독립하는 것 자체가 쉽지는 않은데 말이죠. 게 다가 양계장을 탈출하셨다는 기적 같은 얘기에 세상사람 모두 깜짝 놀랐습니 다. 어떻게 준비를 하신 건가요?

일단 모이도 물도 먹지 않기로 했죠. 빌빌거리는 암탉은 양계장에서 퇴출되 거든요. 그렇게 병든 닭들과 함께 구덩이에 버려졌다가 청둥오리 나그네 씨가 저를 구해주셨어요. 하마터면 족제비한테 잡아먹힐 뻔했는데. 나그네 씨 정말 멋있었어요. 족제비를 딱 보자마자 터프하게 "누구냐 넌!" 그러시더라고요.

요즘처럼 각박한 세상에 아기 오리를 입양하신 것도 주변 닭들에게 큰 귀감 이 되고 있습니다. 참 훈훈한 미담이에요.

아니에요. 머리 색깔만 다르다뿐이지 진짜 내 자식이에요. 보자마자 내 '아 가'라는 생각이 들었어요. 날개를 활짝 펴고 아기를 안았는데 작지만 따뜻한 것 이……저도 모르게 눈물이 나더군요. 정말 꿈만 같았어요. 이제 우리 닭 사회도 변화의 목소리에 귀를 기울이고 이민자 정책도 바꿔야 해요. 해마다 불법체류 로 수천 마리씩 추방당하는 닭 비둘기들에게 관심을 가져야 합니다.

우리처럼 날지 못하는 다른 새들에게도 애정을 가져야 한다는 말씀, 정말 잘 새겨 듣겠습니다. 그런데 얼마 있다 초록과 이별해야 한다는 얘기를 들었습니다.

어쩌겠어요. 닭과 청둥오리는 엄연히 다른 걸요. 목소리는 우렁차고 날개는 흰칠하니 언제까지 여기서만 살겠어요. 저도 저런 날개가 있었으면 식당은 대충 하고 접고서 멀리 떠났을 거예요. 정말 나도 가고 싶죠. 저들을 따라서 훨훨 날아가고 싶죠. 하지만 우리는 그들처럼 날지 못하니까 지금보다 더 돕고 살아야 해요.[4]

이 가상 인터뷰에서 암시되어 있는 것처럼 애니메이션에서의 잎싹은 다문화형 인간상으로 거듭 나고 있다. 가상 인터뷰 속의 그 말을 다시금 음미해보자. "이제 우리 닭 사회도 변화의 목소리에 귀를 기울이고 이민자 정책도 바뀌어야 해요. 해마다 불법체류로 수천 마리씩 추방당하는 닭비둘기들에게 관심을 가져야 합니다." 우리 사회의 다문화 정책이 바뀌어야 한다고 우의적으로 말하고 있다. 동종(同種)만이 아닌 이종(異種)의 관계 그물망의 사회 속에서 나누며 살아가는 그런 바람직한 인물형으로 그려지고 생기를 불어넣은 것이 그다. 그를 원작에서 다소 벗어난 캐릭터로 조정된 감을 주기 때문에 더 감동적인지도 모른다. 그 감동은 다음의 기사문에서도 확인된다.

마당에 대한 잎싹의 동경은 더 많은 권력, 부, 공간과는 무관하다. 잎싹의 바람은 오직 알을 품는 것이다. 알을 품어 새끼를 낳으면 양계장의 질서가 아닌 자연의 질서에 동참할 수 있다. 인간의 배 속으로 소비되는 알이 아닌, 생명의

순화에 기여하는 알을 생산할 수 있다. 한낱 양계장에 갇힌 수천 마리의 닭 중한 마리에 불과했던 잎싹은 온전한 자유의지로 그 거대한 질서에 뛰어든다. 원작을 읽지 않은 관객은 동종만의 생존이 아닌, 이종의 욕망과 생태계의 순환까지 고려하는 담대한 결말에 충격을 받을지도 모른다. '자유'의 의미를 이토록 깊고 새롭게 해석한 영화는 실사, 애니메이션을 막론하고 최근에 본 적이 없다. (백승찬 기자)[5]

양계장의 질서가 자리(自利)의 질서라면, 자연의 거대한 질서는 이타(利他)의 질서이다. 박경리와 장일순과 김지하로부터 계승해온 생명문학 및 생명사상이 원작 동화 「마당을 나온 암탉」은 말할 것도 없고 이를 재해석한 애니메이션 「마당을 나온 암탉」에까지 이르렀다. 우리에게 토지는 위대한 어머니이며, 웅숭깊은 저 산천은 대동세상(大同世相 : 크게 평등한 사람살이의 모습)의 근원이 된다. 온갖 증오범죄가 판을 치는 세태에, 도처에 난민으로 떠도는 이종의 생명을 그러안는다는 것은 다문화적인 '담대한 결말'에 이르는 길이다.

4. 움직임의 볼거리와 문화콘텐츠

애니메이션 「마당을 나온 암탉」이 애니메이션으로 성공을 거두자 국회에서 보고가 있었다. 국회 문화관광위 김재윤 의원은 국정감사에서 그것의 매출 효과는 166억 원 이상이라고 발표했다. 극장 수입 145억여 원에 출판 수입 20억여 원, 해외 라이선싱 수입 3800만여 원, 문구ㆍ캐릭터ㆍOST 수입 4200여만 원 등을 합해 추산 한 것. 그는 중국 내 약

---

5 경향신문, 2011. 7. 28.

3000개 영화관에서 개봉이 되면 매출액은 더욱 늘어날 것이라고 전망했다. 또 그는 스토리텔링이 잘 되어 있는 원천 콘텐츠를 바탕으로 제2, 3의 「마당을 나온 암탉」 같은 애니메이션이 나와야 한다고 강조했다.

이것의 돌풍은 콘텐츠의 힘에 근거한다. 무엇보다도 탄탄한 문학적인 원천이 자리매김하고 있었으며 비주얼 스토리텔링과 시각적으로 재현된 캐릭터의 힘이 기하학적 영상과 사운드의 도움을 받고 표현의 새로운 개발을 꾀하였다.

무엇보다 시지각적인 의미의 창출이 애니메이션의 문화콘텐츠를 얻어내는 데 성공을 거두었다. 시각적으로는 우포늪이라는 한국의 자연에 토속적인 컬러와 동양화의 기법이 적절히 활용되었으며, 청각적으로는, '조금 슬픈 애조를 띠는 음색'의 소프라노 리코더를 이용하거나 족제비가 등장하는 음산한 분위기에서 저음역(低音域) 악기 알토 리코더를 사용한 것이 매우 독특한 느낌을 자아내게 했다.

내가 마지막으로 한마디 말을 남기자면, 원작 동화 속의 잎싹이 움직이는 그림으로 이미지화되어, 지금 다문화 시대의 우화적인 인간상으로 재(再)맥락화된 것은 엄연한 사실이라고 하겠다. 박수를 보낸다.

고양이와 우물, 혹은 죽음의 욕동

—라캉적인 관점에서 본 「퍼즐」

권지예는 1997년 문예지 『라쁠륨』에 단편소설인 「꿈꾸는 마리오네뜨」와 중편소설인 「상자 속의 푸른 칼」이 추천되어 등단했다. 프랑스에서의 유학으로 인해 비교적 늦은 등단이다. 2002년의 이상문학상과 2005년의 동인문학상을 수상하게 된 사실이 그가 소설가로서 대중에게 비교적 이름이 알려진 계기가 된 것은 아닐까 한다.

그의 작품 세계에 대한 일반적인 평가는 대체로 다음과 같다. 특유의 은유와 상징의 언어 장치를 통해 함축적인 얘기를 들려준다는 것. 그렇기 때문에 그는 중단편의 밀도 높은 형식 속에 얘기를 빼곡히 심어놓는다. 그의 작품에는 결혼과 성, 연애와 불륜에 대한 욕망과 환멸이 다채롭게, 다양하게 펼쳐진다. 그의 작품에는 대체로 보아 결핍과 상처투성이의 삶을 지닌 여성들이 등장하고 있다. 그가 빚어낸 숱한 그녀들은 끝내 자신의 환상과 욕망으로 인해 무너지고 마는 존재이다. 누군가의 말마따나 이들의 욕망은 결핍감을 증폭시킬 뿐이란 것. 욕망을 채울 수 없기에 사랑하고, 그 사랑 때문에 간극은 더욱 넓어진다는 것. 그의 그녀에게는 욕망의 갈구와 충족될 수 없음의 악순환이 벌어진다.

이와 같은 일반론은 본고에서 집중적으로 다루어야만 하는 소설 「퍼즐」에서도 그대로 적용된다. 다만 여기에서는 정신분석가 라캉과 관련해 이 소설을 살펴보려고 한다. 이에 관한 전문적인 식견을 갖추지 못한 나로선 라캉 이론의 미세한 눈금으로써 이 작품의 실체를 분석하기보다는 에세이적인 인상비평으로써 양자의 상관관계를 도출해보거나 관계의 그물망에 놓여 있는 개념과 언술의 맥을 짚어보는 데 스스로 만족하려고 한다.

소설 「퍼즐」은 우선 연극적이다. 단일 세팅과 단출한 캐릭터도 상당히 연극적이지만, 대화의 재미도 쏠쏠하다. 권지예 중단편 소설의 대부분이 언어 감각과 그만의 특유의 스토리텔링을 담보하고 있다. 나는 그의 소설를 볼 때마다 지문과 대화의 절묘한 황금비례를 늘 감지하고는 한다.

또 다른 측면이 있다.

권지예 소설의 여타의 작품에서 나타내고자 한 바처럼 「퍼즐」 역시 작가의 주된 작품 경향인 '페미니너티(femininity)' 랄까, 즉 말하자면 여성성에 대한 소설적인 언술과 담론으로 채워져 있다고 할 것이다.

하지만, 여성은 존재하지 않는다.

이 명제는 라캉이 주장한 유명한 경구이다. 여성이 존재하지 않는다는 것은 담론 이전의 현실이란 게 없기 때문이다. 일반적으로 볼 때 여성성이라고 표현되는 것은 여성으로서의 정체성과, 여성으로서의 주체성을 포괄하는 개념이다. 여기에서는 여성성이 후자를 가리킨다. 후자와 관련해서라면, 이 작가에게도 여성은 존재하지 않는다. 「우렁각시는 어디로 갔나」에서 여성이 존재하지 않는다는 것의 상징으로 기표화된 '우렁각시적인 여성상'이 그려졌듯이, 「퍼즐」에서도 인간으로서, 또한 여성으로서 박제화된 여성 화자가 등장하고 있다. 「퍼즐」에서의 작가의 여성관은 여성으로서의 주체성에 있어서 소설적 담론 이전의 현실이란 게 없다는 데 놓여 있다. 이 소설의 여주인공인 화자는 무료한 일상 속에서 퍼즐게임을 즐기는 한 중년 부인이다.

물론 퍼즐을 하다 보면, 아이러니하게도 퍼즐만큼 꽉 차고 완벽한 인생은 없다는 생각이 들기도 한다. 우리들 인생은 늘 몇 조각 부족한 퍼즐판이다, 라는 그럴듯한 통찰이 따르기도 한다. 그러나 퍼즐게임은 완벽함이 생명이다. 한 조각이라도 달아난 퍼즐판은 더 이상 의미가 없다. 폐기처분되어야 마땅하다. 단 한 조각의 마지막 퍼즐 조각을 완전하게 맞추기 위해 퍼즐게임은 존재하는 것이다. 하지만 생은, 생의 에너지는, 결핍을 채우려는 불완전한 욕구로 허덕일 뿐이다. 그게 인생과 퍼즐판의 차이다. 아무도 모를 것이다. 퍼즐을 하는 여자의 내면에 쌓이는 아귀 맞지 않은 욕망의 조각들을. 제자리를 아직 기다리고 있는 유예된 증오의 부스러기들을. (……) 완전하지 않은 퍼즐. 단 한 조각이라도 없어진 퍼즐판엔 나는 이미 어떤 구미도 흥미도 느낄 수가 없었기 때문이다. 몰두할 욕망이 없어지자 자연스레 우울증이 찾아왔다.

일상의 무료함을 달래던 주인공이 퍼즐판마다 몇 조각이 사라진 것을 확인하기에 이른다. 남편의 소행으로 짐작이 가지만, 더 이상 문제를 삼지 않았다. 그녀에게 몰두할 욕망이 없어지면서 경미한 우울증이 찾아왔다. 여기에서의 주인공 여성의 욕망은 욕망이 지향하는 대상인 퍼즐게임에 있는 게 아니라 더 이상 퍼즐게임을 할 수 없다는 데 원인이 있다. 즉 욕망은 대상에 대한 관계가 아니라, 결여에 대한 관계이다.

모든 욕망은 결여로부터 비롯된다. 이처럼 결여 자체가 결여될 때 불안이라고 하는 것이 드러난다. 화자의 경미한 우울증이란 다름이 아니라 불안의 전조 현상이다. 요컨대 불안은 '결여의 결여'라는 형태로 찾아오게 마련이다.

소설 「퍼즐」에서 시적이고도 신화적인 은유의 동력을 얻고 있는 소재는 고양이와 우물이다. 이 두 가지 소재는 소설의 미묘하고도 신비로운 분위기를 조성하는 데 있어서 매우 기능적으로 기여하고 있다. 이 중에서도 고양이는 주인공 화자의 불안을 투사하고 있는 대상이다. 고양이에 관한 작가의 첫 번째의 언술은 다음과 같은 것이다.

투둑. 투둑! 실한 감나무 잎이 또 떨어지는 소리인가? 뒤를 돌아보니 검은 고양이가 옆집에서 담을 타고 내려와 계단을 뛰어내려오는 소리다. 나를 잠깐 바라보더니 꼬리를 세운다. 그놈의 꼬리는 번개 모양이다. 아마도 잘린 꼬리가 새로 나서 그런가 보다. 당당한 걸음걸이로 우아하게 정원을 가로질러 나를 향해 걸어온다. 햇빛 속에서 검은 고양이의 눈이 노란 화염처럼 이글거린다.

주인공 화자와 고양이의 첫 대면은 이렇게 시작되고 있다. 이 소설에 등장하는 고양이들은 죄다 길고양이들이다. 녀석들은 매우 본능적이며, 또한 적대적이다. 애완동물 같은 구석이 전혀 없다. 녀석들은 집 외벽에 부착된 새 둥지까지 급습할 만큼 공격적이다. 사람이 사는 가옥의 내부 공간마저 이제 넘보기 시작하고 있다.

고양이는 배가 고픈지 시도 때도 없이 울었다.

검은 고양이와 줄무늬 회색 고양이 그리고 새끼 네 마리. 그놈들은 사람이 없는 옆집에서 주인처럼 터를 잡고 산다. 현관문을 열어놓고 갈치라도 구울라치면 배가 고픈지 안으로 어슬렁거리며 들어왔다. 나는 기겁을 했다. 그러나 놈은 대담하게 그 자리에 가만히 서서 나를 노려보았다. 나는 비명을 지르면서 발을 굴렀다. 그제야 그놈은 도망치듯 실내에서 나갔다. 그러다 딱 한 번 뒤를 돌아보았다. 그때의 그 눈빛이란…… 적대감과 원한을 품은 그 눈빛을 감당하기에는 나는 너무 연약한 심성을 가졌다.

고양이의 공포적인 이미지는 어디에서 오는 걸까? 원초적인 원형 상징성은 관능적인 모발에 있다고 믿는 사람들이 적지 않다. 고양이의 아름다운 털은 여성의 생식기를 감싸면서 이것의 노출을 미리 막아주는 여성의 음모(陰毛) 역할을 연상시켜준다고 한다.

이런 관점에서 볼 때 고양이는 여성의 생식기를 상징한다. 이 두 가지는 똑 같이 털로 덮여 있다. 또 애증의 충만된 감정의 근원을 함께 명시한다. 요컨대 고양이는 잃어버린 남근 회복에 이르는 공포이다.[1] 말하자면, 사람(특히, 여성)은 고양이를 통해 상실된 남근의 회복이 환기되는 데서 오는 공포를 또 다시 환기할지 모른다.

또 고양이는 여성이 지닌 안절부절못하는 마음을 나타낸다고 한다. 여성적인 결핍을 잊게 하고 그 결핍의 존재에 잠시 동안 넋을 빼앗긴 남근을 부여하는 것[2]이 고양이의 공포가 지닌 본질이자 진실이 아닐까?

고양이에 대한 공포와 불안은 소설 속의 이야기가 전개되어갈수록 더 점증되어간다. 시어머니와 남편의 강요에 의해 의도적으로 세 차례나 유산된 경험을 가진 주인공 여성 화자는 고양이를 통해 불안과 공포의 감정을 확인시켜주고 있다. 적대감과 원한 품은 눈빛은 고양이에 대한 자기상의 투사인 것이다.

두 놈은 아까처럼 묘석 근처 흙을 파헤치고 있었다. 그 자리는 이태리봉선화라 불리는 임파첸스의 화려한 꽃이 끊임없이 피고 지던 자리였다. 그 구덩이에서 두 놈이 꺼낸 것은 뼈였다. 인간의 뼈. 나는 순간, 꿈에서 생각했다. 아아, 목매달고 죽었다는 정부의 뼈일까? 그러다 나는 가슴이 서늘해지도록 꿈에서 놀란다. 그것은 아기들의 뼈들이었다.

이마의 식은땀을 훔치고 혼몽한 기분으로 잠시 앉아 있었다. 밤이 깊었건만

---

1 아지자 외 공저, 장영수 옮김, 『문학의 상징·주제 사전』, 1990, 105쪽 참고.
2 같은 책, 101쪽.

오늘따라 고양이가 그악스레 운다. 옆집의 고양이들이 모두 몰려와서 집을 포위하고 울어대는 것만 같다. 나는 다시 이불을 뒤집어쓰고 귀를 틀어막는다. 그래도 고양이들의 울음소리는 집요하게 귓속을 파고든다. 아니, 이건 고양이의 울음이 아니다. 갓난아기들의 울음소리다.

(……)

그때 고양이가 울었다. 아니 아기가 울었다. 나는 아직도 그게 아기의 울음소린지 고양이의 울음소린지 모른다. 여인숙 같은 방마다 산모들이 아기를 옆에 눕히고 미역국을 먹고 있었고, 도둑고양이들이 음험한 눈을 빛내며 수시로 들락거렸기 때문이었다. 고양이들의 털은 가난한 동네에 걸맞지 않게 윤이 자르르 흘렀다. 나는 그것들이 아기들의 태반이나 탯줄, 또는 유산된 핏덩이를 먹고 자라는 것은 아닐까 상상하고는 혼자 소스라쳐 놀란 적이 있다.

인간은 주체가 어디에 서 있는지 알 수 없을 때, 자신을 다시는 되찾을 수 없다고 확인하게 될 때 불안해지기 시작한다. 또한 불안은 외상적 (外傷的)인 경험의 위험에 직면할 때 본격화되기 십상이다. 소설 「퍼즐」에 있어서의 여성 화자에게는 보는 바와 같이 외상의 깊이가 매우 심각하다. 아이 세 명을 희생시킬 수밖에 없었던 죄책감의 고통으로부터, 그녀는 자유롭지 못하다.

라캉 연구가인 딜런 에반스는 불안에 대한 라캉의 견해를 전언한 바 있었다. 특히 여성에게 있어서 불안은 여성의 몸이 남근적인 향락에 압도될 때 몸 내부에 존재하는 것이다, 라고 말한 바 있었다는 것이다.[3] 권지예의 많은 작품 가운데 여주인공들이 남성, 혹은 남성적인 가부장제에 의해 압도를 당하는 경우가 적지 않다. 이 말은 그의 소설이 여성 주체의 불안과 관련을 맺게 하는 여지가 적지 않다는 사실이기도 하다.

---

3 딜런 에반스, 김종주 외 옮김, 『라깡 정신분석 사전』, 인간사랑, 2004, 170쪽, 참고.

여성 화자의 소외는 대체로 상상적인 데서 비롯하고 있다.

라캉적인 사고의 중심에 놓이는 이른바 '3부도식(tripartite scheme)'이 있다. 인간이 존재하는 세계에는 상상과 상징과 실재가 하나의 계(orders)를 구성하고 있다는 것이다. 라캉에 의하면, 상상계는 주체가 자신의 신체와 맺는 관계에 뿌리를 두고 있다고 한다.[4] 소설 「퍼즐」의 주인공이 자의와 상관없이 세 명의 아이를 유산하면서 많은 하혈을 쏟아내면서 몸을 망가뜨렸다. 더 이상 아이는 낳지 못할 만큼 말이다. 이 소설에서 여주인공은 자신의 신체 이미지 속에서, 주체는 우울한 수인(囚人)처럼 감금되어 있는 것이다. 여주인공에게 있어서 상상계의 극점은 강박신경증 같은 소외의 극단적인 형태에 도달하고 있다.

> 잠은 달아나고 웬일인지 고양이들은 계속 울어댄다. (……) 고양이들은 보이지 않는다. 다만 희부윰한 묘석들의 실루엣이 달빛에 음험하게 빛난다. 꿈에서 놈들은 아기들의 뼈를 파헤치고 있었다. 소름이 돋는다. 약의 부작용인지 악몽에 시달리는 일이 잦다. 그러나 꿈이 아주 얼토당토하지는 않다. 내 가슴속에는 아기들의 무덤이 있다. 작은 봉분 세 개. 그 안에는 태어나보지 못하고 내가 죽인 세 아기들이 아무도 몰래 흰 뼈를 묻고 있었다.

주체는 대상과의 관계에서 자신으로부터 분리되고 분열되고 소외되는 존재이다. 소설의 여주인공은 악몽 같은 상상적인 불안과 공포의 세계에서 분열된 주체로 살아간다. 살아가는 것은 사는 게 아니다. 라캉적인 정신분석학에 의하면, 주체적이지도 관계적이지도 못한 그녀와 같은 유형의 인간상은 빗장을 가로지른 것 같은 소위 '빗금친 주체'로 표상화되곤 한다.

---

4 같은 책, 177쪽, 참고.

라캉은 이와 같이 말했다. 상상적인 것이 착각·매혹·유혹의 영역이라면, 상징적인 것은 죽음·부재·결여의 영역이라고. 그는 또 상상계가 상징계에 의해 구조화된다고 말했다. 다시 말하자면, 상징계는 상상계를 구조화한다. 그는 상징계에 관해 적이 문학적으로 설명하고 있다.

> 상징계는 죽음·부재·결여의 영역이기도 하다. 상징계는 사물로부터의 거리를 조절하는 쾌락 원칙이면서 동시에 반복에 의해 쾌락 원칙을 넘어서는 죽음의 욕동이기도 하다. 실제로 죽음의 욕동은 상징계의 가면일 뿐이다.[5]

소설 「퍼즐」의 주인공이 퍼즐 게임에 몰두하다가 옛 우물에 몸을 던져 스스로 죽음을 선택하는 일련의 과정은 매우 상징적인 과정이다. 이 과정에서 파출부 안씨의 정신지체 장애자 아들인 두식이 등장한다. 여주인공은 두식과 함께 퍼즐 게임도 하고, 감도 따고, 장난도 치고, 용도가 폐기된 옛 우물을 들여다본다. 그녀에게 두식은 가장 천진하고도 인간적인 모습을 하고 있다고 여겨지는 것이다. 이 상징의 과정은 반복에 의한 쾌락 원칙이다. 이 원칙 가운데 두식의 장난치기가 가장 상징성을 내포하고 있다.

> 감나무 낙엽과 담쟁이 잎을 모아 넣어둔 부대 자루를 모두 들고 와서 뒤꼍, 우물 옆 빈 수조에 넣고 태웠다. 낙엽 타는 냄새가 매캐하면서도 구수했다. 두식은 불장난 치는 어린애처럼 좋아했다. 낙엽이 거의 다 탈 무렵, 그는 갑자기 바지춤을 내리고 돌아서서 그 위에 오줌을 갈기기 시작했다. 물총처럼 장난을 치기도 했다. 말릴 틈도 없었다. 천진한 어린애 같다. 저런 자식이라도 하나 있

---

5 같은 책, 179~180쪽.

는 안씨는 행복하다. 사지가 멀쩡하지 않은 아이라도 살아 있기만 하다면. 뭉개진 태아의 영상이 얼핏 떠올랐다. 그 영상을 떨쳐내려고 천진한 아들을 혼내듯 두식의 등짝을 한 대 때렸다. 그 통에 두식이 돌아섰다. 서른두 살 먹은 남자의 심벌이 슬쩍 보였다. 잠시 어지러웠다.

이 두식의 행위는 금기된 장난처럼 보인다. 이 금기의 행위는 상징적이면서, 또한 제의적이다. 이 행위는 전(前)오이디푸스적인 시기의 상상적인 조화를 침범하고 깨뜨리는 행위의 상징이다. 서른두 살 먹은 남자의 심벌이 슬쩍 보였다. 마치 유아의 성적 자위로부터 감지되는 실제적인 음경의 상태와도 같은 것. 여주인공과 두식의 천진한 관계의 상징은 상상계로부터 상징계로의 이행을 뜻한다. 이 대목에서 오이디푸스 콤플렉스의 첫 단계가 보인다. 화자-두식-두식의 심벌로 이어지는 상관관계는 엄마-남자아이-남근의 상상적 삼각관계와도 같다. 라캉은 이를 두고 소위 전오이디푸스적인 삼각관계라고 했다. 프로이트적인 관점에서 볼 때, 두식의 심벌은 음경의 상징적 대체물로서의 아이를 얻음으로써 보상받고자 하는 소위 '엄마의 욕망(desire of mother)'을 비추어주고 있다. 두식의 심벌은 실제적인 음경의 상태와 같은 것이기도 하지만, 이를테면 엄마가 자신이 결하고 있는 남근을 욕망하는 상상적 남근일 따름이다. 서른두 살 먹은 남자의 심벌이 슬쩍 보였고, 잠시 어지러웠다? 엄마의 욕망이 상실된 여주인공이 그 상상적 남근을 확인하는 순식간에 느끼게 된 순간적인 어질머리인 것이 아닐까?

두식이 무거운 우물 뚜껑을 열어젖혔다. 그 통에 뚜껑에 묶여 있던 밧줄이 우물 안으로 똬리를 풀며 스르르 딸려 들어갔다. 오래전에 두레박을 매달았던 밧줄일 텐데 지금은 두레박이 사라지고 없다. 우리는 고개를 처박고 어두운 심연을 들여다보았다. 빨려들듯 습기 찬 어둠이 고여 있다. 깊이를 알 수 없어서 나는 작은 돌을 주위 던져보았다. 생각보다 깊었다. 가늘지만 깊은 곳에서 찰랑, 하는 소리가 들렸다. 잊혀진 옛 우물은 아직도 마르지 않았다.

　"숨, 숨바꼭질…… 하면…… 좋겠다."

작가는 고양이에 대한 집요한 반응을 이끌고 가다가 막바지에 이르러 우물가, 즉 옛 우물터에 귀착하기에 이른다. 용도가 폐기된 옛 우물은 아직 마르지 않았다. 화자와 두식은 고개를 처박고 어두운 심연을 들여다보았다. 이때 두식은 화자에게 위험한 쾌락 원칙인 숨바꼭질을 제안한다. 결국 이것은 죽음의 상징성을 띤다. 주인공 화자는 옛 우물, 혹은 숨바꼭질이라는 치명적인 상징에 사로잡혀 죽음의 욕동을 일으킨다. 숨바꼭질을 넘어선 죽음의 욕동 말이다. 라캉적인 관점에 의하면, 모든 욕동은 성적인 욕동이자 죽음의 욕동이다.[6]

소설 「퍼즐」은 모두 10장(章)으로 이루어져 있다.

제10장은 아내의 죽음(부제)으로 인해 남편의 시점으로 이동되어 갈무리되는 결말 부분이다. 두식의 증언에 의하면, 아내는 두식에게 숨바꼭질하자면서 우물 속으로 들어갔다. 무서운 아저씨가 날 잡으러 오니까 뚜껑을 잘 덮어달라고 부탁했다. 그리고 우물물의 깊은 곳은 엄마의 뱃속처럼 따뜻하다고 했다. 여주인공은 세 번씩이나 자살을 기도했다. 목을 매는 자살 방식을 고집한 것을 볼 때 우물에로의 투신자살은 뜻밖일 것이다.

그러니까 우물의 심연은 일종의 욕동 회로(circular path)이다. 욕동의 목표는 자기충족이란 신화적인 상징 회로로 되돌아가는 것. 여주인공의 죽음은 온전한 소멸인 동시에, 구원이요 재생이기도 하다. 그녀의 상징계는 이처럼 완벽한 퍼즐처럼 구조화된다.

---

6 같은 책, 278쪽, 참고.

참고로, 우물의 상징성에 관해 말해본다.

우물의 상징성은 대체로 세 가지로 나누어진다. 첫째, 영혼 및 사물이 지니는 여성적 속성을 상징한다. 둘째, 자아 성찰, 혹은 나르시시즘의 세계를 상징한다. 셋째, 신생과 순화, 혹은 영원히 새로워지려는 생명을 상징한다.[7]

이 소설의 우물은 물론 첫째와 둘째와도 무관하지 않다. 그럼에도 불구하고 가장 적합성이 높은 것은 셋째이다. 신화적인 회귀의 욕동 회로를 잘 설명해주고 있기 때문이다. 이런 점에서 공중으로 비상하려고 한 이상의 「날개」에 나오는 화자의 경우와 매우 유사한 신화적인 회귀의 욕동 회로를 구체적으로 제시하고 있다고 할 것이다.

소설 「퍼즐」의 작중 인물인 남편은 화자 아내의 대타자(對他者)이다. 그는 전형적인 속물형 인간이다. 퍼즐 맞추는 여자가 아름답다고 했던 남편은 퍼즐 맞추는 여자의 집요함에 치를 떨게 되었을 만큼 변덕스럽다. 오로지 그림 값만이 그의 가치의 전부이다. 고가의 그림이 없어지자 아내를 의심한다. 그는 여고생인 전처의 딸과 함께 아내를 철저히 소외시키려 한다.

"……그리고 당신 집에서 앞으로 절대 나가지 말고 집안 살림 하면서 이 집과 그림, 그리고 당신을 지켜. 알았지? 당신, 정신 좀 차려봐. 어디 됐는지 내일 밤까지 잘 생각해봐. 만약 못 찾으면…… 당신 요새 상태 안 좋은 거 알고 있지? 알아서 하라고. 하! 내 인생 참……."

남편은 손을 털고 나갔다. 현관에서 딸이 기다리고 있다가 제 아빠 팔짱을 끼고 나갔다. 이 집에 들어온 지 18년이 되어가고 있었다. 그러나 나는 늘 여전히

7 이승훈 편저, 『문학상징사전』, 고려원, 1995, 394~5면.

물 위의 기름 같은 존재다. 전처소생의 딸아이는 지금까지 곁을 주지 않았다.

육체적으로나 정신적으로 아내를 못 쓰게 만든 남편이 아내에게 있어서의 상상적인(imaginary) 남편의 모습이다. 아내에게 있어서 그 남편은 딸에게 상징적인 남근을 빼앗긴 남편이요, 언어폭력을 심상찮게 자행해 마음의 상처를 남기는 남편이다. 이를테면 상징적(symbolic)인 남편을 획득하지 못하는 데서 기인한 이상적인 남편의 부재야말로 자신을 절망의 심연 속으로 밀어 넣었다고도 보인다. 이러한 유의 해석이 있다면, 이 역시 설득력이 없지 않다.

2

지금까지의 글이 본문이라면, 이 부분은 일종의 부록이다. 이상의 「날개」와 권지예의 「퍼즐」을 비교할 수 있는 괜찮은 여지가 될 수 있다.

소설 「퍼즐」의 세팅은 가옥이다. 고딕소설에서 보이는 중세풍의 가옥 구조가 여러 층을 구성하는 수직적인 공간성의 상징이라면, 「퍼즐」의 세팅은 통유리를 사이에 둔 수평적으로 열린 구조다. 정원-가옥-뒤꼍으로 연결된 빛 바른 곳은 흔히 로맨스적인 소설이나 탐정소설에서 보는 수직적인 가옥 구조와는 전혀 다르다. 이러한 유의 소설에는 내밀하고도 음습한 곳에 지하실이 있다. 이 지하실은 「퍼즐」에서 옛 우물로 환치된다는 점에서 또 다른 의미에서 로맨스적이다. 늘 말해지지만, 지하실과 옛 우물은 물론 무의식과 본능을 상징한다.

그런데 이상의 「날개」에 나오는 일본식의 나가야(長屋)는 수평적이지만 음습하다. 유곽의 구조처럼 되어 있다. 어쨌든 이 둘은 본질적으로 소외의 거소(居所)가 된다. 인간 고독의 장소 상상력을 촉발시킨다는 점에서 서로 다르지만 유사함을 지향하고 있다.

이상의 「날개」와 권지예의 「퍼즐」에는 라캉적인 관점에서 볼 때 서로 대조되고 비교되는 것이 하나둘이 아니다. 시대를 격한 이 두 편의 단편 소설은 인간 소외와 분열적인 자아의 상을 정교하게 그려내고 있다. 나는 이에 관해 다음의 도표를 만들어보기도 했다.

	이상의 「날개」	권지예의 「퍼즐」
대타자 (對他者)	남편의 아내	아내의 남편
칩거 공간	33번지 18가구	오래 비워진 집
쾌락 원칙	돋보기 · 손거울 장난	퍼즐게임
물화(物化)된 것의 표상	은화(銀貨 : 동전)	그림
불안의 형태	거세불안	결여의 결여
신경증적 현상	환각(hallucination)	외상(外傷) 경험에 의한 불안
관계의 상징	절름발이	물 위의 기름
죽음의 상징계	공중으로의 비상(飛翔)	우물에로의 추락

이 도표에 의거해 나는 향후 학술 논문을 한 번 써 보았으면 한다. 라캉적인 관점에서 볼 때 이 두 작품 사이에는 예기치 못한 비평적인 언술과 담론들이 자리하고 있을 듯하다. 내가 이와 관련한 더 심화된 논문을 만약 쓸 수 있다면, 제목을 어떻게 붙여야 할까? 물론 그때 가보아야 되겠지만, 지금 얼핏 떠오르는 생각으로는 '라캉의 관점에서 본 백화점 옥상과 옛 우물'이 비교적 무난해 보인다. 어쨌거나, 영화 「바람과 함께 사라지다」의 유명한 대사처럼, 내일은 또 다른 하루이다. 그때 가서 생각해볼 일이다.

나는 「퍼즐」의 작품론을 구상하고 기술하면서 이상의 「날개」와 비교되는 부면들이 적지 않음을 직관적으로 받아들였다. 내가 아니더라도 누군가가 두 작품을 비교해보는 작품론을 시도해도 좋을 만큼 흥미로운 문제 제기가 될 듯싶다. 이 글을 우연찮게 청탁을 받고 쓰면서 얻게 된 뜻밖의 수확이 아닐까, 생각해본다.

상처받음의 성찰과 화해의 진정성
　—안미란의 동화에 대하여

1

　안미란은 1996년 농민신문사 주최 농민문학상 중편동화 「바다로 간 게」가 당선됨으로써 동화 작가로서 등단하게 된다. 그는 2001년에 장편 동화 「씨앗을 지키는 사람들」이 창비 좋은어린이책 창작부문에 대상을 수상함으로써 동화 작가로서 도약할 수 있었던 계기를 마련하였다. 이 이후 지금에 이르기까지 그는 동화계의 중요한 작가로서 성장을 거듭해 왔다. 그는 본디 1969년 경북 김천에서 태어났다. 그러나 그의 성장지는 서울이었다. 학령 전에 서울로 이사하여 대학을 마쳤으니 사실 서울 사람에 다름없다. 그런 그는 지금 부산에서 소위 시집살이를 한 지 이미 오래되었다. 그러다 보니 부산을 배경으로 한 동화도 발표하고, 부산대학교 대학원 석, 박사 과정을 통해 아동소설을 이론적으로 배우며 익히고, 또 전문적으로 연구를 심화하는 기회도 가지게 되었다. 이 글은 동화 작가 안미란에 관한 작가론이다. 짧은 형식의 비평적인 글쓰기로 실현해야 할 이 작가론 속에 그의 동화 세계 모든 것을 담을 수 없지만, 나는 그것이 안미란의 동화를 개괄적이면서 동시에 대표성을 띤 것으로 이해할 수 있는, 의미 있는 하나의 단초가 될 수 있기를 스스로 기대하고 있다.

2

단편 동화 「돌계단 위의 꽃잎」의 주인공은 부산을 방문한 일본인 여행객 다카자네이다. 그는 일본이 미국에 항복하고 한국이 일본으로부터 해방되기 전까지 부산에서 살았었다. 일흔 살의 나이를 넘긴 그는 사촌 여동생 요시코의 요청에 따라 작은아버지의 흔적을 찾으려 한다. 그를 안내하고 있는 비슷한 나이의 김상석은 전혀 불가능하다고 말한다. 일본인 무덤이 있었던 아미동 일대에 이미 오래 전에 학교와 집들이 들어섰기 때문이다. 다카자네 작은아버지의 흔적은 한참 전에 지워졌다. 유골도 무덤도 비석도 없었다. 다만 남아 있는 것은 돌계단 등의 석재로 쓰여져 남아 있는, 문자가 새겨진 묘지석(墓誌石) 조각뿐이었다.

김상석이 손으로 문 앞을 가리켰다. 낮은 돌계단에 벚꽃 문양이 돋을새김되어 있다. 다이쇼[大正] 12년 ○○야마 이치로. 벚꽃 문양은 가문의 표시다. 이건 누군가의 무덤에 세워진 비석이었다. 그런데 지금은 이 집 문간의 돌계단이 되어 있다. 문패에는 김상석 이름이 한자로 씌어 있다.

그제야 다카자네는 깨달았다. 올라오는 길에 보았던 돌들. 깨어진 돌에 새겨진 일본 이름들. 다이쇼니 쇼와[昭和]니 하는 일본의 연대 표기. 오래전 일본인 무덤에 쓰였던 그 돌들이 집 짓는 재료로 쓰인 것이다. 돌들은 온전한 것이 거의 없었다. 화분 받침으로 평상 버팀돌로 쓰이고 있는 그 돌들, 깨지고 닳고 시멘트로 덧발라진 그 돌들은 납골당의 석벽이었고 제단이었고 비석이었다.

다카자네와 김상석은 모두 전쟁을 겪었다. 5년의 시간을 두고 벌어졌던 태평양전쟁과 한국전쟁. 두 사람의 어린 시절에 깊은 상처를 남긴 것은 전쟁의 참혹함이었던 셈이다. 물론 이 작품에서 상흔의 깊이랄지, 초점은 다카자네 쪽으로 집중해 있다. 이 동화가 다카자네 입장을 중심으로 시점의 이동을 자유롭게 옮기는 글쓰기 형식의 장치를 설정하고 있는 것도 다카자네를 중심인물로 부각하려는 작가의 심산이 반영된 것이다.

다카자네의 아버지는 일본의 군인이었다. 조선의 소년들을 모아 놓고 제국의 군인으로 훈련시키던 교관이었다. 어린 소년에 지나지 않았던 다카자네의 기억에 잔존하고 있는 것은 탈출을 시도하다가 참혹하게 죽어간 소년병들, 한센병을 앓고 있던 소년병들이었다. 격리돼야 할 한센병 환자도 소년병 속에 포함되어 있었다는 것이다. 다카자네는 이를 가리켜 부산의 방언으로 '문디'라고 일컫는다는 사실도 기억하고 있다.

전쟁이 끝나자 다카자네 가족들은 일본으로 귀환됐다. 군인의 가족들이었기 때문에 남들보다 쉽사리 귀환 절차를 밟을 수 있었다. 그러나 어린 다카자네에게 상처를 남긴 것은 본국인들의 냉대와 사늘한 시선이었다. 그는 또래 아이들에게 집단 따돌림을 당했다.

나는 일본으로 돌아와서 학교 친구들에게 따돌림을 당하면서 깨달았습니다. 그 옛날 일본 교관에게 맞아 죽어 가던 조선 소년이 문디 같다고 생각했는데 이제 내가 문디가 된 것이지요. 아이들은 나를 따돌리고 때리고 비국민이라고 했어요. 그건 충격이었습니다.

다카자네는 조선의 비참한 소년병들을 두고 인간 괴물인 문디라고 생각했는데, 귀국한 자신 역시 본국인들로부터 인간 괴물인 문디 취급을 받았던 것. 그를 소외한 또래 집단은 '반도에서 도망쳐온 사람들'을 가리켜 승전을 위해 헌신하지 못한 사람들로 간주했다. 다시 말하면 패전의 탓을 그 사람들에게 돌렸다는 것에 진배없다. 이는 명백하게도 희생양 만들기에 해당한다. 이 사실이 진실이라면 우리 입장에서도 충격이 아닐 수 없다. 설마 그랬을까 할 정도이다.

　다카자네와 김상석은 둘 다 역사의 상흔을 가진 인물이다. 이들이 여행객과 안내자로 만나 서로 상처를 어루만지면서 위로하고 서로의 상처를 보듬면서 공감해 나아간다는 점에서 화해의 진정성을 우리는 생각해 볼 수 있을 것이다.

3

　안미란의 동화 「사격장의 독구」는 사격 연습장 주인을 둔 개의 이야기다. 이 개는 여덟 살의 나이니까 늙은 개에 속하지만, 부모 따라 유원지에 온 아이들에게는 강아지라고 불린다. 주인은 '나'를 '독구'라고 불렀다. 도그(dog)라는 영어의 일본식 발음이다.

　이 주인공 개는 늙고 병들고 그래서 눈꼽이 찐득하게 껴 있고 콧잔등도 말라 있다. 주인의 감정에 따라 늘 학대를 받는 불쌍한 개다. 세상에 사람에게 늘 사랑을 받는 개와, 사람에게 간혹 폭행을 당하는 개라는 두 종류의 개가 있다면, 주인공 화자의 개는 분명하게 후자에 속한다.

　독구에게는 물론 좋은 사람도 있다. 독구의 주인에게 한 번씩 찾아오는 가난한 연극배우가 바로 그다. 그는 사격 연습장으로 올 때마다 쥐포를 가지고 와서 독구에게 던져 준다. 독구가 그에게 사랑을 받는 건 틀림없는 사실이지만, 독구에게 주인의 폭행을 견뎌낼 만한 그런 사랑에는 미치지 못하는 한계가 있다. 늙고 병든 독구가 죽음에 이르렀을 때 죽음 이후의 처리를 놓고 대화를 나누고 있는 배우와 주인공의 말을 듣고 실의와 비감에 빠진다.

"독구 말이에요. 병난 것 같은데….."

배우가 물었다.

"개 주제에 무슨."

주인은 가게 문 닫을 준비를 했다. 배우가 주인에게 쪽지를 준다.

"요 밑에 새로 생긴 동물 병원 전화번호예요. 잘한대요."

주인이 관심 없어 하자 배우는 억지로 주인 손에 쪽지를 쥐여 준다.

"전화만 하면 자기들이 와서 데려가 치료한대요."

"흥, 돈 비싸게 받아먹으려는 수작이야."

"그러다 죽기라도 하면요?"

"구청 청소과에 전화하면 알아서들 가져가."

청소과? 청소과는 쓰레기를 담당하는 곳인데.

나는 아무 소리도 안 들리는 척 귀를 축 내리고 눈을 감았다. 눈곱이 찐득거린다. 그래도 주인의 말 한마디가 더 들린다.

"빌어먹을. 병이라도 안 걸렸어야 개장수한테 팔아먹지."

배우는 쪽지만 남겨 둔 채 터덜터덜 돌아갔다.

동화 「사격장의 독구」는 여러 모로 역발상을 꾀한 작품으로 인정되어 마땅하다. 동화의 화자가 사람이 아니라 개다. 이런 점에서 의인화의 기법을 극대화한 것으로 생각게 한다. 그런데 이 작품이 개뿐이 아니라 죽은 개를 화자로 설정했다는 점에서, 여기에는 팬터지물(物)처럼 몽롱한 환각의 상태로 이끄는 묘한 힘이 있다.

이 동화는 우리 시대의 일그러진 한 우화다. 요즘 인터넷 신문을 보면 온통 폭력에 관한 기사들로 넘쳐난다. 학교폭력은 학생들 간의 문제에서 교사와 학생간의 문제로서 이미 사회문제로 악화되어 있다. 개인적인 면에서 언어폭력, 성폭력, 신체적인 가해의 폭행 등은 말할 것 없고, 집단적인 충돌의 양상을 들여다보면, 정치적인 시위, 온갖 이기 집단의 몸싸움 현장, 핵무장화라는 거대한 폭력 메커니즘……. 이 동화가 우화라면 우의적인 의미가 적잖이 담겨 있을 것이다.

이 동화가 남긴 우의적인 생각의 중심부에 다음의 의미가 담겨 있다. 인간은 누구나 할 것 없이 예기치 않게 폭력에 노출되어 있다는 것. 이로 인해 인간들은 누구나 할 것 없이 상처를 받기 쉽다는 것. 또 그래서 사람이 살아가면서 상처를 피해갈 수 있는 사람은 아무도 없을 거라는 사실 말이다.

4

안미란 동화 「살쾡이에게 알밤을」은 또 다른 우화적인 작품이다. 읽기의 수준으로 본다면 저학년용 동화라고 할 수 있다.

들쥐들이 모여 사는 산속. 이들에게는 살쾡이를 본 일이 없다. 보는 순간에 그들의 목숨은 사라지기 때문이다. 살쾡이는 풍문으로만 들려오는 공포의 극악한 상징이다. 그런데 냉이라는 이름의 어린 들쥐가 그물에 걸려 죽어 있는 살쾡이를 우연히 발견한다. 여기에서부터 일이 비롯된다. 죽은 살쾡이는 젖을 뗀지 한 달도 되지 않는 새끼 살쾡이다. 새끼건 말건 간에 들쥐들은 죽은 살쾡이를 자신의 전리품으로 간주한다. 달이 휘영청 밝고 달맞이꽃이 흐드러지게 피어 있는 밤에, 들쥐들은 잔치를 벌인다. 만세! 우리는 살쾡이를 이겼다. 도토리 껍질로 만든 술잔을 채우고 연한 풀잎이랑 온갖 뿌리며 맛난 열매들을 산 같이 쌓아 놓고는, 신이 나서 흔들흔들 춤도 추었다.

"우리랑 비슷한 처지면서도 잘난 척하던 놈들, 그러니까 다람쥐, 청설모, 두더지…. 모두 코가 납작해질 거예요."

그러자 맹 아줌마가 말했어요.

"살쾡이란 놈이 어떤지 아세요? 글쎄, 알밤 한 톨도 못 까먹는대요. 이빨이든 발톱이든 멋진 척만 하는 거지. 쓸모가 없다나 봐요. 세상에나! 다람쥐만도 못 하다니까요."

모두들 그 말에 웃었어요.

"정말 그래. 알밤 한 톨도 못 까다니 다람쥐만도 못한 놈이야."

"우혜혜, 다람쥐만도 못하대."

들쥐들은 살쾡이를 마음껏 조롱했어요. 살쾡이뿐 아니라 들쥐 아닌 다른 짐 승들은 모조리 싸잡아 깔보았어요.

그런데 동화의 결말 부분에 이르러 반전이 일어난다. 덮칠 듯이 화악 밀려오는 냄새와 함께 어미 살쾡이가 등장한 것이다. 어미 살쾡이의 눈 은 어두운 밤에 시퍼런 불빛처럼 빛이 나 있었다. 들쥐들은 얼이 빠져서 이리 뛰고 저리 뛰며 숨을 곳을 찾으며, 잔치의 분위기는 순식간에 온통 아수라장이 되어버리고 만다. 그 풍문으로만 듣던 무시무시하고 잔인한 살쾡이. 그런데 새끼 잃은 살쾡이의 눈에는 눈물이 맺혀 있었다.

이 동화에서 작가가 어린 독자들에게 말하고자 하는 것은 무엇일까? 타인을 배려하는 마음을 가짐으로써 서로 함께 살아가고 있다는 느낌을 가질 수 있다는 것. 남의 불운이나 불행을, 자신이 만족하거나 즐거워해 서는 안 된다는 것은 아닐까? 이러한 공감 능력은 습관이나 교육을 통해 서 길러질 수 있다. 이 동화에서 공감 능력을 가진 인물형은 냉이뿐이다.

냉이는 슬퍼졌어요.

아무도 자기 이야기를 안 들어 주는 것 같아요. 괜히 살쾡이를 보았다는 말을 해서 죽은 살쾡이에게 미안한 짓을 저지른 것 같아요.

"나무 위에 사는 다람쥐랑 나무 아래 사는 들쥐가 왜 싸워야 하나요?"

냉이가 소리쳤어요.

"뭐? 왜 싸우냐고?"

다른 들쥐들이 막 웃었어요.

"그걸 몰라? 들쥐가 최고니까 그렇지. 우리 숲 들쥐가 제일 세다는 걸 똑똑히 보여 줘야지."

들쥐들 중에서 공감 능력을 가진 냉이만이 '어미 살쾡이의 눈에 반짝이는 물방울이 달린 것'을 볼 수 있다는 것은 당연하다. 이 작품을 보면 지금의 인간이 공감 능력이 부족한 사회에 살고 있는 게 아닌가 하는 생각을 들게 한다. 앞서 말한 동화 「사격장의 독구」에 나오는 개주인처럼 말이다. 이 개주인은 폭력이 내면화된 사회의 주인공이다. 남이 아프면, 나도 아파야 한다. 이게 바로 공감 능력을 가지게 되는 길이다.

5

최근에 문학치료에 관한 담론이 적잖이 제기되고 있다. 문학의 효용론을 극대화한 것이 바로 문학치료가 아닌가 한다. 문학이 이처럼 효용적인 면을 탐색하고 있는 것이 저간의 실정이라면, 차제에 동화에서도 인간의 상처받음의 문제를 회피해야 할 이유가 없다. 문학은 본질적으로 고통과 상처를 직시하면서 화해하는 데 의의가 있다. 문학은 인간을 단죄하는 데 참뜻이 있는 게 아니라, 인간의 죄를 성찰하는 심원한 글쓰기의 결과로서 녹아져 있다. 무의미 시의 자동기술법이나, 심리 소설의 이른바 '의식의 흐름'을 통해 인간의 무의식과 쉽게 소통하거나 화해할 수 있다. 동화 역시 원초적인 의미의 고통과 상처를 외면하고 저 초현실의 환각 상태로 아이들을 데리고 갈 수만은 없다. 특히 동화는 인간의

'초기 기억'과 상당 부분에 걸쳐 관련(성)을 맺고 있지 아니한가? 마음의 심연에서 우러나오는 상처의 울음소리……안미란의 동화에서도 나직이 들려오고 있지 아니한가?

인도 기행과 비폭력의 시학

1

사람은 죽는 순간에 본색을 드러내는 것일까? 적어도 역사 속의 위인들은 그럴 가능성이 많다. 최후의 순간에 이르러 그 사람의 사람됨이나 그 사람이 평생토록 지니고 온 윤리적인 평가, 사상적인 요체가 적절하게도 발현되어 나타나는 것이다. 공자의 어록을 모아놓은 『논어』에 의하면, '군자는 모든 것―예컨대, 자신의 잘못이나 문제점―을 자기에게서 구하고, 소인은 남에게서 구한다(君子求諸己, 小人求諸人).'라고 했다. 이 말을 쉽게 풀이하면, 내 탓을 솔직히 인정하는 사람은 군자이며, 매사 남 탓을 해대는 걸 일삼는 자는 소인에 지나지 않는다는 것이다.

인도의 성자 마하트마 간디는 암살당했을 때 '오, 신이여(Hai, Ram)' 하며 외쳤다. 이 외침은 그의 모든 생애의 삶을 증명한 외침이었다. 이때 말한 신은 힌두교 하늘의 신인 라마신이다. 그에게 있어서의 신은 그의 사상의 요체인 비폭력과 진리(satya) 등과 등가의 개념이 되는 것이다. 진리의 궁극적인 지점에 신이 있다. 그가 죽는 순간에 신을 불렀다는 것은 진리에 이르지 못한 자신의 몽매함에 대한 자탄이 아닐까 한다. 즉 그가 자신의 죽음을 자신의 탓으로 돌렸던 것은 아닐까? 이에 반해 20세기 초에 동아시아 외교를 좌지우지했던 이토 히로부미는 하얼빈 역에서 안중근 의사의 총탄을 맞고 암살되었다. 그가 마지막으로 남긴 말은 '바카야로(馬鹿野郎)'였다. 일본인 사이에서 가장 심한 욕이라고 한다. 우리말로 바꾸면 '바보 같은 놈!' 정도가 될 것 같다. 즉 자신의 암살을 (바보 같은) 남의 탓으로 돌린 것이다. 요컨대 간디가 자신의 죽음을 자기 탓으로 돌렸다는 점에서 20세기 최대의 군자라면, 이토 히로부미는 자신의 죽음을 남 탓으로 돌렸다는 점에서 20세기 최대의 소인이었던 게 아닌가 한다. 그만큼 그는 수양이 덜 된 사람이었다.

20세기 초 문명국의 반열에 올라 서구 제국주의와 어깨를 나란히 한 일본의 지도자가 소인에 불과하고, 지금까지도 저개발의 빈곤에 허덕이고 있는 인도의 한때 지도자가 군자로서 우뚝 설 수 있었다는 것은 참으로 아이러니가 아닐 수 없다. 소위 인도 여행이라면, 이 아이러닉한 발상에서 출발해야 하지 않을까 하는 것이 내 생각이다.

2

나는 올해(2013년) 2월1일에 한-인도 수교 40주년을 기념하는 국제 문학 심포지엄에 참가하기 위해 참가단의 일원으로서 동행했다. 네팔 카투만두에서 인도 뉴델리에 이르는 수천 킬로미터 대장정의 길에 올랐다. 나에게는 내가 불교 신자이기 때문에 불적(佛跡)을 샅샅이 탐방하는 여정이 매우 감동적일 수밖에 없었다.

한편 세상에 존재하는 모든 불쌍한 것들은 인도에 있었다. 어딜 가도 따라다니며 구걸하는 걸인들, 굶주리고 있는 주인 없는 개들의 기웃거림, 쓰레기통을 뒤지면서 바나나 껍질이라도 찾을 요량으로 고개를 주억거리는 당나귀……. 내가 본 가장 불쌍한 정경은 고속도로 화장실 입구에 깔아놓은 양탄자 위에서 어미 개와 새끼 개가 부둥켜 앉고 체온을 나누면서 자고 있는 처연한 모습이었다. 내가 이제까지 해외여행을 적잖이 했지만, 가장 감동적이면서, 가장 불편한 여행이 뉴델리에서의 국제 문학 심포지엄에 참석하기 위한 10일간의 인도 여행이었다.

나의 인도 기행은 내 자신이 석가모니 붓다를 어떻게 재인식할 것인가 하는 문제와 맞물려 있었다. 그는 태자의 신분을 포기하고 출가하여 깨달음을 얻었다. 그에게는 엘리트 제자를 포함한 추종자들이 조금씩 늘어나고 있었다. 그를 중심으로 한 결사는 처음부터 종교적인 결사가 아니라는 것이 내 생각이었다. 그가 신의 존재와 권위를 부정한 것은 지극히 반(反)종교적이요, 인간의 계급이나 성차별을 혁파해야 한다고 주장한 것은 현저히 정치적인 성격의 대중운동이었던 것이다. 석가모니 붓다를 중심으로 무리를 이룬 모임은 원시의 교단(敎團)이라기보다 순수하게 공부(수행)하는 공동체였지 않았을까? 붓다 석가모니가 열반에 든 이래 수백 년이 흐르면서 종교의 성격이 부여되고 신앙적인 경배의 대상으로 전환되지는 않았을까?

그렇다. 불교는 애초부터 종교의 성격으로 발전했다기보다 복지와 비폭력, 공공의 선을 추구하는 사고 체계였으나 세월이 흐르고 여러 나라에 전파되면서 종교의 성격으로 고착되어 갔을 것이다.

두루 알다시피, 석가모니 붓다는 카필라 성을 통치하는 슈도다나(Śuddhodāna : 淨飯王)의 태자 싯다르타(悉達多)로 태어나 성장했다. 그는 자의에 따라 출가하여 6년간의 수도 끝에 깨달음을 얻었다. 부왕인 슈도다나 왕이 집을 나간 태자를 그리워하면서 마음의 병이 깊어졌다. 만나기를 청하는 여덟 명의 사신들이 잇달아 석가모니 붓다를 만나러 갔으나 돌아오지 않았다. 불교적인 버전의 함흥차사 설화라고 할 수 있다. 모두 그에게 감화되어 제자가 되기를 원했기 때문이다. 아홉 번째 보낸 사신은 태자의 죽마고우인 시인 칼루다이였다. 그는 석가모니 붓다가 자신의 노랫말로서 부왕이 계신 고향 카필라 성으로 귀향해줄 것을 끊임없이, 간곡하게 노래했다.

움직일 수 없는 불심(佛心)을 움직이게 한 것은 시심(詩心)이었다.

귀향할 것을 승낙한 옛날의 친구를 위해 그는 최초의 찬불가를 짓고 또 자신도 제자가 될 것을 맹세한다. 석가모니 붓다의 귀향길은 수많은 추종자와 함께 황소걸음으로 두 달이 걸렸다. 황금 신발을 벗고 집을 나선 태자는 맨발의 성자로 돌아 왔다. 부왕을 만나고 처자를 만났지만 고향에서 진리를 전하는 전법 활동에만 전념했다. 석가모니 붓다가 죽마고우의 시에 마음을 움직였듯이, 그 자신도 시가 진리를 전하는 방편이 된다는 사실을 잘 알았던 것 같다. 그의 어록이 시의 형태로 전해지고 있는 것이 『담마빠다(法句經)』가 아닌가? 그 역시 위대한 시인이었다. 나는 석가모니 붓다의 어록 중에서 가장 마음에 와 닿는 게 있다. 나는 곤궁한 살림살이에서 공부한 젊었을 때 이 어록을 마음의 위안과 각문(刻文)으로 삼았었다. 물론 『담마빠다』에 나오는 말이다. 지금 내가 인용하려고 하는 것은 조계종출판사판 『부처님의 생애』에 실려 있는 것이다.

비구들이여, 모든 존재에게 폭력을 쓰지 말고, 누구에게도 상처를 주지 말라. 비구들이여, 그대들이 지혜로운 동반자, 성숙한 벗을 얻는다면 어떠한 난관도 극복할 수 있을 것이다. 그러나 어질고 지혜로운 동반자, 성숙한 벗을 얻지 못했거든 코뿔소의 뿔처럼 혼자서 가라. 좋은 친구를 얻는 것은 참으로 행복하다. 훌륭하거나 비슷한 친구와 함께하는 것은 참으로 행복하다. 그러나 그런 벗을 만나지 못했거든 코뿔소의 뿔처럼 혼자서 가라. 결박을 벗어난 사슴이 초원을 자유롭게 뛰놀듯, 왕이 정복한 나라를 버리고 떠나듯, 상아가 빛나는 힘센 코끼리가 무리를 벗어나 숲을 거닐듯, 물고기가 힘찬 꼬리로 그물을 찢듯 모든 장애와 구속을 벗어나 코뿔소의 뿔처럼 혼자서 가라. 소리에 놀라지 않는 사자와 같이, 그물에 걸리지 않는 바람같이, 물과 진흙이 묻지 않는 연꽃같이, 코뿔소의 뿔처럼 혼자서 가라.

나는 이 감동적인 글을 가리켜 가장 위대한 어록, 가장 위대한 시문(詩文)임을 주저하지 않고 꼽을 것이다. 적재적소에 눈부신 비유로 치장한 이 언어의 절대 경지는 현대의 시인, 산문가들도 경탄해 마지않을 것이다. 여기에 스며있는 사상은 이것저것이 얽혀 있다. 이를테면, 아힌사(Ahinsa), 자유의 참뜻, 홀로선 자아의 정진 등으로 말이다. 사상의 잔가지가 이것저것 얽혀 있는 것 같아도, 본래의 큰 줄기는 하나인 듯하다.

석가모니 붓다는 신에 대한 종교적인 봉헌을 통해 구원을 받을 수 없다고 했다. 구원은 오로지 자신의 힘을 통해, 정신적인 자기 수련의 정진을 통해 이루어진다고 가르쳤다. 그가 신으로부터 구원을 부정했지만 동물의 살생이 없는 경건한 제사의식만은 인정했다. 불교의 아힌사—과거에는 아힘사(Ahimsa)라고 했는데 문자의 표기가 왜 이처럼 다른지에 관해 잘 모르지만—는 불살생(不殺生)으로 표현되는 것이다. 그러면서도 자비(慈悲)의 개념을 끌어내고 있다. 포괄적인 의미에서의 아힌사는 비폭력이다. 위의 인용문은 석가모니 붓다의 사상적인 정수를 나타낸 비폭력의 시학이다.

2월 1일, 뉴델리에 있는 인디아국제센터에서 한-인도 국제 문학 심포지움이 하루 종일 열렸다. 한국과 인도를 대표하는 많은 발제자들이 발표를 했고, 참석자들은 진지하게 경청했다. 내가 유심히 귀를 기울인 것은 인도 측 발제자 두 사람의 발표 내용이었다.

남루한 옷차림에 검은 얼굴을 한, 그러면서도 영어 발음이 정확하고 유창한 인도의 시인 K. 사치단난단(Satchidannandan)은 「폭력에 대항하는 시(Poetry Against Violence)」라는 내용을 발표했다. 발표의 제목은 이른바 '비폭력의 시학'이라고 해도 무방하다. 그는 시의 정체성은 압제나 폭력에 대항하는 발현체로서 의의를 지닌다고 전제했다. 그에겐 시야말로 삶의 근본적인 문제에 질문을 던지는 예언적인 계시와도 같다. 인류의 역사는 다양한 형태의 폭력의 양상을 띠고 있으며, 폭력에 대항하는 폭력 역시 폭력이며, 심지어는 간디의 비폭력 역시 엄밀히 말해 폭력적이라고 말한다. 현대 사회에도 폭력의 양상은 다양하다고 그는 말한다. 국가주의자와 종교적 근본주의자의 발흥, 체르노빌과 후쿠시마로 상징되는 테크노파시즘 등도 인류를 위협하는 새로운 폭력의 양태이다. 그는 폭력이 난무하는 현대 사회에서 시의 본질과 기능을 결론적으로 밝혀낸다. 즉, 우울증이나 집단적인 병리 현상과 같은 정신의 황폐함을 지켜주고 동정, 공감 능력, 감수성, 영감 등을 불러일으키는 것이야말로 오늘날 사회에 있어서 시의 본질과 기능이라고 역설한다.

그리고 기티 찬드라(Giti Chandra)라는 여성이 「폭력 시대의 문명화된 정체성 글쓰기(Writing a Civilisational Identity in Violent Times)」라는 제목의 발표가 있었다. 이 여성은 인도의 저명한 평론가인 동시에 바이올린 연주자이다. 발표의 내용은 여성의 성폭행에 관한 담론을 소재로 삼았다. 마침 내가 인도에 갈 무렵에 시내버스 안에서 집단 성폭행을 당해 죽은 인도 여성이 세계적인 뉴스거리가 되어 있었다. 폭력의 현실이 미래를 제시할 수 없고 상상의 나래를 펼 수 없기 때문에 비유와 상징 등의 문학 장치가 위험이 있음에도 불구하고 사용하지 않을 수 없는 모순에 빠지게 된다는 결론을 이끌어낸다.

내가 이 심포지엄에 토론자로서 참가하였는데 오전에 발표한 K. 사치단난단에게 몇 가지 질문하려고 했었다. 그런데 그가 오후에 다른 사정이 있어 종합토론 시간에 모습을 감추어버렸다. 그래서 내가 기티 찬드라에게 질문을 던졌는데, 그 요지는 비유와 상징 등의 문학 장치가 당신에게는 왜 위험한 것으로 여겨지는 것인가 하는 보충 설명을 듣고 싶다고 했다. 그는 여성의 몸이 사회가 부여한 상징적인 의미 외에 의도하지 않은 상징 기제가 있기 때문에 위험하며, 비유와 상징 등의 문학 장치에는 냉혹한 현실을 무시할 수 있기 때문에 위험하다고 말했다.

심포지엄 장소에서, 뜻밖에도, 김소월의 「진달래꽃」을 열창하는 여가수 마야를 만났다. 여행객으로 참석한 것 같지는 않고, 인도에 잠시 머물고 있는지 모를 일이었다. 실제의 모습을 보니, 용모가 보통 미인이 아니었다. 외국에서 한국 사람을 만난 기념으로 사진 몇 장을 함께 찍었다. 예명 마야는 붓다 석가모니가 된 싯다르타 태자의 어머니 이름이 아닌가? 여가수 마야와 인도는 이질적인 게 아니라고 생각했다. 무언가 인연이 느껴졌다.

인도는 아힌사의 전통이 계승되어온 나라이다. 힌두교, 자이나교, 불교에 이어 간디의 사티아그라하(Satyagraha)에 이른 그 비폭력의 사상은 가난한 나라의 문화 전통이 풍요한 현대 문명사회에 던져주는 경종으로 울림하고 있는 건 아닐까 한다.

나는 이제 마지막으로, 이름 모를 역사를 배경으로, 개들이 뛰어놀고, 소가 어슬렁대는 것, 즉 이방(異邦)에서 경험한 각별한 야유(夜遊)에 관해 얘기하려고 한다. 나의 인도 기행 중에서도 가장 집약된 인상이 있다면 심야의 역사(驛舍)에 놓인 플랫폼을 지나가는 소 한 마리였다. 나는 타지마할을 가기 위해 7백 킬로미터에 13시간 소요될 먼 길을 가기 위해 야간열차를 기다리고 있던 중이었다. 이 소를 보고 「심야의 소」라는 시를 썼다.

아무도 찾지 않는
소 한 마리

지나간다.

밀려오는 인파 사이로
홀로 말없이
지나간다.

인도의 이름 모를 역사(驛舍)
심야의 플랫폼

무명(無明)을 뚫고
뚜벅뚜벅
지나간다.

　소의 상징성은 다의적이다. 소는 자유로운 진리의 화신이다. 어두움만
이 무명이 아니다. 인간의 무지혜한 면과 몽매함이 모두 무명인 것이다.
중국의 위대한 애니메이터 테웨이가 움직임의 그림으로 그린 「피리 부
는 목동」(1963)이 잠시 생각났다. 중국의 전통 음악과 수묵화가 잘 어우
러진 것이 어디 이뿐이랴. 이 명작의 밑바닥에는 동아시아의 유불(儒佛)
과 노장(老莊)의 심원한 사상도 한데 뒤섞였다. 예술 역시 다문화적으로
융합될 때 빛과 무늬로 아름다워지지 않을까? 인도에서의 수소는 논밭
에서 일을 한다. 거리로 어슬렁거리며 임자 없이 돌아다니는 소들은 모
두가 암소이리라. 수소가 수성(獸性)이라면, 암소는 신격(神格)이다. 강석
경의 기행문 『인도기행』(1990)에 의하면, 인도의 암소숭배는 채식주의와
생의 외경, 엄격한 비폭력주의와 잘 어울리는 풍습이다. 적절한 지적이
아닐 수 없다.

열흘 동안의 인도 여행은 내게 양가감정을 가지게 했다. 감동과 불편함이 그것이었다. 도시의 저자 거리가 혼돈과 무질서에 빠져 있어서, 몸과 마음이 불편했다. 남루한 차림의 인파, 휘날리는 먼지투성이, 인력거의 왕래, 오토바이의 소음, 끊임없이 빵빵대는 자동차 경적 등의 저자 거리. 거리에는 소들과 돼지들도 여유 있게 돌아다니고 있었다. 심지어 방금 얘기했거니와, 심야의 역사 안에 놓여 있는 플랫폼에 인파를 뚫고 소가 지나가고 있었다.

인도에는 임자 없이 돌아다니는 개들도 많다. 우리나라에 길고양이들이 많듯이 말이다. 플랫폼에 들어서기 전에는, 역사의 앞마당에는 몇 마리의 개들이 이 밤중에 즐겁게 뛰어다니고 있었다. 너른 마당이 마치 자기 세상이라는 듯이. 그 중의 한 마리는 오래 전에 교통사고를 입어 다리 하나가 이미 잘라졌다. 세 다리로 즐겁게 뛰어 노는 모습이 인상적이었다. 슬픈 중생의 즐거운 밤놀이가 세상의 모순이면서, 동시에 축복처럼 보였다.

3

귀국하고 나니 신문마다 북핵(北核) 문제로 야단법석이었다. 북한의 제3차 핵실험이 있을 것이란 전망이 현실로 다가오고 있었다. 우리 군부에서 선제타격론을 조심스레 제기하자 북한은 늘 하던 대로 '무자비한 보복의 불벼락'이란 극한의 표현을 사용해가며 위협을 해대고 있다. 북한의 현실은 아직도 무명이다. 폭력(핵무장)만이 모든 것을 해결할 수 있다는 그 어리석음 때문에 헤어나지 못하는 무명이다. 실제로 북한은 심야에 인공위성을 통해 내려다보면 주변국과 달리 불빛조차 잘 확인되지 않는다. 그 만큼 주민 생활은 최악이다. 핵무기는 현대 사회에 있어서 폭력의 결정판이 아닌가? 무자비한 폭력과 자비로운 비폭력 사이에서, 우리는 앞으로 얼마나 더 방황해야 하나? 오래된 이념과, 이로 인한 골 깊은 편증(偏憎)으로 서로 단절된 우리는 언제 또 다시 하나가 되어야 하나?

이번 인도행 일정 중에는, 녹야원(鹿野苑)에 간 날도 포함되어 있었다.

그 가장자리에 크지 않은 불상박물관이 있었다. 여기에 있는 불상은 모두가 석불이었으며, 대부분 천년도 훨씬 지난 것들이었다. 조각품으로서는 아름다움의 극치에 도달한 경우라고 할 수 있다. 인간적인 규모의 좌상의 부처는 석굴암 본존불 같은 느낌을 가져다주었고, 사람의 몸보다 큰 몇몇 입상의 부처는 목이 콱 막히는 것 같은 감정을 불러 일으켰다.

나는 어머니 돌아가신 이후에 불상만 보면 뭐가 뭔지 모를 슬픔의 소용돌이가 뭉클 솟구쳐지곤 했었다. 나는 한국어가 매우 유창한 남자 인도인 가이드에게 불상의 발등에 이마를 맞대도 되냐고 물었다. 믿음이 있으시면, 그렇게 하시죠, 하는 대답이 돌아왔다. (그는 여행 중에 돈을 다 써버려 오도 가도 못한 신세가 되었을 때, 고향으로 돌아가는 비행기 삯을 마련하기 위해 부산 바닷가인 송정의 큰 식당에서 6개월간 일을 했다. 이때 한국어를 열심히 배웠다고 했다. 그 이후에 조계사 등에서 이런저런 일로 서울을 자주 방문했단다.) 나는 박물관 직원의 눈치를 살펴가면서 허리를 조금 굽힐 수 있는 몇몇 불상의 발등에 이마를 대었다. 인류에게 자비와 비폭력을 가르쳐 준 선각자께, 내가 표현할 수 있는 최상의 경의였다.

제2부

역사문학 속의 다문화성

외국 소설 속에 그려진 김해의 여인들

—허황옥과 백파선

1. 김해 지역의 문화를 바라보는 이색진 부면

외국 소설 속에 그려진 김해 여인(들)의 이야기를 지역학의 한 부면으로 삼는 것은 한마디로 말해 이색진 시선이다. 내가 여기에서 다루고자 하는 대상은 허황옥과 백파선이다. 허황옥은 지금으로부터 2천 년 즈음에 인도에서 김해에 도래해 가락국의 시조인 김수로의 왕비가 된 인물이고, 백파선은 왜국과의 전쟁 기간 중에 (일본의 제1차 침략 때 일인지, 제2차 침략 때 일인지 잘 모르지만) 남편과 함께 일본으로 끌려가 도업을 진흥시킨 인물이다. 전자는 설화적인 성격을 넘어 어느 정도 역사성이 부여된 인물이다. 후자는 역사적인 실존 인물인 것은 어김없는 사실이지만 일본에서 소설이나 뮤지컬의 캐릭터로 최근에 유명해진 인물이다.

군이 말하자면, 허황옥은 '도래(來)인'이고, 백파선은 '도거(去)인'이다. 여기에서 말하는 도래인은 바다를 건너온 사람을 가리키는 축자적인 의미다. 우리의 입장에서 볼 때 허황옥이 동지나해를 건너 왔으니 도래인인 것이 맞다. 하지만 도래인의 특수한 표현 관습은 따로 있다. 한반도에서 대한해협을 지나 고대 일본에 도착한 사람. 문화 전파의 의미가 강하다. 바다를 마치 '새가 날아서' 건너 와 형성한 철새도래지 같은 곳이라고 해서 아스카, 즉 한자음으로 비조(飛鳥)이며, 인근 지방에 나라다운 나라(國)를 처음으로 세운 곳이라고 해서 나라(奈良)인 것이다. 반면에 내가 백파선을 바다 건너 간 사람이라고 해서 도거인이라고 했는데, 이런 단어는 세상에 존재하지 않는다. 그냥 편의상 붙여본 이름이다.

이 글은 앞 세기의 말과 금세기의 초에 이르러, 외국 소설의 캐릭터로 거듭난 김해의 두 여인을 대상으로 문화연구의 관점에서 김해 지역학의 이색진 부면을 탐구하려고 하는 데 의의를 두려고 한다.

2. 인도의 판타지 역사소설 「비단 황후」

김수로왕의 외국인 부인으로서 한국인에게 가장 친숙한 왕비로 손꼽히는 허황옥은 인도 여인이었다. 요즘 식으로 말하면 다문화가정을 이룬 결혼 이주민이라고 할 수 있겠다. 가야의 김수로-허황옥은 고구려의 유리왕-치희와 함께 한국사에서 가장 오래된 국제결혼의 커플이다.

고고학자 김병모는 『김수로왕비 허황옥』(1994)이란 저서에서 허황옥의 출신에 관한 중요한 단서를 오래 전에 밝혀낸 바가 있었다. 그는 『삼국유사』의 「가락국기」에 기록된 '아유타국'이 갠지스 강의 한 지류에 걸쳐 있는, 인도의 동북 지역의, 아주 오래된 도시 아요디아(Ayodhia)일 것이라는 가설을 제시하였고, '가락국 수로왕비 보주태후(普州太后) 허씨릉'이란 조선시대의 비명에서 말하는 '보주태후'의 수수께끼를 어느 정도 풀기도 했다. 보주는 일종의 고지명으로서, 중국 사천성 안악현의 옛날 이름이다. 아요디아에서 미얀마와 운남성을 경유하면 바로 보주와 연결된다. 그 지명은 송나라 때까지 사용되었다. 『후한서』에 보면 '서기 101년, 허성의 무리가 세금의 차별이 있는 것에 원한을 품고 반란을 일으켰다(許聖等以郡收稅不均懷怨恨逐屯聚反叛).'라는 기사를 적시하면서 보주의 허씨 가의 세력 속에 허황옥이 나왔다고 본다.

> ……보주 땅에 허씨의 집단이 살고 있었을 것이다. 그렇지 않고서야 허성이
> 라는 사람이 주동이 되어 막강한 정부군에 대항하는 집단 반란을 일으켜 오랫
> 동안 항쟁할 수는 없는 일이다. (……) 나는 이제 확신할 수 있었다. 허황옥의
> 탄생지 또는 성장지는 보주 땅이었다고 말이다.[1]

김병모의 저서는 학문적인 저서가 아니다. 본인의 직관에 의존한 바가 크기 때문이다. 그의 저서는 5년 후에 『김수로왕비의 혼인길』(1999)라는 제목으로 다시 간행되었다. 많은 독자들의 관심사를 촉발한 에세이적인 필치의 책이다.

허황옥에 대한 관심사는 소설로도 이어졌다.

즉, 「비단황후」라는 제목의 역사소설이 있다. 이 소설은 영문 원고로 씌어졌으나 2007년 한국어로 번역되어 처음 간행되었다. 작자는 소설이 간행되었던 그 당시의 현직 주한인도대사인 N. 빠르따사라띠(N. Parthasarathi)였다. 그는 1954년 인도 남부의 마이소르에서 출생했다. 다양한 경력의 외교관이지만 2005년 영문 스릴러 소설을 통해 문단에 정식으로 등단했다. 이 소설에 대한 창작 동기는 그가 부산에 공무가 있어서 들렀다가 김해에서 하룻밤을 묵었는데 종교적인 신비 체험 같은 것을 겪게 된다는 것에서 유발되었다. 평소에 특별하게 관심을 두지 않았던 허황옥에 관한 관심을 가지게 된 것은 일종의 접신술이랄까, 무언가의 초자연적인 힘이랄까, 주력(呪力)에 이끌려갔다가 신의 소리를 듣는 데서 시작된다. 그는 이때부터 2천 년 전의 역사 소재를 마치 꿈을 꾸는 것처

---

1 김병모, 『김수로왕비 허황옥』, 조선일보사. 1994, 161쪽.

럼 서술해 나아갔다. 정통 역사소설이라기보다는 환상담과 결부된, 판타지(형) 역사소설이라고 하겠다. 소설이 시작되면서 비교적 앞부분에 현직 가락국왕 김수로와 장래의 신라국왕 석탈해가 서로 갈등과 대결을 일으키면서 힘겨루기를 하는 장면이 있다.

왕과 탈해는 들판으로 나섰다. 모두들 왕과 탈해의 주변을 둘러싸고 왕을 걱정했으며 이는 차츰 탈해에 대한 분노로 바뀌고 있었다. 그러나 왕은 그들에게 진정하라고 명령했다. 그리고 곧 전투는 시작되었다.

탈해가 매로 변하자 수로왕은 독수리로 변했다. 다시 탈해가 참새로 변하니 왕은 새매로 변신했다. 이번에 탈해는 늑대로 변하려 했으나 그 자신 미처 변하기도 전에 수로왕이 흑룡으로 먼저 변해 있었다. 흑룡은 20척이 넘는 몸길이에 콧구멍에서는 불을 뿜어내고 있었으며, 확대된 동공은 붉게 충혈된 채 머리를 이리저리 흔들어대고 있었다. 모든 사람들은 수로왕의 용감한 모습을 존경 어린 눈빛으로 바라보고 있었다.[2]

물론 『가락국기』의 기록을 근거로 한 것이다. 이와 같은 둔갑술과 변신술은 동북아시아 서사의 초자연적인 전기(傳奇) 양식에서 흔히 볼 수 있으나, 작자 빠르따사라띠가 소설적으로 묘사한 데 있어서는 환상적인 설화문학의 보고와 같은 인도 고대문학에서 모티프를 가져온 것 같다.

한국 고대사의 라이벌인 김수로와 석탈해의 대결은 옛 사서(史書)의 기록에도 전해진다. 이를 간추리면 다음과 같다. 석탈해가 왕위를 찬탈하기 위해 김수로에게로 나아갔다. 결투를 청했으나, 패하고 만다. 석탈해가 목숨을 구걸하자, 김수로는 관용을 베풀면서 석탈해에게 '부하들을 이끌고 물러나라'고 명한다. 그는 추종자들을 이끌고 아진포(영일)로 달

---

2 N. 빠르따사라띠, 김양식 옮김, 『비단황후』, 여백, 2007, 50쪽.

아난다.

석탈해는 거기에서 세력을 키워 우여곡절 끝에 왕권을 계승하니 신라 제4대 국왕이 되었다. 왕이 된 그는 가락국과 싸워 복수를 한다. 낙동강 양산시 물금 일대인 황산나루 전투에서 가락국 병사 천여 명을 사로잡거나 목을 베는 전과를 올렸다. 김수로도 이젠 석탈해를 함부로 못하였다. 그의 딸을 석탈해의 맏아들인 구추(仇鄒)에게 시집을 보내니, 비로소 일시적인 정략결혼, 즉 신라 사로국과 가야 금관국의 혼인 동맹이 성사되기도 했던 것이다.[3]

소설 「비단황후」에서는, 허황옥이 인도 아유타국에서 바다를 건너왔다는 이야기를 그대로 답습하였다. 김병모가 제기한 이를테면 '보주경유설'은 전혀 언급되지 아니한다. 먼 나라의 공주가 한 나라의 왕비가 되는 것도 하늘이 정한 일, 다시 말해 신불(神佛)의 뜻으로 설정된다. 그 시대라면, 인도에선 불교가 전성기를 구가하던 시대였다. 김수로의 아우 일진이 형수가 될 귀한 이를 모셔오는 데 역할을 맡는다. 요즘 식으로 말하면, 외교 활동인 셈이다. 머잖아 가락국 왕비가 될 아유타국 공주 슈리라뜨나의 독백이 소설의 본문 속에 나온다.

나는 이제 부모와 내 나라를 떠나 낯선 땅에서 살아가야 한다. 나는 왕비가 될 것이며, 백성들은 내게 많은 것을 기대할 것이다. 그들은 내 외모부터 문제를 삼을지 모른다. 또한 나의 몸짓 하나 손짓 하나 일일이 주시해서 볼 것이다. 내 이름 슈리라뜨나는 이제부터 내 이름이 아니다. 일진은 내게 나의 이름을 가르쳐주었다. '허황옥'. 이것이 나의 이름이다. 내겐 낯선 이름이지만 일진은 내 이름이 '노란 옥'을 뜻한다고 했다.[4]

---

3 최종철, 『일본을 낳은 나라 금관가야 왕국』, 미래문화사, 2006, 68~75쪽, 참고.
4 N. 빠르따사라띠, 앞의 책, 208쪽.

물론 소설은 허구와 상상력에 의존한 결과이다. 소설가는 객관적인 사실감을 위해 역사적인 배경 지식을 잘 활용하였다. 허황옥이 타고 온 큰 배가 쇠처럼 강하면서 쉽게 부식되지 않는 '티크나무'로 만든 배라는 얘기는 충분히 개연성이 있어 보인다. 흥미로운 발상이었다. 2천 년 전의 김해 풍경이 허황옥의 시선에 의해 시각적으로 잘 재현된다. 이 배가 커서 김해 바닷가에 접안이 되지 않아, 가락국에서는 작은 배 수십 척을 대기해 기다린다.

김수로와 허황옥의 결혼은 천손 강림의 수직선과 도해 외래의 수평선이 만나는 지점인 김해에서 이루어졌다. 즉, 신화적인 모티프로서의 신성혼(神聖婚 : holy-gamy)에 해당한다. 예사롭지 아니한 혼례라는 것은 사서의 객관적인 기록에도 암시되어 있다. 허황옥이 가락국에 당도하면서 입고 있은 비단 치마를 벗어 산신령에게 예물을 바친다는 것, 또한 허황옥의 부모에게 상제가 현몽하여 혼사를 미리 점지한 사실을 그녀가 수로에게 초야에 밝히는 것 등이 바로 그것이다.

역사적인 맥락에서 볼 때 허황옥의 혼인길은 초기(혹은, 남방) 불교의 전래와 긴밀하게 관련을 맺고 있다. 경남 각지에 전해져 오는 남방 불교의 유물과 유적에 관한 해석은 앞으로 한국 불교사의 뜨거운 논쟁이 될 전망이다. 종래 중국을 통한 불교의 전래설은 삼국사기의 사관의 틀 안에 갇혀 있다. 김해 지식인들의 일반적인 시각은 중국을 거치지 않는 김해와 인도와의 직접적인 상호관련성에 있다. 이것이야말로 김해 문화의 본래 면목이라고 본다. 김해의 지명에 관한 다음의 이색적인 견해도 있다.

김해의 지명은 그렇게 단순한 의미가 아니라고 본다. 가락국을 세우고 491년간 왕조 문화를 꽃피게 한 가야 문화가 김수로왕의 문화로서 '김(金)'이요, 먼 나라 인도 아유타국에서 배를 타고 가락국으로 시집 온 허황옥 공주의 문화, 즉 가야 불교가 곧 '해(海)'일 것이다. (……) 중국의 어느 지역에 '보주(普州)'라는 지명이 있다고 주장한 학자도 있다. 그러나 필자는 보주라는 의미를 해(海), 즉 넓다는 뜻으로 당시의 인도 아유타국을 지칭하면서 허황옥 공주가 가지고 들어와 전파한 불교 사상을 담았다고 본다.[5]

나도 김해 사람들처럼 그렇게 생각한다. 김수로와 허황옥, 가락국과 아유타국, 산신숭배의 토착신앙과 초기의 남방불교, 북방계와 남방계, 쇠 금(金) 자의 철기문화와 바다(海)를 건너온 도래문화 등의 이질적인 다문화의 융합이 바로 땅이름 '김해(金海)'를 파생한 것이라고 생각한다.

일각에서는 허황옥의 인도도래설을 부정하는 이설(異說)을 제기하기도 하지만 사료에 의하면 허황옥의 도래와 남방불교의 전래는 서로 떼려야 뗄 수 없는 관계를 맺고 있다. 이 두 가지 개념의 통합적인 접점이 되는 가야불교설은 최근에 정통 사학계에서도 이 문제에 대해 매우 신중한 태도를 보이고 있다. 다음의 인용문은 연구자 토론회의 한 부분을 따온 것이다.

하승철 : 가야불교는 굉장히 중요한 문제지만 지금까지 가야사 연구자와 불교 연구자 사이에 접점이 없었다. 최근에는 가야 유물인 구슬(목걸이)의 남방쪽 전래 가능성을 밝히는 연구 성과도 있다. 이런 루트를 찾아가다 보면 '정신' 과의 연결고리도 나올 것이다.

신경철 : 일본에서도 구슬의 재료가 미얀마에서 온 사례가 있지만 그렇다고 불교가 전래된 건 아니다. 허왕후 건은 설화로서 존중돼야지만 역사학적 사실로는 볼 수는 없다.

장재진 : 남방불교 전래를 확신할 수 있는 학자는 없지만 1%의 가능성이라도 있다면 연구를 해보자는 것이다. 종교, 철학계에서도 고증과 추론을 강조하

---

5 김종간 편저, 『김해 역사 문화 이야기』, 원컴, 1998, 70쪽.

는데 역사학자들이 접하지 못한 관련 문헌들이 많다. 허왕후와 김수로왕, 특히 남방불교는 불교계 안에서도 논란이 많아 전반적으로 재정립해야 한다.

이영식 : 베트남 유적에서 가야의 것과 상당히 유사한 옥구슬이 나오는데 연대도 1~6세기로 비등하다. 가야가 해상왕국이라고 하는데 해상루트에 대해선 검증을 한 적이 없다. 이에 대해 역사 고고학적 방법으로 좀 더 들여다보고 검토할 필요가 있다.[6]

가야불교가 역사적인 실체로 성격화된다면, 고구려 소수림왕 2년인 서기 372년에 우리나라에 처음으로 전래되었다는 『삼국사기』의 기존 관점을 넘어서 시기를 3백년 이상을 앞당기면서 한국사의 획기적인 새로운 관점을 정립할 계기를 마련할 수 있다. 그렇다면, 가야에로의 불교 전래의 주역은 허황옥의 오빠로서 함께 도래한 장유화상(長遊和尙)이다. 아직 남매는 역사학계에서 설화적인 인물로 치부되고 있는 것이 사실이다. 주세붕의 「장유사 중창기」(1536)에서는 남매가 서역의 월지국에서 왔다고 했다. 소설 「비단황후」에서는 장유화상(요가난드)과, 소설적 허구의 인물(김수로의 아우인) 일진이 열반에 든 것을 다음과 같이 묘파하고 있다.

한편 산에 들어가 부귀를 뜬구름과 같이 보며 불도(佛道)를 설경(舌耕)하고 속세로 '되돌아가지 않는다(長遊不返)'고 하여 백성들에게 장유화상(長遊和尙)이라 불렸던 요가난드 스님은 자신의 죽음을 인지하고 수개월 동안 불모산(佛母山)에 들어가 면벽수도에 들어갔으며, 결국 좌선한 채로 성불의 모습으로 제자들에게 발견됐다. 또한 수로왕의 동생이며, 요가난드 스님과 절친했던 일진은 그로부터 수계(受戒)를 받은 후, 일하는 것만이 성불할 수 있음을 평생 화두로 삼고 불도를 닦다가 결국, 어느 눈 오는 겨울날 땔감을 올려놓은 지게에

6 기획연재, 「'잊힌 왕국' 가야를 깨운다(7), 전문가 토론회」, 부산일보, 2017. 11. 13.

몸을 기댄 채 열반에 들었다.[7]

　소설의 본문 중에서 요가난드와 일진의 열반은 김수로와 허황옥의 만남 못지않게 아름답고 빼어난 부분이다. 그 열반 이후에 왕비와 왕도 차례로 입멸하였다. 장엄한 서사의 결말은 이처럼 열반적정과 같은 불교미학으로 장식된다. 허황옥의 아름다운 이야기는 경남의 향토 시인인 정일근의 시편 「황옥의 사랑가」에서도 노래되어 있다. 이 시편은 결곡한 서정시라기보다는 하나의 단편 서사시라고 보는 게 좋겠다.

> 운명의 맥을 짚어 누런 바다를 건너기로 했습니다
> 바다 건너 동쪽나라에 하늘에서 알이 되어 내려왔다는
> 수로(首露) 그대가 산다는 이야기를 들었습니다
> 더 먼 나라 나사렛에서 태어난 야소(耶蘇)라는 남자가
> 죽은 지 사흘 만에 다시 살아났다는 이야기도 들었습니다
> 태어나고 죽는 일이 하늘에 있고
> 죽어서 다시 사는 일이 하늘에 있다면
> 제가 그대에게로 가는 것도 하늘이 정한 일이라 생각했습니다
> 우리 사랑이 하늘의 신탁(神託)이라면
> 그대는 그 나라에서 저를 기다리고 있겠지요
> 어머니가 주신 붉은 속옷을 준비하며 저는 자꾸만 붉어집니다
> 그래서 바다를 건너는 두려움은 잊기로 했습니다.
> 이만 오천 리 뱃길 내내 초야의 뜨거움을 꿈꿀 것입니다
> 첫날밤 그대가 열여섯 내 나이를 묻는다면
> 붉은 저 속곳보다, 바다를 건너며 붉어진 내 몸보다

---

7 N. 빠르따사라띠, 앞의 책, 269~270쪽.

더 붉은 처녀의 피로 답하겠습니다.

내 뱃속에서 하늘의 흰 피와 땅의 붉은 피가 섞여

새로운 나라 새로운 왕조의 피를 만들고

그 피 세세년년 붉게 이어지길 바라겠습니다

건강한 남자로 곧추서서 저를 기다려주시겠습니까

지금 아유타국에서 허(許)씨 성을 가진 황옥이

물고기 두 마리 문양을 증표로 수로, 그대에게 갑니다[8]

3. 일본의 역사소설 「용비어천가」, 「백년가약」

김해의 역사적인 여인으로 백파선(白婆仙 : 1560~1656)이 있다. 이름은 축자적인 의미대로 신선처럼 백발이 성성한 노파란 뜻이다. 거의 백수(白壽)에 이르기까지 장수하면서 후손이 불러준 일종의 닉네임이다. 그의 본명은 당호나 댁호에 비해 여자의 이름을 경시하는 조선의 전통 때문인지 알려져 있지 않다. 비교적 근래에 조명되고 있는 인물이다.

그는 임진년(1592)과 정유년(1597)에 발생한 두 차례의 조일(朝日) 전쟁기에 일본으로 잡혀가 남편 김태도와 함께 다케오(武雄)[9]의 내전요(內田窯), 즉 우치다 가마를 열어 영주인 고토 이에노부(後藤家信)에게 김해식 찻사발(다완)을 진상하였다. 즉 두 사람은 사기장 부부인 셈이다. (찻사발 · 사기장은 조선식의 명칭이며, 다완 · 도공은 왜식 명칭이다.) 그는

---

8 『여성과 역사와 시가 있는 김해여행』, 사단법인 김해여성복지회, 2006, 33쪽.
9 나는 수 년 전에 다케오를 찾아간 적이 있었다. 5만 정도의 인구에 불과한 소도시이다. 우리나라의 군(郡)의 개념에 해당하는 행정 지역이다. 인근의 우라시노와 함께 온천 마을로 유명하고, 또 인근의 아리타와 함께 도자기 공방으로 유명한 곳이다. 또 유명한 것은, 도서관 중심의 마을 공동체가 형성된 곳이기도 하다. 도서관 주변에 거대한 주차장이 있고, 시민들은 도서관에서 책을 읽고, 이웃과 만나고, 식사를 하고, 담소를 나누고, 쇼핑을 한다. 이 점이 나에게는 무척 인상적이었다.

1618년 남편 김태도가 죽자 영주의 허가를 얻어 일족과 추종자를 데리고 가마를 옮긴다. 유전요(有田窯), 즉 아리타 가마였다. 아리타는 일본의 도조(都祖)라고 할 수 있는, 조선에서 온 이삼평(李參平)의 본거지였다. 이삼평과 백파선은 사제(師弟)인지 동업자인지 잘 알 수 없으나, 같은 조선인으로서 관계가 전혀 없진 않았을 것이다. 백파선은 조선식의 나이 아흔 일곱 살까지 살았다.

백파선은 온화한 얼굴에 귀에서 어깨까지 내려오는 귀걸이를 했으며, 큰 소리로 웃었고, 사람들은 편안하게 감싸주는 덕을 지녔다고 한다. 효심이 깊은 손자가 그 자취와 덕을 기려 '백파선'이라고 칭했는데, 그게 이름처럼 전해졌다고 한다. (……) 사람들은 백파선이 죽자 그의 공적을 기려 '아리타 도업의 어머니'라 불렀고, 지금도 아리타쵸의 주민들은 그를 기리고 있다. 또한, 후손들은 김해의 지명을 딴 '심해'를 성으로 사용하고 있다.[10]

그런데 백파선이 김해 사람인 것은 맞나?

그의 남편인 김태도의 일본식 이름은 심해종전(深海宗傳)이다. 일본의 발음으로 읽으면, '후카우미 소덴'이 된다. 왜 성이 '심해'인가. 고향의 지명을 따왔기 때문이다. 조선에는 심해가 없다. 도자기 가마가 있던 지명 자체가 극히 제한적이다. '심해'가 김해인 것을 밝혀낸 사람은 1990년대 중반의 김해문화원 이병태 원장이다.

김태도의 출신지를 심해라고 한 것은 김해의 노인들은 지금도 김해를 짐해, 길을 질, 김(해태)을 짐 등으로 부르고 있으니 김해가 짐해로, 다시 심해로 와전되어 그를 일본음으로 후카우미라 불리우게 된 것으로 본다. 그를 납치해간 고

10 김해뉴스 편, 『김해 인물 열전』, 해성, 2015, 15쪽.

토 이에노부가 김해의 죽도(竹島)성에서 6년간 점거하고 있었던 나베시마 나오시게(鍋島直茂)의 부하이므로 그도 김해 출신의 도공이었음이 쉽사리 추정할 수 있으며······[11]

이 인용문을 보면, 백파선이 김해 여인인 것은 이론(異論)의 여지가 없다고 하겠다. 내가 더 부연하자면, 김해가 '짐해'로 발음되는 것은 낙동강 하류 지역의 고유한 구개음화이다. 밀양 출신인 나의 어머니도 살아생전에 김치를 '짐치'라고 했다. 조선 시대의 김해 사람들에게는 김해가 '짐해'였다. 알 지(知) 자는 일본의 소리로 '시'가 된다. 지(じ)에서 탁음이 사라져 시(し)로 변한 형국이다.[12] 경상도 방언인 '이바구(話)'가 일본어 '이와쿠(いわく)'로 이식되면서 탁음이 사라지는 현상의 이치와 같다. 뿐만 아니라, 김태도-백파선 사기장 부부를 납치해간 고토 이에노부가 김해 죽도 성을 점거한 나베시마 나오시게의 부하였던 사실은 백파선의 '김해여인설'을 결정적으로 뒷받침한다.

김태도-백파선 부부의 집안이 자신들의 성인 '김(金)'을 버리고 왜식이지만 고향 이름을 이용해 '심해'로 창씨한 사실에 대해 또 다른 의견을 내놓은 바 있어 흥미롭다.

당시 김해는 심해(深海) 또는 창해(倉海)로 불렸다. 이 두 글자는 바다를 끼고 있는 김해를 의미한 것이고 (곡식의 창고인─인용자) 곡창 지대를 의미하는 곳이다. (······) 아리타 일대는 김종전(김태도─인용자) 후손들이 많이 살고 있으며, 상점 간판도 심해라고 되어 있는 것이 눈에 많이 띄었다.[13]

---

11 이병태, 「김해의 도공 심해종전」, 『경남향토사론총ㆍⅣ』, 경남향토사연구협의회, 1995, 99쪽.
12 고대 일본어에는 탁음이 없었다. 신라 때 섬유 기술을 가진 씨족이 '바다'를 건너 일본에 갔는데, 이들의 성씨는 '와타(秦)'로 불리었다. 탁음이 없었기 때문에 '바다'가 '와타'로 변한 것이다. 임진왜란 직후에는 일본어 탁음의 여부는 과문한 탓에 잘 알 수 없다.

이 인용문이 아쉬운 점은 심해와 창해가 김해의 고지명이었다는 전거를 제시해 주었으면 좋았을 것이란 사실이다. 어쨌든, 일본의 소설가인 무라타 키요코(村田喜代子)는 실존 인물인 백파선을 소재로 한 두 편의 소설을 썼다. 전편인 「용비어천가」와 후(속)편인 「백년가약」이 그것이다. 그는 일본에서 꽤 알려진 소설가이다. 출세작 「냄비 속(鍋の中)」이 1987년에 아쿠타카와 상을 수상하고, 또 이 소설이 1991년 구로사와 아키라 감독에 의해 「8월의 광시곡(狂詩曲)」이란 제목으로 영화화된다. 그는 이밖에도 적지 않은 문학상을 받았는데, 무라사키 시키부 상과 가와바타 야스나리 상 등이 대표적이다.

소설 「용비어천가」는 우리가 알고 있는 뜻이 아니다. 용이 승천하여 하늘을 모신다는 뜻의 '용비(飛)어천가'가 아니라, 용이 숨어서 하늘을 모신다는 뜻의 '용비(秘)어천가'이다. 이 작품은 1999년 일본 문부성으로부터 '문부대신(교육부장관) 상'을 수상했을 만큼 일본에서 작품성을 인정받은 것이다. 또 이것이 뮤지컬 「햐쿠바(白婆)」로 각색, 제작되었다. 이것은 2005년에 아리타쵸에서 초연한 이래 일본 전역에서 150회 이상 상연되었다고 한다. 다음의 인용문을 살펴보면, 소설 「용비어천가」의 후속편인 「백년가약」의 내용까지도 반영한 것으로 보인다.

이 뮤지컬은 일본에 끌려온 조성 도기장의 후손들이 겪는 세대 간, 민족 간 갈등을 그리고 있다. 남편 김태도가 죽었을 때 백파선이 조선식 장례를 원하면서 일어나는 혼란과 후손들이 일본인과 혼인하기를 원하면서 발생하는 갈등을 풀어냈다. '죽음'과 '결혼'이라는, 사람의 일생 중 가장 중요한 두 가지 일에서 조선과 일본의 이질적인 문화와 생각이 충돌한다. 후손들의 생각도 세대 간에

---

13 김문길, 『일본 역사와 조선—살아 움직이는 가야문화』, 부산외국어대학교 출판부, 2009, 199쪽.

차이를 보인다. 그것을 풀어가는 과정을 담은 뮤지컬이다.[14]

소설 「용비어천가」의 본문 가운데에서 가장 중요한 내용은 이미 전술했듯이 소설 속의 남편이 죽었을 때 백파선이 조선식 장례를 원하면서 생겨난 문화적인 혼란과 세대 간의 갈등을 다룬 것이다. 작가는 먼저 재일(在日) 조선인의 오기 같은 것을 평소에 경험했는지도 모른다. 이 오기를 찾아 약 3백 년 전으로 거슬러 올라갔는지도 모른다. 그는 한국어판 서문 후기에 이 작품의 창작 동기를 이렇게 밝히고 있다.

나는, 기타큐슈(北九州)에서 태어나 살면서 조선인 도공의 발자취를 가까이에서 느낄 수 있는 행운을 얻었다. 작품 속에서 햐쿠바로 살면서 조선 장례식의 아름다움에 영혼까지 떨렸다. 또 지금까지 내가 모르고 있었던 그 나라 사람들의 기질 가운데 하나인 오기의 정신과도 접촉하며 소설을 쓰는 사람의 공덕을 느꼈다.[15]

역사의 객관적인 사실이지만, 전쟁 중에 나포된 조선인 사기장들은 오기로 버티면서 살아갔다. 물론 김태도 일족은 성을 버리고 살아왔지만, 고향 이름만은 버리지 않았다. 지금까지도 성(姓)조차 바꾸지 않고 가업을 계승하면서 살아가는, 조선 사기장의 후손들이 적지 않다. 작가가 이 사실을 잘 포착하고 있다. 관련이 있는 부분을 다음과 같이 인용해본다.

······패배를 인정하기 싫어하는 기질은 쥬헤뿐만 아니라 일본으로 건너온 모든 조선인 도공들의 특징이었다. 그들은 그것을 '오기'라고 불렀다. 지더라도

---

14 조용준, 『일본의 도자기 여행—규슈의 7대 조선 가마』, 도도, 2016, 271쪽.
15 무라다 키요코 지음, 이정환 옮김, 『용비어천가』, 자유문학사, 1998, 250쪽.

패배를 인정하지 않고 굽히더라도 복종하지 않는 독특한 근성이다.

(······)

"좋아. 우리는 이제부터 개처럼 일하는 거야."

쥬혜의 오기가 끓어올랐던 것이다.

"좋은 그릇을 만들면 돈이 들어와. 돈이 들어오면 먹고 살 수 있어."

"조국의 본관과 이름을 잃어버리는 데도요?"

햐쿠바가 눈물을 흘리며 말했다.

"누가 버린데? 버린 척할 뿐이야. 이름을 바꾼다 해도 내 몸에 흐르는 조선인의 피는 바뀌지 않아."

어쩔 수 없이 굽혀도 결코 복종하지 않는 쥬혜가 단숨에 술을 들이켰다.[16]

소설 속의 부부인 쥬혜와 햐쿠바(백파선)의 대화이다. 장례식 때 남편이 살아 있을 때의 오기를 회상하는 장면이다. 이 작품이 한 미망인을 중심으로 남편의 장례식, 조선식의 장례 풍습, 일본의 장례 문화에 관해 다룬 소설이라면, 후속편인 「백년가약」은 앞으로 살아갈 후손들의 혼사 문제에 관한 이야기의 소설이다. 여기에서는 백파선이 죽어서 신이 되어 주인공으로 등장하고 있어 이채를 띤다. 죽은 사람이 소설의 주인공으로 설정되는 것은 흔치 않다. 동아시아 전통의 전기(傳奇)에 바탕을 둔 환상담이다. 일본에서는 이렇게 기묘한 서사 양식이 적지 않다.

백년가약!

걸으면서 백파는 탄식했다.

백년가약! 아아, 이토록 복장이 터지는 백년가약이 또 있단 말인가.

백파는 땅이 꺼져라 한숨을 쉬며 걸었다.

---

16 같은 책, 212~214쪽.

일본식으로 말하면 백년해로나 할까.[17]

    일본인 작가는 말한다. 백년해로가 일본식 표현이라면, 백년가약은 한국식 표현이라고 말이다. 어디에 근거하는 말인지 잘 모르겠으나, 어쨌든 흥미롭고, 고개를 주억거리게 한다. 소설 「백년가약」에는 17세기 당시의 재일 조선인들의 삶의 모습을 있는 그대로 재현하고 있다. 자신의 정체성과 조국에 대한 그리움은 대를 이어 계승하고 있다.

    실제로 임진 · 정유년의 양난을 겪으면서 일본으로 잡혀간 조선인은 '당인정(唐人井)'이란 조선인 마을을 형성하며 일본 내의 경계인으로서 함께 살아갔다. 그들은 조선의 말을 사용하고, 조선의 풍속을 따랐고, 심지어는 국조 단군(檀君)을 신사의 신으로 모셨다. 그들은 일본 구주(九州) 지역의 각지에서 디아스포라에 의한 경계인의 삶, 즉 끼어있는 삶, 뿌리 뽑힌 삶을 살았던 것이다.

    백파는 얼른 고개를 돌려 고라이 산을 쳐다보았다.

    (……)

    백파는 고라이 산 위로 날아갔다. 배 모양을 한 산꼭대기는 사람들이 너무 많아 당장에라도 넘쳐 떨어질 것 같다.

    아이고!

    아이고!

    사람들이 곡하는 소리가 점점 하늘로 올라온다. (……)

    도래 1세대인 부모 세대는 고국이 그리워서 울고, 2세는 부모에게 들은 고국을 생각하며 울고, 3세는 조부모와 부모로부터 들은 고국 이야기에 상상의 날개를 펴면서 운다.[18]

---

17 무라타 기요코, 이길진 옮김, 『백년가약』, 2007, 68쪽.
18 같은 책, 125~126쪽.

고라이 산에선 아이고 하는 조선식의 곡성이 들린다. 이 곡성은 일본에서 세시풍속처럼 자리를 잡아갔다. 백파선은 죽어서 신이 되어 현실계와 명계(冥界)를 마음대로 오간다. 고라이 산, 즉 고려산(高麗山)은 실제로 있는 것인지, 작가적인 상상력의 소산인지는 잘 알 수 없다. 그 당시의 일본에선 조선을 가리켜 고려라는 말을 사용하곤 했다. 조선에서 가져간 기물(器物)을 두고 '고라이모노(高麗物)'라고 하고, 특히 15세기의 조선 찻사발을 가장 귀하게 여기면서 '고라이차왕(高麗多碗)'이리고 한다. 반면에 큐슈에 정착한 조선 사기장의 영향을 전혀 받지 아니한 자신들의 순수한 도자기를 가리켜 (중부 지방인 나고야 근교의 세토에서 시작되었다고 해서) '세토모노(瀬戸物)'라고 한다. 일본 도자기는 이처럼 고라이모노와 세토모노로 크게 나누어진다.

소설 「백년가약」에는 지금의 한국에서도 전혀 생소한 풍습을 반영하고 있다. 죽음의 세계에 길항하는 혼인 풍습인 '명혼(冥婚)'과, 죽음을 넘어서라도 존속시키려는 후계 풍습인 '백골양자'가 그것이다. 예컨대, 이 소설에서는 비명에 죽은 총각과 영혼결혼식을 올려 시집살이하는 여자나, 고아를 양자를 들이기 위해 우선 입양하는 죽은 부모의 이야기가 들먹여진다. 물론 나 역시 명혼 얘기는 들어본 적이 없다. 지금 일본에선 미망인이 시가와 가족의 인연을 아예 끊어버리는 사후 이혼이라는 법적 제도가 있다고 들었다. 백골양자란 제도는 집안사람 가운데 항렬에 맞추어 죽은 사람의 양자가 되어 홀로 된 아주머니를 양어머니로 모시고 재산을 승계하는 풍습이다. 나도 어릴 적부터 이 얘기를 적잖이 들은 바 있었다.

소설 「백년가약」은 죽어서 신이 된 백파선이 후손들의 혼사에 간여하고 개입하면서 일본의 문화에 쉽게 동화되지 않으려는 재일 조선인의 삶의식에 주목한 작품이다. 앞서 서술한 바와 같이, 일본 큐슈 지방에선 명치유신 때까지 조선어를 사용하고 조선인끼리의 혼인을 통해 조선의 풍속을 유지하면서 살아온 재일 조선인 공동체가 여기저기에 존속했다고 한다. 구마모토 성[19]의 외곽에 형성된 '우루산마치(蔚山町)'가 대표적인 경우이다.

그런데 무라타 키요코가 백파선을 모델로 삼아 창작한 두 편의 소설이 객관적인 사실(史實)에서 어긋나 있다. 역사소설이 기본적인 사실에 충실해야 한다는 관점에서 본다면, 그것은 다시 말해 좀 문제가 있는 작품이 되기도 한다.

소설에서의 백파선의 남편은 쥬혜. 즉 조선 이름으로는 장성철(張成徹)이다. 소설에는 진천 장씨라고 했다. 이름을 전혀 알 수 없는 백파선은 박정옥(朴貞玉)으로 설정되어 있다. 그의 남편이 김태도(일본 명 : 후카우미 소덴)라는 사실에는 상상력의 촉수가 미치지 못했다. 또 백파선 고향도 김해인 것도 몰랐다. 소설 속에서 백파선의 고향이 암시된 곳은 딱 두 군데. 전라도 지방의 민요인 육자배기의 애절한 가락[20]……. 그리고 다음의 문장이다. '(쥬혜와 햐쿠바의 일족은) 전라도에서 해협을 건너 치쿠시를 거쳐 사라야마에 안주, 마침내 이 작은 언덕의 어두운 숲 한 구석까지 도착했다.'[21] 작가는 백파선이 사츠마 야키의 심수관처럼 전라도 지방에서 잡혀온 사람으로 알았던 모양이다.

---

19 이 성은 정유재란 때 울산성 전투에서 혼이 난 카토 키요마사가 일본에 가서 쓰라린 전투의 경험을 살려 자신의 영지에 새로 쌓은 성이다. 위용이 당당하기로 명성 중의 명성이다. 지금도 거의 대부분이 잘 보존되어 있다. 카토의 집안이 막부로부터 영지를 몰수당하자, 성은 새로 임명된 호소카와 집안이 인수했다.
20 무라다 키요코 지음, 이정환 옮김, 앞의 책, 165쪽.
21 같은 책, 215쪽.

4. 남는 말 : 문화콘텐츠로서의 활용 방안

　비교적 최근에 발표된 외국의 소설 속에 김해의 여인들—허황옥과 백파선이 그려져 있다. 그 당시 현직의 인도대사였던 N. 빠르따사라띠(N. Parthasarathi)가 쓴 판타지 역사소설인 「비단황후」과, 일본의 여성 작가인 무라타 키요코(村田喜代子)가 각각 풀어낸 「용비어천가」와 그 후(속)편인 「백년가약」이 바로 그것이다. 이 두 가지 종류의 작업이 빚어낸 세 편의 소설로만 남아 있을 것이 아니라, 문화콘텐츠로서 잘 활용되어야 한다고 본다.

　이 두 가지 종류의 소설은 오늘날 많이 논의되고 있는 소위 다문화성과 알게 모르게 관련성을 맺고 있다. 다문화 혼인, 풍습과 제도에 대한 혼란, 문명의 갈등 등과 관련 오늘날의 문제를 고스란히 담고 있다. 더욱이 김해는 외국인 노동자, 결혼 이주민 여성이 많은 지역이다. 그래서 김해 이태원을 축약한 말, 세칭 '김태원'이라는 이색의 공간마저 생겼다. 허황옥과 백파선에 관한 이야깃거리는 드라마와 뮤지컬로 제작되어 신(新)한류의 문화콘텐츠로 재창조해야 한다. 그럴 만한 이유와 합리성이 충분히 전제되어 있다.

　그런데, 백파선의 재일(在日)의 삶을 다룬 두 편의 역사소설은 기본적인 객관적인 사실 관계를 확인하지 않은 채 쓰였다. 이러한 사실 관계의 오류 내지 부적절함이 옥의 티가 되는지, 결정적인 흠결이 되는지 잘 모르겠다. 이 판단은 시기가 좀 더 성숙한 후에 내려야 할 것이다. 다만, 내가 끝으로 말하고 싶은 것은 백파선에 관한 역사소설은 다시 쓰여야 한다. 이번에는 국내 작가의 몫이 아닌가 한다. 그러기 위해선 김해시는 작가들에게 이에 관한 창작 지원을 아끼지 말아야 한다고 생각한다. 이것이야말로 문화콘텐츠의 정신이 아닌가 한다.

역사소설의 탈역사성을 위한 비평적 전망

―해왕도 해신도 아닌 장보고를 위하여

1. 실마리 : 인간의 기억을 공유하다

사람은 기억과 망각의 경계선에서 서성거리는 존재이다. 이때 사람은 이 틈서리에서 때로 고통을 수반하기도 한다. 기억조차 하기 싫은 일을 기억한다는 것과, 망각해서는 안 되는 일을 망각하는 것은 정말 괴로운 일일 것이다. 기억은 오로지 기억하는 자의 몫이었다. 기억하는 자가 과거의 경험을 어떻게 기억하느냐에 따라 역사라는 이름의 과거의 상은 현재에 비추어질 따름인 것이다. 그런데 망각은 기억에 대한 심리적 거부를 의미한다. 넓은 관점에서 보면 망각 역시 기억의 한 형태이다. 프로이트 정신분석학에 의하면 인간의 망각하고자 하는 의도가 기억을 억압하려고 한다.[1]

요컨대 기억이란 과거의 것을 정신 속에 보존하는 일이다. 그러나 기억은 결코 정확하지 못하다. 프로이트는 기억의 부정확성을 인간 심리의 특성에 의해 야기되는 현상으로 보았다. 즉, 기억이 왜곡이나 수정에

---

1 최문규 외, 『기억과 망각』, 책세상, 2003, 211쪽, 참고.

의해 이루어지는 꿈의 작업과 유사한 과정으로 본 프로이트에 의존한다면 역사가 진실을 왜곡한다는 것은 어쩌면 불가피할지도 모르겠다. 인간이 기억하는 역사상(歷史像)이 불완전한 것이거나 잘못된 것일 수 있다는 데서 역사란 그다지 믿을 것이 못된다고 말할 수도 있을 것이다.[2] 다시 말하면, 과거의 상이 완벽하게 재현되는 것이 아니거나, 과거의 실체는 아예 존재하지도 않는다거나 하는 것이다.

그러나 역사는 모든 경험의 기록이요, 과거 경험의 재연(re-enactment)이다. 사람에게 있어서 과거의 경험이란, 대부분 사라지거나 잊혀진다. 과거와 현재를 이어주는 것이 있다면 그것은 구비전승물, 역사기술물, 극(劇), 서사시 등이 될 것이다. 문학과 역사는 문자 행위를 통해 과거의 경험을 기억하려거나, 상기하려고 한다는 점에서 서로 비슷하다고 할 수 있다.[3] 문자 행위 내지 언어의 형태로 담아두는 것이야말로 바로 과거를 기억하는 것으로서의 역사일 따름인 것이다. 역사는 기억과 망각의 심리적 메커니즘으로 이루어진 일종의 언어 게임이라고 할 수 있다. 역사와 문학이 인간의 기억을 공유하는 경험의 기록이라는 점에서 매우 긴밀한 친연관계를 맺고 있는 것이 사실이라고 할 것이다. 이와 같은 관점을 인상적인 문식력으로 표현한 이는 로버트 V. 다니엘스이다. 그의 저서 『어떻게 그리고 왜 역사를 연구해야 하나?(Studying History—how and why)』의 시작 부분은 이렇게 적혀 있다.

역사는 인간의 집단적 경험에 대한 기억이다. 인간의 집단적 경험에 대한 기억이 잊혀지거나 무시될 때 우리는 인간으로 존재할 수가 없게 된다. 역사가 없

---

2 기억과 망각의 심리적 메커니즘에 관해서는 김현진의 「기억의 허구성과 서사적 진실」(최문규 외, 『기억과 망각』, 책세상, 2003)을 참고하기 바람.
3 기억(memory)보다 더 적극적인 의미가 부여되는 개념은 상기(recollection)이다. 기억의 내용 가운데 자기가 필요한 것을 찾으려고 하는 의도적인 노력이 상기인 것이다.

다면 우리는 우리가 누군지, 또는 우리는 어떻게 하여 존재하게 되었는지를 전혀 알 수 없게 되고, 마치 집단적 기억상실증의 희생자가 된 것같이 우리의 정체를 암흑 속에서 더듬거리며 찾는 신세가 되고 만다. (……) 역사는 지나간 세대들의 영광과 용맹을, 범죄와 고난을 보여줌으로써 우리를 격려하기도 하고 분노케 하기도 한다. 역사는 현실 생활의 드라마이며, 문학예술의 한 가지이며, 그 자료가 사실에 입각하여 있다는 점에서 특이한 호소력을 지닌다.[4]

이 글은 그 동안 소설가들이 창작한 장보고 관련 역사소설을 분석과 성찰의 대상으로 삼아서 그들이 한 시대의 역사 인물을 오늘날 삶의 지평 속에서 어떻게 형상화하고 재구성했느냐, 또한 그들이 텍스트의 담론을 생성하고 텍스트 상호간에 대한 비평적인 의미망을 연결시키고 있었느냐 하는 점을 고찰하고, 규명해 보고자 하는 데 있다.

그리하여 이 글은 궁극적으로 인간의 기억을 공유하면서 다루고 있는 문학과 역사의 친연 관계를 세 가지의 관점에서 바라보려고 한다. 문학과 역사가 서로 대치하거나 반복하는 과정까지도 물론 문학의 역사성이란 큰 개념의 범주 속에 속하는 문제이거니와, 여기에서는 좀 더 섬세한 통찰 속에서 역사문학의 이론적 근거를 밝히기 위해 문학의 역사성, 문학의 반(反)역사성, 문학의 탈(脫)역사성으로 개념을 세분화하고자 한다. 오늘날 문학 현장에서는 역사문학의 새로운 트렌드가 형성되고 있다는 점에서 본 연구의 의도는 시의의 적절성을 자명하게 가지고 있다고 할 것이다.

---

4 로버트 V. 다니엘스 김쾌상 역, 『어떻게 그리고 왜 역사를 연구해야 하나?』, 평단문화사, 1989, 12쪽.

2. 역사소설의 소재가 되어온 장보고

　문학의 역사성은 문학의 독자성 논의와 더불어 오랜 역사를 지니고 있다. 문학으로부터 사람들이 교훈을 얻는다면 그것은 역사에 대한 교훈이 많은 부분 차지할 것이다. 예로부터 사람들은 역사를 거울로 비유한 바 있다. 과거의 기억을 오늘의 삶에 비추어보는 것. 거울이 역사로 빗대어지는 것은 꽤 익숙한 관념인 것 같다. '옛것을 거울로 삼으면 흥망을 알 수 있다(以古爲鏡, 可知興替).'라고 한 당태종 이세민의 말을 굳이 인용하지 않는다고 하더라도 역사는 현재의 효용성을 얻어내는 거울인 것인 것이다. 때로 문학도 거울로 비유되기도 한다. 문학 중에서도 리얼리즘 문학관에 의하면, 문학이 현실을 재현하고 반영하는 거울인 것이다.

　역사문학의 가장 원초적인 형태는 서사시이다. 서사시가 역사성을 지니고 있다는 건 잘 알려진 사실이다. 그도 그럴 것이 서사시는 집단적으로 공유하는 기억과 회상의 경험이기 때문이다. 호메로스 이래 역사는 서사시의 기초가 되었다. 서사시는 서구의 문학 양식에서 꽃을 피웠다. 동아시아 문학권에서 중국과 일본은 서사시의 전통이 박약하다. 특히 중국은 서사시가 영사시(詠史詩)로 대체된 감이 있다. 서사시라고 하면 영웅과 민족을 강조하는 것인데, 중국은 영웅보다 군자를 이상적인 인간상으로 보는 경향이 있으며, 자신들을 천하의 중심으로 보기 때문에 민족의 개별성을 스스로 주목하지도 않았다. 반면에 우리나라는 서사시의 전통을 가지고 있었기 때문일까. 현대 소설에서도 역사문학의 전통이 뚜렷하다. 박경리의 「토지」, 황석영의 「장길산」, 조정래의 「태백산맥」 등의 오늘날 우리의 기념비적 소설 역시 문학의 콘텐츠가 역사의 상상력에 기반을 둔 허구적 기억의 소산이란 점에서 현대판 서사시라고 할 수 있다. 서사시는 예로부터 오늘날에 이르기까지 집단적으로 공유하는 기억의 허구적 소산물이다.

요컨대 문학의 역사성에 관한 논의의 모범적인 답안이 있는 것이라면 머레이 크리그(Murray Krieger)가 자신의 저서 『비평으로 향한 창(窓)』(1974)에서 밝힌 다음의 견해에 매우 적절하게 집약되어 있는 게 아닐까 한다.

문학에 있어서 어떤 모방적인 역할은 부정될 수 없다. 역사는 문학 이전에 존재하고 있기 때문에 문학은 어떤 의미에서 그것을 모방해야 한다. 결국 무(無)로부터 창조될 수 없는 것이 문학의 내용이다. 하지만 문학 속의 작품의 소재로 수용된 역사는 호흡하고 있는 인간이 지니고 있는 것이어서 생생하게 느껴지고, 맥박 치는 역사이지 결코 정지된 상태에 놓여 있는 이데올로기의 공식이 결코 아니다. 그래서 문학 속의 역사는 실질적인 힘을 가지고 있다. 반면에 문학밖에 있는 역사는 이데올로기 속의 제도화된 역사이다.

— 『비평으로 향한 창(窓)』(1974) 중에서[5]

인용문을 읽어본다면 잘 알 수 있겠거니와, 문학에는 역사적인 시간의 힘이 강하게 작용하고 있는 것이 사실이다. 물론 문학을 제외한 예술 작품에도 그것이 작용하는 힘을 느낄 수 있다. 그렇지만 문학만큼이나 강렬하지 않다. 이 대목에서 '역사는 예술의 일반적인 개념 아래에 포함되어 있다.'라고 말한 노스럽 프라이의 견해를 적절히 인용할 수 있을 것이다. 인간의 원초적인 지각의 형태를 한 쪽에서 반영하고 있는 그리스 신화에서도 역사의 신 클리오는 여덟 명으로 무리진, 시(詩)와 예술을 관장하는 여신인 뮤즈의 일원이었다.

문학의 역사성에 관한 대표적인 논문 가운데 문학비평가이면서 영문학자인 이태동이 쓴 「문학의 역사성」이 있다. 상당한 분량의 이 논문은

---

5 서강대학교 인문과학연구실이 간행한 『역사와 문학』(1981) 74쪽에서 일부의 문장 표현을 수정하여 재인용하였다.

서강대 인문과학연구소가 간행한 인문학논총 제13집 『역사와 문학』 (1981)에 실려 있다. 그가 이 논문에서 주장하고 있는 내용의 핵심적인 것은, 문학이 작가의 여러 가지 사회적 경험과 역사적 현실을 융합해서 수용하고 있으나, 그것은 사회사나 정치경제사로부터 독립된 구조를 유지하고 있다는 데 있다. 그러면서도 그는 문학의 역사성을 심미적인 내적 형식의 작품성에 두기보다는 주제로 수용하는 작가 의식에 중점을 두고 있다. 그는 이 논문에서 문학의 역사성에 대한 이론을 진지하고도 장황하게 소개한 다음에, 실제비평 부분에서 박경리의 「토지」와 황석영의 여러 소설들을 비평적인 사례와 전범으로 꼽으면서 치밀하게 분석한 바 있었다.

고려대 국문학과 교수인 김인환의 저서 『기억의 계단』(2001)의 경우도 문학의 역사성을 지향하고 있는 일종의 비평서이다. 이 책의 부제가 '현대문학과 역사에 대한 비평'인 것도 이러한 맥락에서 이해될 수 있다. 그는 결국 현대성의 주류적인 계보를 문학의 역사적인 성격에서 다 찾았다. 그는 이광수를 소설사의 정통으로 보지 않고 신채호를 정면으로 내세웠다. 그리고 리얼리즘의 창작적 성과를 염상섭과 이기영에서 찾았다. 그는 '염상섭과 이기영의 작가 주석 서술은 한국 소설 문법의 표준형태를 보여주고 있다.'라고 주장한다. 작가 주석 소설이란, 무엇을 가리키는지 명확하지 않으나, 소설의 목적이 더 나은 삶을 추구하는 데 있다는 작가 의식을 뜻하는 게 아닌가 한다. 그렇다면 역사와 예술이 서로 하나로 묶여진다는 이른바 벨린스키적인 목적론(teleology)과 무관치 않은 이론이다.[6]

---

6 1970년대 이래,기억과 역사의 의미를 총체적으로 구상한 작가들, 예컨대 안수길·박경리·유현종·황석영·김주영·송기숙·이병주·홍성원·조정래·김원일·최명희 등이 더 나은 삶에 대한 바람의 형태로서의 목적론적인 바탕 위에서 역사적 사건을 재구성했다고 볼 수 있다.

역사소설은 역사성과 문학성의 조화를 잘 이룬 경우를 나타내는 개념이다. 어느 한 쪽에 치우쳐서도 바람직한, 좋은 결과를 이루어내기가 어렵다. 이런 점에서 볼 때 장보고계 역사소설의 선편을 휘두른 정한숙의 「바다의 왕자(王者)—장보고」(1960~1961)는 역사소설의 고전적 형식에 충실한 경우라고 할 수 있다.

이 소설은 본디 신문 연재소설로 발표되었는데 근래에 단행본 600면 가까운 분량으로 간행되었다. 결코 적은 분량의 소설이라고 볼 수 없다. 그런데 이 소설을 읽어보면 특이한 점 하나가 있다. 주인공인 장보고가 작중의 인물로 차지하는 분량이 예상 밖으로 적다는 점이다. 그만큼 허구적인 인물군의 역할을 크게 잡고 있다는 사실의 방증인 것이다. 사건의 극적인 전개보다 대화체 문장이 상대적으로 많은 것도 이 사실과 무관하지 않은 듯하다. 이 소설은 장보고 · 정년 · 염장 등의 사실적 인물군이 역사성의 바탕을 이루고 있다면, 연옥 · 봉화 · 영권 · 광한 등의 허구적 인물군이 문학성을 다채롭고 풍요롭게 하는 기능을 수행하고 있다. 이 소설에서 연옥이라는 여인의 소설적 위치는 작중의 장보고와 어깨를 겨룰 만큼 큰 역할을 맡고 있다. 그녀가 차지하는 소설 지면의 점유량은 오히려 장보고보다 훨씬 높다. 그녀는 소설의 시작부터 끝맺음까지 장보고에 관한 얘깃거리의 주변 인물로서, 사태를 응시하는 관찰자로서, 사사건건 개입되는 그물망적인 인물의 한 존재로서 소설 속의 무대에 두루 등장하고 있다. 좀 더 역할이 강조되어 거의 주인공의 위상에 오른다면 게오르그 루카치의 말처럼 '중도적 인물'의 유형에 포함된다고 할 수 있다. 이 개념은 역사소설의 인물유형론에서 고전적인 개념으로 사용될 만큼 중요하고도 잘 알려진 것이다. 그의 중도적 인물론은 그의 정치적인 중도 노선에 기인한다.

스콧은 자본주의 발전의 영광적인 신봉자에 속하지도 않고 또 그것을 감정적으로 격앙하여 비난하는 부류에 속하지도 않는다. 그는 전체 영국 사회발전 자체의 역사적 정초(定礎)를 통하여, 상충하는 양 극단 사이의 '중도 노선'을 추구했다.[7]

월터 스콧은 역사소설의 선구자이다. 루카치는 그의 소설 「웨이벌리」 (1814)를 역사소설의 효시로 단정한 바 있었다. 그는 루카치에 의해 18세기 리얼리즘 계통의 사회소설을 계승한 작가로 평가되었다. 그의 작가로서의 역설적인 위대성은, 그가 진보주의자이면서도 편협한 보수주의와도 긴밀한 관계를 맺고 있었다는 데 있었다. 이런 점에서 정치적으로 왕당파이면서도 시민계급의 전망을 낙관적으로 예견한 발자크와 유사한 면이 있다고 하겠다.

이런 점에서 볼 때, 월터 스콧 역사소설의 고전적 형식의 문제는 우리나라 일제 강점기에 있어서 홍명희의 경우와 유사하다고 하겠다. 홍명희의 대하 역사소설 「임꺽정」역시 보수와 진보, 민족과 계급 중에서 어느 한 쪽에 치우치지 않는 균형 감각을 보여주었다. 그의 정치적인 노선이 중도통합론의 신간회(新幹會)가 지향하는 그것과 일치하듯이 말이다. 정한숙의 「바다의 왕자—장보고」는 여러 모로 홍명희의 「임꺽정」에서 영향을 크게 받았다. 해방 후의 문학청년이라면 누구나 할 것 없이 알게 모르게 이의 영향권으로부터 자유로울 수 없었다. 정한숙의 「바다의 왕자—장보고」에서 한 예문을 다음과 같이 따올 수 있다.

"여보시오 아무런 죄도 없는 사람을 붙잡아 놓고 그러지 마시고 갈 길이 바쁘니 어서 가던 길이나 보내 주시구려."
"갈 길이야 네가 바쁘지 나까지 바쁘냐."

---

7 게오르그 루카치 지음, 이영욱 옮김, 『역사소설론』, 거름, 1987, 29쪽.

이때 옆에 서 있던 자가 염장이 들고 있던 칼을 휙 잡아 낚아채 빼앗았다.

"네 이놈, 이 칼은 어데서 난 것이냐."

염장은 또 한 번 말문이 막힐 수밖에 없었다.

"요놈이 나인 어리면서도 여간 흉측한 놈이 아니구나…네 이놈, 이 칼이 어데서 났다구?"[8]

홍명희의 「임꺽정」을 읽어본 독자라면 무언가 집히는 게 있을 것이다. 이처럼 생면부지의 사람들과 노상에서 언쟁을 벌이는 장면은 「임꺽정」에서 흔히 볼 수 있는 장면이다. 「바다의 왕자─장보고」에서의 인물들 역시 「임꺽정」의 영향권에 놓여 있다. 임꺽정과 서림 외의 인물들이 허구적인 인물군 속에 포함되어 있듯이, 장보고와 정년과 염장 외의 인물들이 허구적인 인물군 속에 포함되어 있다. 임꺽정과 그 주변 인물들의 근거지가 '청석골'인 것은 장보고와 그 주변 인물들의 근거지가 '청해진'인 것으로 연결된다.

소설 속의 임꺽정이 악한과 의적 사이의 중도적인 인물이듯이, 소설 속의 장보고도 중국으로 진출해 우국충정에서 귀국한 다음에 자신의 정치적 세력을 키워 흥병작란(興兵作亂)을 일삼고 또 다시 일삼으려고 하는 인물이란 점에서 중도적이다. 정한숙의 소설에 그려진 장보고의 두 모습을 보자.

내 일찍 청해(淸海) 땅 조그만 섬 어부의 자식으로 태어난 범부(凡夫)의 몸이, 무슨 큰 소원이 있으리오만, 고향으로 돌아가면 그물을 뜨고 배를 젓는 선조의 유업을 본받는다 해도, 해안을 어지럽히는 해적의 더러운 발길이 촌토(寸土)나마도 범할 수 없게 하리라는 것이 소원일 따름입니다.[9]

---

8 정한숙, 『바다의 왕자─장보고』, 고려대학교 출판부, 2008, 305쪽.
9 같은 책, 186쪽.

나라가 어떻게 생겼는지, 조정이 무엇인지, 백성의 뜻이 무엇인지를 생각할 수 없을 만큼 외지고 불모한 청해 땅에서 이름 모를 뱃사람의 자식으로 태어나, 한때는 당나라까지 가서 벼슬을 하긴 했다지만 평생을 바다 위에서만 살아온 궁파였다. 돌이켜보면 너무도 쓸쓸하고 어려운 가시밭길이었다. 지금의 궁파에 대해서 많은 청해 주민들은 흠모와 숭앙의 뜻을 품기도 한다.[10]

전자의 인용문은 소설의 전개 부분에 해당하며, 후자의 그것은 소설의 결말 부분에 해당한다. 장보고(궁파)의 성격이 직접적, 그리고 간접적으로 각각 드러나고 있는 대목이다. 전자는 귀국을 앞둔 장보고가 중국 법화원 주지 스님과 나누는 대화의 한 부분이다. 이 대화에서는 그의 순수한 민족주의적인 열망이 잘 나타나 있다. 반면에 후자는 결정적인 홍병작란을 앞둔 장보고의 야심을 행간에 함축적으로 반영하고 있다. 작가 정한숙은 전자를 통해 민족주의의 입장에서 장보고의 인간됨을 묘사하고 있다면, 후자에 이르러서는 민중주의의 시각에서 그 인물을 만들어가고 있다(이 대목에선 그가 민족의 영웅이 아닌 민중지도자의 인간상에 해당한다). 이 말은 그가 민족주의와 민중주의 가운데 어느 한 곳에도 편벽되지 않겠다는 의도를 보여준 것이라고 할 것이다. 홍명희의 임꺽정이나 정한숙의 장보고는 계급적으로 상하층을 아우르며 연결하고 있다는 점에서 현저히 중도적이다. 월트 스콧의 웨이벌리가 왕군(관군)과 충돌한 민중지도자로서 중도적인 인물이었듯이, 홍명희와 정한숙의 경우도 마찬가지로 적용되고 있다.

모든 위대한 민중적 작가와 마찬가지로 월터 스코트도 민족적 삶의 전체성을 상층과 하층 사이의 복잡한 상호작용 속에서 형상화해내는 것을 목표로 삼았

---

10 같은 책, 567쪽.

다. 즉 그는 상층에서 발생하는 것의 물질적 토대와 문학적 설명근거를 하층에서 포착해 냄으로써 그가 지닌 매우 강렬한 민중성의 경향을 드러내는 것이다.[11]

정한숙의 역사소설 「바다의 왕자—장보고」에는 장보고의 영웅적 행동의 묘사는 거의 찾아볼 수가 없다. 이는 매우 이례적인 일이 아닐 수 없다. 장보고와 동시대에 살았던 시인 두목(杜牧)이 자신의 문집 『번천문집(樊川文集)』에서 장보고론을 쓴 바 있었는데 '활과 창을 잘 쓰고 전투에 능해 대적할 자가 없었다. 후에 신라에 돌아가 청해진을 설치하고 해적을 소탕했다.'[12]라고 기술한 것으로 보아 영웅적인 인물인 것이 사실인 것 같은데 정한숙은 그를 영웅으로 묘사하지 않았다. 당대의 평판에는 영웅적인 인물로 보고 있는데 후대의 소설에 의하면 범부(凡夫)에 방점이 찍히기도 한 것이다. 신분상승의 욕망을 가지고 살아가다가 권력투쟁의 소용돌이에 휩쓸려 결국 좌절한, 영웅과 범부의 중도적 인물 말이다. 정한숙은 그를 그 이상도, 그 이하도 아닌 인물로 본 것이다.[13] 그에게 영향을 준 것으로 판단되는 홍명희 역시 임꺽정을 영웅시하지 않았다. (민족서사시적인 영웅관에 의해 그려진 역사의 문학적 인간상은 고대 서사시나, 중세 로망스나, 오늘날 영화나 TV드라마 속의 사극의 주인공으로 적합한 인물이다.) 이는 월트 스콧이 중도적인, 공정하지만 결코 영웅적이지 않은 주인공을 중심으로 소설을 구성한 것은 그 자신의 뛰어난, 획기적인 서사적 재능 때문이었음이 분명하다고 루카치가 평가했

---

11 게오르그 루카치, 앞의 책, 51쪽.
12 원작 KBS역사스페셜, 『역사스페셜 · 5』, 효형출판, 2006, 120쪽.
13 주지하듯이 정한숙은 역사소설가로도 잘 알려져 있다. 「금당벽화」(1955)에서 종교 및 예술의 이상주의와 민족적 현실주의의 갈등을 다룬 중도적 인물로서의 담징을 내세웠지만 이 경우가 영웅관적인 인물로부터 벗어나지 않았다는 사실과, 그 밖에 「이성계」(1965), 「논개」(1969) 등의 역사소설에서 민족적 낭만주의의 영웅 묘사 여부에 관해서는 별도의 비평적인 천착을 요한다.

던 것처럼[14] 홍명희와 정한숙의 평범하지 않는 작가 역량을 반증하고 있는 것이기도 한 것이다.

그런데 정한숙의 역사소설 「바다의 왕자—장보고」는 장보고의 교역 활동에 관한 문학적인 상상력을 다소 이끌어내지 못했다는 한계를 지니고 있다. 물론 이것은 문헌적 기록에만 의존할 수밖에 없었던 시기적인 한계이기도 하다. 그의 소설이 씌어질 무렵은 장보고에 관한 연구 성과가 축적되기 이전이었기 때문에 교역 활동에 대한 지적 정보가 거의 없었을 시기이다.

정한숙과 유사한 계열의 장보고 인물형 역사소설은 송지영의 「대해도(大海濤)」(1988)와 박광서의 「소설 장보고—청해의 별」(1990)이 있다. 또 이 두 작품은 정한숙의 한계를 보완하는 면도 있다. 먼저 송지영의 경우를 보자.

일본에서는 당나라로 직접 드나드는 배들이 강소(江蘇)나 절강(浙江)으로 가끔 길이 틔어 있었으나 풍랑을 자주 만나기 때문에 출입이 극히 드물었고 또 당나라에 들어가서도 공부하러 가는 승려들 외에는 별로 달갑게 대해주질 않았기 때문에 이따금 마지못해 떠나는 공선(貢船)들뿐이었다. 청해진과 통하게 되면서부터는 고생스러움을 겪지 않고도 수월하게 뜻을 이룰 수 있었다.

애써서 당나라에까지 멀고 위태로운 길을 떠날 것도 없이 가까운 청해진에만 가면 당나라 물건을 무엇이든 손쉽게 구할 수 있었다.

일본의 벼슬아치들은 신라와 당나라의 값진 물건을 탐내는 버릇들이 점점 퍼져서 저마다 앞을 다투어 가며 청해진에 배를 보내 갖가지 물건들을 구해 오느라고 가산을 탕진하는 일까지 있었다. 이래서는 안 되겠다고 생각한 태재부에서는 높은 벼슬아치들에게 그런 짓을 말도록 명령을 내렸으나 몰래 청해진으로

---

14 게오르그 루카치, 앞의 책, 31쪽, 참고.

띄우는 배들은 날로 많아 가는 형편이었다.[15]

통일신라와 일본의 관계는 좋지 않았다. 신라는 일본을 인국(隣國)으로 보고 있는데 일본은 신라를 번국(藩國)으로 보려는 경향이 농후했다. 이러한 인식의 차이에서 기인한 외교적인 헤게모니 싸움 때문에 두 나라의 관계는 내내 껄끄러웠다. 일본은 사이가 원만한 발해와 함께 신라를 양쪽에서 공격하려고 계획한 적도 있었다.

위의 인용문을 볼 때 송지영의 「대해도」는 어느 정도 역사의 사실에 의거하고 있는 것처럼 보인다.

신라와 일본의 국교는 서기 8세기 중엽을 고비로 사실상 단절되었다. 국교의 단절은 공무역의 폐쇄를 의미하는 것이다. 따라서 양국 간에는 사무역의 욕구가 증대되었다. 특히 일본의 경우는 중국 물품에 대한 욕구가 컸기 때문에 신라와의 비공식적인 루트의 중개무역을 절실히 원했던 것이다. 즉 일본 측은 신라 상인들의 중개무역으로 충족될 수밖에 없는 사정이 있었다.[16]

박광서의 소설 「소설 장보고—청해의 별」은 장보고의 전기적 사실 중에서도 핵심적인 부분이라고 할 수 있는 교역 활동에 관한 얘깃거리들이 소설로 적극적으로 형상화했다는 점에서 주목받는 작품이다. 앞으로도 재평가가 요구되는 작품이기도 하다.

소설 속의 장보고는 구주(九州) 지방의 쓰꾸센(筑前)에 도착하여 태수를 만난다. 그는 태수에게 '우리는 신라의 상인들이요. 당에서 가져온 선물들을 드리고자 왔습니다.'라고 말하며 예를 표한다. 그가 중개무역상으로서 일본의 관헌 앞에 직접 나선 것. 또 그는 '저희는 일본국에서 흔히

---

15 송지영, 『대해도(3)』, 호암출판사, 1989, 94쪽.
16 이기동, 「장보고와 그의 해상왕국」, 김사욱 외, 『장보고의 신연구』, 완도문화원, 1985, 110쪽, 참고.

나는 면(綿)이나 백미, 또는 짐승가죽들을 받겠습니다.'라고 말하면서 흥정을 붙인다. 일본 측이 군졸들을 풀어 배와 물건을 압수하고 사람(상인)들을 잡아가두는 만일의 사태를 대비해 급습을 준비한 이백 여명의 무사들을 배에 숨겨 놓고 있었다. 이처럼 장보고와 쓰꾸센 태수간의 흥정 장면[17]은 매우 흥미롭다고 하겠다.

역사적으로 볼 때에도 장보고는 하카다(博多)에 무역 지점을 설치하고 현지의 일본 관헌을 상대로 직접 상거래를 벌이기도 했다고 한다. 대일 교역을 위해 그가 청해진에서 파견한 사절단을 회역사(廻易使)라고도 한다.[18] 일본에 장원제의 발달에 의해 치외법권적인 장원 안에서의 사무역이 증대하고 있었고, 사치스러운 호화 생활을 하던 궁정귀족들의 박래품에 대한 물질적 욕구가 커져 있을 무렵에, 장보고는 재당 신라인 사회, 청해진, 재일 신라인 사회를 잇는 무역 네트워크를 구축했던 것으로 충분히 짐작되는 것이다.[19]

3. 문학의 반(反)역사성에 비추어보다

문학의 역사성을 가장 잘 반영하는 장르는 서사시와 역사소설이라고 할 수 있다. 그 다음은 사극 정도가 아닌가 한다. 역사소설은 역사적으로 실존했던 인물을 형상화한 소설이다. 그러나 소설가가 역사를 다루면서도 상상과 허구의 과잉으로 인해 역사적인 사실과 전혀 무관하게 취급되는 경우도 있다. 이때 역사가들은 소설가를 가리켜 증명할 수 없는 문

---

17 박광서, 「소설 장보고―청해의 별(下)」, 외길사, 1993, 164~168쪽, 참고.
18 이기동, 앞의 책, 111쪽, 참고.
19 윤재운, 「9세기전반 신라의 사무역에 관한 일고찰」, 고려대하교 대학원 사학과, 1995, 29쪽, 참고.

제 제기와 주제 의식을 취급한다고 불만을 터트리곤 한다. 그래서 문학은 역사의 진실을 토로하는 허위적인 행위로 매도되기도 하는 것이다. 그러나 역사와 부합하지 않는 것은 소설에서 불가피한 일이기도 하다. 문학의 반역사성은 동시대의 역사적 의미, 성격, 방향으로부터 벗어날 때 누릴 수 있는 단 하나의 문학의 특권이 된다.

『전쟁과 평화』는 소설과 영웅서사시를 유기적으로 결합시킨 새로운 장르의 역사문학이다. 특히 전통적인 역사소설의 테두리를 깨뜨렸다는 점에서도 이 작품의 획기적인 의의를 지닌다. 종래의 역사소설가들이 화려하고 기교적인 것, 영웅적인 것, 이상적인 것을 즐겨 묘사한 데 반해서, 톨스토이는 영웅적인 것에서 평범한 것을 발견하고, 기교적인 것을 간결하게 표현하고 이상적인 것을 현실적인 것으로 끌어내렸다. 그는 영웅숭배와 싸우고 모든 기념비적 위대함과 싸움으로써 종래의 역사소설과는 판이한 '반(反)역사적'인 개념의 국민적 서사시를 썼던 것이다.[20]

헤겔의 역사철학에서 볼 때 톨스토이의 나폴레옹관은 반역사적이라고 할 수 있다. 역사가 영웅을 만드는가, 영웅이 역사를 만드는가. 이 물음은 헤겔의 『법철학』 서문에 제시되어 있다. 또 이 물음은 그의 역사철학을 이해하는 중요한 단서가 되기도 한다. 헤겔과 나폴레옹은 현저한 유사성을 가진다고 평가되고 있다. 그는 나폴레옹이 예나의 거리에서 말을 타고 가는 모습을 직접 보면서 이렇게 말했다. "오늘 아침 황제가 말을 타고 가는 모습을 보았다. 마상에서 세계를 지배하는 한 점에 집중된 그러한 인물을 본다는 것은 신비한 느낌이었다. 그를 찬양치 않을 수 없다." 헤겔에게 있어서의 나폴레옹은 한 마디로 말해 세계정신의 표상이었던 것이다.[21] 이에 반해 나폴레옹을 왜소하고 비열한 희극적인 인물

---

20 김학수, 「나폴레옹과 '전쟁과 평화'」, 『외국문학』, 1984, 겨울, 90쪽, 참고.
21 김희준, 『역사철학의 이해』, 고려원, 1995, 197쪽, 참고.

로 묘사한 톨스토이는 소설 「전쟁과 평화」에서 진정한 영웅은 민중이라는 사상으로 귀결한다. 헤겔의 입장에서 볼 때 그의 나폴레옹관은 극히 반역사적이라고 할 것이다.

톨스토이와 동시대의 작가 중에 빌헬름 라베(Wilhelm Raabe)가 있었다. 19세기 독일 리얼리즘 문학을 대표하는 역사소설가라고 한다. 라베의 역사소설 「오트펠트 평야」(1888)는 역사의 진보에 대한 비관론적인 견해가 반영된 것[22]. 비관주의 역사관은 쇼펜하우어 · 부르크하르트 · 니체로 이어져 오면서 하나의 계보를 형성한다. 이에 의하면, 역사는 반복되지도 변화하지도 않는 것, 유형이 존재하며, 때로는 비관적인 것에 지나지 않는 것이다. 이들의 역사관을 헤겔식의 발전론적 역사관에서 볼 때는 반역사적인 것이 엄연하다.

톨스토이와 빌헬름 라베의 역사소설이 헤겔주의 사관에 비추어 볼 때 반영웅주의와 비진보개념에 근거를 했기 때문에 반역사상을 가진 것이라고 말할 수 있다. 그러나 이러한 평가는 어디까지나 상대적이라고 할 수 있다. 포괄적인 의미에서 볼 때 또 다른 역사성의 개념으로 보아야 할 것 같다.[23]

문학을 역사보다 우위에 두게 되면서 나타나게 되는 것도 문학의 반역사성이라고 할 수 있다. 문학의 반역사성은 문학 쪽에서 사용하는 표현이다. 역사 쪽에서는 역사를 가치론의 전제로 삼으면서 역사의식이 부재한 문학을 가리켜 문학의 몰역사성이라고 표현하곤 한다. 이 두 개의 개념은 어느 쪽에 시각을 두고 있느냐, 어느 쪽에 가치의 무게를 두고 있느냐 하는 문제일 뿐이다. 결국 지향하는 의미는 동일하다. 문학 쪽에서 역사성의 가치를 극단적으로 부정한 경우를, 김열규의 비평적 에

---

22 빌헬름 라베의 역사소설 「오트펠트 평야」에 관한 국내의 논문으로는 고영석의 「산업화 시대의 비관론적 역사관」(외국문학, 1984, 겨울)이 있다.
23 김희준, 앞의 책, 197쪽, 참고.

세이 「문학 속의 한국역사 : 그 병동(病棟), 그 수용소 군도」에서 찾을 수 있다.

역사는 권력과 이권의 투쟁이고 그래서 잔혹하고 앞뒤가 잘 안 맞고 표리가 부동하다는 것을 몸서리치면서 또 이를 갈면서 겪어내었다.

20세기는 물론이고 그 뒤를 이어서 오늘의 새로운 세기에서도 그 점은 추호도 달라진 바 없다. 역사는 뒤틀리고 비트적거리고 그러면서 잔인하고 또 부도덕하다. 필연이 아니라 야합이고 우합(偶合)이다.

요컨대 역사는 인류가 공통으로 마련한 병상(病床)이다. 인간 트라우마의 집산지이다. 어쩌면 아우슈비쯔에 견주어도 과장될 게 없는 죽음의 강제 수용소 같을 지도 모른다. 바로 여기서 우리도 문학 속의 한국 역사를 점쳐낼 수 있을 것이다. 우리들 시대에 있어서 문학은 병원이다.[24]

김열규의 인상비평적인 견해이다. 그는 역사를 인간의 거대한 증후군으로 간주하고 있다. 역사가 인간의 병이라면 문학은 인간을 구원하는 병원이라고 한다. 문학 속의 인간상은 병적인 존재로 설정되는 경우도 없지 않다. 도스토예프스키, 손창섭, 무라카미 하루키 등이 그 대표적인 작가군이라고 하겠다. 이처럼 김열규가 시사하고 있는 문학의 치유적 기능은 문학효용론을 극대화시킨 경우라고 할 수 있다. 사실상 역사에서 오늘의 문제점을 찾겠다고 하는 역사적 현재주의자들의 생각과 극단적인 차이가 여기에 놓여있는 것이다. 반역사주의에 대한 김열규의 생각은 자신의 철저한 문학관의 결과이다. 그에 의하면 역사가 의혹이며 미신 그 자체이겠지만 이러한 유의 생각도 의혹이며 미신이라는 것일 수 있다. 그의 생각이 사실상 이론적 근거가 부족한 주장이기 때문이다.

---

24 김열규, 「문학 속의 한국역사 : 그 병동(病棟), 그 수용소 군도」, 『경남펜문학』, 2006, 23쪽.

문학의 반역사성에 관해 어느 정도 이론적으로 체계화한 이는 형식주의 강단비평가로서 한때 정평이 나 있었던 이상섭이라고 생각된다. 김열규가 신화와 원형의 개념을 도입한 구조주의자라면, 이상섭은『복합성의 시학』(1987)이란 저서를 통해 평이한 한국어로 뉴크리티시즘의 이론을 집대성한 형식주의자이다. 그의 비평집『역사에 대한 불만과 문학』(2002)은 문학의 반역사성에 관한 섬세한 원론비평이라고도 말할 수 있겠다. 이에 관한 적지 않은 토픽 가운데서도 놓쳐버리기 쉬운, 그러나 한번쯤 음미해야 할 것이 있어 이를 인용해본다.

> 일부 역사가들의 허구를 탓할 것이 없다. 좀더 심각한 문제는 일부 소설가들이 허구의 창작이라는 고유 영역을 떠나 스스로 역사적 사실을 재구성하고 있다고 자부하는 일이다. 세상에 아마추어 역사가처럼 많은 것도 드물 터이나, 일부 소설가들은 아예 전문적 역사가 행세를 하는 듯하다. 그러나 역시 행세를 하는 듯하는 것이니 아마추어로 남아 있게 된다. 아마추어 역사가의 기본 영역은 사실에 대한 불만 해소책 찾기이다.[25]

이상섭은 소설가들에게 있어서의 역사에 대한 아마추어리즘의 한계를 말하는 것 같다. 문학의 역사성이란 알고 보면 별 것 아니라는 것이다. 별 것 아니기 때문에 문학이 역사의 영역을 함부로 건드릴 수 없다는 것도 문제이지만, 어느 정도 일리가 전혀 없는 것은 아니다. 그의 불만은 소설가들이 현실의 불만을 해소하기 위한 방편으로 역사를 이용한다는 데 있다. 그렇다면 그 문학적인 역사는 대리충족의 역사이거나, 역사의 진실성이 부족한 의사역사(pseudohistory)이거나, 혹평하면 역사의식이 사상된 거짓의 역사가 되는 것이다.[26]

---

25 이상섭,『역사에 대한 불만과 문학』,『문학동네』, 2002, 50~51쪽.
26 이상섭은「역사주의의 반성」이란 글에서 역사의 비밀을 독점적, 배타적으로 알고 있다고 주장하

그런데 그는 구체적으로 예를 제시하지 않았다. 자신의 견해를 더 이상의 논쟁적 상황으로 내몰고 싶지 않아서일 것이다. 그저 원칙적이고 원론적인 소견만 밝히고 있을 따름이다. 짐작컨대 그의 저서『역사에 대한 불만과 문학』 전체적인 인상과 맥락을 보게 되면, 동학혁명과 빨치산 투쟁을 소재로 한 소설을 지칭하는 것 같다. 이 소재들에 대한 결과론과 지배 담론에 대한 불만의 형태가 소설로 표출되어진 것은 사실이다.

장보고계 역사소설은 글자 그대로 역사소설이기 때문에 역사성를 띠지 않을 수 없다. 그러나 상대적인 비교가 되겠지만 개중에는 역사성의 반대 방향으로 흘러가는 것도 없지 않다. 작가의 역사의식이 빈곤하거나 역사의 고증이 부실한 경우가 때로 반(反)역사성을 띠고 있다고 할 것이다.

유현종의 「해왕(海王)」(1992)은 단행본 표지에 '스릴과 서스펜스…바다의 왕자(王者) 장보고! 검과 도끼가 난무하고 잔인무도한 왜구들과의 박진감 넘치는 대결, 스릴과 서스펜스……그리고 질펀한 사랑의 이야기!'라는 광고문을 장식하고 있듯이 왜구와의 투쟁을 중심적인 얘깃거리로 활용하고 있는 소설이다. 주지하듯이 장보고 병력이 중국 해적을 소탕했다는 기록은 있어도 일본 해적과 싸웠다는 기록은 없다. 일본의 왜구가 한국의 바다에 출몰한 것은 몽골족의 원제국이 서서히 몰락하고 있는 시점의 14세기이다. 이를 전기 왜구라고 한다. 이들이 여말선초에 최무선, 이성계, 이종무 등에 의해 진압된 후에 한 동안 나타나지 않았다. 그러다가 왜구가 다시 출몰한 경우는 16세기이다. 이를 후기 왜구라고 하는데 이들은 주로 동지나해에 출몰하여 중국의 연안을 괴롭히다가 척계광 등에 의해 진압된다. 장보고의 전성기인 서기 830년대에 장보고

는 태도를 '역사주의'로 이름한 칼 포퍼의 말을 인용하면서 역사주의가 필연적으로 전체주의 체제를 강요한다고 지적하고 있다. (이상섭, 같은 책, 32쪽, 참고.)

부대가 왜구와 바다에서 다투었다는 것은 사실(史實)과 전혀 부합되지 않는다. 오히려 비슷한 시기에 일본 사서에는 신라 해적이 출몰했다는 기록이 나타나고 있는 형편이다. 어쨌든 유현종의 소설 「해왕」 가운데 장보고가 신라왕에게 아뢰는 대화문을 인용해 보겠다.

소신은 청해가 고향인 어부의 자식 장보고입니다. 고기잡이를 천직으로 삼고 살아왔습니다만 수삼 년 전부터 연안에 왜구들의 침노가 심해져서 백성들이 불안에 떨며 유리걸식을 하고 있었습니다. 소신 또한 왜구에게 아내를 빼앗겼습니다. 나라가 부강하다면 강병이 있어 왜구의 침노를 막아줄 수 있겠지만 워낙 외진 곳이어선지 막아줄 군사가 없었습니다. 그래서 소신은 당하고만 살수는 없으니 우리 힘으로 왜구와 싸워 고향을 지키자며 마을 청년들을 모았습니다. 많은 청년들이 모여들었습니다. 삼백여 명이 넘었습니다. 저희들은 고기잡이 배를 타고 연안에 침노하는 왜구와 싸워 그들을 물리쳤습니다. 저희들이 가진 군선의 대부분은 왜구들이 타던 배입니다. 그들의 배를 빼앗았던 것입니다. 그러다 보니 처음엔 세 척이던 배가 다섯 척, 열 척으로 불어나게 된 것입니다. 그리하여 대군선단이 되었고 왜구들도 무서워하기 시작하여 그쪽 해안에는 잘 나타나지 않게 된 것입니다.[27]

유현종의 역사소설 「해왕」은 장보고의 왜구 소탕 과정을 다룬 소설로 사실과 합치되지 않거나 성실하지 않는 역사 고증의 문제로 역사소설로서는 신뢰성이 없는 경우라고 해야 할 것이다. 소설의 본문에 대마도 도주 종의삼 운운[28] 하는 것을 보면 이 소설의 시대적인 배경이 9세기 초반이 아니라 16세기 후반이 아닌가 하는 생각이 나게 한다. 어찌 보면

---

27 유현종, 『해왕』, 우석, 1992, 205쪽.
28 같은 책, 270쪽, 참고.

그것은 오늘의 독자들에게 진실성이 결한 저급의 민족주의를 고취시킬 목적으로 쓴 느낌이 없지 않다. 역사를 포장한 반역사의 성격이 드러나 있는 이 같은 유의 역사소설은 우리 주변에 흔하게 발견되고 있어서 비평적인 옥석의 구분이 요구된다고 할 것이다. 이중원의 역사소설 「장보고」(2004)도 역사성의 바람직한 방향이 아닌 역방향으로 지향하고 있는 성격의 것이 아닌가 생각되는 작품이다.

> 우문탁이 어둠 속에서 땅을 박차고 허공으로 몸을 솟구쳤다. 우문탁의 백의가 펄럭거렸다. 우문탁은 3장(丈) 높이로 날아오른 뒤에 장보고의 정수리를 향해 장창을 내리꽂고 있었다. 맹호장조세(猛虎張爪勢)의 격세(擊勢)와 비슷한 초식이었다.
>
> 휘익!
>
> 장보고는 빠르게 금룡전신세(金龍纏身勢)를 펼쳐 허공으로 솟구친 뒤에 오관참장세(五關斬將勢)로 몸을 뒤집어 오른편을 향해 돌려 차면서 우문탁의 허리를 베었다. 우문탁이 억하는 비명소리와 함께 나뒹굴었다. 군사들이 일제히 박수를 쳤다.[29]

작중의 장보고가 무술 겨루기를 하는 장면을 묘사한 것이다. 보다시피 무협소설에서 볼 수 있는 용어들이 나타나고 있다. 한마디로 말해 이중원의 「장보고」는 무협소설로 만들어진 장보고계 역사소설이다. 장보고가 해양을 개척한 지도자적인 품격의 인간상이 아닌 하나의 경지에 도달한 무술의 능력을 탁월하게 보여주는 무인의 이미지로 덧칠하고 있다. 물론 이 소설에서도 앞의 경우처럼 일본의 왜구가 등장하고 있어 쓴웃음을 머금게 한다.

---

29 이중원, 『장보고』, 대현문화사, 2004, 99쪽.

왜구 연구에 관한 자료로는 국방군사연구소에서 간행한 『왜구토벌사』(1993)가 한동안 신빙성이 있는 자료로 통용되었다. 철저하게 문헌적 고증에 의존해 있기 때문이다. 이 책에 의하면 장보고 시대에는 왜구라는 표현은 말할 것도 없이 일본 해적도 없었다. 이 시기에 장보고가 신라인 노예를 납치해가는 중국 해적 인신매매단을 소탕했다는 기록은 있다. 오히려 장보고가 귀국하기 전인 810년에 신라 선박 20여 척이 대마도에 횡행하자 일본에서는 이를 해적으로 오인한 일이 있었다. 장보고가 암살당한 이후에도 실제로 신라 해적이 일본의 바다에 출몰했던 것으로 알려져 있다. 요컨대 9세기만 해도 일본의 해상 진출은 거의 정지되었다고 할 수 있다.[30] 그럼에도 불구하고 장보고계 역사소설이 왜구 투쟁 운운 하는 것은 문제점으로 지적되지 않을 수 없다.

앞으로 장보고계 역사소설이 반역사성을 띠고 나타나는 것이 있다면 다름이 아니라 판타지물 읽을거리가 아닐까 하고 전망된다. 최근에 고대사의 부족한 사료를 작가적 상상력으로 기워가며 역사적으로 되살리려는 역사소설 몇몇이 독자들의 인기를 끌고 있다. 특히 「태왕사신기」는 소설뿐만 아니라 국내 최대 규모인 제작비 430억의 흥행대작의 드라마로 꺼져가는 한류의 끄트머리를 부여잡으며 혈통적 민족주의에 호소하고 있다. 그것은 역사적 인물과 사건을 소재로 하였지만, 역사소설이 아니라, 소설을 읽는 본연적 즐거움, 익히지 않은 날것의 재미에 충실하게 역사를 신화로 재해석한 판타지 소설이라고 평가하는 사람들도 있다. 고대사의 인물 중에서 음습한 민족주의에 호소하면서 밑도 끝도 없는 대리만족의 와중이나 수렁에 빠뜨리게 하는 인물로 적합한 케이스는 치우, 주몽, 광개토대왕, 연개소문, 장보고 등이 아닐까 생각된다. 앞으로 「태왕사신기」 유의 장보고계 역사소설이 넘쳐나리라고 예견된다. 그러

30 국방군사연구소, 『왜구토벌사』, 전쟁기념사업회, 1993, 41~46쪽, 참고.

면 역사에의 고찰과 성찰은 슬몃 사라지고 게임을 즐기는 듯한 착각 속의 말초적인 흥미만이 남게 되리라고 예상된다.

이 비평문의 막바지 부분에서 재론하겠거니와, 유현종과 이중원의 장보고계 역사소설은 시적 정의관이 아닌 통속적 정의관으로서의 할리우드적인 응징형 정의관에 기초해 있다는 점에서도 반역사적이라고 할 수 있겠다.

4. 최인호의 「해신」이 각별한 이유

비교적 최근에 발표된 역사소설 중에서 문학의 역사성이란 관점에서 논의될 수 있는 성질의 것이 있다면 가장 전형적인 경우가 최인호의 「해신」(2003)이다. 이 작품은 통일 신라 시대의 해상왕으로 잘 알려진 진취적인 인물 장보고의 일대기를 서술한 것. TV드라마로도 제작이 되어 일반 대중에게도 잘 알려진 이 작품의 기저를 이루는 것은 민족주의적인 정조를 자극시키는 데 있다. 역사소설과 민족주의의 상관관계는 가장 익숙한 문학적인 컨벤션이라고 할 수 있다. 이런 점에서 최인호의 「해신」은 진일보한 역사소설이라고 말할 수 없다.

그 당시 장보고는 바다의 영웅이었다. 바다를 지배하는 바다의 신이었다.

그렇다면.

나는 확신에 차서 소리내어 중얼거렸다.

폭풍우를 만나 기도를 하던 엔친 앞에 나타난 신라명신의 실체 누구인가는 자명해진 것이다.

(……)

—그렇다.

장보고야말로 신라명신, 바로 그 사람인 것이다. 엔친 앞에 나타나서 '나는 신라명신이다. 앞으로 나는 너의 불법을 호지해 줄 것이다.'라고 말하였던 신라명신은 바로 장보고의 현신인 것이다.

(······)

나는 마음의 안정을 찾을 수 없었다. 흥분상태가 좀처럼 가라앉고 있지 않았다.

나는 심호흡을 하면서 천천히 다시 행길을 따라 걸어가기 시작하였다.[31]

소설의 화자는 최인호 자신이다. 일본의 한 사찰에 공개되지 않는 신불상인 신라명신이 이 소설의 가장 주요한 모티프이다. 바다의 수호신으로 오래토록 깊숙이 간직되어 존중되어온 이것이 장보고의 현신임을 그가 확인해가는 과정을 소설의 앞부분에서 서술해 간다. 이를 확인한 그는 소위 흥분상태에 빠진다. 이 흥분상태야말로 민족주의적인 열정이 아니고 무엇이겠는가. 이 작품은 역사소설의 근대성 기초에 입각하여 쓰인 전형적인 유형의 역사소설인 것이다. 작가 최인호는 장보고를 역사적인 현재성의 요청에 의해 문학적인 인간상으로 거듭 태어나게 했다. 그에게 있어서 장보고는 21세기 한국인들이 미래지향적인 인물로 본받아야할 선인(先人)인 것이다. 그는 소설 「해신」에서 '장보고가 죽음으로써 우리 민족은 영원히 바다를 잃게 되었던 것'[32]으로 보았던 것이다. 물론 이것은 역사성에 충실한 작가의 개입적인 발언이다. 이 점은 송파굉륭(松波宏隆)이란 이름으로 표기된 한 일본인 학자의 논문 내용과도 부합되기도 한다.

장보고나 혹은 신라와의 교역의 상대자들은 주로 승려나 태재부(太宰府)의

---

31 최인호, 『해신』 제1권, 열림원, 2004, 127~128쪽.
32 같은 책, 제3권, 196쪽.

관리들이었다. 이외에도 축전국(筑前國)의 국수(國守)였던 문실궁전마려(文室宮田麻呂)와 같은 자들도 있었다. (……) 장보고 사후 일본 문헌에는 신라선의 내항(內港) 기록이 거의 보이지 않는다. 보이는 사료는 모두 입당 승려의 귀국 원조라는 형식을 통해 일본에 입항한 정도이다. 이런 가운데 당 상인의 일본 내항 기록은 현저하게 늘어난다.[33]

최인호의 소설 「해신」은 장보고계 역사소설 중에서 가장 공을 들인 것임에 틀림없다. 역사적으로 실증성을 확보하는 데 있어서나 문학적인 상상력의 관점으로 보나 과거 여타의 그것보다 단연 품격을 지니고 있다고 할 것이다. 전자의 입장에 국한하자면 역사성에 충실한 역사소설로 이만한 것이 없다고 해도 결코 지나친 말이 아닐 것이다. 기존의 한 연구가도 전자의 측면을 부각하면서 호평한 바 있었다.

최인호의 「해신」은 객관적 사실에 근거한 장보고 소설을 통하여 현재적 의미를 찾으려는 작가의 강렬한 문제의식의 소산이다. 다양한 자료의 섭렵과 활용, 광범위한 현장 조사, 실존 인물을 위주로 한 플롯 구성은 이 소설에 생동감과 사실성을 더해준다. 그러나 작가의 현재적 의미 찾기는 장보고의 신격화와 정치적 복권에 그치고 말았다. 비록 그가 의도했던 장보고의 부활은 미완으로 끝나고 말았으나, 「해신」은 여타 장보고 소설에 비하여 '역사성'이 단연 뛰어난 작품이라 할 수 있다.[34]

그런데 최인호의 소설 「해신」에는 역사성만이 존재하는 것은 아니다. 탈(脫)역사성도 존재하고 있다. 이 소설의 문학적인 특성이 강조될 때 부

---

33 아세아해양사학회, 『장보고 대사의 활동과 그 시대에 관한 문화사적 연구』, 재단법인 해상왕장보고기념사업회, 2007, 563쪽.
34 권덕영, 「역사와 역사소설 그리고 사극」, 『역사와 현실』, 제60호, 2006. 6, 170쪽.

각될 수 있는 이 개념은 역사성과 반(反)역사성 중간 지점에 놓이고는 한다. 이 대목에서 거론한 이른바 탈역사(posthistoire)의 개념이 수면에 떠오르게 된 것은 포스트모더니즘의 등장과도 관계가 있는 것으로 여겨지고 있다. 아닌 게 아니라, 과거는 잔상이나 어렴풋한 기억만으로 존재하기 때문에 문학에서 역사성을 온전히 복원할 수 없다.

이제 포스트모더니스트의 주장이 굳이 아니라고 해도, 역사는 더 이상 진지한 것, 이념적으로 재무장된 것, 민족의 격분을 예술적으로 고양시키는 것이 될 수 없다. 최근의 TV사극, 사극 영화가 가상현실에 의빙하여 눈부신 볼거리로 재구성되어가고 있는 것을 목도할 때, 탈역사성은 기억에 대한 강박적인 몰두가 해체된 시대의 역사적 위기의 증상이 아닌가 생각된다.

사실은 탈역사의 징후가 역사의 위기라기보다 역사학의 위기로 말미암았다. 사극은 기술복제 시대의 역사를 대변한다. 지금의 많은 사람들은 페이퍼를 통해 역사를 향유하는 것이 아니라 시각적인 이미지의 사용 가치를 통해 역사를 향유하고 있다. 역사는 이제 과거의 원본이라는 아우라에 의존하는 실증주의자의 손으로부터 떠나버렸다. 팩션은 대중의 요구에 의해 형성된 시대적 산물인 것이다.

문학의 탈역사성이란, 문학에 있어서의 역사성에 관한 기존의 관점으로부터의 탈각을 의미한다.

역사가 김기봉이 역사가에게 사실이 목적이고 상상은 사실을 구성하는 수단이며 사극 작가에게는 역사적 사실이 수단이고 상상의 이미지가 바로 목적이 된다고 했듯이,[35] 오늘날 우리 문단에는 팩션형 역사소설이 범람하고 있는데, 이 현상 역시 우리 시대에 있어서의 문학의 탈역사성 징후가 아닌가 한다. 팩션이란, 1960년대 미국 언론계의 기사작성법에

---

35 김기봉, 『팩션시대, 영화와 역사를 중매하다』, 프로네시스, 2006, 67쪽, 참고.

서 유래된 개념이다. 최근 10년간 2000년대의 역사소설은 팩션형이 강세를 이룬 것이 사실이었다. 세계적인 베스트셀러 「다빈치 코드」로 촉발된 팩션 열풍은 국내에서도 인문학적 지식을 바탕으로 한 역사추리 서사물의 유행을 초래했다고 볼 수 있다.

최인호의 「해신」이 진일보한 측면이 있다면 형식적인 면이다. 실제적인 탐방기와 허구의 장치를 혼합하는 형식이라는 점에서 그것은 새롭고 흥미로운 형식을 도입하고 있다. 그것의 서술 구조는 틀(structure)과 결(texture)이라고 비유되는 두 개의 수레바퀴에 의해 움직여 나아가고 있다. 그것은 사실(史實) 고증의 틀과, 문학적 허구와 상상력의 결이라고 말해질 수 있는 것이다. 전자의 사례를 설명할 수 있는 한 인용문을 보자.

이로써 809년 동생인 제옹과 더불어 김언승이 선왕이었던 애장왕을 죽이고 왕위에 오른 이래로 연달아 세 명의 군왕이 시해당하고 신하가 왕위에 오르는 30년에 걸친 장미전쟁은 마침내 종지부를 찍게 되는 것이다.
장미전쟁.
권력을 쟁탈하기 위해 신하가 임금을 죽이고 형제가 골육을 상잔하는 이 비극적인 피의 전쟁은 일찍이 우리나라 역사상 볼 수 없었던 유일무이의 대참사였던 것이다. 이 참사에 대해 김부식은 사관으로 다음과 같이 논하고 있다.[36]

이 소설에서 말하는 장미전쟁은 야만적인 왕위쟁탈전의 대유법이다. 또 미화법이기도 하다. 장보고가 살던 시대는 정치적으로 매우 혼미한 상황이었다. 내전의 연속이었고, 권력투쟁의 소용돌이가 지속되었다. 장보고도 실병 동원 능력이 있었던 변방의 지도자였고, 쿠데타군으로 가

---

36 최인호, 『해신』제3권, 앞의 책, 115~116쪽.

담하여 왕군(王軍)과 싸워 이겨 새로운 왕을 옹립하는 데 결정적으로 기여한 인물이다. 이러한 정치적인 소용돌이 속에서 그는 암살된 역사의 비극적 인물이다.

"대왕마마, 신이 열 개의 손을 가졌다면 1백개의 손을 가진 자가 따로 있사오며, 신이 1천개의 손을 가졌다면 1만개의 손을 가진 자가 또 따로 있사옵니다."

"그가 누구냐."

흥덕대왕이 물어 말하였다. 대왕의 얼굴에는 미소가 사라지고 없었다.

"1만 개의 손을 가진 그것은 사람이 아니나이다."

장보고가 대답하였다.

"사람이 아니라면 신불(神佛)이란 말이냐."

"그렇사옵니다. 대왕마마."

(……)

"그러한 신불이 도대체 어디 있다는 말이냐."

정색을 한 얼굴로 흥덕대왕이 물어 말하였다. 그러자 장보고가 입을 열어 말하였다.

"그것은 바다(海)이나이다."

대왕마마 앞에서 정론을 펼치는 장보고의 당돌함에 모든 중신들은 몸 둘 바를 몰라하였다.[37]

신라 흥덕왕과 장보고 군신간의 대화 내용이다. 장보고가 바다의 중요성을 임금께 아뢰는 이 내용은 작가의 허구적인 상상력에 의해 재조직화되고, 재맥락화된 언술의 상황인 것. 말할 것도 없이 문학적인 결을 이루고 있다. 작가가 또 이 소설에서 공을 들인 것은 염문(염장)에 관한 잔

---

37 같은 책, 181~182쪽.

인하고 흉폭하고 교활한 악인의 형상화에 성공을 거두었다는 점이다. 장보고의 암살자인 그는 역사적인 실존 인물이다. 그러나 작가는 그에 대한 사료가 거의 없기 때문에, 상상력을 발휘함으로써 일쑤 생기를 불어넣고 있다. 이를테면 작가는 그를 무주(광주) 출신의 노예무역 종사자, 피리로 백제악을 연주하는 악공, 본디 천연두 역신을 쫓는 선신(善神)인 방상씨(方相氏) 가면을 쓰고 다니는 신분 위장술의 달인, 장보고의 정치적 라이벌인 김양의 하수인으로서 장보고의 급소에 일격을 가하는 역린자(逆鱗刺)의 자객 등으로 묘사하고 있다. 작가가 인물 형상의 과정에서 악인의 형상화에 생기를 불어넣었기 때문에, 이 소설의 문학적 허구와 상상력의 결이 돋보이게 된 것이 아닐까 한다.

그러면 최인호의 역사소설 「해신」이 일련의 장보고계 역사소설 가운데 두드러져 보이는 점을 살펴봄으로써 그 획기적인 성격과 의미를 밝혀볼 수 있다. 우리가 이 점을 각별히 주목하는 이유는 최인호의 「해신」에서 문학의, 내지 역사소설의 탈역사성의 징후를 발견할 수 있기 때문인 것이다.

첫째, 최인호의 역사소설 「해신」은 2002년 중앙일보에 연재하면서 KBS의 5부작 특집 다큐멘터리 작업을 병행하였고, 또 2004년 11월부터 이듬해 5월까지 동(同) 방송국에서 드라마로 제작되어 방영되기도 했다. 즉, 영상역사학과 제휴하면서 씌어진 (미디어 시대의) 역사소설이란 점에서 획기적이다.

역사는 본디 문서 기록(written records)에만 의존된 것이다. 언어 현상과 글쓰기는 인간의 반성적 사유를 촉발하게 한다는 점에서 역사의 서술은 성찰의 행위이다. 그런데 오늘날에는 역사를 서책을 통해서 수용하는 것 못지않게 역사를 접하는 수단으로 영화, 드라마, 다큐멘터리로 몰려드는 경향이 있다. 좀 성급하게 말한다면 영상역사학의 시대가 서서히 도래하고 있는 것이다. 한 전문적인 견해를 따오면 이러하다.

전통적인 역사학이 문자 기록에 근거하고 문자로 구현되는 역사물을 주된 창출 및 활용 대상으로 했다면, 영상역사학은 새롭게 '영상기록'과 '영상으로 구현되는 역사물'의 창출 및 활용을 탐구한다.[38]

영상역사학의 개념이 우리 시대에 화두가 된 것은 역사를 이해하고 인식하고자 하는 사람들이 많아짐으로써 대중화의 문제가 제기되고, 역사학에서의 미시사가 본격적으로 출현하게 되는 과정과 무관하지 않으리라고 생각된다.

역사와 미디어의 관계에 대해 부정적인 시각으로 보는 사람도 많다. 특히 오래 전의 로버트 V. 다니엘스의 경우도 그러했다. 그에게 있어서의 셰익스피어는 대중 매체인 극장을 이용한 최초의 인물로서의 사극의 작가였다. 그런데 사극은 청중의 수동성을 자극할 뿐 분석적 성찰의 기회를 제공하지 못한다. 더욱이 영화 사극이나 TV드라마 사극의 경우는 정도가 더 심하다. 관객과 시청자는 독서의 경우에 요구되는 보다 적극적인 노력을 기울이기보다 수동적으로 받아들이는 입장에 선다. 그들은 화면의 '직선적인 시간의 흐름(linear time-flow)'에 의존하게 됨으로써 주어진 메시지를 재검토하거나 반성해 볼 수 있는 기회를 전혀 갖지 못한다.[39]

그럼에도 불구하고 최인호의 「해신」에는 기존의 역사소설과 다른 그무엇이 있다. 그것은 기존의 독자뿐만 아니라 시청자들로부터 수용의 폭을 넓혔다는 데 있다. 이 점이야말로 획기성의 드러냄이자 탈역사성의 징후가 아닌가 한다.

둘째, 최인호의 역사소설 「해신」이 역사도 결국 허구로 귀결된다는 포

---

38 김기덕, 『영상역사학』, 생각의 나무, 2005, 37쪽.
39 로버트 V. 다니엘스, 앞의 책, 91~92쪽, 참고.

스트모던한 역사관과 상관성을 갖고 있다는 사실 역시 또 하나의 탈역사성의 징후이다. 폴 벤느(Paul Veyne)가 역사를 가리켜 진실을 추구하는 허구라고 했듯이, 포스트모던한 시대의 역사관은 가능한 한 역사와 문학의 간극을 좁히려고 한다. 문학의 역사성 못지않게 '역사의 문학성'[40]도 최근에 많이 제기되었다. 양자의 거리가 좁혀질수록 탈역사성의 징후가 분명해진다. 물론 그 간극의 좁힘을 부정적으로 보는 역사학자들이 그렇지 않는 쪽보다 훨씬 많으리라고 짐작된다.

> 사료비판을 거친 무미건조하지만 진실한 역사와, 문학적 상상력에 근거한 흥미진진하지만 허구적인 역사 사이에는 결코 메워지지 않고 영원히 메워질 수도 없는 간극이 존재한다.[41]

「해신」에 역사 탐방기의 형식을 도입한 것은 역사소설에서 이제까지 경험할 수 없었던 문학적인 의장(意匠)이라고 할 수 있다. 이 의장은 N. 프라이가 말한 해부(Anatomy)를 연상케 한다. 「해신」의 역사 탐방기 서술 형식은 허구와 리포트를 혼합한 독특한 방식의 서사 양식이다. 그 만큼 문학의 역사성으로써 역사의 문학성에 근접했다는 뜻이 될 것이다.

셋째, 최인호의 역사소설 「해신」은 작가의 주관적 감정이 소설 본문 속으로 무시로 드나들고 있다. 역사의 탐구 정신이 개인의 의견, 가치관, 상상력이 작용하는 주관적인 측면이 정당성을 지님으로써 생기를 얻는다,[42] 라고 할 때, 이 소설 역시 여기에 해당된다고 하겠다. 작가 개입은

---

40 역사의 문학성은 헤이든 화이트(Hayden White)의 '탈역사학'화와 관련이 있는 개념이 되기도 한다. 그는 역사 서술의 언어구성력과 역사의 문학성에 관심의 초점을 집중하였다. 그에 의하면 역사서술은 이야기체를 통해 언어의 영향을 받는다고 했다. 소설가와 마찬가지로 역사가는 플롯 구성을 통해 역사를 구성한다고 보는 것이 그의 생각이다. (안병직 외 지음,『오늘의 역사학』, 한겨레신문사, 1998, 229~239쪽, 참고.)
41 최성철,「역사이론의 앵글에 잡힌 역사 소설」,『한국사 시민강좌』, 제41집, 2007, 270쪽.
42 로버트 V. 다니엘스, 앞의 책, 17쪽, 참고.

대미를 장식하고 있는 본문 내용에서도 다음과 같이 드러나고 있다.

> 나는 문득 사당 앞에서 주었던 동백꽃잎을 떠올렸다. 그래서 주머니를 뒤져 꽃잎을 꺼내 한 잎 두 잎 바닷물에 던져 넣었다. 어지러이 눈발이 내리는 푸른 바닷물 속으로 장보고의 넋을 상징하듯 꽃잎은 너울너울 춤을 추며 멀어져가고 있었다. (……) 장보고여. 이제 잘 가시오. 그대의 원통함이 하늘처럼 크다 하여도 다시도 다시도 아까워하지 말고 목 놓아 울듯 붉은 핏꽃으로 피어나소서. 농백꽃으로 붉게 피어나소서.[43]

세 권의 소설 본문을 통해 감상적인 필치가 거의 보이지 않았던 작가의 주관적 감정은 이처럼 감상적인 필치로 완결된다. 역사소설에서 주관적인 작가 개입의 양상은 최인호의 경우에만 국한되지 않는다. 그의 후배 소설가들도 해당된다. 역사소설의 주관적이고도 내성적인 경향은 최근 역사소설의 새로운 트렌드처럼 느껴진다. 김훈, 김별아, 이정명, 권지예 등의 역사소설 등에서 두드러지게 나타나는 현상이 바로 내성성이다. 이들의 작가는 주인공의 내면에 작가 자신의 그림자를 과도하게 투사한다. 이 과도함 때문에 비판이 되기도 한다. 서지문의 김훈 비판이 그 한 예이다.

> 많은 독자들에게 비장미로 어필했던 장기 베스트셀러 「칼의 노래」에서 작가 김훈은 이순신의 내면에 자신을 과도하게 투사(投射)했다. 그래서 이 작품은 문장이 유려하고 주인공의 비애와 허무가 너무 애절해서 가슴을 저미지만, 작가 자신의 감성과 감정이 주인공 위에 막(幕)처럼 덧씌워 있어서, 어딘지 비릿하고 개운치 않다. 그리고 교묘한 왜곡도 없지 않다.[44]

---

43 최인호, 앞의 책, 제3권, 199~200쪽.
44 서지문, 「역사의 사실과 문학의 진실」, 『한국사 시민강좌』, 앞의 책, 246~247쪽.

이 인용문은 역사소설에서 주인공의 내면에 작가 자신의 과도한 투사를 비판한 것이다. 그러나 이러한 투사 현상도 하나의 시대적인 현상으로 받아들이지 않으면 안 된다. 역사소설의 탈역사적인 징후는 이처럼 역사성과 반(反)역사성 사이의 팽팽한 긴장 관계 속에서 싹을 틔우는 것일 게다.

5. 마무리 : 몇 가지 남는 얘깃거리

이 글은 장보고 관련 역사소설을 분석과 성찰의 대상으로 삼아서 그들이 한 시대의 역사 인물을 오늘날 삶의 지평 속에서 어떻게 형상화하고 재구성했느냐, 또한 그들이 텍스트의 담론을 생성하고 텍스트 상호간에 대한 비평적인 의미망을 연결시키고 있었느냐 하는 점을 고찰한 것이다. 그러기 위해서 좀 더 섬세한 통찰 속에서 역사문학의 이론적 근거를 밝히기 위해 문학의 역사성, 문학의 반(反)역사성, 문학의 탈(脫)역사성으로 개념을 세분화하였다.

장보고계 역사소설의 선편을 휘두른 정한숙의 「바다의 왕자(王者)―장보고」는 역사소설의 고전적 형식에 충실한 경우라고 할 수 있다. 이 소설은 장보고 · 정년 · 염장 등의 사실적 인물군이 역사성의 바탕을 이루고 있다면, 연옥 · 봉화 · 영권 · 광한 등의 허구적 인물군이 문학성을 다채롭고 풍요롭게 하는 기능을 수행하고 있다. 이 소설에서 연옥이라는 여인의 소설적 위치는 작중의 장보고와 어깨를 겨룰 만큼 큰 역할을 맡고 있다. 좀 더 역할이 강조되어 거의 주인공의 위상에 오른다면 게오르그 루카치의 말처럼 '중도적 인물'의 유형에 포함된다고 할 수 있다. 이 개념은 역사소설의 인물유형론에서 고전적인 개념으로 사용될 만큼 중요하고도 잘 알려진 것이다.

장보고계 역사소설은 글자 그대로 역사소설이기 때문에 역사성를 띠지 않을 수 없다. 그러나 상대적인 비교가 되겠지만 개중에는 역사성의 반대 방향으로 흘러가는 것도 없지 않다. 작가의 역사의식이 빈곤하거나 역사의 고증이 부실한 경우가 때로 반(反)역사성을 띠고 있다고 할 것이다. 유현종의 「해왕(海王)」와 이중원의 역사소설 「장보고」의 경우가 그러하다.

　최인호의 「해신」이 진일보한 측면이 있다면 형식적인 면이다. 실제적인 탐방기와 허구의 장치를 혼합하는 형식이라는 점에서 그것은 새롭고 흥미로운 형식을 도입하고 있다. 그것의 서술 구조는 틀(structure)과 결(texture)이라고 비유되는 두 개의 수레바퀴에 의해 움직여 나아가고 있다. 그것은 사실(史實) 고증의 틀과, 문학적 허구와 상상력의 결이라고 말해질 수 있다. 최인호의 역사소설 「해신」이 일련의 장보고계 역사소설 가운데 두드러져 보이는 점을 살펴볼 때 그 획기적인 성격과 의미를 밝혀볼 수 있거니와, 우리가 이 점을 각별히 주목하는 이유는 최인호의 「해신」에서 문학의, 내지 역사소설의 탈역사성의 징후를 발견할 수 있기 때문이다.

　제갈공명과 이순신은 늘 승리를 이끌어냈지만 개인적으로는 불행했다. 개선장군이 되지 못했다는 점에서 개인적으로는 승자라기보다 패자였다. 전자는 삼국 통일의 여망을 이루지 못했고, 후자는 일본군의 비겁한 패주로 인해 완벽한 승리를 맛보지 못했다. 역사가 승자의 기록이라면, 역사소설은 패자에 대한 아낌없는 공감의 재구성이다.

　이 대목에서 우리는 '시적 정의(poetic justice)'에 대한 통찰을 멈출 수 없다.

　시적 정의는 착하고 의로운 사람이 세속적인 힘의 승리보다 정신적인 결과에 의해 보상됨을 뜻한다. 악에 의해 선이 현실적으로 패배했다고 해도 결국 정의는 선의 편에 서서 보상한다. 그 보상은 후세의 사람들이거나 문학의 독자, 영화의 관객들이다. 다시 말해 시적 정의는 비극적 상황 속의 초비극성이다. 이순신의 「난중일기」와 김구의 「백범일지」는 시적 정의에 관한 대표적인 사례이다. 어쨌든 역사소설의 작가가 패자에 대한 아낌없는 공감을 재구성하려고 한다는 사실은 흑백논리, 선악이분법 등의 통속적인 정의관을 넘어서고자 한다는 점을 의미한다.

오늘날 역사소설에 개인적으로 불행하고 비극적이라는 점에서 역사의 패자로도 분류될 수 있는 이순신, 장보고, 김구, 논개 등이 부각되고 있는 까닭도 여기에 있다. 앞으로 장보고계 역사소설은 장보고에의 비극적인 통찰을 통해 미래지향적인 역사의 현재성을 이끌어내는 사례가 많으리라고 전망된다. 또한 앞으로 반역사성을 띠고 나타날 「태왕사신기」 유의 판타지물(物) 읽을거리가 범람하리라는 우려도 있다. 그렇다면 역사에의 고찰과 성찰은 슬몃 사라지고 게임을 즐기는 듯한 착각 속의 말초적인 흥미만이 남게 되리라고 예상된다. 이때 시적 정의관은 엷어지고 할리우드적인 응징형 정의관만 남게 될 것이다.

혜초의 길, 끊기고 이어지는 끊임없는 길

1. 옛 동아시아 세계권 속의 혜초

나는 한 학회가 주관한 국제 세미나에 발표자로 참여한 적이 있었다. 내가 발표한 내용의 제목은 「한국 고대 시가의 대외관련성」이었다. 통일신라시대의 우리나라 한시가 중국문학과 어떠한 관련성을 맺고 있으며, 일본의 만엽집가(萬葉集歌)에 나타난 신라 관련 내용들이 어떠한 의미를 내포하고 있는지에 관해 나의 의견을 개진한 것이었다. 내가 이 내용을 발표하게 된 데는, 이른바 니시지마 사다오(西嶋定生)의 '동아시아세계론'에서 받은 자극과 무관하지가 않다. 책봉 체제에 바탕을 둔 동아시아 공동체 및 그 문화권이 어떻게 형성되었는가 하는 가설을 가리키는 니시지마 사다오의 이론은 고대 동아시아를 구성하는 문화 요소의 공동 지표로서 한자문화, 유교, 율령제(律令制), 불교를 전제로 삼고 있다. 그런데 우리나라에도 번역된 바 있는 니시지마 사다오의 저서 『일본의 고대사 인식 : '동아시아세계론'과 일본』에서는 어찌된 연유인지 잘 모르겠으나 불교에 관해선 거의 언급되어 있지 않고 있다.

고대동아시아 불교권에는 7, 8세기에 걸쳐 격렬한 사상적인 논쟁이 있었다. 한마디로 말하자면 공(空)과 유(有)의 대립이라고 할 수 있다. 이를 두고 중관(中觀)과 유식(唯識)의 대립이라고 말할 수 있겠는데, 현대 철학의 개념으로 굳이 바라보자면 본체론과 현상론의 대립이라고도 할 수 있겠다. (이에 관해선 글의 성격상 더 이상의 논의가 필요하지 않을 것 같다.)

이 논쟁적인 맥락 속에 가담한 당대의 고승들의 면면을 보면 이것이 얼마나 국제적인 성격을 띠고 있었는가를 짐작할 수 있다. 인도 승려 호법(護法, Dharmapala)의 학설을 연원으로 삼아 현장(玄奘)의 법통을 계승한 규기(窺基)가 법상종을 일으켜 세우자 일본의 선주(善珠)가 이를 계승한다. 여기에 신라승 원측(圓測)도 논쟁의 중심부에 서게 된다. 원측은 중국 교계로부터 이단으로 배척되지만 그의 불교 사상은 신라 본국으로 전해진다. 또한 그의 제자인 담광(曇曠)이 원측의 저술을 가지고 장안을 떠나서 돈황에 전파한다.

혜초는 동아시아 불교권의 그와 같은 논쟁적인 분위기 속에서 신라에서 중국으로 건너갔고 또 중국에서 인도로 순례하여 되돌아왔다. 그의 불교적인 사상이 어느 지점에 내포되어 있는지에 관해서는 앞으로 전문적인 식견을 갖춘 연구자들에 의해 탐구되어야 할 것이다. 또한 그의 『왕오천축국전』이 문학사적으로 어느 정도의 국제적인 위상에 포함되는지에 관해서도 규명되어야 할 것이다.

그의 저술에 실려 있는 다섯 편의 서정시는 불가의 승려답지 않게 매우 주정적(主情的)이며 수사적인 세련미가 내포되어 있지만, 혜초에 대한 문학사적 평가가 유보되어 있다. 그의 서정시의 성격은 한자문화 · 유교 · 율령제가 미치지 않는 서역문화권으로까지 확장되어 더 광역화된 세계성을 확보하고 있다는 데 그 나름의 의의를 지니고 있다고 할 것이다.

고향에선 주인 없는 등불만 반짝이리
이국 땅 보배로운 나무 꺾이었는데

그대의 영혼 어디로 갔는가

옥 같은 모습 이미 재가 되었거늘

생각커니 서러운 정 애끓고

그대 소망 이루지 못함을 슬퍼하노라

누가 알리오, 고향 가는 길

흰구름만 부질없이 바라보는 마음

— 고운기 옮김, 「슬픈 죽음(便題四韻以悲冥路)」 전문

시인이면서 고전문학 연구가인 고운기가 번역한 혜초의 서정시 한 편이다. 여느 사람의 번역보다 문학성이 돋보인다. 위의 인용시에서 엿볼 수 있듯이, 혜초는 길 위에서 무수한 주검을 보았다. 비단길은 때로는 저승길. 구도자와 상인과 말 등이 백골로 나뒹굴고 있었다. 그는 옷깃을 여미며 길에서 죽은 이의 명복을 빌면서 영혼을 위로했을 것이다. 그는 죽음을 각오하면서 자신의 육신을 길 위에 내던졌을 터. 그에겐 이미 삶과 죽음의 경계가 따로 없었던 것이다. 그럼에도 불구하고 그의 서정시에는 길 위의 죽음을 가리켜 슬픔이라는 세속사의 정서를 비추고 있었다. 그에게 있어서 시적인 것이란 인간적인 것에 다를 바 없었을 것이다.

혜초의 서정시 다섯 편이 주옥같은 작품이라고 말하는 이 적지 않다. 『전당서(全唐書)』에 실린 최치원의 한시와 더불어, 당대의 우리 문학의 대외관련성을 밝혀주는 지표가 될 듯하다. 이런 점에서 혜초의 서정시 다섯 편은 비평적으로 관심의 대상이 되리라고 전망된다.

2. 길 위에서 길의 성자를 그리다

시인 이승하는 혜초를 소재로 한 시를 많이 써 왔다. 이제 시집 한 권

분량의 작품이 모였다. 근래에 소설가 김탁환이 이미 팩션적인 성격의 역사소설 『혜초』를 간행한 바 있었듯이, 혜초에 관한 연작시 61편을 묶은 이승하의 시집 『천상의 바람, 지상의 길』이 이제 상재되기에 이르렀다. 그가 혜초에 관해 관심을 갖게 된 시점은 10년 전의 일이었다. 서기 2000년, 그는 문인들로 구성된 비단길 여행단과 함께한 적이 있었다. 그때의 기행 체험이 이제 문학적 형상화의 마무리 단계에 접어들게 되었다. 시인의 체험이 녹아들어 한 권의 시집으로 상재되기까지 꼭 10년의 세월이 흘러갔던 것이다.

이 시집은 중층적인 구조를 가지고 있다.

천년 남짓한 역사 속의 인물인 혜초와 시인 이승하의 관계, 승려 혜초의 구법 순례와 시인 이승하의 기행 체험, 과거의 객관적 사실(史實)과 역사적 현재성, 불교적인 것과 문학적인 것, 이중의 화자와 화법 등에 있어서 말이다. 연작시의 첫머리에 해당하는 시「고원에 바람 불다」일부를 먼저 보자.

통일했다고 천하 얻은 것이 아닌데
고기맛보다 지독한 사치와 향락
목탁 두드리면 배 채울 수 있는 나라
무엇을 바라 머리 깎았단 말인가
갖고 싶은 것이 없어 바닷길 저 너머
부처의 나라에 가보기로 했다네
불법(佛法) 일어난 까마득한 나라로

—「고원에 바람 불다」 부분

이 인용 부분을 보면 구법승 혜초의 구법 동기가 잘 나타나 있다. 물론 이것은 사실에 근거하는 얘깃거리이기보다는 시인의 상상력에 의한 삽화이다. 고은 역시 혜초가 살던 시대의 국내 상황을 두고, "신라는 통일 이후 이제까지의 신라가 아니었다. 그 현묘한 패기와 우렁찬 영웅주의 따위가 가라앉았고 화랑 사회가 전락한다. 승전국으로서의 사치와 향락이 쇠퇴기로 다다랐다."라고 말한 적이 있었다.[1] 통일신라가 통일 이전의 정신, 이를테면 절제, 금욕, 검약, 상무(尙武), 초인적인 참을성 등이 사라졌다고 시인은 보고 있다. 이것은 물론 시인이 살아가고 있는 후기 산업사회의 물신적 징후와 비슷하다. 따라서 중국과 서역과 인도로 떠난 혜초의 구법 동기는 역사적 현재성—교훈, 효용성, 문제의식이라고 해도 좋을—과 관련성을 맺고 있는 게 사실이다.

혜초는 신비에 싸인 인물이다. 우리 역사에 그에 관한 기록은 전혀 없다. 그렇기 때문에 문학적 상상력이 풍부하게 작용될 수 있는 캐릭터이다. 시인은 역사적 현재성의 문제와 무관하게 자신의 체험과 관련하여 문학적 상상력의 날개를 활짝 펼친다. 노숙인 혜초에게서 있을 수 있는 '동굴의 여인' 모티프이다. 그가 길을 가다가 동굴 속에서 수면을 취하려고 한다. 이때 낯선 여인이 유혹한다. 충분히 있음직한 얘기이다. 이 얘깃거리를 시인은 자신의 소년기 체험에 대비시킨다.

> 내 어린 날의 김천시 아랫장터
> 미친 여인 하나가
> 머리 산발한 채 춤추고 있다
> 웃으며, 연신 웃으며 손짓한다
> 나와 하룻밤 같이 자자고
> 여인의 교성에 진저리를 치며 깨면
> 축축하게 젖어 있는 등판

---

1 고은, 『신왕오천축국전』, 동아출판사, 1993, 54쪽, 참고.

내 신심은 아직도 어두운 들판이다

―「순례자의 꿈」부분

이 인용시는 연작시의 세 번째 순서에 해당하는 「순례자의 꿈」부분에
해당한다. 이것은 시인 이승하가 혜초의 삶에 동화되어가고 있는 과정
을 잘 보여주고 있다. 이를 두고 정신분석학에선 공감, 즉 감정이입을 거
친 객관적인 동화의 상태라고 흔히 말해지기도 하는바, 그가 혜초의 삶
에 동화되어가는 과정이 무척 흥미롭다. 그가 초등학교 소년 시절에 자
신의 고향 김천시 아랫장터에서 조우한 어느 광녀(狂女)와 얽힌 체험은
각별하게도 강렬한 감정 상태를 유발시킨다.[2]

그것은 희열, 분노, 황홀, 경악, 증오 등과 같은 것. 그것은 한 개인에게
신체적 혹은 생리적 현상을 수반하는 복합적인 것으로서 자율신경계의
반응에도 영향을 준다. 정신분석학에서는 강한 감정은 성이나 적의와
같은 본능의 욕구와 결부되는 긴장 상태를 의미하고 있다. 앞서 말한 소
위 공감이란 타인에 대한 느낌과 생각이 지닌 의미에 객관적으로 인식
하는 것을 가리킨다. 시인 이승하가 체험한 광녀와의 조우는 일종의 공
포 체험이자 거세 체험이다. 그는 혜초도 그랬으리라고 본다. 그러한 체
험 없이 어떻게 그가 생사의 경계를 초월한 길 떠나기를 결단하고 또 감
행할 수 있었을까 하고 본다는 것이다. 자기 자신이 다른 사람에게 투사
함으로써 그 사람의 삶과 사람됨을 인식하고 통찰하게 되는 것을 두고
정신분석학에선 '공감적인 이해(empathic understanding)'라고 한다. 이런 점
에서 이승하와 혜초의 관계는 공감을 통한 이해의 관계라고 볼 수 있을

---

2 이승하의 광녀 체험은 앞으로도 그의 시에 영향을 미치리라고 보인다. 이때 광녀의 정체는 정
  신분석학에서 이른바 '거세형 여인(castrating woman)'이라고 한다. 이승하의 경우뿐만 아니라
  많은 문인들에게 있어서 하나의 가설로 적용될 수 있을 것이다. 이상의 소설에 반영된 금홍의
  이미지 등으로부터 말이다.

것 같다.

오천축국 가서 보고 알았겠지
부처는 길에서 태어나 길에서 깨닫고
길에서 죽었다는 것을
부처에게 길은 집이고 도량이고
병원 영안실이었다는 것을

행려병자들의 집은 길이다
거리의 천사들의 집은 길이다
노숙자들의 집은 지하철역이나 공원이고

(⋯⋯)

길의 성자 혜초여
길은 그대에게도 집이었고
부처에게도 집이었으리

—「길에서 태어나 길에서 죽는다」 부분

  시인은 혜초를 '길의 성자'라고 이름하고 있다. 혜초의 생애는 모두 길에서 이루어졌고 마침내 길에서 완성되었다. 혜초는 구법승 이전에 구도자이다. 구도자란, 글자 그대로 길을 (추)구하는 자가 아닌가. 그는 평생토록 길을 구하는 자였고, 그 중에서도 구법승으로서 중국에서 인도의 여러 나라를 순례하기 위해 실제로 길 위에 오랜 세월을 보냈다. 그가 중국에서 출발하여 인도를 거쳐 다시 중국으로 돌아오는 긴 여정의 체험을 불멸의 기록으로 남긴 것은 그 자신의 존재 이유를 역사 속에 밝힌 큰 사건이 되었던 것. 석가모니 부처가 길의 성자로서 자신의 전생애를 이미 밝힌 바 있었다. 혜초에게 있어서의 그는 삶과 실천의 이상적인 모델이었던 것. 혜초에게 있어서의 길은 일종의 화두다.

오늘날 우리 시대의 버림 받은 존재들, 즉 행려병자, 거리의 천사, 노숙자 등은 길가에 버려져 있다. 이들에게도 말할 것도 없이 불성(佛性)이 있다. 만약 혜초가 이 시대에 살았더라면 그의 구법(求法) 행위는 이 버림 받은 군상을 위해 자비를 베푸는 실천의 모습으로 드러날지도 모를 일이다. 간디나 데레사 수녀의 경우와 같이, 사회적인 약자들에게 구원의 등불을 비추며 길을 인도하는 사람이 있다면 이들은 우리 시대의 혜초다. 시인은 이처럼 혜초를 적극적으로 재해석하고 있다.

길이 지워지고 없다
포성이 멈추지 않는 땅
반군들의 본거지 혹은 외인의 주둔지
혜초가 봤을 때도 그랬을 텐데 남아 있는 건물이 몇 없다

(……)

대식국 병사에게 칼 맞은 이들
이스라엘의 로켓포 맞은 이들
얼마나 많이 아팠으면
저렇게 몸부림을 치다
사시나무 떨 듯이 떨다
장작처럼 굳어버리나

시간은 길을 바꾸고

길의 이름도 바꾼다

길이 사라지니

하늘이 보이지 않는다

숲이 사라지니

마을이 보이지 않는다

―「길이 지워지다」 부분

　이승하 시인의 혜초관은 오늘날의 사정과 맥락으로 변주되고 있는 데 매력이 있다고 하겠다. 그는 혜초를 과거의 역사적 인격으로 미화하는 데 급급한 게 아니라 그로 하여금 현재적 상황과의 텍스트 상호 관계성을 맺어 가게 한다는 뚜렷한 특장을 보여주고 있다.

　혜초의 『왕오천축국전』에 대식국은 오늘날 아랍 제국(諸國)에 해당한다. 당시에 인도는 아랍 문명권으로부터 정치적인 박해와 군사적인 시련을 당하고 있었다. 그는 인도의 한 작은 나라가 대식국으로부터 진압을 당하고 이 나라의 왕은 동쪽으로 한 달 걸어갈 거리에 있는 박특산(薄特山)으로 달아나 겨우 목숨을 이어가고 있음을 증언하고 있다. (혜초는 남천축을 둘러보고 서쪽으로 향했다. 마침 아랍군이 크게 침입해 왔을 때였다. 혜초가 서천축국에서 대식국인 사라센이 침입하고 있음을 언급한 것은 당연한 일이다.) 이제나 그제나 사람이 사는 곳엔 늘 분쟁이나 전쟁이 있기 마련이다. 반군들의 본거지나 외인의 주둔지는 혜초의 시대도 있었다. 이 시대에 남의 땅에서 강력한 지배권을 행사하던 대식국이 이제는 외부의 압력으로부터 시달리고 있다. 물론 이스라엘의 로켓포로 대유되는 구미(歐美)의 힘인 것이다.

　테러리즘, 전쟁, 문명의 충돌 등은 길을 지운다.

　길이 사라진다는 사실은 인간이 인간답게 살아갈 수 있는 터전이 상실되어간다는 것을 의미하는 것이다. 길을 가로막는다거나, 길이 끊긴다거나, 빠져나갈 길이 보이지 않는다거나 하는 것은 아무래도 비인간적이요 반(反)인문적인 상황을 암시하는 말이 된다.

길은 반분(半分)을 의미한다.

반으로 나눈다는 것은 무엇을 가리키는 것인가. 길은 사람들로 하여금 고통을 분담하게 하고, 희망을 공유하게 하고, 사랑을 나누게 한다.

우리가 흔히 사용하고 있는 관용적인 표현이 있다. 예컨대, 길 떠날 때 눈썹도 빼어놓고 가라, 길이 열린다, 길이 아니면 가지 말라 등이 그것이다. 이러한 유의 표현들은 우리에게 매우 익숙하게 들린다. '길 떠날 때 눈썹도 빼어놓고 가라.'에서의 길은 교통수단으로서의 길이요, '길이 열린다'에서의 길은 방도를 나타내는 길이요, '길이 아니면 가지 말라'에서의 길은 행위 규범으로서의 길이다. 이 중에서 특히 행위 규범으로서의 길은 고대로부터 오늘날에 이르기까지 기독교와 불교 등의 종교와, 유교와 도교 등에 있어서의 사상에서 하나의 언어 상징으로서 큰 힘을 가지고 있었다. 길의 상징 언어에는 진리, 생명, 가르침, 믿음 등을 내포하고 있었다.

시인 이승하에게 있어서의 '길의 성자'인 혜초는 오늘날에 평화주의자의 표상으로 거듭 그려지게 된다. 무수한 인간에게 아무런 이름을 갖지 않는 길, 또 아무런 흔적을 남기지 않는 길. 길의 진정한 의미는 헤르만 슈라이버(Hermann Schreiber)의 말마따나 텅 비어 있으면서 뭔가 약속을 내포하는 데 있지 않을까. 길 위의 평화주의자 혜초 자신에게 길이 고난과 소외와 방황이지만, 그 길이 인간에게는 약속과 믿음과 진리를 전해주는 것이기도 하다.

또 한 나라가 서고 지도자가 바뀌었으나
길은 여전히 길로 있구나
나를 알려면 오라고, 걸어오라고

길은 내게 말없이 얘기하고
잠자리 마련해주며 돈은 받지 않는다

이 높은 산에도 길이 있구나
이 넓은 평원에도 길이 있구나
비바람이 지운 길 걸음 옮기면 다시 나타나고
눈보라가 지운 길 눈 녹으면 다시 나타난다
홍수가 지운 길도 세월 흐르니
다시 생겨난다, 태어난다

인간의 역사 시작된 이래
얼마나 많은 길이 죽었으며
얼마나 많은 길이 부활했으랴
길로 나서면 길이 보이고
길이 죽으면 사람들이 모여
길을 살린다, 살려낸다

—「부활하는 길」 전문

주지하듯이 길은 인간의 생활이요 역사요 문명이다. 길이 새로 열리면
생활과 역사와 문명이 새로 열린다. 길이 지워지거나 사라지거나 죽으
면 사람들은 모여서 길을 살려내려고 노력한다.

인간과 세계의 역사 가운데 가장 잘 알려진 길이 있다. 동서 문명의
소통과 문물 교류를 가능케 한 비단길과, 로마 제국의 세계화를 이루어
낸 아피아 가도(街道)가 그것이다. 이 길은 '모든 길은 로마로 통한다.'라
고 하는 그 길의 어머니가 되는 셈이다. 사실은 만리장성도 일종의 길이
라고 할 수 있다. 기다랗게 뻗어 있는 방벽로(防壁路)도 길이다. 초원과

사막과 바다에도 보이지 않는 무수한 길이 놓여 있다. 이처럼 인간의 역사는 길로 시작되고 길로 뻗어 나아가고 길이 끊기고 길을 부활하는 과정을 무수히 반복하는 과정이라고 할 수 있다.

혜초의 길 역시 지워지고, 이어지고, 사멸하고, 부활하기를 되풀이하는 과정을 겪었을 것이다. 끊기면서도 끊임없는 길의 모순율은 불교의 진공묘유(眞空妙有)와 같은 것이 아닐까? 차 있는 것이 비어 있는 것이요, 비어 있는 것이 차 있는 것이다. 불교에서 모든 존재의 상(相)은 인연 따라 윤회하고, 전생한다. 상(相)은 상상(相想)이 아니요, 또 상상이 아닌 것도 아니다. 『금강경』에서 말하는바 저 알쏭달쏭한 말, 상비상상(想非相想)이요, 비무상상(非無相想)인 것이다.

3. 길 위의 다른 세상 그리워하다

이승하 시인이 비단길의 기행 체험을 통해 혜초를 생각해 내었고 또 그를 통해 길의 의미와 성찰과 화두를 이끌어냈다. 혜초에 관한 연작시를 쓴 그의 주제의식은 짐작컨대 제37편인 「길에 부는 바람」에 잘 형상화되어 있는 것이 아닌가 여겨진다.

> 길은 언제나 길로 이어지고
> 마을은 언제나 마을로 이어진다
> 내 언젠가는 너로 이어지고
> 우리는 끝내 너희로 이어지리
> 다들 그렇게 살아온 나날
>
> 바람아 더 따뜻하게 불어라

씨앗들이 봄을 예감하고 있을 때

봉오리들이 봄비를 예감하고 있을 때

생명은 또 다른 생명으로 수렴되고

자기 닮은 생명을 길에 부려놓기도 하지

(……)

생명은 언제나 생명으로 이어지고

바람은 언제나 바람으로 이어진다

―「길에 부는 바람」 부분

물론 바람의 문학적 원형 심상은 생명, 정령(精靈), 혼(魂)의 환기 등을 가리킨다. 실제로 혜초가 "거센 바람 불어와도 개의치 않노라(非意業風飄)."라는 자신의 시구를 남긴 바 있었거니와, 그는 길의 성자인 동시에 바람의 순례자였던 것이다. 시인 이승하에게 있어서의 혜초상은 오늘날 평화주의자의 표상이다. 그는 혜초를 통해 생명에의 존엄과 외경, 화평과 대동(大同)의 여린 세상을 동경하고 있는 듯하다.

신라의 고승 중에서 원효는 승속여일(僧俗如一)을 화두로 삼았고, 의상은 화엄(華嚴)을 화두로 삼았다. 그렇다면 혜초는? 그는 길을 화두로 삼았다. 육로든 해로든 길은 국제성을 상징한다.[3] 그는 국제적인 의미의 실천주의자였던 것이다.

불교는 그 동안 한국 시인들이 즐겨 다루어온 시적 제재였다. 이승하의 혜초 연작시도 불교적인 것의 인간 탐구의 큰 줄거리 속에 그 스스로

---

3 사학자 고병익은 혜초의 여행 기록문이 동서 교통로의 하나인 돈황에서, 서양인에 의해 발견되어, 중국인과 일본인에 의해 인물과 생애가 밝혀졌다는 것 자체가 혜초의 국제성을 말하는 것이라고 했다. (고병익, 『혜초의 길따라』, 동아출판사, 1984, 43쪽, 참고.)

참여하는 일이 될 것 같다. 우리나라의 근대 서정시가 퇴행적인 감상주의에 빠지지 않고 제 나름의 시적 사유의 깊이를 확보한 것도 불교적인 것의 인간 탐구, 대승적인 불교적인 삶의 실천에 있는 것이라고 말할 수 있다.

하늘 아래 영원한 것 없더라도
그대 꿈꾼 것은 영원이 아니었던가
영원히 이어갈 부처의 말씀
영원히 이어갈 길들의 종교

―「다시 길 떠나는 그대」 부분

이 지상에 영원한 것은 없다. 모든 것은 무상하다. 혜초의 꿈이 과연 영원이었을까? 만약 그렇다면 그의 의도는 불교의 이름으로 인간을 자연화하려는 것은 아니었을까? 현실로 일컬어진 이 고통의 바다에서 이룰 수 없는 그의 꿈이 도대체 무엇이었을까? 인간이 인간답게 살 수 있는 터전을 마련해야 한다는 꿈을, 혜초와 이승하가 서로 공감하면서, 길에서 깨우치거나 깨닫거나 하지 않았을까?

우리 시대의 문학으로 읽는 김만중

1. 문제의 제기 : 왜 김만중인가

리오 로웬달이 『문학과 인간상』이란 저서에서 이렇게 말했다. 한 작가의 위대성은 인간 조건에 대한 그의 통찰력의 깊이로 결정된다고.[1] 인간과 인간성과 인간의 조건에 대한 깊이 있는 통찰력이 위대한 작가를 만든다는 명제야말로 이의가 있을 리 없겠지만, 우리 문학사에 한정하여 그 위대한 작가성을 지닌 이를 가늠해보자면 17세기의 작가 김만중만한 인물도 없을 성싶다.

김만중은 복잡한 정치적 상황 속에서 살았던 사람이었다. 동시대의 군주는 그를 가리켜 국가의 대사에 목숨을 걸 인물이 아닌 편협한 파당적인 존재로서 사소한 일에 목숨을 걸 사람에 지나지 않는다고 낮게 평가하기도 하였다. 국가의 대사에 목숨을 초개처럼 버렸던 이의 유복자로 태어난 그는 그의 아버지에 비해 왕의 여인들 문제에 깊숙이 개입함으로써 그의 정치적 입지를 스스로 한정함으로써 자기 몰락의 길을 자초

---

1 리오 로웬달, 유종호 역, 『문학과 인간상』, 이화여대 출판부, 1984, 13쪽.

한 것인지도 모른다.

그러나 한 작가가 그의 시대에 어떠한 문제의식을 보여주느냐에 따라 작가로서의 진지성, 꿈, 열정이 담보될 수밖에 없는 것. 김만중이 동시대의 정치적인 문제에 대한 파당적인 견해를 표명한 것은 사실이지만, 그는 이 문제를 해결하기 위한 세속적인 자기 결정의 한계를 넘어서 인간에 대한 근원적인 욕망과 억제의 문제의식을 깊이 있게 제시하고 또 이와 관련된 물음에 대한 문학적인 해석의 가능성과 전망을 남겨 놓는다.

김만중은 어쩌면 카프카, 사르트르, 솔제니친 등의 20세기 작가들보다 주체와 상황의 관계 개념을 좀 더 근원적이고 한층 물질적으로 통찰할 수 있었던 문제적인 의미의 작가가 아닐까 한다. 현존의 모든 질서는 불교의 공(空) 사상에 의해 새로운 국면을 맞이할 수 있다는 세계관적인 결단의 문제의식은 세속적이며 가변적인 시대의 현안을 훨씬 심층적으로 꿰뚫어 보면서 들어간다. 그가 한국문학사를 통틀어 문제적인 작가의 한 사람으로 인정되어 마땅한 까닭이 여기에 있다.

2. 동시대의 시인들이 본 김만중상

그가 문제적인 작가인 만큼 오늘날 동시대의 작가들에 의해서 관심의 대상으로 창작으로 실현되고 있는 것도 흥미로운 비평의 대상이 될 수밖에 없다. 오늘날 동시대의 시인, 소설가 등은 그를 하나의 문학적인 인간상으로 묘파하려고 한다. 비평이 아닌 창작으로 작가들을 재구성하려는 것이다. 나는 이에 관해 얘깃거리를 지금부터 풀어 나아갈 일이다.

최근 10여 년간에 걸쳐 시로써 김만중의 캐릭터를 구현한 경우가 적지 않다. 김만중을 시적 화자로 삼고 또 이를 내면적 자아의 모습에 투사함으로써 인간 고독의 심연을 환기시키려고 하는 것들이 대부분이다. 그 대표적인 사례는 다음과 같다.

① 고두현의 '유배시첩' 연작시 7편(2000)
② 공광규의 '유배일기' 연작시 7편(2010)
③ 임세한의 '노도에서 띄우는 편지' 연작시 7편(2010)

7편으로 된 연작시 형태라는 우연한 공통점이 재미가 있다. ①의 경우는 김만중의 캐릭터를 서정시편으로 수용한 최초의 작품이어서 제재사(題材史) 수용의 측면에서 볼 때 분명히 기여한 바 있는 것이라고 본다. 더욱이 시인 고두현은 김만중의 유배지인 남해 출신이라는 점에서도 의미가 있다고 하겠다. 그도 그럴 것이 이와 같은 경우, 말할 것도 없이 지역문학의 정체성을 확인할 수 있기 때문이다. 고두현의 '유배시첩' 연작시는 김만중 자신이 삶과 죽음의 고비에 서 있다. 그렇기 때문에 이 작품은 그의 사생관을 반영하는 특징을 보인다. 돌아가신 아버지와 살아계신 어머니에 대한 애틋한 그리움도 매우 절절하게 다가선다.

①의 경우가 시적이라면 ②의 경우는 서술적이다. 시인 공광규는 김만중이 유배 당시의 정황을 객관적으로 재구성하고 복원하려는 심상을 가진 것으로 파악된다. 시를 착상하고 쓰기 위해 지족해협과 노도, 남해의 산야와 전답을 현지 답사한 흔적이 뚜렷하다. ①의 경우가 비극적이며 주관적인 정조(情調)를 자극하는 김만중의 내면적인 자아상에 치중했다면, ②의 경우는 인생을 달관한 것 같은 해학적인 어조와 세계 인식이 잘 깃들어져 있다.

③의 경우는 김만중의 내면 풍경과 절묘하게 조응한 서정적인 풍경묘사가 특징으로 지적되는 작품이다. 임세한의 '노도에서 띄우는 편지' 연작시는 제1회 김만중문학상 유배문학 특별상 부문에서 선자(選者)였던

내가 '꾸밈없이 유장하게 물 흐르듯이 흐르는 화법은 곡진하고 소담스럽게 말씨 하나하나 감정이입하고 있다'[2]는 점에 주목한 바 있었다. 이 작품 속에 나타난 바, 김만중에 투사한 구도자적 인고(忍苦)의 자아상은 아름다운 자연의 일부로 동화되는 양상을 보이고 있다. 시의 내용을 축약해서 제시하면 대체로 이렇다. "쑥부쟁이 구절초 환삼덩굴이 줄지어 서 있고, 나지막한 집 둘레로 동백나무가 기웃거린다. 대숲에서 짐승 울음소리가 컹컹 들릴 때면, 동백꽃들이 뚝뚝 떨어진다. 배롱나무가 꽃들을 매달고, 파다 만 우물에도 봉숭아 꽃물이 든다. 배롱나무 가지엔 크고 영롱한 별들을 하나씩 매달고 귀에 익은 시간들이 물안개로 깊어지면 탱자나무 울타리는 아랫도리 축축이 젖는다."[3] 인간이 자연의 일부로 동화되는 것을 두고 우리는 이를 운명이라고 할 수 있으리라.

세 사람이 시에서 김만중상을 구현한 작품의 숫자는 모두 21편에 이른다. 시편들의 총량이 우리 시대의 문학으로 읽히는 김만중상을 재구성하고 또 이의 정립에 기여한바 적지 않다면 비평적인 가치판단의 대상이 되어야 할 것이다. 이 가운데서도 각별히 주목할 수 있는 게 있다면 공광규의 「지족해협에서」가 아닌가 여겨진다.

> 해안을 한참 걸어가 만난 곳이 지족해협이라던가
> 연을 날리는 아이들과
> 굴과 게와 조개와 멍게를 건지고
> 갈치와 전어와 주꾸미를 잡는 노인들을 만나
> 이곳 풍물을 묻고 즐거워하였습니다
> 참나무 말뚝을 박은 죽방렴 아래에서는

---

2 남해군·김만중문학상 운영위원회, 『제1회 김만중문학상 수상작품집』, 자음과 모음, 2011, 270쪽.
3 같은 책, 271~284쪽, 참고.

남정네들이 흙탕물에 고인 멸치를 퍼 담고 있었습니다

갈대를 엮어 올린 낮은 지붕에는

삶은 멸치들이 은하수처럼 반짝거렸는데

떼 지어 하늘로 올라가는 용의 모습과 같더군요

아하, 이곳에서는 멸치를 미르치라 부른다는데

용을 미르라고 하니 미르치는 용의 새끼가 아닐런지요

미르라고 부르는 은하수 또한

이곳 바다에서 올라간 미르치의 떼가 아닐런지요

죽방에서 퍼내는 흙탕물 바가지에 담긴 멸치들을 보면서

인간의 영욕이라는 것이 밀물 썰물과 다르지 않고

정쟁(政爭)에서 화를 당하는 것은 빠른 물살을 만나

죽방렴에 갇히는 재앙과 같다는 생각을 하였습니다

—공광규의 「지족해협에서」 부분[4]

이 시는 허구적인 상상력에 의해 만들어진 것이다. 유배지 노도에서 귀양살이하던 김만중이 이웃마을인 지족에 들러 멸치를 잡는 주민들과 함께 어울린다는 것. 매우 개연성이 높은 경우라고 하겠다. 유배객이 현지 주민과 어울리지 못하면 생활하기가 무척이나 곤핍하다. 지족해협은 수심이 깊고 물살이 빨라서 죽방렴을 설치하기 매우 유리한 조건을 갖춘 곳. 죽방멸치는 오늘날까지 전래되어 오고 있는 남해의 대표적인 특산품이다.

공광규의 '유배일기' 연작시가 김만중에 관한 비극적인 정서를 환기하기보다는 낙천적인 해학의 시정신을 반영하는 특징을 보이고 있듯이, 이 시의 경우도 마찬가지다. 미르치(멸치)를 용의 새끼로 본 것은 절로 웃

---

4 같은 책, 10~11쪽.

음을 자아내게 하는 대목이다. 그런데 이보다는 죽방렴에 갇혀 있는 멸치와 같은 자신의 신세를 한탄하고 있는 것은 적절하고도 흥미로운 시적 은유라고 할 수 있겠다. 죽방렴에 갇힌 멸치처럼 퇴로 없는 생의 종말을 맞이한 그가 삶의 실존적인 한계상황에 이르렀음을, 시인은 암시하고 있다.

김만중의 캐릭터와 구운몽(九雲夢)은 결코 뗄 수 없는 관계를 맺고 있다. 김만중을 시의 소재로 수용하고 있는 시인들 대부분도 이 관계를 착안하고 있다고 해도 결코 과언이 아니다. 소설 「구운몽」의 이미지를 김만중의 유배적인 생애와 관련을 지어 시의 제재로 수용한 예의 대비적인 면을 고두현의 「구운몽」과 김경주의 「구운몽」(2006)을 통해 살펴보자.

얼마를 기다려야
안개 걷히고 맑은 비 올까.
지난 봄 담장 아래 꼭꼭 밟아 묻었던
흰 씀바귀꽃 뿌리 딛고 간다 또 한 철
무심한 바람 풀어 춤추는 성진아
소나무 가지 곁에 쑥빛 하늘 받쳐들면
밤에도 너울너울 눈부시던 팔선녀
소매 끝동으로 불이 붙는데
뭍에도 그리운 꽃 잉걸잉걸 타오르며
개나리 진달래 지천으로 번지는데
꿈길 깊어 돌아오지 못하는 그대
잠 깨지 말아라 잠깨지 마
세상 연기 다 몰려들어 앞뒤로 숨막히고
눈물 징하게 쓰려와도
빈 골짜기 혼자 누워 귀 닫고 눈도 닫고

청솔잎 꽂히는 소리 푸르게 건디다 보면

그대 넓디넓은 꿈속 바다

보이지 않던가. 꿈틀거릴 때마다

—고두현의 「구운몽」부분[5]

1

도공이 헛간에서 톡톡톡 돌을 깎는 소리 들려옵니다 정이 돌 속에서 하나의
눈을 파내다가 다른 하나의 눈으로 정을 옮깁니다 정이 돌 속에서 눈 하나를 꺼
내는 소리 달까지 열렸습니다

우리는 그것을 꿈꾸는 소리라고 부르기도 하고 꿈꾸는 사람이 돌에 누워 자
다가, 저도 몰래 돌 위에 흘린 눈물이라고도 부릅니다 길에 누운 돌로, 길이 스
미는 사이라고 저 혼자 부르기도 합니다

물속에 어두운 체온을 흩뿌려놓고 가는 둥근 고기들의 저녁입니다 도공이 돌
을 깎아낼 때마다 돌에서 눈보라가 흘러나옵니다

(……)

2

(……)

돌이 된 그녀의 무릎에 도공은 머리를 베고 잠이 듭니다 문밖은 세월이고 문

---

5 고두현, 『늦게 온 소포』, 민음사, 2000, 70쪽.

안은 저토록 눈보라인데 삶은 꿈이 날아가 달아나지 않게 돌 하나 꿈에 올려놓는 일입니다

잠든 도공의 입 밖으로 돌가루가 조금씩 흘러나옵니다

―김경주의 「구운몽」 부분[6]

고두현의 「구운몽」은 작가 김만중이 주인공 양소유(성진)에게 건네는 말하기 형식으로 이루어진 시다. 그는 꿈과 같은, 꿈과 함께 존재하는 현생의 삶을 노래하고 있다. 시련과 고통에 가득 찬 현생이 차라리 한바탕 꿈속에 지나지 않기를 바라는 마음이 펼쳐져 있다.

고두현의 「구운몽」이 노래의 성격을 지향하는 평명(平明)한 진술 형태로 이룩되어 있다면, 김경주의 「구운몽」은 노래의 성격을 벗어난 전복적인 의사진술의 형태로 구현된 것이라고 하겠다. 앞엣것이 현실과 꿈의 낭만적인 아이러니가 묻어난다면, 뒤엣것은 '상식적인 세상의 논리로는 이해하기 힘든'[7] 초현실주의적인 자동기술의 묘미를 제시하고 있다. 시의 화자가 김만중이 아니라 시인 자신이기 때문에 가능했을 터이다.

김경주의 「구운몽」에서 김만중의 이미지가 매우 아슴아슴하고 몽환적이고 함축적으로 숨어있다. 이 시에서 그의 흔적을 찾아내기란 결코 쉽지 않을 듯싶다. 시의 화자는 여기에서 관찰자에 지나지 않는다. 시적 행위의 주체는 '도공'이다. 돌을 깨고 다듬어 하나의 조형물을 완성해가는 도공의 모습으로부터 김만중의 예술가적인 이미지가 얼비추어져 있다. 이 놀랍고 독창적인 이미지를 빚어낸 김경주의 「구운몽」은 시적으로 매우 성취적인 수준에 도달해 있다.

---

6 이 시는 『창작과 비평』 2006년 겨울호에 본디 발표된 것이나, 『현대시학』(2007. 1) '내가 읽은 이 달의 작품'에서 인용한 것임.
7 이경수, 「꿈꾸는 예술혼」, 『현대시학』, 2007. 1, 56쪽.

그럼에도 불구하고 시인의 착각은 가슴 아릿한 것이다. 돌을 깨고 다듬는 이는 석공인데, 시인 자신이 이를 도공으로 착오를 일으켰다는 것 말이다. 이는 누가 봐도 명백한 착오다. 석조물을 제작하는 장인을 두고 도자기를 제작하는 장인인 도공으로 잘못 인지한 것을 초논리의 기법으로 아무리 강변한다고 해도 소용이 없다. 초논리도 근거가 있어야 하기 때문이다.

> 물길 푸른 포구는 여전히 출렁인다
> 어쩌면 전생 그 전생에 지독한 원수였을까
> 절절한 연인이었을까
> 한바탕 꿈이었을까
>
> 역사에 길이 흐른 초옥에 기대어
> 적요로 사무친 유배지에서 깨닫는다
> 삶이란 마음의 빛을
> 지우고 삭이는 걸
>
> —하순희의 「노도에서」전문[8]

김만중을 함축 화자로 이용하고 있는 이 시조 작품은 경상남도 지역 문단을 대표하는 시조시인의 한 사람인 하순희에 의해 쓰인 것. 시인들의 시 속에 구현된 김만중상이 활달한 풀어쓰기로 이룩된 것이라면, 하순희의 이 시조작품은 정형의 틀 속에 경제적인 언어의, 적재적소로 배치되고 배열된 정연한 품새를 너끈히 감지하게 한다. 김만중과 시인의 초시간적인 동일시 감정이 같은 공간에서 서로 교감하고 있다.

---

8 경남여류문학회, 『경남여류문학』, 도서출판 경남, 2011, 61쪽.

3. 소설 「서러워라, 잊혀진다는 것은」

김탁환의 소설 「서러워라, 잊혀진다는 것은」은 조선조의 학인이면서 문인으로 살다간 서포 김만중의 생애를 투영한 흥미로운 역사소설이다. 이 소설은 2002년 출판사 동방미디어에서 간행하였다. 역사추리의 성격을 띤 작품이기 때문에 흥미롭기도 하거니와 이것은 비평적으로도 의미가 있는 작품이기도 하다. 일반적으로 볼 때, 역사 속의 실존 인물을 취재한 인물 중심의 역사소설일 경우에 한 개인의 전기적인 삶에 초점을 맞추는 것이 상례이다. 그렇지만 김탁환의 이 경우는 소설의 시작과 더불어 몇 페이지만 책을 넘겨보아도 김만중의 전기적인 삶의 내력보다는 우리 시대의 의미와 효용성을 부여하겠다는 애초의 기획 의도를 가지고 만든 것이 역력해진다.

김탁환의 소설 「서러워라, 잊혀진다는 것은」에 등장하고 있는 인물군은 대체로 두 가지 계열로 나누어진다. 하나는 실존 인물의 그것이며, 다른 하나는 허구화된 인물의 그것이다. 전자의 경우는 김만중·장희빈·숙종·장희재·조성기 등의 인물로서 사극 등에서 귀에 익숙하게 들어온 인물들이며, 반면에 후자의 경우는 모독·백능파·황매우·박운동·흑암 등의 인물로서 우리에게 전혀 낯설게 들먹여지고 있는 이름의 인물들이다. 두 가지의 인물의 계열을 적재적소에 배치하고 있는 것은 역사적인 사건을 배경으로 이야기의 골간을 유지하겠다는 작가의 기본적인 창작 동기 외에 자유분방한 상상력의 날개를 마음대로 펼쳐 보이겠다는 또 다른 동기가 드러난 것이라고 할 것이다.

역사적 사실로서의 장희빈 사건과, 이를 풍간하기 위하여 김만중에 의해 씌어졌다는 고전소설 「사씨남정기」는 가장의 사랑을 독차지하기 위해 본처를 모함하는 악첩의 진부한 이야기에 지나지 않는다. 이른바 한 남자를 둘러싼 두 여자의 쟁총(爭寵) 모티프인 것이다. 소설 「서러워라, 잊혀진다는 것은」의 내용 속에 내포된 갈등은 주지하는 바대로 서포 김만중과 희빈 장옥정의 정치적인 당파의 이해관계와 밀접하게 맞물려 있다.

김탁환의 서사 전략은 역사적으로나 문학적으로 흔해빠진 얘깃거리에 생기를 불어넣는 데 있다. 진부한 모티프에 생기를 불어넣는 것이란 다름이 아니라 소설에 통속적인 흥미 요인을 부가시키는 것. 그 대표적인 것으로 추리적인 기법과 멜로의 서사가 바로 그것이다.

중전 장희빈은 남해의 노도에 유배되어 있는 김만중이 무언가 예사롭지 않는 모종의 소설을 은밀히 쓰고 있다는 정보를 접한다. 이 소설을 가져오라는 임무가 부여된 총책이 그의 오라비인 장희재. 그는 하수인인 자객 박운동과 무공이 탁월한 황매우를 남해에 비밀리에 파견한다. 여기에 복잡다단한 정치적인 음모가 도사려 있다.

김만중이 남해의 노도 유배지에서 은밀히 쓰고 있다는 소설은 바로 「사씨남정기」다. 즉, 정치적인 풍간의 고발소설이다. 소설 속의 남자 주인공인 유연수를 둘러싸고 사씨와 교씨가 대립하고 서로 갈등을 일으킨다는 것은 당대 정치 현실의 지형도를 반영한 것. 그런데 사씨와 교씨의 대립 양상이 인현왕후와 장희빈, 노론과 소론의 선악 대결의 구도로 몰고 가는 것이 작자 김만중의 창작 저의라고 할 수 있겠거니와, 만약 그 소설이 민간의 세책방(貰冊房)에 유통되어버린다면 장희빈으로선 치명적인 타격을 받을 것임에 틀림없다. 김만중이 유배지에서 죽을 지경에 이르렀다는 얘기를 전해들은 그녀는 마음이 조급해진다. 그가 정치적으로 제거되어야 할 우암 송시열의 잔당인 것은 사실이지만 그의 소설을 빼앗기 전까지는 그는 적어도 살아 있어야 한다. 중전 장희빈은 황매우를 다그치면서 이렇게 명한다.

당장 내려가거라. 소설을 훔쳐오든 빼앗아 오든 반드시 가져와야 하느니. 잘못하면 우리가 다친다. 내 말 뜻을 알겠느냐? 서포의 죽음이 조정에 닿기 전에

그 소설이 이 손에 들어와야 한다 이 말이다. 당장 떠나거라.[9]

소설 「서러워라, 잊혀진다는 것은」에서 가장 중심적인 역할을 수행하는 인물은 김만중과 모독이다. 모독은 소설 속에 당대의 매설가로 묘사된 허구적인 인물. 그는 지리산 청학동에 은거하면서 「창선감의록」을 창작한 작자로 추정되는 조성기의 제자이기도 하지만, 김만중의 인간됨을 존경하고 그의 뜻과 삶을 따르는 인물이다. 매설가를 요즘 식의 개념틀에 대입하자면 대중소설가 내지 인기 작가에 해당한다. 소설의 분량을 점유하는 모독의 비율은 오히려 김만중보다 높다. 대충 짐작건대는 6 대 4 정도의 비율이 될 것 같다. 어쨌든 작자 김탁환이 이 소설에서 허구적인 인물 모독을 빚어낸 것은 이야기꾼으로서의 능란한 솜씨를 발휘한 결과라고 아니 할 수 없다.

모독(冒瀆)은 한자의 표의처럼 자기 비하의 닉네임이다.

작가 김탁환이 그를 가리켜 자기모독형의 작가임을 암시한 것이 아닐까 한다. 이와 같은 유형의 작가는 서구의 소설사에서 이를테면 '저주받은 작가'로 통한다. 예컨대 사드니, 마조흐니, 오스카 와일드니 하는 유의 작가 말이다. 동양권에서는 다자이 오사무, 손창섭 같은 작가들이 이 유형에 포함될 것 같다.

장희빈과 백능파는 김만중과 모독에 비해 마이너캐릭터이다. 그러나 이들은 소설의 전개 양상에 결코 적지 않은 역할을 수행하고 있는 것도 사실이다. 인현왕후나 사씨는 도덕적으로 흠결이 없는 인물이지만 작자의 입장에서는 그다지 매력적인 인물이 아니다. 이렇게 나약한 인물의 유형이 소설의 줄거리를 이끌어가기엔 적합하지도 인상적이지도 않다. 장희빈은 소설의 문제적인 개인이나 사극의 '팜므 파탈'형 여인상으로

---

9 김탁환, 『서러워라, 잊혀진다는 것은』, 동방미디어북스, 2002, 276쪽.

서 매력이 있는 문학적 인간상이다. 적확한 표현이 될지 모르겠지만, 장희빈 같은 인물을 소설에서 요정형(妖精型) 인간이라고 하는 것이 어떨지 모르겠다. 아름답지만 사악한 여인. 장희빈도 실록에 자색(姿色)이 자못 아름답다고 했을 만큼 출중한 미모를 가진 것이 분명하다. 요정은 중국에서는 여우같은 여자라는 뜻의 '아름답지만 사악한 여인'을 말한다. 유교적인 가치 판단에 따른 평가인 듯하다.

소설 「서러워라, 잊혀진다는 것은」에서 장희빈은 평범한 삶을 살아가던 처녀 시절에 역관인 숙부의 집에 더부살이하면서도 열렬한 소설 독자였다. 그녀의 유일한 위안거리는 언문소설을 읽는 것. 그녀는 쌀을 아껴가면서도 육조거리 아래 서학동 세책방을 찾곤 했었다. 장희빈이 열렬한 독자였던 데 비해 백능파는 소설가 지망생이라고 하겠다. 백능파 역시 소설 속의 이름을 자신의 별명으로 삼을 만큼 소설의 세계에 흠씬 빠져 있었다.

모독과 백능파는 노도의 유배객인 김만중을 모시고 있으면서 장희재의 하수인 자객들과 모종의 대리전을 펼친다. 결국 「사씨남정기」의 행방을 놓고 숨바꼭질을 하다가 이를 지켜내려던 모독은 마침내 눈이 멀고, 백능파는 자객의 예리한 칼날에 의해 숨을 거둔다. 「사씨남정기」가 장희빈의 수중에 넘어가는 순간에 소설의 사건 전개는 극적 반전의 미묘함을 일으킨다. 중전 장희빈의 손으로 흘러들어간 그 책은 표지만 「사씨남정기」일 뿐이지 그 속은 모두 모독이 지었다는 소설—말하자면 소설 속의 소설이라고 할 수 있는—「서러워라, 잊혀진다는 것은」에 불과한 것이다. 모독이 자신의 정교한 계획에 따라 미리 바꿔치기를 해놓았던 터. 이 가짜 「사씨남정기」를 물끄러미 내려다본 중전 장희빈의 중얼거림이 인상적이다.

'서러워라, 잊혀진다는 것은'이라고? 꼭 마지막 유언 같구나. 죽어서도 잊혀지기 싫다는 것인가? 영원히 잊혀지지 않기 위해 이 소설을 썼다는 이야기인가? 슬픔으로 가득 찬 제목이구나. 자신을 죽음의 구렁텅이에 빠뜨린 나를 원망하는 제목이구나. 허나 어쩌랴. 죽은 자는 잊혀지는 것이 운명인 것을. 꼭 사람만이 아니다. 널리 읽히던 소설도 언젠가는 잊혀지기 마련이니까. 잊혀지는 것을 서러워할 까닭이 없지.[10]

소설 속의 소설이라고 할 수 있는 모독의 소설 「서러워라, 잊혀진다는 것은」의 내용은 구체적으로 밝혀져 있지 않지만 "대감의 소설을 살피고 ……또 대감을 음해하는 이들과의 대결을 담고……노도의 풍경도 담고 ……"[11]라고 하는 모독의 대화를 통해 그 내용을 가늠해볼 수도 있겠다. 이 교묘한 허구의 장치는 「사씨남정기」의 행방을 둘러싼 정치적인 음모와 암투를 극적으로 고조하는 데 적절히 이용되고 있다.

4. 드라마 텍스트로 재구성된 김만중상

김탁환의 원작 소설 「서러워라, 잊혀진다는 것은」이 KBS TV문학관으로 거듭 난 것은 2005년 12월 23일이다. 원작 소설이 공간된 때로부터 3년이 지난 시점이다. 「서러워라, 잊혀진다는 것은」의 영상문학 텍스트는 조선조 숙종 때 인현왕후와 장희빈을 둘러싼 정치 세력이 맞서 권력 투쟁을 벌였던 시대적인 배경 속에서 김만중의 소설 「사씨남정기」가 당대의 정치 현실을 반영한 조선시대의 필화 사건이라고 보고, 이 이야기를 재구성한 것이다. 방송국에서는 17세기 당시의 문화적 풍경(풍속). 사회상을 철저한 고증을 통해 복원하고 그 당시 소설이 대중에게 던져주

---

10 같은 책, 321쪽.
11 같은 책, 232쪽.

었던 기쁨과, 사회적 역할 등을 조명해보겠다고 했다.

TV드라마는 소설에 비해 시각적인 이미지를 현저하게 고양시키지 않을 수 없다.

TV드라마 「서러워라, 잊혀진다는 것은」에서 이채롭고도 특수한 세팅을 설정했다. 조선 시대에 저자거리에서 책을 팔고 사고 하는 가게인 세책방, 남녀가 서로 내외하면서 강담사의 이야기를 듣는 특수한 공간으로서의 매설방이 그것이다. 또 남해의 지리적인 배경을 살리게 하기 위해 바닷가 배경의 촬영과, 노도와 남해 현청을 대신하는 장소 선정도 세심하게 배려한 것 같다. 책을 두고 목숨을 건 싸움을 벌이는 것도 무협영화 보는 듯한 시청각적인 유인성이라고 하겠다. 어쨌든 이야기의 전개도 무척 스피디하다. 숙종과 궁녀 장옥정의 만남에서부터 우암 송시열의 사사(賜死)에 이르기까지 10분 남짓한 시간이 소요될 뿐이다. 장희재가 쏜 화살이 남해로 향하는 카메라 속도로 바뀌어 비행기 속도를 내는 것도 재미있는 발상이다.

TV드라마로 재구성되는 과정에서 원작의 의도와 양적 측면이 적잖이 삭제되었다. 특히 김만중과 모독 사이에 있었던 소설관적인 쟁점도 주제로 활성화되지 못하고 사그라지고 만다. 때문에 TV드라마에서는 권력 투쟁의 과정만 뚜렷이 드러나게 된다. 앞서 소설을 분석하면서 밝힌 바, 소설을 바라보는 두 중심인물의 주제론적인 관점은 다음과 같이 소략하게 지나쳐 버린다. 다음은 드라마 대사 내용에서 인용한 것이다.

서포 : 내가 이 사씨남정기를 가지고 있는 것만으로도 저들에겐 큰 고통과 두려움일터. 마지막까지 더 이상 내가 지닐 수 없을 때까진 고치고 또 고치고 품에 두고 기다릴 걸세.

모독 : 소설은 남의 마음을 어루만지며 기쁨, 슬픔, 재미를 주는 것이라고 생각했습니다.

서포 : 소설이 무기일 수도 있다고 생각해. 장옥정과 그 패거리의 악행을 세상에 알리기 위해서 지었네.

모독 : 중궁전의 주인이 다시 바뀌면 이 나라의 뭐가 달라지는 거죠?

서포 : 군왕이 인륜을 저버리면 백성과 나라의 안위는 기대할 수 없네.

모독 : 소설이 대감의 육신을 위협하고 있사옵니다! 소설을 세상에 떠나보내시지요, 대감!

서포 : 말하지 않았는가? 고치고 또 고치겠다고.

그러다 보니 드라마는 소설의 관념성이 사상되고 주제도 협소해져 '권력과 인간의 관계, 인간의 양심과 욕망에 대한 고찰'로 재조정되기에 이른다. 드라마에 이르러선 주제에 대한 담론보다 이미지의 파편에 의한 극적인 구성을 중시하기 때문에 주인공의 관념적인 견해가 점착성을 띠지 못하고 여기저기 흩어지는 맛을 주고 있다.

김만중에 관한 한, 그리고 김만중의 작품에 관한 한 문화콘텐츠로서 시지각 매체에 각광을 받고 있지 못하고 있는 것이 저간의 실정이다. KBS TV문학관 「서러워라, 잊혀진다는 것은」에 그 나름의 의의 가치를 부여할 수 있는 것도 이러한 맥락에서 이해되어야 한다. 앞으로 김만중의 생애, 작품 등이 영상화되어 대중의 눈과 마음속으로 파고 들 수 있도록 관련되는 전문가들이 함께 노력해야 한다.

극적 양식으로 구성된 김만중 제재의 또 다른 텍스트로는 이원희의 「줄탁」(2010)이 있다. 창작희곡으로 제1회 김만중문학상 희곡 부문 수상작으로 선정된 이 작품은 김만중과 그의 어머니 윤씨 부인의 관계를 집중한 것. 모부인 윤씨와 그의 관계는 여기에서 단순한 모자 관계를 넘어서 사제지간으로 심화되는 양상으로 발전하고 있다. 이 양상은 김탁환의 소설에서도 조명되지 않은 부분이기도 하다.

김만중은 죽음에 이르러 돌아간 지 얼마 되지 아니한 어머니를 꿈에서 만난다. 꿈속에서 나눈 어머니와의 대화는 희곡 「줄탁」의 주제가 선명하게 드러난다. 아슴아슴한 분위기 속에서 드러나는 선명한 주제야말로 인간의 근원적인 조건을 통찰하는 서양 고전극의 품격이 아니었던가?

> 김만중 : 여기가 어딥니까? 어머니!
> 윤부인 : 여기가 꿈이기도 하고, 아니기도 하고. 이승과 저승의 그 가운데쯤 있는 헛헛한 곳이라네.
> 김만중 : 그럼, 저는 죽은 겁니까?
> 윤부인 : 아직은 아닐세.
> (……)
> 윤부인 : 내 보기엔 자네가 잘 살아줬네.
> 김만중 : 어인 말씀이니까, 어머니? 어머니께서는 저를 미명의 알에서 깨어나라고 지금까지 부리로 저를 쪼아주셨습니다. 줄탁을 말입니다.
> 윤부인 : 그게 이 어미 부리로만 되는 일인가? 자네도 스스로 깨어나기 위해 얼마나 부리로 자신을 쪼았겠는가.
> 김만중 : 소자는 어머니의 가르침을 따랐을 뿐입니다.
> 윤부인 : 말년의 귀양살이도, 자네 말처럼, 가시울타리를 넘어오는 가시바람도 다 자네를 위한 줄탁이었을 걸세.
> 김만중 : 어머니!

—이원희의 「줄탁」에서[12]

이 인용문에서 보듯이 김만중에게는 어머니가 인생의 등불이며 길잡

---

12 남해군·김만중문학상 운영위원회, 앞의 책, 240~241쪽.

이다. 몽매한 미명의 상태에서 지혜로운 세계의 빛으로 인도하는 그의 어머니는 정신적 스승이다. 그의 인생에서 어머니 없는 세상은 실로 덧 없고 무의미한 것에 지나지 않는다. 작품의 표제 '줄탁'은 줄탁동기(啐啄 同機)에서 따온 말이다. 이 말은 병아리가 알에서 부화할 때 그 알껍데기 를 두드리는 소리에 어미 닭이 부리로 알껍데기를 쪼아 병아리가 밖으 로 나오는 것을 돕는다는 것을 뜻한다. 김만중의 삶에 놓여진 길은 그 어머니가 가리켜놓은 길이다. 이 길은 텅 비어 있으면서도 무언가 약속 을 내포하고 있다는 점에서 진정한 길이다. 길을 찾는 과정에 인생의 참 된 의미가 놓여있는 것은 아닐까?

이 희곡을 쓴 이원희는 늦은 나이에 극작가로 등단하여 최근 몇 년 사 이에 왕성하게 활동하고 있는 작가이다. 창작 희곡은 물론 전통 연희극 과 가무악 등의 분야에서도 창작 활동의 범위를 넓히고 있으며, 심지어 는 연극평론가로서도 운신의 폭을 확장하고 있다.

5. 끝맺음을 위한 한 마디

김만중은 군소(群少)의 작가가 아니라 전근대 우리문학사에서 덩그렇 게 존재하고 있는 문제적인 소설가이다. 그의 소설이 애초에 우리 글로 씌어졌느냐 하는 문제에 관해서는 쟁점의 여지가 없지 않지만 그의 어 머니가 읽기 위해 만들어졌다라고 보면 정황상 그가 우리 글로 직접 쓴 것이라고 볼 가능성이 높다.

그는 만년에 험난한 삶을 살았다. 그 삶의 험난함을 타개하기 위해 길 을 연 것이 파격적인 한글소설의 창작이었던 것. 길은 이미 어머니가 제 시한 것이라고 보아도 좋다. 어머니가 가리킨 길에 대한 화답으로서의 두 편의 창작 소설이 왜 그를 문제적인 작가인가를 말해주는 지표이다.

오늘날의 문인들이 김만중을 자신의 작품에 투영하면서 심원한 관념을 내포하려고 노력하였다. 오늘날의 문인들이 김만중을 동시대에 호흡하는 현재성의 작가로 인식하면서 교감을 나누는 것도 역사 속에 아무런 흔적을 남기지 않거나 아무런 이름을 갖지 아니하는 숱한 범인(凡人)들에 대한 깊이 있는 통찰력의 단서를 제공해주는 일이다.

근세의 격랑 속에서 몸을 파는 여인

―황석영의 「심청, 연꽃의 길」

1

지금도 화교(華僑)는 동남아시아에서 돈줄을 쥐락펴락하고 있다. 미국 내의 유대인이라고나 할까? 화교 중에서도 가장 많은 부분을 차지하고 있는 지연 공동체는 호키엔 족이라고 한다. 동남아시아 화교의 뿌리인 이 호키엔 족은 한족의 일파이다. 중국의 동남부에 살았던 이들은 몽골이 중국을 지배하면서 난민이 되어 인도네시아, 말레이시아, 싱가포르 등지로 흩어졌다.

오랜 세월이 지나왔어도, 그들은 원주민 문화에 동화되지 않고 자기 동일성을 유지하면서 살았다. 특히 언어문화, 음식 문화, 종교 문화에서 그랬다. 그들이 사용하는 언어는 호키엔어다. 우리 식으로는 복건어(福建話 : Fujianhua)라고 말해지고 있다. 여타의 중국 방언과는 서로 소통이 되지 않은 또 다른 중국어다. 그들은 이 언어를 지금까지 사용하고 있다. 음식 역시 중국의 동남방 지역식이다. 사용하는 쌀도 안남미가 아닌 복건미인데, 싱가포르 명품 누들의 이름 자체가 복건미를 의미한다. 종교 문화도 유불도 삼교(三敎)가 융합된 전통 종교를 믿는다. 화교의 문화는 자기 정체성을 지키면서 다문화로 조정되어갔다.

베네딕트 앤더슨의 『상상의 공동체』(1983)를 보면, 화교와 관해 흥미로운 얘깃거리가 하나 있다. 마닐라는 2세기 동안 동서양 상선무역의 중심지였다. 화물집산지였던 여기에는 중국산 비단·도자기와 멕시코의 은이 맞교환되었다. 스페인 사람들이 여기에 온 화교 상인들에게 '당신들은 누구인가?' 하고 묻자 '우리는 상인이다.'라고 답했다. 상인을 가리키는 복건어는 '생리(sengli)'였다. 스페인 사람들은 이 말을 '상글리(sangley)'로 받아들였다. 이 상글리는 그들에게 중국인을 대유하는 말로 한 동안 사용되었었다. 19세기 초에 네덜란드식의 멸칭인 '치노(chino)', 즉 우리식으로 말해 '되놈'으로 쓰이기 전까지 말이다.[1]

근대 이전의 월경(越境)은 쉽지 않았다. 조선이나 중국에서는 주로 해금(海禁)을 표방했다. 조선은 해금뿐만 아니라, 울릉도 등지에 주민이 살지 못하게 하는 공도(空島) 정책도 폈다. 월경의 엄격함은 조선의 조정이 일본에 항의를 하러간 안용복을 오히려 단죄한 것을 보면 잘 알 수 있다. 조정의 외교 능력을 뛰어넘은 역사적인 쾌거가 무색할 정도였다.

주지하듯이, 월경은 다문화 혹은 혼종 문화를 촉발한다. 황석영의 역사소설 「심청, 연꽃의 길」은 근세의 격랑 속에 휩싸인 한 여인의 월경을 소재로 한 일종의 유랑 서사이다. 이것은 월경의 시대상을 상상한, 규모가 큰 매춘 오디세이아이다. 작가는 역사적 실존 인물이 아니라 허구적인 극적 인물인 심청을 월경죄가 엄존한 시대의 위법자로 만들어버린 것이다. 허구에 대한 허구, 즉 이를테면 메타허구라고나 할까?

---

1 베네딕트 앤더슨, 윤형숙 역, 『상상의 공동체』, ㈜나남출판, 2002, 217쪽, 참고.

2

황석영은 대하소설「장길산」이래 역사소설가로서 정평이 나 있다. 그의 역사소설은 사랑방 이야기 수준을 넘어서 시대적인 문제의식이 분명했다. 그의「심청, 연꽃의 길」역시 문제제기 형이라고 볼 수 있다. 이것은 2002년 10월부터 2003년 10월까지 한국일보에 연재된 소설이다. 이것이 『심청』(문학동네, 2003) 상하권으로 단행본으로 간행되었다가, 다시 손질이 가해진 다음에, 개고(改稿) 완성본의 형태로 한 권짜리로 재간행되었던 것이다. 이때의 제목은 본래의 제목을 회복한 『심청, 연꽃의 길』(문학동네, 2007)이었다.

> "그래 아주 참하게 생겼구나. 용왕제도 치렀으니 새 이름을 지어줘야겠지."
> 조선 상인이 말했다.
> "대인께서 지어주십시오."
> "그래, 뭐라고 할까……?"
> 늙은이가 찻잔을 입에 갖다 대며 생각해보더니 고개를 끄덕인다.
> "렌화(蓮花), 렌화라구 하지."
> 선장이 웃으면서 말했다.
> "홍련이오, 백련이오? 붉은 꽃과 흰 꽃은 보기에도 아주 다릅니다."
> "그 둘 다요. 그냥 렌화라구 하지. 자네 치부책 물목에 그렇게 올리게."[2]

심청은 눈이 먼 아버지로 인해 몸이 팔렸다. 유교적인 가치관 효성에 의해 희생의 제물이 된 것이지만, 이 소설에서는 인신공양의 제의와 무관하게 이야기가 전개된다는 점에서, 스토리의 새로운 발상 전환이 이

---

2 황석영 장편소설, 『심청, 연꽃의 길』, 문학동네, 2007, 26쪽.

루어진다. 이제부터 몸을 산 사람의 명령대로 살아야 한다. 중국의 부유한 노인의 시첩(侍妾)으로 가야 한다. 이름도 렌화라고 바뀐다. 렌화는 연꽃인 연화의 중국식 발음이다. 그녀는 성적 노동자로서 국제 시장으로 팔려나간다. 그녀가 치부책 물목에 오를 만큼이나, 삼백 냥 돈에 진즉 상품화되었던 것이다.

그녀가 돌아다니는 생활 무대는 후원 별당, 기루(妓樓), 창가(娼家), 요정 등이다. 중국, 동남아, 대만, 유구국, 일본 등 가는 곳마다 이방인들을 만난다. 그녀가 성적 노동자가 된 이상, 외인들과 생활할 수밖에 없다. 그녀는 지금의 오키나와인 유구국에 이르러 요정의 주인이 된다. 상호를 '용궁(龍宮)'이라고 했다. 흘려 쓴 붓글씨에 불로 지진 목패를 달고, 붉은 등피에도 용궁이란 두 글자를 써 두었다. 후미코, 로쿠, 유자오라는 이름의 이방의 여자들과 이제 한 가족이 되었다. 누군가 이를 두고 편협한 혈통주의를 넘었다고 했다.[3] 이 가족유사성(family-resemblance)의 맥락에서, 작가는 다문화의 감각을 읽었을 터였다. 이 용궁에는 귀인들이 들어섰다.

"렌카, 어르신들을 뵙겠습니다."
"이 집의 초기(長妓)인가?"
한 사람은 부채로 얼굴을 반쯤 가리고 앉았고 그 옆에는 비스듬히 비켜서 앉은 사람이 먼저 물었다.
"저는 마마입니다."
렌카의 대답에 얼굴을 가리고 있던 사람이 천천히 부채를 부치면서 중국어로 물었다.

---

3 황국명, 「황석영 소설에 나타난 여성이주와 혼종 인식의 문제」, 『한국문학논총』, 제58집, 2011, 8, 330쪽.

"대륙에서 왔는가, 아니면 타이완에서 왔나?"

"두 곳에서 다 왔습니다. 저는 꺼우리 태생이랍니다."

"꺼우리……그럼 조선에서 왔단 말이냐?"

(중략)

"어려서 눈먼 아버지를 모시다가 그만 난징으로 팔려왔습니다."[4]

이 대화는 미야코섬(宮古島)에서 이루어졌다. 미야코섬은 중국과 유구국 사이에 놓여 있는 곳이다. 이 당시의 유구국은 일본의 식민지였다. 일본에 아직 동화되지 않았지만, 문화적으로는 중국으로 기울어져 있었다. 서양의 상선이 지나가기도 한다는 점에서, 섬 자체가 다문화적인 여지가 있는 곳이라고 할 수 있다.

다문화주의에 관한 동양사상의 원리는 '동이(同異)'와 '일다(一多)'의 개념에 놓여 있는 것 같다. 동양사상에서 같음과 다름의 문제, 보편성과 특수성의 문제를 어떻게 이해하고 인식하고 있는가 하는 문제의식[5]이 황석영의 「심청, 연꽃의 길」을 비평하고 분석하고 파악하는 것과 이리저리 얽혀 있는 것 같다. 여기에서 말하는바, 동은 같음이요, 이는 다름이다. 전자가 여성들의 자매의식이라면, 후자는 성차별 의식이다. 일이 보편성이요, 다는 특수성이다. 전자가 민족주의라면, 후자는 다문화주의이다.

……배려의 극대화를 보여주는 것은 청이와 주변 여성들이 보여주는 '자매애'이다. 복락루의 키우, 지룽의 유메이, 링링, 단수이의 샹 부인, 싱가포르의 현지처들. 심청이 배제와 감시의 공간을 견딜 수 있는 조력자, 혹은 긍정적 영향자들은 공교롭게도 여성들이다. 이 여성들의 처지 또한 심청이 놓여 있는 처지

---

4 같은 책, 447쪽.
5 강희복, 「동양사상에서의 '같음'과 '다름'의 문제에 관해」, 오경석 외, 『한국에서의 다문화주의』, 한울 아카데미, 320~321쪽, 참고.

에서 크게 다르지 않다.[6]

> ……「심청, 연꽃의 길」은 서양문화와의 혼종이 동아시아 문화의 정체성을 약화시킨다고 강조함이 분명하다. 이런 배타적 인식이 세계 체제에 대한 문명적 대안이 될 근거는 충분하지 않다.[7]

황석영의 「심청, 연꽃의 길」은 이방의 여인네에게 엮여진 끈끈한 시스터 후드, 자매적인 연대의식이 매우 눈에 띄게 보이는 주제가 아닐까, 한다. 이 같은 여성성의 포용성은 이 소설의 여기저기에 눈에 띄고 있는 남근중심주의(phallocentrism)에 대한 길항으로 읽힌다. 이것의 대상이 남성, 백인, 서양에 있는 것이라면, 물론 그렇기 때문에 한계도 있다. 동서양 문화의 혼종은 서양 제국주의에 의한 동양의 정체성을 침식시킨다. 이에 대한 배타적인 인식을 보여준 후자의 인용문이 이 소설에 대한 한계, 다문화주의에 대한 한계임을 잘 말해주고 있다. 이처럼 늘 그렇듯이, 성과와 한계는 동전의 양면과 같다.

나는 이 소설의 성과에 대해 주목하는 입장에 서 있다. 그의 「장길산」처럼 민중주의 세계관을 보여주는 것도 있지만, 우리나라의 역사소설 중에서 민족주의의 성향이 차지하는 비중이 매우 넓다. 최인호의 「해신」도 민족주의의 늪에 허우적거리다가 소재주의의 면에서 다문화적인 성격이 뚜렷함에도 불구하고 속 시원하게 나아가지 못했다. 황석영의 「심청, 연꽃의 길」이 그런대로 다문화주의를 지향하고 있다는 점에서, 나는 이것이 암시하는 바가 적지 않을 것이라고 본다. 뿐만 아니라, 지금 우리 사회의 가치지향성, 역사적 현재성을 드러내고 있다고 본다.

---

6 문재원, 「황석영의 『심청』의 근대성과 탈근대성」, 『한국문학논총』, 제43집, 2006, 8, 369쪽.
7 황국명, 앞의 논문, 340쪽.

다만 아쉬운 점이 있다면, 우리 시대 최고의 역사소설가 치고는, 역사 속의 언어에 대해 주의를 세심하게 기울이지 않았다는 점, 엄밀한 고증이 부족했다는 점이 나로선 불만스러웠다. 내가 십 여 년 전에 『심청』을 읽을 때, 소설의 본문 한 부분이 만족스럽지 않아 책의 여백에다 메모를 남기기도 했다. 그 후에 개고한 『심청, 연꽃의 길』을 구입하였어도 버리지 않아, 이 메모는 그대로 남아 있다. 다음과 같이 함께 인용해본다.

선원들은 중국인과 말레이인들이 대부분이었고 기관사나 항해사와 선장만 백인이었다. 무역선이라 승객들은 십여 명밖에 되지 않았다. 아직 해는 뜨지 않았지만 새벽노을이 수평선에 발갛게 번지고 있었다.[8] (개고본과 대동소이함.)

뱃사람들은 중국 사람들과 마육갑 사람들이 많았고 배를 움직이거나 이를 건사하는 우두머리만이 남만 사람이었다. 무역선이라 여객들은 여남은 자밖에 되지 않았다. 아직 해는 뜨지 않았지만 새벽(혹은, 새밝) 동쪽의 먼 물금(수평선) 위로 아침 해의 빛이 길게 번지고 있었다.

19세기 초에 중국은 최치원부터 써온 '지나(支那)'보다 훨씬 많이 쓰였다. 반면에 유럽이니, 말레이니 하는 용어는 사용되지 않았다. 일본에서처럼 주로 '남만(南蠻)'이라고 했다. 인종 중에서 백인이니 흑인이니 하는 낱말도 거의 사용하지 않았던 것으로 확인된다. 말레이를 가리키는 현지어는 '믈라카(Melaka)'이며, 중국에서의 한자어는 '마육갑(馬六甲)'이라고 표기되었다. 무역선은 뜻밖에도 광범위하게 사용되었던 어휘였다. 승객이란 어휘는 문헌상 거의 사용된 적이 없었다. 김기수의 『일동기유』(1877)에 처음으로 등장한다. 승객 대신에 여객이라고 하는 게 적절해 보

---

8 황석영, 『심청 (하)』, 문학동네, 2003, 9쪽.

인다. 노을은 'ᄂᆞ올' '노을' 등으로 쓰였지만, 지금처럼 '노을'이란 말도 쓰였으므로, 그대로 둔다.[9]

3

끝으로, 나는 이 대목에서 민족주의와 다문화주의의 관계에 대하여 한마디 덧붙여볼까, 한다. 민족이란, 실재일까, 가상일까? 민족이란 것에 대해, 사람들은 대체로 상이한 관념을 가지고 있다. 하나는 그것이 본래부터 있어왔다는 원형의 실체로서의 관념이요, 다른 하나는 역사적 과정 및 경험 속의 조형의 산물이라는 관념이다. 베네딕트 앤더슨이 말해 유명한 '상상의 공동체(Imagined Communities)'는 후자에 속한다.

그런데 사람들은 이 개념이 아무런 인과관계도 없이 '마음대로 상상하거나 꾸민 것'이라고 생각하고는 한다. 오해를 불러일으키기에 딱 좋은 상황이다. 심지어는 신라에 의해 이루어진 삼국통일이 민족의 통일이 아니라고 주장하는 사람들도 없지 않다. 그 당시의 문헌이나 금석문에 '삼한(三韓) 일통'이라는 말이 있음에도 불구하고 말이다. 고구려, 백제, 신라에게 공동체적인 공감이 서로 없었다면, 어찌 삼한이라고 했겠는가? 삼한이 세 나라뿐만 아니라, 통일신라 이래 조선 후기에 이르기까지 한반도 통일국가를 가리키는 말로 사용되어 왔다. 이 용어에서, 대한제국과 대한민국이란 나라이름이 나온 것은 두말할 나위가 없다.

나는 민족주의와 다문화주의가 따로 있는 게 아니라, 두 수레바퀴처럼 상호보완적으로 존재해야 한다고 생각한다. 민족주의가 홀로 존재하는 것이 아니라 다원주의(다문화주의)와 공존해야 한다는 논의의 여지를 남

---

9 한글학회 지음, 『우리말 큰 사전』·4, 옛말과 이두 편, ㈜어문각, 1992, 4943쪽, 참고.

긴, (그럼으로써 민족주의 논의가 한 단계 격상되었다고 평가를 받은) 사회학자 어네스트 겔러는 1964년에, 이미 민족주의에 의해 고무된 세계에서 문화적인 다양성을 추구하는 것도 하나의 축복이라고 했다.[10] 내가 지금 다문화주의에 부쩍 관심을 쏟는 것은 그 동안에 다문화적인 것에 너무 소홀해 왔기 때문이다. 나는 민족주의에 관해 이렇게 생각한다. 사람들이 가까이 있으면 소 닭 보듯이 생각하고, 멀리 있으면 안경을 쓰듯이 자세히 보고, 더 멀리 있으면 색안경을 쓰고 먼산바라기처럼 멀리 바라다본다. 이것이 바로 민족주의다.

베네딕트 앤더슨의 저서 『상상의 공동체』는 민족주의의 개념을 먼산 바라기처럼 바라다보는 사람들에게 더 없이 좋은 전거(典據)가 될 것이라고 믿어 의심치 않는다. 황석영의 역사소설 「심청, 연꽃의 길」을 앞으로 연구하는 데도 적절한 참고문헌이 될 것이라고도 본다.

---

10 백낙청 엮음, 『민족주의란 무엇인가』, 창작과비평사, 1981, 165쪽, 참고.

반쪽의 고향, 요코 이야기

1

작가의 기억 및 경험을 바탕으로 자신이 살아온 이야기를 재구성한 것을 자전(自傳) 문학이라고 한다. 또 여기에서 아래로 갈라지는 게 있다. 굳이 말하자면, 자전적 기록문학과 '자전소설(autobiographical novel)'이 그 것이다. 전자는 그 어떤 극적인 장치도 없는 있는 그대로 서술한 것이라 면, 후자는 많고 적고 간에 문학적인 허구의 언술을 수용한 것이다. 1945년의 해방 및 종전은 한국과 일본에 있어서는 동전양면의 관계다. 조선 식민지 강점에 대한 아릿한 기억과, 일본 제국의 군사적 팽창주의 에의 부족한 성찰 간의 엇갈림은, 종군위안부의 현안을 두고 보면 잘 알 수 있듯이, 역사 인식에 있어서 격렬한 감정적 마찰을 빚고 있으며, 지금 까지도 두 나라 사람들 사이에 놓인 마음의 해협에 일정한 높이의 파고 로 남아 있다.

언젠가 특별한 사진집이 발간되었었다. 미군의 사진을 발굴해 판형이 큰 책으로 묶어진 『살아서 돌아오다―해방공간에서의 귀환』(솔, 2005)이 바로 그것이다. 이리저리 잘 살펴보니, 그 당시의 한 미군부대가 촬영하고 편집하고 캡션을 단 사진들을 잘 갈무리한 1급 사료다. 역사적인 기록사진으로서 손색이 없다.

제국 일본의 식민지 지배를 연구하는 아사노 도요미가 권두 해설을 썼다. 이 방면의 손꼽히는 전문가인 듯하다. 그는 제국의 해체에 따른 인간의 이동을 두고 '귀환'이라는 용어를 사용하고 있다. 이 개념은 제국적 질서의 종언을 의미하는 탈식민지화의 일환으로 전개된 것이면서, 또한 식민지 지배의 종착점인 동시에 한일관계의 출발점이 되기도 한다. 전후 일본에 유입된 귀환자의 숫자는 약640만 전체 인구의 8~9%이었다고 한다.[1]

종전 직후의 귀환자 중에서 역사적인 인물은 가짜 중국인으로 살다가 죽음의 일보 직전에서 일본인이었음이 입증되어 중국에서 일본으로 극적으로 귀환한 여가수 리샹란과, 무대를 서양으로까지 넓히면서 국제적인 명성을 떨치다가 종전 무렵에 중국에 있다가 가까스로 북경에서 인천으로 귀환한 무용가 최승희가 있다. 그 사진집에는 그녀가 1946년 6월 5일에 인천에 도착해 카메라 앞에 선 모습을 담고 있다. 귀환 이후의 두 사람의 삶은 달랐다. 리샹란은 야마구치 요시코라고 하는 일본 이름으로 화려한 연예 활동은 물론 정치인으로서도 승승장구했다. 반면에 최승희가 월북해 북한에서 조선 춤의 발전을 위해 많은 노력을 다했지만 김일성에 의해 정치적으로 몰락했다.

일본에서 조선으로, 조선에서 일본으로 귀환한 수많은 사람들 행렬 속에는 두 소녀가 끼여 있었다. 15세였던 이상금과, 12세였던 가와시마 요코였다. 이들은 귀환 때의 기억 및 경험을 바탕으로 각각 자전적 기록문학과 자전소설을 발표해 큰 반향을 불러일으켰다. 이상금은 1993년에 '한분노후루사토(半分のふるさと)'라고 하는 제목으로 일본어로 먼저 간행

---

1 사진집, 『살아서 돌아오다—해방공간에서의 귀환』, 솔, 2005, 해설 1~3쪽, 참고.

했으며, 한국어판 『반쪽의 고향』은 3년 후인 1996년에 우리말로 간행되었다. 한편 가와시마 요코의 자전소설은 '소 파 프롬 더 뱀부 그로브(So far from the Bamboo Grove)'라는 영문 제목으로 미국에서 1886년에 영문판으로 간행되었고, 한국어판 『요코 이야기』는 2005년에야 비로소 간행되어 우리에게 알려졌다.

2

이상금은 일본 히로시마에서 태어났다. 그 시대에 일본에 사는 조선의 아이들은 일본 아이들에게 조선인이라고 놀림을 받았다. 예외가 거의 없었다고 해도 과언이 아니었다. 이와타 히로시의 「주소와 만두」는 이를 소재로 한 것으로서 전후 일본 현대시의 명시로 손꼽힌다.[2] 1937년 중일전쟁이 일어나자, 일본 아이들 사이에는 중국인의 멸칭인 시나징, 짱고로가 가장 심한 욕이 되었다. 조선인도 덩달아 인종차별의 희생양이 된다. 소학교 1학년인 이상금은 속으로 이렇게 되뇌었다.

아니야. 우린 시나징이 아니야. 절대로 아니야. 나의 작은 가슴에는 소리 없는 외침이 소용돌이쳤다. 우린 그 나쁜 시나징이 아니야. 우린 조선 사람이야. 그러나 조선 사람이라고 말하는 것도 싫었다. 나는 고개를 떨구고 입술만 아프게 깨물었다.[3]

---

2 나는 유튜브 채널을 통해 '시로 하는 인생 공부'라는 강좌를 2021년 11월 현재 백 수십 회 진행해오고 있다. 이 강좌 명 사이트에 들어가 이와타 히로시나 '주소와 만두'를 검색하면 26분 동영상 강의를 들을 수 있다.
3 이상금, 『반쪽의 고향』, 샘터, 1993, 110쪽.

이런 복잡한 감정은 소학교 1학년 수료식에까지 이어진다. 이 이야기 '처마저고리'는 일본의 교과서에도 실려 있을 만큼 유명하다. 일본에서 먼저 이 기록문학이 발간되자 엄청난 반향을 불러일으켰다. 작가 이상 금은 이로 인해 NHK에 45분에 걸친 대담 프로그램에까지 초대되었다. 수료식에 일본식 정장을 입고 오겠다는 엄마는 애초의 약속을 깨고 치마저고리를 입고 왔다. 나는 놀랍고 창피하기 이를 데 없었다. 내가 일본에 한 해 있을 때 겪은 얘기인데, 우리가 일본 전통 의상이 기모노인 것을 알고 있는 만큼, 일본인들도 우리의 전통 의상인 처마저고리를 대부분 알고 있다고 한다.

엄마들은 기모노 위에 검은 하오리를 덧입었는데, 소매 중간쯤에 하얀 동그라미가 있고 그 속에 무슨 문양들이 새겨져 있다. 아아, 저것이 몬쓰키인가 보다. 나는 고개를 끄덕였다. (……) 그때 엄마가 나타났다. 순간, 나는 숨이 콱 막혔다. 엄마는 조선옷을 입고 나타난 것이었다. 흰 저고리에 검정 치마를 입었다. (……) 내 얼굴이 새빨갛게 달아올랐다. 입이 마르고 식은땀이 났다. 입술을 아무리 축여도 금새 바짝바짝 마른다. 엄마는 왜 저 따위 옷을 입고 온 거야. 뒤쪽에서 '조오셍, 조오셍'이라고 수군거리는 소리가 들린다. 그런데도 우리 엄마는 머리를 똑바로 세우고 이보란 듯이 서 있다. 아아, 어쩌지. 창피해. 나는 어쩔 줄 몰라 했다.[4]

그날 어린 이상금은 집에서 울고 또 울었다. 놀라서 울었고, 창피해서 울었고, 일본에서 조선인으로 살아가는 것이 싫어서 울었을 게다. 하지만 치마저고리를 입은 엄마는 당당했다. 쪽진 단정한 머리에다 치마저고리 입은 엄마의 예바르고 당당한 모습의 이미지는 박완서의 자전소설

---

4 같은 책, 114~115쪽.

에서도 나오는 얘기다. 일제강점기 여인들에게 있어서의 치마저고리는 그냥 일상으로 입는 단순한 옷이라기보다 조선의 뭔가 혼이 담겨진 옷이라고 생각되었을 것이다.

이상금의 가족들이 이사를 하고 또 전학도 했다. 일본 아이들의 놀림감이 되기 싫은 것도 이사와 전학의 이유가 되었다. 전학하기 잘 했다. 같은 히로시마라고 해도 시골에서 약간 도시 같은 바닷가였다. 전학 간 학교에서 만난 선생님이 평생의 이상적인 교사상이 되었다. 오카히로 선생님은 다섯 달 담임에 지나지 않았지만, 평생토록 잊어지지 않은 교사였다. 이 선생님에 관한 장(章)은 차지하는 면수가 무려 58쪽에 이른다. 이 선생님은 전학 온 조선인 아이에게 창씨개명의 일본식 이름 가네야마 히로코 대신에, 이상금(리소킹)이란 조선 식 이름을 되찾아주면서, 급우들에게 소개한다. "리 상의 원래 집은 조선이야. 조선이란 아침이 아름다운 나라라는 뜻이 있단다. 옛날부터 조선은 학문과 예술이 발달한 나라지."[5] 참 훌륭한 교사라고 하겠다.

이상금에게 있어서 오카히로 선생님은 선재동자에게 있어서의 문수보살로 비유될 수 있다. 자신도 선생님이 되고 싶었다. 해방 후 가족이 부산에 정착하여 그는 수재들이 다닌다는 부산사범학교를 나왔다. 그 후에 혼자 몸으로 상경해 이화여자대학교 교육학과를 다녔다. 모교 교수로서 오랫동안 재직하면서 교육자의 길을 걸었으니, 어릴 때 오카히로 선생님의 감화가 얼마나 컸나를 알 수 있다.

그의 엄마는 무학자이지만 일본어가 능통했다. 히로시마 방언은 물론 표준어까지 능숙하게 구사했다. 열세 살의 나이로 도일한 이래, 민족의식이 매우 강했다. 그가 집에서 일본 천황 이름 124명을 줄줄이 외고 있으니, 엄마는 처음에 무슨 불경을 외냐고 생각했던 모양이다. 만세일계

---

5 같은 책, 148쪽.

의 천황 이름을 왼다고 하니, 그 딴 거는 외우지 말라고 한다. 잘 알려진 책 『상상의 공동체』의 저자인 베네딕트 앤더슨은 전근대 왕정의 대부분이 '(제)왕권의 정통성은 주민으로부터 나오는 게 아니라, 신에게서 나온다.'[6]고 지적한 바 있었다. 동아시아에서도 중국과 일본에서는 지배자를 가리켜 천자니 천황이니 지칭하듯이 왕권에 선험적인 천명(天命)의 사상을 부여하고는 했다. 어른이나 아이 없이 인종주의에 빠진 일본인들, 천황에게 맹목적으로 충성하면서 전쟁을 찬미하는 일본의 국책은 당시에 거의 몰이성의 수준이었다.

　……지성인들이 흔히 민족주의가 가진 거의 병적인 성격, 타자에 대한 뿌리 깊은 두려움과 증오, 그리고 인종차별주의와의 인접성 등을 지적하는 시대에, 민족은 사랑을, 때때로 심오한 자기희생의 사랑을 고취한다는 사실을 기억하는 것은 유용하다.[7]

이 기록문학의 절정 부분은 종전이 되고 얼마 지나지 않아 엄마가 일본인 이웃 남자에게 사과를 받는 장면이라고 하겠다. 이 작품의 가장 인상적이고도 감동적인 장면이라고 하겠다. 작가의 엄마의 인간됨을 잘 가늠하게 해준다. 이 엄마가 오랫동안 일본에서 (말은 유창하지만 글을 모르는) 무학자로 살아왔음에도 불구하고, 귀국한 이후에 가난한 집의 맏딸을 가난한 시대에 가난한 한국 사회에서 가장 유명한 여자대학교의 교수로 키운 것을 보면, 보통 엄마가 아님을 잘 알 수가 있다.

---

6 베네딕트 앤더슨, 윤형숙 역, 『상상의 공동체』, ㈜나남출판, 2002, 41쪽.
7 같은 책, 183쪽.

⋯⋯M짱 아버지가 나왔다. 수염이 마구 자라서 얼굴이 시커멓게 보였다.

"무슨 일입니까?"

M짱 아버지는 퉁명스럽게 물었다. 엄마는 목을 한껏 곧추세우고 앞으로 한 발 나아갔다.

"지난번 일 돌려받으러 왔습니다. 지금도 조센징은 죽여도 된다고 생각합니까?" 그걸 들으러 왔습니다.

"⋯⋯"

"그때 우리 아들을 어쩔 셈이었지요? 대단한 서슬 아니었습니까? 설마 그때 일을 잊지는 않았겠지요. 조센징 한두 마리 죽여도 죄 될 것 없다고 했었지요? 정말 죄가 안 되나요?"

(중략)

조금 사이를 두고 아저씨는 토하듯이 고통스럽게 말했다.

"일본은 (전쟁에―인용자) 졌습니다."

"당신네들은 조선 사람 목숨을 파리 목숨쯤으로 알았지요. 지금도 당신은 조선 사람을 한 칼에 죽일 수 있습니까?"

(중략)

엄마의 강한 말투는 거침이 없었다. 아저씨는 더 깊이 고개를 떨구었다. 내가 엄마 소매를 잡아끌었지만 꼼짝도 하지 않았다. 갑자기 아저씨가 땅바닥에 접질리듯 무릎을 꿇었다. 양팔을 짚고 어깨를 들썩거렸다. 나는 숨이 막힐 것 같았다.[8]

한편의 드라마나 영화를 보는 것 같다. 전쟁 때, 조선인 한두 마리 죽여도 죄 될 것 없다고 큰 소리를 친 일본 사내는 나라가 전쟁에 지자 조선의 보통 여인의 항의에 눈물을 흘리면서 무릎을 꿇었다. 이 사과하고

---

8 이상금, 앞의 책, 327~328쪽.

용서하는 모습이 후세의 사람들이 대부분 바라는 바일 것이다.

이상금의 책 일본어판(원본)은 일본에서 엄청난 반향과 공명을 불러일으켰다. 1993년 11월부터 이듬해 5월까지 일본의 아동문학상 4관왕에 올랐다. 시상식 때에는 헤어진 지 반세기를 넘긴 옛 친구들과 옛 은사들이 축하하기 위해 멀리서 도쿄로 왔다고 한다. 13세 아이들로부터 92세의 노인에게까지 격려의 편지 5백통 이상을 받았다고 한다. 일본에서의 '반쪽(절반)의 고향' 열풍은 특히 젊은이들로 하여금 한때 일본의 맹목적인 민족주의에 대해 성찰의 기회를 가지게 했을 것이다.

3

이상금의 경우와 달리, 또 다른 귀환자의 이야기는 미국에서의 한인사회가 문제를 제기해 논쟁적인 상황을 만든 작품이었다. 미국명 요코 가와시마 왓킨스는 한국에서 자랐고 전쟁이 끝나 귀국한 후에 정작 조국인 일본에서는 10년을 살고 미국인과 결혼해 미국에서 오래 살아온 일본계 미국인이다. 그의 소설 『대밭 저 멀리(So far from the Bamboo Grove)』, 즉 '요코 이야기'는 미국의 교과서에 실린 작품이다. 이상금의 책 중에서 몇몇 부분이 일본의 교과서에 실린 것처럼 말이다. 하지만 그것은 귀환하는 과정에서 공명은 없고 쟁점만이 남은 안타까운 자전소설이 되고 말았다.

이 「요코 이야기」가 문제가 되었던 것은 지엽적인 사실들의 왜곡 문제, 조선인 남성의 성폭력적인 이미지 부각, 가해 역사의 침묵 내지 은폐로 요약될 수 있을 것 같다.[9] 여기에서 가장 부각되는 문제는 일본 여성

---

9 윤상인, 『문학과 근대와 일본』, 문학과지성사, 2009, 287쪽, 참고.

에 대한 조선인 남성의 성폭력적인 이미지다. 물론 한국인의 입장에서 볼 때, 여태까지 들어보지도 못한 낯선 이야기다.

이에 관한 어린 소녀 요코의 기억 및 경험은 다섯 가지로 전해지고 있다. 첫 번째 기억 및 경험부터 고개를 갸웃하게 한다. 1945년 7월에, 전쟁도 끝나기도 전에 북조선에서 탈출한 것도 이해가 되지 않으며, 인민군복의 남자 세 사람이 세 모녀를 강간하기 직전에 미군기가 폭격을 가해 위기를 넘겼다는 것도 물론이다. 가장 먼저 나오는 장면은 북한 지역에서 탈출해 서울로 오기까지의 과정에서 벌어진 일. 세 모녀가 인민군복을 입은 세 군인에게 당할 뻔 얘기다. 위기의 순간에 미군 폭격기가 공중에 떠 있었다. 미군의 공중 폭발물이 어떻게 알고 남자 세 명을 죽이고 여자 세 명은 다친 데도 없이 멀쩡하게 살릴 수 있단 말인가?[10] 우연의 일치 치고는 지나친 우연의 일치일까? 극화한 느낌을 지울 수가 없다. 치안이 좀 안전하리라고 믿은 서울에서도 마찬가지다.

> 오 주째 서울에 머물고 있던 어느 날이었다. 겁에 질려 창백한 얼굴로 달려온 언니가 소리쳤다.
> "서울을 떠나야겠어요, 어머니. 조선 남자들 여러 명이 숲으로 여자들을 숲으로 끌고 갔어요. 거기서 한 여자애가 강간당하는 것을 봤어요."
> 언니는 부들부들 떨고 있었다.
> "여자애들이 일본말로 막 고함을 질렀어요. 제발 좀 도와달라고요. 너무 무서워요, 어머니, 머리카락을 좀 더 깎아야겠어요.[11]

머리카락을 깎아야 했다. 그때 조선에서 일본으로 귀환할 일본 여자들

---

10 요코 가와시마 왓킨스, 윤현주 옮김, 『요코 이야기』, 문학동네, 2005, 91~93쪽, 참고.
11 같은 책, 144~145쪽.

은 남자로 보이기 위해 남장을 하는가, 이와 같이 머리카락을 깎아야 했을지 모른다. 심지어는 남자들처럼 서서 소변을 보는 여자들도 실제로 있었을 것이다. 그 상황을 겪어보지 못한 사람들은 아무도 모른다. 여성으로서 피해 입은 경험이 서울에서의 일보다, 부산에서의 일은 더 구체화되고 있다.

> ……해방을 자축해 마신 술에 곤드레만드레 취한 조선 남자 몇 명이 우리를 빙 둘러쌌다. 한 남자가 앞뒤로 몸을 비틀거리면서 언니를 붙잡고 늘어졌다.
>
> "야 너 남자야, 여자야?"
>
> 언니가 대답했다.
>
> "남자예요."
>
> "여자 목소리처럼 들리는데. 어디 한번 만져보자."
>
> 언니는 태연한 표정으로 대꾸했다.
>
> "만져 봐요."
>
> 나는 애가 타 죽을 지경이었다. (중략) 조선인들은 수십 년간 일본의 지배를 받다가 이제 자유의 몸이 된 것이다. 한 남자가 언니의 가슴에 커다란 손을 집어넣었다.
>
> "밋밋하잖아. 사내놈들은 흥미 없어."
>
> 남자들은 다시 사람들 틈으로 비틀거리며 걸어갔다. 자기들을 만족시킬 만한 여자들을 찾기 위해서였다. 그러다 누구라도 하나 눈에 띄면 어딘가로 데리고 갔다. 귀를 찢을 듯한 여자들의 비명이 허공에 메아리쳤다.[12]

가장 문제가 되는 부분이 아닌가, 한다. 많은 한국인들은 분노하고, 재미 한인들은 더 분노했다. 지금도 위안부 문제를 놓고 외국의 한인 사회

---

12 같은 책, 153~154쪽.

가 감정적인 마찰을 더욱 불러일으킬 때가 있다. 베네딕트 앤더슨이 『상상의 공동체』에서 사용한 용어인 '원거리 민족주의(long distance nationalism)'가 본국의 민족주의보다 더 '근본주의화' 되어 있다는 방증을 이 대목에서 찾는 경우도 있었다.[13] 어쨌든 「요코 이야기」가 본국인 일본에서 일본어로 번역조차 안 된 것으로 알려져 있을 만큼 큰 관심거리가 되지 못하고 있지만, 미국에서는 지금까지도 교과서의 채택 및 퇴출을 되풀이하고 있다고 한다. 물론 우리나라의 일부 지식인은 「요코 이야기」를 부분적으로 변호하기도 한다.

전쟁의 혼란 상황 속에서 신체적 약자인 여성은 성적 폭력의 희생자가 되기 쉽다. 승자에 의해 행해지는 전시 강간은 패자 측으로부터 보복을 당할 위험이 적기 때문에 공공연히 일어난다. 「요코 이야기」에 나오는 강간 관련 묘사가 날조되거나 과장되었다고는 결코 단언할 수 없다.[14]

나는 「요코 이야기」에 한국인들이 분노하기만 할 뿐, 아파하지 않는 현실에서 참담함을 느꼈다. 그러나 아파하는 사람들도 있었다. 바로 여성주의 시각에서 요코 이야기를 바라보는 분들이었다. 그들은 한국과 일본의 문화적 기억이 아닌, 두 나라 여성들 모두가 일제의 피해자였다는 점을 분명히 했다. 그런 길을 가다 보면 우리 역시 도덕 공동체로 거듭나게 될 것이다.[15]

요코의 가족사 역시 제국주의와 전쟁의 희생양이었다. 아버지는 남만주 철도 주식회사 직원이었는데 갑자기 들이닥친 소련군에 의해 체포되어 시베리아 유형을 떠났다고 한다. 아닌 게 아니라, 세 모녀의 탈출 과

---

13 윤상인, 앞의 책, 289쪽, 참고.
14 같은 책, 297쪽.
15 김학이, 「요코 이야기 파문」, 교수신문, 2007. 3. 12.

정에서의 성폭력 위기라는 피해자 부각이 반전 평화로 포장된 감이 없지 않았다. 하지만 앞에서 인용한 두 사람의 글은 우리가 소중하게 성찰해야 할 부분이라고 본다.

다소 이해하기 어려운 점이 있다면, 북조선으로부터의 일본 귀환자의 월남은, 「요코 이야기」와 달리 대부분 1946년 봄에 있었던 일이었다. 이 과정에서 미지의 조선인으로부터 도움을 받아 목숨을 부지할 수 있었다는 증언도 적지 않았다. 이 사실만 보더라도 「요코 이야기」의 역사적인 불일치감이 없는 건 아니다. 일본에서는 1980년대에 귀환자의 수기가 크게 인기를 끌었다고 한다. 조선인 남성이 귀환 과정에서 일본 여성에게 성폭력을 가했다는 증언은 극히 제한적이었고, 있었다고 해도 전문(傳聞)이거나 목격담이지 체험담은 아니었다고 한다. 「요코 이야기」에서는 이 사실이 은밀한 목격담으로 드러나고 있는데, 이것이 또 실제 경험인지도, 아니면 극화된 장치의 개연성(probability)인지도 잘 알 수 없다.

내가 이 글의 첫머리에 거론한 인물이 있었다. 사진집의 해설을 쓴 아사노 도요미다. 그는 해설에서 '귀환이라는 비참한 고통의 기억은 일국(一國) 평화주의를 지탱하는 피해의 기록으로 수렴되었다.'라고 지적하고 있었는데, 「요코 이야기」도 여기에서 크게 벗어나지 않은 듯하다.[16] 남만주, 북조선, 일본, 미국에서 다문화적이고 다공간적인 인생유전의 삶을 살아왔던 요코를 감안하자면, 이 이야기 속에 웅크리고 있는 이른바 일국 평화주의는 매우 낯설고 아쉽게 느껴지는 부분이 아닐 수가 없다.

---

16 사진집, 『살아서 돌아오다―해방공간에서의 귀환』, 앞의 책, 해설 7쪽, 참고.

타고르, 생명력의 불꽃을 노래하다
—시집 『기탄잘리』를 다시 읽으며

1. 인도에서 타고르를 말하다

라비케쉬 미스라 교수님.

나는 그저께 인도에서 돌아와 서울의 자택에서 여독을 풀고 있습니다. 난 평생 처음으로 연말연시를 외국에서 보냈습니다. 나의 인도 여행은 이번이 두 번째인데 이번의 경우는 아잔타 석굴과 네루대학교의 방문이 오래 기억에 남게 될 것 같습니다. 인도 최고의 명문대학교에 한국어학과가, 그것도 광활한 인도에서 유일하게 설립되어 있다는 사실이 매우 뜻밖으로 느껴졌습니다. 당신은 인도에서의 한국문학의, 크게 보아 한국학의 선구자가 아닌가 하고 생각됩니다.

나는 당신을 만나 잠시 사적인 대화를 나누기도 하였습니다. 나는 그 후에 당신의 인상, 즉 선량한 큰 눈과 반짝이는 눈빛의 이미지를 서울로 가지고 온 것이 아니라 당신의 발표에 대한 기억까지 여기에 가지고 왔습니다. 당신은 제8회 한국·인도 문학예술인 국제 학술문화제가 있던 1월 4일에 시인 김영랑을 중심으로 한 발제문 「한국 현대시에 나타난 자연 이미지」를 유창한 한국어로 발표하셨습니다. 매우 명료하고 분석적인 발표여서, 이렇다 저렇다 하면서 감히 말씀 드릴 계제가 아니라고 봅니다. 요컨대 나는 한국문학을 전공으로 하는 이로서, 평소에 인도의 학생들에게 한국문학을 가르치시는 데 여념이 없을 당신께 감사의 말씀을 전하지 않을 수 없습니다.

나는 그때 「타고르와 한국의 인연」이란 제목으로 발표하였지요. 인도의 위대한 시인인 라빈드라나드 타고르(1861~1941)는 저의 전공이 아닙니다. 그동안 한국에서의 타고르 전문가는 영문학자들의 몫이었습니다. 연세대 영문과 교수로 오래 재직하셨다가 지금은 작고하신 시인 유영 선생님이 대표적인 경우라고 할 수 있었습니다. 제가 타고르에 관해, 그것도 인도에서 말한다는 것은 주제넘은 일이었습니다. 아마추어적인 감각의 인상비평 수준에 머무는 것은 당연한 것일 터입니다.

하지만 나의 발표가 시간과 통역에 쫓기어 수박 겉 핥기 식으로밖에 이루어지지 않아 나 스스로 만족하지 못한 면이 있어서 새로 원고를 작성하여 교수님께 보내드리니 여러 모로 참고가 되었으면 좋겠습니다.

2. 내가 읽은 최초의 타고르 시

라비케쉬 교수님도 잘 아시다시피, 인연은 불교에서 온 말입니다. 한국 사람들은 이 말을 전통적으로 매우 좋아합니다. 타고르와 한국의 관계는 한마디로 인연이 있었다고 할 수 있겠지요. 한국 사람들은 타고르와 한국 사이에 신비롭고도 묘한 인연이 있다고 믿어온 게 아닐까 합니다. 그래서 한국인들은 과거에서 현재에 이르기까지 인도의 시인 타고르를 존경하고, 또 사랑합니다.

나는 고등학교 2학년 때 처음으로 타고르의 시를 읽었던 것 같습니다. 그 이전에 「동방의 등불」을 읽었거나 배웠거나 하는 것의 여부에 관해서는 전혀 기억이 나지 않습니다. 내 기억 속에는 최초로 만나서 읽고 배운 시는 『기탄잘리(Gitanjali)』 제60장일 따름이죠. 이 시는 판본에 따라서 『기탄잘리』가 아닌 『초승달』에 실려 있는 시로 분류되어 있기도 합니다.

어쨌든, 나는 이 작품으로써 타고르의 시 세계를 처음으로 접했습니다. 나는 고등학교 2학년 때 국어 교과서에 실려 있는 이 시를 공부했습니다. 이 시를 처음 읽을 때, 내게 있어서의 이 시는 시각적인 풍경처럼 환히 펼쳐졌습니다. 그 풍은 동심에 근거했기에 더 선명하게 남아 있는지도 모르겠습니다. 세상에서 가장 순수한 것이 동심인지 모릅니다. 동심에는 욕망도, 거짓된 감정도, 이해타산도 없습니다. 그래서 시의 마음이 있는 본래 자리에 어린이들의 마음이 차지하고 있지 않을까 생각합니다.

내가 고등학교 시절에 배운 이 시는 본디 독립적인 한 낱의 시가 아니라 연작시의 하나여서 제목이 없는 시입니다. 하지만 우리나라에선 개별적인 지위와 가치가 부여된 채 「바닷가에서」라는 제목으로 통용되고 있습니다. 그 당시에 내가 배운 타고르의 우리말 시는 양주동이란 분의 번역시였습니다.

> 아득한 나라 바닷가에 아이들이 모였습니다.
> 가없는 하늘 그림같이 고요한데,
> 물결은 쉴 새 없이 남실거립니다.
> 아득한 나라 바닷가에
> 소리치며 뜀뛰며 아이들이 모였습니다.
>
> 모래성 쌓는 아이,
> 조개껍데기 줍는 아이,
> 마른 나뭇잎으로 배를 접어

웃으면서 한 바다로 보내는 아이,
모두 바닷가에서 재미나게 놉니다.

그들은 모릅니다.
헤엄칠 줄도, 고기잡이할 줄도,
진주를 캐는 이는 진주 캐러 물로 들고
상인들은 돛 벌려 오가는데,
아이들은 조약돌을 모으고 또 던집니다.
그들은 남모르는 보물도 바라잖고,
그물 던져 고기잡이할 줄도 모릅니다.

바다는 깔깔거리고 소스라쳐 바서지고,
기슭은 흰 이를 드러내어 웃습니다.
사람과 배 송두리째 삼키는 파도도
아가 달래는 엄마처럼,
예쁜 노래를 불러 들려 줍니다.
바다는 아이들과 재미나게 놉니다.
기슭은 흰 이를 드러내며 웃습니다.

아득한 나라 바닷가에 아이들이 모였습니다.
길 없는 하늘에 바람이 일고
흔적 없는 물 위에 배는 엎어져
죽음이 배 위에 있고 아이들은 놉니다.
아득한 나라 바닷가는 아이들의 큰 놀이텁니다.

오랫동안 국어 교과서에 실린 이 우리말 역본은 한때 오역의 논란에 휩싸이기도 했습니다. 내가 보기엔, 이 역본이 오역이라기보다 의역이라고 보는 것이 사실에 가깝다고 하겠습니다.

어쨌든 이 시는 마치 동시와 같은 서정시입니다. 동심을 반영한 흔적이 여기저기에 현저하기 때문입니다. 동심이 시심의 원천이 된다는 생각은 낭만주의의 문학관에서 비롯된 생각이 아닐까요? 이 시의 바탕에는 영혼의 순수성이랄까, 인간 본래의 천진성이랄까, 생명의 근원을 관조하는 신비적인 예지랄까 하는 것이 깔려져 있습니다.

이 시의 내용은 한마디로 말해, 아득한 나라의 바닷가에서, 아이들이 놀고 있다는 것입니다. 여기에 두말할 나위가 없이 물외한인(物外閒人)의 이상적인 삶을 추구하거나, 자아와 세계의 친연성을 극화하려고 한 타고르 개인의 사상이 잘 반영해 있습니다. 하지만 이 사상은 타고르 개인의 사상이라기보다는 브라만과 아트만이 한결같음을 말하는 소위 범아일여(梵我一如)의 인도 사상인 것이며, 자연친화적인 몰입의 세계를 만들어가는 범(汎)동양의 사상이기도 한 것입니다.

On the seashore of endless worlds children meet.

The infinite sky is motionless overhead and the restless water is boisterous.

On the seashore of endless worlds children meet with shouts and dances.

—『Gitanjali』· 60

타고르의 시집 영문판 『기탄잘리』의 제60장은 이렇게 시작하고 있습니다. 시인이 자신의 모국어인 벵골어로 먼저 쓰고, 또 다시 식민종주국의 언어인 영문으로 써 영시처럼 읽히도록 했습니다.

아득한 나라 바닷가에 아이들이 모였습니다(On the seashore of endless

worlds children meet)······이 바닷가는 바다와 뭍의 경계이지만 우주론적 영원성의 표상이기도 합니다. 이 바닷가에서 노는 아이들의 경지는 구속 없는 절대 자유의 경지일 것입니다. 시인 타고르가 자유로운 영혼을 동심에 투사한 것임에 틀림없습니다. 이러한 유의 개념은 노자의 무위자연이나 장자의 소요유(逍遙遊) 같은 개념과 별반 차이가 없으리라고 보입니다.

가없는 하늘 그림같이 고요한데, 물결은 쉴 새 없이 남실거립니다(The infinite sky is motionless overhead and the restless water is boisterous)······하늘은 멎어 있고 바다는 움직이고 있다. 이를테면 정중동(靜中動)이라고 표현되는 우주적인 하모니의 세계입니다. 천진한 아이들이 바닷가에서 노닌다는 것에는 세계와의 합일을 추구하고자 하는 타고르의 무구, 무욕의 삶의 태도가 드러난 것. 그때 고등학생에 지나지 않던 나에게는 인도의 신비주의란 것이 미지의 휘장을 들추면서 말할 수 없는 무언가의 감촉으로 아련하게 밀려들고 있습니다. 나와 타고르의 첫 만남은 이처럼 소중한 인연과 기억의 지층 속에 자리하고 있습니다.

3. 옛길 너머에 새마을이 있어라

라비케쉬 교수님.

중국의 시인 가운데 육유(陸游 : LuYou)라는 시인이 있었습니다. 중국의 대표적인 애국 시인이지요. 그는 타고르보다 7백년 정도 이전의 시인입니다. 그 역시 어려운 시대에 살았습니다. 타고르가 나라의 땅이 전부 빼앗긴 시대에 살았다면, 그는 북방 민족에 의해 나라의 땅이 반 정도 빼앗긴 시대에 살았습니다.

타고르의 『기탄잘리』 제37장에 의하면, '옛길이 끊긴 거기에, 놀라움으로 휩싸인 새마을이 드러나 있어라(⋯⋯where the old tracks are lost, new country is revealed with its wonders)!'라고 표현한 내용이 있는데, 이는 육유의 유명한 시구와 매우 비슷합니다.

산도 막히고 물도 막혀 길이 있을까 걱정했는데,
버들잎 우거지고 꽃이 만발한 마을이 또 있구나!

山重水複疑無途
柳暗花明又一村

길이 끝나는 곳에, 또 다른 마을이 있다. 옛 사람들은 고생이 다하면 즐거움이 있다. 이 시구는 절망을 넘어 새로운 희망을 본다는 뜻으로 해석되기도 합니다. 이 점에서 본다면, 타고르의 시에 나타난 정서는 한국을 넘어 아시아적인 공통된 정서를 가지고 있다고 하겠습니다.

타고르의 시집『기탄잘리』를 새롭게 읽어보니 가장 빈도수가 높은 추상적인 단어는 '생명(Life)'이더군요. 이 단어와 관련해 '왕성한 생명의 힘'은 한국 문화의 본질과 핵심을 나타내는 것이기도 합니다.

타고르는 19세기 말을 지나서 문학의 꽃을 피웠습니다. 19세기 말은 유럽에서 세기말의 사상적인 물결이 지배하던 시대였습니다. 이 시기의 유럽의 문학인과 예술가들은 주로 죽음, 절망, 퇴폐 등의 성격이 내포된 부정적인 아름다움에 심취하고 있었습니다. 그러나 타고르의 시는 생명과 희망과 정신적인 건강함으로 대표되는, 소위 인생을 위한 예술을 지향하고 있었습니다. 그 시대의 소설가로는 톨스토이가 뜻을 함께 했다고 볼 수 있습니다.

요컨대, 욕망·물질·자본 등의 반대편에 놓인 세상에 생명이라고 하는 개념이 존재합니다. 지금의 우리 시대에도 마찬가지입니다. 생명은 모더니즘과 자본주의의 대안으로 떠오르는 키워드인 것입니다.

When I go from hence let this be my parting word, that
    what I have seen is unsurpassable.

—『Gitanjali』· 96

내가 본 세상은 너무도 아름다웠습니다, 이것이 이 세상을 떠날 때 내가 하는 작별의 말이 되게 하소서……인생에 강한 집착을 느끼면서 살아온 한국인들이라면, 이 시구에 매우 공감할 것으로 보입니다. 타고르는 세기말에 서양적인 비관주의에 빠지지 않고, 동방의 짙은 낙관주의에 경도되었던 것입니다. 이 낙관주의는 비인간화(dehumanization)라는, 지금 또 다른 세계의 위기에 맞서 정치·경제·문화·예술의 분야에서 문제를 해결하고 극복하는 힘의 원천이 될 것입니다.

시집 『기탄잘리』 제84장은 매우 아름다운 시입니다. 영문학자 장경렬(서울대 교수) 역본을 다음과 같이 인용해봅니다.

이별의 고통이 온 세상을 뒤덮고 끝없는 하늘에 무수한 형상을 만들고 있습니다.

이 이별의 슬픔은 밤새 이 별에서 저별로 조용히 눈길을 주다가, 비 내리는 7월의 어둠 속 서걱대는 나뭇잎 사이에서 시가 됩니다.

온 세상이 뒤덮는 이 아픔이 인간이 거주하는 곳에서 사랑과 갈망으로, 고통과 환희로 깊어만 갑니다. 그리고 이 아픔이 녹아 노래가 되어 흐릅니다. 내 안에 있는 시인 마음을 통해.

이 시는 한국의 유명한 애국 시인인 한용운의 대표적인 시편인 「님의 침묵」처럼 매우 아름다운 시입니다. 이 두 편의 시는 내용이 서로 연결됩니다. 이 두 편의 시를 서로 비교하면서 비평적으로 정교하게 분석하면, 매우 흥미로운 일이 될 것이라고 생각합니다. 앞으로 나의 과제로 남겨두고자 합니다. 한용운은 정신의 배경이나 문학의 장치들(devices)에 있어서 타고르로부터 적지 않은 영향을 받았습니다. 물론 모방했다는 것의 의미는 전혀 아닙니다.

주지하듯이, 단어 '기탄잘리'는 '신을 위한 송가(頌歌 : hymn)'를 뜻합니다. 이런 점에서 타고르는 신과 인간을 맺어주는 중개자입니다. 세계의 어디에서나, 가장 원초적인 시인의 본디 모습은 주술사입니다. 이 세상 모든 문화권의 시인은 주술사요 예언자입니다. 인도의 전통에서 시인인 '꺼비(kavi)'는 신과 인간을 이어주는 중간적인 존재입니다. 한국 역시 최초의 시인도 샤먼이었다고 생각됩니다. 시의 예언적인 기능은 어디에서든 한결같습니다.

타고르는 자신의 감정을 호소하기 위해 자신의 신을 애타게 불렀고, 한용운 역시 연인으로 의인화한 '님'과, 토착적인 한국어로 신의 개념에 해당하는 '검'을 찾고 또 찾았습니다. 이 '님'이건 '검'이건 지금의 한국 일상어로는 죽은 언어가 되어 있습니다. 아마 한용운이 살던 시대에도 일상어로 사용되지 않았을 것입니다. 죽은 언어에 생명을 불어넣어서 되살리려고 한 것도 생명의 힘에 대한 시적인 애착이 아닐까요?

내가 내 자신을 무한히 넓혀 이를 사방으로 향하게 하고, 그럼으로써 님의 찬란한 빛 위에 색색의 그림자를 드리우는 것—그것이 님이 소유한 마야의 세계입니다.

(……)

님이 세워놓은 이 장막 위에 밤과 낮의 화필이 무수한 형상을 그려 놓았습니다. 그 장막 뒤에는 님의 자리가, 놀라울 만큼 신비로운 곡선으로 짜인 님의 자리가, 그 모든 삭막한 직선들을 거부하는 님의 자리가 있습니다.

님과 내가 연출한 놀라운 장관(壯觀)이 하늘 가득 펼쳐져 있습니다. 님과 나의 곡조가 울리자 온 대기가 가늘게 떨리고, 님과 나 사이의 숨바꼭질이 이어지는 가운데 온 세월이 흐릅니다.

—장경렬 옮김

이 작품 제71장은 『기탄잘리』가운데서 가장 난해한 작품이 아닌가 합니다. 하지만 이 텍스트는 한국인의 관점에서 볼 때 매우 친숙함이 느껴집니다. 왜냐하면, 신이 있는 자리는 신비로운 곡선으로 짜인 자리이고 삭막한 직선들을 거부하는 자리이기 때문입니다. 한국어에서, 곡선과 아름다움이란 단어는 같은 어원에서 시작하였다. 즉, '곱다'와 '굽다'는 하나의 언어 가지에서 나왔지요. 한국의 전통 예술은 곡선을 지향합니다. 춤 동작도, 노래의 멜로디도, 건축의 형태도, 도자기의 모양도 그러합니다.

이 시에서 타고르는 인도 문화의 핵심 개념인 '마야(maya)'를 끌어오고 있습니다. 뭐라고 말할 수 없는 유니크한 환영(illusion)의 세계. 이와 유사한 개념을 한국의 문화 속에 굳이 찾을 수 있다면, 그건 이른바 '신명'이라고 불리는 개념일 겁니다. 신명은 신과 인간이 합해져 하나가 된 경지를 말합니다. 예술과 민간신앙에 있어서, 인간과 인간, 인간과 자연, 인간과 토착신이 최고의 경지에 함께 도달한 것이 신명이란 세계입니다. 말하자면, 신명은 한국적인 스타일의 범주에서 말하는 유니크한 환영의 세계입니다.

영문학자 장경렬은 타고르 시편들에 인간과 신이 만나는 창구가 있다고 말합니다. 님이 세워놓은 장막, 님의 자리, 님과 내가 연출한 놀라운 장관의 하늘 등이 그 창구라고 생각됩니다. 타고르에게 있어서 님은 절대자입니다. 장경렬은 '님과 나 사이의 숨바꼭질'이 왜, 혹은 어떻게 동원되었는지 이 대목에서 이해될 수 있다고 했습니다. 탁견이 아닐 수 없습니다.

　요컨대 시의 성자인 타고르는 생명력의 꺼지지 않는 불꽃을 노래하였습니다. 이 불꽃은 참된 시심에서 비롯된 예지와 경건성의 정념이 아닐 수 없습니다.

4. 번역의 문제와 전망에 대하여

　잘 알다시피, 타고르의 『기탄잘리』는 한국에서 많은 사람들에 의해 번역되어 왔습니다. 번역의 대상은 시인 자신에 의해 영어로 중역된 텍스트이었습니다. 타고르 자신이 직접 영어로 번역했기 때문에, 여타의 중역의 의미와는 좀 다릅니다. 어쨌든 이 텍스트 가운데, 내 개인적인 취향이 허용된다면, 장경렬의 역본이 가장 세심하고 정성스럽게 만들어졌다고 보입니다. 문제는 어느 정도 한국어답게 번역이 되었느냐 하는 데 있습니다.

　오. 공허한 내 삶을 저 대양에 담가 주소서. 깊은 곳 바닥까지 충만한 그 대양으로 나를 던지소서. 전일한 우주 안에서 단 한 번이라도 감미로운 손길을, 잃어버린 손길을 느끼게 하소서.

　Oh, dip my emptied life into that ocean, plunge it into the deepest fullness. Let me for once feel that lost sweet touch in the allness of the universe.

　이 인용문은 『기탄잘리』 제87장 마지막 행입니다. 이 역본은 장경렬 옮김에 의해 이루어진 것. 좋은 번역임에는 틀림없는 사실입니다, 하지만 국문학자인 나에게는 한결 우리말답게, 보다 더 한국어로 공명하는 느낌의 언어로 옮길 수도 있었을 것이라는 아쉬움의 여지도 남습니다. 다음과 같은 역본을 제시해봅니다.

> 아. 텅 빈 내 삶을 저 한바다에 담그세요. 깊은 바닥에까지 그득한 그 한바다로 향해 나를 던지세요. 단 한 번이라도, 온 누리의 모든 곳으로, 잃어버린 손길, 달콤한 스침을 느끼게 하세요.

이 역본은 내가 하나의 시도와 범례로써 제시해본 것입니다. 여기에 덧붙여 말하자면 벵골어 원문을 번역의 대상으로 삼아야 한다는 중대한 얘기도 빼놓을 수 없습니다.

라비케쉬 교수님.

나는 당신이 힌두어 화자라는 것을 알고 있습니다. 하지만 당신의 제자 중에 벵골어 화자가 있다는 것도 알고 있습니다. 당신의 지도 아래 타고르의 모국어인 벵골어로 쓰인 『기탄잘리』를 한국어로 옮기는 작업을 시도할 수는 없겠는지요? 이 이야기는 그 날 내가 종합토론 시간에 인도 분들에게 제안한 것이기도 합니다. 만약 그럴 수만 있다면, 한국에서의 반향은 예사롭지 않으리라고 봅니다. 이처럼 언젠가는 벵골어 번역자에 의해 제1차적인 번역이 이루어져야 합니다. 한국어를 공부하는 벵골어 화자라면 더 좋은 경우라고 생각합니다.

아시다시피, 타고르는 일본에 여러 차례 방문하였습니다. 그가 일본에 있을 때, 일본에 있는 한국의 지식인이 한국 방문을 요청했습니다. 하지만 한국은 당시에 식민지였습니다. 식민지의 여건을 보아서, 쉽게 방문하기는 어려웠을 것입니다. 타고르가 미안한 마음이 있어서인지 한국을 위한 시 두 편을 한국 방문의 요청자에게 써준 적이 있었습니다. 이 두 시는 「패자의 노래(The Song of the Defeated)」(1916)와 「동방의 등불(The Lamp of the East)」(1929)입니다.

비교적 긴 형태의 전자는 당시 식민지 백성인 조선인들을 위로하기 위해, 이미 써놓은 작품을 선물한 것이며, 4행시의 간단한 형태인 후자는 그와 같은 식민지 백성인 당시의 조선인들에게 동병상련의 감정을 함께하면서 즉흥시의 메모로 남겨준 작품입니다.

이 짧은 시 한 편이 일본 제국주의 지배와 한국전쟁의 고난, 또 그 이후의 민주화와 경제 성장을 위해 한 마음으로 애를 써온 한국인들에게 큰 감명과 자신감을 안겨준 예언과 축복의 시이기도 합니다.

In the golden age of Asia Korea was one of its lamp-bearers And that lamp is waiting to be lighted once again For the illumination in the East.

저 아시아의 황금시대에,
등(燈) 하나를 들고 인도한 코리아.
그 등은 다시 한 번 빛을 기다리네,
동방의 찬연함을 밝히기 위하여.

원문의 '램프'는 등이면서, 또 등불입니다. 코리아는 아시아의 황금시대에 등불이었지만, 타고르의 시대에는 불 꺼진 등, 빛이 소멸된 등이었습니다. 코리아는 비유하자면 '램프를 들고 인도하는 사람들'의 한 명이었습니다. 말하자면, 인도—서역—중국—한국으로 이어진 램프의 인도자들이 있었습니다. 이들에 의해 아시아의 황금시대는 이루어졌던 것입니다.

타고르가 생각한 소위 '아시아의 황금시대'는 어느 시대일까요? 내가 생각하기로는 불교가 세계화되던 시대였을 것입니다. 불교는 인도에서 먼저 꽃을 피웠고, 중국을 거쳐 한국에 전해져 아름다움을 더했습니다.

객관적으로 볼 때, 아시아의 황금시대는 4세기에서 9세기에 이르는 시대이며, 문화와 지혜의 등불을 들고 아시아를 인도한 나라는 인도와 중국과 한국이었습니다. (이 무렵의 유럽은 몽매와 야만의 중세 암흑기였습니다.) 한때 아시아를 문화적으로 주도한 이 세 나라는 당시에 불행하게도 식민지로 전락해 있거나, 반(半)식민지의 상태에 놓여 있었습니다. 한국은 그 황금시대에 일본에 불교를 전해주었습니다. 어디 불교만이겠습니까? 한문, 건축술, 항해술 등도 전해주었습니다. 황금시대 이후에는 불화(佛畫), 인쇄술, 도자기 기술 등도 전해 주었으니, 코리아가 어찌 램프를 든 인도자라고 아니 할 수 있었겠습니까?

타고르는 한국과 더불어 동시대의 슬픔을 함께하려고 했습니다. 그리고 수많은 세월이 지나갔습니다. 슬픔도 긴 시간 속에서 조금씩 풍화(風化)되어 갑니다. 한국은 비록 나라의 크기는 작아도, 이제는 세계에서 일곱 번째의 경제 규모를 지닌 수준의 나라를 향해 바지런히 전진하고 있습니다. 한국의 약진과 발전은 기적과 같은 일입니다. 한국의 기적을 만들기까지, 한국인들은 근면과 교육에 치중해 왔습니다. 지금 남쪽의 코리아, 즉 대한민국은 정보기술 산업과 대중문화의 분야 등에서 램프의 인도자로서 선도적인 위치에 서 있습니다. 소위 한류(韓流)라고 하는 비유적인 표현이 잘 말해주고 있지 않습니까? 시인 타고르의 예언은 적중했습니다. 위대한 시인이란, 이처럼 미래를 꿰뚫어보는 통찰력을 가진 예언자일 것입니다.

5. 영원의 세계에 핀 진실의 꽃

나는 한국에 처음으로 들어 왔다는 인도 영화를 보았습니다. 영화를 본 해는 1975년. 고등학교 학생 시절의 일이었습니다. 한국어의 제목으로는 신상(神像) 즉 '신의 모습'이었습니다. 주인공 라주는 자신과 함께 살아가는 코끼리 라무에게서 '신의 모습'을 봅니다. 그리고 코끼리는 총을 맞고 주인을 위해 희생합니다. 나는 그때 인도 문화의 경건성, 신비주의, 생명존중 사상에 큰 감동을 받았고, 그 당시에 학교에서 한 해에 한 번씩 나오는 학생들의 교우지(校友誌)에 이 영화와 관련이 있는 글을 쓴 바 있었습니다. 오랜 만에 이 교우지를 들춰보니 라주가 라무의 영혼을 위로하는, 영화 속의 노래가 인용되어 있습니다.

비정(非情)의 세계를 떠나
영원의 세계에서 진실의 꽃을 피워라.
짐승이 사람을 해치면 야수라고 이르지만,
인간이 짐승을 죽이면 어찌 그들은 침묵하는가.
라무여, 라무여.

라무의 영전에서 부른 라주의 비가(悲歌)는 그때 나에게 깊고도 큰 울림을 남겨 주었습니다. 아마도 일원론적인 동양의 예지이었을 것입니다. 지배와 폭력의 수단으로 근대성을 성취한 서구중심주의의 틀을 벗어난 그 동양의 예지 말입니다. 영원의 세계에서 진실(진리)의 꽃을 피운 이는 성인 석가모니이었고, 식민주의의 야수성을 비폭력으로 대응한 이는 성자 간디였습니다. 인용한 슬픈 진혼가는 내 개인적인 인상으로는 타고르의 시에 진배없었습니다. 이 모든 것이 어우러진 것, 인도 문화의 총체성을 한 편의 이 영화 「신상」에서 엿볼 수가 있었던 것입니다. 나는 그 당시 무슨 생각에서 그랬는지 잘 모르겠지만, 교우지에 이 영화를 두고 '승화된 휴머니즘의 귀결'이라고 표현했습니다.

라비케쉬 미스라 교수님.

명문 네루대학교의 한국어학과 학과장으로서 얼마나 노고가 많으십니까? 나와 당신이 한 번 만났으니, 이 만남이 인연이 되어 서로 간에 학문적인 교류가 있기를 희망합니다. 올해 서울대에 박사논문을 청구해야 한다는 스리바스타바 사티안슈 교수님, 유창한 한국어로 사회를 잘 보셨던, 이름 모르는 할머니 교수님, 그 밖의 대학원생들에게 우리 일행이 한국으로 잘 돌아왔다고 안부를 전해주십시오. 이 분들에게도 나의 이 글이 굳이 참고가 될 수 있다면 파일로 전달해 주시기를 바랍니다.

다음에도 당신과 만날 기회가 있길 바랍니다.
그때까지 늘 안녕하고 건강하시기를 빕니다.

춤추는 검은 여인, 아프리카의 영혼

―레오폴드 세다르 셍고르의 시 세계

> 나는 오늘에도 셍고르를, 난타 속의 음률의 질서를, 난
> 무 속의 혼신의 동요를 느낄 수 있다. 그때, 왠지 모르게,
> 정신의 자양분 같이 스미는 듯한 셍고르 시의 영성과 풍
> 격은 숫제 하나의 경이였다. 서정시가 우주 생명의 리듬
> 으로 울림해야 하는 이 시대에, 그와의 소박한 만남은 이
> 제 소중한 추억으로 자리하고 있다.
>
> ―졸고 「셍고르의 추억」(2001)에서

1. 열아홉 살 겨울에 찾아온 검은 여인

내가 대학생 1학년이었던 열아홉 살 되던 시절에, 한 낯선 나라의, 낯
선 이름의 시인을 처음으로 접한 일이 있었다. 당시에 아프리카 세네갈
공화국의 대통령이기도 한 레오폴드 세다르 셍고르(Leopold Sedar Senghor :
1906~2001)[1]였다. 창간호에 이어 두 번째로 나온 『세계의 문학』 1976년
겨울호. 나는 후미진 하숙방에서 이 책을 읽었다. 고려대 불문과 교수로
재직하고 있었던 김화영은 셍고르 시 두 편을 번역해 싣고 있었으며, 별
도로 「검은 영혼의 춤」이라고 하는 제목의 비평적 에세이를 발표하고
있었다.

---

1 그의 성(姓)은 셍고르, 상고르, 생고르로 표기되고 있으나, 본고에서는 가장 많이 사용된 표기
형태인 셍고르로 정했다.

그로부터 1년 후에는 민음사에서 『검은 영혼의 춤』이란 제목의 셍고르 시선집이 나왔다. 역시 번역자는 김화영이었다. 나는 이 시집을 1980년대에 틈틈이 읽으면서 많은 사람들에게 소개하기도 했었다. 이 시선집에 실린 셍고르의 시는 17편에 지나지 않았다. 셍고르의 시가 대체로 장시가 많을뿐더러 프랑스어 원시까지 나란히 실려 있기 때문이었다.

또 이로부터 1년 수개월 후 대통령 셍고르는 우리나라에 방문하여 당시의 박정희 대통령과 정상회담을 갖게 이른다. 1979년 4월의 일이었다. 정상회담을 앞두고 셍고르가 시인이었다는 사실을 알게 된 우리나라 외무부에서는 그의 방한 날짜에 맞추어 그의 시 전집을 번역하는 소동이 벌어졌다. 급하게 맡겨진 번역은 당시 서울대 불문과 교수 이환(李桓)의 몫이 되었다. 마침내 『셍고르시전작집』이 셍고르의 방한 며칠 전에 지성사에서 간행되었다. 외교적인 목적에 의해 서둘러 간행한 것 때문인지, 김화영의 시선집에 비해 번역의 밀도가 떨어진다는 느낌을 주었다.

어쨌든 내가 처음으로 만난 셍고르 시는 「검은 여인」이었다. 원초적인 생명의 열정이 건강하게 일렁이는 인상을 주기에 충분한 그런 시였다. 시선집으로 간행되었을 때 김화영은 이 시를 애초 발표한 것보다 시적인 말의 느낌을 살려 적잖이 고쳤다. 민음사판 역본 시선집에 실린 데서, 나는 「검은 여인」을 인용해 보겠다.

벗은 여인아, 검은 여인아
그대 입은 피부 빛은 생명이라, 그대 입은 형상은 아름다움이라!
나는 그대의 그늘 속에서 자라났네, 그대의 부드러운 두 손이 내 눈을 가려주었지.
이제, 여름과 정오의 한가운데서 나는 알겠네, 그대는 약속된 땅임을, 목마른 높은 언덕의 정상으로부터

그대의 아름다움은 독수리의 번개처럼 내 가슴 한복판에 벼락으로 몰아치네

벗은 여인아, 검은 여인아
단단한 산을 가진 잘 익은 과일, 검은 포도주의 어두운 황홀, 내 입에 신명을 실어주는 입
해맑은 지평을 여는 사반나, 동풍(東風)의 불타는 애무에 전율하는 사반나,
조각해 놓은 듯한 탐탐북이여, 승리자의 손가락 밑에서 우레같이 울리는 탐탐북이여
그대 콘트랄토의 둔탁한 목소리는 연인의 드높은 영혼의 노래.

벗은 여인아, 검은 여인아
바람결 주름살도 짓지 않는 기름, 역사(力士)의 허리에, 말리왕자들의 허리에 바른 고요한 기름아.
하늘나라의 띠를 맨 어린 양이여, 진주(眞珠)는 그대 피부의 밤 속에서 빛나는 별,
그대 비단물살의 피부 위에 노니는 정신의 감미로움, 붉은 금(金)의 그림자,
그대 머리털의 그늘 속에서, 나의 고뇌는 이제 솟아날 그대 두 눈의 태양 빛을 받아 환하게 밝아오네.

벗은 여인아, 검은 여인아
시샘하는 운명이 그대를 한줌 재로 만들어 생명의 뿌리에 거름주기 전에, 나는 노래하네.
덧없이 지나가고 마는 그대의 아름다움을, 내가 영원 속에 잡아두고픈 그 형상을 나는 노래하네.

—「검은 여인」(김화영 역) 전문[2]

노래하며 춤추는 아프리카 여인의 벗은 형상은 셍고르에게 어린 시절의 기억으로 뚜렷하게 남아 있었으리라. 이 검은 여인의 형상은 그로 하여금 신비의 환영에 사로잡히게 하였으리라. 거침없는 열기로 가득 차 있는 에로티시즘은 나의 정체성을 황홀한 전율로 확인하는 것이다. 나에게 있어서 검은 여인은 아프리카 영혼의 순결성으로 비유되거나, 육체의 성장을 촉진시키고 정신의 성숙을 고취하는 대모신(大母神)의 현현으로 상징되었다. 이 대모신에 대한 열렬한 찬미는 셍고르 시학의 정서적인 기저를 이루고 있다.

저 「검은 여인」은 셍고르 시 중에서도 가장 잘 알려진 시다. 이 시를 자주 읽다 보면 왠지 모를 율동감과 신명의 경계 안으로 빠져드는 것 같다. 아프리카의 구술 전통에 의거한 내면적인 이미지와 탐탐북의 원시적인 리듬과 유사한 율동감의 세계에, (멀찍이 벗어난 자리에서 그저 관조하고 있는 게 아니라) 흑인적인 정서의 중심부에 시인 스스로 참여하고 있다는 데 그 까닭이 있는 것은 정녕 아닐까? 셍고르가 궁극적으로 지향하는 시의 세계는 무엇일까? 그의 시 내용 중에서 따올 수가 있다면 '여인에게서처럼, 위대한 힘에의 황홀한 몰입[3], 노래하는 세계를 움직이는 사랑에의 황홀한 몰입'이 아닐까 한다. 그렇다면 「검은 여인」이야말로 그의 시 세계를 대표하는 모범적인 텍스트 중의 하나가 아닐까, 한다.

2. 아프리카 지성인의 한계, 혹은 영광

셍고르는 1906년 10월 9일 세네갈 수도에서 남쪽으로 100*km* 정도 떨

---

2 L. S. 셍고르, 김화영 역주, 『검은 영혼의 춤』, 민음사, 1977, 28~29쪽.
3 이환 역, 『셍고르시전작집』, 지성사, 1979, 43쪽.

어진 작은 마을 조알에서 다섯째 아들로 태어났다. 아버지는 부족장의 후예로서 경제적인 부를 이미 축적하고 있었다. 부농·거상·무역업자로 살아온 그의 아버지는 개화된 인물이었다. 아버지는 개종한 가톨릭 신자였고, 모계는 이슬람교도였다. 셍고르가 태어날 때 그의 아버지는 거대한 새가 하늘로부터 하강하는 꿈을 꾸었다. 셍고르가 아프리카의 거인이 될 것이라는 점지를 받았다고 믿었기 때문에 특히 그를 사랑하면서 키웠다.

그는 유년기에 전원생활을 하며 자랐다. 농장을 경영하는 외삼촌 집에서 드넓은 들녘과 빼어난 경관의 산하 속에서 성장했던 경험이 그가 어릴 때부터 시인적 감수성을 키워 나아갔던 계기가 된 것이다. 그가 성장한 자연 환경 속의 인간들은 원초적인 생명을 지니고 있었다. 마을의 남자들은 사냥을 했고, 여자들은 밭일과 가사노동을 맡고 있었다. 그들은 풍요의 삶을 기원하면서 원색적인 춤사위와 흐느낌의 신명에 찬 음악에 늘 취해 있었다. 어릴 때의 기억들은 그의 시심을 이룩한 자양이 되었다.

나는 기억한다, 목을 딴 가축들의 피와 싸우는 소리와 마술사들의 미쳐 버린 노래로 자욱하던 그 어두운 향연들을.

(……)

나는 기억한다, 나는 기억한다……
이제 나의 머리는
유럽의 느린 세월을 따라 얼마나 지루한 걸음의 박자로 흔들리는가
이곳에는 이따금씩 집을 잃고 재즈가 흐느낄 뿐, 흐느낄 뿐, 흐느낄 뿐.

—「조알」(김화영 역) 부문[4]

셍고르의 유년기를 키운 것이 대자연이라면, 셍고르의 소년기를 키운 것은 가톨릭 학교이다. 그는 사제가 될 꿈을 안고 기숙사 학교를 다녔다. 그의 시에 기도문의 형식이 많은 것도 이러한 영향 때문이다. 사실은 시의 가장 원초적인 형태는 기도문이 아니라 주문(呪文)이다. 그의 시에 주문의 형식이 없는 건 아니지만 압도적으로 기도문 형식이 많다는 것은 아프리카의 영혼에 비해 프랑스어의 육체가 더 압도적이다, 라는 사실을 반증하는 것이기도 하다.

셍고르는 프랑스식의 종교 교육을 받고 당시 식민지종주국인 프랑스에 유학하기에 이른다. 그가 명문 소르본대학교에서 공부를 하면서 흑인으로서는 드물게 프랑스의 주류 사회에 편입하게 될 준비를 하게 된다. 1935년 그는 프랑스 학생들에게 프랑스어를 가르치는 최초의 흑인 교사가 된다. 아프리카인으로서는 최초로 프랑스의 중등 교육기관과 대학에서 강의를 할 수 있는 최고의 유자격 교사 아그레제(agrege)가 되어 투르(Tours)에서 프랑스 학생들에게 프랑스어를 가르쳤다. 2년 뒤 파리 근교의 국립 중등학교로 전임되어 아프리카 언어와 문화를 강의했다. 그는 학생들에게 비범한 교사로 인정을 받았다고 전해지고 있다.

그리고 그는 제2차 세계대전을 맞이하여 프랑스의 군인으로 자원입대하여 독일군과의 전투에 참여한다. 그가 전쟁 포로로 잡혀 2년 동안 나치의 집단수용소 생활을 한 것은 익히 잘 알려진 사실이다. 그곳에서 그의 명작 시들 가운데 몇 편을 집필했다. 집단수용소에서 풀려난 직후 그는 프랑스의 레지스탕스에 가입했다. 제2차 세계대전이 끝이 나자 그는 프랑스의 정계에 진출하기에 이른다. 그는 전후 프랑스 제헌의회의 국회의원이 되었고, 그 후 프랑스 국민의회의 세네갈 대의원 2명 중 1명으로 선출된다. 1959년 12월, 그는 프랑스 의회에서 세네갈 독립의 정당성

---

4 L. S. 셍고르, 김화영 역주, 앞의 책, 70~71쪽.

을 주장하는 연설을 하였다. 그때 프랑스의 드골 대통령을 감복시키기도 했다.

마침내 그는 조국 세네갈을 프랑스로부터 독립하게 하는 데 결정적으로 기여한다. 그는 신생 독립국인 세네갈 공화국의 초대 대통령으로 선출된다. 1960년 8월20일의 일이었다. 이로부터 20년간 그는 조국 세네갈의 대통령으로서 국가 발전의 지도자로서 소임을 다한다.

셍고르가 문인으로서, 정치인으로서 평생토복 지니고 있었던 키 워드는 한마디로 말해 '네그리튀드(Negritude)'[5]이다.

네그리튀드란, 아프리카 흑인들이 공유하고 있는 특질, 정체성, 정신세계, 원시적 생명의 문화 등을 가리키고 있는 낱말이다. 셍고르는 1934년 파리에서 『흑인 학생』이라는 잡지를 창간하면서부터 '흑인문화에의 자각' 운동을 전개했다. (그가 학생 시절부터 표방한 이 운동은 필생토복 그의 주변을 맴돌았다.) 이 운동은 흑인 고유의 문화적 가치와 존엄성을 부정하는 프랑스 식민지 정책인 동화주의에 대한 반작용으로 생겨난 것이다. 1930년대에 이 운동을 이끄는 두 수레바퀴는 셍고르와, 또 다른 아프리카 시인·정치인으로 성장하게 될 에메 세제르(Aime Cesaire)[6]였다.

셍고르의 네그리튀드 개념은 '흑인의 삶, 제도, 작품에 표현되는 바와 같은 흑인 세계의 문화적 기치의 총체'로 규정된다. 이 개념은 프랑스의

---

[5] 네그리튀드는 흑인성, 흑성(黑性), 흑인주의, 흑인의식 등으로 번역되기도 하지만 본고에서는 원어를 그대로 사용한다.

[6] 에메 세제르는 서인도 제도의 프랑스령 마르티니크 섬에서 출생했다. 18세 때 파리에 유학하여 고등사범학교를 거쳐 파리대학교를 졸업하였다. 이 유학 시절에 아프리카 출신이며 후에 세네갈 대통령이 된 레오폴드 세다르 셍고르와 교유하며 함께 흑인적인 특질을 시에 표현하는 문학운동에 가담하였다. 1946년 이래 연속하여 마르티니크 섬 대표의 국회의원으로 선출됨과 동시에, 1956년 이후 그 섬의 포르드 프랑스 시장을 역임하였다. 시집 『귀향기(Cahier d' un retour au pays natal)』(1939)로 앙드레 브르통으로부터 칭찬을 받고, 『지적부(地籍簿 : Cadastre)』 (1961) 등을 발표하였으며, 그밖에 19세기 하이티의 식민지 해방문제를 다루거나, 1960년 콩고 반란과 콩고 정치지도자 P. 루뭄바의 암살문제를 다루거나 하는 정치적인 내용의 희곡 등이 있다.

사르트르와의 논쟁을 불러일으킨다. 장 폴 사르트르는 네그리튀드가 변증법적 진보의 한 부수적인 개념으로 등장한 것이며, 하나의 수단일 뿐이지 궁극적인 목적이 될 수 없다고 비판하기에 이른다. 그것은 완성된 형태가 아니라 미완성이며, 끝이 아니라 시작이라는 것. 이에 셍고르는 세네갈의 건국 대통령으로 취임한 직후인 1961년에 소르본대학교에서의 강연을 통해, 네그리튀드는 본질적으로 세계의 삶에 참여하는 인간의 감정이라고 정의한다. 예컨대 프랑스어로 표명되고, 노래되고, 춤추어지는 것도 네그리튀드인 것이다.[7]

그런데 셍고르의 네그리튀드는 아프리카에서도 많은 비판을 받기도 했다. 정서적 참여를 강조하는 아프리카의 특성이 유럽의 철학과 친숙하게 연대를 가질 수 있겠는가? 아프리카인들과 유럽인들이 서로 다르다는 생각을 강화시킴으로써 도리어 이것이 식민주의를 정당화하는 것은 아닐까? 아프리카 철학은 그 나름의 독자적인 의제를 가지고 있는데 이 문제는 외면되고 있는가? 이와 같은 유의 의문들이 제기되었을 법하다.[8]

네그리튀드에 대한 비판은 알제리의 프란츠 파농도 제기했다. 그는 이 운동을 전개한 사람들이 실천적 성격이 결여된 문화주의적인 오류에 빠져 있었다고 주장하면서, 아프리카의 과거를 이상화하고 유럽의 제국주의 문화를 긍정하면서 스스로 융화되어있다고 주장했다.[9]

노벨상 수상자인 올르 소양카(Wole Soyinka)도 유럽 제국주의가 마각을 쉽게 드러내 놓지 않는다는 사실을 가리켜 '호랑이는 그의 발톱을 드러내지 않는다.'라는 말의 표현으로 비유한 바 있었다. 어떤 이는 네그리

7 김인숙, 「Senghor 시에서의 흑인의식 연구」, 한남대 대학원 프랑스 어문학과, 2002, 2, 17~19쪽, 참고.
8 로버트 c. 솔로몬 외, 박창호 옮김, 『세상의 모든 철학』, 이론과실천, 2007, 498~499쪽, 참고.
9 이승하, 『세계를 매혹시킨 불멸의 시인들』, 문학사상서, 2006, 530쪽, 참고.

튀드를 두고 자기를 부정하는 열등 콤플렉스니, 어떤 이는 대중의 지지를 받지 못한 폐쇄적인 엘리트주의니 하면서 비판하기도 했다.

세네갈 건국 대통령으로 장기 집권한 셍고르가 1980년에 스스로 물러난 것은 그의 사상적인 핵심인 네그리튀드와, 그가 구상해온 정치 체제인 아프리카 사회주의가 실패했음을 자인한 것이라고 보는 시각도 있다. 그럼에도 불구하고 셍고르는 아프리카인들의 자긍심 고양에 많은 기여를 했다.

셍고르는 아닌 게 아니라 아프리카 문화에 대한 가치와 서구 문명과의 동등한 의식을 통해 아프리카인들의 자존심을 지켜주었다. 양자 간의 문화적인 격리 속에서 아프리카적인 것을 찾으려는 그의 피나는 노력은 다른 아프리카 지도자들보다 많은 성과를 보여주었다.[10] 다음에 인용된 글은 셍고르의 영광을 잘 나타내준 말이 아닌가 하고 생각된다.

넬슨 만델라가 백인과의 투쟁을 통해 아프리카의 인권을 쟁취한 현대 아프리카의 대표적인 인물이라면, 셍고르는 식민지배를 겪은 다른 아프리카 지도자들처럼 식민지배로부터 혹은 신식민지배로부터 아프리카인들이 가야할 길을 제시하여 오늘날의 아프리카가 있게 한 훌륭한 정치적 인도자이며 사상가이다.[11]

3. 네그리튀드가 세계의 모순을 녹이다

프랑스어권 흑인 시인으로서 네그리튀드를 이끈 두 수레바퀴는 셍고르와 에메 세자르이다. 셍고르는 그를 두고 정신적인 쌍생아라고 말한

---

10 이한규, 「시인 대통령과 아프리카의 문화적 가치」, 송기도 편, 『권력과 리더십 · 6』, 인물과사상사, 2000, 249쪽, 참고.
11 같은 책, 227쪽.

바 있다. 문학적으로나 정치적으로 이들은 동료의 차원을 지나 동지라고 불릴 만한 관계를 맺고 있었다. 세자르 역시 셍고르처럼 시인으로서 정치인으로서 아프리카 사람과 문화의 정체성을 확립하거나 알리는 데 크게 기여했다. 다만 두 사람에게 차이가 있다면 네그리튀드를 실현하는 시적, 정치적인 노선의 차이가 있었던 것 같다. 세제르가 좀 과격한 편에 속한다면 셍고르는 온건하다고나 할까?

> 대지가 메말라갈수록 그만큼 더 자비로운 융기
>
> 그리하여 대지는 넉넉해지고
>
> 대지가 품에 안은 것들이 보호되며 무르익는 헛간
>
> 그리하여 대지는 넉넉해지리라
>
> 나의 흑인성은 돌멩이가 아니다, 햇빛의 아우성으로 달려가는
>
> 돌의 귀먹음이 아니다
>
> 나의 흑인성은 대지의 죽은 눈동자 위에 낀 썩은 물 속의
>
> 삼(마섬유가 채취되는 한해살이풀—인용자)이 아니다
>
> 나의 흑인성은 탑도 성당도 아니다
>
> 나의 흑인성은 대지의 붉은 육신 속에 잠겨 있다
>
> 나의 흑인성은 불타오르는 창공의 육신 속에 잠겨 있다
>
> 나의 흑인성은 곧은 참을성으로 마침내 칠흑 같은 억압에 구멍을 낸다.
>
> —에메 세제르의 「귀향 노트」(이찬규 역) 부분[12]

　세제르에게 있어서 네그리튀드의 개념은 시 속에 그대로 드러나고 있다. 이 개념이 예술적으로 초현실주의를, 정치적으로는 마르크스주의를

---

12 이찬규, 『불온한 문화, 프랑스 시인을 찾아서』, 다빈치기프트, 2006, 92~93쪽.

어느 정도 동시에 표방하고 있었던 것은 사실이다. 여기에서 세자르와 생고르의 차이가 비롯되고 있다. 세자르의 시가 다소 정치적이라면, 생고르의 시는 예술적이라는 것. 세자르의 네그리튀드가 비교적 정치적이며, 반항적이며, 마르크스주의적인 색깔을 드러내고 있다면, 생고르의 그것은 시적인 직관과 리듬을 바탕으로 한 정신의 측면을 강조하고 있다고 할 것이다. 전자에게 있어서 백인과 흑인의 관계가 부르주아와 프롤레타리아의 관계와 유사하게 설정되어 있다면, 후자의 관계는 이질석인 인종과 문명을 궁극적으로 서로 연결해주는 관계로 설정되어 있다고 할 수 있다. 오늘날의 관점에서 볼 때, 세자르가 단문화적이라면, 생고르는 다문화적이라고 하겠다.

아프리카의 밤, 나의 검은 신비로운 밝은 흑색의 빛나는 밤,
그대는 땅과 한몸 되어 눕는다. 그대는 곧 땅 그리고 조화로운 언덕이다.
오오, 고전적 얼굴, 향기의 숲 아래 불룩한 이마와 비스듬한 커다란 눈에서 턱에 흐르는 우아한 곡선
그리고 격하게 뛰어오른 한 쌍의 언덕! 오오, 감미로운 곡선, 선율 같은 얼굴!
오오! 나의 암사자, 나의 검은 미녀, 나의 검은 방, 나의 흑녀(黑女), 나의 나녀(裸女)!
아아! 좁은 울 속의 길들지 않는 표범처럼 그대 내 가슴 고동치게 한 지 그 몇 차례였던가.
나를 이론에서 쌀롱에서 궤변에서 기교에서 구실에서 타산적 증오에서 인간화된 살육에서 해방시키는 밤,
나의 온갖 모순 그리고 모든 모순을 너의 '흑성(黑性)'의 원초적 합일 속에 용해시키는 밤.
열두 해 방황에도 늙지 않은 항상 어린 이 아이를 받아들이라.
내가 유럽에서 가져온 것은 오직 이 다정한 아이, 부르따뉴 안개 속에 그의

눈빛뿐이다.

—「코라와 발라퐁이여 내 노래를 반주하라」(이환 역) 부분[13]

셍고르의 이 시는 1939년에 씌어졌다. 상당한 길이의 장시인 이 시의 마지막 부분이 여기에 인용되었다. 세제르의 네그리튀드가 흑백의 대립을 통해 식민지 지배의 기억을 강하게 이끌어내는 데 있는 거라면, 셍고르의 그것은 흑인의 생명 의식에의 고양을 통해 흑인의 독자적인 세계가 세계문화에 기여하는 것을 주요한 과제로 삼고 있다.

그는 아프리카를 곧잘 여인으로 의인화하곤 한다.

그의 대표작 「검은 여인」의 경우처럼, 인용시 「코라와 발라퐁이여……」 역시 흑인의 흑인다움의 특성도, 아프리카의 그 모든 것도 원초적인 생명력의 건강함을 지닌 '벗은 검은 여인'의 현상으로 의인화되고 있다. 이때 셍고르의 시적 직관 및 필치 아래에 '여인의 나체는 미개의 표상이 되는 것을 멈추고, 고상함과 조화와 아름다움의 표상이 된다'[14]라고 하겠다.

한마디로 말해 셍고르의 네그리튀드라고 하는 것은 세계 모순의 상징적인 것을 원초적인 합일의 과정 속에 녹아들게 하는 밤, 신비롭고 밝게 빛이 나는 아프리카의 밤인 것이다.

앞서 말했거니와 세제르가 마르크스주의적이라면 셍고르는 초현실주의적이라고 하겠다. 물론 세제르에게 초현실적인 것이, 셍고르에게 마르크스적인 것이 없는 건 아니다. 다만 두 사람 사이의 성향에 있어서 상대적으로 대조되는 면이 있다는 사실을 밝혔을 뿐이다. 그의 첫 시집 『그늘의 노래』(1945) 첫 머리에 놓이는 시편 「추도문」의 일부 내용을 다음과 같이 보면 알 수 있거니와 그의 시에 초현실주의 시의 기법인 자동

---

13 이환 역, 앞의 책, 42쪽.
14 김인숙, 앞의 책, 42쪽.

기술적인 시 쓰기 방식이 어느 정도 엿보이고 있다.

> 일요일이다.
>
> 돌에 얼굴을 가진 내 동류들의 군중이 나는 무섭다.
>
> 초조한 내 조상들이, 미열들이 들어 사는 내 유리의 탑에서
>
> 안개 속에, 평화 속에 잠긴 지붕들과 언덕들을 나는 바라본다──굴뚝은 침통
>
> 하고 헐벗었다
>
> 그 발 밑에 나의 모든 죽음들이, 먼지가 된 나의 모든 꿈들이,
>
> 나의 모든 짐들이, 거리거리에 뿌려진 대가 없는 피, 푸줏간의 피들에 섞인
>
> 피가 잠들고 있다.
>
> ─「추도문」(김화영 역) 부분[15]

이 시에서 이미지들이 현란하게 전이되고 있다. 마음속의 순수한 자동 현상은, 또 다른 마음의 메커니즘에 의해 해체되고, 또 이것은 사고의 구술 형태로 변형될 것이다. 인간에게 있어서 이를테면 꿈·광기·환각·무의식 등은 자유로운 상상력의 유희에 의해, 현실 너머의 또 다른 현실을 비추어주곤 한다. 이를 발견하는 저 끝없는 놀라움의 감정이 시와 그림 등의 예술을 탄생시켰을 터이다. 20세기 전반기에 걸쳐 유럽에 유행했던 문예사조인 초현실주의가 바로 그것이다. 시편 「추도문」에 나타난 자동기술의 현상은 죽음에서 꿈으로, 꿈에서 피의 이미지로 이어져가는 시인의 각취(覺醉) 상태를 잘 반영하고 있다. 불문학자 방 티겜이 초현실주의의 목적을 두고 '정신 착란을 통해서 인간에게 사물의 새로운 비전을 환기하는 것'[16]이라고 말한 바 있었듯이, 셍고르가 꿈과 현실의 모호

---

15 L. S. 셍고르, 김화영 역주, dkvdml cor, 32쪽.
16 방 티겜, 민희식 역, 『불문학사조 12장』, 문학사상사, 1981, 302쪽.

한 경계에 놓인 그 상태로부터 네그리튀드로 기호화된 새로운 세계를 전망하게 되었던 것은 아니었을까. 그가 최면의 상태에 빠지게 됨으로써 유럽의 죽음에서 아프리카의 생명(력)이 충만한 것을 발견하기에 이르렀고, 또 그럼으로써 구술적 전통의 시적 리듬과 이미지를 프랑스어로 쓰게 되었을 것이다. 그러나 그의 시를 시답게 조성하고 구현한 것은 아프리카적인 구술성 못지않게 프랑스어의 학습된 문식성(literacy)에 있었다는 사실이 무엇보다 중요하다고 할 수 있다.

4. 가면에 바치는 기도, 가장 정치적인

잘 알다시피, 셍고르는 시인이면서 정치인이다. 그의 삶을 가로지르는 개념인 네그리튀드는 시정신의 핵심이면서 정치사상의 고갱이라고 할 수 있다. 그에게 있어서 시와 정치는 따로 떼어놓고 생각될 수 없을 만큼 긴밀하다.

셍고르가 파리의 명문고등학교인 '콜레쥬 루이 르 그랑'을 다녔을 때 조르주 퐁피두와 동창이었다. 이때 그들은 평생의 친구로 지냈다. 그는 자신의 또 다른 동창인 클로드 카우르를 퐁피두에게 소개했고 훗날 이 두 사람은 결혼하여 프랑스 대통령과 퍼스트레이디가 된다. 프랑스 대통령과 그 영부인이 되기 전의 이들에게 헌정한 시가 있다. 이 시의 제목은 「평화의 기도」이다.

그 내용은 대충 이렇다.

셍고르는 주(主) 하나님께 기도한다. 백인 유럽을 용서해달라고. 나의 동족을 고문했고, 나의 선지자들과 스승들을 잡아갔던 그들을 용서해달라고. 야생의 코끼리를 추격하듯이 세네갈의 어린이들을 추격한 사람들을, 수백 수천만의 흑인 노예를 선박의 병동에 가두었던 사람들을 주님 당신이 용서해달라고 말이다.

프랑스와 유럽이 자행한 식민지 지배의 수백 년 비극의 역사를 회고하면서 함께 성찰할 것을 바라면서 젊은 날의 퐁피두 부부를 위해 쓴 시가 「평화의 기도」인 것이다.

생고르는 본질적으로 평화주의자였다. 그가 태어난 가정이 부유했고 행복했듯이 그는 과격한 투쟁보다는 합리적인 협상을 소중한 가치로 여겼다. 극단보다는 중도를 선택할 수 있었기 때문에 신생 독립국인 세네갈의 건국 대통령으로 추대되는데 프랑스 정부로부터 도움을 받았을 것이라고 충분히 짐작이 된다. 그의 시 가운데 「가면에 바치는 기도」는 그의 초기작 명편으로서 그의 정치관을 가장 적합하게 드러낸 경우가 아닐까 한다.

가면들이여, 오 가면들이여

검은 가면, 붉은 가면, 그대 희고 검은 가면들이여

성령(聖靈)의 입김이 서린 사방의 가면들이여

나는 침묵 속에서 그대들에게 인사합니다.

마지막의 너, 사자의 머리를 가진 조상 너는 아니로다.

그대들은 여인의 모든 웃음, 시드는 모든 미소와 금지된 장소를 지키고 있습니다.

그대들은 영원의 대기를 걸러 술을 만들고 나는 그 속에서 내 아비들의 대기를 숨 쉽니다.

그대의 모습을 본떠서

이 초상(肖像)을, 흰 종이의 제단에 수그린 내 얼굴을 지어낸 가면들이여,

내 말을 들어보소서.

이제 눈앞에 제국들의 아프리카는 죽어가고 있습니다―이것은 가련한 어떤 공주의 죽음입니다.

또한 같은 탯줄로 우리들과 이어진 유럽도 죽어가고 있습니다.

지배 받고 있는 그대의 어린 아이들 위에 그대 부동(不動)의 눈길을 멈추소서,

가난한 사람이 그의 마지막 옷을 벗어주듯 그들의 생명을 주는 어린 아이들 위에.

하얀 밀가루에 필요한 누룩처럼

우리들이 남아서 세계의 부활에 대답하게 하소서.

그렇기 않으면 그 누가 기계화 대포로 죽은 세계에 리듬을 가르쳐 주리까.

그 누가 새벽이 올 때, 죽은 자와 고아들을 깨우기 위하여 기쁨의 고함소리를 터뜨리리까.

대답해 보소서, 가슴이 찢어져 버린 희망의 인간에게 그 누가 생명의 기억을 되돌려주리까.

그네들은 우리에게 목화와 커피와 기름의 인간들 이야기를 합니다.

그네들은 죽은 인간들의 이야기를 합니다.

우리는 굳은 땅을 치면서 기력을 되찾는 발을 가진 춤의 사람들입니다.

　　　　　　　　　　　　　　—「가면에 바치는 기도」(김화영 역) 전문[17]

이 인용문은 번역시임에도 불구하고 매우 리드미컬하다. 김화영의 번역이 반짝 빛을 발하고 있다. 이 시에서 시인은 가면들에게 성스러움을 인격화한다. 그렇기 때문에 이 시는 종교적이고도 형이상학적인 경건함을 지향하고 있다. 결국 이것은 아프리카의 원시종교와 기독교적인 세계종교의 합일된 신성성에 일정한 격조를 부여하는 것이기도 하다.

이제 눈앞에 제국들의 아프리카가 죽어가고, 또 이와 같은 탯줄로 이어진 유럽도 죽어가고 있다…….

---

17 L. S. 셍고르, 김화영 역주, 앞의 책, 40~41쪽.

그의 정치적인 견해가 명료하게 녹아 있다. 이 대목에서 죽음과 생명의 대비적인 이미지가 잘 드러난다. 인간을 억압하는 근대의 제도적인 성격이 죽음이라면, 우주 영성에 교감하는 인간적인 합일의 정신은 생명이라고 할 수 있다. 말할 것도 없이, 이 시에서의 기둥말은 '생명의 기억'이 아닐까? 이를 되돌린다는 것, 이를테면 부박한 세태에서의 인정주의의 복원, 오염된 환경에서의 생태적 감성의 회복을 뜻하는 것은 아닐까?

셍고르 시에 반영된 대자연에는 모성성의 풍요로움이 깃들어져 있다. 그리하여 대자연을 호흡하는 인간들 심성의 근저에는 생명력의 근원으로 회귀하고자 하는 본능이 내재하고 있는 것이다.

죽음과 생명, 인간과 자연, 모순과 합일 등의 대립적인 이미저리는 셍고르의 시 세계가 '유럽의 절망을 아프리카의 정신으로 극복하고 아프리카와 유럽을 보완적인 관계로 간주한다.'[18]라고 한 연구의 결론이 되는 형식적인 토대를 이루는 것이 아닌가 하고 여겨진다.

나는 그대를 찾는다, 묘호(猫虎)의 오솔길에서,

그대의 향기가, 언제나 그대의 향기가 덤불의 소란스런 황무지에서 번져 나온다

솟아나는 백합의 향기보다 벅차게.

그대의 향기로운 젖가슴이, 아프리카에서 솟아난 그대의 향기가 나를 이끈다

내가 목동의 발로 들의 박하(薄荷)를 밟을 때.

시련의 끝에서 심연의 바닥에서

신이여, 내가 그대를 다시 찾게 하소서, 그대의 목소리를, 떨리는 빛 같은 그대의 향기를.

—「젊은 태양의 인사」(이환 역) 부분[19]

---

18 김인숙, 앞의 책, 55쪽.
19 이환 역, 앞의 책, 241쪽.

이 시는 셍고르의 대통령 재임 중에 쓴 시이다. 우리나라에서 번역된 그의 시전작집(詩全作集) 마지막으로 수록된 작품이다. 아프리카의 검은 영혼과, 흑성(黑性)의 빛나는 에스프리가 대미를 장식하고 있다. 여기에서의 '그대'는 우주적인 영성을 가리키는 듯하다. 아프리카와 유럽이, 생명과 죽음이 합일되는 그 상생의 철학이 남긴 기표인 듯하다. 종교적인 경건성에 있어서 마치 우리나라의 시인 한용운의 '님'에 해당하는 고귀한 가치개념으로 느껴진다.

5. 문화적 혼혈의 가치에 큰 눈을 뜨다

셍고르는 정치인으로서보다 시인으로서의 성취도가 높은 게 사실이다. 1996년 10월, 유네스코 주최로 열린 국제학술회의에서 셍고르의 90회 생일에 맞추어 '네그리튀드'를 주제로 선정했다는 사실이 셍고르가 정치인보다는 시인으로서 더 세계적으로 인정을 받는다는 것에 대한 방증일 수가 있다. 물론 그의 사상의 핵심인 네그리튀드가 정치사상으로 변용될 수도 있었지만, 애최 관념적인 속성을 띨 수밖에 없었다. 그의 네그리튀드가 정치 형태로 제도화될 수 있었다면, 그것은 다름 아니라 '아프리카 사회주의'라고 하겠다. 이것은 흑인 아프리카 문화의 독자적인 가치와, 근대화된 서구의 사상이 접목된 형태라고 할 수 있다. 이한규의 「시인 대통령과 아프리카의 문화적 가치」는 정치인 셍고르에 대한, 우리나라의 유일한 정치학 논문이 아닌가 한다. 이 논문에 이렇게 씌어 있다.

마르크시즘을 하나의 이데올로기로 선택한 대부분의 아프리카 지도자들은 유럽의 자본주의 사회에서 발달한 사회주의를 독립한 후에도 어떻게 아프리카에 적용시키느냐의 문제에 직면하였다. 왜냐하면, 아프리카 사회는 산업화를 이루지 못한 단계이며 대부분의 국민들이 개인의 자율성에 의하여 모인 집단이 아니라 혈족, 부족, 역사적 인과 관계로 구성된 공동체적 집단사회 생활을 하고 있기 때문에 자본주의 발달로 인한 계급적 투쟁을 찾아볼 수 없다. 그렇기 때문에 문화적 가치를 중시하는 셍고르에게 마르크시즘과의 접목은 매우 중요한 것이었다.

셍고르는 아프리카 사회주의를 아프리카의 문화적 가치, 즉 종교적 가치에서 찾으면서 마르크스의 사회주의와는 다른 아프리카의 독특한 사회주의를 정립하였다.(……) (그는) 마르크시즘의 기본적인 것으로부터 마르크시즘과 다른 아프리카적인 요소, 즉 종교적 가치와 함께 아프리카 사회주의를 추구하려고 노력하였던 것이다.[20]

셍고르는 보편적인 성향의 가치에 길들여진 사람이었던 것이다. 종교에서는 가톨릭시즘, 언어에 있어선 프랑스어, 경제 체제라면 자본주의에 말이다. 그런 그가 아프리카의 원시종교, 아프리카적인 구술의 전통, 아프리카 사회주의를 또 다른 가치의 체계로 받아들일 수 있었던 것은, 요즈음의 표현대로라면 그가 다문화주의자임을 여실히 말해주는 것이다. 다시 말하면 동화주의나 순혈주의가 아닌 '문화적 혼혈(metissage culturel)'의 가치에 이미 눈을 크게 뜬 개방적인 정치지도자, 다문화의 사상가였던 것이다. 모든 인간은 문화적인 잡종이다, 라고 그는 말한 바 있다고 한다.[21] 모든 인간은 상생의 가치를 추구한다는 말이 된다. 이런 안목과 생각이 정치인으로서의 그의 리더십에 대한 평판과 현재성을 잘 가늠해주고 있다고 볼 수 있다. 셍고르가 90세가 된 1996년에 당시의 유엔 불어권 사무총장이었던 장 루이스 로이(Jean-Louis Roy)가 축하의 글

---

20 이한규, 앞의 책, 247쪽.
21 같은 책, 95쪽.

을 썼다. 그 일부를 다음과 같이 인용한다.

20세기를 개괄하기 위해서는 아프리카에 대해 말하지 않을 수 없다. 특히 셍고르 대통령은 우리가 주의를 기울여야 할 몇몇 사람 중에 한 사람이다. 그는 세네갈 공화국의 건국자이며 전(前)대통령일 뿐만 아니라, 그는 20세기를 마감하는 대단히 지적이고 위대한 정치적 상징이다. 그는 아프리카와 세계역사와의 관계를 새롭게 정립하였으며 아프리카와 인간 가족세계와의 관계를 분명히 밝혀주었다.[22]

지적이고 위대한 정치적 상징……이는 정치인 셍고르에 대한 최대의 찬사가 아닐 수 없다. 이로부터 5년 후인 2001년 12월 20일에 셍고르는 프랑스 자택에서 영면의 시간에 들었다. 그의 사망 소식을 접한 당시 자크 시라크 프랑스 대통령은 애도의 성명을 발표했다. 시(詩)는 한 거장을 잃었으며, 프랑스는 한 명의 친구를 잃었다, 라는 내용의.[23] 정치인보다는 시인으로서 기억되길 더 바란다고 평소 말해 왔던 그는 시인으로서 불멸의 반열 저 언덕 위로 오르게 되었던 것이다.

---

22 같은 책, 227쪽.
23 연합뉴스, 2001. 12. 21. 참고.

스코틀랜드 문학을 기행하다
―메리 스튜어트에서 해리포터까지

1. 실마리 : 에든버러, 스코틀랜드의 중심지

2017년 7월 22일, 스코틀랜드의 역사성이 깃든 중심지인 에든버러에 왔다. 에든버러의 웨벌리역에서 내려 계단으로 올라가 일주일을 묵게 될 호텔인 '쥬리스 인 에든버러'에 들렀다. 입실 수속을 밟았다. 낮의 한나절은 비가 계속 내렸다.

스코틀랜드는 영국에 포함되어 있으면서도 영국과 다르다. 첫째, 민족 구성원이 다르다. 영국이 앵글로색슨족이라면, 스코틀랜드는 겔트족이다. 둘째, 언어도 본래 달랐다. 지금은 스코틀랜드 인구 530만 중에서 자신의 모국어인 스코트 게일어를 모국어로 쓰거나, 이를 약간 구사하는 정도는 15만 명밖에 되지 않는다. (사실은 언어가 영어화되었다. 그래서 문학도 영문학에 포함된다.) 셋째, 영국에 비해 스코틀랜드는 여기저기 언덕과 황무지가 많고, 옥수수조차 나지 않을 정도로 작물이 빈약하다. 마지막으로 돌산이 많기 때문에 영국의 벽돌집보다 웅장한 느낌을 준다. 그래서 그런지 스코틀랜드가 영국보다 더 중세풍임을 느끼게 한다.

구도심의 거리에는 경사진 길이 기다랗게 놓여있다. 중앙역이 산기

숲에, 호텔이 산중턱에, 에든버러의 상징인 고성(古城)이 산꼭대기에 놓여 있다. 비오는 거리를 헤매면서 작가박물관을 찾는 데 꽤 많은 시간이 소요되었다. 지도마다 잘못 표시되어 있고, 한두 사람이 겨우 지나다닐 수 있는 골목길 속에 숨어 있었다. 층마다 중요한 자료들이 전시되어 있었다.

2. 비운의 여왕 메리 스튜어트의 인생 유전

스코틀랜드 역사에서 가장 유명한 인물 한 사람을 꼽으라면, 단연 메리 스튜어트(Mary Stuart : 1538~1587)라고 할 것이다. 그녀는 아버지가 죽는 날에 태어난 기구한 운명의 여인이다. 태어난 지 6일 만에 왕위에 오른다. 부계뿐만이 아니라 어머니와 할머니 역시 프랑스와 영국의 왕가 출신들이다. 최고의 혈통으로 태어난 그녀는 다섯 살 때 권력의 희생양이 되는 것을 피하기 위해 유학을 빙자해 프랑스로 보내졌다. 그녀는 소녀 시절에 프랑스식 궁중교육을 받았다. 언어와 시와 예술에 있어서 빼어난 재능을 보였다. 동시대의 시인들은 그녀의 아름다움을 경쟁적으로 찬양하기도 했다.[1] 그녀는 그 무렵에 시대를 대표하는 미인이었다. 열다섯 살의 나이에 178센티나 되는 키에다, 흰 얼굴과 긴 목, 가늘고 짙은 눈썹을 하고 있었다. 그녀의 면목을 묘사한 당시의 많은 그림들은 한결같이 최상의 미모임을 제시하고 있다.

메리는 스무 살의 나이에 프랑스의 프랑시스 왕자와 결혼을 하고, 이듬해에 프랑스의 왕비가 되지만, 또 그 이듬해에 남편의 급서를 지켜보게 된다. 3년간에 엄청난 파란곡절을 겪었다. 그녀는 프랑시스와 연인과

---

1 슈테판 츠바이크, 『메리 슈튜어트』, 이마고, 2008, 42~45쪽, 참고.

부부로 6년을 보냈다. 이 기간이 그녀에게 가장 행복한 시기였다. 두 사람은 평소에 필드에서 골프를 즐겼고, 이때부터 이 커플의 취향을 따르는 프랑스인들에게 골프가 생활 속으로 녹아들기 시작했다. 평균치도 되지 않는 작은 키이지만 준수한 용모와 깊은 학식을 갖춘 첫 남편을, 그녀는 잊지 못했다. 남편을 그리워하는 시편들이 남겨졌다. 다음의 시 일부를 보면, 심경의 고통이 어땠는지를 잘 알 수 있다.

> 나는 비길 데 없는 상실감을
> 깊이 느끼네.
> 애끓는 한숨 속에
> 내 인생의 가장 아름다운 시절이
> (그렇게) 흘러가는구나.[2]

메리 여왕의 시편은 적지 않게 남겨져 있다. 우리나라에 정식으로 번역되지 않았지만, 그녀의 생애에 관한 몇 종의 국역본에 일부 인용되어 있다. 슈만이 작곡한 그녀의 시는 외국의 소프라노 가수에 의해 불리어진 음반이 얼마 전에 판매된 바 있었다.

어쨌든 그녀는 남편이 없는 프랑스를 떠났다. 역사서술가이기도 한 월터 스콧이 논평한 바처럼, 프랑스 궁정을 떠나 조국 스코틀랜드로 돌아가는 그녀가 무리 없는 결정을 한 것처럼 보이지만 결국은 길고도 비참한 불운의 단초가 되었던 것이다.[3] 그녀는 이때부터 여왕 직을 실제로 수행했다.

그러나 모든 게 꼬이기 시작했다. 남자관계도, 내정과 외교에 있어서

---

2 캐럴 새퍼 지음, 전일휘 옮김, 『비운의 여인 스코틀랜드의 여왕 메리』, 가람기획, 2006, 116쪽, 재인.
3 월터 스콧 지음, 이수산 옮김, 『스코틀랜드 역사이야기』 제2권, 현대지성사, 2015, 37쪽, 참고.

도 그랬다. 그녀는 세 살 아래의 사촌동생과 재혼하였으나, 남편의 야심으로 인해 정치적인 각을 세웠다. 그녀는 애인을 두었지만, 남편이 그녀의 면전에서 그를 살해했고, 또 그녀는 남편을 별궁에 초대에 폭사시키는 섬뜩한 복수극을 자행했다. 그녀는 남편을 죽이고도 그 다음 날에 골프장에 나들이했다. 뿐만 아니라, 프랑스 시절부터 골프 시중을 들어준 한 사내는 여왕을 오래 짝사랑하다가 침실로 침입하는 불경죄를 저질렀기에 참수를 명하였다. 29명의 귀족을 등에 업은 보스윌이란 자는 아내와 이혼하는 동시에 여왕을 납치해 강제로 결혼한다. 이 무렵에 그녀는 타의로 왕위를 내려놓고, 13개월이 된 아들에게 왕위를 계승하게 했다. 민심으로부터 이반된 그녀는 덴마크 감옥에 갇히는 등 신산의 길을 걷게 된다.

그녀가 위기에 처하자 영국의 여왕 엘리자베스 1세에게 몸을 의탁한다. 두 사람은 인척 관계였다. 하지만 엘리자베스 1세는 살갑게 대하지 않는다. 성장 과정에서 엘리자베스 1세가 서녀(庶女)처럼 푸대접을 받으면서 가시밭길을 걸어 왔다면, 메리는 비단길을 걸어 왔기 때문이다. 그리고 엘리자베스 1세는 스코틀랜드의 내부적인 불화를 은밀히 조장한 면이 없지 않았다. 마침내 메리는 영국의 왕위를 탐한다는 역모의 죄를 뒤집어쓰고 단두대의 이슬로 사라졌다. 마흔 여덟 살의 나이였다. 이때 자신의 아들은 왕세자로서 생모인 메리의 편에 서지 않고, 미혼녀인 양모(養母) 엘리자베스 1세의 편에 섰다. 생모가 아버지를 살해했기 때문이다. 먼 훗날에 그녀의 아들인 제임스 1세는 영국 국왕으로서 불행한 생모를 위해 기념관을 건립하였다.

7월 24일은 날씨가 매우 좋았다. 메리 여왕의 별궁이기도 했던 '홀리루드(Holyrood) 하우스'에 갔다. 오래된 성채와 건축물, 골동품과 예술품 등이 내 눈길을 끌었다. 지금의 영국 여왕도 어쩌다 한 번씩 자고 가는 곳이란다. 바로 옆에 웅장한 바위산이 있다. 산의 이름은 공식적인 명명 (命名)이 아니겠지만, 통속적으로 '아서(Arthur)의 자리'라고 불린다. 황량 한 바위산이래도 매우 운치가 있다. 날씨 좋은 이 날에, 아래를 굽어보 니, 쾌청함이 밀려든다. 에든버러 시내가 한 눈에 아름답게 보인다.

칠흑 같은 밤이 되면, 비운에 죽은 메리 여왕의 혼백이 여기 황량한 바위산을 배회하고 있을까? 그녀의 비극은 스코틀랜드가 영국의 속국으 로서 약소국이었다는 점, 신·구교 갈등의 외교적인 역학 관계에 민첩 하게 대처하지 못하고 희생양이 되었다는 점에 있지 않았을까? 세계에 서 국력이 일곱 번째로 향해 나아가야 할 우리나라 역시 불행한 과거 역 사의 현재성을 이 대목에서 성찰할 수 있지는 않을까?

3. 영원한 국민 작가인 월터 스콧의 기념탑

에든버러 성을 들어서기 위해 적잖은 돈을 냈다. 비가 오고 추워서 성 안의 사적을 살피는 것보다는 시내를 내려다보면서 따뜻한 음료를 마셨다. 경사진 길 따라 한참을 내려오니 유명한 쇼핑거리가 있었고, 예기치 않게도 스코틀랜드인들의 영원한 국민 작가인 월터 스콧(Walter Scott : 1771~1832)의 기념탑을 보게 되었다. 에든버러의 거리는 젖어 있 었고, 냉하고 습한 바람이 연신 스쳐 지나갔다. 비가 그친 흐린 날의 저 물녘이었다.

에든버러 출신의 월터 스콧의 외조부는 의대 교수였고, 아버지는 변호 사였다. 유복한 가정에서 생장했으나, 자신은 소아마비로 인한 장애를 가지고 있었다. 젊을 때 자신도 변호사의 직업을 가졌으나, 주로 방대한 총량의 서사시·소설·전기·역사기록물을 쓴 작가로만 평생을 보냈 다. 애초엔 서사시 작가로 출발했다. 1800년대에 발표한 3대 서사시 중에서 주인공 '마미온'이 등장하는 「마미온(Mamion)」(1808)은 영웅적인 낭만적 인간상과 전투 장면의 세세한 정황을 세세하고도 생생하게 묘파한 인상적인 작품으로 알려져 있다.

영국의 화살들이 일제 사격으로 빗발쳤다.
저돌적으로 공격하는 그들의 기병은
앞쪽과 옆쪽과 뒤쪽의 부대를 휩쓸었다.
우리 국왕을 둘러싸고 싸우는
스코트 군의 둥근 진영을 부수려고
화살이 눈처럼 자욱이 뿌릴지라도
공격하는 기사들이 회오리바람처럼 전진해도
무장한 군인들이 섬뜩한 돌격을 감행하지만
우리 둥근 방어진은 파괴되지 않네.

The English shafts in volleys hailed,
In headlong charge their horse assailed :
Front, frank, and rear, the squadrons sweep,
To break the Scottish circle deep,
That fought around their king.
But yet, though thick the shafts as snow,
Though charging knights like whirlwinds go,
Though bill-men ply the ghastly blow,
Unbroken was the ring.

역사적으로 볼 때, 영국과 스코틀랜드 간의 전쟁은 자주 있었다. 과문한 탓에, 어느 시대의 전투인지는 잘 알 수 없지만, 서사의 장엄함을 공명하고 있음이 분명해 보인다. 영국과 스코틀랜드는 지금도 마찰을 일으키고 있다. 유럽 탈퇴를 뜻하는 브렉시트(Brexit)를 놓고 독립을 묻는 주민 투표가 얼마 전에 있었다. 앞으로 또 다른 투표로 이어질 수도 있다고 한다. 그렇다면 위에 인용한 서사시는 문학적인 의미와 가치 외에도 역사적 현재성─효용, 교훈─이 되기도 한다.

월터 스콧의 문학적인 진가는 헝가리의 비평가이자 사상가인 G. 루카치에 의해 조명되었다. 그는 꽤 부피가 있는 저술물인 『역사소설론(Der historische Roman)』(1937~1938)에서, 역사소설이 19세기 초에 나폴레옹의 몰락과 때를 함께해서 발생했다고 보았으며, 그 최초의 것을 월터 스콧의 「웨이벌리」(1814)라고 간주했다. 그는 월터 스콧의 역사소설이 보수와 진보 사이의 중도 노선을 추구해 왔으며, 또 월터 스콧을 가리켜 18세기의 위대한 사실주의적 사회소설의 정통을 이어받은 후계자로 여겼다.[4]

저 스콧기념탑(Scott Monument)은 1832년에 별세한 월터 스콧을 기리기 위해 공동 모금을 통해 세워진 기념탑이다. 1840년에 건립하기 시작하여 6년 후인 1846년에 완성한 화려한 고딕 양식의 탑이다. 이 거대한 뾰족탑이 바로 스코틀랜드 문화의 표지 및 상징이 아니겠는가, 생각했다.

4. 로버트 번스의 고향 마을을 찾아가다

스코틀랜드의 낭만주의 시인이면서도 시대를 넘어서 국민적인 문명을 떨친 로버트 번스(Robert Burns : 1759~1796)는 시골뜨기로서 농민 시인에 지나지 않았다. 부유하거나 뼈대 있는 집안의 출신도 아니고, 제도적

---

4 게오르그 루카치 지음, 이영욱 옮김, 『역사소설론』, 거름, 1987, 28~32쪽 참고.

으로 좋은 정규 교육을 받은 것도 아니다. 하지만 도회지인 에든버러에 올라와서 상류사회 사람들과 사교를 할 만큼 천부적인 화술의 소유자였다. 혼외 자녀가 아홉 명이나 될 만큼 여자관계는 좀 너저분했다. 죽을 때까지 여성 편력을 버리지 못해 마침내 생의 막바지엔 간병인과도 바람이 났다. (이때 쓴 시가 도리어 후세에 명시-명곡이 되기도 했다.) 뿐만 아니라, 마흔의 나이가 되기도 전에, 건강이 악화될 만큼 통음하는 음주벽이 매우 심한 편이었다. 사생활의 면에서 볼 때, 로버트 번스는 딱히 매력 있는 사람이 아니었다. 그럼에도 불구하고 많은 사람들은 왜 그를 스코틀랜드의 국민 시인으로 대접하고 있는가? 그럴만한 이유가 있기 때문이다.

저 유명한 노래, 「올드 랭 사인(Auld Lang Syne)」이라는 제목의 세계적인 노래가 있다. 스코틀랜드 고(古)방언인 이 제목을 현대의 표준 영어로 바꾸면 '올드 롱 신스(Old Long Since)'가 된다. 로버트 번스가 1788년 어느 날, 시골의 한 노인이 부르던 민요의 노랫말을 채록하여 시의 형식으로 개사한 것이다. 또 이것을 윌리엄 쉴드라는 작곡자가 노래로 만들어 세계적인 명곡이 되었다. 노래의 내용은 대충 이렇다.

옛 친구를 잊어야 하나? 잊지 않고선 안 되는 건가? 옛 친구를 잊어야 하나? 오래된 옛날부터 사귀어온 친구를! (후렴) 그리운 옛날을 위해, 나의 벗이여. 그리운 옛날을 위해. 우리는 정겨운 석별의 잔을 들리라. 그리운 옛날을 위해.

일제강점기 우리 애국가를 담았던 곡(曲)이요, 오래된 외국 영화 「애수」의 주제곡이기도 한 이 노래는 영미권 국가의 송년 축가로 불린다. 더욱이 스코틀랜드에선 로버트 번스의 생일인 12월 25일을 '번스의 밤'으로 특정해 이 노래를 부르면서 국경일로 대접한다.

로버트 번스의 시 가운데 주옥같은 명편들이 적지 않다. 이 중에서 내게 단 하나의 시를 선택하라면, 나는「붉디붉은 장미(A Red, Red Rose)」를 엄지로 척 꼽는데 결코 서슴지 않을 것이다. 나는 영역(英譯)과 무관한 사람이지만, 이 글을 쓰는 김에 내 식 대로 만들어본 역본(譯本)을 제시하려고 한다.

오, 내 사랑은 유월에 갓 피어나는,
　붉디붉은 장미와 같아라 ;
오, 내 사랑은 율조에 맞춰 연주되는
　감미로운 노래와 같아라.

그대 너무 아름다워 내 어여쁜 아가씨여,
　난 사랑에 깊이 빠졌어요 ;
그래서 난 당신을 여전히 사랑할 거예요,
　모든 바다가 마를 때까지.

바다가 다 마를 때까지, 내 사랑이여,
　그 바위들이 태양을 녹일 때까지 ;
그래서 난 당신을 여전히 사랑할 거예요,
　한줌의 모래시계가 남아있을 때까지.

안녕, 내 하나뿐인 사랑이여!
　안녕, 잠시 동안만이라도!
반드시 돌아오리라, 내 사랑이여!
　가야할 길이 사천리 길이라도!

이 시는 서정시로도 압권이지만, 사랑노래의 백미이기도 하다. 아마도

20년은 좀 되지 않았겠지만, 금세기 초에 영국의 팝페라 가수인 이지 (Izzy)가 부른 이 시의 노래 버전이 우리나라에 소개되었다. 1975년에 태어나 성장해 팝페라의 세계에 입문한 그녀가 부른 노래. 이것은 '투명한 감성, 햇살처럼 부서지는 맑은 멜로디'여서, 나에게는 형언할 수 없이 감동을 준, 참 아름답고도 감미로운 노래였다. 국내 가수 샤일리(이명희)의 한국어 버전도 들을 만하다. 나는 시(詩)가 대중가요로 성공한 최고의 사례로, 이지의「붉디붉은 장미」인 외국의 경우와, 조용필의「세월이 가면」(원시 : 박인환)인 국내의 경우를 꼽고 싶다.

7월 25일도 맑았다. 에든버러 웨벌리역에서 출발한 열차는 글라스고우 중앙역까지 1시간이 걸렸다. 인파가 드나드는 광장을 아치형 지붕으로 덮어 실내로 만든 독특한 역이었다. 또 여기에서 아름다운 풍광의 해변 철로를 따라 1시간 가까이 이동해 한적한 시골 마을의 에어역에 도착하였다. 점심때가 되어 역 부근의 식당에서 요기를 하였다. 이 서양식 음식은 입에 전혀 맞지 않았다. 반 정도 남겨두어 주인에게 괜히 미안했다. 에어(Ayr)는 읍내의 다운타운이라고 하겠다. 로터리 중간에 로버트 번스의 동상을 세워 놓았다. 여기에서 7, 8분정도 마을버스를 타고 가면 그의 생가와 기념관(뮤지엄)이 나온다.

번스의 고향 마일인 앨러웨이(Alloway)는 깨끗이 정돈되어 있었다. 아무리 시골이라고 해도 주민들의 생활수준은 높아 보였다. 오막살이의 흔적이 남아있는 오두막집은 시인의 집이었다. 가족들의 검박한 살림살이를 느낄 수 있었다. 조금 떨어진 곳의 기념관에는 번스가 생전에 사용했던 물품들이 주제 별로 잘 정리되어 전시되어 있었다. 책과 원고지와 편지 등은 보존을 위해 조명을 어둡게 해 놓았다.

글라스고우를 지나 에든버러로 돌아오는 길에는 마을이 거의 없고 끝없이 펼쳐진 한적한 목초지가 1시간동안 이어졌다. 기념관에서 구입한 음반을 헤드폰을 쓰고 들었다. 로버트 번스의 시들에다 곡을 붙여 모은 음악인데, 보컬 없는 경음악이어서 아쉬웠다. 모두가 감미로운 순수 서정의 멜로디였다.

궁벽한 변방에서 한미한 농부의 아들로 태어나 화술과 시적인 재능 외에는 아무 것도 가진 것이라고는 없었던 로버트 번스가 술과 여자에 탐닉해 인생을 농탕친 난봉꾼으로 살다가 중년의 이른 나이에 세상을 떠난 그를 두고 스코틀랜드인들이 지금도 국민시인으로 추앙하는 데는 이유가 따로 있었다. 시의 노래성 회복이랄까, 서민의 생활감정을 보편적 인간의 애욕으로 잘 되살렸다. 그의 사후에 사회주의권에서도 그를 민중시인으로 높이 평가하기도 했다. 기층의 민요를 수용해 (게일어나 서도방언 같은) 토착적인 언어로 재구성한 농민 시인이란 점에서, 번스와 김소월은 서로 빼닮았다. 이들은 모두 연가풍의 시를 선호했다. 다만 두 사람 사이에 차이가 있다면, 번스가 과도한 여성 편력을 탐했다면, 김소월은 아내에게 충실한 가정적인 삶을 살았다는 점이다.

5. 해리포터 탄생 20주년과 엘리펀트 하우스

스코틀랜드가 얼마 전에 영국으로부터 독립을 했더라면 수도가 되었을 에든버러에 전통적인 성채가 남아있다. 가장 높은 언덕 위에 솟구친 이 오래된 성은, 망해버린 고려 왕조의 슬픈 회포가 서린 개성 만월대와 같은 황성옛터가 결코 아니다. 엄청난 관광객이 몰려드는 외롭지 아니한 곳. 이 언덕의 오른편 아래쪽에 걸어서 십 분 거리에 국립박물관이 있다. 거기에서 지근의 거리에 '엘리펀트 하우스', 즉 코끼리 집이라는 이름의 크지 않은 식당이 있다. 물론 커피나 홍차만 마시고 나올 수 있다는 점에서, 식당 뿐 아니라 찻집이 되기도 한다. 이 집은 언제나 사람들로 붐비고 있다. 물론 관광객도 많다. 여름철이면 중국 관광객들이 많이 붐비는 곳이기도 하다. 그도 그럴 것이 세기말 최고의 출판 브랜드가 된 '해리포터 시리즈'가 탄생한 곳이기 때문이다.

조앤 K. 롤링은 몹시 불우한 처지였다. 폭력적인 남편과 이혼을 하고 일자리도 없는 상황에서 아기를 키우기 위해서는 부득이하게 정부 보조금에 의존할 수밖에 없었던 가난 속에 허덕여야 했다. 이때가 자기 인생의 최악의 시기였다고 회고했듯이 그에게는 유일한 희망이 글쓰기였다. 그에게 있어서의 '해리포터 시리즈'는 가장 어두운 직후에 찾아온 동틀 녘이었다. 그는 이것을 쓰기 위해 유모차를 끌고 엘리펀트 하우스를 자주 찾았다. 이곳은 그의 초창기 집필실이나 다름이 없었다. 2017년은 해리포터를 처음 출간한지 20주년이 되는 해다. 1997년 6월 26일, 우여곡절 끝에 「해리포터와 마법사의 돌」이 처음으로 공간되었다.

프리벳가 4번지에 살고 있는 더즐리 부부는 자신들이 정상적이라는 것을 아주 자랑스럽게 여기는 사람들이었다.[5]

Mr. and Mrs. Dursley, of number four, Privet Drive, were proud to say that they were perfectly normal, thank you very much.[6]

이 첫 문장으로 시작하는 '해리포터 시리즈'는 20년의 세월을 거치는 동안 출판과 영화 등에서 8조원의 수입을 올리게 한 대형 브랜드가 되었다. 그리고 우리 시대의 환상문학에 관한 한 전범이며 고전이 되었다. 내가 올해 7월 24일 오후에 여기를 찾아 갔을 땐 입구에 기다리는 사람

---

5 조앤 K. 롤링 지음, 김혜원 옮김, 『해리포터와 마법사의 돌』, 제1권 1, 문학수첩, 2000, 11쪽.
6 J. K. Rowling, 『Harry Potter and the sorcerer's stone』, Scholastic Inc., 1999, p. 1.

이 장사진을 치고 있어서 들어갈 엄두를 내지 못했다. 7월 28일 오전의 이른 시간에 다시 찾았다. 메인 홀에는 이른 시간인데도 사람들로 가득 찼다. 화장실을 향하는 통로에 낙서들이 빼곡히 채워져 있었는데, 누군 가가 써넣은 '해리포터의 탄생지'라는 낙서가 인상적이었다.

6. 마무리 : 자유가 있는 다문화의 공간

걷는 게 건강에 좋을 것 같아서, 나는 비싼 돈을 내고 수제화 한 켤레를 맞춘 일이 있다. 같은 값이면 다홍치마라고, 색깔은 빨강으로 정했다. 기왕이면 빨강 운동화인 이것을 신고, 나는 해운대 집 근처에서 자주 신고 다닌다.

하루는 길가의 70대 노인이 내 얼굴과 신발을 번갈아 바라보면서 쓴 웃음을 지었다. 그 나이에 무슨 빨간색인가 하는 표정이었다. 난 그때 속으로 빨간색이면 어때, 했다. 우리 사회에는 사사건건 시시비비를 가리려는 습속이 있다. 걸핏하면 논쟁적이요 또 드잡이하려 드는 우리나라 사람들. 오랜 고정관념에서 벗어나지 못해 타인의 취향을 전혀 인정하지 못하겠다는 편협한 골통(←骨董) 노인들. 이제는 바뀌어야 한다. 단세포의 문화로부터 벗어나야 한다.

7월 26일. 북국의 거대한 호수 인버네스를 가기 위해 아직 새벽인 시점에 웨벌리역에 갔다. 역의 실내 광장에는 이른 아침부터 드나드는 인파로 붐볐다. 이때 우리나라는 한여름의 폭염인데 여기는 쌀쌀한 가을 날씨였다. 사람들은 반팔 소매를 입고 다니거나 늦가을 패딩을 입고 다니거나 했다. 나는 복잡하게 돌아가는 전광판을 쳐다보고 있었다. 그런데 내 눈앞을 한 쌍의 남녀가 가로막았다. 건장한 흑인 남자와 금발의 백인 여자가 잠시 동안 격정의 키스를 세 차례 나누었다. 30대 중후반으로 보이는 이들은 아무 일이 없었다는 듯이 한 갈래의 플랫폼을 향해 다정한 모습으로 유유히 사라졌다. 나는 이 돌발의, 아니 도발적인 정황에 대해 혀를 끌끌 차면서 '이른 아침부터 연놈들이 뭣하는 짓이여!' 하고 속으로 중얼거렸다. 오가는 그 많은 사람들은 아무도 눈길조차 주지 않았다. 순간적으로, 나도 동양에서 온 골통인가 하는 섬광 같은 자기 성찰에 이르렀다.

드센 기운으로 오가는 인파, 있어 보이는 사람과 홈리스, 외국인 관광객과 현지 내국인, 패딩과 여름옷, 여름옷이어도 둘로 나누어진 반팔소매와 민소매, 마치 내 앞에서 보란 듯이 깊은 키스를 해대던 흑인 남자와 백인 여자……에든버러 웨벌리역의 실내 광장은 엇갈림 속에서 조화를 추구하고 화음을 빚어내는, 일종의 다문화 공간이었다.

열기와 광기가 어린 사랑의 현장에 가다

1

2017년 7월 18일, 영국 웨스트요크셔(West Yorkshire) 지역은 드물게도, 날씨가 매우 맑았다. 내가 역사의 성곽도시로 이름이 난 요크에서 며칠 간 머물 때, 그 지역의 북서부에 위치하는 작은 마을인 하워스(Haworth)를 찾아 갔다. 여기를 가기 위해선 대도시답게 복잡한 선로가 뒤엉켜 있는 리즈 역에서 기차를 한번 갈아타고 역내에 화장실도 없이 뭔가 고색창연한 케일리 역에 도착했다가, 마지막으로는 시외버스를 타는 도정을 밟았다.

산골로 고불고불 돌고 돌아서 간 산간마을인 하워스가 역사의 문서에 공식적으로 언급된 것이 1209년이었다고 하는데, 이곳은 그 이후 6백년 이상이나 별 볼 일 없는 마을로 방치되어 왔던 느낌을 주는 범속한 마을이었다. 마을의 명소로는 19세기에 이르러서야 영국의 대표적인 여성 작가로써 「제인 에어」와 「폭풍의 언덕」을 쓴 브론테 자매들이 목사인 아버지와 함께 살았던 집이 있다. 아버지가 오래 재직한 교회의 지근거리에 있는 이 집은 현재 '브론테 목사관 박물관(Bronte Parsonage Museum)'이라는 명칭으로 관광객들에게 공개되고 있으며 브론테 자매가 생전에 사용했던 책상과 의자, 친필 원고 등이 전시되어 있다. 증기 기관차가 지나는 케일리-워스 밸리 철도의 일부인 하워스 기차역이 이 마을에 있다. 관광 산업을 주요 산업으로 하는 만큼 호텔과 찻집, 기념품 가게, 고서를 판매하는 서점 등이 많다. 지금 『주간조선』에 '도시 이야기'를 연재하고 있는 정여울은 나보다 6개월 정도 먼저 간 것으로 보인다. 그가 받은 하워스에 대한 느낌은 스산하고 우중충한 것이었다.

하워스의 겨울은 혹독하다. 겨울에 방문한 나에게는 하워스의 모진 바람과 추운 날씨가 마치 「폭풍의 언덕」의 첫 장면처럼 스산하게 느껴졌다. 브론테 가문의 유달리 잦은 죽음도 바로 이런 가혹한 날씨 때문이 아니었을까 의심이 될 정도로, 하워스의 겨울 날씨는 우중충했다. 대낮에 방문했는데도 마치 금방이라도 땅거미가 질 것처럼 어둡게 느껴지는 하워스 곳곳에서는 살을 에는 듯한 칼바람이 불었다.[1]

나는 여름에 갔기 때문에 하워스가 스산하지도 우중충하지도 않았다. 마을 너머의 황야에도 온통 초록빛이었다. 길섶에는 예제 여름철의 들꽃이 곱게 피어 있었다. 저 「폭풍의 언덕」에 가기 전에 내가 먼저 간 곳은 브론테 가(家)가 살던 집이었다. 집은 높직한 언덕 마을에 있고 앞에는 브론테 세 자매의 아버지인 패트릭 브론테 목사가 근무하던 교회가 그대로 남아 있었다. 마당도 넓적하고 실내 계단으로 된 2층 집의 구조로 보아서 2백 년 전의 생활환경을 비추어 볼 때 아주 잘 사는 중산층 가정으로 보였다. 나는 이들 세 자매의 삶의 흔적이 배어있는 생활용품

---

1 정여울, 「'폭풍의 언덕'과 '제인 에어'가 태어난 곳, 브론테 자매의 고향, 하워스에 가다」, 『주간조선』, 2479호, 2017. 10. 23~29, 130쪽.

들을 하나하나 살펴보았다.

2

브론테 가는 무슨 저주 받은 집안과 같다. 목사인 아버지는 신의 축복을 받았는지 여든 네 살까지 천수를 누렸다. 가족은 모두 여덟 명이었다. 1남 5녀였다. 첫째와 둘째인 딸들은 요절했고, 넷째인 아들은 술과 마약의 중독자가 되어 서른하나의 나이에 죽었다. 세 자매인 셋째 샬롯 브론테, 다섯째 에밀리 브론테, 막내 앤 브론테는 세계적으로 유명한 작가이다. 여성의 사회적인 진출이 불가능한 시대에 그것도 런던에서 먼 시골에서 태어나 학교 교육도 제대로 받지 못한 이들이 남긴 문학적인 성취는 한마디로 말해 기적과 같은 일이다. 세 자매는 문학적인 성취도 성취이려니와, 여자들이야말로 한 시대를 대표하는 작가가 결코 될 수 없다는 견고한 사회 통념의 유리천장을 뚫었다는 데서 위대한 인간 승리를 확인해 주었다.

영문학자 이창국의 『문학 사냥꾼들 : 추리하고 탐험하는 영문학 이야기』(2007)에 의하면 브론테 자매의 성장기의 삶을 추적한 내용이 있어 무척 흥미롭다. 1885년에 샬롯 브론테가 세 자매 중에서 마지막으로 죽었을 때, 그녀는 이미 유명한 작가였다. 그녀의 남편인 아더 니콜스는 엘리자베스 가스켈이란 이름의 전기 작가에게 세 자매가 남긴 많은 자료를 넘겨주었다. 이 가운데 엄청난 분량의 원고가 있었는데, 확대경이 아니면 볼 수 없는 깨알 같은 글씨로 쓰이었다. 가스켈은 『샬롯 브론테의 생애』(1857)에서 이 원고의 실체를 간단히 언급하고는 니콜스에게 모든 자료를 되돌려주었지만, 그 원고는 영국 최고의 문헌학자의 손을 거쳐 영미권의 수집가들에게 흩어졌다. 원고의 성격과 내용도 모른 채 순식간에 산지사방(散之四方)이 나버린 원고뭉치였다.

　텍사스 대학의 도서관 직원인 처녀 패니 래치포드는 중년이 될 때까지 이 흩어진 원고들을 수소문하고 추적하는 데 20년을 소비했다. 그는 1941년에 이르러서야 이 원고뭉치를 연구해『브론테 자매의 성장기 그물망(The Bronte's Web of Childhood)』이란 저서를 공간하였다. 브론테 자매들이 청소년기에 쓴 습작들이 백 년이 넘어 세상에 알려지게 된 것이다. 이에 관한 영문학자 이창국의 설명이 사뭇 유효해 보인다.

　　다른 집 아이들과는 달리 집안에 어머니가 없는 브론테 목사네 아이들은 밖에 나가 활발하게 뛰어놀 생각은 하지 않고, 집 안에서 책을 읽거나 공상적인 놀이에만 집중했다. 어느 모로 보나 우울하고 침울한 분위기에 싸인 집안이었고, 요크셔 지방의 기후도 그랬다. 긴 겨울 동안에는 하루 종일 기분 나쁜 바람 소리가 그치는 법이 없었다. 외롭고 쓸쓸한 아이들의 상상력이 펼치는 공상의 세계는 시간이 갈수록 깊이를 더해 갔으며, 이들은 자신들이 만들어낸 허구 세계의 매력에 푹 빠져 지칠 줄 몰랐다.[2]

　나는 브론테 가의 저택이었던 목사관을 방문하였다. 집의 실내 계단에 걸려 있는 세 자매 그림 복사본을 사진으로 찍었더니 창문이 비추어져 묘한 느낌의 이미지를 빚어내고 있었다. 그림은 샬럿과 브론테의 남동생인 브란웰 브론테가 그렸다나. 나는 이 그림의 원본을 한 보름 후에 런던의 초상화 박물관에서 다시 보았다. 그림의 주인인 브란웰은 미술의 잠재적인 재능을, 초상화가로서의 꿈을 살리지 못하고 술과 마약에 중독되어 쓸쓸히 요절하였다.

---

2 이창국,『문학 사냥꾼들─추리하고 탐험하는 영문학 이야기』, 아모르문디, 2007, 145~146쪽.

3

에밀리 브론테의 「폭풍의 언덕」(1847)은 두 겹의 서술 구조로 된 액자형 소설이라고 할 수 있겠다. 바깥 얘기의 화자는 슬러시크로스 농장의 임차인인 로크우드이다. 속 얘기 화자는 저택인 '워더링 하이츠'의 원(原)주인인 언쇼 가의 하녀 엘린 딘이다. 로크우드가 서술자가 된 것은 서두와 결말이며, 나머지는 청자의 입장에서 이야기를 듣게 된다. 이야기의 십중팔구는 엘린 딘의 입에서, 풀어내고 있다. 로쿠우드가 기인(奇人)인 히스클리프를 만나고 또 그의 기행(奇行)을 경험함으로써 이야기는 시작된다. 기인이 기행을 일삼는 이야기라는 점에서 「폭풍의 언덕」은 서양판의 전기(傳奇)라고나 할 수 있겠다.

로크우드는 히스클리프를 만나러 왔다가 돌아가지 못할 사정이 생겨 하룻밤을 청하게 된다. 꿈속을 헤매는 그가 묵는 사랑방에 전나무 가지가 바람에 흔들리는 소리가 거듭 들려 잠을 제대로 이루지 못한다. 알고 보니 방안으로 들어가게 해 달라는 손짓의 작은 손이었다. 그래서 그는 이 집이 귀신 붙은 집이라고 생각한다. 히스클리프도 자기의 방에서 유령에게 애원하는 소리를 낸다. 그의 기행을 우연히 훔쳐본다. 이 웅얼거리는 헛소리는 감당할 수 없는 슬픔의 고뇌가 배어있었다.

그는 침대 위로 올라가 격자창을 열면서 걷잡을 수 없는 격정의 눈물을 펑펑 쏟았다. "들어와요! 들어와!" 하고 그는 흐느꼈다. "캐시. 제발 들어와요. 다시 한 번 내 품안으로 돌아와요. 오! 내 사람이여. 이번만은……캐서린, 내 말을 들어줘요." 그러나 귀신은 귀신다운 변덕을 부려 도대체 나타날 기색을 보이지 않았다. 당지 눈과 세찬 바람만이 내가 서 있는 데까지 불어와 손에 들었던 촛불을 꺼뜨리고 말았다.[3]

He got on to the bed and wrenched open the lattice, bursting, as he pulled at it, into an uncontrollable passion of tears. "Come in! come in!" he sobbed. " Cathy, do come. Oh, do-once more! Oh! my heart's daring, hear me this time-Catherine, at last!" The spectre showed a spectre's ordinary caprice; it gave no sign of being ; but the snow and wind whirled wildly through, even reaching my station, and blowing out the light.[4]

많은 사람들이 이 소설에 관한 언급해 왔다. 소설가 윌리엄 서머싯 몸은 자신의 유명한 비평집 『세계 10대 소설과 작가들』(Ten Novel and Their Authors : 1954)에서 에밀리 브론테의 「폭풍의 언덕」을 가리켜 세계의 소설 10대 작품으로 평가하면서, 이 작품이 추악하면서도 아름답고 공포스럽고도 정열에 넘치는 소설이라고 했다.[5] 그는 작가 에밀리 브론테와 작품 속의 주인공인 히스클리프는 떼려야 뗄 수 없는 관계임을 설파했다. 에밀리 브론테가 자기 자신의 분노, 이상하게 강하면서도 욕구불만에 시름하는 성본능, 그 충족되지 못한 애욕, 질투, 인간에 대한 증오와 경멸, 잔인성, 사디즘을 히스클리프에게 고스란히 부여했다는 것[6] 말이다.

프랑스의 소설가이면서 또 악(惡)의 본질을 탐구한 사상가였던 조르주 바타유는 이 소설을 두고 사랑의 이야기 중에서 가장 아름답고, 가장 깊숙하고, 가장 시적이고 격렬한 이야기라고 했으며, 주인공인 히스크리프는 '악에 받친' 인물이 아니라 '악에 바친(바쳐진)' 인물[7]이라고 규정했다. 저주 받은 작가다운, 또한 신성모독적인 무신론자다운 견해이다. 우

---

3 에밀리 브론테, 안동민 옮김, 『폭풍의 언덕』, 범우사, 1997, 40쪽.
4 William, M. Sale, Jr(ed.), Emily Bronte, 『Wuthering Heights』, W. W. Norton & Company, Inc., 1972, p. 33.
5 S. 모옴, 홍사중 역, 『세계10대소설과 작가(하)』, 삼성미술문화재단, 1974, 367쪽, 참고.
6 같은 책, 372쪽, 참고.
7 이화경, 『열애를 읽는다』, 중앙mb, 2014, 250쪽, 참고.

리나라의 작품론 가운데에서 그런 대로 가장 인상적인 것은 소설가 이화영이 쓴 최근의 작품론인데, 조르주 바타유의 영향을 적잖이 받은 것으로 생각된다.

> 히스클리프에게 사랑은 달콤한 수사도 아니고, 빵빵한 돈으로 마련한 화려한 이벤트도 아니다. 이성으로 통제 가능한 가지런한 감정도 아니고, 세월이 약이 되는 아련한 첫사랑의 달콤 쌉쌀한 상처도 아니다. 그에게 사랑은 어떤 채찍으로도 순치될 수 없는 야성이고, 무엇으로 잃어서는 안 되는 천국이며, 어떤 규범과 예의로도 고칠 수 없는 충동이다. 무엇보다 나나 네가 죽더라도 끝나지 않을 사랑의 저주이자 애착의 지옥이며 순수 악이다.[8]

먼저 죽어가는 캐서린이 원하는 것은 히스클리프가 살아남아 자신을 영원히 잊지 못해 지옥 같은 고통 속에서 몸서리치는 것, 히스클리프는 죽어서 고뇌와 정념의 유령이 된 캐서린을 추수하는 강한 열망에 외곬으로 파고드는 것. 캐서린은 죽어도 아주 죽지 않고 여귀가 되어 히스클리프의 마음속 깊이를 찌르거나, 마음의 세계 그 자체를 갈래갈래 찢어놓는다. 이야기 자체가 섬뜩하고 전율적이다. '워더링 하이츠'이란 표현에서 '워더링'은 우리가 그저 그렇게 수용하는바 명사의 관형격인 '폭풍의'가 아니라, 사실은 '폭풍을 몰아치는'을 가리키는 형용사 그 자체이다. 요컨대 에밀리 브론테의 하나밖에 없는 「폭풍의 언덕」은 맹목의 집념에 사로잡힌 섬뜩한 복수극이요, 애착의 편집증에 전율하는 막장의 서사시요, 정념과 고뇌의 끝 간 데에 이른 격정의 서정시다.

눈이 먼 외곬수의 사랑. 우리가 오늘날에도 흔히 경험하는 것처럼 결코 이루지 못해, 이룰 수가 없어서 오히려 '운명적임'을 들썩대는 사랑

---

8 같은 책, 262쪽.

이다. 소설 속의 화자인 로크우드는 히스클리프와 캐서린의 사랑을 가리켜, '고요한 땅속에서 잠자는 자들이 고이 잠을 이루지 못하'는 사랑임을 암시하였다.[9] 소설가 이화경은 이런 사랑을 두고, 마약이나 독약처럼 알싸하고 위험하고 불온한 사랑이라고 본다.[10]

사람들에게 물어서 폭풍의 언덕으로 가는 길로 향했다. 교회의 공동묘지를 지나 언덕바지로 올라가니 천지 사방이 훤해졌다. 광활하게 펼쳐 있는 황야와 조붓한 시골길이 놓여 있었다. 무작정 걸었다. 사람이 아무도 없는 적요한 황야. 이런 풍경의 경험은 난생 처음이었다. 황야라고 해도 풀은 있고, 나무도 드문드문 보였다. 그날따라 바람은 심하지 않았다. 계속 가면 폭풍의 언덕이 나타날 줄 알았다. 그런데 길을 잃은 거 같아서 지나가는 농부 노인에게 물어보니 나를 안내해 주었다. 노인은 매우 선량하고 친절했다. 궁형의 길을 돌아가면서 계곡으로 주욱 따라 가라고 손짓을 해주었다. 자신은 얼마 전에 죽은 아내의 묘지로 향해 간다고 했다.

계곡으로 향한 길도 멀었다. 길의 가장자리에 축사가 드문드문 있었고, 일부 양들은 울타리를 넘어 길섶의 풀을 뜯어먹으면서 통행을 방해하고 있었다. 졸졸 흐르는 시냇물을 거꾸로 오르니 돌다리가 보였다. 에밀리 브론테가 산책하던 곳의 끝 간 데였다. 에밀리가 살아있을 때부터 존재해온 돌다리라고 하니 감회가 새로웠다. 돌다리 언저리에 몇몇의 젊은 연인, 부부가 쉬고 있었다. 서로 모르는 사람들끼리 간단한 목례를 주고받았다.

돌다리에서 비탈진 언덕을 잠시 오르니 시야가 탁 트이었다. 경관도

9 에밀리 브론테, 앞의 책, 418쪽.
10 이화경, 앞의 책, 269쪽.

무척 좋았다. 바람은 빠르게 스쳐지나갔다. 소설 속의 폭풍의 언덕은 사실상 존재하지 않는 곳. 현실적으로 가장 근접한 지점이라면, 바로 여기가 아닌가 했다. 멀리 산 중턱에 '탑 위딘스(Top Withins)'의 모델이 되는 폐가가 보였다. 날도 저뭇해져 시골 버스를 타는 데 문제가 될까봐, 산길 오리 즈음 되어 보이는 거기까지는 가지 않았다. 한 5백 미터 정도 나아갔다가 되돌아갔다. 돌아갈 때는 지름길 아스팔트를 이용했다. 휴식 시간을 포함해 다섯 시간 정도 소요되었다.

4

시대의 역작인 「폭풍의 언덕」이 가지는 최고의 미덕은 히스클리프라는 이름으로 된 개성적인 인물의 창조에 있다고 본다. 그는 과묵하면서도 음흉하며, 내면의 소용돌이가 들끓어 언젠가는 폭발할 것 같은 캐릭터다. 그는 죽을 때도 날카롭고 사나운 눈가에 냉소적으로 웃음을 흘리면서 죽었다. 그래서 그의 주검을 매조지하는 늙은 하인인 조지프는 악담을 퍼붓는다. 악마가 그의 영혼을 데려고 간 거야, 죽어서까지 이를 드러내놓고 웃다니, 이런 흉측한 인간이 또 있을까? 그는 죽어서도 정상적인 애도를 받지 못했다.

나는 폭풍의 언덕을 탐방하면서 돌아오는 길에 생각나는 대로 시상을 떠올려 시 초고(草稿) 하나를 메모지에 마련해 두었다. 의미 있는 날에는 시라도 한 편 남겨야 한다는 게 내 생각이다. 비록 산문적인 형태의 단시에 지나지 않는 것일망정.

히스클리프는 거친 숨결이 토할 것 같은 이름이다. 본래의 뜻은 절벽에 피는 히스꽃. 언덕 위의 길에는 죽어서 혼령이 된 캐서린의 머리채를, 바람이 꽉 붙잡고 어디론가 멀리 데려가고 있다. 울부짖는 히스클리프의 광기. 제 철이 되면 저 가파른 언덕 아래에 피게 될 연분홍 한 떨기.

이 초고의 시는 소설과 전혀 무관한 내용의 이야기를 재구성해 본 것이다. 작품성 여부를 떠나서 내 스스로 시적인 상상력을 발휘해본 것에 지나지 않는다. 영국의 문학비평가 데이비드 세실이 '워더링 하이츠'라는 이름만 들어도 상상의 날개를 펼치기가 충분하다고 했듯이 말이다.[11]

황야와 언덕과 계곡에 불어오는 바람은 여귀(女鬼)인 캐서린마저 통제할 만큼 그악하다. 에밀리 브론테는 보잘것없는 시골마을인 하워스를 덮치는, 그 사납고도 모진 바람에 매우 민감하게 반응했다. 그녀의 나이 열여덟인 1936년 12월에 쓴 「폭풍」이라는 시가 있다. 시의 내용은 "휘몰아치는 거친 바람따라 물결 짓는 히스(꽃) / 깊은 밤 싸늘한 달빛과 빛나는 별무리"[12]로 시작한다. 시편 「폭풍」은 소설 「폭풍의 언덕」을 촉발시킨 상상의 원천이 아니었을까?

내가 이번 탐방의 과정에서 마지막으로 생각해낸 것은 비평적 시선의 발상전환이 필요하다고 보았다. 가장 일반적인 시각으로는 「폭풍의 언덕」을 전형적인 '고딕소설'로 간주한다. 그도 그럴 것이, 불가사의하고 불가해한 중심인물, 황야와 언덕처럼 변치 아니하는 자연 그대로의 배경이 고딕소설의 전형적인 요인이 되기 때문이다.

사람들은 「폭풍의 언덕」을 두고서 기이한 연애소설에만 집착하는 경향이 없지 않다. 하지만, 히스클리프는 사랑의 성취를 이루지 못한 대신에, 언쇼 가의 집과 린튼 가의 농장을 손에 넣었다. 그는 어엿한 당주(堂主)이자, 동시에 규모 있는 농장주이었던 것이다. 이 작품에 관한 한, 19

---

11 에밀리 브론테, 안동민 옮김, 앞의 책, 419쪽.
12 에밀리 브론테, 강봉식 옮김, 『폭풍의 언덕, 시선(詩選)』, 중앙문화사, 1988, 425쪽.

세기의 변방에도 영국 도회지적인 자본주의가 틈입하면서 부의 축적과 재물의 집념을 보여준다는 소위 문학사회학적인 관점이 정립되어야 한다고 본다.

나라밖 소설에 대한 비평적 사색

1

나는 올해(2013) 9월 4일과 5일에 개최된 한-터키 문학 심포지엄에 한국 측 토론자로 참석하기 위해 터키를 갔고, 이때 보고 느낀 바를 작은 비평문 형식으로 한 계간지에 발표하기도 했다.[1]

심포지엄의 장소는 미마르 시난 예술대학교였다. 학교는 대학 치고는 매우 작았지만 해변을 끼고 있어 특별한 풍광을 느낄 수 있는 곳이었다. 우리가 숙소로 쓴 호텔이 바다 너머의 아시아 대륙의 끝자락에 있었고, 대학의 해변은 유럽대륙의 끝자락이었다. 아시아와 유럽의 대륙을 횡단하는 다리가 놓여 있는 이스탄불. 세계의 도시 중에서 이보다 스토리와 히스토리, 그리고 다(多)문화적인 융복합성이 자리하고 있는 곳도 없을 성 싶다. 초가을의 햇살이 매우 따갑지만 또한 부드러웠다.

지금으로부터 천 수백 년 전으로 돌아가 보자.

---

1 이 글이 처음으로 쓰인 시점은 2013년이었다. 애초의 글에서 많은 부분을 삭제했고, 약간의 필요한 부분을 보충했다.

한국과 터키는 이때부터 문화의 교류가 있었다. 그 당시의 터키는 돌궐(족)이었다. 한국은 고구려였고, 중국은 수당(隋唐) 제국이었다. 그 당시의 고구려와 돌궐은 중국의 천하 중심의 관점에서 볼 때 변방에 지나지 않았다. 특히 수나라는 고구려를 가리켜 소추(小醜)라고 불렀다. 못생긴 꼬맹이란 뜻이다. 이렇게 천대를 받던 고구려는 전쟁에서 승리했고, 마침내 수 제국을 멸망케 한 요인을 제공하였다. 그 이후에 한국은 바다에 맞닿아 더 이상 나아가지 못하고 반도에서 정착해 살아왔지만, 돌궐족은 서쪽으로, 또 서쪽으로 나아가 국력이 강성한 오스만 제국의 역사를 이룩하였고, 이를 거쳐 오늘날의 터키공화국이 되기에 이르렀다.

오늘날 한국인들과 터키인들에게는 전통에 대한 자부심이 강하고 국민들의 애국심이 뜨겁다는 공통점이 있다. 한국과 터키의 관계는 한국전쟁으로부터 월드컵 3·4위전에 이르기까지 '멀지만 가까운 나라'로 인식되어 왔다.

문학에 관해 한정한다면, 한국과 터키의 관계는 월드컵이 있었던 2002년을 기점으로 엄청나게 증폭했다. 최근 10여 년간에 걸친 터키 문학의 한국적 수용 양상은 사뭇 의미가 있었다. 이와 관련해, 한국외국어대학교 이난아 교수의 왕성한 번역 활동은 매우 고무적이었다.

한-터키 문학 심포지엄이 개최될 무렵에 터키 측 사회자는 이렇게 말했다. 문학은 살아있는 문화의 정수이며, 문화는 삶 속에서 자기의 색깔을 드러내는 것⋯⋯. 문학을 사회문화적인 삶의 현장과 관련지우는 것은 꽤 오래 전부터 관례화되어 왔던 익숙한 관점이다. 우리 근현대 문학이 그 동안 근현대사의 진전과 함께 사회문화적인 상황과의 관련성을 맺으면서 전개해온 것을, 아무도 부인할 수 없다.

나는 이번 국제 심포지엄의 경험을 통해 중요한 것을 깨달았다. 이것은 이질적인 것을 지양하고 동질적인 것을 지향하려는, 다시 말해 한국과 터키의 문학이 가지고 있는 공통점이기도 하다. 여러 발표자의 얘기들에 귀를 기울여보니 터키의 문학에는 문명의 갈등에서부터 그 융합의 양상으로 전환하려는 하나의 뚜렷한 지향점이 있는 것 같다. 최근 10년 동안 이난아 교수가 오르한 파묵의 소설을 10권 가깝게 번역한 것[2]을 보면, 한-터키 문학 사이에는 뭔가 공통적인 것을 추구하고 있는 것이 아닌가 하고 추정하기에 충분하다. 그의 왕성한 번역 활동은 한-터키 비교문학의 뿌리를 내리고 입지를 다지는 데 기여한 것으로 앞으로 각별히 평가될 것이다.

한국 문학이 결코 외면할 수 없는 분단과 통일의 문제에 있어서도 터키 문학이 보여준 문명의 충돌과 융합이 우리에게는 하나의 시사점이 될 것이라고 생각된다. 또 이 대목에서 우리가 터키의 문화로부터 배워야 할 게 있다면, 이 속에 녹아져 있는 일종의 다문화성 같은 것이 아닌가 한다.

터키는 유별나다. 지정학적인 위치로 볼 때 터키는 유럽권에 놓여 있다. 축구할 때 아시아 대표가 아닌 유럽 대표로 출전한다. 종교 문화의 관점에서 볼 때는 현저히 이슬람권에 포함된다. 그리고 언어권에 있어선 인구어(印歐語) 어족이 아닌 우리와 일본과 같은 알타이 어족에 해당한다. 전통적으로나 현실에 있어서, 이렇게 복잡한 문명권에 놓여 있는 나라는 없다.

주지하듯이 터키 문학의 상징은 노벨문학상 수상 작가인 오르한 파묵이다. 노벨문학상은 대부분이 인구어, 즉 인도 유러피언 언어 권역에 있는 작가들이 수혜를 입었다. 예외적으로 받은 언어권이 일본어, 벵갈어, 아랍어, 중국어, 터키어 등이 고작이다. 이 중에서도 두 차례 받은 것은 일본어뿐이다. 오르한 파묵의 소설 「새로운 인생(Yeni Hayat : 1994)」을 보

---

2 최근 10년이란, 2013년 시점의 일이었다. 이난아는 2010년대 후반기에도 소설과 비소설을 가리지 않고 오르한 파묵의 작품을 국역해 왔다. 국립중앙도서관 홈페이지에 의하면, 2016년 이후에 간행된 그의 책은 소설 「내 마음의 낯섦」 등 최소한 5권이 검색되고 있다.

자. 그 첫머리는 이렇게 시작된다.

어느 날 한 권의 책을 읽었다. 그리고 나의 인생은 송두리째 바뀌었다. 첫 장에서부터 느껴진 책의 힘이 어찌나 강렬했던지. 내 몸이 앉아 있던 책상과 의자에서 멀리 떨어져 나가는 듯한 느낌을 받았을 정도였다. 그러나 실제로 내 몸이 나로부터 분리되는 듯한 느낌을 받았음에도 불구하고, 나의 존재는 한 치의 흐트러짐도 없이, 나의 영혼뿐 아니라 나를 나이게 만드는 모든 것에 영향을 미치고 있는 책이 놓여 있는 바로 그 책상 앞에 그대로 머물러 있었다.[3]

일인칭 시점의 주인공이 책 한 권을 읽고 자신의 인생이 바뀌었다는 고백으로부터 이 소설은 시작하고 있다. 책이 주인공 오스만의 죽음이 가리키는 '충만한 순간'으로 인도하면서 독특한 철학적인 차원의 소설 미학을 형성하고 있다. 같은 제목의 문학 작품은 단테 알리기에리의 것이기도 하다. 그의 「새로운 인생」은 딱 부러지게 규정될 수 없는 장르이다. 어쨌든 이것 역시도 책 이야기로부터 시작되고 있기도 하다. 여기 새로운 인생이 시작되도다. 내 기억의 책 속 어딘가에 붉은 글씨로 이와 같은 표제가 쓰여 있는 장(章)이 하나……. 오르한 파묵은 단테의 작품 「새로운 인생」에서 하나의 영감을 얻었는지 모른다. 파묵이 단테의 것을 몇 차례 인용하고 있는 것으로 보아서 두 작품 사이에는 텍스트 상호관련성의 그물망이 형성되어 있는지도 모른다. 앞으로 이 두 작품이 비교의 대상이 된다면, 비평적인 기술의 가능성이 예상되리라고 본다.
내가 생각하기로는 두 작품 모두 다문화성을 공유하였다. 단테의 작품에는 기독교적인 것과 이교도적인 것, 중세적인 것과 근대적인 것이 뒤섞여 있다. 이교도적인 것이란, 그리스 로마의 고전 세계를 의미한다. 이

---

3 오르한 파묵, 이난아 옮김, 『새로운 인생』, 민음사, 1999, 9.

교도적인 것의 재생을 통해 근대로 나아가려는 것. 이것은 유럽 문학의 결정적인 전환기였음을 말해준다. 파묵에게도 근대적인 것과 탈(脫)근대적인 것이 공존한다. 유럽적인 것과 아시아적인 것, 기독교적인 것과 이슬람적인 것이 서로 부딪히면서, 또한 함께 이끌린다.

　두 시간 후였다. 나는 내가 보험 판매원이 아니며, '새로운 인생' 캐러멜에 대해 호기심을 가지고 있다고 말했다. 그는 안락의자에서 한 번 움직였다. 어두운 정원에서 들어오는 빛을 등진 얼굴로 내게 독일어를 아느냐고 신비로운 태도로 물었다. 내 대답은 기다리지도 않고 그는 '샤호마트(Schachmatt)'라고 했다. 이 단어는 왕이라는 의미의 이란어 'Shah'와 죽었다는 의미의 아랍어 'mat'로 만든 유럽 혼혈어라고 밝혔다. 우리는 서양에 체스를 가르쳤다. 세속적인 것. 흰색 군대와 검은색 군대가 싸우는 우리 마음속의 선과 악의 영적인 전쟁으로. 전장의 모습으로. 그들은 체스를 가지고 어떻게 했나? 그들은 우리의 사(士)를 퀸으로 바꾸었고, 우리의 상(象)을 비숍으로 만들었다. 이것 자체로는 별로 중요하지 않다. 그러나 그들은 체스를 자신들의 지성과 합리주의의 승리로써 우리에게 다시 돌려주었다. 오늘날 우리는 우리의 감수성을 그들의 이성으로 이해하려고 몸부림치며, 이를 문명화되는 것이라고 생각한다.[4]

서양장기인 체스가 아랍권의 놀이 문화에서 비롯했다는 게 흥미롭다. 이 역시도 문화적인 접변(接變)의 소산이란 게 새삼 놀랍다. 파묵의 「새로운 인생」 본문 중에서 다문화성이 엿보이는 부분을 찾다가 눈에 뜨이는 대로 인용한 것이 바로 위의 인용문이다. 본문의 행간 아래에 감추어져 있는 것도 적지 않으리라고 예상된다. 정치한 본문 분석이 수행된다면, 파묵 소설의 다문화성에 관한 비평 담론이 충분할 것이라고 또 예상

---

4 같은 책, 368쪽.

된다.

파묵의 소설을 주로 번역해온 번역가 이난아는 그의 소설을 번역하기에 앞서 따로 감염병의 역사니, 세밀화니, 페미니즘이니 하는 걸 공부해야 하기 때문에 다른 작가보다 시간이 두 배 걸린다고 했다.[5] 그가 그 만큼 다문화의 층위가 겹겹이 놓인 소설을 창작해낸다는 것이다. 그는 '이스탄불의 음울한 영혼을 탐색해 가는 과정에서 문화 간 충돌과 복잡함에 대한 새로운 상징을 발견한' 공로로 2006년 노벨문학상을 수상했다.

2

위화의 소설 「허삼관 매혈기(許三觀賣血記 : 1995)」는 피를 파는 한 사내의 인생에 관한 이야기이다. 한 번 피를 팔면 35원을 받는데 반 년 동안 쉬지 않고 땅을 파도 그렇게 많이는 못 버는 세상에서 팍팍하게 살아가는 민초의 이야기다. 이 이야기를 담은 소설이 중국에서 간행된 4년 후인 1999년에 우리나라에서도 한국어판으로 간행되기도 했다. 피를 팔다니? 한국에서는 헌혈의 개념은 있어도 매혈의 개념은 없다. 우리에겐 참 낯선 소재다.

기계소리가 웅웅거리는 생사공장에서 허삼관이 하는 일이란, 하얗고 보드라운 누에고치로 가득 찬 수레를 미는 일이었다. 그의 아내가 될 허옥란은 중국인들이 아침식사로 대신하기도 하는 중국식 꽈배기를 만들기 위해 새벽녘에 커다란 기름 솥 옆에서 일을 해오고 있다. 미모가 출중해 그녀를 두고 마을 사람들은 별명으로 꽈배기 서시(西施)라고 불렀다. 그런데 처녀 시절에, 허옥란은 하소용이란 젊은 남자에게 겁탈을 한

---

5 『한겨레 Saturday』, 2021, 11, 6, 36쪽.

차례 당한 적이 있었다. 허삼관은 처음으로 피를 판 돈으로 그녀를 아내로 얻었다. 허옥란 역시 돈 없는 하소용보다 돈 있는 허삼관에 이끌려 혼인을 했다. 그런데 문제는 결혼 후 세 아들을 낳았지만, 첫 번째 아들 일락은 하필이면 하소용의 아들이었던 게다. 일이 여기에서부터 꼬이기 시작한 것이다.

"몇 번?"

"딱 한 번요."

허삼관은 허옥란을 일으켜 세우고는 다시 뺨을 때리면서 욕을 퍼부었다.

"이런 창녀 같은 년. 그러고서도 서방질한 적 없다고 떠벌려."

"난 절대로 서방질을 한 적이 없어요. 하소용이 그랬어요. 그가 날 벽에 밀어붙이고, 또 침대에 쓰러뜨리고는……."

"입 닥쳐!"[6]

허옥란의 주장으로는 자기 의사에 반한 간음이라고 주장한다. 하지만 강간인지 화간인지, 한 차례인지, 여러 차례인지 아무도 모른다. 허삼관의 입장에선 더욱 그렇다. 허옥란이 하소용의 부인과 대판으로 싸울 때, 하소용을 두고 '내가 (즐기고) 차 버린 남자'[7]라고 하지 않았나?

세상 사람들은 이런 허삼관을 두고, 남의 씨를 자기 아들인 줄 알고 살아온 그를 두고 '자라대가리'라고 했다. 중국인들은 무능한 남자에게 부여한 최악의 멸칭(蔑稱)이 자라대가리다. 이 말은 성적 굴욕감을 나타낸 것. 귀두가 움츠려들어 남자 기능을 제대로 하지 못하는 걸 가리키는 것 같다. 성적으로 남자 구실을 제대로 하지 못하는 남편만 아니라, 경제

---

6 위화, 『허삼관 매혈기』, 푸른숲, 2005, 59쪽.
7 같은 책, 90쪽.

적으로 가장 노릇을 잘못하는 능력 없는 아버지도 이 자라대가리의 유형에 포함시키는 것 같다. 어쨌든 지칭되는 남자로서는 기분이 좋지 않은 건 사실이다. 맏아들 일락이가 사고를 쳐 문제가 생긴 일이 있다. 돈이 없어 문제 해결이 어려울 때다.

> "내가 전생에 무슨 죄를 지었누. 이생에서 하소용이만 재미 보게 해주고, 재미 본 건 관두더라도 그놈의 씨를 받아서, 아니 씨 받은 건 관두더라도 일락이를 낳고, 일락이를 낳은 건 관두더라도 일락이가 사고까지 치니……."
> 허삼관이 안에서 조용히 소리쳤다.
> "이런 니미럴. 안 들어 와. 또 자라대가리 노릇 시키려구 소리지르나……."
> 허옥란은 울음을 멈추지 않았다.[8]

허삼관 부부가 하소용에게 지원을 요청했지만, 나는 그런 아들 둔 적 없다고 딱 잡아뗀다. 이에 화가 난 허삼관은 둘째와 셋째인 이락과 삼락에게 말을 한다. 이 담에 너희가 크면, 하소용 딸들을 강간하라고.[9] 허삼관은 한 공산당원에게 귀하디귀한 백설탕을 선물(뇌물?)로 주면서 자신의 피를 팔게 허락해달라고 부탁한다. 허락을 해주면서, 하는 말이 독자로 하여금 폭소를 터뜨리게 한다. 허삼관이라, 어째 귀에 많이 익은 것 같은데……아아, 생각났네, 자네가 허삼관인가, 바로 그 자라대가리…….[10] 허

---

8 같은 책, 92쪽.
9 함무라비 법전에 '눈에는 눈, 이에는 이.'라는 동해보복법이 있다. 고대인들의 집단적 사고방식, 즉 망탈리테를 잘 보여준 사료다. 어떤 사람의 아들을 죽게 했을 때, 가해자 본인이 아니라 그의 아들이 대신 죽는다. 어떤 사람의 딸을 강간하면, 가해자의 딸이 피해자에게 강간당해야 한다. 이를 두고 '탈리오 법칙(lex talionis)'이라고 말해진다. 요즘도 성범죄자에게, 네 딸도 똑같이 당해라는 댓글이 올라온다. 여성에 대한 반인권은 고대인의 망탈리테를 계승한 것이라고 볼 수 있다. (「박신영 하미나의 젠더 살롱」, 한국일보, 2021, 7, 17, 12쪽, 참고.) 허삼관이 두 아들에게 자신의 엄마가 하소용에게 당한 것처럼 성장한 후에 그의 두 딸을 강간하라고 말한 것은 여성에 대한 반인권적인 발상이다. 이것은 함무라비 법전의 동해보복법이라기보다, 고대로부터 전해온 중국인의 복수 관념에 대한 망탈리테이다.
10 위화, 앞의 책, 108쪽, 참고.

삼관은 피를 팔고 난 다음에는 늘 그랬다. 식당에 가서 볶은 돼지 간에다 황주 두 냥을 어김없이 마신다. 그 지방 절강성 사람들에게, 특히 그에게, 돼지 간은 보혈을, 황주는 혈액순환에 좋다는 믿음이 있다.

피를 팔아서 사고를 친 일락을 구한 허삼관이었다. 인과응보라고 하듯이, 자기 아들을 내몰라한 생부 하소용은 트럭에 받혀 죽는다. 이때부터 일락은 허삼관의 진짜 아들이 된 것에 진배없었다. 장성한 일락이 간염에 걸려 생사가 경각에 달려 있을 때, 허삼관은 여기저기를 돌아다니면서, 피를 판다. 말하자면, '허삼관이 자신의 친아들이 아닌 일락이를 받아들인 것은 단순히 아내에 대한 관용이 아니라 어떻게 태어난 생명이든 간에 그 존재로서 가치를 인정하고 같이 살아'[11]갈 수밖에 없다는 열린 마음이요, 희생정신이다.

위화의 「허삼관 매혈기」가 우리나라에 처음 소개되었을 때 토착적인 입담의 귀재라고 할 수 있는 소설가 이문구가 이에 관해 서평을 쓴 바 있었다. 그의 한마디 평판이 귀에 쏙 들어오지 않을 수가 없었다. 그는 이 작품의 성공 요인을 두고, (그렇게 대놓고 표현한 건 아니지만) 다문화적인 관점에서 보았다.

이런 작품이 중국에서 나올 수 있는 것은 오로지 공씨(孔氏)를 떠받들어 그렇고 그렇게만 살지 않고 제자백가와 백가쟁명과 백화제방으로 잡종이 순종보다 낫도록 참아준 대륙적인 풍토 때문이 아닌가 한다.[12]

공씨는 공자의 사상, 유교를 말한다. 유교는 주지하듯이 혈통주의를 지향한다. 허옥란은 사람이 꽈배기나 집이나 전답을 팔 수 있어도 피를

---

11 조창완, 『중국도시기행』, 성하출판, 2003, 220쪽.
12 이문구, 「서시(西施)의 사내들은 다 잘났다」, 『창작과 비평』, 1999, 여름, 275쪽.

파는 것은 조상을 파는 거라고 한다. 허삼관은 이에 대해 자신이 '자라 대가리'이기 때문이라고 한다. 단순한 자조가 아니다. 그는 자라대가리 임을 스스로 감수하면서 잡종의 다문화에 마음을 연 것이다.

변동이 없는 사회에서는 차등적인 질서인 이른바 '차차(差次)'가 발생하게 마련이다. 차차에는 예컨대 계급, 신분, 장유(長幼), 남녀 등이 있다. 혈연 사회는 변동이 없는 전형적인 사회이다. 변동이 큰 사회는 혈연 사회가 되기 쉽지 않다. 소위 백두 혈통을 지고의 존엄과 가치로 여기는 북한 사회가 변동 없는 사회, 엄격한 계급 사회인 것은 두말할 나위가 없다.

나는 중국학에 관한 얇지 않은 책에서 단 한 문장의 명제에 큰 울림을 느낀 바 있었다. 혈연은 안정의 역량이다.[13] 여기에서 말한 안정 때문에, 소위 안정의 역량이라는 것 때문에, 중국과 한국의 문화 변동이 한때 얼마나 늦어졌는가? 사회 안정은 구조의 정지를 의미한다. 혈연 사회로부터 벗어나는 것의 의의는 안정보다는 변화를 도모하는 데 있다.

소설 「허삼관 매혈기」는 긍, 부정적이든 간에 중국 현대사의 격변을 반영하고 있다. 이 소설에는 현대 중국에 관한 사회 성격의 전환을 잘 담고 있다. 이 소설에서 피를 판다는 것의 상징은 안정과 차차이기보다는 변화와 평등에 있다. 작가 위화도 한국어판 발간사에서 이 소설이 평등에 관한 이야기라고 하지 않았나?

위화는 절강성 출신이다. 그의 고향은 항주로 알려져 있다. 항주가 절강성의 성도(省都)인 것은 맞다. 그래서 그런가? 그의 고향은 글쎄, 잘못 알려진 것이 아닌가, 생각된다. 내가 알기로는 (잘 아는 중국문학 교수에게 문의도 했거니와) 그의 고향은 항주와 상해 중간에 위치한 가흥(嘉興)이다. 더 정확하게 말하면, 절강성 가흥 해염(海鹽) 무원(武原)이다. 해

---

13 페이샤오퉁, 장영석 옮김, 『중국 사회문화의 원형—향토 중국』, 비봉출판사, 2011, 139쪽.

염이란 지명은 우리식으로 말해 읍 단위인 것 같다. 이 소설의 무대도 해염일 것이다. 여기에 가면, 소설 속의 오성교, 천녕사, (실제 장소인지 허구인지 모르지만) 승리반점 등을 만날 수 있을 것 같다.

작품 속의 승리반점이 현존하는 장소성을 지닌 곳이라면, 피를 팔았던 때마다 건강을 보충하기 위해 돼지간 볶음과 황주를 먹다가 마침내 이것들을 먹기 위해 피를 팔았다는 허삼관처럼 나 역시 승리반점에서 돼지간 볶음과 황주를 먹고 싶다. 물론 내가 오래 전에 루쉰의 고향인 절강성 소흥에 있는 함형주점에서 소설 속의 공을기가 황주를 마시듯이 마셔본 적이 있지만 말이다.

3

문학은 본질적으로 정신적으로나 육체적으로 병적인 인간에 관한 이야기가 아닐까, 한다. 군이 건강한 사람 같으면, 문학에서 다루어야 할 이유가 없다. 정신적으로나 물질적으로 풍요한 삶의 이야기 같으면, 문학이 군이 취급해야 할 까닭이 없듯이 말이다. 더 나아갈 수 없는 막다른 골목에서 지르는 외마디 비명과 같은 날카로운 언어의 파편들이 모여 결정체를 이룬 것이 바로 문학이 아닌가? 병적이거나 결핍의 인간 조건에서, 문학의 담론 역시 시작된다.

무라카미 류의 소설 「피어싱(Piercing : 1994)」은 지금으로부터 27년 전에 발표되었고, 나 역시 읽은 지가 오래되었지만, 최근에 아동학대가 사회 문제로 뉴스거리로 보도될 때마다 늘 새로운 느낌을 전해주고 있는 작품이기도 하다. 이 소설의 주인공으로 등장하고 있는 두 남녀는 가장 병적인 상태의 인간상이다. 살인 충동의 남자와 자살 유혹의 여자가 만난다는 설정 자체가 예사롭지 않다. 두 남녀의 소위 '밀당' 관계는 자격

(刺擊)의 도구인 아이스픽과 자해(自害)의 도구인 나이프로 대립되어 있다. 이 소설의 한국어판 표지에 무슨 광고문안도 아니고, 이런 글이 적혀 있다. 살인 충동을 가진 남자와 자살 유혹을 가진 여자, 닫힌 공간에서 펼치는 이들의 숨 막히는 죽음의 유희, 전혀 새로운 차원의 사이코스릴러!

　　노트에 살인 계획이 적혀 있다는 이유만으로, 또한 아이스픽과 나이프를 가지고 있다는 이유만으로 체포하지는 않을 것이다. 이 여자가 허벅지 상처에 대하여 거짓말을 한다고 해도 문제될 게 없다. 즉 자해를 한 게 아니라 이 사람한테 찔렸다면서 거짓 증언을 한다고 체포당할 위험성이 없다. (……) 가와시마 마사유키는 문득 뭔가를 깨달았다. 자기 자신의 몸 안쪽에서 미세한 진동이 일고 있었다. 그는 사나다 치아키의 허벅지에 감겨 있는 새로운 붕대를 바라보았다. 그래, 너는 단지 이 여자를 아이스픽으로 찌르고 싶다고 생각했을 뿐이야.[14]

　살인이든 자살이든 간에, 계획을 세우거나 다만 생각을 했을 뿐이거나 한 것은 실행이 아니니까, 죄가 되지 않는다는 논리다. 두 사람의 심리적인 긴장관계는 팽팽히 맞서 있다. 밀고 당기는 긴장감 속에서 스토리가 진행되어간다는 점에서, 당시에 보기드믄 소설이라고 하겠다. 순문학의 관점에서 쓴 이 사이코스릴러에는 오늘날의 문제와 관련되는 게 적지 않은데, 이 중에서 가장 문제시되고 있는 소재가 아동학대, 유아학대의 사회 문제다.

　주인공 가와시마 마사유키(川島昌之)는 29세의 건강한 요리연구가 아내와 태어난 지 4개월밖에 안된 딸을 두고 있다. 갓난아이인 자신의 딸에게도 아이스픽을 갖다 대면서 살인 충동을 느끼는 위험한 인물이다. 왜 그런가? 그는 유아학대의 피해자였다. 언어의 의미를 깨닫기 시작할 무

---

14 무라카미 류, 문대찬 옮김, 『피어싱』, 한뜻, 1996, 162쪽.

렵인 네다섯 살 때 엄마로부터 이유 없는 모진 폭력에 시달렸다. 목을 조르고 뜨거운 물을 끼었어도 아이는 엄마한테서 도망치지를 못한다. 엄마를 마음속으로 미워할 수 없다. 좋은 감정을 갖기 위해 오히려 필사적으로 노력한다. 그러고 나서, 차라리 자신을 미워하게 되는 것이다. 이런 일이 있고서 초등학교 때부터 그는 불면증과 야경증(夜驚症)으로부터 자유로울 수가 없었다. 일곱 살 때는 열아홉 살 연상의 애인에게 아이스 픽으로 찌르는 살해 행위를 시도한 바 있었다. 그 연상의 여자를 엄마로 착각했기 때문. 이런 병적 행동의 원인을 두고, 정신분석학에서는 '자아의 분열(splitting)'이라고 한다.

자아의 분열은 극도의 불쾌감, 즉 우울·불안·공황 등을 동반하여 죽음의 무감각, 텅빈 자아, 공허감, 감각의 분해에 대한 두려움을 경험한다. 코호트(H. Kohut)는 자아 응집력을 일종의 아교풀에 비유한다. 자아 응집력을 회복하고 잃어버린 부분을 대체하기 위한 시도로서 새로운 '대상자아'를 끊임없이 찾거나, 심리적으로 죽지 않고 살아있음을 느끼며 내면적으로 죽음 감각을 극복하기 위해 섹스에 집착하면서 변태성욕자가 되기도 한다.[15]

무라카미 류의 「피어싱」에는 자아의 분열로 인한 정신분열의 증세를 가진 두 남녀가 등장한다. 자아의 분열은 문제의 현실을 부인하면서, 그 대신에 (성적인) 욕망을 (재)생산한다.[16] 어릴 때 엄마에게서 유아학대를 당한 남자 주인공 가와시마 마사유키는 SM 클럽에서 자신의 성적 공격성, 즉 자신의 가학증(사디즘)을 자족할 수 있는 상대 여성 찾는다. 그 상대자의 이름은 사나다 치아키(佐名田千秋)다. 자살 욕구를 가진 색광녀

---

15 김종만, 『나』, 한림미디어, 2005, 428쪽.
16 장 라플랑슈 외, 임진수 옮김, 『정신분석 사전』, 열린책들, 2005, 362쪽, 참고.

다. 그녀는 소녀 시절에 친아버지로부터 상습적으로 강간을 당해 왔다. 아버지에게 죽고 싶다고 했더니, 죽어라, 라는 말을 들었다.

한마디로 말해, 남자 가와시마와 여자 사나다는 모두 외상성 히스테리 (hysteria) 환자들이다. 둘 다 어릴 때 겪은 정서적인 착취의 트라우마로부터 자유롭지 못한 가족 내적인 피해자들이다. 신경증의 한 종류인 히스테리는 연원이 매우 깊다. 옛 그리스의 히포크라테스에까지 거슬러 오른다. 또, 그것은 (여기에서, 예전에 지각했던 것의 재현을 의미하는) 표상에 의한 질병을 의미하기도 한다. 어쨌든, 성욕의 극단적인 변형태랄까, 가학증과 피학증을 합성한 이니셜인 SM 클럽에서 둘은 각각 가학자와 피학자로서 만났다.

상습범이야, 이 여자는……강한 자살 욕구를 갖고 있는 여자가 틀림없어. 이렇게 생각하는 순간, 갑자기 맥박이 빨라졌다. 내 손에 죽고 싶어서 이러는 게 아닐까? 내가 나이프를 꺼내서, 푹 찔러 주기만을 애타게 기다리고 있는 게 아닐까? (……) 몸을 만져도 좋고 키스를 해도 좋아. 그래, 섹스를 해도 좋다고 말해야지……거기에 생각이 미치는 순간, 몸 안 쪽에서 성욕이 꿈틀거리기 시작했다. 그녀는 그걸 정확하게 느끼고 있었다.[17]

남자는 주름살과 겹쳐 있는 여자 손목의 상처 자국을 유심히 바라보았다. SM 클럽이란, 변태성욕자들의 모임이었다. 남자는 가학이 여자는 피학이 각각 필요했던 거다. 가학과 피학의 권력 게임이 이루어지는 은밀한 곳이다. 살인에 이르는 섹스게임을 통해 늘 '스토리 플레이'(소설이나 영화 속의 주인공처럼 새로운 이야기를 만듦)를 꿈꾸는 남자는 변태요, 병적 존재다. 그는 변태적인 섹스파트너인 여자를 통해, 자신의 환상 속에서, 불

---

17 무라카미 류, 앞의 책, 174~175쪽.

쾌한 감정으로 엄마를 만난다.

갑자기 의식이 희미해지면서 가와시마 마사유키는 묘한 감각에 사로잡혔다. 그림자와 같은 것이 자신의 몸속으로 들어왔던 것이다. (……) 어, 어머니가 내 몸속으로 들어왔어. 어머니와 자신이 서로의 몸을 껴안은 채 뒤섞여 있는 듯한, 그리고 어머니한테 몸을 빼앗겨 버린 듯한 감각……그건 정말로 구역질나는 일체감이었다. 난 당신이 싫어! 이렇게 소리치려는 순간, 가와시마 마사유키는 의식을 잃고 말았다.[18]

신경증의 기본 현상 중에서, 이를테면 '유사 최면 상태'라는 개념이 있다. 어떤 표상이 떠오를 때 그것이 다른 표상으로부터 어떠한 저항을 받지 않는 의식의 공백 상태를 가리킨다.[19] 이상의 「날개」와 김승옥의 「무진기행」에 나오는 주인공들이 각각 골방과 다락방에 칩거하면서 깊은 잠 속에 빠진다고 해도 그것은 유사 최면 상태에 지나지 않는다. 인용문의 경우는 '유사 최면 상태'를 지나, 프로이트가 명명한 개념인 이른바 '최면성 히스테리(hypnoid hysteria)'의 개념에까지 이르는 걸 볼 수가 있다. 표상들이 인격과 개인사 속에 통합하지 못하고 별도의 무의식적인 심리 군(群)을 형성하고 있기 때문이다.[20] 물론 프로이트는 임상에서 최면성 히스테리는 별로 경험하지 못했다고 했다. 대부분이 방어 히스테리였다고 술회했다.

남자 가와시마의 병적 상태가 표상에 의한 외상성 히스테리와 관련된다면, 여자 사나다는 여기에서 더 나아가 고통스러운 정동(情動 : affect) 에너지의 변이 양상인 강박증, 불안신경증, 우울증과도 관련을 맺는다. 그

---

18 같은 책, 209~210쪽.
19 장 라플랑슈 외, 앞의 책, 297쪽, 참고.
20 같은 책, 463쪽, 참고.

녀에게 있어서 자해니 자살이니 하는 개념은 '자기 처벌'의 의미를 갖는다. 여기에 죽음의 욕동(instinct)이 있고, 또 이 욕동은 성 욕동과 일치한다. 여자에게는 별로 유쾌하지 않은 정동 및 욕동의 기억이 남아있다.

초등학교에 다닐 때였다. 어느 날, 젊은 체육 선생님과 함께 체육관에 남은 적이 있었다. 두 사람 외에는 아무도 없었다. 그녀는 그 선생님의 손을 붙잡았다. 그리고 스커트를 들춘 뒤, 팬티 속에다가 그의 손을 집어넣으려고 했다. (……) 체육 선생님은 그녀의 손을 단호하게 뿌리쳤다. (……) 그때 그녀는 피가 날 정도로 그의 손을 꽉 깨물어버렸다.[21]

누가 보더라도, 초등학생 소녀가 해서는 안 되는 일을 했다. 누가 보지 않는다고 하더라도, 그래선 안 된다. 일종의 자살 테러와도 같은 것이다. 자살 충동은 이미 소녀 시절부터 있었던 거다. 자해니 자살이니 하는 자기 처벌은 이와 같이 '더 이상 참지 못할 정도로 절망하게 될 때 일어나는 현상'[22]이다. 소설에서의 여자는 정신분석학에서 말하는 강렬한 '처벌 욕구'에 사로잡혀 있다. 처벌 욕구는 무의식적인 죄책감에서 비롯되는 것인데, 긍정적인 면에서 볼 때 윤동주 시의 경우처럼 물론 초도덕(sur-morale)성과 관련된 것도 있다. 이 소설에서의 '체육 교사' 삽화 부분은 아주 부정적인 의미의 처벌 욕구라고 하겠다.

우리가 지금 분석의 대상으로 살펴보고 있는 「피어싱」은 심리적인 기제와 관련시킬 때 투사(projection)의 개념과 상당히 관련이 있다. 투사란, 뭔가 탓으로 돌리는 것을 말한다. 남자의 살인 충동은 내 탓을 남 탓으로 돌리고, 여자의 자살 유혹은 남 탓을 내 탓으로 돌리는 경우이다. 물

---

21 무라카미 류, 앞의 책, 183~184쪽.
22 베르벨 바르데츠키 지음, 장현숙 옮김, 『따귀 맞은 영혼』, 궁리, 2002, 78쪽.

론 전자가 훨씬 위험하다. 자기의 고통을 테러화하는 것이 일종의 희생양 의식이기 때문이다. 남의 행복을 극단적으로 희생시킴으로써 자신의 불행을 보상받겠다는 것은 지금 세계 도처에 자행되고 있는 증오범죄와 다름이 없다. 후자의 투사는 자기 처벌에 머물고 만다.

작가 무라카미 하루키는 소설의 후기(後記)에서, 이 소설을 가리켜 두 남녀가 음지(陰地)에서 토해낸 신음소리라고 했다. 그런데 이 소설의 결말에 이르러, 그 음지에서는, 두 겹의 참극이 예상되는 첨예한 상황에서 죽임과 죽음의 음습한 이중주가 울려 퍼지고 있다.

사나다 치아키와 가와시마 마사유키는 한동안 서로의 눈을 바라보고 있었다. 그리고 조금 지난 다음에 사나다 치아키가 왼쪽 엄지손가락과 오른손을 이용해서, 자신의 유두에 니들을 꽂기 시작했다. 마침내 니들의 끝부분이 유두를 뚫고 반대쪽 방향으로 나왔다. 그녀가 손가락을 떼어냈다. 은색 바늘이 그녀의 유두를 좌우에서 꿰뚫고 있었다.

"뭘 하는 거지?"

낮은 목소리로 가와시마 마사유키가 물었다.

"피어싱……"

자신의 유두를 가만히 들여다보면서 사나다 치아키가 대답했다.[23]

이 소설은 두 사람 사이를 감돌고 있었던 '밀당'의 긴장감이 해소되어 공감이 되고, 죽임과 죽음의 이중주가 화음으로 다사롭게 메아리치면서 갈무리된다. 독특한 감각의 행복한 끝내기다. 이 세상에 '따귀 맞지 않은 영혼'이 어디에 있으랴. 누구나 할 것 없이 인간은 누구나 '따귀 맞은 영혼'이다. 다만 경중의 차이만이 있을 뿐이다.

---

23 무라카미 류, 앞의 책, 217쪽.

이 소설에서 가학과 피학의 권력 게임은 무승부가 되었다. 승자도 패자도 없다. 이 경우에는 무승부가 바로 명승부인 것이다. 여기에서 피어싱이란, 다름이 아니다. 육체에 아름답게 남아서 정신을 강화시키는 주물(呪物)과 같은 것이다. 인간의 차갑고도 습한 음지에도 다사롭고 건조한 바람이 불어오지 말라는 법은 없다.

4

나는 2017년 여름에 영국으로 갈 때 가벼운 책 몇 권을 가지고 갔는데, 그 중의 하나가 '넛셸(견과류의 껍질을 뜻함.)'이라고 하는 제목의 신간소설이었다. 내가 영국으로 떠나기 한 달 남짓한 이전의 시점에 국내의번역본으로 간행된 이 소설은, 굳이 말하자면 21세기에 거듭난「햄릿」이라고 비유할 수 있겠다.

영국 작가 이언 매큐언은 자신의 소설「넛셸(Nutshell : 2016)」에서 화자를 모태 속의 햄릿으로 설정했다. 매우 황당하고도 독특한 발상이다. 태아의 엄마는 임신이 무르익은 스물여덟의 금발 미인인 트루디이며, 엄마의 정부는 태아의 삼촌으로서 호색적이고 악마적인 성격의 부동산 개발업자인 클로드이다. 화자인 '나'는 이 두 사람의 음모—나의 아버지존 케인크로스를 죽이고 적잖은 유산을 나누고 거추장스러운 아이를 버리는 것—를 모태 속에서 다 엿듣고 있다.

태아에게는 태생적인 복수의 감정을 가지고 있다. 복수가 살아가면서각별한 감정의 마찰 끝에 생기게 되는 일반적인 현상인데 불구하고 이소설에서는 좀 다른 독특한 발상에 의해 최적화된 복수의 감정이 싹이트는 드문 경우이다. 셰익스피어의「햄릿」보다 더 진화된 복수관이랄까? 화자인 '나'의 복수관은 이를테면 존재론적인 복수관이라고 말할 수 있다. 이 소설의 주제와 매우 긴밀한 관계를 맺고 있다고 판단되기 때문에, 참고로 국역문과 원문을 병기해 인용하고자 한다.

내 첫 생각은 존재(To be)였다. 그게 아니라면 그것의 문법적 변형인 is. 그것이 나의 원시적 관념이었고 거기에 핵심이 있다-is. 바로 그것이다. Es muss sein. 의식적인 삶의 시작은 환상. 비존재의 환상의 종말이었고 현실의 분출이었다. 마법에 대한 사실성의 승리. 듯하다(seems)에 대한 그렇다(is)의 승리. 내 어머니는 음모에 가담을 했고 따라서 나 역시 마찬가지다.[24]

……my idea was To be. Or if not that, its grammatical variant, is. This was my aboriginal notion and here's the crux-is. Just that. In the spirit of Es muss sein. The beginning of conscious life was the end of illusion, the illusion of non-being, and the eruption of the real. The triumph of realism over magic, of is over seems. My mother is involved in a plot, and therefore I am too, even if my role might be to foil it. Or if I, reluctant fool……[25]

인용문에서 독일어 문장 'Es muss sein'이 나온다. 영어로는 'It must be(그럴 것이다.)'에 해당하는 문장이다. 베토벤의 현악사중주 16번 악보에 적혀 있는 메모라고 한다. 존재에 대한 확신이 모태의 아이에게 선험적으로 부여하고 있다. 어머니가 자신의 시동생과 바람이 나서 남편을 죽여 유산을 빼돌리고 모태 속에 있는 자신마저 태어나는 대로 적당하게 처분할 것임에 확신하기에 이른 것이다.

그런데 이 소설은 사사로운 음모와 복수에만 초점을 맞추지 않는다.

---

24 이언 매큐언, 민승남 옮김, 『넛셸』, 문학동네, 2017, 11쪽.
25 Ian McEwan, 『Nutshell』, Penguin Random House UK, 2016, pp. 2~3.

2010년대의 시대상을 묘사하면서 공적인 세계의 담론에 동참한다. 소설의 본문 속에는 2013년 런던에서 두 이슬람 급진주의자가 영국 군인을 난도질해 살해한 울위치 사건, 2015년 파리에서 발생한 동시다발적인 테러 중의 하나인 볼테르 거리의 테러 사건 등이 거론되는가 하면, 그밖에도 베이징 스모그와 북한의 로켓 발사 등이 나오고 있다. 동시대 세계를 바라보는 작가의 눈은 모태 속의 햄릿을 통해 '인간의 매혹적인 상수(常數)들'[26]을 떠올리기도 하지만, 세계상은 대체로 부정적이다.

> ……세상은 불친절하고 생명에 무관심한 듯해요. 저는 어머니와 함께 침울한 기분으로 열심히 뉴스를 들어요. 노예가 된 십대 소녀들을 감사기도 후에 강간해요. 도시 곳곳에서 드럼통이 폭탄으로 사용되고, 시장에서는 아이들이 폭탄으로 쓰여요. 오스트리아에서는 길가 트럭에 갇힌 이민자 일흔 한 명이 공포에 떨다가 질식사해서 썩어가도록 방치되었대요. 오직 용감한 사람만이 그 마지막 순간을 상상할 수 있겠죠. 이런 게 새 시대예요.[27]

내가 영국의 여기저기를 오가면서 읽은 「넛셸」은 드물게도 매혹적인 소설이었다. 비록 번역문이었지만 작가의 정확한 묘사, 군더더기 없는 냉철한 서술이 인상적이었다. 물론 번역가의 몫으로 돌려야 하는지 모르겠지만, 문식(文飾)의 아름다움도 나를 사로잡았다. 윈저 궁과 이튼스쿨을 가던 날, 되돌아오는 길에 역사 안의 서점에서 이 소설의 영문판을 구입하기도 했다. 언젠가는 이에 대한 작품론을 쓸 수 있게 되기를 기대하면서 말이다.

2010년대 세계 도처에 테러리즘이 기승을 부렸다. 2011년, 증오범죄

---

26 같은 책, 175쪽.
27 같은 책, 115~116쪽.

의 청정 지역이라고 일컫는 노르웨이에서, 기독교 극단주의자 한 사람이 행사에 참여한 청소년 77명을 현장에서 대량으로 학살했다. 지금으로부터 10년 전에 자행된 이 배타주의, 비관용주의, 반(反)다문화주의는 세계를 경악케 했다. 당시에, 21세기의 '증오 페스트'라는 표현도 나왔다.[28] 적대감은 복수를 부르고, 또한 복수는 공멸에 이르게 한다. 셰익스피어의 「햄릿」에서도 그랬다. 작가 이언 매큐언은 복수와 용서 사이의 여지를 살피고 있어 인상적이다.

복수. 그것을 향한 충동은 본능적이고 강력하다—그리고 용서할 수 있다. 모욕을 당하고, 속고, 불구가 되면, 누구나 복수심에 찬 생각을 품기 마련이다. 그리고 나처럼 사랑하는 사람이 살해당한 극단적인 경우 환상은 눈부시게 강렬하다. (……) 복수는 불면의 하룻밤 사이에 백 번쯤 이루어질 수도 있다. 그 충동, 그 몽상 속의 의도는 인간적이고 정상적인 것이며 우리는 스스로 용서해야 한다.[29]

요컨대, 이언 매큐언의 「넛셸」은 문제적인 세계상을 그리고 있는 데 주저하지 않는다. 각양각색의 자기애적 민족주의가 유럽을 다혈질의 나약한 존재로 만들어서 실존적 위기에 처하게 한다. 아까 말한 노르웨이 총기 난사 사건도 여기에 이유가 있다.[30] 또, 뿐만 아니라, 그는 이 소설에서 북한 핵실험, 해수면 상승, 기후 변화에의 좋지 않은 예감 등 미래 사회의 문제적 상황도 예견하고 있다.[31]

---

28 문소영, 「명화로 읽는 고전」, 중앙일보, 2011, 8, 11, 8면.
29 이언 매큐언, 앞의 책, 181쪽.
30 같은 책, 41쪽, 참고.
31 같은 책, 253쪽, 참고.

오렌지색 블라우스의 사랑

―다와라 마치(俵万智)론

    글쓰기와 연애는 닮음꼴이다. 이 두 가지는 대충 대충해서는 안 된다는 것. 자신의 모든 것을 건다는 것. 즉, 자신에게 있어서 실존(實存), 정체성, 자기 존재의 증명에 관한 문제다. 그런데 이 두 가지가 공유하는 면이 있다면 그것은 연애편지 쓰기가 아닐까? 이것은 글쓰기와 연애를 동시에 충족하는 행위이다. 그래서인지 소설가 김영하는 글쓰기의 능력을 신장시키는 데 가장 적합한 것을 연애편지 쓰기라고 단언한다. 연애편지 쓰기를 통해 글쓰기의 능력을 신장시키는 과정을 두고, 또 그는 연애편지적 글쓰기라고 이름했다. 나는 대학에서 주로 1학년 학생들을 대상으로 교양인을 위한 글쓰기 및 문학의 기초를 가르치는 선생된 자의 입장에서 이렇게 이름된 개념에 대해 고개를 주억거리지 않을 수 없었다.

    일제강점기에 발간된 어느 책의 뒷부분에 문인 소사전이 부록으로 첨부된 것을 보았던 적이 있었다. 오래된 일이라서 그 책이 어떤 책인지 정확하게 기억되지 않는다. 하지만 아직도 내 기억의 잔상 속에 남아있는 것은 만해 한용운이 시인이 아닌 소설가로 분류되어 있다는 사실이다. 그도 그럴 것이, 그는 그 당시에 조선일보를 통해 장편소설 「흑풍」을 비롯하여 왕성하게 연재소설을 발표하고 있었기 때문이다. 그 자신도

1925년에 시집『님의 침묵』을 상재한 이래, 나는 시인입네, 하며 자신이 시인임을 한 번도 스스로 입에 올린 적이 없었다. 그가 시집을 상자한 이후 20년간 그는 스스로 시인임을 생각한 적이 없었다. 물론 비평적인 면에서 긍정적으로나, 부정적으로 한 번도 평가된 적도 없었다. 그는 자신의 시를 삶의 여기(餘技) 정도로 여겼던 것이 분명하다.

그 후 해방이 되고 6·25의 광풍이 지난 간 후에 시집『님의 침묵』은 때 아닌 복간풍(復刊風)을 맞이한다. 연애편지를 쓰고자 하는 젊은이들에게 연애편지 쓰기의 마땅한 문틀, 교본이 없었기 때문이었다. 1950년대 중반 이후에 한동안 시집『님의 침묵』은 연애편지를 쓰려고 하는 젊은이들의 수요에 의해 재출간되어가면서 연애편지 쓰기의 모형이 되어버린 것이다.

그러나 1970년대에 이르러 송욱 등의 뉴크리틱스에 의해 그것이 통속적인 연애문학의 일종이 아니라 심원한 종교적인 애국시로 검증되자 연애시의 전범으로서의 효용 가치는 사라지고 말았다. 그만큼 우리나라 사람들은 연애문학이라고 하면 통속성의 조건을 전제로 삼는다.

사실상 이것이 잘못된 생각이다. 연애감정이야말로 인간의 가장 기본적이고 본능적인 감정이 아닌가? 이것은 닳지도 낡지도 않는다. 어느 시대 할 것 없이 인간을 억압하는 것에 맞서는 자유의 영원한 표상이다. 초시대적인 가치가 담겨있다. 나는 중학교 까까머리 시절에 책에 실린 하나의 금언을 보고 크게 감동한 적이 있었다. "사랑을 하는 것은 죄가 아니다. 사랑을 받는 것은 더욱 죄가 아니다."

유럽의 여러 나라나 일본의 경우에 있어서 국민문학은 대부분이 연애문학이다. 남녀간의 사랑을 통해 모든 인생과 사상이 우러나온다. 우리와 중국의 경우에는 문학사적인 경험에 비추어 연애문학이 질량 면에서 상대적으로 미약하거나, 통속문학으로 돌리거나 하는 경향이 있다. 유교문화의 영향도 있겠지만, 근대에 이르러 현실주의 문학관이 우위에 점했기 때문이기도 하다.

일본 문학사가 자랑하는 최고의 문학 작품은 12세기의 소설인 「겐지
(源氏) 이야기」이다. 말할 것도 없이 이것은 일본문학에 있어서 연애문학
의 백미이다. 시가(詩歌) 부문에서도 일본의 연애문학은 고대의 『만엽집』
이후 오늘날에 이르기까지 면면히 계승해 왔다. 연애시에 관한 한, 지금
국민적인 명성을 갖고 있는 시인이 있다. 1980년대부터 여성시인으로서
이름이 나 있는 다와라 마치(俵万智)가 그 사람이다. 정확하게 말해 그녀
는 시인이라기보다 가인(歌人)이다. 일본 전통적인 시가 형식인 단가(短
歌) 작가이기 때문이다.

다와라 마치는 1962년 오사카에서 출생했다.

1981년 와세다대 국문학과에 입학해, 교수이며 단가의 가인인 사사키
유키츠나(佐佐木幸綱)를 만난다. 그에게 처음 나타난 그녀의 모습은 대학
3학년이었음에도 불구하고 몸이 작을 뿐만 아니라 행동과 눈의 움직임
이 영락없는 여고생으로 보였다고 한다. 시를 써 보고 싶다고 말을 한
그녀는 이때부터 매주 많은 시를 지어서 가지고 왔다. 사사키 유키츠나
는 그녀를 회고하면서 이렇게 말했다.

넘칠 듯이라는 말의 표현으로도 맞지 않을 정도로 그녀는 마치 분출하는 것
처럼 시를 지어낼 수 있는 것 같았다. 아마도 그녀의 내부에 잠자고 있었던 그
녀 스스로의 음악이 시의 형식으로 나타나게 되고, 눈을 뜨게 되었으며, 움직이
기 시작한 것이리라.

다와라 마치의 시적 재능은 사사키 유키츠나를 통해 발현되었고 그
결과 1986년, 단가 「8월의 아침(八月の朝)」이 제32회 가도카와(角川) 단가
상을 수상하기에 이른다. 이때 그녀는 가나가와 현립 하시모토(橋本)고등

학교에 국어교사로 재직하고 있었다.

그녀가 단가계의 신데렐라로 떠오른 것은 1987년에 간행한 단가집 『샐러드 기념일(サラダ記念日)』이 일본 열도를 뜨겁게 달구면서 260만부가 넘는 판매고를 올림으로써였다. 표제가 된 샐러드처럼 신선하고 아삭아삭한 느낌을 주는 그의 문체는 순식간에 일본인들을 사로잡았다. 표제시의 원문은 "「この味がいいね」と君が 言ったから 七月六日は サラダ記念日."로 표기된다. 이를 적절히 행갈이하면서—일본 단가는 행갈이하지 않는다—우리말로 옮기면 대체로 다음과 같다.

"이 맛이 좋군."이라고
네가 말했기 때문에
7월 6일은
샐러드 기념일.

다와라 마치는 시를 통해 이 표제시의 경우처럼 극히 사소한 것, 극히 평범한 일상사에 의미와 가치를 부여하곤 한다. 나 역시 그렇다. 이 시를 좋아하는 남 다른 까닭이 있다. 나의 생일이 양력 7월 6일이니까 말이다. 나는 이 시가 내 생일이 표기되어 있다는 소년적 감성의 설렘 때문에 공연히 좋고, 또 공연히 좋아서 다와라 마치라고 하는 이국의 여성시인에게 끌렸는지 모른다.

다와라 마치의 『샐러드 기념일』이 큰 반응을 불러일으키게 됨으로써 산뜻하고 발랄한 20대 여성의 감수성이 하나의 사회 현상, 문화 현상으로 부각되었다. 이 시집은 TV와 영화로까지 확산되면서 일본 열도에 이른바 '사라다(샐러드) 현상'을 확산시킨다. 최근에 우리나라에서 김갑수 시인이 정이현 · 백영옥 등의 '칙릿(Chicklit) 소설' 못지않게 '칙릿 시(詩)'

역시 존재하고 있다고 주장한 바 있다. 2007년 김수영 문학상을 수상한 문혜진의 시 「질 나쁜 연애」가 그 전형적인 작품이라고 제시한다. 그렇다면 일본에서는 이미 20년 전에 칙릿 시가 먼저 존재했다고 봐야 할 것이 아닌가 한다.

이 여름 낡은 책들과 연애하느니
불량한 남자와 바다로 놀러 가겠어
(⋯⋯)
제니스 조플린의 머리카락 같은
구름의 일요일을 베고
그의 검고 단단한 등에
얼굴을 묻을 거야
(⋯⋯)
머리 아픈 책을
지루한 음악을 알아야 한다고
지껄이지도 않지
(⋯⋯)
태풍이 이곳을 버리기 전에
검은 구름을 몰고
나와 함께 이곳을 떠나지 않겠어?

—문혜진 「질 나쁜 연애」 부분

27살의 젊은 나이에 요절했던 여가수 제니스 조플린의 치렁치렁한 머리카락처럼 복잡하게 얽힌 일요일 일정을 모두 포기하고 불량한 남자와 마음대로 세상을 누비고 싶다는 20대 여성 화자의 삶은 보수적인 기성세대의 눈 밖에 난 삶에 지나지 않는다. 발칙하고도 위악적이다. 이유 없는 반항이 따로 없다. 불량적인 시어의 매력이 요즘 20대 여성으로부터 뜨거운 호응을 받고 있다면 하나의 현상으로 받아들여져야 한다. 머리 아픈 책의 교양이나, 지루한 음악 등의 고고한 예술은 이즈음의 젊은 여성들 사이엔 쓰잘 데 없는 거대담론이다. 거대담론은 낡은 담론이다. 1980년대는 전세계적으로도 거대담론의 시대였다. 제3세계적 변혁논리, 종속이론, 레이건과 대처로 대표되는 신보수주의 등등의……. 그때 다와라 마치에게는 거대담론이 닳고도 낡은 것일 뿐이었다. 닳지도 낡지도 않는 것은 자신의 일상사를 둘러싼 미시적인 화젯거리로서의 연애 감정인 것이다.

인생의 심각성이 사라진 연애와 실연의 담론은 아무래도 기법의 전복성을 즐겨 사용하는 시가 아니고선 불가능했을 것이다. 원문이 "愛してる 愛してない 花びらの 數だけ愛が あればいいのに"인 작품을 우리말로 번역한 두 가지 사례를 보자.

사랑하고
사랑하지 않는 꽃잎의 수만큼
사랑이 있었으면 좋으련만

—김경미 역

사랑하나 봐
사랑하지 않나 봐
꽃 이파리의
숫자만큼 사랑이
있으면 좋으련만

—최충희 역

일본의 단가는 본디, 지금까지도 행갈이가 없다. 이를 우리말로 한 줄로 옮겨놓으면 우리의 정서에 맞지 않았다. 시각적인 데서부터 시 같은 느낌이 없다. 앞엣것은 3행시로, 뒤엣것은 5행시로 옮겨 놓았는데, 그 나름의 시적인 맛을 잘 살려 놓았다. 특히 뒤엣것은 일본 단가의 음수율과 같이 5·7·5·7·7조(調)로 바꾸었다. 최충희의 한 논문에 다와라 마치의 단가 40편을 이 음수율에 맞춰 우리말로 옮겨놓았는데, 이는 번역 과정에서 지난의 작업을 거쳤다고 할 수 있다. 우리말과 일본어의 경우에, 문법이 서로 비슷해도 음절수는 전혀 다르다. 의역이 아니고선 거의 번역이 되지 않는다. 그럼에도 불구하고 최충희의 번역은 거의 직역에 가깝게 번역했다.

'춥네요' 하며
이야기를 건네면
'춥군' 하면서
대답할 사람 있어
느껴오는 따스함

—졸역

「寒いね」と
話しかければ
「寒いね」と
答える人の
いる あたたかさ

이 작품은 5·7·5·7·7조에 맞추어 내가 우리말로 옮겨보았다. 본디 남녀간 감정의 흐름이란, 마음속의 모호한 음영(陰影)이 그윽하게 파문을 만들어내는 것. 사랑하는 사람이 있다면 아무리 추운 겨울날이라고 해도 따스하게 느껴질 것이란 생각은 누구에게나 있을 수 있다. 그 평범한 상황은 시인의 각별한 언어 감성에 의해 비범하게 변용되는 것이다. 사실은 20대 여성 누구라도 쓸 수 있는 그 평범한 감정의 세세한 세계를 미묘하게 드러낼 수 있었다는 것이 그녀로 하여금 단가의 신데렐라로 만들었던 것이다. 최충희의 논문 「일본 시가문학의 현주소—다와라 마치의 단가를 중심으로」에서 다음과 같은 글을 따올 수가 있다.

(다와라 마치의) 단가들을 보면 현대판 젊은 여성들의 상큼하면서 청순하고 진솔한 사랑의 감정을 여과 없이 표현하고 있음을 알 수 있다. 어떨 때는 마음껏 사랑받고 싶고, 또 어떨 때는 토라지고 싶고, 또 어떨 때는 기대고 싶다가도 또 어떨 때는 차버리고 싶은 변화무쌍한 사랑의 감정을 너무나도 잘 표현하고 있다. (『일본연구』 제30호, 2006, 157쪽.)

이 변화무쌍한 감정의 세계는 전통적인 여인상의 시인들이 빚어낸 동양주의의 시학과 차별성을 뚜렷이 드러낸다. 고대 일본의 오노노고마치(小野小町)니, 조선시대의 황진이니 하는 여성가인의 시 세계에 약간 투영된 유불(儒佛)의 관념 같은 것을 완벽하고도 온전히 벗어나고 있는 것이 다와라 마치의 시 세계다.

다와라 마치의 시(단가)는 당시에 일종의 신세대적 감성의 혁명이라고 할 수 있었다. 당시의 20대 여성의 감성이 아니고선 불가능한 풋풋하면서도 화사한 언어감각은 일본 단가계가 경험해보지 못한 세계였다. 그녀의 시가 갖는 특징은 대체로 다음과 같이 열거될 수 있다.

첫째, 외래어가 일상어로서 시어화되었다는 점이다. 일본의 단가는 천수백년의 전통을 가지고 있었다. 다와라 마치의 단가 중에서 이런 것이 있다. "너를 안고 테인카벨이 되고픈 펄 핑크의 플랫 슈즈" 구미어(歐美語)로 된 이질적인 언어 요소가 단가에 침범한다는 것은 일본인의 자존심으로선 절대 용납될 수 없었을 터. 우리나라 시조의 경우 외래어의 도입은 지금까지도 금기에 해당한다. 그럼에도 불구하고 그녀는 기존의 생각을 과감히 해체했다.

둘째, 명령형이나 대화체 등의 생활언어가 그대로 시에 반영되어 있다는 점이다. 평범한 처녀들이 사용하는 일상어가 그녀의 시어로서 활용되고, 그녀의 시적 화법으로 재활용되었다. 그 당시로선 매우 도발적이면서도 신선한 것이라고 평가될 수 있다. 다음의 단가를 보자. "「뭐 하고 있어」「응」「지금 뭘 생각하고 있어」 질문만 있는 사랑의 망해(亡骸)" 이와 같이 극도로 압축적이고 제약이 많은 단가에 대화체가 반영된다는 것은 불가능한 것이었다.

셋째, 무엇보다도 당시 20대 남녀의 사랑과 실연의 감정을 무겁지 않게 밝고 경쾌한 무드 속에서 투명하게 반영했다는 것이 최대의 특징이었다. 다와라 마치의 스승인 사사키 유키츠나는 그녀의 시 세계를 '산뜻하고 밝은 실연(失戀)의 노래'라고 규정한 바 있었듯이 그녀의 시적 소재와 실연은 깊은 관계가 있다. 『너, 내게 하고 싶은 말 있지』라는 표제의 김경미 역본(譯本)에 이러한 경향의 시는 여기저기 산재해 있다.

너를 기다리는 일이 없어진 후로는
쾌청한 토요일도 비 오는 화요일도
마찬가지

지나가고 사라져가는 그에게
안겼던 3월의 안녕

낱말 사이로
진동하듯 내리는 빗줄기
멀어져 가는 너의 우산

누구를 기다리나
무엇을 나는 기다리나
'기다린다'는 말이 엉뚱하게
자동사(自動詞)가 된다

　여기에 그녀의 단가 중에서 실연의 감정을 노래한 네 편의 작품을 인
용해 보았다. 이 같은 그녀의 작품에는 독특한 음감, 빛깔, 무늬가 있다.
또한 젊은이가 아니고선 느낄 수 없는 말맛이 배여 있는 발랄한 기상(奇
想)이 자리하고 있다. 그의 작품 가운데 "흰색보다 오렌지색의 블라우스
를 사고 싶어 하고 있다, 사랑이다(白よりも オレンジ色のブラウスを 買いたくな
っている 愛である)"라는 작품이 있듯이, 그의 시에 빛깔이 있다면 오렌지
색 블라우스에 투영된 빛깔이 아닐까 하고, 생각해 본다.

　다와라 마치의 『샐러드 기념일』이 일본에서 간행된 2년 후에 우리나
라에도 이것이 번역되었다. 비슷한 시기에 이것과 더불어 공전의 베스
트셀러가 된 『한 그릇 메밀국수』는 한국에서도 큰 반향을 불러일으켰다.
아시아적 정서의 가치를 공유하는 면이 컸기 때문이다. 그러나 『샐러드
기념일』은 그다지 우리나라에서는 반응이 크지 않았다. 그 당시에 우리
나라 독자들은 『접시꽃 당신』, 『홀로서기』, 『사랑굿』 등과 같은 국내 시
집에 빠져 있었다. 그녀의 새로 간행된 시집(단가집)들의 국내 출판은 더
이상 이어지지 않았다. 예컨대, 『바람 이는 손바닥』(1991), 『초콜릿 혁명』
(1997) 등의 시집은 국내에 번역되지도, 소개되지도 않았다. 특히 불륜의

사랑을 소재로 한 『초콜릿 혁명』은 『샐러드 기념일』에 버금가는 화제작이었지만 현해탄의 문화 경계선을 넘어서지 못했다. 그녀는 2000년대에 이르러 소설과 평론 등의 산문 문학에 손을 대었다. 요미우리신문에 소설 「트라이앵글」이 연재됐고, 평론 「사랑하는 겐지 이야기」로 제4회 '무라카미 시키부 문학상'을 받았다. 또 『단가의 여(旅)』라는 책도 간행했다. 그녀의 원작 소설을 극화한 영화 「사랑에 눈 뜨다」가 국내에 디브이디로 출시된 것 외는 『샐러드 기념일』 이래 그녀의 작품집이 대부분 번역, 소개되지 않았다. 요즈음 한일간에 일본 티브이와 영화관에 진출한 한류와 국내 서점에 진출한 일류가 서로 교호 작용을 일으키면서 활발한 문화 교류가 이루어지고 있는데, 다와라 마치를 통한 언어의 교감도 구현되면 좋겠다. 그러면 그녀의 좋은 단가 한편을 마지막으로 따오면서 이 글을 가름한다.

　　네가 기다리는 신주쿠
　　지하철이 흔들리며 가는
　　우리의 비단길

2021년 10월의 발표문

다문화의 관점에서 본 선재동자와 어린왕자

문학이 무엇인지 또다시 묻는 일

다문화의 관점에서 본 선재동자와 어린왕자

1

불교의 경전 중에서 『화엄경』은 초기의 대승 경전입니다. 대체로 보아서 2천 년 전에 형성된 경전으로 보입니다. 이것을 바탕으로 형성된 종파가 바로 중국의 화엄종입니다. 이 경전에 반영된 소위 화엄[1] 사상은 중국보다 오히려 우리나라 불교에 큰 울림을 남겼고, 이것이 우리 불교사의 주류를 형성하면서 삼국시대로부터 시작해 지금까지도 면면히 이어져 오고 있습니다.

이 경전에는 선재(善財 : Sudhana)라고 하는 어린 소년이 53명의 선지식을 차례로 찾아가서 법(진리)을 구하는 이야기가 실려 있는데요, 이것이 이 경전의 내용 중에서 가장 중요하고도 가장 유명한 부분이라고 하겠지요. 이 부분을 일컬어 「입법계품」이라고 하지요. 진리의 세계로 들어서는 내용의 부분 말입니다. 품(品)은 부분이니, 구성이니, 대목이니 하

---

1 화엄(華嚴)이란, 글자 그대로 꽃으로 장엄(장식)한다는 뜻이다. 화(華)는 꽃 화(花) 자와 동일한 자의로 인정되기도 한다. 따라서 우리는 화엄을 진리의 꽃, 생명 질서의 꽃, 우주 실상의 꽃을 장식한다는 의미로 보아야 할 것이다.

는 뜻으로 쓰이고 있습니다. 짐작컨대, 이 이야기 즉 「입법계품」은 본래 독립적인 가르침의 텍스트로 전승되어 오다가 우리가 지금 알고 있는 『화엄경』이 만들어질 무렵에 여러 가지의 텍스트와 함께 합본되었을 것이라고 보입니다.

먼저 살펴볼 일은 「입법계품」에 등장하는 인물의 실체입니다. 인물들은 모두 허구적인 가공인물입니다. 미지의 지은이는 애초부터 문학적인 장치를 도입하고 있는 거죠. 선재동자라고 하는 캐릭터의 명명(命名)은 아무래도 '선근(善根 : 좋은 과보를 낳게 하는 근본)'과 '재보(財寶 : 보배로운 재물)'에 두고 있는 것 같습니다. 한역 『화엄경』의 본문에서도 '심종선근(深種善根)'과 '실상기(實相起)'라고 하는 표현이 있다더군요.[2] 이 두 가지 표현을 적절히 조합해보면, 선근의 씨앗을 깊이 심음으로써 실상의 일으킴이란 결과를 빚습니다. 물론 이 결과는 정신적인 의미의 재보이겠죠.

선재동자가 찾아간 53명의 선지식은 지혜의 상징인 문수보살로부터 시작해서 덕의 상징인 보현보살로 귀결합니다. 선지식이란, 일본인 불교 학자인 다마키 고시로(玉城康四郎)에 의하면, 다름이 아니라 '바른 도를 설하여, 미혹한 자를 깨닫게 하는 사람'[3]입니다. 선재동자가 멘티라면, 이들은 멘토라고 하겠죠. 이 53명의 선지식 중에는 진리를 깨우친 보살들이 적지 않고, 또 권력을 가진 군왕도 없지 않지만, 뱃사공·장사꾼·소년·소녀 등 평범한 이웃들이 많습니다. 심지어는 붓다의 가르침을 믿지 아니하는 외도(外道 : 타종교)의 인물도, 자신의 몸을 파는 매춘부도 있습니다.

선재동자는 이들에게, 무엇이 보살행이며, 무엇이 보살도인가, 어떻게 보살행을 배울 것이며, 어떻게 보살도를 닦을 것인가를 끊임없이 묻습

---

2 도업, 『화엄경의 문학성 연구』, 운주사, 2013, 294쪽, 참고.
3 玉城康四郎 저, 이원섭 역, 『화엄경의 세계』, 현암사, 1976, 323쪽.

니다. 그의 구법 여행은 시간과 공간을 뛰어넘습니다. 딱히 현재의 시간, 현실의 공간은 아니지요. 「입법계품」에는 개념 파악이 불가능한 초월적인 시간관이 많이 개입되어 있습니다. 현대심리학자인 윌리엄 제임스가 용어화한 '의식의 흐름'과 유사한 시간의 흐름을 보여줍니다. 말하자면, 과거와 현재와 미래가 뒤죽박죽인 시간인 것이죠. 공간도 마찬가지입니다. 그가 찾아간 곳은 저잣거리, 산중, 강변 등의 구체적인 삶의 현장이기도 하지만, 이에 못지않게 가상현실의 공간이기도 합니다. 고대의 인도인들은 자신들의 종교적인 신화에 의하면, 실제의 현실보다 가상현실을 더 신뢰하거나 권위를 부여하는 경향이 있습니다. 수시로 뒤바뀌는 선재동자의 동선을 미루어볼 때, 그의 공간은 천상과 천하를 오가는 우주론적인 공간이라고 하겠습니다.

저『화엄경』속의 「입법계품」은 그 자체로 독립성을 가진 한 편의 완결된, 장엄한 문학 작품입니다. 불교 문학의 백미라고나 할까요. 이것은 일정한 서사 구조를 지닌 일종의 탐색담(vision-quest)이라고 하겠습니다. 현대문학의 장르에 대비시키자면 말예요, 뭐랄까요, 진리를 탐색해가는 일종의 구도 소설이라고 하겠지요. 화려한 표현력이나 수사법은 문학적인 상상력의 정수를 보여줍니다.『화엄경』전체가 문학이라고 해도 좋습니다. 이 경전의 사상인 소위 대방광(大方廣 : 붓다가 깨달은 인생과 우주의 참된 이치)의 장엄 사상을 녹이고 있는 것은 아닌 게 아니라 문학적인 의장이라고 하겠네요. 그럼, 화려한 표현력, 수사법을 음미해 볼까요? 빛의 부처인 비로자나불에 관한 대목인 「노사나품」에는 다음과 같은 표현이 있네요.

시방(十方) 세계의 '바다'는 갖가지 모양으로 장엄되어 있어서 광대무변하다. 중생 속업(俗業)의 '바다'는 넓어서 가없으며, 그때그때 변화해 가지만, 그 밑바닥의 밑바닥까지 여러 부처님의 능력에 의해 장엄되어 있는 것이다.[4]

이 표현은 보다시피 은유와 상징과 대조로써 잘 장식되어 있지 않습니까? 여기에서 노사나불, 즉 비로자나불이 우주 그 자체임을 경전에서 말하고 있습니다. 화엄이란, 꽃으로 장엄(莊嚴)한다는 말이 되겠지요. 보살은 미혹의 세계로부터 떠날 수 있으면서도, 이 세계를 일쑤 정화하거나, 때로 미화하거나 하지요. 이 미화가 바로 장엄인 것입니다.[5] 붓다의 깨달음이 꽃의 장식으로 상징되는 세계이니까요.

선재동자를 주인공으로 삼고 있는「입법계품」이 종교적으로만이 아닌 문학적으로도 하나의 장엄된 꽃이라면, 이 꽃은 우리 모두의 마음에서 피어나는 작은 진실의 꽃일 것입니다. 한 송이의 꽃에도 무한한 우주 생명이 약동할 수 있다는 사실이 바로「입법계품」이 주는 주요한 메시지일지 모릅니다.[6]

내가 생각하기로는 불교의 가르침이 밥 한 그릇의 의미에 담겨 있는 나눔과 베풂의 정신에 있지 않을까, 합니다. 시인 함민복은 시편「긍정적인 밥」에서 이렇게 노래한 바 있었지요. 시집 한 권에 삼천 원이면, 든 공에 비해 헐하다 싶다가도, 국밥이 한 그릇인데, 내 시집이 국밥 한 그릇만큼, 사람들 가슴을 따뜻하게 덥혀줄 수 있을까, 생각하면 아직 멀기만 하네……라구요. 경전에, 밥을 나누고 베풀면, 한 그릇의 밥은 조금도 줄지 않는다고 했습니다. 일본의 불교학자인 가마타 시게오는 굶주린 귀신, 즉 아귀에게도 밥을 베푸는 한중일(韓中日) 의례가 각각 존재하고 있다고 지적한 바 있었지요.

……보살은 한 공기의 밥으로 모든 보살과 부처님께 공양하고, 심지어 아귀에게도 베풀어 만족시키지만 공기의 밥은 줄어드는 일이 없다는 것이다. 아귀

---

4 같은 책, 83쪽, 재인용.
5 같은 책, 264쪽, 참고.
6 도업, 앞의 책, 335쪽, 참고.

에게 시식(施食)하는 행사는 중국에서는 아귀를 종이 인형으로 만들어 구체적인 모습을 나타내어 아귀에게 시식하는 유가염구(瑜伽焰口)라는 의례를 행하고, 한국에서는 제사 시식을 할 때 항상 아귀 등 잡귀들에게 베푼다. 일본에서는 여름에 백중을 전후로 사원의 본당에 아귀에게 시식하는 단을 설치하고 단의 한 가운데 삼계의 모든 귀신에게 공양하는 탑을 세워 차, 음식, 향, 향, 꽃 등을 공양한다.[7]

아귀는 과거에 굶어서 죽은 귀신인지, 지금 굶주리고 있는 귀신인지 정확히 알 수 없지만, 아귀와의 나눔과 베풂을 실천한다는 것은 이타행이라고 합니다. 여기에서 아귀를 타(他)의 상징으로 본 것은 의미가 참 심장해요. 불교의 정신은 이를테면 '자타불이'라는 말에 있는 게 아닌가요? 자와 타의 경계를 버릴 때 세계를 자기중심주의의 미혹으로부터 구할 수 있을 것입니다.

얼마 전만 해도 미국의 대통령이었던 트럼프는 늘 '아메리카 퍼스트'를 외쳤죠. 이러한 미(美)우선주의를 일컬어 '트럼피즘'이라고 하지요. 이 트럼프의 자리적(自利的)인 세계관은 시진핑에게로 이어지고 있습니다. 그는 올해 중국 공산당 백주년 기념 연설에서 '외세두파론'을 천명했지요. 외국 세력이 중국을 괴롭히면 박(머리통)이 터진다구요. 이처럼 욕계의 아수라장에서는 남의 욕구나 욕망마저도 나의 중심 속으로 내재화된다고 믿습니다. 때로는 남의 즐거움마저도 내 것으로 만들 수가 있겠지요. 이런저런 걸 두고 '타화자재(他化自在)'라고 일컫습니다. 자타불이와 타화자재는 서로 상대적인 개념이라고 하겠지요.

이른바 자타불이라고 하는 관념에는 우주 질서 속에 천상과 천하가 따로 없고, 존재하는 모든 것은 유정과 무정으로 나누어지지 않습니다.

---

7 카마타 시게오 지음, 장휘옥 옮김, 『화엄경이야기』, 도서출판 장승, 1993, 356~357쪽.

저 『화엄경』의 사상은 모든 것이 인과관계를 맺으면서 결코 홀로 존재하는 것이 없다는 법계연기(法界緣起 : 모든 것이 인연에 따라 얽혀 있음)의 사상이라고 하겠습니다. 이 사상이야말로 다문화주의의 골간이 되는 생각틀이라고 하겠습니다. 이런 점에서 볼 때, 선재동자야말로 '일즉다(一卽多)·다즉일(多卽一)의 법계연기적 존재'[8]라는 점에서 가장 전형적인 다문화적인 인간상이라고 하겠습니다.

2

우리나라의 대표적인 인문학자 중에서 자신을 선재동자로 비유한 분이 있었습니다. 작고한 국문학자 김윤식(1936~1918) 선생입니다. 그의 학문 세계는 애최 민족주의로부터 자유로울 수가 없었습니다. 전후 세대와 4·19세대의 인문학자는 누구나 할 것 없이 식민사관의 극복이 지상 과제였지요. 특히 그는 우리 문학사에 있어서 이식문화론과 씨름하면서 내재적 발전론에서 비롯된 자생적 근대성의 탐색에 골몰하였지요. 이것이 김윤식·김현 공저의 『한국문학사』(1973)입니다. 그는 10년의 시차를 두고 두 차례의 일본 체험이 있었습니다. 첫 번째의 일본 체류 중에는 이런 일이 있었답니다. 사상의 자유가 만연한 도쿄대학교에, '점심시간이면 직원들조차 구호를 외치며 캠퍼스 내를 메뚜기처럼 뛰어다녔다.'[9]는 것. 1970년의 일본에서 경험한 문화 충격이 반공을 국시로 한 대한민국의 한낱 교육공무원인 그에게 다문화적인 마음의 선근(善根)을 심어주었으리라고 충분히 짐작됩니다. 하지만 그에게는 일본을 극복해야 한다는 생각이

---

8 도업, 앞의 책, 324쪽.
9 김윤식, 『내가 읽고 만난 일본』, 그린비, 2012, 31쪽.

일본을 이용해야 한다는 생각을 넘어설 수가 없었을 것입니다.

> ……노력을 하면 할수록 나는 길을 잃게 되었음이라. 곧, 문수보살도 없이 바랑만 매고 헤매는 선재동자. 군이 빈 바랑을 매고 집을 떠나고 있다. 바랑에 뭣을 채우려 함이리라. 그 노력이 크고 집요할수록 군은 필시 길을 잃을 것이다. 내가 바로 그 꼴이었다. 문수보살은 어디로 갔는가. 그런 것은 당초에 없지 않았던가.[10]

인용문은 8백 쪽 넘는 대작인 『내가 읽고 만난 일본』(2012)의 서문에서 따 왔습니다. 김윤식은 어릴 때 고향 김해 진영에서 빈 바랑을 메고 집을 떠나 항도 마산에 이르렀고, 고등학교를 졸업랄 후에 서울로 간 것도, 1970년에 서울대학교 젊은 조교수로 도쿄로 간 것도 마찬가지였지요. 당시에 근대문학의 연구는 초창기에 지나지 않았기 때문에, 그에게는 인도자도 딱히 없었지요. 그는 언제나 문수보살이 없는 선재동자였습니다.

그가 두 번째로 일본에 간 1980년 이후에 비로소 5명의 선지식을 만나게 되었지요. 그의 눈을 뜨게 하고, 그의 정신을 이끌어준 인도자 말입니다. 그 5명의 선지식을 나열하면 이렇습니다. 첫째는 일본 최고의 비평가 고바야시 히데오. 전전에 문학평론뿐만 아니라, 전후의 미술평론까지 했던 사람이지요. 둘째, 『소세키와 그의 시대』를 써 그에게 『이광수와 그의 시대』를 촉발하게 한 에토 준. 미묘한 선문답처럼 글쓰기를 위해선 강아지를 키워보라고 말했던 사람. 셋째, 글쓰기는 수사학으로 귀결된다는 모리 아리마사. 넷째, 『국화와 칼』로 유명한 미국 여성 인류학자인 루스 베네딕트. 이 책은 일본 문화의 정곡을 찌른 고전 중의 고전. 다섯째, 『일제하의 사상통제』를 저술한 리처드 H. 미첼. 그는 두 번째로 일본에

---

10 같은 책, 6쪽.

머문 후에 귀국해서 이 책을 번역하게 됩니다.

짐작컨대, 김윤식 선생이 (물론 실제의 만남이 아니지만) 이 5명의 선지식을 만나게 됨으로써 일본을 더 이상 극복의 대상인 것만이 아니라는 사실을 비로소 깨달았을 것입니다. 1980년대의 그의 저작물 중에서 가장 대표적인 저작물인 『이광수와 그의 시대』 전3권(1986)은 2백자 원고지 8천매에 달하는 대작입니다. 평전적인 작가 연구의 전범이라고 할 수 있는 이 책에 대하여 그는 『내가 읽고 만난 일본』 서문에서 '민족이란 이름의 문수보살의 짓'[11]이라고 했지만, 그것은 동시에 '에토 준이란 이름으로 된 필사적 글쓰기에 대한 강아지 기름의 결과'이기도 하겠지요. 후학으로서 감히 품평(品評)이라고 하면 하나의 품평인 이 표현이 내가 생각나는 대로 아무렇게나 지껄인 것 같아도, 여러분들에게는 무척 생소하고 난해하게 들릴 것입니다. 내가 무수한 행간을 뛰어넘고 단박에 요약했기 때문입니다. 한 작가에 대한, 혹은 한 역사적인 인물에 대한 평전이나 연구는 질적으로나 양적인 측면에 있어서 『이광수와 그의 시대』를 뛰어넘는 것은, 아직까지도 이만한 것은 나오지 않고 있습니다.

어쨌든 선재동자가 구도의 어린이듯이 그 역시 나이가 들어도 항상 아이로만 남아서 문수보살을 찾았던 겁니다. 학자라기보다는 학문의 구도자라고 하는 편이 더 적확한 표현인지 모르겠습니다.

일다무애(一多無礙)란 말이 있습니다.

이 표현이 경전 구석진 어딘가에 있긴 있는데요, 나는 아직 정확한 지점을 찾지 못했습니다. 하나(一)와 여럿(多)에는 경계도 걸림도 없다는 뜻이지요. 하나와 여럿이 서로 경계나 걸림이 없다는 것은 함께 갖추어서 하나라고 말할 수 없고 두 모습이 없으므로 많다고 할 수 없음을 뜻하지만, 오늘날의 관점에서 적극적으로 재해석할 수도 있을 것 같아요. 김윤

---

11 김윤식, 앞의 책, 9쪽.

식 선생의 경우와 관련시키자면, 하나가 민족주의를 가리킨다면, 여럿은 다문화주의로 볼 수 있다고, 나는 생각해요. 그가 두 차례에 걸친 일본 체험을 통해 일본을 극복해야 한다는 생각과 일본을 이용해야 한다는 생각이 서로 부딪치지 않고 균형을 유지하려고 했던 것 같습니다.

나는 지금 아무리 다문화주의를 시대정신으로 삼는 시대라고 해도 민족주의가 파시즘 내지 인종주의와 결탁하는 등 그늘진 측면을 드리운 점만 부각되어선 안 된다고 봅니다. 민족주의를 한편으로 비판하기도 한 베네딕트 앤더슨 역시 민족의 개념이나 민족주의가 기본적으로 심오한 자기희생을 고취하고, 배타적이기 이전에 이타적인 성격을 찾는다고 인정하기도 했어요.[12] 김윤식 선생 저서 중에서 딱히 민족주의를 표방한 저서는 없어도, 그래도 가장 근접한 게 있다면 『한국문학사』(공저 : 1973)와 『한국 근대문학과 문인들의 독립운동』(1989)라고 할 수 있겠습니다. 특히 후자의 경우는 여섯 편의 글을 묶은 문고판 저서인데요, 「3·1운동과 문인들의 저항 운동」과 「대판(大阪) 천왕사(天王寺) 공원 독립운동 관계 대판조일(朝日)신문 기사」와 「윤동주론─어둠 속에 익은 사상」에 반영된 소재는 명백하게도 민족주의와 관련되어 있습니다. 그 밖의 신채호론, 이육사론, 김학철론은 민족주의와 사회주의와 무정부주의가 혼재된 양상을 보인 경우라고 할 수 있겠죠. 그럼, 나는 이 대목에서 윤동주의 시편 「또 다른 고향」과 관련된 부분을 따오겠습니다.

릴케의 『말테의 수기』 속에 나오는 부재를 인식하는 개와 윤동주에게 있어서의 개는 매우 다른 것이다. 죽음까지 포함했을 때 비로소 생의 원환성(圓環性)을 확인한 것이 전자라면, 후자의 개는 자기 응시를 가능케 한 어둠이라는 조건 상황을 제거하고 결단을 촉구하는 거부의 목소리인 것이다. 물론 그는 또 다른

---

12 베네딕트 앤더슨, 윤형숙 역, 『상상의 공동체』, ㈜나남출판, 2002, 274쪽, 참고.

고향을 아름답다고 하고 있다. 백골만 남겨둘 수 있다면 '나'와 '혼'만이 남게 되고, 마침내는 이 양자가 동일한 것으로 될 수 있기 때문이다. 물론 이러한 가능성은 어둠 속에서만 익어갈 수 있는 사상이다.[13]

이 사상이야말로 민족주의 사상인 것은 두말할 나위도 없다고 하겠습니다. 윤동주는 중학교를 세 군데 다니는 등 뒤죽박죽되고 말았지만, 고향의 명동학교와 연희전문학교를 다닐 때는 철저한 민족주의자들에게 교육을 받았습니다. 그의 사상을 가리켜 민족주의라고 규정한 것은 일본 재판소 판결문에도 잘 나타나 있습니다.

김윤식 선생은 위의 저서에서 일제강점기의 문인들 중에서 신채호, 이육사, 윤동주 등 순국한 문인에게 주안점을 두고 있었지요. 민족주의자들의 고결한 자기희생과, 자아 몰각의 이타성은 민족주의의 빛이었다고 말할 수 있겠지요. 민족주의와 인종주의가 결부된 그늘진 면은 이 시대에 다문화주의에 의해 극복되어야 할 것입니다.

여러분. 나와 얽힌 개인적인 얘기 하나 할까요. 개인사에 있어서 이것이 내 기록에 남겨두고 싶은 얘기여서 하는 말입니다.

나와 김윤식 선생은 아무런 연고가 없는 사이입니다만, 평생을 두고 몇 차례 뵌 적은 있었지요. 첫 만남은 1978년 5월 중순인가 그랬어요. 남산 기슭의 국토통일원에서 북한 문학 세미나가 오전부터 저물녘에까지 있었는데 구상 · 김윤식 · 홍기삼 등 대여섯 명의 발표자들이 참가했습니다. 객석은 거의 다 찼었지요. 요즘은 생각조차 할 수 없는 볼거리가 있었지요. 연단의 책상 위에는 재떨이가 각각 놓여 있었다는 것. 발표자들이 간혹 담배를 피워도, 누구도 이상하게 생각지 않던 시절이었지요.

---

13 김윤식, 『한국 근대문학과 문인들의 독립운동』, 독립기념관 한국독립운동사연구, 1989, 156쪽.

김윤식 선생은 다른 분들과 달리, 시종일관 담배를 피우지 않았습니다. 행사가 마치자 성대한 다과회가 열렸습니다. 나는 그때 어린 아이의 주먹 크기나 되던 딸기를 처음 보았지요. 다과회장 구석에 서 있는 선생께 다가서서, 나는 질문을 던졌습니다. 일제강점기의 박영희가 카프를 탈퇴하면서 남긴 유명한 전향 선언의 명언이 있지 않습니까? 얻은 것은 이데올로기요, 잃은 것은 예술이다. 이 명언을 염두에 둔 취지의 물음과, 정곡을 찌른 단박의 대답은 마치 선문답처럼 내 뇌리 속에 아직도 선명히 남아 있습니다.

문 : 이데올로기의 문학과 예술의 문학은 서로 구분돼야 하지 않겠습니까?
답 : 예술이란 것도 알고 보면 이데올로기예요.

나는 그때 큰 충격을 받았지요. 선생의 생각 틀 속에는 이데올로기와 예술 사이에 경계도 걸림도 없었습니다. 이미 대가급의 반열에 들어서면서 대중으로부터 점차 이름이 알려지기 시작한 이 중견 학자는, 비유컨대 스물한 살의 대학생의 어깻죽지에 선방(禪房)의 죽비를 내리쳤던 것입니다.

선방의 죽비 같은 일을 경험한 것은 또 한 차례 있었지요.

나는 지금으로부터 30년 전 즈음에 지금도 참여와 연대의 사회 활동을 부지런히 하고 계시는 도법 스님의 저서 『화엄경과 생명의 질서』(1990)를 읽고 크게 공감한 바가 있었습니다. 나는 30년 전 무렵에 이 책을 읽고 불교를 보는 새로운 관점을 정립했다고나 할까요? 그 당시만 해도 다문화에 대한 세간의 인식이 부족했기 때문이었을까요? 지금에 와서 생각해보니, 저서의 내용에 '다문화'라는 말이 한 번도 사용되지 않아도 매우 다문화적인 내용의 저서라고 생각됩니다. 화엄경의 정신이 지향하고 있는 다문화성은 다음의 인용문에서 자명하게 확인됩니다.

……선지식에게서는 어떤 선입관이나 편견도 찾아볼 수 없다. 그곳엔 가치 우열이라든가 옳고 그름의 분별도 없다. 때로는 강물 위에서 노 젓는 뱃사공, 모래밭에서 소꿉장난하는 소년·소녀, 향 파는 장사꾼, 욕정에 빠진 남성들에 대하여 따뜻하게 보살피는 창녀, 위엄을 부리는 군왕, 심산유곡의 수행자, 해상의 보살로서 그들은 지금 현재를 전신으로 살아갈 뿐이다. 현재의 삶이야말로 도인 것이며 생명 가치의 현현인 것이다. (……) 무질서하고 혼잡스러운 듯한 다양함과 자유분방함은 바로 창조적인 생명력의 약동을 뜻한다. 생명의 세계와 그 질서엔 선악, 시비, 미추, 너와 나, 나와 작업, 나와 생활 등이 동체적(同體的) 작용으로 나타날 뿐 나뉘어져 있는 것을 찾아볼 수 없다. 언제나 온전히 하나 되어 생명의 불꽃으로 피어날 뿐이다.[14]

선재동자가 구도의 여정, 여로에서 만난 다양한 인간 군상 및 만남의 장소들을 보면 매우 다문화적임을 알 수가 있습니다. 세상의 모든 것들은 호불호, 잘잘못, 옳그름도 없이 그저 그물망처럼 존재하고 있을 따름입니다. 저와 같이 무수한 개체들이 동체를 이루면서 관계를 맺고 있다는 생각이 화엄경 사상의 요체인 것입니다. 세상에 둘이나 셋으로, 또 그 이상으로 나누어져 있는 모든 사물과 관념은 마침내 하나로 귀결한다는 겁니다.

알베르 카뮈가 두 차례 세계대전을 가리켜 20세기의 페스트라고 인식했습니다만, 그럼 21세기의 페스트는 무엇일까요. 9·11 사태 이후에 거의 전(全)지구적으로 자행되고 있는 테러리즘일 것입니다. 여기에 유일신 관점에 의한 문명의 충돌에 원인이 있습니다. 올해는 9·11이 발생한 지 20주년이 되는 해입니다. 그동안 여기저기에서 증오범죄가 발생해 많은 사람들이 희생되었습니다. 밥 딜런의 노랫말의 어법대로라면,

---

14 도법, 『화엄경과 생명의 질서』, 세계사, 1990, 64쪽.

얼마나 많은 사람들이 희생되어야, 이 피 튀기는 '묻지 마' 증오범죄와, 불특정 다수로 향한 막장 살해의 참극을 멈출 수가 있을까요? 바람만이 알 수 있을까요? 유일신 관점에 의한 문명의 충돌을 강 건너 불구경하듯이 바라보는 동아시아에서는 다른 양상을 띱니다. 일본의 심장 수도에서 험한 시위가 벌어지고, 너 죽고 나 죽자 식의 북한 핵 개발의 욕망은 더 이상 절제되지 않구요, 사회주의 체제의 중국에서의 문자옥(文字獄 : 언론 탄압의 상징)과 인권 문제는 어제오늘의 일이 아니잖아요?

불교의 연기법은 다문화성을 내포한 기본적인 원리라고 할 수 있습니다. 상대의 존재성을 인정해야만 내가 살고 우리가 살지 않을까요? 상쟁을 피하기 위해선 상생의 원리를 배워야 하겠습니다. 이 상생의 원리를 비유적으로 잘 설명한 게 바로 '두 개의 갈대 단'이랍니다. 『상응부경전·12』에 의하면, 두 개의 갈대 단이 서로 의지하고 있을 때 함께 서 있을 수 있다구요.[15] 요컨대 동체적인 생명 질서랄까, 다문화적인 우주 질서를 두고, 불교에서 이른바 '상호 장엄(莊嚴)'이라고 합니다. 참 좋은 표현이네요. 서로가 서로를 장엄할 때 세계는 한 송이 화평의 아름다운 꽃으로 장식되는 거예요.

3

선재동자의 구도 서사 「입법계품」은 일종의 탐색담이라고 하겠습니다. 누군가를 잇달아 만나면서 경험을 확장하는 이야기는 생텍쥐페리의 유명한 동화적 서사 「어린왕자」와 유사한 면이 많습니다. 우선 주인공도 어린 소년이고, 배경도 초월적인 시공간이에요. 다만 차이가 있다면, 선

---

15 같은 책, 33쪽, 참고.

재동자가 만난 선지식이 사범(師範)의 상인데 비하면 어린왕자가 만난 이들이 대부분 반면교사란 사실입니다. 반면교사는 타산지석과 유사한 성어로서, 자기 인생에 도움이 되지 않은 문제적인 교사상을 말하는 겁니다.

선재동자는 막강한 권력이 있어서 아무도 대항할 이가 없었던 무염족왕(無厭足王)을 만납니다. 남의 물건을 훔치거나 남의 목숨을 해치거나 남의 아내를 범하거나 한 나쁜 사람들이 그에게서 끔직한 고통을 당합니다. 선재동자는 이 왕이 큰 죄업을 짓는 게 아닌가 생각합니다. 이에 대해 왕은 선재동자에게 실제로 고통을 받는 게 아니라 고통을 받는 장면을 보여주는 것이라고 해요. 일종의 연출인 거죠. 이를 두고 '여환해탈'이라고 하는군요.[16] 자신의 죄악을 환영처럼 보면서 깨달음을 얻는 것 말예요. 한편 어린왕자가 만난 첫 번째 별의 왕은 무엇보다 자기 권위가 존중되기를 원하고 있었습니다. 그는 불복종을 결코 용납할 수가 없었지요. 호화로운 망토를 뒤덮고 있는 그는 전제 군주일 뿐 아니라 우주를 군림하는 지배자이길 바랐지요. 어린왕자가 이 연로한 왕에게 배운 게 있다면, 그건 소위 '자기 심판'이라고 할 수 있겠죠. 너 자신을 심판하라, 네가 너 스스로를 심판할 수 있다면 너는 참으로 지혜로운 사람인 까닭이다[17]······라구요. 하지만, 선재동자가 여환해탈을 전적으로 수용하고 길을 떠났지만, 어린왕자는 자기 심판을 크게 공감하지 못하고 길을 떠납니다.

어린동자는 잇달아 별을 방문합니다. 두 번째 별에서는 칭찬하는 말만 귀에 들리는 '허영쟁이'를 만나고, 세 번째 별에서는 술을 마시는 게 창피해서 창피한 것을 잊어버리려고 술을 마신다는 모순과 악순환의 주정

---

16 법정 스님, 『스승을 찾아서』, 동쪽나라, 2003, 103~105쪽, 참고.
17 생텍쥐페리 지음, 김화영 옮김, 『어린 왕자』, 문학동네, 2009, 57쪽, 참고.

뱅이(술꾼)를 만납니다. 네 번째 별에서는 왕이 별을 다스린다면 자신은 별을 소유한다는, 늘 계산에 쫓기면서 살아가는 사업가를 만납니다. 대통령이 나라를 다스려도 한시적일 뿐이지요. 반면에 유력한 재벌은 나라의 부(富) 중에서도 많은 부분을 영원히 소유하려 들지요. 어린왕자는 다섯 번째 별에서 가로등을 켜고 끄는 일을 하는 사람을 만납니다. 이 점등인은 오로지 명령에 충실한 사람입니다. 앞에서 말한 왕과 허영쟁이와 주정뱅이와 사업가보다는 덜 우스꽝스러운 사람이라고, 어린왕자는 생각해요. 여섯 번째 별에서는 덧없지 않는 것을 다룬다는, 또 이를 자부하는 지리학자를 만납니다. 어린왕자는 덧없음을 모릅니다. 그래서 지리학자는 어린왕자에게 말합니다. 머잖아 사라져버릴 위험이 있는 것이 덧없음이라고 말입니다. 그래서 어린왕자는 피고 지는 꽃도 덧없는 거라고 생각해요. 모두들 현상계에만 집착하고 있기 때문에, 어린왕자는 실망하고 맙니다.

그런데 일곱 번째는 지구에서 일어난 일입니다. 이제야 비로소, 그는 진정한 멘토를 만납니다. 다름 아닌 여우예요. 어린왕자에게 있어서의 여우는 선재동자의 선지식에 해당하지 않겠어요? 여우의 출현은 「어린왕자」의 서사적 흐름을 바꾸어놓습니다.

"너 누구지? 참 예쁘구나."
"난 여우야."
"이리 와서 나 하고 놀자."
"난 지금 너무 슬프단다. 난 너 하고 놀 수 없어. 난 길들여지지 않았거든."
"아, 그래? 미안해."
(…중략…)
"'길들인다.'는 게 뭐지?"
"그건 '관계를 맺는다.'는 뜻이야."

"관계를 맺는다고?"

"물론이지. 넌 나에게 아직은 수없이 많은 다른 어린아이들과 조금도 다를 바 없는 한 아이에 지나지 않아. 그래서 나는 널 필요로 하지 않아. 너 역시 날 필요로 하지 않고, 나도 너에게는 수없이 많은 다른 여우들과 조금도 다를 바 없는 한 마리 여우에 지나지 않지. 하지만 네가 나를 길들인다면 우리는 서로를 필요하게 되는 거야. 너는 내게 이 세상에서 하나밖에 없는 존재가 되는 거야. 난 네게 이 세상에서 하나밖에 없는 존재가 될 거고……."

"이제 좀 알 것 같아."[18]

이 인용문을 보면 알 수 있듯이, 생텍쥐페리의 「어린왕자」는 무언가를 탐색하고 깨닫게 되어가는, 독일식 개념을 비추어볼 때 한 개인의 정신적인 도야(Bildung)를 다룬 교양소설이라고 할 수 있겠네요. 아니면, 경험을 축적하고 지식을 확장해가는 일종의 교훈적 우화라고도 말할 수 있지요. 여기에서 여우는 지혜로운 조언자의 캐릭터로 등장하고 있습니다. 옛 그리스 비극에서, 자신이 누구인지를 아무것도 모르는 미혹의 오이디푸스에게 성찰과 통찰의 실마리를 준, 테베의 맹인 예언자 테이레시아스에 비할 수 있는 존재입니다. 불문학자 황현산이 쓴 「뱀과 여우」에서 이와 관련된 주석적 코멘트를 따올까 합니다.

여우가 말하는 '길들인다'는 것은 자기 아닌 것과 관계를 맺으며, 자신을 그것의 삶 속에, 그것을 자신의 삶 속에 있게 하는 일이다. 존재가 세상에 진정한 뿌리를 내리게 하는 것은 권력이나 소유나 명성이 아니라 이 길들임이라는 것은 말할 것도 없다.[19]

---

18 같은 책, 97~99쪽, 참고.
19 황현산, 「뱀과 여우」, 생텍쥐페리 지음, 황현산 옮김, 주식회사 열린책들, 2017, 123~124쪽.

중세 탐색담의 변형이랄까, 근세 독일적 전통의 교양소설을 연상시킨다고 할까, 어쨌든 아름다운 다채성의 빛을 던져준 교훈적 우화인 「어린 왕자」는, 물론 허구적인 극화(劇化)가 대부분 아로새겨져 있거니와 비행사이면서 작가인 생텍쥐페리의 자전적인 실제 경험이 적잖이 투영되어 있습니다. 자신이 화자로 설정되어 있다고 보아도 과언이 아니지요.

그는 비행사로 온갖 허공을 누비고 다녔어요. 근데, 작은 비행기가 고장을 일으켜 사막에 불시착한 것이 이 작품의 모티프가 된 것이랍니다. 알려진 바에 의하면, 비행 중인 그가 1938년 리비아 사막의 한 가운데에 불시착한 일이 있었습니다. 그는 살아나기 위해 며칠 동안 사투를 벌였는데, 이 경험으로 인해 「어린왕자」를 쓰게 되었다고 보는 것이 거의 정설입니다.

작가의 이 절대 체험이 「어린왕자」를 세계적인 명작으로 만들었던 것이지요. 절대(絶代)의 축자적인 의미는 상대가 끊어졌다는 것입니다. 우리말 '……하기 짝이 없다.'가 바로 절대이지요. 생텍쥐페리가 거대한 사막에 불시착함으로써 절체절명의 위기를 마주하게 되는데요, 이때 그는 무섭기 짝이 없고, 외롭기 짝이 없었을 것입니다.

두말할 필요도 없이, 사막은 시간 개념이 정지된 장소성을 가진 몰역사적인 공간입니다. 몰역사적인 곳. 바다도 언제나 그 바다가 그 바다입니다. 산악인들이 목숨을 걸고 등산하는 압도적인 산들을 보세요. 완벽하게 몰역사적입니다. 사막도 마찬가지예요. 사람들은 광막한 사막을 가로지르지 않고, 언저리를 우회해 건너편으로 나아가지요. 인간의 몫이라기보다 종교의 의미가 짙게 깃든 곳이라고 봐요. 사막을 체험했던 사람의 얘기 한번 들어볼까요.

이란의 사막에 가본 적이 있다. 바람 소리 외에는 동물 소리도 없고 자동차 소리도 없고 스피커 소리도 없었다. 정적 그 자체였다. 모래 외에는 보이는 것도 없고 얼씬거리는 것도 없는 완벽한 고독이었다. 죽음의 공간이었다. 그 대신 밤하늘의 별은 총총하게 보였다. 도 닦기에는 아주 좋은 조건이었다. 아무리 에고가 강한 인간이라도 위대하신 알라여, 하고 엎어질 수밖에 없다.[20]

생텍쥐페리는 밤하늘의 별이 총총하게 보이는 사막에서 불후의 명작 「어린왕자」를 구상하였을 것입니다. 세계는 전쟁이란 참화를 겪고 있고, 조국 프랑스는 나치로부터 점령되어 있었어요. 그는 미국에서 이 작품을 전쟁 중에 간행했지요. 그러니까, 초간본은 모국어가 아닌 영어로 쓰인 것이었습니다. 비인간화된 전쟁의 폐허 속에서 피운 아름다운 꽃. 이 꽃은 정녕 슬픈 꽃이었지요.

예컨대 화엄(華嚴)의 경전 중의 하나인 「입법계품」이 연꽃으로 장엄한 것이라고 합시다. 그렇다면 생텍쥐페리의 「어린왕자」는 장미꽃의 상징이 가장 명백한 텍스트라고 하겠네요. 이 장미꽃은 가장 보편적인 소재이면서 가장 고귀한 것이지요. 그에 관한 평전을 쓴 르네 젤러가 이 꽃을 가리켜 '항상 위험에 처해 있고, 늘 달아나고, 위협을 당하는 이 세상의 행복'이라고 말한 것은, 사물의 정곡을 찌른 적실한 지언(至言)이라고 아니할 수 없네요.[21] 평범한 곳에 비범함이 있고, 진흙탕 속이거나 메마른 곳에서도 꽃이 피어납니다.

나는 이런 관점에서 볼 때 「어린왕자」의 다문화적인 성격 및 맥락에 대해 주목하지 않을 수 없습니다. 이 작품에 등장하는 보아구렁이니 바오밥나무니 하는 것은 우리나라 사람들에게는 소위 '듣보잡', 즉 듣지도 보지도 못한 잡물(雜物)에 지나지 않지요. 낯선 소재부터가 다문화적인 셈이지요. 어린왕자는 외계인이지만, 우리가 생각하는 괴물처럼 생긴 외

---

20 조용헌, 「사막의 종교」, 조선일보, 1921. 8. 30.
21 르네 젤러, 안응렬 역, 『생텍쥐페리』, 홍성사, 1980, 59쪽, 참고.

계인이 아니라, 잘 생긴, 또 목도리를 두른 백인 소년의 모습을 갖춘 외계인입니다. 천지(天地)와 천지 밖의 별들이 자리한 다차원의 공간 개념과, (후술할 예정입니다만) 무엇보다도 주제에 있어서의 다층적인 인간 정신 등은, 아이들이 이해하기에 무거운 배경 지식이 깔려 있습니다. 어른을 위한 동화라고 보는 이유가 여기에 깔려 있지요. 게다가 '행동 속의 완벽한 시'를 쓴 작가인 생텍쥐페리에게 있어서는 시인과 행동인의 구별이 없었지요.[22]

작품 속의 주인공인 어린왕자가 낯섦과 친숙함의 경계를 허물거나, 사람과 동식물을 가리지 않거나 하면서 교유를 이어가는 것도 다문화적이라고 하겠지만, 다음의 경우가 가장 분명한 다문화성을 드러내고 있습니다.

화자인 나와 어린왕자가 나란히 앉아 쉬고 있을 때, 어린왕자는 이렇게 말합니다. 별들이 아름다운 건, 눈에 보이지 않는 한 송이 꽃 때문……사막이 아름다운 건, 어딘가에 샘을 감추고 있기 때문……. 그래서 화자인 나도 맞장구를 칩니다. 무언가를 아름답게 하는 건, 눈에 보이지 않는 법이라고 말예요. 이 말은 본디 여우가 어린왕자에게 한 말이었지요. 서로 모르는 사람(나)과 사람(우화적인 여우)의 생각이 일치한다는 게 다문화적인 생각 틀이라고 하겠습니다. 그래서 어린왕자는 기쁘게 생각했지요. "오직 마음으로 보아야 잘 보인다는 거야. 가장 중요한 건 눈에 보이지 않아(It is only with the heart that one can see rightly ; what is essential is invisible to the eye)."[23] 이 작품의 주제를 가장 선명하게 드러낸 대목이라고 아니할 수 없습니다.

이 토픽 센텐스는 작가의 절대 체험, 돈오 체험에서 얻었을 거라고 보

---

22 같은 책, 49쪽, 참고.
23 국역본은 김화영 역본(앞의 책, 105쪽.)에서, 영한대역본은 삼지사 감행본(2010, 192쪽.)에서 따왔다.

366 부록_2021년 10월의 발표문

이네요. 이 여우의 말을 불교적으로 재해석하자면, 아마 이럴 겁니다. 현상계가 아름다운 것은 어딘가에 본질이 숨어있기 때문이란 것.[24] 이것을 두고 '진공묘유'라고 하지 않겠어요? 불교에서는 현상계가 꿈처럼 생멸(生滅)하고, 실재계에서는 본질만이 여여(如如)하다고 하지 않아요?

이 작품의 감정적인 기저를 이루는 것은 슬픈 아름다움이랄까, 아름다운 슬픔이라고 할 수 있습니다. 어린왕자는 나에게 말합니다. "그렇게 슬플 때는 누구나 해 저무는 게 보고 싶지."[25] 어린 왕자는 지구에 온 것을 실감하지 못합니다. 자기의 별에서는 의자만 조금 돌려도 해가 뜨고 해가 지는 것을 언제나 바라볼 수 있었으니까요. 두 사람이 만난 지 닷새째 되던 날이었지요. 비행기를 수리하다가 두 사람이 대화를 나눴지요. 어둠이 내린 뒤, 어린왕자가 갑자기 흐느껴 울기 시작했어요.

어떤 별에, 어떤 떠돌이 별 위에, 나의 별인 지구 위에, 내가 위로해 주어야 할 한 어린왕자가 있었던 것이다! 나는 그를 품 안에 안았다. 그를 안고 흔들어 달래면서 나는 말하고 있었다. "네가 사랑하는 꽃은 이제 위험하지 않아 너의 양에다가 굴레를 그려줄 게……그리고 네 꽃에는 울타리를 쳐주고, 또……." 나는 더 이상 무슨 말을 해야 좋을지 알 수 없었다. 나 자신이 너무나 서툴게만 느껴졌다. 어떻게 해야 그의 마음을 어루만져 주고 그와 한마음이 될지 알 수가 없었다. 눈물의 나라란 이토록 신비로운 것이다.[26]

이 장면 및 대목을 보면, 불교에서 말하는 '동체대비(同體大悲)'와 똑같은 것이 되고 맙니다. 어린왕자의 슬픔을 어루만져 주면서 화자와 더불

24 김홍근, 「어린왕자, 인간의 비밀은 마음에 있다」, 대원사, 『2021년 '선(禪)과 어린왕자' 학술세미나 자료집』, 어린왕자 전문학관, 2021, 26쪽, 참고.
25 생텍쥐페리, 황현산 옮김, 『어린 왕자』, 주식회사 열린책들, 2017, 29쪽.
26 생텍쥐페리 지음, 김화영 옮김, 앞의 책, 40쪽.

어 한마음이 된다는 것, 다문화적인 공감과 연대감이 아니고선 이런 상상력을 촉발하기가 그리 쉽지 아니할 것입니다. 나는 십여 년 전에 일본의 나라 시에 찾아가 한 고찰에서 백제관음을 친견한 적이 있었습니다. 주물(呪物)이란 관념에서 보자면 천 수백 년이 된 녹나무 목조에 지나지 아니할 불상을, 내가 보면서 솟구치는 환희와 형언할 수 없는 비애가 신비롭고 경건한 감정 속에 녹아듦을 경험한 것이 결코 잊어지지 않습니다. 동체대비란, 바로 이런 게 아닐까요?

작품도 작품이려니와, 작가 생텍쥐페리도 다문화적이긴 마찬가집니다. 앞서 말했지만, 문학인과 행동주의자의 경계를 허무는 삶을 살았지요. 끝내 자신의 비행기를 타고 돌아오지 못했지요. 그를 태운 비행기가 적군에게 추락되었을 것이라고 보는 게 유력합니다. (그가 굳이 자살할 이유가 있었을까요?) 그는 전시의 비행사여도 민족주의에 매몰되지 않았지요. 다문화주의와 상대적인 개념으로 보고 있는 이 시점에서, 그의 민족주의관을 살펴볼 필요가 있습니다. 다음의 인용문은 그의 「사색 노트」에서 따왔습니다.

사실 민족주의자란 국가에 대해 어떤 사랑을 느끼는 자만을 뜻하는 것은 아니다. 민족주의자란 어떤 연기를 하는 자이다. 말하자면 자기 내부에 있는 어떤 인간형을 구현하고자 애쓰는 자이다. 포괄적인 인간이 되고자 노력하는 자, 생을 위하여 투쟁과 지원을 서슴지 않는 자, 어떤 형태의 헌신이나 희생을 원하는 자, 자신의 위대함을 제국을 통하여 상징적으로 나타내는 자, 또한 이 제국 안에서 자기 자신을 감지하는 자, 간단히 말해 어떤 존엄을 구현하고자 하는 자, 이런 사람이 바로 민족주의자인 것이다. (……) 민족주의적 사명은 인간을 위협하게 된다. 사명이란 그 방향 자체가 파괴적이기 때문이다. 말하자면 나는 나의 연기의 대가를 오늘의 전쟁으로써 비싸게 치른 셈이다.[27]

이 글에서 생텍쥐페리에게 있어서 민족주의자는 배우로 비유되고 있습니다. 배우가 역할을 대신하는 것을 두고 연기라고 하지 않습니까? 자신은 제2차 세계대전 중에 연기의 대가를 비싸게 치르고 있다고 했어요. 그의 정치사상은 어땠을까요? 그는 민족주의에 대해선 거리를 유지하면서 성찰의 대상으로 삼았지만, 인간을 무자비하게 유린한다고 생각한 마르크시즘에 대해서는 격렬하게 증오했습니다.[28] 한마디로 말하면, 그는 행동주의자요, 자유주의자였습니다.

4

생텍쥐페리의 「어린왕자」와 관련한 글로는 법정 스님의 유명한 수필인 「영혼의 영원한 모음(母音)」(원간 : 1971)을 생각하지 않을 수가 없겠지요. 이 제목이 물론 수필집에 실릴 때에는 「영혼의 모음」으로 바뀝니다. 이 바뀌진 제목이 대중 독자들에게 잘 알려져 있습니다. 이 수필의 부제는 본래부터 '어린 왕자에게 보내는 편지'였습니다. 이 글이 지금으로부터 꼭 50년 전에 발표된 그해는 무슨 일이 벌어졌을까요? 박정희와 김대중이 맞대결한 대통령 선거가 있었구요. 또 이어서 총선이 있었지요. 그래서인지 온 나라가 정치의 분위기 속에 빠져 있었지요. 이런 시대적인 배경 속에서 이 글이 쓰였음을 암시한 대목이 있네요.

지금 우리 둘레에서는 숫자놀음이 한창이다. 두 차례 선거를 치루고 나더니 물가가 뛰어오르고, 수출고가 예상보다 처지고, 국민소득이 어떻다는 등. 그러

---

27 생텍쥐페리, 「사색 노트」, 생텍쥐페리 지음, 조규철 외 옮김, 『전시조종사 외』, 범우사, 1988, 219쪽.
28 르네 젤러, 앞의 책, 71쪽, 참고.

니까 잘 산다는 것은 눈에 보이는 숫자의 단위가 많을수록 좋다는 것이다. 따라서 다스리는 사람들은 이 숫자에 최대 관심을 쏟고 있는 것이다. 숫자가 늘어나면 으스대고, 줄어들면 마구 화를 낸다. 말하자면 자기 목숨의 심지가 얼마쯤 남았는지는 모르면서 무관심이면서, 눈에 보이는 숫자에만 매달려 살고 있는 것이다.[29]

법정 스님이 여기에서 말하는 정치인들의 숫자놀음에 관해서는 뭘 말하는지 정확히 잘 알 수 없지만, 어느덧 반세기가 된 그해의 선거일들이 내 기억 속에 꽤 분명하게 떠오릅니다. 사람들은 선거에 무척이나 관심을 가졌지요. 정권 교체에 대한 꿈도 부풀어 올랐었구요. 내가 다닌 중학교의 이사장이 여당인 공화당 국회의원 후보로 나와 초장에 2천 표 정도 떨어져 가망이 없었는데 새벽 막판에 몰표가 쏟아져 30여 표 차이로 대역전극을 벌였습니다. 학교는 난리가 났고, 진종일 승리감에 도취가 돼 있었지요. 이 역시도 지금 생각해보니, 하나의 숫자놀음이 아닌가, 생각되는군요.

그토록 절절한 '관계'가 오늘의 인간 촌락에서는 퇴색해 버렸어. 서로들 이해와 타산으로 이용하려 들거든. 정말 각박한 세상이다. 나와 너의 관계가 없어지고 만 거야. '나'는 나고 '너'는 너로 끊어지고 말았어. 이와 같이 뿔뿔이 흩어져버렸기 때문에 '나'와 '너'는 더욱 외로워질 수밖에 없는 거야. 인간관계가 회복되려면, '나' '너' 사이에 '와'가 개재되어야 해. 그래야만 '우리'가 될 수 있어.[30]

그해 1971년이라면, 산업화가 한창 진행되고 있을 무렵이지요. 법정

---

29 법정, 「영혼의 영원한 모음」, 김요섭 책임편집, 『쌩 떽쥐뻬리 연구』, 보진재, 1971, 54쪽.
30 같은 책, 56쪽.

스님의 「영혼의 영원한 모음(母音)」은 그 당시 산업화 시대에 있어서의 인간관계의 위기를 진단한 글이라는 점에서 다소 시사적인 의미가 짙게 깔려 있지만, 지금에 있어서는 시대를 초월해 고전적인 성격의 산문으로써 두루 감명 깊게 읽히고 있습니다. 나와 너의 관계가 갈수록 사라지고 있는 속가를 지긋이 바라보고 있는 스님의 눈빛이 참으로 반짝하는군요. 마지막으로, 스님은 이 책에 대한 자신의 감식안, 심미적 가치관을 유감없이 발휘하고 있습니다.

지금까지 읽은 책도 적지 않지만, 너에게서처럼 커다란 감동과 결정적인 영향을 받은 책은 일찍이 없었다. 그러기 때문에 네가 나한테는 단순한 책이 아니라 하나의 경전(經典)이라고 한대도 조금도 과장이 아닐 것 같다. (……) 네 목소리를 들을 때 나는 누워 뒹굴면서 들어. 그래야 네 목소리를 보다 생생하게 들을 수 있기 때문이야. 상상의 날개를 마음껏 펼치고 날아다닐 수 있는 거야. 네 목소리는 들을수록 새롭기만 해. 그건 영원한 모음(母音)이야.[31]

법정 스님은 「어린왕자」를 하나의 경전으로 간주한다고 그랬네요. 이 '경전'이란 표현이 최대치의 평어(評語)라고 볼 수 있겠네요. 원본 인용문에 적시된 '영원한 모음'은 이 작품이 수필집에 들어가 간행될 때 '영원한 영혼의 모음'으로 바꾸어집니다. 그래서 독자들은 후자로 알고 있습니다. 어쨌든, '영원한 모음'은 영원한 홀소리일까요, 아니면 영원한 모성(母性)의 소리일까요. 이 중의적인 뜻을 알기 위해서라면, 스님의 영혼을 소환해 여쭈어야 하겠지만, 물론 그럴 순 없겠지요. 만약 전자의 경우라면, 「어린왕자」의 언어 양상은 인간이 참사람으로 살아가는 데 있어서 소리의 바탕이 되는, 가장 기본적인 소리라고 할 수 있겠지요.

---

31 같은 책, 58~59쪽.

법정 스님이 「어린왕자」를 두고 경전 운운한 것은 불교적인 컬러나 재해석의 여지가 있다는 사실을 반증하는 것은 아닐까요? 오로지 마음으로써 보아야 잘 보인다는 사실, 가장 중요한 건 눈에 보이지 않는다는 사실은, 마치 생명 질서, 우주 실상을 꿰뚫어 보는 선객(禪客)의 직관을 전제로 한 것 같군요. 어린왕자가 동식물과 대화를 할 수 있었던 것도 마음의 언어여서 가능한 것은 아니었을까요? 몰역사적인 공간인 허공과 바다와 사막은 불교의 공에 해당하는 '침묵의 순수 공간'[32]인지도 모르겠습니다. 불교도는 이것을 통해 궁극적인 실재인 진여(眞如)에 도달할 수 있을 것입니다.

생텍쥐페리의 「어린왕자」 결말 부분에 이르면, 어린왕자는 마침내 죽음에 이릅니다. 하지만 독자들은 그다지 아릿하게 슬퍼하지 않습니다. 슬퍼하되 마음을 상하게 하지 않는다는 애이불상이랄까요. 아니면, 죽음도 삶의 부분이라는 사생관 때문일까요. 본문 속의 어린왕자의 말처럼, 죽음이란 낡은 껍데기에 지나지 않은 육신을 벗어던지는 것인데, 굳이 무엇을 슬퍼하리오.[33] 상당히 불교적인 관념이 아닐 수 없습니다.

그런데 생텍쥐페리는 작품 속의 어린왕자를 굳이 죽음에 이르게 할 필요가 있었을까요? 어린왕자가 작가이기도 한 작중의 아저씨에게 손을 흔들면서 지구를 떠나는 것을 왜 고려하지 않았을까요? 주변의 만류에도 불구하고 생텍쥐페리는 마지막 정찰 비행을 감행했다죠. 원대복귀는 영원히 이루어지지 않았지요. 그의 실종을 두고 아군과 적군이 모두 수색을 했지만 실패했다지요.

어린왕자의 죽음에는 까닭이 있었을 겁니다. 어린왕자의 죽음을 통해

---

32 이명경, 『다시 생텍쥐페리를 생각하며』, 시나리오친구들, 2009, 200쪽.
33 생텍쥐페리 지음, 김화영 옮김, 앞의 책, 132쪽, 참고.

작가 자신의 죽음을 예감한 것인지도 모를 일입니다. 이를테면 죽음이 삶의 일부이거나 죽음 자체가 삶을 완성한다는 그런 생각 말이죠. 이런 점에서 그는 허무주의자가 아닐 것입니다. 그에 관한 평전을 쓴 바 있었던 R. M. 알베레스는 다음의 말을 남겨 참으로 가슴을 아릿하게 하네요.

세계 한 가운데에 방황하는, 더없이 연약한 아름다움이긴 하지만 (……) 채색(彩色)의 배후에 아련한 슬픔이 엿보인다. 생텍쥐페리에게는 아이가 없었다. 어린왕자는 바로 그 아이이다. 어린왕자는 생텍쥐페리 자신의 욕구와 고통의 표현이기도 하다.[34]

이제 2년 몇 개월이 지났네요. 나는 내 아내와 함께 파리에서 한 달을 머문 적이 있었는데, 하루는 시간을 내어 리옹 시를 다녀왔지요. 영화의 창시자인 뤼미에르 형제의 기념관을 탐방하기 위해서였죠. 그리곤 시내를 돌아 다녔는데, 멀리서 비교적 큰 조형물이 보였어요. 높직한 담벼락 위에 어른과 아이가 나란히 앉아 있었는데, 설명문을 보니 생텍쥐페리와 어린왕자의 상이라고 합니다. 리옹은 그의 고향입니다. 담벼락 같은 구조물의 높이가 좀 낮았더라면, 무척 인간적인 규모의 조형물이라고 생각되는데, 그렇지 못해 아쉬운 감이 없지 않았습니다. 조형물 위의 두 좌상은, 우리의 눈으로는 볼 수 없는 영원의 세계에선 그들이 다정한 부자(父子)처럼 영원히 살아있다는 사실을 웅변하는 것처럼 보여주고 있었습니다.

---

34 R. M. 알베레스, 「생의 저편으로 간 어린왕자」, 민희식 역 · 저, 『어린 왕자의 심층 분석』, 문학 출판사, 1986, 188쪽.

문학이 무엇인지 또다시 묻는 일

1

여러분, 문학이란 도대체 무엇일까요? 책을 재미있게 읽을 때, 이런 게 바로 문학이구나, 하는 느낌을 가질 수 있을 것입니다. 재미가 있을수록 책을 자주 들춰보게 하는 것이 다름 아닌 문학이 아닐까, 합니다. 물론 책 중에서도 문학이 아닌 것도 많고, 문학이 아닌 것 중에 재미가 있는 것도 적지 않을 것입니다. 하지만 대체로 보아서 문학만큼 우리를 재미있게 하거나 우리의 마음을 사로잡는 책은 그다지 많지 않을 것 같습니다.

문학할 때 문(文) 자는 글월 문 자가 아닌가요? 문학을 두고 영어로 '리터러취(literature)'라고 하는 것 역시 글자, 문자를 가리키는 라틴어 '리테라(littera)'에서 비롯되지 않았던가요? 문학이 글자 그대로 글과 관련된 것이라는 생각은 우리들의 지배적인 통념이라고 할 수 있습니다. 이와 관련해 말을 하자면, 문학이란, 작가 곧 지은이의 입장에서 볼 때 글쓰기인 것이요, 독자 곧 읽는 이의 입장에서 볼 때 책읽기인 셈입니다.

문학의 생산적인 주체는 작가입니다. 굳이 문학이 아니라고 해도 여러

방면에서 작가는 존재합니다. 저는 현실의 만족이나 행복, 행운이 쉽게 보장되지 아니한 존재성의 조건으로부터 결코 자유롭지 못하다는 점에서, 문학의 분야든 문학 밖의 분야든 간에, 작가야말로 세속적인 삶에 있어서 사뭇 운명적이라고 봅니다. 세상이 그리 호락호락하지 않기 때문이겠지요. 저는 언제인가 글을 통해 비문학 분야의 어느 작가가 푸념하는 것을 읽은 적이 있습니다. 아무리 죽어라고 글을 써도, 아무런 소용이 없다고 말예요. 글을 쓰는 게 돈이 되는 것도 아니고, 누가 알아주는 것도 아니라고 말입니다. 이 푸념은 문학에 종사하는 우리나라 전업 작가들이 가지고 있는 대부분의 심경이기도 하겠지요. 글을 써서 돈이 되거나 누가 알아주거나 하는 작가가 될 수 있는 가능성은 도대체 몇 퍼센트나 될까요. 아마도 극소수에 지나지 않다는 게 저간의 실정인 듯싶습니다.

그래도 작가는 글을 쓰지요. 먹고사는 게 힘이 들어도 글을 쓰고, 현실의 불만에 대해 맞서기 위해서도 글을 씁니다. 문학의 많은 부분이 글쓰는 이들의 자기만족인 무상(無償)의 행위가 아닐까, 해요. 저에게도 이런 일이 있었습니다.

지금으로부터 십 수 년 전의 일입니다. 2000년대 중후반이었을 무렵입니다. 제가 재직하고 있는 학교의 한 남학생—군대를 갔다 온 듯 나이가 좀 들어보였던—이 제게 이런 말을 했습니다. 교수님, 학교 도서관에 소장되어 있는 교수님 저서를 다 읽었습니다. 제 저서가 그 당시에 아마 우리 학교의 도서관에 십 수 종이 소장되었을 겁니다. 저는 그랬지요. 아, 그래, 고맙고도, 장하구나. 제 주업이 비평이듯이 비평적인, 그 재미 없는 제 책을 다 읽었다는 게 마치 초현실의 일처럼 느껴지지 않을 수 없어 속으로 무척 감탄해했습니다. 제 글에서 어떤 아름다움의 감정을 느꼈다면, 그렇게 믿기지 않다고 보입니다. 다만, 그 학생에게 제 글이 무엔가 마음에 움직이는 게 있었을 건지는 모르겠습니다. 이름도 모르는 그 학생이 지금 어디에서 무얼 하는지 저는 알 수 없지만, 지금쯤 교사로서 열심히 잘 살아가고 있겠지요. 제가 행하고 있는 글쓰기가 돈이 되는 것도 누가 알아주는 것도 결코 아니지만 세상 어딘가에 제 글을 읽고 공감하는 이가 있다는 믿음 때문에, 제가 글을 끊임없이 쓰고 있는지도 모를 일입니다. 한마디로 말해, 글쓰기는 일종의 보상 없는 자아실현이 아닐까, 생각합니다.

하지만 말예요. 문학이 다 글쓰기의 결과인 것은 아니지요. 문학이 글쓰기로 정착되고 전문 작가가 제도적으로 형성된 시섬은 그리 오래되시 않았지요. 돈이 되는 작품, 누가 알아주는 작가가 탄생한 것은 근대 문명의 소산물입니다. 시간을 멀리 거슬러 올라가면, 옛날에 살던 아이들이 할머니로부터 옛이야기를 전해 듣거나 마을 사람들이 흥얼거리거나 중얼거리는 말의 가락과 같은 것도 문학이었지 않았나요? 문학은 글로 된 것 못지않게 말로 된 것도 적지 않다는 사실을 전제로 하지 않으면 안된다고 여겨집니다. 오늘 제가 말하는 문학은 말로 된 문학이 아니라 글로 쓰인 문학에 논의의 초점을 두고 있지만요.

문학은 요컨대 우선 말과 글의 형태로 드러난 것이라고 하겠습니다. 그렇다고 해도, 말과 글의 형태로 드러난 모든 것이 문학인 것은 아니겠지요. 저는 문학이야말로 마음을 울리게 하는 것이라고 봅니다. 사람의 마음을 애쳐 울리지 못하는 말이나 글 따위는 결코 문학이라고 할 수 없겠지요. 이 마음의 울림이 역사나 철학, 심지어 자연과학 등에 있어서도 영감의 원천이 되기도 하겠지만, 이것들에서 받은 것과 사실상 질적으로 결이 다른 것이 문학이라고 생각합니다.

2

울림은 마음을 멎게 하거나, 또 마음을 움직이게 하지요. 마음의 울림에서 시작된 멎음과 움직임은 항상 긴장관계에 놓입니다. 멎음은 움직임에 대하여 일정한 거리를 두기도 하겠고, 또 움직임은 멎음을 저만치 밀쳐내기도 하겠지요. 아름다움이라고 하는 것이 멎음의 상태에 놓이는 것이라면, 이 아름다움과 다른 차원의 느꺼움은 움직임의 마음속 동향을 보여주는 것이라고 할 수 있겠지요.

느낌으로써 움직이는 것을 두고, 즉 느꺼워서 움직이는 것을 두고, 우리는 흔히 '감동'이라고 합니다. 울림이나 움직임의 진폭이 크면 클수록 감동적이라고 하겠습니다. 마음이 움직일 때 하나의 울림 판이 되기도 하는 교육 현장이나 사회 현실이나 인생행로에서, 한 인간이 인간으로서 꺾이지 아니하는 정신의 푸른빛과 같은 것을, 우리는 경험하곤 합니다. 이 푸른빛이야말로 감동이 아닐까요?

문학이 인간을 각성시키는 것은 사실입니다. 때로는 각성을 넘어서 격동하게도 하지요. 인간이 인간을 각성시키고 격동케 하고 가르치고 계몽시키는 것은 교사나 종교적인 변설가, 계몽의 활동가의 몫으로만 제한되는 게 아닐 테지요. 문인 역시 독자들의 마음을 움직이게 하는 힘을 지니고 있을 것입니다. 그는 자신의 글에 호응하는 이를 가르쳐들고 각성시키는 것만이 아니라, 때론 선전선동마저 일삼기도 합니다.

문학이 사람들의 마음을 움직이는 것이라는 관념은 아주 오래 전에 형성되었습니다. 근현대에 이르러 문학의 교육적, 교훈적 기능이 사회주의 문학관에 있어서 재무장되기도 했지만, 그런 관념은 동서양 할 것 없이 고중세의 시대에 이미 강하게 자리를 잡았습니다. 문학의 교훈적, 계몽적 기능은 (우주의 창조 및 생성을 찬양하거나 신과 인간의 합일을 노래하거나 하던 아득한 시대에까지 거슬러 올라가서) 문학이 존재할 때부터 있었고, 지금까지도 이어져 오고 있습니다.

근대에 이르러 부르주아적 심미주의 예술관에 입각한 문학 3분법에 의하면, 문학의 주류 장르는 시와 소설과 희곡이라고 하겠지요. 이 3분법은 한 동안 문학 장르의 통념이 되었지요. 여기에다 제4의 장르가 부가적으로 인정됩니다. 이 시점은 대체로 20세기 중반으로 봐야 할 것 같습니다. 시와 소설과 희곡이란 세 갈래의 축에 감히 끼어들지 못하는 무수한 문학들이 있습니다. 대표적으로는 우리가 수필이라고 알고 있는 것들, 잡문(미셀러니)으로 여기는 것들, 설교의 의미나, 선교의 의의를 지닌 종교문학, 철학적인 성격의 명상문학, 세상의 진실을 알리려 하거나 세전(世傳)의 목적성을 띤 기록문학, 정치적인 의도가 드러난 프로파간다 문학 등의 비주류 들러리 문학을 한껍에 묶어서 '교술적(didactic)인 문학'이라고 합시다. 이것이 현대에 이르러서는 제4의 비주류 장르로 푸대접받고 있습니다만, 고중세의 시대에는 당당한 주류의 눈부신 위상을 보여주었지요. 구약 성서 속의 「시편」과 「아가(雅歌)」, 운문으로 된 초기 불전인 「담마빠다(法句經)」, 마르쿠스 아우렐리우스 황제의 「명상록」 등등을 보십시오.

현존하는 문학 중에서 고대의 가장 대표적인 교술 문학은 옛 그리스 시대의 헤시오도스가 썼거나 노래한 「노동과 나날(Erga kai Hemerai)」이라고 할 수 있겠지요. (제 개인적인 생각이나 취향이라면, 이 작품의 제목을 '일과 역일(曆日)'로 옮기는 것이 보다 더 적절해 보입니다.) 그가 기원전 8세기 말의 사람이라고 하니, 지금으로부터 거의 3천 년 전의 사람임을 알 수가 있네요. 그는 이 작품에서 무사이[1] 여신에 대한 찬양에서부터, 정의와 불의에 대한 추상같은 관념을 거쳐, 시의적절한 노동에 대한 지침에 이르기까지, 이런 것들을 사람들에게, 특히 몽매한 농민들에게 깨우치게 하거나 깨닫게 해 주었지요. 그의 노동관을 잘 나타낸 부

---

[1] 무리를 이룬 여신인 무사 혹은 무사이는 시와 예술 및 학문을 관장하는 여신 뮤즈(Muse)의 다른 이름이다. 뮤즈는 영어식 표현이다. 음악을 가리키는 '뮤직'이니 미술관, 박물관을 뜻하는 '뮤지엄'이니 하는 용어도 여기에서 나왔다. 뮤즈의 그리스적인 본래 표현은 무사(단수) 혹은 무사이(복수)이다.

분을 한번 살펴볼까요.

노동은 사람들의 가축과 재산을 늘려준다. 열심히 일하는 사람은 신들의 마음에 흡족하기 때문이다. 흡족하기는 인간들도 마찬가지다. 인간들도 게으름뱅이를 지독하게 증오하기 때문이다. 노동은 전혀 수치가 되지 않는다. 그에 비해 아무것도 하지 않는 것은 수치다. 내가 노동을 하면 게으른 자는 곧 너를 부러워할 것이다.[2]

우리말로 옮겨진 인용문은 마치 산문인 것처럼 읽히지만, 사실은 원문이 운문으로 지어졌다고 해요. 이런 점에서 일종의 '교술시'라고 할 수 있지요. 우리식으로는 조선시대의 '가사(歌辭)'에, 또는 프랑스적인 교훈시의 개념인 '라 포에지 디닥티크(la poasie didactique)'에 해당한다고 하겠지요. 거의 3천 년 즈음에 노동의 가치를 노래한 헤시오도스는 위대한 작가입니다. 작가(문인)를 두고 인류의 교사라고 칭할 수 있다면, 그는 문학에 관한 한 최초의 인류의 교사일 것입니다. 그로부터 19세기 말의 톨스토이에 이르기까지 인류의 교사라고 불릴 수 있는 문인이 더러 있었습니다.

문학 이론의 긴 역사를 두고 볼 때, 문학의 교훈적 기능을 가장 먼저 설파한 이는 잘 알다시피 플라톤입니다. 플라톤 이후의 모든 서양철학이 플라톤의 주석에 지나지 않는다고 할 정도로 그는 사후에도 서양철학의 역사에서 매우 강한 영향력을 가지고 있었지요.

또한 그는 『폴리테이아』라는 명저를 남긴 사람으로 유명하지요. 우리말로는 『국가(론)』라고 일반적으로 옮겨집니다. 더 정확한 의미로는 정치(통치) 체제의 준말인 '정체(政體)'가 된다고 해요. 군주제와 공화제 등

---

2 헤시오도스, 김원익 옮김, 『신통기』, ㈜민음사, 2003, 137쪽.

을 가름하는 것이 정체입니다. 이 책의 국역본으로는 옛 그리스어 원문을 바로 번역한 박종현 역주본이 가장 정평이 나 있지요. 플라톤의 『폴리테이아』에서 문학이나 예술에 있어서 교훈적 기능을 가장 선명하게 나타낸 부분을 인용하려고 합니다. 이 인용된 부분은 일반적으로 플라톤의 '시인추방론'이라고 잘 알려져 왔습니다.

스승과 제자의 관계인 것으로 보이는 두 사람 사이의 가상 대화록 형식으로 기술되어 있는데요, 다만 굳이 말할 필요가 없는 이런저런 사정을 고려해, 제가 조금 손질을 해서 다음과 같이 인용하려고 합니다.

······만약에 자네가 서정시에서든 서사시에서든 우리를 즐겁게 하는 뮤즈를 받아들인다면, 자네 나라에서는 법과 모두(사회 제도, 통치 체제 등의 사회를 이루는 모든 것을 가리키는 것 같음—인용자)가 언제나 최선의 것으로 여기는 이성 대신에 즐거움과 괴로움이 왕 노릇을 하게 될 걸세.

더없이 참된 말씀입니다.

시에 관해서 다시 언급하게 된 우리에게 있어서, 시가 그와 같은 성질의 것이기에, 우리가 그때 이 나라에서 시를 추방한 것은 합당했다는 데 대한 변론이 이것으로 이루어진 것으로 하세나. 우리의 논의가 그렇게 결론을 내렸으니까 말일세. 그러나 시가 우리의 경직됨과 투박스러움을 지탄하지 않도록 시를 상대로 우리가 말해 주도록 하세나. 철학과 시 사이에는 오래된 일종의 불화(diaphora)가 있다고 말이네. (······) 시가 즐거움을 주는 것일 뿐만 아니라 나라의 체제와 인간 생활을 위해서도 이로운 것이라는 걸 말일세. 그리고 우리는 호의를 갖고 들을 걸세. 만약에 시가 즐거움을 줄 뿐만 아니라 이로운 것임이 밝혀진다면, 우리는 분명 이득을 볼 테니까.

어찌 우리가 이득을 보지 않겠습니까?[3]

---

3 플라톤 지음, 박종현 역주, 『플라톤의 국가』, 도서출판 서광사, 2015, 637~639쪽, 참고.

인용문을 살펴보자면, 플라톤은 문학이 즐거움을 추구하는 것에 대해 강하게 반감을 가지고 있습니다. 인용문에 뮤즈가 나옵니다. 물론 원문에는 옛 그리스어로 '무사'로 표기되어 있다고 해요. 뮤즈가 시의 여신이기도 하니까, 여기에서는 시(문학)의 대유법으로 쓰였습니다. 이 대화 속에는 두 가지의 나라가 존재하고 있지요. 자네 나라와 이 나라. 자네 나라에서는 문학이나 예술이 왕 노릇을 하고 있으니, 정체가 왕정(군주제)임을 알 수가 있습니다. 이 나라는 그 반대인 공화제임을 간파할 수 있습니다. 공화제는 민주주의의 제도적인 초석이 되는 정체이지요. 그 당시의 그리스는 작은 도시국가들로 이루어져 있었고, 정체도 군주제와 공화제로 크게 나누어져 있었고, 그밖에 참주제 등으로 다양하게 존재했습니다.

플라톤이 본 이 나라, 즉 이성의 공화국은 스승 소크라테스나 자기 자신과 같은 철학자들이 지배하는 나라입니다. 문인이나 예술가들이 큰 영향력을 발휘하는 감정의 왕국이 아닌 거죠. 이성의 공화국이 이 땅에 실현되기 위해선 그는 넌지시 시를 추방해야 한다고 주장합니다. 우리가 알고 있는 소위 시인추방론이 아니라, 시추방론이로군요. 여기 말하는 시는 우리가 아는 시를 지칭하는 게 아니라 문학 전반을 가리키는 개념이며, 또 그림, 음악, 조각, 건축 등 모든 예술까지 포함하는 광범위한 개념입니다. 정확하게 말해, 우리가 알고 있는 플라톤의 시인추방론은 문학과 예술에 있어서의 감정적인 세계를 추방하는 것을 말합니다.

그런데 플라톤의 시대에 이르면, 문학과 예술이 건전하고 교훈적인 성격을 상실하면서 무언가 도덕적으로 타락하고 있었던 시대인 것 같습니다. 아테네 극장에서 상연되는 비극은 이런저런 염세의 인간고를 보이면서 한 예로 아들이 아버지를 죽이고 어머니와 결혼하는 일까지 빠져듭니다. 그가 보기에는 이와 같은 막장 드라마야말로 세상에 전혀 필요하지 않았을 것이었죠. 그에게는 비극이 인생의 고통마저 즐기는 문학에 지나지 않았을지 모릅니다. 그는 문학과 예술이 공동선이나 공리주의를 추구하는 데 유익해야 한다고 보았던 거지요.

그는 이때까지 존재해 왔던 문학 자체를 마뜩하게 생각하지 않았지요. 호메로스는 그에게 줄곧 비판의 대상이 되었거니와, 교훈 문학의 아버지라고 간주되는 헤시오도스 역시 마찬가지였지요. 이들이 규모가 큰 설화인 신화를 기술하는 데 있어서 '신들과 영웅들에 관해서 (……) 마치 화가가 어떤 것을 닮은 것을 그리려 하나 그것과 전혀 닮지 않은 것을 그리는 경우처럼'[4] 존재의 실상이나 사물의 실재를 정확하고 올바르게 해석하지 못했다고 보았을 것입니다. 플라톤에 대한 역주자 박종현에 의하면, 헬라스(그리스) 신화가 호메로스와 헤시오도스에 의해 집대성되었지만 이들이 신들을 신답게 영웅들을 영웅답게 그리지 않았다는 데 플라톤의 불만이 컸으리라고 보입니다.[5]

플라톤은 예술이 자연의 모방에 지나지 않은 것으로 보았습니다. 이 예술관은 서구 사회에서 2천년 이상 통념으로 지배해오면서 자리를 잡아왔지요. 세기말의 탐미주의자인 오스카 와일드가 자연이 예술의 모방이라고 한 것은 하나의 말장난에 지나지 않겠지요. 플라톤의 예술관에 대한 반론을 이렇게 말의 순서로 바꾸어놓은 것도 매우 기발한 착상이라고 하겠네요. 도대체 자연은 무엇일까요? 옛 그리스에서는 자연을 가리켜 인공이나 인위가 개입되지 않은 본래 그대로의 것이라고 보았습니다. 상당히 추상적인 개념이로군요. 사물의 본질, 인간의 본성, 가상이 아닌 실재(實在) 즉 이데아의 개념과 매우 유사하며, 가치론적인 상위의 개념으로 보자면, 신이나 이성의 의미에까지 도달하고 있다고 보아야 하겠지요. 플라톤에 의하면, 문인이나 예술가는 모방자에 지나지 않습니다. 그것도 이중의 모방자이지요. 실재를 보고 모방한 것을 또 모방한 것

---

4 같은 책, 167쪽.
5 같은 책, 167쪽, 각주, 참고.

이 문학이요 예술이란 겁니다.[6] 침대의 본질을 창조한 존재자는 신이지요. 목공은 사람들의 편의를 위해 그것을 반듯이 제작합니다. 사람들은 실생활에서 이것을 누리지요. 그런데 화가는 이것을 그림으로 옮깁니다. (문인이 글로 옮기는 것의 비유일 수 있습니다.) 이 그림이 이득이 되는 것도 효용성을 가지는 것도 아닐 수 있어요. 단지 모방한 것을 모방한 것일 따름입니다.

이 대목에서 쟁점이 생겨나지요. 어떤 이는 예술보다 자연에 편을 들고, 또 어떤 이는 자연보다 예술에 편을 들기도 하겠지요. 다시 이야기하겠습니다만, 플라톤이 자연에 편을 들었다면, 그의 제자인 아리스토텔레스는 예술에 편을 들었습니다. 이 쟁점은 오늘날까지 이어져 내려오고 있다고 해도 과언이 아니랍니다. 인생을 위한 예술이냐, 예술을 위한 예술이냐, 하는 물음으로까지 변형됩니다.

문학을 좋아하고 또 창작하는 여러분은 어느 쪽의 편입니까? 문학의 순수성은 좀 접어두고 정치적인 색깔을 드러내면서까지 진실을 외쳐야 한다고 보는 것이 옳다고 보십니까, 아니면 문학은 문학답게 정치적인 색깔로부터 자유로워져야 하는 것이 더욱 진실한 것이라고 보십니까?

중국의 근대 화단에 대단한 화가 두 사람이 있었어요. 한 사람은 치바이스(齊白石 : 1860~1957)요, 또 한 사람은 후앙빈홍(黃賓紅 : 1864~1955)입니다. 우리나라의 이중섭과 박수근에 해당하는 화가입니다. 청나라 시대로부터 민국 시대를 거쳐 신중국 초기에 이르기까지 동시대를 살아온 두 사람은 화가인데도 '제(題)산수'라는 같은 제목의 한시를 남겼습니다. 중국에는 워낙 문인화의 전통이 강하니까 화가로서 대가이면 작시에서도 평균 수준을 넘어선다고 할 수 있어요.

---

6 같은 책, 617쪽, 참고.

형관 들먹이면 내 자신이 부끄럽고,
유파를 내세워 과시하면 어지럽고.
화가는 저마다 천하제일이라 하네.
이 늙은이는 계림산수 먼산바라기.

逢人恥聽說荊關
宗派夸能却汗顏
自有心胸甲天下
老夫看慣桂林山

치바이스는 그가 죽기 한 해 전인 1954년에 이 시를 썼어요. 이때 그의 나이 아흔 두 살이었지요. 이 시의 제목인 '제산수'란 '산수를 제목 삼아'라는 뜻입니다. 화가들이 형관, 즉 오대(五代)의 전설적인 산수화가인 형호와 관동을 들먹이면 제 자신이 괜히 부끄러워진다고 했습니다. 이들이야말로 입신의 경지에 도달했겠지요. 또 자기 시대의 화가들이 유파를 내세우며 뽐내면 얼굴에 땀이 날 지경이라고 합니다. 화가들은 저마다 천하제일이라고 뻐기는데, 자신은 계림산수를 바라보고 또 바라본다고 했으니, 산수화(예술)가 산수(자연)를 능가하지 못한다고 보았습니다. 저도 계림산수를 여행한 일이 있는데, 산수의 조화로움에 관한 한, 예로부터 천하 절경의 으뜸이라고 하지요. 다음에 인용된 시를 볼까요.

강산은 본디 그림과도 같은 것인데,
은근한 아름다움은 멎음 속에 있네.
사람의 솜씨 천연의 교묘함을 넘네.
깎고 자르니 푸름이 쪽빛보다 낫네.

江山本如畵
內美靜中參
人巧奪天工
剪截靑出藍

　보세요. 후앙빈홍은 그림(산수화)이 강산 같다고 하지 않고, 강산이 그림 같다고 했습니다. 마치 자연이 예술의 모방이라고 한 오스카 와일드의 말을 연상케 하지 않나요. 예술의 은근한 아름다움은 사람의 마음을 움직이기보다는 멎음 속에서 찾아진다고 했어요. 또한 화가의 솜씨는 자연의 경지로부터 빼앗아오는 것이라고 했어요. 마지막으로는 푸름(예술)이 쪽빛(자연)에서 나왔지만, 푸름이 쪽빛을 능가한다고 했고요. 그는 자연보다 예술이라고 했으니, 제목인 '제산수'인 것은 다름 아니라 '산수화를 제목 삼아'라는 뜻으로 사용했다고 볼 수 있습니다. 제목을 '산수를 제목 삼아'로 한 치바이스의 경우와는 대조가 되네요. 같은 제목이라고 해도, 이처럼 뜻이 서로 다른 것은, 서로 간에 예술관의 차이에서 기인한다고 엿볼 수가 있습니다.

　만물은 동정(動靜)으로 존재합니다. 사람의 마음도 마찬가지입니다. 동정을 우리말로 하면, 움직임과 멎음이죠. 이 개념을 가리켜 움직임과 고요함으로 생각하는 사람들이 적지 않은데, 움직임의 반대말은 멎음이지 고요함이 아니죠. 고요할 정 자라는 고정관념으로 인해 생긴 오해이거나 착각이지요. 인간의 감동은 마음의 움직임 속에서 나타납니다. 남들을 가르치려들고, 계몽시키고, 선동하는 것은 그 남들의 마음을 움직이는 것에 다름 아닙니다.

　제가 앞으로 교사가 될 교육대학교 학생들에게 교육영화(educational film) 텍스트를 수업의 자료로 사용한 일이 적지 않았습니다. 교육영화란, 다름이 아니라 교육의 사명감과 직업윤리에 충실한 한 양심적이고도 양식 있는 교사가 교육 현장에서 어려움을 딛고 학생들을 가르치는 일에 전념하거나, 아직 교육되지 아니한 미숙한 인간인 학생이 사회적인 인격체로서 바람직하게 성장해 나아가게 하는 것은 물론, 교육이란 개념을 둘러싼 사회적인 의미 등등에 이르기까지 교육에 관련된 포괄적이고 광범위한 모습과 문제를 구체적으로 재현하고 제시한 영화를 가리킵니다. 우리가 잘 알고 있는 영화 중에 「굿바이, 미스터 칩스」, 「죽은 시인의 사회」, 「집으로 가는 길」, 「빌리 엘리어트」 등의 교육영화가 가지고 있는 공통점이 있습니다. 이런 유의 영화는 대부분 깊은 감동을 준다는 사실입니다. 경우에 따라서는 사람의 마음속에 빛나는 무언가를 새겨놓기도 하지요. 계몽이란 것도 마음을 움직이는 것을 예술의 목표로 삼습니다. 나는 고등학교 1학년 시절에 심훈의 「상록수」를 읽고 크게 감동된 바가 있었습니다. 이것을 각색한 영화는 이미 60년 전에 나왔는데 그때는 너무 어려서 보지를 못했지요. 영화를 본 시점은 소설을 읽은 때로부터 20년 조금 지나서였을 것입니다. 영화는 신상옥 감독이 만든 흑백영화였지요. 두 시간 넘는 비교적 긴 영화였지요. 여배우 최은희가 주인공이었고요. 저는 이 영화를 볼 당시에 서초동 '예술의 전당' 한 쪽에 자리하고 있었던 한국영상자료원에서 보았지요. 한낮이 조금 지난 시간이었지요. 영화를 보고 감동의 눈물을 흘리면서 막 나오는데 저는 지나가던 문인 한 사람과 우연히 만났어요. 지금은 지방으로 내려가 출판업에 크게 성공한 이 사람이, 송희복이 영화를 보고, 거리를 울고 다니더라, 하는 소문을 문학동네 온 동네방네 퍼뜨리고 다녔어요. 어쨌든 소설이든 영화든 심훈의 「상록수」를 두고 저만 감동을 받았겠어요? 영화가 나올 당시에 국가재건최고회의 의장인 박정희 장군이 이 영화를 보고 감동을 받아 조국 근대화에 대한 영감을 받았다나, 어쨌다나, 했다더군요. 제가 드리는 말씀은 계몽은 계몽되는 사람들에게 크게 마음을 움직인다는 것입니다. 희대의 전쟁광 히틀러는 대중적 변설의 달인이요, 귀재(鬼才)였죠.

광장에서 난무하거나 라디오를 통해 흘러나오거나 하는 그의 말들이 우매한 대중의 마음을 얼마나 강력하게 사로잡았을까요? 마음을 움직이게 한다는 것은 이처럼 도덕인 것과 무관합니다.

다만, 플라톤은 도덕적인 것, 즉 공동선에 대한 마음의 움직임을 진정한 예술로 보았던 것입니다. 물론 그의 예술관, 국가론은 전체주의의 원조 격이라고 할 수 있습니다. 무지막지하게 방대한 철학사 책이 하나 있습니다. 우리나라에도 번역본이 13년 전에 이미 나왔지요. 독일 출신의 재야 철학사가인 한스 요아힘 슈퇴리히의 『세계 철학사(Kleine Weltgeschichte der Philosphie)』 말입니다. 국역본은 우리나라에서 지금까지도 절판되지 않고 용케 살아남은 책이라네요. 플라톤이 꿈꾸었던 이상 국가는 역사적으로 현존하지 못했던 국가였지요. 앞으로도 실현되지 못할 국가이죠. 이에 대한 슈퇴리히의 단호한 평가가 저의 눈길을 사로잡았습니다.

이 국가의 모든 것은 '통치 원칙'에 따라 조직되며, 모든 것이 군대처럼 짜여 있다. 종교적 '이단자들'은 박해와 핍박을 받으며, 예술과 음악 및 교육은 엄격한 검열 아래 있다. 플라톤은 심지어—호메로스의 시 작품처럼—자기 민족의 가장 아름답고 위대한 창조물조차 이상 국가에서의 교육 수단으로는 적합하지 않다고 생각했다.

포퍼는 플라톤의 위대함과 중요성을 결코 모르지 않으면서도 이렇게 묻는다. "이런 점에서 플라톤은 우리 세기에 새로운 야만을 불러온 전체주의 체제의 정신적 시조가 아니겠는가?"[7]

칼 포퍼가 플라톤을 가리켜 20세기의 새로운 야만을 불러온 전체주의

---

7 한스 요하임 슈퇴리히, 박민수 옮김, 『세계 철학사』, 이룸, 2012, 257쪽.

체제의 정신적 시조라고 말한 사실을, 슈퇴리히는 인용했습니다. 자신의 비판으로는 너무 강한 비판이기 때문에 인용으로써 슬쩍 비켜선 것 같습니다. 국가론에 있어서만 아니라 예술관에 있어서도 전체주의적인 것은 어김없는 사실이라고 하겠지요. 플라톤의 예술관에 정면으로 반기를 든 이는, 다름이 아니라 그의 제자 아리스토텔레스였습니다.

3

플라톤과 아리스토텔레스는 사제지간임에도 불구하고, 철학사에서 이상주의와 현실주의의 견해차를 보여 왔습니다. 문학과 예술을 바라보는 관점도 달랐지요. 스승의 인품을 존경하고 그의 학문이나 사상을 계승하는 동양적인 미덕의 관점에서 보자면, 잘 이해되지 않는 면이라고 할수 있지요. 특히 그는 플라톤에게서 20년 동안 가르침을 받았어요. 평생 독신으로 살아온 플라톤 자신이 운영해오던 학교인 '아카데미아'를, 수제자로 여겨지는 아리스토텔레스보다 자신의 조카에게 상속하게 한 데서 온 정리되지 않은 감정의 실타래 때문이 아닌가 하고, 조심스레 추리해볼 수 있지만, 이것을 소위 정확한 '팩트 체크'라고 보기에는 한계가 없지 않은 듯해 보이네요.

플라톤이 문학 및 예술을 자연(실제)의 모방으로 보았지만, 아리스토텔레스는 이것을 자연적인 감정의 발산으로 보았습니다. 그는 마음속의 묵은 감정을 새롭게 전환케 하는 것을 두고 이른바 '카타르시스'라고 했습니다. 이 개념은 감정의 자연적이고도 생리적인 과정인 것으로 보입니다. 그는 자신의 저서 『시학(Peri poiētikēs)』에 그 용어를 딱 한 차례 사용합니다. 용어에 대한 해설은 스스로 생략해버림으로써, 후세의 몫으로 남겨둔 셈이 되었지요. 이 용어가 포함된 문장이나 단락을 영역본과 불역본을 통해 살펴볼까요?

비극은 심각하고 완전하며 일정한 크기가 있는 하나의 행동의 모방으로서 그 여러 부분에 따라 여러 형식으로 아름답게 꾸민 언어로 되어 있고 이야기가 아닌 극적 연기의 방식을 취하며 연민과 두려움을 일으켜서 그런 감정들의 '카타르시스'를 행하는 것이다.[8]

비극은 그 끝까지 완결되어 있고 일정한 크기를 갖는 고귀한 행동의 재현으로서, 작품을 구성하는 부분에 따라 각기 다양한 종류의 양념으로 맛을 낸 언어를 수단으로 삼는다. 그리고 비극의 재현은 이야기가 아닌 극의 등장인물에 의해 이루어지며 연민과 두려움을 재현함으로써 그러한 종류의 감정에 대한 카타르시스를 실현한다.[9]

옛 그리스의 비극은 성격의 결함보다 가혹한 운명의 업보에 치중했습니다. 불뚝성의 아킬레스는 서사시의 영웅이 되었어도 비극의 주역이 되지 못했죠. 반면에 자신이 누구인지도 모르는 오이디푸스는 비극의 주인공으로서 우주의 부피와 같은 가혹한 운명의 업보에 전율합니다. 셰익스피어의 시대에 이르러서야 비로소 검증 가능한 인간의 성격적 결함이 재조명됩니다. 물론 옛 그리스의 시대에 성격의 결함이, 또 셰익스피어의 시대에 운명의 조건이 비극의 원인(hamartia)이 되지 않았던 것은 아닙니다.

자, 그럼 다시 아리스토텔레스의 『시학』으로 되돌아가 볼까요? 미리 준비된 자료인 발표문을 보실까요? 앞엣것인 영역본과 뒤엣것인 불역본

---

8 아리스토텔레스, 이상섭 옮김, 『시학』, 문학과지성사, 2008, 28쪽.
9 아리스토텔레스, 머리말 츠베탕 토도로프, 서문 및 주해 로즐린 뒤퐁록, 장 랄로, 김한식 옮김, 『시학』, (주)웅진씽크빅, 2011, 131쪽.

을 참조해 동시에 읽어보면 상당한 어감의 차이를 느끼게 합니다. 우리에게 익숙한 역본은 물론 앞엣것이에요. 하지만 뒤엣것이 아리스토텔레스의 의도에 더 가까운 것 같습니다. 이에 관해 세 갈래로 살펴볼게요.

첫째, 비극은 산문(서술)이 아니라 운문(시)이라는 것입니다. 저『시학』에서 가리키고 있는 '시'는 우리가 알고 있는 서정시가 아닙니다. 대부분이 비극이요, 극히 일부분은 서사시입니다. 여기에서의 비극은 극시의 한 종류이지요. 사실상, 아테네 비극에 대한 아리스토텔레스의 자기견해가 바로『시학』인 것입니다.

둘째, 비극은 인간과 세상을 (모방하는 게 아니라) 재현하는 것입니다. 아리스토텔레스는 플라톤처럼 '미메시스(mimēsis)'를 미학의 핵심 개념으로 삼았습니다. 하지만 두 사람이 쓴 이 개념에도 차이가 있다고 하는군요. 플라톤에게 있어서의 미메시스가 모방의 개념이라면, 아리스토텔레스에게 있어서의 그것은 재현이라고 하는 편이라고 보는 시각이 우세해요. 이런 점에서 영역본의 모방보다 불역본의 재현이 더 정확하다고 볼 수 있겠지요. 아리스토텔레스의『시학』을 매우 자상하게 주해한 로즐린 뒤퐁록과 장 랄로는, 그의 미메시스를 놓고 모방이냐, 재현이냐, 하는 쟁점에 골몰했습니다.

마지막으로는 연민(eleos)과 두려움(phobos)에 대한 '카타르시스(katharsis)'를 실현하는 것입니다. 이 카타르시스는 보통 순화(純化), 정화(淨化), 배설(排泄) 등의 뜻으로 새겨집니다만, 완벽하게 딱 들어맞는 정확한 의미는 아닙니다. 원문과 주해를 함께 우리말로 옮긴 불역본에서는 이 개념을 일종의 '쾌감(hēdonē)'으로 보면서, 재현된 형태들을 관조함으로써 얻게 되는 정화된 정서적 경험과 관련된 것[10]으로 보았습니다. 이 쾌감은 무한정의 쾌감이라기보다 절제되고 균형 잡힌 쾌감이라고 해야

10 같은 책, 149~150쪽, 참고.

겠지요.

참고로 덧붙이자면, 옛 그리스어 원문을 놓고 국역한 천병희 역본에는 '쾌적한 장식의 언어'라는 표현을 사용하고 있군요.[11] 아리스토텔레스의 『시학』에 담긴 내용이나 의미를 해설한 책을 낸 해밀턴 파이프 역시, 비극에 모든 종류의 쾌락이 요구되는 게 아니라 비극에 적절한 쾌락만이 요구된다고 했어요.[12] 이 쾌락이 바로 카타르시스구요.

이 정도에 이르러 대충 이렇게 정리할 수 있겠네요. 문학과 예술에 있어서, 플라톤의 모방 개념이 교훈(설)에 해당된다면, 아리스토텔레스의 카타르시스는 쾌락(설)에 해당된다고요. 제가 1990년대에 시간강사로 강의를 하던 시절에, 서울의 모 여자대학교에서 '문학의 이해'를 예닐곱 해 가르쳤습니다. 꽤 오래 가르쳤네요. 이 강좌의 교재를 보면, 앞부분에 늘 나오는 게 문학교훈설과 문학쾌락설인데, 이에 관해 얘기할 때마다 플라톤과 아리스토텔레스에 관해 언급하지 않을 수 없었습니다. 그때만 해도, 두 사람의 관점이 극히 피상적으로 전해지고 있었지요. 온전히 신뢰할만한 우리말 역본도 없었고요.

이 대목에 이르러 지금 제 강연을 듣는 여러분들 중에는, 송희복 저 사람은 교훈설과 쾌락설 중에서 도대체 어느 쪽을 지지하는 거야, 하고 문득 생각하는 분들도 계실 것입니다. 또한, 제 문학관적인 정체(성)에 관한 의문과 궁금증은, 과거에 우리 문학인들이 참여문학과 순수문학을 놓고 논쟁을 벌이던 일을 떠올릴 수도 있을 것입니다. 지금으로부터 8년 전인 2013년에, 저는 진주의 지역 방송인 서경방송국의 대담 프로그램에 출연한 적이 있었습니다. 대담하는 과정에서, 사회자가 물어서 제 문학관을 밝히기도 했습니다. 그때의 기록문이 제 저서 한 귀퉁이에 남아

---

11 아리스토텔레스 외 지음, 천병희 옮김, 『시학』, (주)문예출판사, 2014, 49쪽.
12 해밀톤 화이프 지음, 김재홍 편역, 『(아리스토텔레스의) 시학』, 평민사, 1983, 83쪽, 참고.

있는데, 일부를 따오겠습니다. 여러분들께서는 미리 나누어 드린 발표 자료를 참고하시면 되겠습니다.

문학이란, 다름이 아니라 한 마디로 말하자면 대리만족이 아닌가, 하고 생각합니다. 문학이 현실 그 자체는 아니라고 봅니다. 근데 우리나라에 지금 현실지향적이고 현실추수적인 문인들이 많고, 세력도 크지 않습니까. 저는 현실이 아니고, 현실 그 너머의 세계가 아닌가, 철학적으로 말한다면 비실재적인 세계가 아마 문학이 아닐까, 하고 생각을 하고 있습니다. 아까 주제발표에서도 말했습니다만, '주이상스(jouissance)'란 말이 있는데, 이 주이상스란 말은 영어로도 번역이 되지 않고 한국어로는 더욱더 번역이 되지 않은데, 굳이 알기 쉽게 풀이하자면 '관념적 향유'라고 할 수 있겠는데, 현실적으로 향유하는 것이 아니라, 현실적으로 즐기는 것이 아니라, 관념 속에서, 혹은 비실재의 환(幻) 속에서 즐기고, 향유하는 것이 문학이 아닌가, 예컨대, 서포 김만중 선생이 (우리 경남의 남해에) 유배 와서 대단한, 불멸의 한국문학의 위업을 이루었습니다. 「구운몽」이라는 소설과 「사씨남정기」라는 소설을 창작했지요. 그 사람은 왜 젊을 때는 문학을 안 했느냐? 한시 정도는 물론 썼겠죠. 문학을 안 한 그때는 행복했거든요. 대제학이란 높은 벼슬을 했으니까, 유복자로서 어머니 모시고 살면서 행복했겠죠. 훗날에, 유배 생활을 하다 보니까 너무 고통이 심하니까, 고통 없는 세상, 그걸 이제 꿈꾸게 된 것이지요. 고통 없는 세상을 대리만족하면서 간접적으로 향유하게 되는 그 세계가 바로 작품에 나타난 불교의 '공'의 사상, 모든 것을 초월하고, 모든 고통을 초월하게 해 주는 것이 바로 불교의 '공'의 사상이거든요. 그런 점에서 대리만족으로서의 관념적 향유가 문학의 본질 아니겠는가, 저는 그렇게 생각하고 있습니다.

프랑스어 '주이상스'는 영어의 '인조이먼트'나 '플레저'와 결이 다른 용어입니다. 감각적이거나 관능적인 기쁨이라기보다, 관념적 향유라는 점, 깨우침을 통한 최고의 기쁨이라는 점에 있어서는, 불교의 '법열(法悅)'과 비슷한 느낌을 주기도 합니다. 카타르시스건 주이상스건 꽉 막힌 현실의 출구를 마련한다는 점에서, 서로 통하는 바가 없지 않습니다.[13] 저 역시 문학이 사회 현실과 제도를 개선할 힘을 가지는 대신에, 관념적 향유의 힘을 통해 감정의 건전한 출구를 마련한다고 믿고 있습니다. 이런 점에서 볼 때, 저에게는 문학교훈설 쪽보다 문학쾌락설 쪽으로, 저울추가 조금 기울고 있습니다.

문학의 교훈과 쾌락에 관해 말하자면, 플라톤과 아리스토텔레스 외에도 서로 대비되는 인물이 적지 않습니다. 2012년에 경주에서 국제 펜 대회가 열렸습니다. 나이지리아 출신의 시인 월레 소잉카와 프랑스의 소설가인 르 클레지오가 국내 언론과의 인터뷰에 응했습니다. 두 사람 모두 노벨문학상 수상자지요. 그때 소잉카는 내 문학의 엔진은 독재 권력에 대한 투쟁이라고 했고, 클레지오는 글을 쓸 때 가장 행복해서 글을 쓴다고 했습니다. 문학교훈과 문학쾌락이 선명하게 나누어지네요. 사회적인 차원의 각성이 바로 계몽이요, 교훈인 것입니다. 개인적인 차원의 행복은 심미적인 자족감과 무관치 않습니다.

또 하나의 대비적인 사례를 볼까요? 우리나라의 경우인데요, 제가 소잉카와 클레지오보다는 조금 더 자세하게 말씀을 드릴까, 해요. 1801년에, 같은 죄목으로 유배를 당한 정약용과 이학규는 외가와 처가의 인척 지간이었지요. 두 사람은 강진과 김해에서 18년과 24년 정도의 유배생활을 하게 되었습니다. 정약용보다 더 오래 유배된 이학규가 생활의 신산함과 심적 고통을 더 심하게 겪었습니다.

---

13 발터 벤야민에 의하면, 중세는 '메시아의 시간(messianic time)'이다. 중세의 종교문학은 가르침, 교의(도그마)에 충실한 문학이다. 하지만 단테의 「신곡」이나 김만중의 「구운몽」은 메시아인 예수와 미륵의 역할이 눈에 뜨이지 않는다는 점에서 탈중세의 징후를 보인 것이라고 하겠다. 연옥의 탄생이니, 공의 자각이란 관점에서 보면, 근대로 향한 진일보의 양상을 보인 것이라고 하겠다.

정약용은 「5학론(五學論)」이라고 하는 논설에서, 문학이란 이런 것이라고 했는바, 이를테면 사람의 마음에 쌓인 지식이 바깥의 사물을 만나 서로 대입되거나 서로 저촉되거나 하면서 그것을 흔들고 격동케 함으로써 바닷물처럼 소용돌이치고 햇빛처럼 찬연히 빛나게 함으로써 사람이나 천지나 귀신을 감동시키는 것[14]이라고 설파했습니다. 정약용은 문학이 자아와 세계의 대결이라는 가능성 내지 비전을 보여줄 수 있었지요. 이에 비하면, 이학규는 심미적인 취향을 추구합니다.

정약용은 자신의 둘째 아들인 정학유에게, 이학규의 시가 비록 아름답기는 하나 내가 좋아하는 바가 아니다, 라고 했다지요.[15] 시쳇말로 말해 '내 스타일'이 아니라는 얘기지요. 나는 이 평어의 진의를 정확하게 살펴보기 위해 박석무 역본의 정약용 서간집을 여기저기 찾아보아도 찾을 수가 없었죠. 아마 모든 편지글을 모아놓은 책이 아니었다고 짐작됩니다.

저는 솔직히 말해 한문학에 관해 전공자가 아닐뿐더러 과문한 탓에 이것을 잘 알지 못합니다. 한자로 쓰인 아름답거나, 덜 아름답거나 하는 시에 관한 비평적 판단에는 전혀 미치지 못합니다. 그럼에도 불구하고, 이학규의 시편 가운데 「등불 앞의 국화 그림자(賦得燈前菊花影)」와 같은 작품이 아름답다고 해야 할지 잘 모르겠습니다. 다음의 인용문을 볼까요?

> 등불이 국화의 남쪽에 있으면,
> 꽃 그림자는 북쪽에 있네.
>
> 등불이 국화의 서쪽에 있다면,
> 꽃 그림자는 동쪽에 있네.

---

14 정약용, 박석무 외 편역, 『다산논설선집』, 현실실학사, 1996, 384쪽, 원문 참조.
15 임형택, 「낙하생전집 해제」, 앞의 책, 14쪽, 참고.

(……)

두루 살펴보니 세상의 모든 게
꽃 그림자 속에 갇혀 있네.

제가 원문을 보고 대충 이와 같이 옮겨 보았습니다. 여러분이 보시기에, 이학규의 시가 아름답나요? 개개인의 취향에 따라 심미적인 반응의 차이는 각양각색일 것입니다.

아름답다면, 정약용과는 서로 맞선다고 봐야 할 것입니다. 정약용이 파악하고 있는 문학관의 기본 전제는 한마디로 말해 '지식의 축적(知識之積)'에 있다고 말할 수 있습니다. 이 기둥 말은요, 앞서 말한, 그의 유명한 논설문인 「5학론(五學論)」 중에서도 세 번째의 것에 반영되어 있지요.[16] 그에게 있어서 문학이란 것은 마음속에 축적된 지식이 축적만 하고 있는 게 아니라, 어떤 사물을 만나 동감을 느낄 수도 동감을 느끼지 않을 수도 있어 감동하기도 하고 격분하는 데 따라 이를 서술하거나 밖으로 드러내는 것이 거대한 바닷물처럼 소용돌이치기도 하고 눈부신 태양처럼 찬란히 빛나는 것으로 비유된다고 했지요.[17]

저는요, 정약용의 문학관이 신유학(성리학) 및 실학의 인식론인 '격물치지(格物致知)'와 유사하다고 봐요. 사물을 탐구해 지식을 확장하는 것의 한 수단이 되는 것이 문학이다……. 이에 반해 이학규의 문학관은 이른바 '완물상지(玩物喪志)'와 유사해요. 사물과의 유희를 통하면 격물치지의 의지가 상실된 상태에 이른다는 것. 이 개념은 그래선 안 된다고 한 데서 나온 말이에요. 앞엣것은 『대학』에서 나온 말이고, 뒤엣것은 『서

---

16 정약용 저, 박석무·정해렴 편역, 『다산논설선집』, 현대실학사, 1996, 384쪽, 참고.
17 같은 책, 60쪽, 참고.

경』에서 나온 말입니다. 굉장히 오래된 개념이네요. 이 두 가지의 개념은 지금의 관점에서는 미학적으로 상대되는 것으로 보아도 될 것 같습니다.

이학규의 인용 시에서 그려진 꽃 그림자는 현대 철학의 용어에 의하면 모든 실재의 인위적인 대체물인 '시뮬라크르(simulacra)'라고 볼 수 있습니다. 그의 산문 중에는 김해의 남쪽 바다인 남포(南浦)에 배를 타고 가서 지인들과 밤새 노닌 적이 있었던 일을 기록한 것이 있는바, 그때 그는 지인들에게 비현실적이고 아름다운 환상의 수중 누각을 짓고 싶다고 했지요. 이때 지인들은 모두 이 생뚱맞은 가상현실에 대해 웃었다죠. 누군가는 비웃었는지 모르지요. 그것은 또 다른 의미의 꽃 그림자가 아닐까요? 그는 현실 비판은 물론 현실 초월의 상상력을 빚기도 했어요.

어쨌든 인간은 이처럼 다름 아닌 가상 실재의 미혹 속에 살아가는지 모릅니다. 사물이 기호로 대체되고 현실의 모사나 이미지가 실재를 더 이상 흉내 낼 수 없을 때, 사물의 실재와 환영(幻影)의 관계는 본래의 가치를 잃어버리고 상품화되는 거지요. 완물상지의 현대적 해석인 셈이에요. 요컨대 격물치지가 지식에 대한 인식론이라면, 완물상지는 심미적 가치관의 소산이라고 하겠죠.

이 대목에 이르러, 교훈과 쾌락을 절충한 견해도 있었음을 밝히려 합니다. 이를 두고 편하게 절충설이라고 합시다. 이것을 제기한 사람은 로마 시대의 시인이요 철학자인 루크레티우스입니다. 그는 기원전 1세기 때의 사람입니다.

그가 남긴 저술 중에서 『사물의 본성에 관하여(De Rerum Natura)』가 유명합니다. 10년 전에 신뢰할 만한 국역본이 이미 나와 있어서, 이를 잘 참고할 수 있을 것 같습니다. 라틴어 원문을 그대로 옮긴 강대진 역본이 그것입니다. 사견이지만, 흔히 일반적으로는 '자연'으로 번역되는 '나투라(natura)'를 두고, 사람 혹은 사람됨에 관한 '본성'보다는 사물에 있어서의 '본질'로 처리하는 것이 어땠을까, 하는 생각이 듭니다.

어쨌든 이 책은 물질문명과 제도와 풍습·관습 등의 전개 과정에 관한 우수한 저서이며, 특히 1860년 이전까지만 해도 우주의 진화에 관한 한 (역사적인 저술 가운데) 가장 우수한 저서라고 평가되었던 바 있습니다.[18] 원로 비평가이신 유종호 선생은 이 국역본을 읽고 짧지 않은 분량의 독후감을 쓴 적이 있었지요. 제목은 「오래된 놀라운 신세계」이지요. 이 글에 문학적인 기능에 관한 절충설을 언급하지 않아 적이 아쉽습니다만, 그는 이 저술의 경이로움에 대한 평판을, 촌철살인의 한 문장으로 남깁니다.

"근대적인 의미의 인문학적 상상력과 자연과학적 상상력으로 분화되기 이전의 역동적인 상상력에 경탄하면서 망연자실하게 될 뿐이다."[19]

이 저술은 라틴어 운문으로 쓰였습니다. 일종의 철학시라고 하겠지요. 로마의 지식인들은 이처럼 실용적이면서 동시에 비평적인 글쓰기조차 시의 형식을 빌려와서 썼습니다. 문학의 기능 중에서 편하게 말해 절충설이라고 여겨지는 부분을 다음과 같이 따올 수가 있습니다.

마치 치료자들이 아이들에게 역겨운 약쑥을 먹이려
할 때, 먼저 잔의 입 주위를
꿀의 달콤한 황금빛 액체로 칠하듯,
—앞을 내다볼 줄 모르는 아이들의 나이가, 입술에 이르기까지
속아 넘어가, 그 사이 쓰디쓴 쑥물을
마셔버리도록, 그래서 속긴 하지만 해는 되지 않고

---

18 H. E. 반스 지음, 허승일·안희돈 옮김, 『서양사학사』, 한울아카데미, 1994, 61쪽, 참고.
19 유종호, 『작은 것이 아름답다』, 민음사, 2019, 65쪽.

오히려 그 방도로 회복하여 강건해지도록—.[20]

문학이 기능하는 바는 쓴맛(교훈)도 단맛(쾌락)도 아닌 '사탕발림의 쓴 맛'이라는 데 있다는 겁니다. 쓴맛의 약을 먹지 않으려고 떼를 쓰는 아이들에게 그 약에다 사탕발림을 해서 주면 잘 받아먹듯이 말입니다. 우리나라에도 약물이 늘 '소태 같은 맛'이었지요. 소태나무 껍질이 약재로 사용되었기 때문이었지요. 쓰디쓴 약물에다 들큰한 감초가 들어가는 것도 다 까닭이 있습니다. 모든 일에 자주 끼어들곤 하는 사람을 두고 '약방의 감초'라고 비유하는 것도 여기에 근거합니다.

제가 1990년대의 초중반에 서울에서 시간강사로 생활할 때 교양과목 '문학의 이해' 시간에 소위 절충설을 '문학당의정설'이라고 가리키면서 가르쳤던 게 새삼스럽게 기억이 떠오르는군요. 평가지의 문제 중에도 예컨대 '문학당의정설에 관해 설명하시오.'라고 묻기도 했지요. 이른바 '당의정(糖衣錠)'이란 것은 사탕발림의 알약을 뜻합니다.

4

원로 비평가 백낙청은 비평가 이상의 사회적인 활동을 해온 분이지요. 문단의 영향력은 차치하고서라도 그 동안 우리나라 변혁 세력의 대부 내지는 상징적 존재로 살아왔습니다. 오늘 여기에서 제가 제기하고 있는 원론적인 물음으로서 '무엇이 문학인가'에 대한 문제를, 그 역시 이미 오래 전에 제기한 바 있었습니다. 그는 '문학이 무엇인지 다시 묻는 일'이라고 하는 제목의, 짧지 아니한 분량의 글을 발표했지요. 일종의

---

20 루크레티우스, 『사물의 본성에 관하여』, 아카넷, 2014, 93쪽.

원론비평에 해당하는 글이라고 할 수 있습니다. 비평가 자신의 문학관을 직접적으로 밝히고 있다는 점에서, 그다지 흔치 아니한 성격의 비평문이라고 하겠네요. 이 글은 '지난여름의 촛불집회에서 문학의 역할은 별로 두드러지지 못했다.'라고 하는 한 문장으로부터 시작되고 있습니다. 여기에서 말하는 지난여름의 촛불집회는 2008년 여름, 소고기 파동에 항거하는 시민들의 촛불집회를 말하는 겁니다. 물론 이 글은 같은 해 겨울(호)에 발표됩니다. 그는 글의 서론 부분에서 미리 하고 싶은 말을 다하고 있습니다.

······'촛불'이 세계적으로도 유례가 드문 사태이자 한국사회의 체질을 바꿔 놓은 일대 사건이라고 한다면, 촛불의 정신에 부합하는 문학을 얼마나 생산해 왔고 앞으로 어떤 문학을 만들 것인지가 문학의 생명력을 가늠하는 하나의 판단 기준이 될 것이다.[21]

2008년 그 당시의 백낙청이 생각하고 있는 문학이란, 다름이 아니라 '촛불의 정신을 반영하는 (혹은 추동하는) 문학'인 것입니다. 이때 문학이란 창작을 가리키는 것인데요, 창작 이전에 우선되는 정신이 바로 촛불 정신이라는 거예요. 우리가 이 시점에서 촛불이라고 하면, 권력을 끌어내렸으니 혁명의 수준에 거의 이르렀다고 할 수 있는 2016년의 촛불집회를 연상할 것입니다. 2008년 촛불은 알고 보면 2016년 촛불의 맨손체조에 지나지 않은데, 세계적으로 유례가 드물다느니, 문학의 생명력(가치판단)을 가늠하는 기준이라느니 한 것은 굉장한 의미 부여라고 할 수 있었겠습니다. 13년이 지난 지금의 시점에서 볼 때, 그 당시의 사정에 맞지 않은 과장된 표현이 아닌가 하는 생각이 됩니다. 2016년에 해야 할

---

21 백낙청, 『문학이 무엇인지 다시 묻는 일』, 창비, 2011, 35~36쪽.

말을 미리 서둘러 하고 만 형국이 되고 말았네요.

뭐랄까요? 시의(時宜)의 착종이랄까요?

백낙청에게 있어서 문학은 무엇인가 하는 물음에는 한국문학이 이룩한 사실주의 문학의 압도적인 성취와 결코 무관해 보이지 않습니다. 그는 사실주의 문법을 파괴하는 온갖 문학적 실험들을 존중해도 리얼리즘이 낡은 것이 되었다고 보는 저간의 언설에는 상당히 거부감을 표합니다. 반사실주의적인 의도를 빙자한 자의적인 작법이 독자에 대한 예의에 어긋난다고 보기 때문일까요?[22]

그럼도 불구하고, 그는 공상적인 요소를 매우 특이하게 활용한 소설의 사례인 박민규의 「핑퐁」(2006)을 크게 주목합니다. 판타지의 쓰임새도 사실주의 못지않다는 것이겠지요. 그 기준이 사실주의의 기율이랄까, 수사적 장치랄까 하는 점에 물론 있겠지요. 무엇보다도 작품성의 여부가 '세상과 문학의 관계에 대한 물음이 된다는 점'[23]에 본질적으로 있지 않을까요? 그는 이 소설이 소위 '촛불의 정신'과 통하는 경쾌하고도 자유분방한 기법으로 (그 물음을) 제기했다는 점을 높이 평가하고 있네요.[24] 그런데 논조가 이 정도에서 멈추면 되겠는데, 박민규의 「핑퐁」이 후천개벽의 예감을 전한다느니 하는 말은 행간을 너무 건너뛰기 때문에 논조가 저로 하여금 잠시 어질병을 불러일으키고 있네요. 아무리 거대담론이라고 해도, 이 대목에서 이런 거대담론이 없습니다.

> 아무튼 촛불이 한국과 한반도에서 후천개벽의 진행을 실감케 했다면 미국에서 시작된 2008년의 금융시장 파탄과 전지구적 경제위기는 선천시대가 막바지에 이르렀음을 확인해 준다. 지금이야말로 모든 분야에서 '다음은 무엇?'이라

---

22 같은 책, 43쪽, 참고.
23 같은 책, 61쪽.
24 같은 책, 58쪽, 참고.

는 질문을 던지고 해답을 모색할 때이며, 이런 시대에 문학이 과연 무엇이고 어떻게 해야 하는가를 다시 물을 때이다.[25]

저는 여기에서 백낙청의 문학관 이전에 그의 역사관이 무엇인지를 가늠해볼 수 있다고 봅니다. 그의 역사관은 진보사관, 즉 직선사관에 해당합니다. 서구에서는 역사가 돌고 돈다는 순환 논리는 역사로서 인정해주지 않습니다. 기독교의 묵시록적인 섭리사관, 절대정신으로 향하는 헤겔의 역사관, 물질을 키워드로 삼고 있는 역사적 유물론이 직선사관이듯이, 선천시대가 다하면 후천시대가 도래한다는 역사관도 (음과 양의 순환을 말하는 것 같아도) 일종의 직선사관인 것입니다.[26]

저는 백낙청이 민족주의자인가, 아닌가, 하는 문제에 관해서는 한두 마디의 말로 단언할 수 없지만요, 그의 사상이 1960년대 이래 지금껏 적어도 민족주의로부터 온전히 벗어나지 못했다고 봐요. 한 인터뷰에서 '식민지 근대화론은 박정희 예찬론으로 드러난다.'[27]고 했어요. 이 한 문장의 어록만 보아도, 저는 그가 아직도 민족주의와 결별했다고 보지 않습니다. 박정희는 스스로 민족주의자임을 표방했지만, 사실은 국가주의자이거든요. (제 개인의 생각으로는 박정희의 유신 체제가 나치 독일의 히틀러나 싱가포르의 리콴유 등의 경우에서 보는바 전제적인 성격의 국가사회주의 체제와도 전혀 무관치 않다고 봅니다.) 백낙청은 유신 체제를 계승한 서슬 퍼런 전두환 시대인 1981년에 『민족주의란 무엇인가』를

---

25 같은 책, 59쪽.
26 진보 논리와 순환 논리의 대립은 2008년에 백낙청과 김종철의 논쟁에서 나타난다. 백낙청은 같은 해 봄에 근대 적응과 근대 극복의 이중과제론을 심화하자는 견해를 밝힌 바 있었다. 여기에는 적당한 경제성장론도 결코 나쁘지 않다는 취지의 근대 적응에 관한 현실적인 처방(대안)도 있었다. 백낙청의 이런 진보 논리에 대해 정면으로 대응하고 나선 이는 녹색 담론의 비평가인 김종철이었다. 그가 '농적(農的) 순환사회'론을 통해 순환 논리로 맞서 두 사람 간에 쟁점이 되기도 했다.
27 이명원, 『말과 사람』, 이매진, 2008, 89쪽.

편찬한 바 있었지요. 민족주의 이론이나 연구 결과를 정선해 국역본으로 묶은 것이지요. 이 책의 머리말에서, 그는 통일되고 자주적인 민족국가(nation-states, 국민국가로 번역되기도 함.)의 건설이 우리 역사의 최대의 당면 과제라는 점에서, 민족주의가 무시 못 할 당위성을 갖는 것이 사실이라고 했어요. 민족주의라는 용어에 대한 심정적, 논리적 반응을 엷은 색깔로 내버려둔다면, 해방 직후에 등장한 좌파 진영의 비평가들이 주장한 것과 사실상 다를 바가 없는 견해이기도 합니다. 그는 1970년대에 이르기까지 민족주의의 당위성을 분단 모순의 극복에 있다고 주장해 왔었지요. 이런 유의 주장보다는 1980년대 초에 '운동으로서의 실천력의 발휘'에 방점을 뚜렷이 찍습니다. 노동자, 농민 중심의 민중운동이 바로 그 운동인 것은 두말할 나위도 없습니다. 백낙청의 새로운 민족주의관은 민주화를 쟁취한 세칭 386 젊은 세대가 광범위하게 영향을 주기도 하고, 또 일부의 전위적인 그룹에 의해 그의 논리가 소시민성이라는 비판을 받기도 합니다. 1987년 체제의 젊은 문인들이 낳은 '민중적 민족문학론'은 혼돈의 소용돌이 속에서 한 시대의 논쟁으로 부상합니다. 민족주의가 일본 근대사에서 국가주의 내지 국가지상주의로 변질되어 갔던 것처럼, 1988년, 소위 민족문학 주체 논쟁 속에서의 민족주의는 계급 구성의 원리로 변질되었던 겁니다. 하지만 6월 항쟁 때 넥타이 부대의 등장을 보듯이, 노동자와 농민이 변혁의 주체가 되기보다는 점차 시민의 영향력, 시민단체의 부상이 뚜렷해집니다. 1990년대에 이르면, 국제적으로 후기 근대의 담론이 제기되면서 민족주의 담론 자체가 점차 희석되어가는 감이 없지 않았던 거지요.

저는 지금 이 시대에 있어서 선천개벽과 후천개벽이란 게 있다면, 민족주의가 전자요, 다문화주의가 후자라고 봅니다. 만약 이런 관점에서 보자면, 그의 논리는 제가 보기에 좀 모순적이라고 봅니다. 그에게 2008년 촛불이 선천 시대의 대미를 장식한 것이라면, 물론 2016년 촛불은 후천 시대의 화려한 개막이 될 수 있겠지요. 역사가 이처럼 직선적이요 진보적으로 진행되는 것이라면, 한 예를 들어 1905년과 1917년에 각각 일어난 제1, 2차 러시아 혁명이 연상되네요. 제1차 촛불과 제2차 촛불 사이에는 8년간이라는 역사의 빈틈, 즉 공간이 생깁니다. 이 공간 속에 발생한 사건 중에서, 우리는 특히 세월호 사건을 생각지 않을 수 없겠지요. 이에 대해 그는 이렇게 말합니다.

'대한민국이 곧 세월호'라는 등식도 안이한 단순화다. 물론 대한민국이 세월호를 얼마나 닮았는가에 대한 처절한 인식은 긴요하다. 예컨대 소설가 박민규가 우리의 처지를 '내릴 수 없는 배'를 탄 공동 운명으로 규정하면서 세월호와의 닮은꼴들을 지적한 것은 곱씹어볼 만하다.[28]

박민규의 소설 「눈먼 자들의 국가」(2014)에서 적시한바 '제대로 포박되지 않은 컨테이너처럼 쌓아올린 기득권'과 '근본적인 수리를 한 번도 한 적 없었던 땜빵'을 두고 한 말입니다. 문단의 성격을 친정부적이고 반정부적으로 나누는 생각을 가진 것조차 더 이상 희극적이요 어리석은 일이 없겠지만, 그 사건이 전자의 문단에 있어서 치명적인 악재라면, 후자의 문단에는 절호의 호재가 되었을까요? 이때부터 우리 문학은 한쪽에서 한목소리를 내기 시작합니다. 세월호 사건을 소재로 한 문학이 적지 않았습니다. 제가 보기에 소재가 단일한 것만큼 목소리조차 한목소리였다고 보입니다.

한목소리란, 비슷하거나 같거나 하는 내용의 반복이라기보다, 논지가 같거나 비슷하거나 한다고 할지 내용과 내용 사이에 쟁점의 여지가 없다고 할지 하는 것을 가리키고 있습니다. 세월호는 사건 직후부터 우리

---

28 백낙청, 『백낙청이 대전환의 길을 묻다』, ㈜창비, 2015, 21쪽.

문학의 강력한 소재주의로 부상하게 됩니다. 소위 세월호 문학이라고 해도 좋을 만큼 큰 파장을 불러일으켰지요. 수많은 세월호 문학 작품들이 어쩌면 그렇게 온전한 한목소리를 내고 있는지를 생각해보면, 우리 시대의 문학 역시 과거의 무수한 사례처럼 이른바 '계몽 작업'의 결과라는 성찰을 얻게 됩니다.

문학평론가 이경수의 「곤경을 넘어 애도에 이르기까지」(2015)라는 제목의 비평문을 살펴볼까요? 이 비평문은 2014년 4월 16일 세월호 참사가 일어난 지 1년 3개월이 지나 간행된 계간지 『시인수첩』(2015, 가을)에 발표된 글이랍니다. 비평의 대상이 된 시 작품은 이영광의 「수학여행 다녀올게요」, 진은영의 「그날 이후」, 권혁웅의 「마계대전」입니다. 이 비평문에 실린 비평가의 주지(主旨)는 다음에 인용한 세 가지 정도로 요약될 수 있겠네요. 그럼, 보세요.

①그날 이전의 문학과 이후의 문학은 달라졌다.[29]

②가늠하기 어려운 절대적인 슬픔 앞에서 한없이 초라할 수밖에 없는 문학이 할 수 있는 것이라곤 그 슬픔과 분노를 기록하고 기억하는 일뿐일 것이다. 그날 이후 시인, 소설가, 비평가들을 중심으로 이루어진 자발적인 문학 활동은 기억의 투쟁이라고 부를 만한 것이었다.[30]

③어쩌면 2014년 4월 세월호 참사를 겪고서야 1980년 5월의 아픔을 다시 기억할 수 있었는지도 모른다.[31]

29 이경수, 「곤경을 넘어 애도에 이르기까지」, 이경수 외, 『2016년 젊은평론가상 수상 작품집』, 지식을만드는지식, 2016, 14쪽.
30 같은 책, 15쪽.
31 같은 책, 33쪽.

그날 이전의 문학과 그날 이후의 문학이 달라졌다는 내용의 ①은 진은영의 「그날 이후」와 관련이 있어 보이네요. 시의 내용을 보면, 그날 이후에 희생당한 '아이(들)'이 '나를 위해 걷고, 나를 위해 굶고, 나를 위해 외치고 싸우'는 엄마 아빠의 아이로 거듭 태어난다는 것. 사실 우리 문학이 문학사에서 8·15 이전과 이후는 크게 달라졌습니다. 이 사실은 움직일 수 없는 진실이지요. 6·25와 4·19와 5·18도 마찬가지예요. 그런데 세월호도 과연 이와 같을까. 등가(等價)의 의미가 부여될 만한 문학사적인 사건일까. 이 대목에서, 나는 솔직히 말해 헛웃음이 나오기도 해요.

또한 ②에서 그날 이후의 문학 활동이 기억의 투쟁이라고 불릴 수 있다고 본 작품은 이영광의 「수학여행 다녀올게요」라고 하겠습니다. 이 시는 세월호와 함께 가라앉은 단원고 학생들의 목소리로 기록한 시입니다. 이 허구적인 목소리의 재현은 시인 화자에게 무(巫)의 자리에 서 있게 강요하고 있습니다.

마지막 주지로 제시된 ③은 세월호를 정치적으로 활용하겠다는 의도를 명백하게 한 것이라고 보입니다. 세월호를 통해 정치적인 비판의 과녁을 삼는다는 것은 문학의 정치적인 굴종을 여과 없이 드러낸 경우라고 할 것입니다. 나는 비평가로서, 학자로서 문학과 정치의 상관관계를 수십 년간 주장해 왔어요. 참고 삼아 굳이 밝히면요, 1987년 김소월의 시를 정치적인 언어의 질감 속에서 재해석한 것이 제 석사 논문이랍니다.

하지만 세월호를 정치적으로 도구화한 문학의 소재주의로 활용하겠다는 의도가 있었다면, 이는 번지수를 잘못 찾았다는 분명한 생각이 들어요. 세월호가 박근혜 정부의 실정을 비판하는 먹잇감이 되기에는 너무 행간을 건너뛰었다고 보이기 때문이죠. 물론 역사에는 가정이 없습니다. 이것저것 따질 것 없이, 만약 세월호 참사가 문재인 정부 때 발생했다면, 문인들이 한목소리를 내면서 이처럼 비판할 것이냐고 묻고 싶습니다. 세월호를 한국 사회의 구조적인 모순 및 보편적인 부실의 사건으로 보아야지, 특정 정부의 실정으로 돌리기에는, 사실 문인으로서 정직하지 못한 측면이 없지 않다고 봅니다.

> 교황 앞에서 총칼 들고 열병식이나 하지
> 애들 대신 경제는 꼭 살리겠다고 동문서답하지
> 컨트롤도 안 되고 타워도 없어서
> 대뇌피질에 숭숭 싱크홀이 생겼지
>
> ─권혁웅 「미계대전」 부분[32]

내가 박근혜를 두둔할 이유는 전혀 없지요. 이 이유는 어느 구석에도 찾을 수가 없어요. 고백컨대, 나도 최순실이라는 이름을 알았던 순간부터 그의 탄핵을 늘 지지하는 입장에 서 있었습니다.

나는 이경수의 「곤경을 넘어 애도에 이르기까지」가 비평문인지, 격문(檄文)인지, 잘 알 수 없는, 그래서 이 둘의 경계가 모호하다는 입장을 가지고 있습니다. 지금까지, 나는 이 비평문 속에 끌어들인 시 세 편이 비평문의 논지와 잘 상응하고 있다는 사실을 지금까지 주목해 보았습니다. 어쨌든, 이 비평문은 한국문학평론가협회가 수여하는 제17회 '젊은 평론가상' 수상작으로 선정하기도 했습니다. 참고하시기를 바랍니다.

원로 소설가 정찬의 「새들의 길」(2014)이 세월호 소설 중에서도 수작이긴 해도 예외는 아니라고 봐요. 세월호 사건에 희생된 고등학생 아들인 종우가 수학여행을 떠나기에 앞서 화자의 엄마에게 말합니다. '세상이 너무 더러워.' 이 언더플롯은 독자에게 강한 울림으로 다가오고 있지요. 화자 엄마는 성장기에 오빠의 때 이른 죽음을 경험했기 때문에, 아들

---

32 같은 책, 32쪽, 재인용.

의 사고가 또 다른 정신적 외상으로 남을 수밖에 없습니다. 영원히 지울 수 없는 두 겹의 각인이지요. 소설 결말에 이르면, 그녀는 세상이 너무 더럽다는 아들의 말에 호응되어 갑니다.

종우야 가거라. 가서 다시는 돌아오지 마라. 엄마도 잊어라. 엄마를 잊지 않으면 죄 많은 땅도 잊지 못할 테니. 시신으로도 돌아오지 마라. 시신으로 돌아온 아이는 시신을 통해, 시신으로도 돌아오지 않는 아이는 시신의 없음을 통해 죄 많은 땅을 비출 테니까. 네가 머나먼 여행을 하는 동안 엄마는 죄 많은 땅을, 너를 사라지게 한 죄의 진창 속을 무릎으로 기어가면서 너를 그리워할 것이다. 그리움의 힘으로 너의 없음을 땅과 하늘 사이에서 쉼 없이 외칠 것이다.[33]

이 소설 전문을 읽고, 이 인용문을 읽고 가슴 아릿하게 느끼지 않을 사람이 누가 있겠습니까? 정말 모두가 창자가 끊어지고, 피를 토하는 심정일 것입니다. 저 비모(悲母)의 관음이 그들의 애젊은 영혼을 위로한들 심연 깊은 바닥의 끝 간 데 이른 슬픔을 어찌 건질 수가 있으리오. 하지만 보세요. 이런 유의 애도의 글은 작가 누구라면 쓸 수 있지 않나요? 누구나 쓸 수 있는 글이라면, 한목소리의 글이라는 얘기가 될 것입니다.

정찬의 또 다른 소설 「새의 시선」(2017)을 볼까요? 원고의 분량이 좀 긴 것으로 볼 때 중편소설인 것 같네요. 저는 이 소설이 2010년대 우리 소설 중에서 매우 성취적인 수준에 놓이는 것이라고 봅니다. 약간의 추리소설 같은 색깔이 엿보이는 독특한 작품입니다. 화자인 '나'가 정신과 의사인 것도 재미있네요. 작중의 '나'는 관찰자의 눈으로 모든 것을 바라봅니다. 주인공은 우리 시대의 문제적 개인으로 등장하고 있는 박민

---

33 정찬 소설집, 『새의 시선』, ㈜문학과지성사, 2018, 140쪽.

우. 그가 근육 마비 증상으로 병원에 입원한 것에서 이야기가 시작됩니다. 의사로서 '나'는 그에게 전환장애가 있는 게 아닌가 하는 소견을 가집니다. 이른바 전환장애란, 심리적인 원인에 의해 감각 기능에 이상 증세나 결함이 나타나는 질환을 말합니다. (비전문가인 제 생각으로는 스트레스 외상성 장애와 원인이 같아도 증세의 차이가 있다고 보입니다.) 이 소설의 심리적인 원인은 기억이지요. 주인공 박민우는 이 소설에서 기억과의 처절한 싸움을 벌이는 인물입니다. 소설 본문을 통해, 그의 삶을 부정적으로 지배하고 있는 기억의 조각들을 엮어보면, 대충 이렇게 재구성됩니다.

잠시 후 사이렌 소리가 들렸다. 헬멧을 쓰고 청바지를 입은 백골단이 몽둥이를 들고 건물 계단으로 뛰어올라 갔다. 오지 말라고 소리치는 사람의 몸에서 불꽃이 튀어 오르면서 화염에 휩싸였다. 몸에 불이 붙은 두 사람이 구호를 외쳤다. 교정의 대자보에 김세진, 이재호가 분신했다고 씌어 있었다. 무슨 영문인지 몰라 멍한 표정으로 대자보를 보는 학생들이 보였고, 강의하러 가던 교수들의 무표정한 모습도 보였다. 모든 게 낯설었다. 사람이 죽었는데 어찌 이렇게 평온할 수가 있을까?[34]

박민우는 이 기억 때문에 몸서리치고 또 감각 기능이 마비되기도 합니다. 그런데 문제는 여기서 끝나지 않습니다. 경찰관 친구의 부탁에 따라, 그는 진압 현장에 동참하게 되지요. 그가 여기에서 카메라를 들고 채증하는 일을 맡게 됨으로써 일이 꼬이게 되지요. 그가 간 진압 현장은 2009년에 일어난 용산 참사 현장이었지요. 철거민 다섯 명이 옥상의 망루를 지키다가 들이닥친 경찰관들에 의해 불이 나 타 죽은 일을 기억하

---

34 같은 책, 52~53쪽, 참고.

시죠? 김세진, 이재호와 관련된 그의 기억이 되살아나 기억이 준 고통에 못견뎌하면서 자살을 합니다. 용산 참사 인근의 아파트 42층에서 추락한 것이지요.

여기에서 새롭게 떠오르는 의문이 박민우와 용산 참사의 관계였다. 용산 참사의 무엇이 그를 카메라의 무게가 죄의 무게가 되는 세계 속으로 밀어 넣어 자아의 분리에까지 이르게 했는지, 의문을 가질 수밖에 없었다. 나는 이 의문을 풀어야 했다.[35]

정신과 의사인 '나'의 이 의문을 제 나름대로 풀어 봅니다. 즉, 새의 시선으로 낯선 나(자아)를 바라보는 두려운 시선 때문이랍니다. 나를 나의 시선으로 바라보지 않고, 새의 시선으로 바라본 데서 온, 뭐랄까요, 본원적인 공포로부터의 도피랄까요? 이 정신과 의사인 화자가 무슨 철학자도 아니고 말이죠, 매우 관념적인 구석에서 스스로의 해답을 찾으려고 했네요. 저는 이 소설을 읽고, 관념의 유희보다는 언어유희가 더 문학성을 지니는 것은 아닌가, 하고 거꾸로 생각을 해보기도 했습니다. 창작의 동기라는 게 일쑤 역발상에서 비롯된다면, 비평의 역발상 역시 마찬가지가 아닐까, 하고 생각해요.

이 글을 쓰고 있는 오늘, 쉬면서 신문을 보았는데 한 면 전체를 채운 인터뷰 기사가 있어요. 기사문의 제목이 이러하네요. 최순실 사건처럼 검찰 '고발 사주' 의혹도 결국 진실 드러날 것.[36] 오늘까지 아무런 증거도 실체도 없이 그저 특정인의 선거 낙선에 대한 소망적 기대로 부풀어 있는 세칭 검찰의 고발 사주 의혹을, 최순실 사건에다 갖다 붙이는 것처럼, 이타적 목적성을 지닌 1986년 김세진 등의 분신 사건과 자리(自利)적

---

35 같은 책, 66쪽.
36 『한겨레신문』, 2021, 10, 1, 23쪽.

방어의 과정에서 우연히 발생한 2009년 용산 참사 사건을 서로 관련을 지운다는 것이, 작가에게는 심히 미안한 말씀이지만, 일종의 '어거지'가 아닌가 하고, 저는 생각합니다.

저는 평소에, 문학 속에 소재의 다양성, 표현의 다의(미)성, 화법의 다성성(多聲性)이 확보되어야만 힘이 실릴 수 있다고 봅니다. 또 정치적인 프레임으로부터 자유로울 때, 문학의 기율과 권위가 살아남을 수 있다고 봅니다. 위에 제시한 세 가지 예 중에서 다성성만 살펴볼까요? 입이 열 개라도 박근혜와 최순실이 할 말이 없겠지만, 작가들의 입이 열 개라면 열 가지의 목소리를 내야 합니다. 이것이 바로 다성성이에요. 그런데 문학이 촛불이니, 용산 참사니, 세월호니 하는 문제를 파고들면 들수록 모두가 한목소리를 내잖아요?

2008년 제1차 촛불 때만 해도 시인 고은이 "한국의 촛불은 지구상의 축복입니다. 나는 너무 황홀해서 '촛불 시' 한 편 쓸 수 없었습니다."[37]라고 술회했지만요, 2016년 제2차 촛불 이후에 낸 487쪽의 앤솔로지를 한 번 보셨습니까? 한국작가회의 자유실천위원회에서 낸 『촛불은 시작이다』(2017) 말입니다. 1945년의 해방 기념 시집과 1960년의 4·19 기념 시집이 몇 가지로 나왔습니다만, 이처럼 두텁고 초호화판으로 낸 전례는 없었습니다. 백낙청이 제1차 촛불 때 "촛불은 광장을 둘러싼 논란도 새로운 방식으로 정리해 주었다."[38]라고 말한 바 있었듯이, 마치 그 다음의 일을 예언한 것처럼 느껴지네요. 그런데 264명의 시인들의 시를 읽어보면, (저는 국립중앙도서관에서 열람해 보았습니다만) 모두 한목소리로 들려옵니다.

문학이 한목소리를 낸다는 것은 이것이 정치적인 문제로 귀결될 수밖

---

37 『창작과비평』, 2008, 가을호, 200쪽.
38 백낙청, 『문학이 무엇인지 다시 묻는 일』, 앞의 책, 37쪽.

에 없음을 반증하는 것이기도 해요. 우리에게는 언젠가부터 진영논리라고 하는 게 매우 익숙하게 다가왔습니다. 자신이 속한 진영의 논리는 언제나 정당하고, 다른 진영의 논리는 무조건적으로 배척돼야 한다는 겁니다. 진영논리는 현실적으로 엄연한 '팩트'마저 무시하거나, 자기 진영에 유리하면 수단을 가리지 않는다는 일관된 특성을 보입니다.

진영논리라고 하는 낱말은 어느덧 사이버 공간의 국어사전에 등재되기도 했습니다. 진영논리에 빠져들면, 이것이 문학 속으로 침투되고 있다는 것조차 생각하려들지 않지요. 문학의 기율과 독자성을 침해한다는 사실조차 성찰하지 않는다는 것이지요. 주지하듯이, 진영논리는 일종의 흑백논리이지요. 여기에는 화해와 공존의 회색 논리가 아예 틈입할 수가 없지요.

제가 하고 싶은 말은 정치적으로 유리한 이슈에는 달려들고, 정치적으로 불리한 이슈는 소 닭 보듯이 애써 간과해선 안 된다는 것입니다. 저는 정말 이해할 수 없는 것이 세월호나 촛불이 문학의 소재로 광범위하게 활용되어도, 이른바 '미투'에 관한 문학적인 목소리는 왜 상대적으로 빈약하냐에 대해서는 선뜻 받아들여지지가 않습니다. 촛불 사화집이 나왔다면, 미투 사화집도 나와야 되는 것 아니에요? 앞으로 문인들에게 더 중요한 문제는 중국의 미세먼지, 일본의 오염수 방류, 럭비공처럼 어떻게 튈지 모를 전지구적인 괴질(怪疾)과 기후변화에 대처하는 문제가 아닐까, 생각합니다.

진영논리의 생각 틀에 빠져들면 들수록, 문학은 일종의 '계몽 작업'으로 수용되게 마련입니다. 이 대목에서의 문학은 뜻을 같이할 독자들의 내면화에 기여합니다. 문학이나 예술이 인간을 각성시키는 것은 사실입니다. 때로는 각성을 넘어서 격동하게도 하지요. 문인이나 예술가는 사람들의 마음을 움직이게 하는 힘을 지니고 있을 뿐만 아니라, 심지어는 선전선동마저 일삼기도 하지요. 20세기 사회주의권의 문학 및 예술의 진영에서 흔히 봐 왔던 일, 아닌가요?

제가 우려하는 것은 진영논리의 생각 틀이 21세기의 시대정신으로 부각되고 있는 다문화적인 생각 틀과 서로 마주 서게 된다는 사실입니다. 한 가지 예를 들자면, 진영논리가 고안하고 상상해낸 소위 '토착왜구'론은 인종주의의 망령으로 변형된, 아니 더 진화된 개념이라는 점에서, 저는 매우 심각하게 받아들이고 있습니다. 일반인도 아니고 말이나 글에 자신의 이름을 내건 조정래 같은 우리 시대의 대작가가 토착왜구와 일본 유학 운운한 것에 논란이 휩싸였다는 것 자체가 팩트나 진의의 여부를 떠나 바람직하지 않다는 겁니다.

나는 우문 하나를 내게 던져 봅니다. 조정래가 위대하냐, 나훈아가 위대하냐. 사람마다 가치관의 문제이기 때문에 물음 자체가 성립되지 않지요. 배가 맛이 있느냐, 사과가 맛이 있느냐에 관한 물음과 같은 것이지요. 하지만 아무리 문학이 고급의 오락이라고 해도, 「미나리」와 「오징어 게임」에는 계몽 작업이 틈입할 여지가 별로 없어 보인다는 사실입니다. 그리 심각해야 할 마음의 준비를 하지 않아도 수용하고 향유할 수가 있는 거지요. 이즈음에도 예능적인 오락이 인간의 말초신경을 건드린다고 누가 감히 말할 수 있다는 말입니까? 열 권짜리 대하소설보다 한 편의 소위 '뽕짝'이 때로는 더 심금을 울릴 수도 있습니다.

얼마 전에 이런 일이 있었지요. 정확히도 이태 전인 2019년 10월, '검찰 개혁을 촉구하는 1276명 작가 선언'이 있었습니다. 언론에서는 '황석영 등 작가들'이라고 했구요, 또 이듬해 2020년 12월에는 '검찰 권력 해체를 촉구하는 654명 작가의 선언'이 나왔지요. 숫자가 반으로 줄긴 했지만, 이 역시 언론에서는 '박민규 · 안도현 등 작가들'이라고 했지요. 앞엣것은 법무부 장관 조국을 지지하는 데, 뒤엣것은 윤석열을 검찰총장에서 쫓아내는 데 활용된 작가 선언의 사례라고 할 수 있지요. 언제부터 문인들에게 검찰 개혁이 초미의 관심사가 되었는지요? 글쎄, 참 모를

일입니다. 이제부터는 정치적인 사안마다 모종의 '작가 선언'들이 이어
지지 않을까, 생각되네요.

오늘날 문학이 진영논리에 매몰되어 간다면, 저는 문인이 차라리 침묵
하는 편이 낫다고 생각합니다. 온갖 구호가 난무하는 광장에서 침묵의
순수 공간을 확보하는 것이 오늘날 문학의 책무요, 위대한 작가 정신이
아닐까, 전 생각하기도 합니다. 하고 싶은 말을 내면 깊이에 가라앉혔다
가 내면과 양심이 이제는 때가 되었으니 소리를 내라고 명령할 때, 비로
소 글쓰기의 여백을 채워갈 수 있고, 또 채워가는 것이 지금의 문학에
필요할지도 모르겠습니다.

모든 생각을 쏟아낸 결과물이 글쓰기일 수는 없습니다. 작가에게 있어
서 글쓰기는 당장의 정념을 드러낼 수 있거니와, 반면에 침묵은 먼 훗날
을 위해 지혜를 보존할 수 있지요. 꼭 250년 전에 『침묵의 기술』을 상재
한 디누아르 신부는, 침묵이 스스로를 효과적으로 관리할 수 있지만, 이
것을 벗어나는 순간에 남에게 의존하는 존재가 되고 만다[39]고 경고한 바
있었지요.

5

문학은 가르침을 주는 일일까요, 혹은 즐거움을 주는 일일까요? 이도
저도 아니라면, 가르침과 즐거움 두 가지를 겸하는 일일까요? 저는 장시
간에 걸쳐 이 물음에 관해 여러분과 함께 이런저런 생각을 해왔습니다.
제가 이 대목에서 가장 가까운 지점에서 얘기해온 것은 진영논리가 문
학 속으로 파고들면 들수록 문학의 기율과 독자성을 침해한다는 사실이

---

39 조제프 앙투안 투쟁 디누아르 지음, 성귀수 옮김, 『침묵의 기술』, 2016, 30쪽, 참고.

었습니다. 이때 문학은 어쩔 수 없이 작가에 의한 '계몽 작업'이 될 수밖에 없습니다. 문학은 광장의 외침처럼 거대한 한목소리로 뭉쳐집니다. 문학의 본령이 전체화된 인격화를 거부하는 데 있는 것인데, 이제 문학 자체가 그것에 길들여져 가고 있는 형국이 되고 맙니다.

이에 반해 2000년대 중반부터 우리 문학의 빅 트렌드로 자리를 잡아가고 있는 소위 '칙릿'은 개별화로 잘게 부서지는 경향성을 뚜렷이 보여줍니다. 칙릿은 젊은 여성을 뜻하는 '칙(chick)'과 '리터러춰(literature)'의 '릿(lit)'을 합성한 신조어로 비롯되었지요. 칙릿은 문학뿐만 아니라 영화, TV드라마, 뮤지컬 등의 분야로 확장되고 있고, 앞으로는 다양함이 하나로 모여 일종의 문화 현상, 문화산업이 되기도 하겠지요. (실제로 그렇게 된 감이 없지 않았고, 앞으로는 그리 될 것이라고 전망됩니다.) 이러한 유의 것들을 읽거나 보거나 하는 젊은 여성들은 파편화되고 콜라주된 가짜 현실의 이미저리를 향유하게 되는 거지요.

> (칙릿의 그녀들은) 모두 파편화되거나 콜라주된다. 이들은 서로에게 어떤 총체적 의미가 되고자 하기보다는 단편적 이미지인 것에 만족하는 것이다. 따라서 이들은 자기 욕망의 연출가로서의 여성이라기보다는, 현대 소비사회에서 무수한 이미지들로 짜깁기된 채 만들어지는 정체성 형성의 구성방식을 충실히 따르고 있다고 보는 것이 옳다.[40]

칙릿의 그녀들이란, 칙릿 속의 캐릭터와 이를 닮으려는 젊은 여성 독자(층)를 한꺼번에 아우른 개념입니다. 또 여기에서 말한 정체성 형성의 구성방식은, 다름이 아니라, 결국 아무런 의미화 과정을 제시하지 못하고 소멸해버리는 시뮬라시옹 과정 속에서 필연적으로 도출되는 삶의 방

---

40 이희원, 「칙릿, 의미 잃은 이미지들의 콜라주」, 고은미 외, 『일곱 개의 단어로 만든 비평』, 2010, 200쪽.

식일 뿐이에요.[41]

척릿의 그녀들은 자신의 삶에 충실하고, 자기 인생을 향유하는 존재들이지요. 여기에 거대담론도 따로 있을 수 없습니다. 수입 소고기의 검증안 된 문제점과, 검찰 개혁의 시대적 요구라는 주장에도 관심이 없지요. 그녀들에게는 공산주의의 혁명가로 유명한 체 게바라의 이미지 역시 상품화의 대상이 되기도 해요.

프로이트는 문학(내지 예술)의 창작을 일컬어 백일몽을 변형시키거나 베일로 가리는 행위로 보았지요.[42] 문학 및 예술의 유희적 기능이 원초적임을 잘 말해주고 있는 자료로 볼 수 있지요. 그동안 문학과 게임의 텍스트 상호관련성에 관한 논의도 있었습니다. 문학 교수인 최유찬은 문학 이론의 입장에서 본『컴퓨터 게임의 이론』(2002)을 내기도 했지요. 문학과 게임에 관한 선구적 저작물입니다. 이 책이 나온 지도 이제 거의 20년이 되었네요. 가수의 노랫말이 노벨문학상을 수상하게 되었고, 또 언어유희 그 자체가 하나의 시가 되는 경우도 있습니다. 다음에 인용된 것은 시인 오은의 '말놀이시'입니다.

    당신이 슬프고 맥주를 좋아한다면……

모스크 바(bar)에 가자 모스크 바에 가면 당대 최고의 가수 빅토르 최를 만날 수 있다 제네 바의 가수는 항상 하이다, 그녀는 요들송만 부른다 바르샤 바의 술값은 너무 비싸 위스키 한 잔에 이스탄 불(dollar)을 내야 한다 이쯤 되면 우리가 모스크 바에 가는 것은 당연해진다 모스크 바에 가기 위해선 우선 차가 있어야 한다 카사블랑 카(car)나 알래스 카보다는 니스 칠이 되어 있는 스리랑 카를 추천한다 스리랑 카를 타고 오슬 로(path)를 따라가다 보면 암스테르 담

---

41 같은 책, 205쪽, 참고.
42 지그문트 프로이트, 정장진 옮김,『창조적인 작가와 몽상』, 열린책들, 1996, 95쪽, 참고.

(fence)이 나온다

—오은 「말놀이 애드리브」 부분[43]

인용한 것은 오은의 말놀이시 「말놀이 애드리브」에서 따왔습니다. 애드리브란, 대본에 없는 대사, 즉흥적인 여음(餘音)이나 연주 등을 가리키는 말이에요. 특히 가수가 노래를 부르는 가운데 즉흥적인 여음을 사용하면 유희적 감각의 절정에 도달하고는 하지요. 우리나라 시나위(散調) 음악에도 많았습니다. 이 시에서는 시인과 독자의 유희적 교감을 말하는 것 같군요.

지금 우리나라 문화산업의 힘이 국제 시장에 요동치고 있습니다. 이를 두고 한때 2000년대에 '한류'라고 표현했던 게 근래에 아시아권을 넘었다는 의미의 'K-콘텐츠'라고 말하기도 합니다. 싸이의 말춤과 그룹 BTS와 영화 「기생충」과 드라마 「오징어 게임」 등은 심각한 것의 계몽 작업에 의한 결과물이 아니라, 모든 사람들이 여기저기 놓여 있는 장벽을 넘어 함께 즐기자는 데 의미와 의의를 두고 있습니다. 물론 우리 문학도 그래야 한다고 봅니다.

그럼, 이 정도의 얘깃거리에 이르러, 저는 제 두서없는 몇몇 갈래의 말들을, 갈무리할까 합니다. 꽤 오랜 시간이 흘렀네요. 오래 동안 경청해주셔서 고맙다는 마지막 말로 인사를 대신할까 합니다. 괴질이 온 누리에 창궐하는 이 난세에, 이 풍진(風塵) 세상에 여러분께서 늘 안전하시기를, 건강에 유의하시기를, 또 문필이 왕성하시기를 바라 마지않습니다. 감사합니다.

---

43 고은미 외, 앞의 책, 164쪽 재인용.